Wer ist diese Sabine, die im gleichen Jahr geboren wurde und die ihren Namen und den ihrer Schwester Regina kennt? Die aufgespürte Unbekannte bestätigt Luises Ahnung und schickt Beweise, Briefe, Tagebuchauszüge und Fotos.

Luise sucht im Keller der Mutter nach weiteren Anhaltspunkten. Dort lagern Briefe von Familienangehörigen, Fotoalben und Aufzeichnungen ihres Vaters. Sie entdeckt ein neues, unbekanntes Bild ihrer Familie zwischen 1930 und 1947. Die Schreibenden geben tagesaktuell das Zeitgeschehen wieder, eingerahmt von persönlichen Erlebnissen und Empfindungen. Aus den Briefen lernt Luise ihre unbekannten Verwandten kennen, die ihr nicht unbedingt alle sympathisch sind.

Wie sich ein Hitler immer stärkeren Rückhalt schaffen konnte und in seiner vordergründig proletarischen Ausstrahlung auch für gebildete Akademiker den Hoffnungsträger darstellte, eröffnet sich Luise ebenso wie die Tatsache, dass die politische Entwicklung dieser Zeit auch innerhalb der Familien zu Rissen führte.

Ulrike Weiss

FASSADE

Wenn ich tot bin, werde ich reden

Roman

swb media publishing

Bibliografische Information der Deutschen Nationalbibliothek:
Die Deutsche Nationalbibliothek verzeichnet diese Publikation in der Deutschen Nationalbibliografie; detaillierte bibliografische Daten sind im Internet über http://dnb.d-nb.de abrufbar.

1. Auflage 2017
ISBN 978-3-946686-05-7

Titelgestaltung: Südwestbuch
Umschlagabbildung: Klaudia Dietewich „Berlin, Am Zeughaus", 2012 (Ausschnitt)
Satz: Südwestbuch
Druck, Verarbeitung: Rosch-Buch, Scheßlitz
Für den Druck des Buches wurde chlor- und säurefreies Papier verwendet.

www.swb-verlag.de

Inhalt

Personen

Luise
Magdalene, ihre Mutter
Georg, ihr Vater
Regina, ihre Schwester
Bernhard, ihr Mann

Magdalene
Lydia, ihre Mutter
Wilhelm, ihr Vater
Wolfgang, Gisela, ihre Geschwister
Georg, ihr Mann

Georg
Herta, seine Mutter
Friedrich, sein Vater
Hartmut, Christian, Konrad (Bruno), seine Brüder
Ilse, seine Schwester
Magdalene, seine Frau

Sabine
Erika, ihre Mutter

Grabrätsel

Das Grab sah hässlich aus, ungeliebt. Dabei hatte Luise im Oktober zum hundertsten Geburtstag der Mutter kleine blaue Stiefmütterchen mit gelb-weißen Herzen in eine Tonschale gepflanzt und vor dem Grabstein aufgestellt.

Jetzt im März war nach dem langen, ungewöhnlich kalten Winter von den Stiefmütterchen kaum noch etwas zu ahnen, sie waren in der Schale zu Kompost geworden. Schnee und Kälte hatten sie unbarmherzig niedergedrückt. Nur das winzige Fichtenbäumchen, das Anton drei Jahre zuvor in der Weihnachtszeit auf das Grab gesetzt hatte, freute sich unbehelligt an der kleinen roten Glaskugel, die es seither tragen durfte.

Luise nahm die Tonschale hoch und schüttete die nasse schwere Erde mit den Blumenresten auf das Grab. Die leere Schale lagerte sie auf dem gepflasterten Weg, der am Grab vorbei führte. Sie wollte sie neu bepflanzen, denn Ostern stand vor der Tür. Zuvor mussten aber auf dem Grab die Winterspuren entfernt werden. An manchen Stellen lagen noch schmutzige Schneereste.

Seit Ende Februar hatte es 2010 fast täglich geschneit. Der Stadt war das Streusalz ausgegangen. Zwischen den einzelnen Schneefällen waren die Temperaturen nicht über Null geklettert. Erst kurz vor der Osterwoche war es wärmer geworden, und Sonne und Regen hatten die Schneeberge weitgehend besiegt.

Verwundert bemerkte Luise einen bereits stark verwelkten Blumenstrauß, der in einer kleinen grünen Plastikvase steckte. So eine typische dunkelgrüne schmale Vase, die es in Friedhofsgärtnereien zu kaufen gibt, kelchförmig sich verjüngend mit einem Plastikdorn am Ende zum Einstechen in Gräber. Luise mochte solche Vasen nicht. Und wer könnte ihrer Mutter Blumen gebracht haben? Cousine Adelheid kam eigentlich nicht infrage. Adelheid legte regelmäßig zum Totensonntag ein Gesteck aufs Grab, mit Disteln, goldenen Nüssen und Tannengrün, das anfangs zwar ganz hübsch aussah, doch ziemlich bald braun und unscheinbar vor sich hin moderte und danach rief, entfernt zu werden. Aber Blumensträuße hatte sie noch nie aufgestellt. Und diese alljährlichen Gestecke waren auch weniger für Luises Mutter als für ihre gemeinsamen Großeltern Berger gedacht.

Wilhelm und Lydia Berger lagen links, Dr. Georg Feldt und Magdalene Feldt rechts daneben, es handelte sich nämlich um ein Doppelgrab. Eigentlich stimmte es nicht ganz, Georg Feldt war gar nicht dort begraben, wo sein Grabstein jetzt stand. Er war schon seit 1947 tot und in Braunlage im Harz beigesetzt worden. Als Luises Mutter 2006 mit sechsundneunzig Jahren gestorben war, stand die Familie vor der Aufgabe, einen Grabstein auszusuchen. Was lag näher, als den Grabstein, den es doch schon gab, nach Degerloch zu holen. Recht schnell hatte Luises

Sohn Anton eine Spedition gefunden, die Georg Feldts Grabstein, einen mächtigen Granit-Findling, von Braunlage auf den Degerlocher Friedhof brachte. Für Anton war seine Großmutter immer sehr wichtig gewesen, so war er glücklich, dass es ihm gelungen war, den Grabstein für sie herbeischaffen zu können.

Die Grabstätte ihres Vaters hatte Luise beim Braunlager Friedhofsamt ohne Probleme auflösen können. Ihre Mutter hatte während all der Jahrzehnte, die seit seinem Tod vergangen waren, die Grabpflege einer dortigen Gärtnerei übergeben, jährlich kam als Beweis ein Foto, das eine mit rosa oder weißen Begonien bepflanzte Schale zeigte, mittig auf dem Grab platziert, darum herum ein Kranz von Immergrün. Kein Wunder, dass für solche Kundentreue die Gärtnerei ein rührendes Dankschreiben an Luise verschickte, obwohl sie das Pflanz-Abonnement gekündigt hatte.

Es war bei aller Trauer um die tote Mutter ein glücklicher Zufall gewesen, dass das Nachbargrab neben den Großeltern nicht belegt war und so beide Flächen zusammengelegt werden konnten. Den Riesenklotz von Findling aufzustellen, hätte die Friedhofsverwaltung auf einem Einzelgrab gar nicht gestattet.

Der Friedhofs-Steinmetz hatte eine schlichte schwarze Metallplatte mit den Geburts- und Sterbedaten von Magdalene Feldt angefertigt und sie auf dem Findlingsstein befestigt, links unterhalb der einzeln aufgeschraubten Buchstaben und Zahlen von Georg Feldts Inschrift. Auch die fehlende Sieben von Neunzehnhundertsiebenundvierzig war wie die Vorbilder nachgebildet worden. Es fehlte ihr nur noch das Grünspanige der übrigen Lettern.

Luise und ihre Schwester Regina sahen die Eltern auf ihrem Grabstein wieder vereint: Dr. Georg Ehrhard Feldt, geb. 22.9.1907 gest. 6.3.1947, Magdalene Feldt geb. Berger, geb. 15.10.1909 gest. 19.7.2006. Der ferne Vater war heimgekehrt und zusammen mit der Mutter in die liebevollen Gedanken seiner Kinder und Enkelkinder aufgenommen.

Aber wer hatte die Blumen aufs Grab gelegt? Luise zog den vertrockneten Strauß aus der Vase, legte sie unsanft hinter dem Grabstein auf die Erde, zufrieden, dass sie jetzt nicht mehr zu sehen war.

Auf dem Weg zur Komposttonne, in der sie die seltsame Gabe verschwinden lassen wollte, betrachtete sie das Blumengebinde näher. Efeu, ein Tannenzweig und Spuren einer roten Blüte, vielleicht einer Rose? Sie warf alles auf den großen Haufen mit anderem Unansehnlichen. Nachdenklich ging sie zurück zum Grab. Von wem kam dieser Strauß?

Einen kleinen Handrechen und eine Gartenschere hatte Luise von zu Hause mitgebracht. Sie glättete die vom Schnee aufgefurchte Erde, schnitt verholzte Stellen aus den Rosenstöcken und den Hortensien und entfernte braune Blätter am Rhododendron.

Die Hortensien machten ihr viel Freude, mit saftigen Blatttrieben begrüßten sie den Frühling. Zwei dieser Pflanzen hatten die Nachbarinnen der Mutter zur Beerdigung damals mitgebracht, mit weißen Blüten. Ein paar Jahre zuvor hatte Luise einen Urlaub auf der Azoreninsel Flores verbracht und beobachtet, dass Hortensienzweige dort einfach nur in die feuchte Erde gesteckt werden und danach ohne Probleme anwachsen. Von der Hortensie aus ihrem Garten hatte Luise einen solchen Ableger für das Grab angefertigt und wie die Azorengärtner kurz über der ersten Blattverzweigung abgeschnitten. Bereits im ersten Jahr blühte er rosa und war schon ebenso groß wie die weißen Pflanzen der Nachbarinnen.

Es sollte nämlich ein Garten auf den Gräbern wachsen, anders als die Blumenteppiche auf den meisten anderen Grabstellen.

Wer hatte die Blumen gebracht und dafür auch noch eine Vase erworben? Die Plastikvase war ganz neu, sie war bewusst für diesen Strauß gekauft worden, aber von wem nur?

Luise konnte sich nicht richtig auf ihre Arbeit konzentrieren. Die Schneeglöckchen waren schon verblüht, stellte sie fest. Die Rhododendrenknospen würden bald aufbrechen und die Maiglöckchen bohrten sich schon selbstbewusst aus der Erde. Im Vorjahr hatte Luise den Friedhof erst besucht, als die weißen Blütenstände am Rhododendron schon verdorrt waren. Dieses Jahr sollte sich das nicht wiederholen.

Vor dem Friedhof gab es ein großes Blumengeschäft mit zugehöriger Gärtnerei, dort würde sie Fröhlichkeit und Frühling in die Schale pflanzen lassen.

Ihr Blick fiel auf die Grabplatte der Mutter. Was war das? Dahinter, zwischen Stein und Metall, lugte etwas Weißes hervor, ein gefaltetes Stück Papier. Luise beugte sich vor, stützte sich mit der linken Hand am Grabstein ab, klemmte das Papier zwischen Daumen und Zeigefinger ihrer rechten und zog es heraus.

Es war wellig und brüchig, der Schnee musste es aufgeweicht haben. Vorsichtig faltete Luise das Papier auseinander, ein kariertes Blatt in doppelter Oktavheftgröße, anscheinend aus einem Block herausgerissen. Darauf stand mit Kugelschreiber geschrieben:

„Ein letzter Gruß von Sabine Albrecht geb. Schwalbing (* 1945) und ihrer Mutter Erika (+ 2007) aus Berlin. Ruhet in Frieden! Und alles erdenklich Gute für Regina und Luise, Gott segne euch! 23.2.2010“

Luise las die Zeilen mehrfach durch, faltete den Zettel wieder wie sie ihn gefunden hatte dreifach zusammen und steckte ihn ihre Manteltasche. Diese Sabine musste die Blumen und die Vase gekauft haben.

Mechanisch ergriff sie die leere Schale und ging zur Gärtnerei, ließ blaue Vergissmeinnicht und gelbe Hornveilchen einpflanzen. Für den Transport zum Grab durfte sie eine Schubkarre ausleihen, sie schob die zweirädrige Karre vor sich her, hielt sich an ihr fest. Ihre Gedanken fuhren Karussell, begleitet von fast dröhnendem Herzklopfen. Am Grab angekommen wuchtete sie die schwere Schale aus der Wanne und legte sie vor dem Grabstein ab.

Luise war 1945 geboren, in Braunlage, wo der Vater gestorben war. Die geheimnisvolle Sabine Albrecht war auch 1945 geboren. Was ist das für eine Frau, die unsere Namen kennt und unseren Eltern „Ruhet in Frieden" wünscht, überlegte Luise. Es gab nur eine Erklärung.

Sie warf noch einen ratlosen Blick auf das Grab, packte den kleinen Rechen und die Schere, brachte die Karre zurück und ging zum Auto. In Gedanken versunken fuhr sie nach Hause.

Dort räumte sie die Waschmaschine aus, hängte die Wäsche im Keller auf die Leine. Es war ihr freier Tag und sie bereitete den Haushalt für die nächsten Tage vor. Luise war Apothekerin und arbeitete in einer Stuttgarter Apotheke. Eigentlich hatte sie wie ihr Vater Chemie studieren wollen, aber Pharmazie war frauenfreundlicher und hatte ja schließlich auch etwas mit Chemie zu tun. So brachte sie in der Stuttgarter Silberburg-Apotheke ihr zweijähriges Apothekerpraktikum erfolgreich mit dem Pharmazeutischen Vorexamen hinter sich und bekam zum Glück rasch in Tübingen einen Studienplatz. Bernhard, mit dem sie damals schon verlobt war, studierte auch in Tübingen, er quälte sich mit Volkswirtschaft herum und schrieb Klausuren, während Luise im Labor ihre Analysen kochte.

Am Abend zeigte sie Bernhard den Zettel vom Friedhof. Er war ebenso verwundert wie sie. Mit Hilfe von Klicktel suchten die beiden im Berliner Telefonbuch nach Sabine Albrecht. Es gab Dutzende. Und diese Sabine hatte ja höchstwahrscheinlich einen Mann, dessen Vornamen und nicht ihrer dann im Telefonbuch stehen würde. Sackgasse.

Luise legte den „Letzten Gruß" in einer Klarsichthülle auf ihrem Schreibtisch ab wie ein zu sicherndes Beweisstück. Die Plastikhülle schützte das Karoblatt vor Verlust und Zerstörung und bildete zudem auch eine gewisse Barriere, denn der Zettel hatte etwas Unheimliches, Unangenehmes, Bedrohliches. Die Schrift dieser Sabine war sehr ordentlich und leserlich, aber nicht spontan sympathisch. Was war das für eine Frau? War sie fromm? „Gott segne euch", hatte sie geschrieben. In der Nähe von Luises Haus wohnten katholische Schwestern, auf ihren Spaziergängen kamen sie oft am Gartentor vorbei, grüßten auch freundlich. Ob die Unbekannte eine dieser Schwestern sein könnte, gekleidet in die fromme graue Tracht?

Am nächsten Morgen ging Luise zur Arbeit und schob erst einmal beiseite, dass es eine Frau mit Namen Sabine gab, die genauso alt war wie sie selbst.

Regina, Luises Schwester, führte seit jeher ein unruhiges Leben. Sie war Professorin für Medienwissenschaften gewesen und schon zehn Jahre lang emeritiert. Da sie sowohl in Paris an der Universität Nanterre als auch in München an der Ludwig-Maximilians-Universität unterrichtet hatte, wohnte sie immer noch entweder in Paris oder in München und pflegte ihre akademischen Verpflichtungen und Verbindungen. Nach dem Tod der Mutter war der Kontakt zwischen den beiden Schwestern stärker geworden. Wenn Regina von Paris nach München oder umgekehrt mit dem Zug unterwegs war, unterbrach sie ihre Reise oft in Stuttgart und besuchte Luise und Bernhard. Seit Weihnachten war sie jedoch nicht mehr in Stuttgart gewesen, da sie mit einer wissenschaftlichen Arbeit über die Karikaturen von Olaf Gulbransson in der Satirezeitschrift Simplicissimus beschäftigt war. Luise rief sie in München an und erzählte von ihrem aufregenden Erlebnis auf dem Friedhof. Regina war erst einmal stumm, nachdem Luise ihr den Text der Zettelbotschaft vorgelesen hatte.

„Sagt dir der Name Schwalbing denn etwas?“ fragte Luise.

Regina dachte nach und erinnerte sich dunkel, dass es während ihrer Kindheit in Berlin eine Frau gegeben haben könnte, die wohl so hieß und auch manchmal zu Besuch gekommen war. Sie könnte auch vielleicht „Schwälbchen“ genannt worden sein. Viel mehr fiel ihr nicht ein, sie war eben damals noch ziemlich klein gewesen.

Und Luise gab es da noch lange nicht, denn sie wurde erst zehn Jahre nach Regina geboren. „Regina und Luise“ – Sabine kannte ihre beiden Namen. Wer war Erika Schwalbing?

Regina wollte weiter in ihrem Gedächtnis forschen. Es war den beiden Schwestern klar, was die Botschaft vom Friedhof bedeutete. Regina war aber noch nicht bereit, diese Aussage zu akzeptieren.

„Ich kann das einfach nicht glauben, vielleicht ist es ja eine Betrügerin“, gab sie Luise zu bedenken.

Erika Schwalbing war 2007 gestorben und schon drei Jahre tot. Sie war wahrscheinlich in keinem Berliner Telefonbuch mehr zu finden, aus dem man eine Adresse hätte ableiten können. Regina und Luise waren sich auch nicht sicher, ob sie die neu gewonnenen unerhörten Vermutungen überhaupt weiterverfolgen wollten. Beide schlossen es aus, dass die Mutter von einer innigen Beziehung ihres Mannes zu Erika Schwalbing überhaupt etwas gewusst haben konnte. Denn niemals hatte sie darüber auch nur eine kleinste Andeutung gemacht.

Eigentlich hatte sie auch nicht oft über den verstorbenen Vater gesprochen. Luise kannte ihn nur von Fotos. Eine Porträtaufnahme aus einem Brüsseler Photostudio zeigte ein fast lebensgroßes lächelloses Gesicht. Das Foto stand immer auf Magdalenes Nachttisch und warb um Sympathie bei Luise, die es aber eher ein bisschen fürchtete. Daran mochte auch der Schmiss auf der linken Backe schuld sein, den sich der junge Georg Feldt, einst stolzes Mitglied einer schlagenden Studentenverbindung, als Ehrennarbe beim Fechten zugezogen hatte.

Nach dem Tod ihrer Mutter hatte Luise einige große Kartons mit Briefen vorgefunden. Es waren Liebesbriefe aus der Zeit vor der Heirat und viele Briefe aus den folgenden Jahren, Briefe während des Krieges und danach geschrieben, Briefe zwischen dem Elternpaar und zwischen allen möglichen Verwandten und Bekannten, auch nach dem Tod des Vaters. Zwei der Kartons hatte Luise zu sich nach Hause genommen, die anderen im Kellerraum gelagert, der zur Wohnung der Mutter gehörte, aber nicht mit dieser zusammen vermietet worden war. Irgendwann hatte sich Luise an die Stöße gemacht und angefangen, die zärtlichen Liebesbriefe zu lesen. Wie diese beiden Menschen sich mit Nettigkeiten und Liebesschwüren überschütteten, konnte Luise gar nicht fassen. Heute setzt man sich ans Telefon, pflegt Kontakte mit E-Mails oder SMS, doch damals haben sich die Leute noch geschrieben, wurde Luise bewusst.

Eigentlich gingen die Briefe sie gar nichts an, sie waren doch sehr persönlich gehalten. Warum hatte die Mutter sie aufbewahrt? Luise erinnerte sich, dass sie und Bernhard sich auch geschrieben hatten, wenn einer von ihnen in den Schulferien verreist war. Aber diese Briefe und auch ihr Tagebuch mit innersten Gedanken hatte Luise irgendwann verbrannt, als es ihre Kinder Anton und Nina schon gab und der Lebensabschnitt davor irgendwie überflüssig geworden schien. Schließlich waren das ihre Briefe und ihre Pubertätsgluckser, die für keinen Unbefugten bestimmt waren und die niemand außer ihr je lesen sollte.

Magdalene hatte alles sorgsam aufgehoben. Briefe aus vielen Jahrzehnten, Briefe, die unzählige Umzüge und Kriegsbomben überstanden hatten.

Dass Regina mit eigenen Augen den unheimlichen Zettel vom Friedhof sehen wollte, war klar. Bernhard legte ihn auf den Scanner und verschickte das erhaltene Bild per Mail-Anhang an seine Schwägerin. Regina meldete sich voller Befremden. Es gab plötzlich etwas, das bedrohte, verletzte und alles ins Wanken brachte, was bisher gegolten hatte.

Googlesuche

Erika Schwalbing. Sie war tot, sie wohnte nirgends mehr. Ihre Tochter Sabine lebte in Berlin, aber wo? Früher hätte man wahrscheinlich einen Detektiv beauftragt. Aber heute gab es ja das weltweite Internet. Gab es vielleicht Hinweise im Netz des großen Wissens?

Mit Bernhards Hilfe machte sich Luise an die Suche. Bernhard kannte sich ungeheuer gut aus mit allem, was Computer betraf. So gut, dass Luise es bisher gar nicht versucht hatte, eigene Kenntnisse zu erwerben, die über das Schreiben von Texten hinausgingen. Natürlich hatte der Computer auch in der Apotheke Einzug gehalten und Luise gezwungen, die für die Praxis notwendigen Anwendungen beherrschen zu können. Aber das war schließlich etwas anderes als in der Welt herumzugoogeln.

Bernhard machte sich oft lustig über Luise und blickte ein bisschen auf sie herab. „Wer sich heute mit Computern nicht auskennt, gehört zur dummen Minderheit", musste sich Luise sagen lassen.

Doch inzwischen gab es einen Grund, sich mit diesen neuen Medien zu beschäftigen. Bernhard war kein sehr geduldiger Lehrer, das wusste Luise noch aus der Zeit, in der er ihre Kinder Anton und Nina während vieler Schuljahre mit Mathematik oder deutscher Rechtschreibung geplagt hatte. Seine Bemühungen und sein Einsatz waren letzten Endes aber durchaus erfolgreich, beide hatten ihr Abitur gut bestanden und kannten den rechtschreiblichen Unterschied beim Gebrauch von „das" und „dass", was aus Bernhards Sicht als Conditio sine qua non für einen gebildeten Menschen galt.

Und auch Luises Computer-Fähigkeiten entwickelten sich unter Bernhards strenger Aufsicht zufriedenstellend. So entfernte sie sich zusehends von der dummen Minderheit der Menschen ohne Computerkenntnisse.

Sie machte sich auf die Suche nach Erika Schwalbing, einer alten Frau. Die Chance war klein, über sie etwas herauszufinden. Schließlich war diese Frau wahrscheinlich keine öffentlich in Erscheinung getretene Person gewesen, und bei Facebook dürfte sie auch schwerlich zu finden sein.

Luise ging nach Bernhards Anleitung mutig ans Werk. Google wurde mit zwei Begriffen gefüttert, in Hochkommata, damit die Suche die richtigen Ziele fände: „Erika Schwalbing" Berlin.

Zwei Treffer!

Die erste Information kam aus dem Kleinmachnower Gemeindeblatt. Eine Erika Schwalbing war dort als Verstorbene aufgeführt. Doch diese war 2006 gestorben, Sabine Albrechts Mutter dagegen 2007. Es konnte wohl kaum sein, dass Sabine das Todesjahr ihrer Mutter nicht richtig wusste! Doch der zweite Treffer sah vielversprechend aus. Erika Schwalbing und Weddingkurier wurden als Ergebnis angezeigt. Beim Anklicken öffnete sich ein mit farbigen Bildern bestückter Text: „50 Jahre in der Turiner Straße". Der Weddingkurier Ausgabe Nr. 3 aus dem Jahr 2003 berichtete ausführlich von einer Hausgemeinschaft, die seit 50 Jahren zusammen im gleichen Haus wohnt. Ein Foto war abgebildet, das eine kleine Gruppe freundlich blickender alter Menschen zeigte: das Ehepaar Günther, Hermine Wegler, Alma Richter, Josefine Mertens und Erika Schwalbing, von links nach rechts.

War es die richtige Erika Schwalbing? Luise betrachtete das Foto. Eine Frau mit weißen Haaren. Ihre Augen blickten wach und aufmerksam, signalisierten eine Grundzufriedenheit. Luise dachte an ihre Mutter, wie sie im Jahr 2003 ausgesehen hatte. Auch eine weißhaarige alte Dame. Aber eher unbewegt blickend, leise Traurigkeit ausstrahlend.

Luise konnte kaum glauben, dass es möglich war, mit ein paar Mausklicks eine unbekannte, schon gestorbene alte Frau aufzuspüren. Aber war das wirklich die Erika Schwalbing vom Friedhofszettel, die Mutter dieser Sabine Albrecht?

Da war es wieder. Das verstörende, klamme, kalte Gefühl vom Friedhof. Wollte sie denn wirklich wissen, wer diese beiden Frauen waren? Frau Schwalbing war tot und in gewisser Weise unsympathisch. Schließlich hatte sie sich offenbar in die Ehe von Luises Eltern so erfolgreich eingemischt, dass eine Sabine daraus entstanden war. Unglaublich. Erika Schwalbing hatte Magdalene Feldt den Mann gestohlen und ihm auch noch eine zusätzliche Tochter verschafft.

Wie mochte Sabine wohl aussehen, ähnlich wie Georg? Graublaue Augen, wie Regina, nicht braune wie Luise? Die Neugier siegte.

Es gab kein Zurück mehr.

Aber wie sollte Luise weiter vorgehen? Regina musste sich unbedingt auch die Seite aus dem Weddingkurier ansehen. Schließlich hatte sie als Kind Frau Schwalbing selbst erlebt und könnte sich vielleicht erinnern, ob sie groß oder klein, dick oder dünn gewesen war.

Luise vermutete ihre Schwester inzwischen in Frankreich und rief sie in ihrer Pariser Wohnung an. Sie war zu Hause.

„Ich habe einen Weg gefunden, wie wir vielleicht an die neue Schwester herankommen können."

Sie berichtete Regina von ihren Entdeckungen.

„Wir müssen ganz einfach die Hausbewohner aus der Turiner Straße befragen, ob sie eine Sabine Albrecht kennen. Dazu brauchen wir die Telefonnummern, das dürfte aber kein Problem sein, wir haben ja die Adresse."

„Bist du sicher, dass wir weitere Nachforschungen anstellen sollen? Was ist denn, wenn wir ihre Telefonnummer herausfinden und uns gemeldet haben bei dieser Sabine, wie geht es denn dann weiter?"

Regina hätte am liebsten gar nichts unternommen. Die ganze Sache war ihr äußerst zuwider.

„Regina, ich finde, wir sind jetzt schon so weit vorangekommen, dass wir die neuen Tatsachen nicht einfach ignorieren und so tun können, als wäre nichts geschehen. Und allzu lange aufschieben sollten wir unsere Entscheidung auch nicht, schließlich bestand die Hausgemeinschaft 2003 aus lauter alten Herrschaften. Erika Schwalbing ist ja schon gestorben. Schau dir die Seite im Weddingkurier an, ich bin gespannt, ob dir diese Frau Schwalbing bekannt vorkommt! Ich warte auf deinen Anruf!"

Regina erkannte, dass sie Luise nicht zurückhalten konnte. Luises Forschungserfolge stürzten sie in tiefe Ratlosigkeit. Sie neigte dazu, unbequeme Wahrheiten erfolgreich zu verdrängen. Irgendwann war ihr ein Buch in die Hände gefallen mit dem Titel „Sorge dich nicht, lebe!", von einem Amerikaner namens Dale Carnegie geschrieben. Sie hatte sich mit dieser Devise durch manche dunkle Zeiten in ihrem Leben gerettet. Auseinandersetzungen mit unbequemen Ereignissen oder eigenen Unzulänglichkeiten ließen sich damit erfolgreich ausblenden, und gesorgt hatte sie sich in ihren Augen schon genügend und dadurch am Leben hindern lassen. Ihre Scheidung hatte sie gut überstanden, aber das schlechte Verhältnis zu ihrer Tochter Bettina machte ihr zu schaffen, trotz ihres hilfreichen Mottos, sich nicht zu sorgen.

Und nun kam Luise mit konkreten Hinweisen daher und ließ nicht locker.

Über Google schlug sie den gleichen Weg ein wie Luise und fand die Seite aus dem Weddingkurier mit dem Foto der Bewohner aus der Turiner Straße.

Umgehend rief sie Luise an.

„Ich erinnere mich inzwischen dunkel an eine braunhaarige, schlanke Frau, ähnlich groß wie unsere Mutter. Frau Schwalbing war auch hin und wieder bei uns in der Wohnung, und einmal hat sie ein Geschenk mitgebracht. Mir fällt noch ein, dass die Mutti manchmal mürrisch gelaunt war, wenn Frau Schwalbing wieder gegangen war. Und die Frau auf dem Foto vom Weddingkurier, sie könnte es sein, ich kann es jedenfalls nicht ausschließen."

Die Spur war gefunden. Wie sollten sie weiter vorgehen?

Wissensgier mischte sich mit Ablehnung und Furcht. Regina war immer noch für Abbrechen. Doch Luise war nun fest entschlossen, in der Turiner Straße anzurufen.

Die Telefonnummern der Bewohner des Hauses, in dem Erika Schwalbing gewohnt hatte, waren schnell herausgefunden. Josefine Mertens Name war im Telefonverzeichnis gar nicht mehr enthalten, sie war vielleicht schon gestorben. Aber Günther und Hermine Wegler und Alma Richter waren noch aufgeführt, dazu noch eine unbekannte weitere Frau, die wahrscheinlich inzwischen in Erika Schwalbings Wohnung eingezogen war.

Zuerst wählte Luise die Nummer des Ehepaars Wegler. Es meldete sich niemand. Nach zehnmaligem Läuten legte Luise auf. Als nächstes wollte sie bei Alma

Richter anrufen. Überrascht vom eigenen Mut und doch begleitet von Gefühlen, die nach ihr griffen, die sich ins Atmen und Schlucken einschlichen, befand sich Luise in einem Zwiespalt zwischen Wollen und Können. Nach ein paar Schritten im Zimmer auf und ab siegte das Wollen und Luise wählte Alma Richters Nummer.

„Richter!"

Es gab sie.

„Guten Tag Frau Richter, ich bin Luise Faber aus Stuttgart. Meine Schwester und ich sind auf der Suche nach einer Sabine Albrecht, deren Mutter Erika Schwalbing einmal mit Ihnen zusammen im selben Haus gewohnt hat. Ich habe diese Information einer Ausgabe des Weddingkuriers von vor ein paar Jahren entnommen, als Ihre Hausgemeinschaft das fünfzigjährige Jubiläum gefeiert hat."

„Ja, Frau Schwalbing wohnte hier, aber sie ist gestorben."

„Ich weiß, vor drei Jahren. Sie kennen doch ihre Tochter Sabine Albrecht!"

„Ja. Sabine wohnte natürlich früher auch hier, aber ich weiß nicht, wo sie jetzt wohnt. Vielleicht in Steglitz, oder im Wedding. Ich glaube, sie wohnt in Steglitz."

„Lebt sie denn allein oder mit ihrem Mann?"

„Oh, ihr Mann ist schon vor einigen Jahren gestorben, sie lebt allein. Jetzt fällt mir die Straße ein, ich glaube, sie wohnt in Steglitz, in der Thorwaldsenstraße."

„Ich glaube, das reicht mir schon. So ein Glück, dass ich mit Ihnen sprechen konnte!"

„Ja, da haben Sie wirklich Glück, ich bin nämlich auch schon zweiundneunzig und bereite meinen Umzug in ein Altenheim vor."

Luise bedankte sich für das erfolgreiche Gespräch und wünschte der alten Dame von Herzen alles Gute für ihre Pläne.

„Bernhard! Thorwaldsenstraße! Sie wohnt in der Thorwaldsenstraße!"

Bernhard saß im Hintergrund an seinem Schreibtisch und arbeitete am Computer. Als Software-Berater hatte er einige Kunden zu betreuen. Viele Programme konnte er zu Hause vorbereiten und ausarbeiten. So war er meistens in dem durch eine Glastür abgetrennten Teil des Wohnzimmers, das er sein „Büro" nannte, anzutreffen. Er wachte streng darüber, dass er dort nicht gestört würde, aber die Geschichte mit der neuen „Schwägerin" fesselte ihn gleichermaßen wie Luise.

Gemeinsam gingen sie, Haus für Haus, die eingetragenen Telefonanschlüsse der Thorwaldsenstraße durch.

Sabina Albrecht!

Sie hatten sie gefunden. Sie war als Sabina, nicht als Sabine eingetragen. Auf dem Zettel vom Friedhof hatte aber eindeutig Sabine mit e gestanden. Wahrscheinlich war Sabina ihr richtiger Vorname, den sie in Sabine als Rufnamen umgeändert hatte. Sabina klang ja auch irgendwie etwas geschraubt, oder nach einer Heiligen, dachte Luise.

Es wohnten noch mehrere weitere Parteien in dem Haus, konnten sie den aufgeführten Anschlüssen entnehmen. Das bedeutete, dass es kein Einfamilienhaus war, sondern eher ein größerer Wohnblock.

„Also, ruf an!"

Bernhard wusste immer ganz besonders gut, was andere machen sollten, das führte mitunter zu Konflikten zwischen ihm und Luise, wenn sie seine Ideen nicht gleichermaßen schätzte. Jetzt war wieder so ein Augenblick, in dem sie sich von Bernhard getrieben fühlte. Sie war unentschlossen und unsicher. Aber vielleicht war das Prinzip „Augen zu und durch" das bessere, als den entscheidenden Anruf mit klammem Sinn weiter hinauszuschieben.

Irgendwie fühlte sie sich wie einst als Zehnjährige, als sie den Fahrtenschwimmer im Hallenbad machte und dafür nach einer halben Stunde Schwimmen vom Dreimeterbrett springen musste. Sie hatte das seither nie mehr getan.

Und jetzt musste sie wieder springen.

Langsam wählte Luise eine Zahl nach der anderen, Berlin und dann die Nummer. Vielleicht war diese Sabine ja gar nicht zu Hause.

„Albrecht!"

Sie war da.

„Guten Tag, ich bin Luise Faber aus Stuttgart. Ich habe über einen Bericht im Weddingkurier über die Hausgemeinschaft in der Turiner Straße und durch einen Anruf bei Frau Richter Ihre Telefonnummer ermittelt. Meine Schwester und ich sind auf der Suche nach Sabine Albrecht, die auf dem Grab unserer Eltern einen Zettel mit diesem Namen hinterlassen hat."

„Dann haben Sie den Zettel also gefunden."

Diese Sabine Albrecht schien gar nicht so überrascht, wie Luise es erwartet hatte. Sie wirkte fast gleichgültig und äußerte sich nicht zu Luises detektivischer Findigkeit.

„Ja, und wir wollen natürlich seine Bedeutung wissen."

„Wir haben den gleichen Vater."

Nun war es heraus. Ohne jede Umschweife. Zwar hatten Luise und Regina auch keine andere Auslegung der Botschaft vom Friedhof gesehen, doch nun tatsächlich diese Halbschwester am Telefon zu haben, war noch etwas anderes, irgendwie war es erschreckend wirklich.

Sabine hatte eine ziemlich tiefe Stimme mit leichtem Berliner Akzent. Luise bemühte sich, den eigenen schwäbischen Tonfall auf Hochdeutsch zu trimmen. Mit der Grammatik hatte sie keine Probleme, aber die Stuttgarter Stimmfärbung war unverkennbar. Wenn sie sich dessen bewusst wurde, bestand die Gefahr, dass sie sich zu sehr auf die Gestaltung ihrer Sätze ausrichtete, mit der Folge, dass deren Inhalte nicht mehr spontan dem Gedankenfluss entsprangen, sondern sich komplizierend verklemmten. Das Problem war abhängig von ihrem Gesprächspartner und vom Thema. Das Thema dieses Augenblicks ließ keinen Raum für Hemmungen, Luises Worte formten sich von allein.

„Wenn wir den gleichen Vater haben, sagen wir doch ‚Du' zueinander."

„Gut."

Sabine wirkte irgendwie steif, sie hätte wahrscheinlich das „Sie" gar nicht so unpassend gefunden.

„Frau Richter sagte, dein Mann sei gestorben!"

„Ja, er ist mit 53 Jahren gestorben, 1995 auf einer gemeinsamen Wanderung in unserem Urlaub in Griechenland."

„Das ist ja ganz traurig, das tut mir Leid."

„Ja, es war eine schlimme Zeit für mich."

„Wie bist du denn auf das Stuttgarter Grab gestoßen?"

Luise wollte nicht weiter auf den Tod von Sabines Ehemann eingehen.

„Meine Mutter und ich haben hin und wieder das Grab in Braunlage besucht. Als meine Mutter gestorben war, bin ich vor kurzem allein nach Braunlage gefahren und habe den Grabstein nicht mehr gesehen. Ich habe beim Friedhofsamt nachgefragt und erfahren, dass die Familie den Grabstein hatte abholen lassen und das Grab aufgelöst worden war. Vermutlich sei der Stein in Stuttgart neu aufgestellt worden."

„Und wie hast du dann in Stuttgart das Grab gefunden?"

„Ich wusste, dass eure Mutter in Stuttgart-Degerloch wohnte. Vor ein paar Jahren hatte ich sie angerufen, als ich wegen einer Wagner-Aufführung in Stuttgart war. Ich wollte sie besuchen, aber sie wollte mich nicht sehen oder treffen. Als ich wieder zu Hause war, habe ich ihr einen langen Brief geschrieben, den habe ich aber dann nicht abgeschickt."

„Unsere Mutter war zu diesem Zeitpunkt sehr krank. Sie hatte kurz zuvor eine Chemotherapie wegen eines malignen Lymphoms hinter sich gebracht und wohl wenig Lust auf Besuche, vielleicht schon gar nicht von dir!"

„Das Gespräch war nicht unfreundlich, aber sie wollte keinen weiteren Kontakt mit mir. Nachdem ich in Braunlage vom Abtransport des Grabsteins erfahren hatte, bin ich kurz entschlossen nach Stuttgart gefahren. Ich bin auch zum Haus eurer Mutter gegangen, dort standen aber nur unbekannte Namen an den Klingelknöpfen, sie war wohl auch gestorben. Ich habe mich an die Friedhofsverwaltung in Degerloch gewandt. Dort erfuhr ich, wo eure Mutter begraben ist. So habe ich das Grab und den Grabstein gefunden. Das mit dem Zettel war eine ganz spontane Idee, nachdem ich die Blumen aufgestellt hatte. Sind das deine Großeltern im Grab daneben?"

„Ja, ihre Eltern."

„Habt ihr bei denen gewohnt?"

„Ja, lange in der oberen Wohnung, zusammen mit ihnen und mit Gisela, der jüngeren Schwester meiner Mutter. Erst viel später ist meine Mutter dann ins Erdgeschoss gezogen."

„Gehört euch das Haus?"

Warum wollte sie das wissen? Luise wunderte sich über diese Frage.

„Das Haus haben meine Großeltern Mitte der Dreißigerjahre als Wohnhaus gekauft. Sie haben es ihren beiden Töchtern vererbt. Die Wohnung oben erhielt Gisela, die untere unsere Mutter. Sie gehört jetzt Regina und mir. Inzwischen haben wir beide Wohnungen vermietet, Tante Gisela lebt seit drei Jahren in einem Heim."

Sabine ging es nichts an, dass Bernhard und Luise die obere Wohnung inzwischen erworben hatten, damit Gisela das teure Heim bezahlen konnte.

„Seit wann kannten sich denn deine Mutter und unser Vater?" Luise wollte Fakten wissen.

„Er war ihre ganz große Liebe."

So ein Kitsch, dachte Luise.

„Meine Mutter arbeitete bei eurem Vater als Sekretärin. Nahe gekommen sind sie sich wahrscheinlich 1938 auf einer gemeinsamen Geschäftsreise, in Wien. Unser Vater hatte so viel Liebe in sich, zu viel Liebe für nur eine Frau."

Luise erstarrte innerlich. Wie hatte sie doch die starke Liebe ihrer Eltern als Vorbild gesehen, die eine, ewig währende Liebe. Mit Bernhard war sie diesem Ideal nahe gekommen, immerhin bestand ihr gemeinsames Leben schon über vierzig Jahre aus selbstverständlicher Zugehörigkeit und freiwilligem, unerschütterlichem Zusammenhalten.

„Wir wollten unsere Eltern zusammenführen, das Grab als Gedenkstätte für ihre Liebe sehen. Ich weiß nicht, ob wir das getan hätten, wenn wir geahnt hätten, was unser Vater für ein Geheimnis hatte, das unsere Mutter bestimmt nicht gekannt hat."

„Eure Mutter hat das alles gewusst."

Sabine unterstrich ihre Behauptung mit einem weiteren Satz:

„Es war sogar geplant, dass meine Mutter mit mir zu euch ziehen sollte und wir alle in einer großen Familie zusammenleben würden. Meine Mutter war es, die das nicht wollte."

Was diese Sabine erzählte, klang ungeheuerlich.

„Das kann ich mir überhaupt nicht vorstellen, dass unsere Mutter damit einverstanden gewesen wäre!"

„Doch, sie hat dem zugestimmt."

„Das kann nicht sein!"

„Doch, ich habe Briefe von unserem Vater und auch von eurer Mutter an meine Mutter."

Sabine stockte kurz, bevor sie weitersprach.

„Wenn ihr wollt, schicke ich euch diese Briefe, auch Auszüge aus dem Tagebuch meiner Mutter. Sie hat es mir ein Jahr vor ihrem Tod gegeben. Ich habe vor einigen Monaten angefangen, mich in ihre Handschrift einzulesen und alles in meinen Computer zu übertragen. Meine Mutter hat das Tagebuch für mich geschrieben."

„Ich kann das einfach nicht fassen."

Luise fühlte eine stille Wut gegen die unbekannte Gleichaltrige in sich aufsteigen.

Und nun bot diese Sabine Beweise an.

„Ich bin dir sehr dankbar, wenn du mir die angebotenen Schriftstücke schickst, ich kann es einfach kaum glauben. Seit wann wusstest du denn von Regina und mir?"

„Meine Mutter hat mir schon früh erzählt, dass mein Vater tot ist. Als ich vierzehn war, erfuhr ich, dass er noch eine andere Familie hatte mit zwei Töchtern."

Sabine fragte nach Regina. Luise erzählte von Reginas beruflicher Karriere, dass sie als emeritierte Medienprofessorin in München wohnte und fast pausenlos zwischen Deutschland und Frankreich hin- und herpendelte, dass sie nie Zeit für einen Urlaub hatte. Dass sie eine Tochter hatte, Bettina, die mit Mann und vier Kindern in Hamburg lebte.

Luise beschränkte ihre Auskünfte über Regina auf diese Tatsachen. Warum auch sollte sie Sabine erzählen, dass nach dem Tod von Magdalene Feldt die Kontakte zwischen Regina und ihrer Tochter noch spärlicher geworden waren als zuvor. Bettina schien ihrer Mutter nie verzeihen zu wollen, dass sie für Studium und Wissenschaft ihren Mann und die kleine Zweijährige verlassen und in Frankreich an ihrer Karriere gearbeitet hatte. Nach der Scheidung war Regina bald mit einem wesentlich älteren Hochschulkollegen liiert, auch dafür fehlte Bettina jedes Verständnis. Magdalene, die Großmutter, war das einzige Bindeglied zwischen Regina und ihrer Tochter gewesen. Bei „Radio Omi" waren alle Informationen zusammengelaufen und von Magdalene weiterverbreitet worden. Mit ihr war auch „Radio Omi" gestorben. Aber das brauchte Sabine nicht zu wissen.

„Hast du Kinder?“ fragte Sabine.

„Ich habe zwei Kinder, Anton ist 1969 geboren, Nina 1971. Nina hat drei Kinder.“

„Drei Enkelkinder, das ist ja schön!“

Sabine hatte eine Tochter, Marion. Auch Marion war 1969 geboren. Georgs fast gleich alte Töchter hatten zeitlich ähnliche Lebensmuster gewählt. Marion hatte eine Tochter, Nicola.

„Wann hast du Geburtstag?“ fragte Luise und nannte ihren:

„Ich bin im Mai geboren, am 16.“

„Ich bin am 12. Juli geboren, meine Mutter erzählte mir aber, dass ich einen ganzen Monat zu früh auf die Welt kam.“

„Ah, dann hättest du eigentlich erst im August Geburtstag.“

„Ja.“

Luise fiel ein, dass Bernhard einen Flug nach Berlin gebucht hatte.

„Sabine, mein Mann Bernhard und ich fliegen in der ersten Juniwoche für ein paar Tage nach Berlin. Wir besuchen Anton und seine Frau Charlotte, die wohnen nämlich in Berlin. Vielleicht könnten wir uns sehen?“

„Nein, da bin ich nicht da.“

Sabine sagte nicht, wo sie sei, Luise fragte nicht. Irgendwie klang diese karge Information so, als wünschte Sabine keine Begegnung.

Das Gespräch floss nicht locker weiter, Luise fühlte sich innerlich befangen.

„Was machst du beruflich?“

Sie kehrte zur Sachlichkeit zurück.

Sabine hatte nach dem Abitur eine Ausbildung als Bibliothekarin gemacht. Sie hatte seit zwei Jahren das Modell der Altersteilzeit gewählt und war bereits nicht mehr in ihrem Beruf tätig.

Luise stand noch voll im Berufsleben.

„Ich bin Apothekerin und arbeite in einer Stuttgarter Apotheke, die ich zusammen mit einer Kollegin leite.“

Luise liebte ihre unabhängige Selbstständigkeit. Astrid, ihre Partnerin, dachte zwar schon manchmal ans Aufhören, doch Luise schob solche Gedanken noch beiseite.

Sabine schien davon nicht sehr beeindruckt, sie fragte weiter nach Regina.

„Wo wohnt Regina in München?“

Luise wollte Reginas Adresse nicht an Sabine weitergeben, das sollte Regina selbst bestimmen.

„Ich gebe dir Reginas Telefonnummer, dann kannst du sie anrufen. Ich gebe ihr auch deine Nummer, dann werdet ihr schon irgendwie zusammenfinden.“

„Gut, also ich schicke dir die angekündigten Briefe und Tagebuchnotizen meiner Mutter und suche noch nach ein paar Fotos. Ist es nicht aufregend, was mit uns gerade geschieht?"

„Ja, das finde ich auch. Ich bin gespannt auf deine Neuigkeiten. Ich will auch nach Spuren suchen. Meine Mutter hat ein riesiges Lager mit Briefen hinterlassen, denn meine Eltern haben sich zu allen Zeiten geschrieben, wenn sie getrennt waren. Diese Briefe werde ich nun mit ganz neuen Augen lesen. Bisher habe ich manche nur kurz überflogen, denn eigentlich standen in jedem die gleichen Liebesbeteuerungen, die mich ja wirklich nichts angingen. Ich habe es als „Gesülze" bezeichnet. Jetzt habe ich eine neue Sicht und mache mich an die Arbeit. Alles Gute, Sabine."

„Das wünsche ich dir auch."

Eigentlich könnte ich jetzt einen Schnaps gebrauchen, dachte Luise. Ihre Finger hatten den Hörer aufgelegt, sie waren kalt, als gehörten sie gar nicht zu ihr. Steif ging sie in die Küche und kochte Kaffee. Für Schnaps war es noch etwas zu früh.

Ob es stimmte, dass ihre Mutter über diese unglaubliche Geschichte Bescheid wusste? Luise konnte sich nicht erinnern, dass sie jemals eine verräterische Bemerkung gemacht oder eine Meinung geäußert hätte, wenn das Thema Untreue zur Sprache kam. Betrogene Ehefrauen gab es ja auch in Luises Bekanntenkreis, über die sie ihrer Mutter berichtet hatte. Ein paar Jahre zuvor hatten sich ihre Schulfreundin Gesine und ihr Mann getrennt, nachdem Gesine von den zahlreichen Nebenaffären genug hatte, die Joachim sich immer wieder erlaubte, Joachim, der evangelischer Pfarrer war. Kurz darauf ging die Ehe einer anderen Freundin in die Brüche, auch deren Mann evangelischer Pfarrer. Da stehen die Pfarrer vor ihren Gemeinden am Sonntag, predigen das Wort Gottes und die Werte des Lebens und finden nichts dabei, ihre Ehefrauen zu betrügen. Seither hatte Luise den Respekt vor Pfarrern ziemlich verloren.

Magdalene hatte sich die Geschichten angehört, wenn Luise sie erzählte, aber sich kaum mit eigenen Gedanken eingebracht. Wie oft hatte Luise vermisst, eine Stellungnahme oder einen Rat von ihrer Mutter zu erhalten, wenn sie ein Problem geschildert hatte. Magdalene nahm auch ärgerlicherweise gerne die anderen in Schutz, über die sich Luise gerade aufregte. So wurde über gegenseitige Seelenzustände zwischen Mutter und Tochter so gut wie nie geredet.

Aber dass jemand ein Leben lang etwas in sich gehütet hatte, das bestimmend für die ganze Lebenszeit gewesen sein und als Schatten stets auf allem gelegen haben musste?

Da gab es jetzt diese Frau, deren Vater auch ihrer war und die in ihr bisher wenig Sympathie geweckt hatte, und eine Erika Schwalbing, die ihrer und Reginas

Mutter doch mit Sicherheit unendliches Leid zugefügt hatte. Und da gab es einen Vater, der anscheinend ein ganz anderer Mensch gewesen war als der liebevolle Familienpapa, den Regina erinnerte. Und diese Sabine, sie war nicht Folge eines kurzen Intermezzos, sondern Ergebnis einer angeblich gleichwertigen Nebenliebe.

Beim Kaffeetrinken ließ sich Bernhard berichten, was Luise von dem Telefongespräch noch erinnerte. Jetzt wussten sie doch eine ganze Menge mehr. Aber das konnte nur ein Anfang sein.

Luise rief Regina an. Die war inzwischen in München.

„Regina, ich habe mit unserer neuen Schwester gesprochen. Ich bin noch ganz erledigt.

Sie hat erzählt, dass ihre Mutter und unser Vater sich seit 1938 näher kannten und dass unsere Mutter Bescheid gewusst hätte und sogar bereit gewesen wäre, mit Erika Schwalbing und Sabine in einer Art Großfamilie zusammenzuleben!“

„Glaubst du das?“

„Sie hat gesagt, sie hätte Briefe und Tagebuchaufzeichnungen, aus denen das hervorginge. Sie will mir alles schicken. Ich habe ihr deine Telefonnummer gegeben, aber vielleicht rufst du sie zuerst an, ihre Nummer haben wir ja nun.“

Regina zögerte.

„Ich grüble immer wieder über die Zeit in Berlin und Braunlage nach und kann mich nur an wenige Ereignisse erinnern. Ich weiß nicht, ob ich mit Sabine Kontakt haben will. Meine Kindheit war durch den Krieg schon überschattet genug, und jetzt wird mir noch die Illusion von einer intakten Familie genommen.“

„Wir können nicht so tun, als sei nichts geschehen. Jetzt müssen wir diese Geschichte weiter verfolgen, auch wenn Altvertrautes nicht mehr gilt.“

„Gut, Luise, ich ruf sie an.“

Post aus Berlin

Sabine hatte angekündigt, dass sie Briefe und Tagebuchaufzeichnungen ihrer Mutter schicken wollte. Luise fühlte in sich ein lästiges Bangen, was erwartete sie? Ob es stimmte, was Sabine alles behauptet hatte? Hatte Magdalene wirklich schon damals, als Georg noch lebte, gewusst, dass es Sabine gab?

Am Dienstag hatte das denkwürdige Telefongespräch stattgefunden. Bis zum Anfang der nächsten Woche musste sie Sabine schon Zeit lassen, vielleicht könnte am folgenden Dienstag aber ein Brief gekommen sein?

Am Mittwoch danach war immer noch nichts da. Vielleicht wegen des isländischen Aschespuckers? Im gesamten europäischen Luftraum war der Flugverkehr zum Erliegen gekommen, weil auf Island der Vulkan Eyjafjallajökull ausgebrochen war und mit seiner Aschewolke Europas Himmel verfinsterte. Und Post aus Berlin kam wahrscheinlich mit Flugzeugen nach Stuttgart. Luise musste sich gedulden, es war ja nicht abzusehen, wie lange die Ascheteilchen für Flugzeuge noch gefährlich waren. Aber eigentlich gab es doch auch Züge nach Stuttgart, die Post hätten transportieren können.

Als Luise am Freitagabend aus der Apotheke nach Hause kam, war es so weit. Im Flur auf dem kleinen Bänkchen lag ein dicker Brief im DIN-A4-Format mit Sabines Absenderadresse.

Bernhard hatte schon voll Ungeduld auf Luise gewartet und reichte ihr erwartungsvoll das flache Päckchen.

Sie nahm ihm den Umschlag aus der Hand und öffnete ihn mit einem Küchenmesser. Der Inhalt ließ sich nicht gleich überblicken, einige Briefbögen, ein Kuvert, in dem ein gefalteter Brief steckte, viele schüttere, fast durchsichtige Bögen, Durchschlagpapier, mit schlecht lesbaren kohlepapierblauen Buchstaben, einige Fotos, schwarz-weiß oder farbig, Blätter mit fotokopierten Fotos.

Obenauf lag ein weißes Blatt Papier mit Luises Anschrift, für den Fensterumschlag platziert. Die Rückseite entpuppte sich als handgeschriebener Brief.

„Liebe Luise, liebe Regina,

hier sind die versprochenen Unterlagen. Die Briefe von Eurer Mutter könnt Ihr gern behalten, ich habe sie für mich kopiert.

Meinen Brief an Eure Mutter habe ich drei Monate nach meinem Stuttgart-Aufenthalt geschrieben, aber dann doch nicht abgeschickt.

Beim Wiederlesen ergriff mich erneut ein emotionaler Schauer angesichts dieser tiefen Gefühle, Konflikte und Seelenqualen, die unsere Eltern damals durchstehen mussten, neben allen äußeren Widrigkeiten dieser Endkriegszeit. Wahrscheinlich wird es Euch ähnlich ergehen.

Herzliche Grüße, Sabine“

Emotionaler Schauer. Das war mit Abstand eine Nummer zu klein in der Dimension für Luises Gefühlssturm. Das war kein Schauer, das war eher ein Erdbeben, das alles, was gewesen war, hatte zusammenstürzen lassen.

Sie legte Sabines Zeilen zur Seite und breitete den Inhalt von Sabines Sendung auf ihrem Schreibtisch aus:

Briefe von Magdalene an Erika Schwalbing, dicht mit Schreibmaschine beschrieben, ein dicker Packen von hauchdünnen vergilbten Blättern. Unter jedem Brief die handschriftliche Original-Unterschrift von Luises Mutter, mit schwarzblauer Tinte. Dann noch einige kopierte Seiten von Erikas Tagebuchaufzeichnungen, darunter – es war nicht zu glauben – eine Farbkopie, zarte, liebevoll ordentliche Buchstaben, mit hellblauer Tinte geschriebene Wörter in kleinzeiligem Abstand: Georgs Handschrift. Eindeutig. Luise kannte diese Schrift, gut lesbar und fehlerlos, von der Lektüre der zahlreichen Liebesbriefe ihrer Eltern.

„Liebes Sabinchen!"

Weiter wollte Luise nicht lesen, das verschob sie auf später.

Unter den Tagebuchauszügen lagen drei Seiten mit je sechs darauf kopierten Schwarzweißbildern. Luise hatte viele der Fotos schon einmal gesehen, in den Fotoalben ihrer Eltern. Ein Bild zeigte Erika und Magdalene vor einem geschmückten Weihnachtsbaum, ein anderes, links daneben der gleiche Weihnachtsbaum, Georg mit Regina vor dem Kaufladen, dem Kaufladen, den es noch gab, er lagerte gut verpackt in Magdalenes Degerlocher Kellerraum. Auch Luise hatte als Kind an Weihnachten mit ihm spielen dürfen. Sie erinnerte sich an Schächtelchen mit Puffreis und das Klingeln der Ladenkasse, wenn die Schublade mit dem Spielgeld aufsprang. Was hatte diese Erika bei Feldts daheim zu suchen?

Luise durchblätterte die Fotoseiten: Georg und Luise, das kleine Mädchen hingestellt auf eine Mauer, vom Vater gestützt, Luise sechs Vaterhandbreiten lang, etwa ein Jahr alt. Darunter ein Bild vom ebenso kleinen Sabinchen, ohne Georg.

Erika im selbstgestrickten Vierzigerjahre-Kriegspullover, mit stolz in Schulterhöhe an sich gedrücktem Sabinchen. Familie Feldt in Braunlage im Garten. Regina mit Luischen am Grab, Regina kniend, fürs Foto lächelnd, Luise stehend.

Georg war leidenschaftlicher Fotograf gewesen, er entwickelte seine Filme selbst und fertigte die Papierabzüge in der kleinen Dunkelkammer, die er sich, wo immer er auch wohnte, in einem Kellerraum einrichtete. Abzüge in verschiedenen Formaten und Größen, rechteckig oder quadratisch, in Hochglanz, halbmatt oder matt, mit glattem oder gezacktem Rand. Die Fotos gingen per Post an Großeltern und Verwandte, und offensichtlich gelangten sie auch an Erika Schwalbing. Eines war jetzt klar: Sabine Albrecht war keine Betrügerin.

Der Brief, den Sabine nicht abgeschickt hatte, steckte in einem an Magdalene adressierten Umschlag, sogar die ungestempelten Briefmarken klebten noch darauf. Zwei große Briefmarken, auf denen ein altmeisterliches Gemälde abgebildet war, das Weltkulturerbe Gartenreich Dessau-Wörlitz zeigend. Zweimal sechsundfünfzig Eurocent.

Der Brief war nicht verschlossen. Im Umschlag lagen außer dem Brief noch drei Farbfotos. Eines zeigte Georgs Grab in Braunlage. Die Grabstelle war quadratisch und groß wie ein Doppelgrab, hinten in der Mitte war der Granit-Findling aufgestellt. Ob Magdalene irgendwann dort hätte begraben sein wollen?

Das Foto war sehr scharf, Luise konnte die Inschrift auf dem Grabstein gut lesen. Die Sieben von Neunzehnhundertsiebenundvierzig gab es noch. Sie war dann wohl während des Transports nach Stuttgart abgerissen worden. Georgs Grab war mit Blumen geschmückt, vor dem Grabstein wuchsen als Girlande gepflanzte rosa Begonien. Davor lagen im Halbrund drei hellgraue Steinplatten, auf der linken stand eine Schale mit roten Geranien, blauen Anemonen und Efeu. Vor der mittleren Steinplatte steckte eine Vase mit rosa Rosen, die gleiche Art grüne Friedhofs-Plastikvase wie in Degerloch. Die rechte Steinplatte lag frei auf der dunkelbraunen Erde.

Das Grab war ringsherum mit einer kleinen Steinmauer eingefasst.

Ganz hinten, neben dem Grabstein, entdeckte Luise eine weiße Stelle, der Form nach hätte es eine auf dem Kopf stehende Plastiktube sein können, Zahnpasta oder Körpermilch. Da aber beides nicht infrage kommen konnte, was sollten derartige Gegenstände auch auf einem Grab zu suchen haben, könnte es sich um einen Liebesgruß der beiden Besucherinnen handeln, überlegte Luise. Eine gerollte Papierbotschaft an Georg Feldt?

Die zwei anderen Fotos trugen dasselbe Datum auf der Rückseite wie das Grabfoto: ein Bild von Erika Schwalbing und eines von Sabine. Sabine blickte ernst mit schmalen Lippen, trug eine Brille und eine ziemlich langweilige Frisur, grauweiße Haare kinnkurz geschnitten, um die Ohren sich nach innen wölbend, gerader Pony in Augenbrauenhöhe, Mittelscheitel.

Das war also die neue Schwester. Hatte sie Ähnlichkeit mit Georg? Luise konnte spontan keine entdecken. Sie war darüber irgendwie froh.

Erika Schwalbing war als weißhaarige Frau zu sehen, in einem Zugabteil am Fenster sitzend, beide Hände im Schoß gefaltet. Auch sie trug eine Brille. Brillenträger. Luise war kurzsichtig, ihre Mutter auch, Sabine auch. Georg Feldt war nicht kurzsichtig und besaß keine Brille. Zum Lesen brauchte er auch keine, denn vor dem Eintreten der Altersweitsichtigkeit war er ja schon gestorben.

Die Kurzsichtigkeit stammte eindeutig von den Müttern.

Sabines Mutter blickte freundlich aus dem Foto heraus. Ihre Lippen waren nicht schmal, die Backen voll, erstaunlich für eine über Neunzigjährige. Alle drei Aufnahmen waren wahrscheinlich anlässlich der Reise nach Braunlage entstanden.

Luise legte die Fotos zur Seite und zog den Brief aus dem Umschlag. Zwei Seiten hatte Sabine vorne und hinten voll geschrieben, auf liniertem Papier. Ihre Handschrift ließ sich gut lesen.

„17.12.2002

Liebe Frau Feldt,

seit meiner Rückkehr aus Stuttgart kann ich nicht aufhören, über unsere Gespräche am Telefon nachzudenken. Ich sehe mich noch in der Telefonzelle stehen und mit einer Mischung aus Spannung, Angst und Hoffnung Ihre Nummer wählen. Ich danke Ihnen, dass Sie nach dem ersten Erschrecken, das wohl auch Abwehr hervorrief, bereit waren, mit mir zu sprechen. Ich habe eine gute, warme Erinnerung an diese Gespräche. Am Ende sagten Sie mir zwar deutlich, Sie wollten keinen Kontakt mehr mit der Familie Schwalbing und deren Nachkommen haben. Sie hätten einen endgültigen Trennungsstrich gezogen. Andererseits gaben Sie mir zu verstehen, ich dürfe mich durchaus noch einmal bei Ihnen melden.

Für dieses Entgegenkommen danke ich Ihnen sehr, denn das Bedürfnis hat sich in der Zeit seit meiner Rückkehr bis heute noch verstärkt. Der Gedanke an unsere zwei Gespräche lässt mich nicht los. Es ist wohl ein tiefer innerer Drang, dem Geheimnis meiner Entstehung nachzugehen. Ich will nachempfinden und begreifen, was damals zur Zeit meiner Geburt mit den Menschen, die es anging, geschehen ist und warum sich die Dinge so entwickelt haben, wie sie dann eintraten. Ich suche keine Schuld und will kein Urteil fällen, aber dies alles ist eben auch ein Teil meiner Geschichte, der ich nachspüren will.

Ich habe dafür als Anhaltspunkte die Erzählungen meiner Mutter, der diese End- und Nachkriegszeit noch erstaunlich deutlich in Erinnerung ist.

Ich habe ein Tagebuch, das sie während meiner ersten Lebensjahre für mich schrieb. Vor einiger Zeit gab sie mir dann Briefe von Georg und von Ihnen, auch einen von Regina (die müsste sich doch noch an das Schwälbchen und Sabinchen erinnern?) und viele Fotos von gemeinsamen Stunden mit Ihrer Familie.

Ich las diese Briefe mit ehrfürchtiger Erwartung, um diese drei Menschen besser zu verstehen, und endete im Weinen über die Ausweglosigkeit dieser Lebensgemeinschaft und ihr trauriges Ende.

Meine Mutter, im Irdischen angekommen, zwischen Kinder- und Elternverantwortung eingebunden, wollte nicht eine andere Familie zerstören und hat es vielleicht gerade dadurch getan. Wie oft erreicht man durch eine schweren Herzens getroffene Entscheidung am Ende genau das Gegenteil des Gewünschten. Sie drei haben in diesen Jahren, noch dazu mitten in den Wirren der letzten Kriegstage und der weltpolitischen Umbrüche, so extreme intensive Gefühlserfahrungen durchgemacht, wie ich sie mir in meinem wohlbehüteten Nachkriegsleben kaum vorstellen kann, mit schwerwiegenden Lebensentscheidungen, höchsten Hoffnungen, tiefsten Verzweiflungen und Schmerzen. Das hat zwar damals Ihr Leben grausam erschüttert, aber trotzdem beneide ich Sie in gewisser Weise um diese Erfahrungen.

Ich sah in Georgs Briefen eine immer mehr sich steigernde, emphatisch beschworene, ins Unermessliche hinaufgeträumte Liebe. Diese Liebe war wohl das

Verhängnis, das ihn zerbrochen hat, als er erkennen musste, dass sein Glücksanspruch nicht rückhaltlos erwidert werden konnte.

Und dann sehe ich zwei Frauen, beide bereit zu Opfer und zur Selbstaufgabe, die nach dem großen Verlust ihre ganze Kraft ihren (seinen) Kindern schenken und ein langes Leben hindurch die Erinnerung an die Glücksstunden bewahren würden, die er ihnen geschenkt hat. Sie und meine Mutter erscheinen mir fast wie eine Schicksalsgemeinschaft, beide gleich alt, beide inzwischen gleich alt geworden. Und ich empfinde, ohne Sie zu kennen, für Sie eine große Hochachtung und auch so etwas wie Liebe, da Sie es dann waren, die meinen Vater die letzten Monate über begleitet hat und ihm half, seinen Frieden zu finden und in inniger Verbundenheit Abschied zu nehmen.

Ich weiß, dass mein Vater mich auch geliebt hat. So tief ich es auch bedaure, dass ich ihn nie kennengelernt habe, so ratlos bin ich auch, wenn ich versuche mir vorzustellen, wie die Dreiecksbeziehung nach dem Ende der Nachkriegswirren in banaler Bürgerlichkeit sich hätte weiterentwickeln sollen.

Dies sind alles Gedanken, die mich seit Wochen manchmal nächtelang beschäftigen – und ich hoffe nur, dass ich Ihr inzwischen befriedetes Gemüt nicht zu sehr wieder in Qual und Unruhe bringe. Verzeihen Sie mir das Wiederaufrühren alter Gefühle!

Was mich betrifft, so hätte ich schon sehr gerne wenigstens ein Bild von meinen beiden Halbschwestern, vielleicht auch von Ihnen, um meine innere Vorstellung von der anderen Hälfte meiner Herkunft abzurunden. Ich lege jedenfalls ein Foto meiner Mutter und eines von mir bei, dazu noch ein Foto von Georgs Grab, das meine Mutter und ich im Sommer besucht haben. Allein war sie schon öfter dort in den letzten Jahren, aber ich habe es zum ersten Mal gesehen. Es wird sehr ordentlich gepflegt. Die Röschen in der Vase und in den hinteren Ecken sind von uns. Wollen Sie auch eines Tages dort begraben werden?

Das bringt mich auf ein anderes Problem: Als Sie mir sagten, ich dürfe mich wieder melden, kam mir der Gedanke, es könnte ja möglich sein, dass Ihnen zwischenzeitlich etwas zugestoßen wäre.

Das würde bedeuten, dass Ihre Töchter dann doch stutzig werden, was denn eine Frau Albrecht von Ihnen gewollt hat. Wie kann ich sicher sein, dass ich es rechtzeitig erfahre, wenn Ihre Adresse und Telefonnummer eines Tages nicht mehr erreichbar sind? Vielleicht gibt es einen Nachbarn, bei dem ich nachfragen könnte, was los ist. Es wäre schön, wenn Sie mir irgendeinen Namen eines Unbeteiligten geben könnten für eventuelle Nachforschungen.

Ich wünsche Ihnen und Ihrer Familie ein gesegnetes Weihnachtsfest und alles Gute für das neue Jahr, vor allem Gesundheit. Sie sagten, Sie hätten gesundheitliche Probleme – ist es das Herz oder die Gicht, was Sie in den Briefen von früher anklingen ließen – auf jeden Fall wünsche ich Ihnen ein möglichst beschwerdefreies weiteres Leben.

Mit herzlichen Grüßen, Sabine“

Der Brief Sabines an Magdalene Feldt entfachte in Luise zwiespältige Gefühle. Zum einen bewunderte sie die klare Gliederung der Gedanken und die einfühlsame Wortwahl, zum andern erzeugte er in ihr Ablehnung und Abwehr. Was nahm sich diese Frau heraus, wie konnte sie sich auf gleicher Stufe sehen wie Regina und Luise? Aber dennoch war auch eine gewisse Sympathie für diese Unbekannte entstanden. Luise faltete die Briefseiten zusammen und steckte sie samt den drei Fotos entschlossen wieder in den Umschlag zurück. Sie würde sich später wieder damit beschäftigen.

In dem Brief hatte Sabine zwei Telefongespräche mit Magdalene erwähnt. Sabine hatte also nicht nur ein einziges Mal dort angerufen, wie sie Luise beim ersten Kontakt erzählt hatte. Wie musste Magdalene sich gefühlt haben, wenn sich nach fast sechzig Jahren längst aus allen Gedanken Verdrängtes wieder in die Gegenwart zwängte.

Luise rief sich die Begegnungen mit ihrer Mutter im Jahr 2002 ins Gedächtnis. Im Sommer dieses Jahres war Magdalene wegen einer ständig verstopften Nase von ihrer Hausärztin zum Röntgenfacharzt geschickt worden. Dieser hatte einen Tumor in der Nasennebenhöhle entdeckt.

Auf Magdalenes Fragen, was nun zu tun sei, sprach der Arzt von Operation, Chemotherapie oder Bestrahlung. „Aber Sie können es auch einfach so lassen.“ Menschen, die älter sind als neunzig Jahre, sind vielleicht in den Augen von Ärzten, zumal wenn sie als durchlaufende Posten nach der Diagnosestellung nie mehr in der Praxis auftauchen werden, keine Therapie wert, sondern reif. Luise überzeugte ihre Mutter, dass sie es nicht lassen, sondern kämpfen sollte um weitere Lebensjahre.

Im Spätherbst 2002 lief das ganze Programm ab: Kernspinresonanz-Tomographie, operative Entfernung des Tumors, mit kosmetisch optimaler Schnittführung in der Nasolabialfalte, beruhigte der operierende Chefarzt. Und nachdem das „Ding“ nicht verschwunden war, sechs Zyklen Chemotherapie, danach schließlich punktgenau gezielte mehrfache Bestrahlung. Dann war Ruhe, die alle drei Monate im Kernspin-Tomographen kontrolliert und bestätigt wurde.

Sabines Anrufe mussten genau in diesem Zeitraum, 2002, erfolgt sein. Sabine hatte am Telefon erwähnt, dass sie damals nach Stuttgart gekommen sei wegen einer Wagner-Aufführung. Sabine, ein Wagner-Fan. Diese Vorliebe teilte Luise nicht, und Opern mochte sie eigentlich auch nicht besonders.

Da wurde Magdalene inmitten der bedrohlichen Unsicherheit der eigenen Zukunft von ihrer tief verschütteten Vergangenheit getroffen. Doch sie zog es weiterhin vor zu schweigen. Bei den wöchentlichen dienstäglichen Kaffee-und-Kuchen-Begegnungen mit Luise unterhielten sie sich über die Enkel, die Nachbarn, die Putzfrau oder wer gestorben war, meist Belangloses.

Eine Schwester. Genauso alt. Was hatte Sabine gesagt? „Ich habe am 12. Juli Geburtstag. Ich bin allerdings einen Monat zu früh auf die Welt gekommen, hat mir meine Mutter erzählt."

Luises Geburtstag war der 16. Mai. Sabine war zwei Monate jünger.

Doch Sabine hätte eigentlich im August Geburtstag: September, Oktober, November. Sie war also im November 1944 gezeugt worden, Luise im August: Juni, Juli, August. Im November war Magdalene im vierten Monat.

Georg musste zu diesem Zeitpunkt eigentlich gewusst haben, dass seine Frau schwanger war. Ob er Erika Schwalbing davon erzählt und in ihr dadurch den Wunsch nach einem eigenen Kind geweckt hatte? Es könnte so gewesen sein, fand Luise.

Aber freute man sich mitten im Krieg über eine Schwangerschaft? Magdalene hatte einmal von einer Zugfahrt von Braunlage nach Wernigerode erzählt. Während der Fahrt hatte es einen Angriff von Tieffliegern auf den Zug gegeben. Der Zug hielt an und alle sollten aussteigen und wegrennen. In Panik stauten sich die Menschen im Gang. Magdalene quälte sich aus einem hastig heruntergeklappten Zugfenster ins Freie, hochschwanger mit Luise. „Und da soll ich ein Kind bekommen, in so einer Zeit!" hatte Magdalene geschrien.

Dieses Kind war ich, hatte Luise gespeichert und sie zu der Überzeugung kommen lassen, dass sie damals nicht unbedingt willkommen war.

Und parallel dazu war Sabine im Entstehen.

Es war Zeit zum Abendessen. Bernhard hatte eine Pizza gebacken, darin war er unübertrefflich. Der Boden war stets knusprig, der Hefeteig locker und der Belag, Zwiebeln, Tomaten, Schinken und Mozzarella, saftig.

Luise setzte sich an den gedeckten Tisch. Sabines Schriftstücke verschwanden wieder in ihrem Umschlag und waren dadurch in gewisser Weise entschärft. An diesem Abend tranken sie eine ganze Flasche Rotwein zusammen, sahen im Fernsehen noch einen Krimi an, und die ungeheuerlichen Neuigkeiten verblassten zugunsten einer ersehnten Nachtruhe.

Am nächsten Tag hatte Luise vormittags frei und nahm das Päckchen aus Berlin wieder zur Hand. Sie zog die Seiten mit den kopierten Fotos erneut heraus. Wieder und wieder betrachtete sie die Bilder: das Porträtfoto des Vaters, weißes Hemd, Krawatte und dunkler Anzug, ein Leberfleck neben dem linken Nasenflügel und die Fechtnarbe, den Schmiss, auf der linken Backe. Die Haare über hoher Stirn links gescheitelt und dann nach rechts gekämmt. Dann ein Familienfoto im Garten in Braunlage, Magdalene auf einem Stuhl sitzend, Luise-Baby auf dem Schoß, Regina links daneben, kniend, mit langen Zöpfen und kurzpuffärmeligem Kleid. Dahinter steht Georg, der Vater, blickt stolz in die Kamera.

Als nächstes Luise ganz klein, von Regina gehalten. Luise mit kariertem Spielhöschen, das Oberteil in Herzform genäht. Das Kind Luise blickt ernst, Regina lacht, trägt diese seltsamen geschwungenen Affenschaukel-Zöpfe.

Ein anderes Bild zeigt die Familie Feldt, als es noch keine Luise gab, 1943 Urlaub am Achensee. Magdalene und Regina sitzen auf einem Holzbalken, Georg kniet davor. Und noch einmal der Achensee im Hintergrund, umschlossen von hohen Bergen, Wolken am Himmel, im Vordergrund Familie Feldt: Georg, in kurzer Hose und Sporthemd, den rechten Arm um Magdalene gelegt, den linken um Regina. Seine Hände lugen aus den Taillen nach vorne. Alle drei blicken ferienmäßig freundlich und zufrieden.

Ein etwas größeres Foto ist ungewöhnlich deutlich und scharf, obwohl es auch eine Kopie ist. Regina kniet knicksend auf einem Gartenweg, Luise steht davor, helles Sonntagskleid mit gesmokten Ärmelchen, Söckchen und Sandalen, Löckchenfrisur und Haarschleife. Süß. Dieses Foto war eindeutig in Degerloch aufgenommen, im Garten der Großeltern.

Wie kam dieses Foto zu Erika Schwalbing, Georg lebte doch zu diesem Zeitpunkt schon nicht mehr?

Eine andere Seite war ganz mit Fotos der unbekannten Frau und ihrem Sabinchen gefüllt, das kleine Mädchen wenige Monate alt, dann zweijährig mit Schürzchenkleid, dreijährig mit Volantsaum am Sommerröckchen, Söckchen, Sandalen und Schleife im Haar. Auch süß. So sah man eben aus als kleines Nachkriegsmädchen.

Und wieder ein Bild mit Weihnachtsbaum: in einem Sessel sitzend Magdalene, daran lehnend Erika, Magdalene den Arm um die Schulter legend. Wie Magdalene trägt auch Erika Schwalbing die dunklen Haare stirnfrei aus dem Gesicht gekämmt, zu einer Tolle hochgesteckt. Magdalenes Lächeln wirkt gequält, fast als würde sie sich gegen Erikas Arm wehren. Erika lächelt den Fotografen an, Georg. Was hatte Erika Schwalbing vor dem Weihnachtsbaum der Feldts zu suchen?

Briefe von Magdalene an Erika hatte Sabine angekündigt.

Luise fasste den Papierstoß und entfaltete ihn behutsam, eine Seite nach der anderen.

Die Briefe, alle mit Schreibmaschine engst beschrieben, stammten aus den Jahren 1945 bis 1948.

Sabine hatte die Briefe für sich kopiert und wollte sie nicht zurück haben. Es waren tatsächlich die Originalbriefe, die sie geschickt hatte.

Luise traute sich kaum, die dünnen, mürben Papiere anzufassen, sie ordnete sie nach dem Datum. Vom 21. September 1945 stammte der erste. Da war Luise vier Monate alt. Und Sabine zwei.

Magdalene antwortet auf einen Brief Erikas, sie weiß, dass Sabine geboren wurde.

„Mein lieber Mann legte mir Deine Briefe in die Hände und Sabinchen und seine Mutter ans Herz. Ich freue mich, dass Du ein Kind hast, ganz wirklich! Wenn Du mir auch fremd geworden bist, glaube ich, dass Du durch Sabinchen glücklich sein wirst und Dein Leben Erfüllung findet. Das Kind wird Dir helfen, die nächsten Jahre, die uns mit all ihrer Bitternis noch gnadenvoll verborgen sind, zu überwinden, nein, überwinden zu wollen, denn ich glaube heute nicht mehr an einen schnellen Aufstieg aus den nun einmal erreichten Tiefen. Genauso kam Luischen zu uns, als Geschenk, mit unendlicher Freude und Dankbarkeit begrüßt.

Ich weiß, dass Georg Dich immer liebhaben wird und Du ihm eine der Lebensquellen bist, aus denen ihm die Kraft zum Dasein zuströmt. Dennoch ist es für mich heute wieder Wirklichkeit geworden, womit er mich in den letzten Jahren immer und immer wieder zu beschwören versuchte, dass ich ihm Heimat bleiben muss und wir unlösbar miteinander verbunden sind bis zur letzten Stunde."

Luise konnte kaum glauben, was in dem Brief stand und legte ihn erst einmal zur Seite. Es schien tatsächlich zu stimmen, was Sabine am Telefon gesagt hatte – Magdalene hatte alles gewusst! Luise sah ihre Mutter vor sich, fünfunddreißig Jahre alt, in wirren Zeiten ohne Geld und ohne Wohnung, zwar kein Krieg mehr, aber auch noch keine Zukunft. Das Glück, einen Vater zu haben für das kleine Wesen in seinem Körbchen, einen lebendigen, der nicht im Krieg umgekommen war. Und dieses Minimalglück, das vielen anderen Frauen damals nicht vergönnt war, wurde vergiftet durch die störende Existenz einer Frau, die sich in gleichem Rang sah. Warum ließ sich Magdalene auf dieses Spiel ein? Luise las weiter:

„Du fragst nach Luischen. Ich glaube, dass der schlimme Vater nie von seinem Kinde schrieb, denn in den Briefen an Dich wird ja nur ‚geschwälbelt'. Ja, wir sind überglücklich, wir lieben es innigst, fast möchte man meinen, dass der Lampion, unser großes Kind, dabei zu kurz kommt. Aber sie hat ja das Schwesterchen genauso lieb."

Woher wusste Magdalene, dass und was Georg an Erika schrieb? Vielleicht hatte sie seine zahlreichen Liebesbriefe vor Augen, von denen ja Luise auch schon einige gelesen hatte. Sie enthielten wenig Informationen und ungeheuer viel schwärmerisches Gefühl. Was für Luise „Gesülze" war, nannte Magdalene „Schwälbeln". Das bezog sich auf Erika Schwalbings Namen, sie wurde von Georg Schwalbe oder Schwälbchen genannt. Regina hatte das ja auch in einem Telefongespräch mit Luise erwähnt.

Und ob Regina damals wirklich so erfreut war über ihr Schwesterchen Luise? Bestimmt war sie glücklich, endlich wieder mit ihrer Familie leben zu können, Vater und Mutter um sich zu haben, nach den vielen vergangenen Kriegsjahren, in denen sie von einem Ort zum anderen gebracht, ausgelagert worden war. Regina konnte sich gar nicht mehr genau an die einzelnen Stationen erinnern, doch wie ein Postpaket sei sie herumgeschickt worden.

Familie mit Schwesterchen war eben immer noch besser als keine Familie, kein Vater und keine Mutter.

Der Brief setzte sich fort mit begeisterten Schilderungen des kleinen Töchterchens Luise, dem brävsten und artigsten Kind, das man sich denken kann. Höchst befremdlich, was da stand:

„Als sie acht Wochen alt war, haben wir angefangen sie abzuhalten, und heute sind wir so weit, dass das Menschlein krebsrot anläuft vor Eifer und sofort seine Geschäftchen – beiderlei Sorten – erledigt. Ich muss nur alle acht bis zehn Tage Windeln waschen."

Luise stellte sich vor, wie das kleine Würmchen, das sie gewesen sein musste, zu seinen Ausscheidungen ermuntert wurde. Regina hatte damals beobachtet, dass dem Schwesterchen ein Stück des Darms heraushing, wenn es seine Abhalte-Kunststückchen vollbrachte. Den stopfte man dann wieder zurück an seinen vorgesehen Ort. Regina pflegte immer wieder von diesem Ereignis zu sprechen, auch noch nach über sechzig Jahren. Es musste sie nachhaltig erschüttert haben, was ihre kleine Schwester da von sich gab.

„Luischen, unser bezauberndes Töchterchen Goldbraue, hat es gut gehabt in seinen ersten Lebensmonaten. Bei jedem Sonnenstrahl stand es draußen auf dem Balkon, allein mit sich und der Sommerwelt, eingesponnen in seinen Frieden. Nur wenn die Eltern eine Wanderung vorhatten – und dies war oft der Fall – sei es Blaubeeren oder Himbeeren suchen, Holz oder Pilze sammeln, dann wurde das Kind in den Wagen gepackt und in den Wald gefahren. Bis hoch in die Berge sind wir gestiegen, und wenn der Weg zu schlecht wurde, hat der Vater sein Kind über weite Strecken getragen. Wir haben viele glückliche Stunden in diesem Sommer erlebt, fühlten uns von allem Schweren befreit.

Für Dich, die Du in dem hässlichen Berlin leben musst, mag dies alles wie ein Märchen klingen. Und doch ist uns in vielen Stunden die Sorge Weggenosse gewesen, sei es Sorge um die Zukunft oder um liebe Menschen, von denen wir lange und teilweise bis heute ohne Nachricht geblieben sind. Bei Georg kam vor allem auch die Sorge um Dich dazu, die ihn oft bedrückte. Ich bin froh, dass Deine Briefe ihm trotz allem frohe Kunde brachten.

Auch unser Leben hier in Braunlage, in der Fremde, ohne Ausdehnungsmöglichkeit im Raum, ohne eigene Küche (es kochen fünf Familien an einem Herd), ist oft voller Widrigkeiten.

Von unserem Gepäck haben wir sehr viel verloren, die gesamte Bettwäsche, die Daunendecken, fast alle Wollsachen, wir besitzen gerade noch das Bitternötigste.

Regina, unsere Große, geht seit vier Wochen hier zur Schule. Sie hat auch einen guten Sommer gehabt in der herrlichen Waldluft, trägt aber weiterhin die Sehnsucht nach ihrem Berlin im Herzen. Das Schwesterchen kann sie schon ganz gut versorgen und trockenlegen.

Meine Wünsche sind jetzt, dass unser Papi, der seit acht Tagen weg ist, recht bald zu uns zurückkehren möge, dass es uns vergönnt sein möge, den Winter hier ruhig zu verleben, und dass wir nicht hungern und frieren müssen."

Wo war Georg? Handelte es sich um die Lagerzeit, die Georg von den Engländern aufgezwungen worden war? Magdalene hatte stets beteuert, dass er damals zu Unrecht festgehalten wurde, irgendwo nahe Bremen. Magdalene war also mit den Kindern allein, als sie an Erika diesen Brief schrieb.

„Dir und Sabinchen wünsche ich alles Gute für den Winter, möge das Kindlein zu Euer aller Freude gedeihen und gesund bleiben. Vielleicht kann man im Frühjahr doch einen Hoffnungsschimmer erkennen und für unser Leben wieder eine festgefügtere Bahn.

Die Luisenmutter
Magdalene Feldt"

Magdalenes Unterschrift, Vor- und Nachnamen, mit schwarzblauer Tinte geschrieben. Die vertraute Handschrift der Mutter. Luise sah ihre Schulzeugnisse vor sich, die Entschuldigungen vom Schwimmunterricht, den Lehrvertrag zur Apothekerpraktikantin in der Silberburg-Apotheke, M. Feldt. Die Unterschrift der Erziehungsberechtigten.

Sie mochte die Schrift der Mutter, großzügig, kraftvoll, ordentlich. Dagegen Georgs Schrift: pedantisch akkurat, ästhetisch vorbildlich, in irgendeiner Weise, vielleicht wegen des Vorbildcharakters zum Widerstand reizend.

Magdalene hatte als „Luisenmutter" unterschrieben. Dabei war sie doch auch Mutter von Regina. Sie schien Erika damit sagen zu wollen, dass eine Luisenmutter rechtmäßigere Mutter ist als eine Sabinenmutter, dachte Luise.

Sie blätterte weiter in dem Briefstapel.

Ein Brief Georgs an Erika stach ihr in die Augen, er lag als Kopie vor. Sabine hatte das Datum oben notiert, 21.4.46. Der Anfang fehlte, der Brief begann mittendrin ohne Anrede. Sabine hatte nur die zweite Seite geschickt, daher auch das von ihr aufgetragene Datum. Diesen Brief musste Luise einfach sofort lesen, auch wenn die zeitliche Reihenfolge nicht stimmte.

Anscheinend hatte Erika längere Zeit nicht mehr geschrieben:

„... Liebsten, an meiner süßen, unfehlbaren, klugen, herrlichen Liebsten liegen. Entweder hat sie meinen Brief, der ja allerdings lang genug war, nicht gelesen oder zur Hälfte wieder vergessen, oder sie hat ihn ganz einfach – verlegt.

Also, Du mein allerliebstes Herz – schau nach, ganz genau, und schreib mir dann, was los war.

In dem kleinen Päckchen, das wir Dir in den nächsten Tagen schicken wollen, sind auch Schuhchen drin, die wir hier kaufen konnten und die Luise nicht braucht, weil wir ein paar andere geschenkt bekommen haben, außerdem noch ein Paket Haferflocken für Dich oder Sabinchen.

Für mich hätte ich dringend Büroklammern nötig. Wirst Du so etwas auftreiben können?

Und wie steht es eigentlich bei Euch mit Waschmitteln und Seife, wird das verteilt, oder soll ich Dir einmal etwas Schwimmseife schicken?"

Was war denn das für eine Seife? Luise unternahm kurz einen Ausflug ins Netz des Wissens. Schwimmseife war einfach eine andere Bezeichnung für durch Verseifung von Fett mit starker Lauge traditionell hergestellte Seife, erfuhr sie dort. Da sie auf der Wasseroberfläche schwimmen konnte, trug sie wohl den Namen „Schwimmseife" zu Recht.

Luise las weiter und stutzte über die nachfolgenden Zeilen.

„Du hast schon wiederholt danach gefragt, wie Magdalene Sabinchen aufgenommen hat. Entschuldige, dass ich Dir darauf nicht schon lange geantwortet habe. Warum, weiß ich selbst nicht, wahrscheinlich, weil es immer so viel anderes und mir wichtiger Erscheinendes zu berichten gab oder weil ich hoffte, mit Dir darüber sprechen zu können."

Wie sich ihr Vater in Ausflüchten wand!

Sie las weiter:

„Nun, nachdem ich nach Luises Geburt einige Male Schwierigkeiten hatte, Magdalenes beharrliches Ansteuern der Frage wenigstens noch eine Zeitlang zu vermeiden, bis sie wieder ganz in Ordnung war, war es schließlich der 15. Juni vergangenen Jahres, an dem ich es ihr auf einem Spaziergang sagte. Und zwar dann nur in der Weise, dass ich eine wiederum von ihr gestellte Frage, wie es denn nun damit sei, ob Du ein Kind bekämst, mit ‚Ja' beantwortete. Dies war, abgesehen davon, dass ich meine Absicht schon geändert hatte, seit es sicher war, dass Magdalene auch ein Kind bekommen würde, nun auch darum notwendig geworden, weil ich mit ihr auch darüber sprechen wollte, dass ich die Absicht hätte, zu Dir zu fahren und nach Dir zu sehen, in Dessau, wie ich damals noch meinte. Sie hat es still und ohne innere Auflehnung angehört und hat sich auch hilfsbereit an Deinem Los interessiert gezeigt. Sie hat mich ohne Widerstreben am 25. Juni nach Dessau fahren lassen. Ich wusste ja nicht, dass Du gar nicht mehr dort warst."

Luise stellte sich diese beiden Menschen vor, im Wald von Braunlage, ihre Mutter, etwa vier Wochen nach Luises Geburt, ein lieblicher Sommertag im Juni, in der Luft der würzige Duft besonnten Waldbodens, und dann das alles umfassende, alles erschütternde „Ja", das lange schon gefürchtet war.

Sie sah die Mutter nach dem „Ja" erschrecken in der eingetretenen Gewissheit. Keine innere Auflehnung – als ob innere Auflehnung von außen erkennbar wäre. Georg schien die Wirklichkeit so zu drehen, wie er sie wahrnehmen wollte. Wahrscheinlich hatte Magdalene in den Tagen vor Georgs erfolgloser Reise nach Dessau viel geschwiegen, still in sich hinein geklagt und sich in Mutterpflichten gestürzt, um nicht den Boden unter den Füßen zu verlieren.

Für Georg war diese ausbleibende sichtbare Reaktion bequem als „ohne innere Auflehnung" abgehakt.

Er hatte sich offenbar bis zu dem beschriebenen Waldspaziergang nicht getraut, seiner Frau zu sagen, dass seine Geliebte schwanger war.

Vier Wochen nach Georgs „Ja" zu Magdalenes Frage wurde Sabine geboren.

Er habe seine Absicht geändert, stand in dem Brief. Welche Absicht hatte er denn gehabt? Magdalene zu verlassen und mit Erika und dem neuen Kind zusammenzuleben? Und dann doch Luises und Reginas wegen bei Magdalene zu bleiben? Vielleicht hatte er auch vorgehabt, Magdalene Erikas Schwangerschaft zu verheimlichen, manchmal kamen Kinder auch tot auf die Welt, dann hätte sich seine Beichte erledigt gehabt.

Der Brief wurde immer aufregender:

„Wie sie sich seither eingestellt hat, weißt Du ja am besten aus ihren Briefen, kleine Rückschläge sind natürlich und ohne tiefe Bedeutung, sodass heute ein Zustand erreicht ist, den wir früher kaum für möglich gehalten hätten. Du musst ja aus meinen damals im Sommer geschriebenen Briefen nach Oranienbaum noch erinnern, dass ich Dir in ihnen davon erzählte, wie wir hier sogar schon ein Zimmer für Dich besorgt hatten, das Du, wenn ich Dich mitgebracht hätte, gleich hättest beziehen können."

Es war richtig gruselig. Luise stellte sich vor, wie Magdalene in der kaum zu ertragenden Enge der kümmerlichen Unterkunft in Braunlage auch noch die

Geliebte ihres Mannes samt seines weiteren Baby-Töchterchens hätte ertragen können. Georg, der Meister ellenlanger Schachtelsätze mit kunstvollem Nicht-Stellung-Beziehen schien eine Ménage à trois tatsächlich für umsetzbar zu halten, und er dann mittendrin als Pascha?

„Arme Liebste, oh Du Meine, Du! Ach mein Kerlchen, was ist das nur wieder für ein langer Brief geworden, aber ich weiß ja, dass es auch Dir Freude ist, wenn wir uns wenigstens auf diese Weise nahe sind. Für mich gibt es nichts Schöneres, nichts, was mir den Tag mehr zum Festtag macht, als Dir zu schreiben und mit meinen Gedanken um Dich und bei Dir zu sein um Dir meine Liebe darzubringen. Denn nur lieb, immer, ewig nur lieb habe ich Dich!

Deiner“

Handschriftlich Georgs Unterschrift, Sabine hatte eine Farbkopie gemacht, denn die Unterschrift war blau. Kein Namen, nur „Deiner“, formelhafte Liebesbeteuerungen als abschiedsrituelle Schlusszeilen. Nur lieb, immer lieb habe ich Dich.

Das stand auch üblicherweise unter seinen Briefen an Magdalene, erinnerte sich Luise. Ich hab dich lieb. Luise sah diesen Satz vor sich, weiße Zuckerbuchstaben auf braunen Lebkuchenherzen vom Weihnachtsmarkt, in Cellophan eingepackt und mit Kordelschnur zum Um-den-Hals-Hängen. Floskeln. Standardvokabular für Liebesbriefe.

Was war in Oranienbaum gewesen, was sollte Erika in Dessau? Oranienbaum war ein Ort unweit von Dessau, fand Luise heraus, Wahrscheinlich wohnte Erika dort eine Zeit lang während ihrer Schwangerschaft, ging aber vor der Geburt Sabines wieder zurück nach Berlin.

Der Brief stammte vom Frühjahr 1946, beschrieb aber Vorgänge, die Monate zurück lagen. Waren seine zuvor geschriebenen Briefe nicht bei Erika angekommen? Und ihre nicht bei ihm?

Etwas ratlos wandte sich Luise wieder den Briefen ihrer Mutter an die Schwalbe zu.

„26.11.1945

Liebe Erika!

Ich glaube allmählich sicher sein zu müssen, dass Du weder Georgs Brief von Anfang September, den er einem Bekannten, Herrn Orend, mitgegeben hatte, der ihn persönlich hätte überbringen sollen, noch meinen Brief vom 21.9. mit Nachschrift vom 14.10. erhalten hast. Mein Brief wurde durch einen sicheren Boten, der mir die Erledigung auch hinterher bestätigte, auf einem russischen Postamt aufgegeben. Allerdings fällt mir gerade ein, dass ich W 15 statt W 35 angegeben hatte, vielleicht ist das ein Hinweis zum Nachforschen. Es tut mir deshalb besonders Leid, weil in meinem Brief süße Bildchen von unserem Luischen waren, die ich vorerst nicht nachbekommen kann, und weil Georg seinem Brief Geld beigelegt hatte.

So weißt Du also auch noch nicht, dass unser Papi seit Mitte September nicht bei uns sein kann. Er befindet sich nach einer Aufforderung des F.S.S. (Foreign secret service): ‚Sie werden gebeten, morgen früh um 9 Uhr am Haus P. zu sein ...' im Lager Westertimke bei Bremen.

Es sollte sich, wie es erst geheißen hatte, um eine kurze Vernehmung wegen seiner Tätigkeit als KVR handeln, die höchstens zwei bis drei Wochen dauern sollte. Inzwischen sind fast zwölf Wochen vergangen und ich glaube, dass er dort oben mit 3000 weiteren Leidensgenossen festsitzt und überhaupt nicht gefragt oder vernommen wird. Mein Schwager Hartmut hat auf meine Bitte hin einen Versuch unternommen, ihn sehen zu können und ihm einige Wäschestücke zu bringen. Sein Bericht klingt, abgesehen von der hässlichen Tatsache des Eingesperrtseins, nicht sehr beängstigend, wenn man nicht eben gerade bei Georg besondere Befürchtungen, und dies nicht nur in gesundheitlicher Hinsicht, haben müsste. Am 15. Oktober kam ein Bote, ein Entlassener, der mir Georgs Glückwünsche zu meinem Geburtstag brachte und mir ausführlicher erzählen konnte. Leider war er mit Georg nicht näher bekannt, so konnte er mir wenig Persönliches sagen, hat aber natürlich ein umfassendes Bild über die allgemeinen Zustände gegeben. Demnach ist alles viel schlimmer als mein Schwager schrieb, vor allem nehmen die Leute bei der geringen Verpflegung sehr ab, es kann nicht oder nur ganz wenig geheizt werden, und es stehen keine Medikamente zur Verfügung. Dass ich mir seither bei Tag und Nacht die größten Sorgen mache, wirst Du verstehen.

Nun ist in der letzten Woche eine Bekannte, die Frau eines zusammen mit Georg inhaftierten Legationsrats vom Auswärtigen Amt, in Westertimke gewesen, um ihrem Mann und auch Georg dringend benötigte Wintersachen zu bringen. Sie kam recht zuversichtlich zurück, hatte auch mit einigen Entlassenen gesprochen. Angeblich würden nun laufend Entlassungen vorgenommen, allerdings zuerst die seit Juni Festgesetzten. Jedenfalls rührt sich jetzt endlich einmal etwas, denn bis Ende Oktober waren nur zwei Mann freigekommen. Außerdem kann gegen fünf Uhr abends geheizt werden, sodass die Baracken nicht ganz eisig sein werden.

Leider kann ich sehr wenig für meinen Mann tun, obwohl ich ihm doch so gerne helfen würde. Beim hiesigen F.S.S. war ich zweimal, habe aber außer kühlen höflichen Worten nichts erreichen können. Jetzt habe ich den vom Amtsarzt bestätigten fachärztlichen Befund von Georgs letzter Röntgenaufnahme, die erneut eine Tbc aufwies, zusammen mit einem Gesuch von mir an den Kommandanten des Lagers geschickt. Wie wünsche ich, dass er dadurch vielleicht früher entlassen wird und als schönstes Weihnachtsgeschenk zu uns kommen kann!

Deinen Brief vom 25. Oktober, der nach vierzehn Tagen Laufzeit hier war, habe ich – sein Einverständnis wissend – gelesen. So konnte ich in einem langen Brief, von dem ich hoffe, dass er ihn bekommt, auch von Dir und Sabinchen erzählen.

Sonst geht es mir und auch meinen Kindern gut, abgesehen von viel Arbeit, viel Laufereien, Mühen und Sorgen. Regina freut sich ganz närrisch auf ihren elften Geburtstag, den sie diesmal wieder am ersten Advent feiern kann. Luischen wird von Tag zu Tag niedlicher. Sie ist ein lebhaftes Kind, bald wird auch das erste Zähnchen da sein.

Meinen Brief vom 21.9. lege ich im Durchschlag nochmals bei, außerdem schicke ich Dir für Sabinchen 40 Zigaretten, für die Du ihr bitte etwas sehr Schönes zu Weihnachten eintauschen möchtest. Vorsichtshalber schicke ich in diesem Brief nur 20 mit und in den nächsten Tagen den zweiten Teil. Bitte teile mir den Erhalt der beiden Einschreiben mit, denen ich wünsche, dass sie gut in Deine Hände gelangen werden.

Für Sabinchen und Dich alles Gute!

Magdalene F

P.S. Ich hoffe, durch Herrn Orend, dem Bekannten Georgs, einiges von meinen Berliner Sachen herauszubekommen, er dachte als Bergmann eine offizielle Fahrmöglichkeit zu erhalten. Neben den Dingen, die Frau Bodemer packen sollte, hätte ich gerne eine der Nähmaschinen, die sich wohl in Deiner Obhut befinden. Wenn möglich, bitte ich Dich, eine solche Maschine an Orend auszuliefern."

Die Familie Bodemer wohnte im selben Haus wie Feldts in Berlin, in der Björnsonstraße. Magdalene hatte hin und wieder von ihr gesprochen, und Luise fiel ein, dass sie und ihre Mutter Frau Bodemer einmal in Köln besucht hatten, wo sie bei der Familie ihrer Tochter wohnte.

Der nächste Brief war am 21.12.1945 geschrieben worden:

„Liebe Erika!

Soeben kam Dein Päckchen an, lasse Dir dafür danken. Es wird Georg und natürlich auch mir eine große Freude sein, wieder einmal echten braunen Trunk zu schlürfen (kniend)! Denn solche Kostbarkeiten wie Kaffee gibt es hier nicht, und unser letzter aufgesparter Bestand ist gestohlen worden.

Doch schnell das Wichtigste: Vor zwei Tagen kam ein Telegramm ‚Bin entlassen und hoffe spätestens Sonntag bei Euch Lieben zu sein.'

Wir sind überglücklich, denn wenige Tage zuvor war ein Brief Georgs aus dem Lazarett, in das er am 7.12. eingeliefert worden war, gekommen mit der Aussage, dass mit einer Entlassung nach wie vor nicht zu rechnen sei. Der Ton des Briefes war sonst recht zuversichtlich, wir sollten guten Mutes bleiben, und er bat mich, Dir herzliche Grüße zu bestellen. Nach uns hat er große Sehnsucht, vor allem nach seinem süßen Luischen. Wie wird er staunen über das kleine, groß gewordene Menschlein, das so selbstverständlich dasitzt. Es wird aber auch immer entzückender, immer mehr wie ein Hummelchen, warm, weich und flaumig. Dazu entwickelt Luise als echte Maikatze eine erstaunliche turnerische Gewandtheit, die sie das Große-Schwester-Bett in kürzester Frist überqueren lässt.

23.12.

Ich wurde gestern beim Schreiben unterbrochen, denn die Tür ging auf und ER war da, blass und schmal, aber vor Freude strahlend. Nun wird es für uns eine richtige Weihnacht geben, wir sind von Herzen dankbar für dieses Geschenk, ihn wieder in Freiheit und bei uns zu haben.

Meine Aufgabe, Dich zu informieren ist nun beendet, und den nächsten Brief wird Georg an Dich schreiben. Bleibe mit Sabinchen gesund, ich wünsche Dir und dem Kind alles Gute für das kommende Jahr.

Magdalene F"

Nach Magdalenes Unterschrift folgten noch ein paar von Georg geschriebene Zeilen. Er musste zwischenzeitlich ein neues Farbband in die Schreibmaschine eingelegt haben, denn die Buchstaben waren schwarz und klar.

„Du Liebe! Als ich die Hoffnung schon fast aufgegeben hatte, kam das Glück, um das ich gebetet hatte, doch noch zu mir. Am vorigen Montag kamen die Engländer abends ins Lazarett und gaben mir meine ehedem abgenommenen Sachen zurück. Sie händigten mir das ‚Release Certificate' aus, auf dem bescheinigt ist, dass ich vom 1. September bis 14. Dezember 1945 ‚was held in the civil internment camp Westertimke' und ‚he was now released unconditionally' – also blieb bis zuletzt im Dunkel und unklar, weshalb ich die nun gottlob vergangene und endlich überstandene Leidenszeit auf mich nehmen musste.

Sobald ich etwas zur Ruhe gekommen bin, werde ich Dir über alles ausführlicher schreiben. Für heute nimm diesen Gruß als nachträgliche Weihnachtsgabe, und ich sende Dir meine herzlichsten Wünsche zum neuen Jahr. Dein G"

Handschriftlich hatte Georg noch ergänzt: „Hast Du die von mir bereits im September abgeschickte notarielle Urkunde noch nicht erhalten?"

Das musste wohl die Anerkennung der Vaterschaft sein, vermutete Luise.

In seinen Zeilen, getippt mit dem neuen Farbband, fragte er mit keinem Wort nach Sabine.

Was war Westertimke, wo war es? Es lag irgendwo in Norddeutschland, nahe Bremen, diese ominöse Lager. Magdalene hatte nicht oft davon gesprochen, dass der Vater 1945 von den Engländern dorthin gebracht worden war. In seiner Stellung als KVR, Kriegsverwaltungsrat, hatte er im deutsch besetzten Ausland während des Krieges die bestehenden chemischen Betriebe zu kontrollieren und ihre Nutzung zu ermöglichen. Seine Berufsbezeichnung war der englischen Besatzung anscheinend ausreichender Grund für eine Festnahme. So hatte es Magdalene ihren Töchtern erzählt. Wer „Rat" hieß, gleich welcher Art, war verdächtig und war einer Untersuchung zuzuführen.

Luise suchte im Internet nach Informationen über Westertimke. Sie fand heraus, dass es, gelegen zwischen Bremen und Cuxhaven, anfänglich in den 1930er Jahren von der deutschen Luftwaffe als Ausbildungslager genutzt wurde. Während des Krieges errichtete die Wehrmacht auf dem Gelände weitere Lagergebäude für von ihr gefangen genommene Schiffsbesatzungen, dabei wurden auch zivile Seeleute von Handelsschiffen festgehalten, entgegen der Haager Landkriegsordnung.

Das Lager bestand aus den Gebäuden für die Gefangenen, einem Verwaltungsbereich mit Kommandantur, einem Duschhaus und einem Hospital. Die meisten Gefangenen waren damals Briten. Sie wurden schlecht verpflegt und die Sterblichkeit war hoch. Am Ende des Krieges war das Lager mit 8000 Menschen belegt. Ende April 1945 wurde es von der britischen Infanterie gestürmt und befreit.

Danach wurden dort deutsche Kriegsgefangene untergebracht. In weiteren Baracken richtete die britische Armee das „Civil Internment Camp (C.I.C.)" ein. Zunächst wurden hauptsächlich deutsche Nazi-Funktionäre und Kriegsverbrecher dort einquartiert. Einen Tag lang, im Mai 1945, war Heinrich Himmler, der Reichsführer der SS, unerkannt als Heinrich Hitzinger unter den Gefangenen. Nach seiner Entdeckung kam er in ein anderes Lager, wo er sich in der Nacht vom 23. auf den 24. Mai 1945 mit Zyankali vergiftete.

Heute befindet sich auf dem ehemaligen Lagergelände das Gewerbegebiet des Ortes Westertimke.

Luise stellte sich bildhaft vor, wie ihr Vater in diesem Lager geschwächt und abgemagert fast vier Monate verbringen musste. Die Nazi-Größen waren im September 1945 anscheinend nicht mehr dort untergebracht und die Baracken für die „Räte" freigemacht worden. Die wurden dann in gute und schlechte eingeteilt. Aber nach was für Richtlinien? Georg schien einer der guten gewesen zu sein, immerhin war er später bedingungslos entlassen worden.

Luise bezweifelte, dass ihre Mutter ähnlich umfassend über Westertimke und seine Geschichte Bescheid gewusst hatte.

Der virtuelle Ausflug nach Westertimke war beendet. Die Post aus Berlin forderte erneut Luises Aufmerksamkeit.

Sie musste unbedingt Regina über Sabines Briefsendung informieren. Luise ging zum Telefon und versuchte es in München. Niemand nahm den Hörer ab, nur Reginas Anrufbeantworter leierte sein Sprüchlein herunter, sie sei im Augenblick unterwegs. Dann war sie vielleicht in Paris? Luise wählte die Nummer und erreichte Regina in ihrer Pariser Wohnung.

„Sabine hat mir das angekündigte Paket mit Unterlagen geschickt. Es ist unglaublich, was die beigelegten Briefe alles enthüllen. Es sind tatsächlich Originalbriefe von unserer Mutter dabei, andere hat sie kopiert. Sabine scheint großes Interesse an uns zu haben, wenn sie uns so umfassend mit Informationen versorgt. Ich verbringe gerade viele Stunden damit, die Blätter durchzusehen, dabei packt mich immer wieder das Grauen. Du musst bald wieder zu uns kommen und dir alles selbst ansehen. Sicher fällt dir manches wieder ein, denn du warst ja 1945 schon fast elf Jahre alt."

Regina studierte ihren Kalender. Luise wunderte sich immer wieder, dass Regina von Terminen zugedeckt war wie ein Manager. Dabei war sie schon seit einigen Jahren nicht mehr aktiv an der Universität beschäftigt. Aber Professoren gehen nie in Rente oder Ruhestand, das betonte Regina regelmäßig und mit Nachdruck. Sie organisierte Ausstellungen über ihr Spezialgebiet, dem Zeitgeschehen im Spiegel der Presse vor und nach dem ersten Weltkrieg, La Grande Guerre, sie reiste von einem Historikertreffen zum anderen und engagierte sich fast monatlich in Foren und Kolloquien. Weiter veröffentlichte sie in Fachzeitschriften wissenschaftliche Artikel, für die sie äußerst sorgfältig in Museen und Bibliotheken recherchierte. Copy and paste, der bequeme Weg unserer Zeit, kam für sie nicht infrage, alles musste aus eigener Forschung stammen mit korrekten Quellenangaben.

Das brauchte natürlich Zeit, Luise sah es ja ein. Trotzdem hatte sie nicht immer Verständnis dafür, dass Regina ihre Wissenschaft höher zu schätzen schien als ihre nächsten Verwandten.

„Ich sehe zu, dass ich in zwei Wochen bei euch vorbeikommen und die besagten Dokumente selbst ansehen kann. Ich bin äußerst gespannt und neugierig, doch gleichzeitig fürchte ich mich ein bisschen."

Reginas Zeitvorhersagen waren in der Regel nicht auf Anhieb ernst zu nehmen. Luise hatte Übung darin, die erste Ankündigung nur als Entwurf zu betrachten und geduldig abzuwarten, bis der endgültige Termin wirklich stattfand.

Regina fuhr fort:

„Seid ihr denn zu Hause am Sonntag in zwei Wochen?"

„Am Sonntag sind wir da. Wie lange kannst du denn bleiben?"

„Ich würde am Dienstag weiter nach München fahren, am Mittwoch habe ich nämlich dort einen Zahnarzttermin."

Das war eine ziemlich verbindliche Aussage, nicht typisch Regina.

Die Schwestern freuten sich auf das baldige Wiedersehen.

Für diesen Tag hatte Luise genug von ihren Forschungen. Sie hatte sich eine Ablenkung von der beschwerlichen Lektüre verdient.

„Was meinst du, gehen wir ins Kino?" schlug sie Bernhard vor.

Im Bollwerk läuft gerade ein Film über die Erziehung von Jugendlichen Anfang des zwanzigsten Jahrhunderts. Der Film heißt ‚Das weiße Band'."

Der Film hatte eine sehr gute Kritik bekommen und das Thema passte zu den aufregenden Neuigkeiten in Luises Leben.

Die äußerst strengen Strafen, mit denen die Kinder damals gezüchtigt wurden, zerstörten oft die Möglichkeit der Heranwachsenden, einen eigenen Willen zu entwickeln. Der Vater hatte in der Familie eine gottähnliche Allmacht. Die unbarmherzigen Erziehungsriten schufen willfährige Bürger. Ein Flaschenteufel wie Hitler konnte so zum Zug kommen.

Bernhard war einverstanden. Im Kino wartete schon eine lange Schlange vor der Kasse. Es gab nur noch Plätze in den vorderen Reihen. In Reihe zwei rechts außen. Sie hatten das Kino noch nie so voll gesehen, das Interesse war offensichtlich auch bei anderen stark. Der Film fesselte und zog alle Aufmerksamkeit auf sich, die unbequeme Sicht mit der Leinwand dicht vor den Augen störte kaum. Luise dachte an ihren Vater, sah ihn als Kind vor sich, den Ältesten von fünf Geschwistern, ernst und starr auf Fotografien gebannt. Zwar mussten die Aufnahmen im Atelier des Fotografen langwierig vorbereitet werden, mit Atem anhaltendem Stillstehen, was ein Lächeln vielleicht unmöglich machte. Aber die trostlose Ausstrahlung schien das Innere der Fotografierten abzubilden.

Gab es in deutschen Familien in Georgs Kindheit ähnliche elterliche Gesetzgebungen, waren weiße Bänder, die als Zeichen von Verfehlung den kleinen Delinquenten angeheftet wurden, gar nicht so selten?

Auf dem Weg zum Parkplatz kamen Luise und Bernhard am „Dinkelacker" vorbei und brachten sich mit Bier und Bratwurst wieder zurück ins heutige Leben. Doch die durch den Film erzeugte Beklemmung war noch lange spürbar.

Am nächsten Wochenende wandte sich Luise wieder dem Dokumentenstoß zu, den Sabine ihr geschickt hatte.

Drei Blätter mit kaum lesbaren, schmutzig rosagrauen Seiten erregten ihre Aufmerksamkeit. Luise hatte Mühe, die hellgrauen, leicht verschwommenen Buchstaben zu erkennen, die Vorlage zu der Kopie, die Sabine angefertigt hatte, war wohl auch eine schlechte Lichtpause von damals gewesen. Die drei Schreibmaschinenseiten waren mit dicht gedrängten Zeilen voll geschrieben. Der ellenlangen Überschrift folgte eine Kette von paragraphenähnlich gegliederten Abschnitten:

Beweisantrag zum Entnazifizierungsverfahren

„I. Als wissenschaftlicher Hilfsassistent im Statistischen Reichsamt wurde ich von meinem Abteilungsleiter im Mai 1937 aufgefordert, um Aufnahme in die NSDAP nachzusuchen. Er könne mir sonst keine Aufstiegsmöglichkeiten geben und auch nicht zusagen, ob ich in meiner Stellung bleiben könnte. Ich stellte daraufhin mit Rücksicht auf meine Familie und meine Mutter, die auf meine Unterstützung angewiesen war, im Juni 1937 den entsprechenden Antrag. Meine Aufnahme erfolgte am 28. Juni 1938. Dabei war jedoch ohne mein Wissen und ohne dass ich Kenntnis von den Gründen erhalten hatte, eine Rückdatierung auf den 1. Mai 1935 vorgenommen worden. Als Beweis dient mein Mitgliedsbuch.

II. Ich habe niemals einer Gliederung der Partei angehört oder in irgendeiner ihrer angeschlossenen Organisationen ein Amt oder eine Funktion gehabt.

III. Als ich im Mai 1940 eingezogen wurde, um als chemischer Sachbearbeiter in der Militärverwaltung eines besetzten Gebietes verwendet zu werden, hatte ich während meiner Tätigkeit in der Sachabteilung 'Gewerbliche Wirtschaft' der Wirtschaftsabteilung der Militärverwaltung in Belgien und Nordfrankreich niemals eine Stellung mit besonderen Befugnissen bekleidet.

IV. Ich habe niemals die Gewaltherrschaft des Nationalsozialismus gefördert oder meine Stellung ausgenutzt für persönliche oder wirtschaftliche Vorteile oder bin aufgrund meiner Parteizugehörigkeit bevorzugt worden. Ich bin ohne Zweifel kein Nutznießer gewesen.

Soldatisches Wesen und militaristisches Gedankengut sowie die gesamte preußisch-militaristische Lebens- und Geschichtsauffassung habe ich stets abgelehnt und bin somit nie Militarist gewesen.

V. Da ich niemals mehr als nominell am Nationalsozialismus teilgenommen habe, sondern mich ausschließlich auf die Bezahlung der jeweils geringstmöglichen Mitgliedsbeiträge beschränkt habe
- da ich an Versammlungen, deren Besuch Zwang war, unter wechselnden Vorwänden nicht teilgenommen habe
- da ich keinerlei, auch nicht unbedeutende oder rein geschäftsmäßige Obliegenheiten wahrgenommen habe
- da ich vielmehr jegliche Betätigung für die Partei stets abgelehnt habe
bin ich auch nicht als Mitläufer anzusehen.

VI. Ich bitte und beantrage daher, in die Gruppe der Entlasteten eingereiht zu werden und füge zur weiteren Begründung noch die folgenden Punkte an:
Ich habe mich während der Gewaltherrschaft der Nationalsozialisten nicht nur passiv verhalten, sondern meine Gegnerschaft aktiv zum Ausdruck gebracht. Da ich in den Nationalsozialisten nur Verbrecher sah, habe ich nach dem Maß meiner Kräfte aktiv Widerstand gegen Hitlers Regime geleistet und dadurch Nachteile erlitten, wie aus den nachstehenden Fällen hervorgeht:

1.) In meinen Stellungen war ich nur rein fachlich als Chemiker und bis 1940 nur mit statistischen Arbeiten beschäftigt. Ich erhielt erst durch meine Tätigkeit in Belgien Gelegenheit, meine politische Überzeugung durch die Tat zu bekräftigen. Von Juni 1940 bis Oktober 1941 richtete ich mein ganzes Bemühen darauf, den Angehörigen des von Hitler überfallenen belgischen Volkes jede irgend vermeidbare Belastung zu ersparen und die rigorosen Anordnungen der Berliner Zentralstellen abzuwehren. Es gelang mir, das Vertrauen der belgischen Kreise in einem weitgehenden Maße zu gewinnen. Zugleich war diese Entwicklung auch Ursache dafür, dass ich im Herbst 1941 aus Brüssel abberufen wurde.

2.) Als mir im Juni 1941 eröffnet wurde, dass ich nunmehr in der Militärverwaltung der russischen Gebiete verwendet werden sollte, lehnte ich dies mit der Begründung ab, dass meine Arbeit in Belgien notwendiger und nützlicher sei. Der Leiter der Chemie-Abteilung des Reichswirtschaftsministeriums veranlasste daraufhin meine sofortige Streichung von einem laufenden Beförderungsverfahren.

3.) Nachdem das Ministerium meine Abberufung durchgesetzt hatte, meldete ich mich krank und bestand auf eine fachärztliche Untersuchung, die auf Veranlassung des Truppenarztes im Resevelazarett 112 vorgenommen wurde. Dabei wurde ein Herzklappenfehler festgestellt und befunden, dass ich zum Osteinsatz untauglich sei. Nach einem nochmaligen mehrwöchigen Lazarettaufenthalt wurde ich im September 1942 aus dem Wehrdienst entlassen.

4.) Aufgrund einer Anzeige des bei der Militärverwaltung in Brüssel beschäftigten SS-Scharführers Rogge wurde ein privater Briefwechsel aufgedeckt, den ich mit belgischen Freunden unter Umgehung der Feldpost aufrecht erhielt. Ich wurde daraufhin vom Kriegsgericht des Kommandanten von Berlin zu sechs Wochen Strafarrest verurteilt, den ich im August/September 1942 in Spandau verbüßte.

5.) Ins Ministerium zurückversetzt, setzte ich mich bei jeder Gelegenheit gegen die Maßnahmen zur Totalisierung des Krieges ein. In besonderem Maße wandte ich mich gegen die Absicht der Wehrmacht und der Rüstungsindustrie, das zur Sprengstoffherstellung notwendige Glyzerin aus Zucker herzustellen und damit dem deutschen Volk zehntausende Tonnen Zucker zu entziehen. Ich konnte maßgeblich dazu beitragen, dass die verbrecherische Vergeudung wertvoller Nahrungsmittel wenigstens solange verzögert werden konnte, bis im November 1943 die Zuständigkeit in dieser Frage an das Ministerium Speer und die hinter ihm stehenden Partei- und Rüstungskreise überging.

6. *Ich konnte im Reichswirtschaftsministerium mit dazu beitragen, dass die vom Rüstungsministerium zugunsten des Kriegsbedarfs verlangte Kürzung des Fettkontingents zur Herstellung von Seife und Waschmitteln für den zivilen Verbrauch mit der Begründung abgelehnt wurde, dass die gesundheitlichen Nachteile, die sich aus einer Herabsetzung der Seifenration oder der Qualität ergeben müssten, für die Bevölkerung untragbar seien.*

7.) *Ich habe, wo immer ich Gelegenheit dazu hatte, Gegner und Opfer der nationalsozialistischen Gewaltherrschaft unterstützt und benenne als Zeugen hierfür ...“*

Georg zählte zu seiner Rechtfertigung Personen als Zeugen auf: den dänischen Vertreter der Firma seines Vaters in Kopenhagen, seine Vermieterin aus der Studentenzeit in Karlsruhe, einen Vertreter der amerikanischen Firma Palmolive-Colgate, Stenotypistinnen im Reichsamt für Wirtschaftsausbau und im Statistischen Reichsamt, den Inhaber eines chemischen Betriebs in Dresden, allesamt Juden. Georg führte abschließend noch auf, dass er regelmäßig den Londoner Rundfunk abgehört habe und auch die Sendungen von Radio Zürich. Er wies darauf hin, dass er mit dem Leiter des Referates „Feindliches Ausland“ im Reichswirtschaftsministerium befreundet gewesen sei, der 1942 vom Volksgerichtshof zum Tode verurteilt und hingerichtet worden war.

Mit der Erwähnung seiner Lagerzeit als Zivilinternierter und seiner Entlassung als „unconditionally released“ endeten die Ausführungen.

Die von Georg angegebenen jüdischen Entlastungszeugen konnten nicht mehr befragt werden. Zwar hatte Georg ihre einstigen Adressen angegeben, dahinter aber notiert „verschollen“. Warum, das musste Georg zu diesem Zeitpunkt, Monate nach Kriegsende, gewusst haben. Dennoch sollten sie ihm zur Entlastung dienen. Juden konnten nützlich sein.

Im Zuge ihrer Nachforschungen fand Luise heraus, dass nicht Entnazifizierte keine Chancen auf dem Arbeitsmarkt hatten. Ohne diesen Nachweis mussten die Bemühungen um eine neue Anstellung erfolglos bleiben.

Nach Kriegsende bestand fast ganz Deutschland aus zu Entlastenden, auch große Fische befanden sich darunter. Die legten im Nu das braune Schuppenkleid ab und ließen sich fast über Nacht unschuldig glänzende Silberschüppchen wachsen. Gekonnt Kopf oben schwammen sie weiter im Teich der neuen Demokratie, als wäre nichts gewesen.

Georg gehörte nicht zu den großen Fischen.

Luise war erstaunt, dass Erika die Niederschrift von Georgs Antrag besaß und aufbewahrt hatte. Der Antrag trug kein Datum, er musste nach der Lagerzeit in Westertimke entstanden sein, Ende 1945 oder Anfang 1946.

Zwei Tage Lesepause waren angesagt, die Arbeit in der Apotheke schenkte Luise etwas Abstand. Sie spürte aber die Widerhaken, die sich in ihre Gedanken gekrallt hatten wie die Stacheln von einem Feigenkaktus und damit eine Gedankenentzündung verursachten, gegen die es kein Medikament gab.

Berlin 2010

„Anfang Juni bin ich übers Wochenende in Berlin", hatte Luise beim ersten Telefongespräch mit Sabine gesagt.

„Da bin ich nicht da", war Sabines Entgegnung gewesen.

Eine Begegnung mit Sabine würde es also nicht geben.

Den günstigen Flug hatten sie schon lange gebucht.

Schon morgens früh kurz nach sechs Uhr flog die Maschine in Stuttgart ab und landete gegen halb acht Uhr in Schönefeld. Anton hatte Luise und Bernhard einen ausführlichen Plan geschickt, wie sie nach Prenzlauer Berg gelangen konnten, wo er und Charlotte wohnten: „Schnell zu den Gleisen hasten. Im Bahntunnel Ticket ABC kaufen. Abfahrt am Gleis 3 mit Regionalexpress nach Dessau bis Alexanderplatz und dann M 2 Richtung ‚Am Steinberg' bis Marienburger Straße. Oder, wenn verpasst, Abfahrt Gleis 12, mit S 9 nach Pankow bis Prenzlauer Allee und dann Straßenbahn M 2 bis Marienburger Straße. Von dort aus sind es drei Minuten bis zu uns."

Sie schafften die erste Variante und stiegen auch an der richtigen Haltestelle aus. Bis zur Wohnung in der Rykestraße waren es noch ein paar Straßenecken. Unvermutet wurden sie von hinten umfangen und fröhlich begrüßt. Anton hatte sie erwartet, in der Hand eine große Tüte vom Bäcker fürs Frühstück.

Charlotte hatte bereits Kaffee gekocht. Anton packte die Bäckertüte aus und legte Brötchen und Croissants in den bereitgestellten Korb. Wie auf der Frühstückskarte eines Fünfsternehotels hatten sie die Auswahl zwischen fünf

Käsesorten, Schinken aller Art, weichgekochten Eiern, Obstsalat, verschiedenen Marmeladen und Honig. Der freundliche Empfang gab das Signal für einen guten Tag.

Luise wollte unbedingt das Haus in der Björnsonstraße aufsuchen, wo ihre Eltern viele Jahre lang gelebt hatten. Anton und Charlotte fanden die Idee auch gut. Mit der U-Bahn fuhren sie nach Steglitz zum Breitenbachplatz, den Magdalene früher oft erwähnt hatte. Luise besaß ein Windlicht von ihren Eltern, auf dem unten am gedrechselten Holzfuß, Nussbaum, noch das Händlerschild klebte: Ernst Weger/ Hausrat – Eisenwaren/ Breitenbachplatz 17/19. Die Riesenbrücke, die dem Platz übergestülpt worden war, hatte es damals sicher nicht gegeben, wahrscheinlich war der Platz im Kriegsschutt verschwunden. Ein Ziel für Einkäufe war dieser Ort heute nicht mehr unbedingt.

Zur Björnsonstraße war es nicht weit. Das Haus Nummer siebenundzwanzig befand sich innerhalb einer blockartigen Häuserzeile. Die einzelnen Hausnummern waren durchnummeriert, nach Nummer siebenundzwanzig folgte Nummer achtundzwanzig, als Ende des Hauskomplexes. Die Fassade war rötlichgrau getüncht, und hinauf zu den etwas tiefer innen liegenden Hauseingängen führten vier Treppenstufen. Die Mauerumrahmungen einiger Eingänge waren dunkler gestrichen als die Hauswände, grauweinrot. Es gab Parterre, ersten und zweiten Stock und das Dachgeschoss. Feldts hatten ganz oben gewohnt, und auch dafür konnten sie die Miete kaum aufbringen. Ein Mann wie Georg, promovierter Akademiker, hatte eben in einer guten Gegend zu wohnen, auch wenn er sich das von dem kleinen Gehalt eines Referenten im Wirtschaftsministerium eigentlich nicht leisten konnte. Oft hatte Magdalene darüber geklagt. Eine Flasche Wein in der Woche, sonntags, eine Schallplatte im Monat und hin und wieder ein Buch. Aber die Wohngegend stimmte.

Luise dachte an ihre Eltern, wie sie sich als junge Leute, nicht einmal dreißig Jahre alt, hatten einschränken müssen. Wie sie aber ihrer Gesellschaftsklasse bewusst aus dem Haus treten konnten, Georg mit Hut, Magdalene mit den modischen, oft selbst genähten Kleidern. Der Herr Doktor fügte sich gut ein als Bewohner, die übrigen Parteien hatten auch entweder einen Doktortitel vor dem Namen oder ein „von“, was als ebenbürtig gelten mochte.

Die Björnsonstraße war auch heute immer noch eine ruhige Wohnstraße, wobei Luise lieber auf der anderen Straßenseite gewohnt hätte, die mit locker gesetzten freistehenden Häusern bebaut war.

Luise wollte das Haus von der Rückseite sehen. Sie ging an Nummer 28 vorbei, um die Ecke nach hinten und erblickte einen großen Innenhof mit Rasenbereich, Büschen und Bäumen. Zu diesem Garten gingen auch Fenster hinaus. Sie bemerkte, dass der Häuserkomplex sich über vier Straßen ausbreitete und in Form eines großen Rechtecks den Garten einschloss. Die Björnsonstraße lag an einer schmalen Seite des Rechtecks. Die längste Häuserzeile lag an der Opitzstraße. Die Häuser schienen unter Denkmal- und Ensembleschutz zu stehen, denn alle Fensterflügel waren durch Quersprossen unterteilt, wie damals. Luise erinnerte sich an Fotos mit der Familie Feldt, zu dritt vor dem Haus stehend. Sie hatte kurz die lebhafte Vision, dass an den Fenstern Hitlerfahnen mit Hakenkreuzen im Wind wehten. Und unter „Blockwart" konnte sie sich jetzt auch etwas vorstellen.

Vor den Häusern verlief ein Vorgarten mit Sträuchern, danach folgte ein Gehweg, mit kleinen Pflastersteinen belegt, an den sich ein weiterer gepflasterter Streifen zur Straße hin anschloss, auf dem in Abständen Bäume gepflanzt waren. Dann begann erst die eigentliche Fahrstraße. Ideal für Kinder, überlegte Luise. Da hatte also Regina gespielt, immerhin fast fünf Jahre ohne Krieg.

Ein Mann und eine Frau näherten sich dem Haus Nummer 27. Sie gingen die Stufen zur Haustür hinauf und schlossen die Tür auf. Luise fühlte einen Impuls in sich aufsteigen, den beiden zu folgen und einen Blick in das Haus zu werfen. Sie zögerte zu lange, die Tür fiel zu.

Anton und Charlotte wollten weitergehen.

„Ich würde gerne in Steglitz noch eine andere Adresse aufsuchen", sagte Luise. „Dort wohnt eine Bekannte, und ich hätte gerne einmal gesehen, wie sie wohnt, in der Thorwaldsenstraße."

Sabine hatte ja gesagt, dass sie nicht in Berlin sei zu diesem Zeitpunkt. Luise würde sich also völlig unbeachtet fühlen können.

Anton fragte nicht weiter, wer denn diese Bekannte sei.

Zur Thorwaldsenstraße war es ein längerer Spaziergang. Sie gingen durch ruhige Wohnstraßen mit Vorgärten, kamen an einem kleinen italienischen Restaurant vorbei, überquerten eine große Straße und erreichten einen Platz mit Rasen und ein paar Bäumen. „Thorwaldsenstraße" stand auf dem Straßenschild der Kreuzung, an die der Platz grenzte. Das Haus lag dem Platz schräg gegenüber. Es war eingerahmt von anderen daran angebauten Häusern. Luise zählte sechs Stockwerke, mit Balkonen zur Straßenseite. Zum Hinterhof führte ein überbauter Eingang. Sie ging durch diesen Torbogen, er führte sie in den Zwischenraum der benachbarten Häuser. Ein paar Mülltonnen standen herum, ein Auto parkte. Sonne gelangte keine in diesen Bereich, außer ein paar Grashalmen kein bisschen Grün. Sie ging zurück zum Hauseingang. Bernhard, Anton und Charlotte warteten auf der anderen Straßenseite.

Luise betrachtete die Klingelschilder. Es waren achtzehn Namen, achtzehn Klingeln. „Albrecht". Hier wohnte also diese Sabine.

Die Hauswand war zu beiden Seiten des Hauseingangs mit Graffiti besprüht, vielfarbiges Geschmier ohne Ästhetik. Die Haustür war angelehnt. Luise betrat zögernd den Hausflur. Auch hier Graffiti und abgerissene Tapeten an der Treppenhauswand. Die Türen der zahlreichen Briefkästen waren bei einigen aufgehebelt, die Ecken ragten geknickt nach vorne. In diesem Haus wohnten bestimmt keine Schwaben, deren Streben nach Ordnung und Behaglichkeit in Berlin nicht besonders geschätzt war. „Schwaben go home to Sindelfingen", ein Plakat mit dieser Botschaft hing an einem Laternenpfahl nahe der Haltestelle Marienburger Straße. Berliner hatten es anscheinend lieber etwas großzügiger. Sie machten außerdem die strebsamen Schwaben mit ihrer Häuslebauer-Mentalität für steigende Immobilien- und Mietpreise verantwortlich.

Luise traute sich nicht, die Treppe hochzugehen, sondern kehrte nachdenklich zu der wartenden Gruppe zurück.

„Also Mama, von der kriegst du kein Geld!"

Anton schien zu vermuten, dass Luise eine Kundin suchte, die der Apotheke Geld schuldete. Vielleicht kam ihm die Geschichte mit der angeblichen Bekannten seltsam vor.

„Das scheint dich zu beschäftigen! Nein, ich wollte nur wissen, wie die Bekannte wohnt. Und das habe ich nun gesehen. Was haltet ihr von Kaffeetrinken in der Italienerkneipe, wo wir vorhin vorbeigekommen sind?"

Sie gingen den Weg zurück und betraten den Biergarten vor dem Restaurant. Die Sonne schien auf die groben Holztische, die mit Bartnelken in kleinen Blumenvasen geschmückt waren. Sie setzten sich an einen Tisch, in dessen Mitte ein Blechteller mit dem Wahrzeichen eines Turnvereins um die Jahrhundertwende lag, eine Trophäe aus dem Jahr 1902. Bernhard sah die in seinen Augen kostbare Antiquität in großer Gefahr, geklaut zu werden. Kuchen gab es keinen, dafür hervorragendes Tiramisu und dazu Cappuccino.

Luise beteiligte sich nicht an den Gesprächen, ihre Gedanken mussten sich erst wieder neu ordnen. Irgendwie war sie enttäuscht. Sie hatte sich vorgestellt, dass Sabine vielleicht in einem Haus mit Garten wohnte und nicht in so einem heruntergekommenen Block. Und ruhig konnte die Gegend auch nicht genannt werden mit der stark befahrenen Straße in der Nähe. Wahrscheinlich hatte Sabine nicht viel Geld, nur eine geringe Rente und konnte sich eben keine bessere Wohngegend leisten. Luise dachte wieder an ihren Vater, dem standesgemäß zu wohnen ein ärmliches Leben mit Entsagungen wert war. Diesen Anspruch schien Sabine offenbar nicht geerbt zu haben, was wiederum sympathisch war.

Der nächste Tag verlief erst so, wie Touristen sich Berlinbesuche vorstellen. Brandenburger Tor, verschiedene Botschaftsgebäude, aus einer Imbissbude Togokaffee, wie Anton den Kaffee in der Warmhaltebox zum Mitnehmen nannte statt Coffee-to-go, dazu von Charlotte gebackener Apfelkuchen auf einer Bank auf dem Pariser Platz.

Die Ausstellung „Topographie des Terrors“ anzusehen, bot sich an. Sie gingen an den Restmauern der Gestapokeller vorbei zu der Ausstellungshalle auf dem ehemaligen Gestapogelände. Schaurige und unfassbare Geschichte des deutschen Volkes, Berlin als historischer Mittelpunkt von Gewalt und Willkür, Terror. Hier hatten ihre Eltern gelebt, in dieser Zeit, von 1934 bis 1945.

Sie hatten fast alle Stellwände schon betrachtet, als Luise vor einem Foto stehen blieb. Es zeigte einen Mann, der als Häftling der US Army eine Tafel vor sich hielt, auf der sein Name stand. Den Mann auf dem Foto kannte sie nicht, nur seinen Namen. Ein paar Wochen vorher hatte sie ihn in der Zeitung gelesen. Er hatte unbehelligt jahrelang in einem Stuttgarter Seniorenheim gelebt. Als Hauptverantwortlicher hatte er die Ermordung der Juden im Baltikum gesteuert. Zu lebenslanger Haft verurteilt, kam er durch einflussreiche Fürsprecher nach dreizehn Jahren frei und fasste in der jungen Bundesrepublik Deutschland wie viele andere Seinesgleichen erfolgreich Fuß. Nach seinem Tod in hohem Alter hatte sich die Presse auf die Geschichte gestürzt.

Bernhard kaufte den Ausstellungskatalog für Luises Spuren-Archiv.

Am nächsten Tag flogen sie zurück nach Stuttgart. Luise wusste jetzt zwar, wo Sabine wohnte, aber verwandter fühlte sie sich dadurch nicht mit ihr.

Briefwechsel

Sie wollte Sabine schreiben. Sie musste einfach mehr wissen über diese Frau, die auf einmal ihre Schwester sein sollte. Wie ein seelischer Schleimpfropf lagerte das Unbegreifliche auf Luises Stimmung. Vielleicht ließ sich durch aktives Interesse am Leben der Stiefschwester ein gewisses Abhusten erzwingen. Dass sie Sabines Wohnumfeld schon kannte, hatte sie ihr ja nicht gerade näher gebracht. Nach Magdalenes Tod hatte sie festgestellt, dass ihre Mutter plötzlich überall zugegen war, wie Erinnerungen an unzählige, eigentlich oft vollkommen unwichtige und nebensächliche Begebenheiten sie ergriffen, aus dem Gleichgewicht schubsten und eine fast aufdringliche Nähe zu der Verstorbenen entstehen ließen. Eine Nähe, die sie zuvor für unmöglich gehalten hätte. Eine Nähe, die jetzt beherrscht wurde durch ein tiefes Mitgefühl für Magdalenes verschwiegenes Lebensscheitern. Denn für Luise war das ein Scheitern. Und als lebender Beweis existierte Sabine, die ebenso alt war wie Magdalenes jüngstes Kind.

Im Juni schrieb sie endlich an Sabine. Sie schilderte ihr, dass seit der Karwoche für sie und Regina alles anders geworden sei.

„Du bist ja schon seit vielen Jahren informiert, was damals Wirklichkeit war. Auch Dich hat diese Geschichte nicht losgelassen, sie hat Dich nach Degerloch auf den Friedhof geführt.

Ich möchte Dir dafür danken, dass Du uns so viele Zeugnisse über das für uns anfangs unglaubliche Geschehen geschickt hast. Da wir beide, Du und ich, zufällig ins gleiche Jahr, 1945, ‚geworfen' wurden, empfinde ich eine andere Betroffenheit als Regina, die ja zehn Jahre älter ist als wir und unseren Vater noch erlebt hat. Sie fühlt sich um ihre Erinnerungen gebracht.

Ich muss sagen, dass kein Tag vergeht, an dem ich mich mit Gedanken an das Damalige nicht befasse. Das Verhalten meiner Mutter in ihrem Leben gewinnt eine völlig neue Bedeutung. Ich suche den Zugang dazu und bin ratlos.

Regina war inzwischen bei uns und hat die von Dir geschickten Briefe und Tagebuchauszüge eingesehen. Sie ist ziemlich durcheinander und in gewissem Sinn ärgerlich über die nicht zu leugnenden neuen Tatbestände.

Letzte Woche waren Bernhard und ich in Berlin und haben Sohn und Schwiegertochter besucht. Gemeinsam waren wir in der Ausstellung ‚Topographie des Terrors', wo wir bedrückende Dokumente zu sehen bekamen über die Zeit der Nazibesatzung in Brüssel, Paris und Prag, wo auch Georg damals gewesen war. Deine Mutter war nicht nur privat unserem Vater nahe, sondern auch beruflich.

Weißt Du Näheres darüber, was er dort im besetzten Ausland gearbeitet hat?

Ich würde auch gerne mehr über Deine Entwicklung wissen. Kannst Du mir nicht Fotos von Dir schicken, wie Du aufgewachsen bist, damit ich eine Vorstellung von Dir bekomme?"

Luise beschloss, in Vorleistung zu gehen und durchstöberte eine Blechschachtel, in der Fotos aufbewahrt wurden, die nie einen Platz in Alben gefunden hatten. Luise als Kindergartenkind, als Konfirmandin (vor gerahmtem Georg-Foto stehend), verrucht geschminkt und mit Petticoat und Stöckelschuhen verkleidet im Schullandheim, ein Hochzeitsfoto mit Bernhard (wie zwei Kinder mit Schleier und schwarzem Anzug), Magdalene mit kleinen Enkelkindern Anton und Nina, Regina als bewundernswerte Schöne (mit siebzehn, damals noch brünett), Regina mit kleiner Bettina.

Sabine antwortete rasch, schickte auch ähnliche Fotos von sich. Sie berichtete, Georg habe damals in den besetzten Ländern bei der „Wirtschaftsgruppe Chemische Industrie" in leitender Stellung gearbeitet. Und dass er Kriegsverwaltungsrat war, wusste Luise ja bereits.

Sabine schrieb, dass ihre Mutter ihr von tiefgründigen philosophischen Gesprächen erzählt hatte, die sie und Georg geführt hätten. Sie beide hätten eine hochmoralische Vorstellung gehabt, wie die Menschen und die Welt sein müssten.

Die sie umgebende Gesellschaft hätten sie als oberflächlich, fehlgeleitet und bedrückend empfunden. Die Naziherrschaft hätten sie wohl abgelehnt, hätten versucht, ihr eigenes Leben möglichst unbehelligt und unauffällig zu führen.

Wie alle Nachkriegskinder hatte auch Sabine ihre Mutter gefragt, ob sie denn nichts mitbekommen hätte von Judenverfolgungen und den Gräueltaten der Nationalsozialisten. Erikas Antwort entsprach dem üblicherweise Geäußerten; es hatte ja angeblich keiner etwas gewusst. Erika schob ihr Nichtbemerkthaben auch auf ihre zahlreichen Auslandsaufenthalte, und die Existenz von Konzentrationslagern sei ihr nicht bekannt gewesen.

Konnte eine Reichskristallnacht einem Berliner verborgen geblieben sein?

Sabine. Ergebnis einer gelebten Liebe. Und der treue liebende Vater Georg, der sich mittlerweile fast als Frauenheld entpuppte, dessen verführerische Ausstrahlung sich Luise nach den Fotos, die sie von ihm kannte, nie hätte vorstellen können. Magdalene, ihre Mutter, hatte sie bisher als eher prüde eingestuft, denn sie hatte nach Georgs Tod nie wieder eine Freundschaft mit einem Mann begonnen, auch keine platonische, die sich in gemeinsamen Unternehmungen wie Theaterbesuchen oder Konzerten ausgedrückt hätte. Doch diese Magdalene war anscheinend eine ganz andere Frau gewesen, eine Frau, die unendlich geliebt hatte, mit allen Facetten, die bereit gewesen war, einem einzigen Mann ihr Leben anzuvertrauen und trotz größter Verunsicherung in schwierigster Zeit zu diesem Mann gehalten hatte.

Magdalene hatte etwa zehn Jahre vor ihrem Tod begonnen, in alten Briefen zu lesen, die sie in verschiedenen Fächern ihres Schreibtischs aufbewahrte. Wenn Luise ihre Mutter besuchte, lagen oft Berge von vergilbten Blättern auf dem runden Esstisch, davor saß Magdalene auf ihrem Lieblingsstuhl und beschäftigte sich mit den Zeugnissen ihrer Vergangenheit. Luise hatte vermutet, dass ihre Mutter „klar Schiff" machen wollte, dass sie ihre Erinnerungen für sich allein bewahren und ihre Kinder damit nicht belasten oder einbeziehen wollte. Luise hatte kaum einmal nachgefragt, was Magdalene alles erlebt hatte. Die Entwicklung ihrer eigenen Kinder, die Beziehung zu Bernhard, wirtschaftliche Sorgen, die Arbeit in der Apotheke, alles andere war ihr wichtiger gewesen als ihre Mutter und deren Geschichte.

Magdalene hatte die vielen Briefe aber nicht vernichtet, wie Luise erwartet hatte. Es gab sie noch.

Bernhard hatte seiner Schwiegermutter vor Jahren Regale besorgt, die sie in ihrem Kellerraum aufgestellt haben wollte, eine Regalwand, die bis zur Decke reichte. Nach ihrem Tod musste ihre Wohnung rasch geräumt werden, weil ein Ehepaar aus der Nachbarschaft dringend vorübergehend eine Wohnmöglichkeit brauchte, bis der Umbau ihres eigenen Hauses fertiggestellt war. Schränke und Schubladen mussten rasch geleert werden: Ordner, Bücher, Schuhkartons und große Schachteln, gefüllt mit Papieren, Todesanzeigen, Geburts- und Hochzeitsanzeigen aus Jahrzehnten, mit Briefen noch in Umschlägen oder zusammengefaltet abgelegt, mit Fotoalben in vielen Größen voll sorgfältig eingeklebter Fotos. Georg konnte wunderbar künstlerisch fotografieren, Blumen, Stadtansichten, Landschaften und immer wieder Magdalene, mit Pagenfrisur oder losen Locken, aber immer außergewöhnlich schön, den Erwartungen des Fotografen Folge leistend.

Luise hatte damals nicht viel Zeit verwandt, die Alben, Schachteln und Kartons näher zu betrachten, alles war rasch und ungeordnet auf den Fachböden der Regale abgestellt worden, damit es erst einmal aus dem Weg war. Erstaunlicherweise hatte Magdalene ihre Kellerregale bisher kaum genutzt, nur ein paar Blumenvasen, wenige Bücher, eine graue Wolldecke und ein nie benutzter Werkzeugkasten hatten darin Platz gefunden. Luise gewann den Eindruck, dass ihre Mutter den Kellerraum vorgesehen hatte, all das einmal aufzunehmen, was ihre Töchter nicht gleich wegwerfen wollten.

„Als dein Vater in Karlsruhe studierte, haben wir uns jeden Tag geschrieben", das hatte Magdalene immer wieder erzählt.

Luise erinnerte sich an die Kartons, die mit solchen Briefen gefüllt waren. Manche dieser Liebesbriefe hatte sie neugierig herausgefischt und kurz überflogen, bevor alles in den Keller wanderte. Die überschwängliche Sprache, die Georgs Briefe auszeichnete, hatte sie beinahe lächerlich gefunden, es war ihr auch ein bisschen peinlich, in die intime Zweisamkeit dieses Paares einzudringen. Im Gegensatz zu Georgs strenger lateinischen Schrift bestand Magdalenes Schrift aus einer wilden Mischung von lateinischen und deutschen Buchstaben und war auf Anhieb kaum entzifferbar.

Aber jetzt war Luises Neugier angefacht. Sie würde sich in diese Schrift einarbeiten, in der Schule hatte sie sogar Sütterlinschrift gelernt. Das war allerdings schon sehr lange her.

Am folgenden Wochenende nahm sie sich die einst eilig abgestellten Kisten und Kartons im Keller vor.

Zwei große Pappschachteln, dicht gefüllt mit cremefarbenen Briefumschlägen, mehrere hundert, wie es den Anschein hatte, enthielten die täglichen Briefe zwischen Georg und Magdalene, als der Student Georg in Karlsruhe und Magdalene in Stuttgart bei ihren Eltern wohnte. Die Briefbögen steckten fast alle fein säuberlich in mit lilabraunem Seidenpapier gefütterten Umschlägen, frankiert mit rotem Hindenburg, fünfzehn Reichspfennig.

In den vielen Fotoalben mit gemusterten Stoffeinbanddeckeln und Kordelschnüren blätterte Luise nur flüchtig herum, sie entdeckte dabei manchmal die gleichen Fotos in verschiedenen Alben. Sie stapelte sie in einer großen roten Plastikwanne, die sie für den Transport von zu Hause mitgenommen hatte, und trug sie zu ihrem Auto. Die Kartons mit den Briefen folgten. Die Rückbank des Autos war schon gut gefüllt.

Im Regal entdeckte sie noch verschiedene dicke Ordner mit Briefen, „Familienbriefe“ oder „Briefe von Freunden“ hatte Magdalene auf den Ordnerrücken vermerkt.

Zwischen Magdalenes Büchern eingeschoben lugte ein Schreibheft hervor. Luise zog es heraus. Auf dem blauen Einband stand mit Georgs pedantischer Handschrift das Wort „Lebensdaten“.

Sie setzte sich neben das Regal auf den Fußboden, einen Stuhl gab es keinen. Sie fühlte sich unangenehm verspannt, als sie das Heft aufschlug. Die Eintragungen waren mit Schreibmaschine geschrieben. Georg hatte anscheinend das ganze Heft in seine Schreibmaschine einspannen können. Ein heutiger Drucker wäre damit völlig überfordert.

Luises Blick fiel auf den Schreibmaschinenkoffer im untersten Fachboden, sie legte stützend die Hand darunter und zog ihn langsam hervor. Sie kannte diesen Koffer, er war aus Holz, überzogen mit dunkelschwarzrotem Kunstleder, reptiliengemustert nach Minikrokrodilart. Der Kofferkasten hatte einen quadratischen Grundriss und am Boden vier ovale schwarze Hartgummi-Füßchen, damit er sicher stehen und auch nichts beschädigen sollte. Der Kofferdeckel verlief der Schreibmaschinenform folgend nach vorne unten schräg zu und trug am oberen Ende ein Schloss mit Öffnungshebel, umrahmt von einer Metallplatte, auf der, mit einem spitzem Gegenstand eingeritzt, deutlich zu lesen war: „Dr. Feldt, Braunlage, Haus Niedersachsen“.

Über dem Schloss war an der Kastenoberseite ein stabiler Griff angenietet, aus kräftigem braunen Leder, von zwei Ringen gehalten.

In Magdalenes seltenen Erzählungen von früheren Zeiten spielte diese Schreibmaschine eine wesentliche Rolle. So berichtete sie über gefahrvolle Zugreisen während des Krieges, das Wichtigste war dabei stets die Schreibmaschine, die überallhin mitzunehmen war und die sorgsam auf Magdalenes Schoß gelagert wurde. Nicht Georg, Regina oder sonst ein Mensch, Luise gab es ja noch nicht, nein, das Kostbarste war die Schreibmaschine. Ein offenbar unersetzliches Utensil, besonders für Georg.

Luise hatte nie verstanden, dass einem Gegenstand wie einer Schreibmaschine eine solche Bedeutung zukam und tiefe Vorbehalte gegen diese dominante Maschine entwickelt.

Sie saß noch immer auf dem Kellerboden. Sie streckte die Beine aus und setzte den schweren Maschinenkoffer auf ihre Oberschenkel. Ein Schlüsselloch zeigte, dass der Koffer verschließbar war, doch einen Schlüssel gab es keinen. Sie klappte den Verschlusshebel über dem Öffnungsknopf hoch und verschob den Knopf nach rechts. Ein eingeprägter Pfeil, gefiedert, zeigte die Schieberichtung an. Das Schloss war nicht zugeschlossen. Sie hob den Deckel hoch und legte ihn neben sich. Die Maschine selbst war am Kofferboden festgeschraubt.

Es roch ein bisschen modrig, im Keller schien die Luft feucht zu sein.

„G.F. Grosser. Fabrik für Büromaschinen, Markersdorf/Chemnitztal. Modell T" stand über dem Tastenfeld. Links am Gehäuse war ein Dreieck zu sehen, innen rot, von einem weißen Rand umgeben. Das Dreieck war nicht gleichseitig, aber gleichschenkelig, die obere Seite kürzer als die beiden anderen, die V-förmig zur unten liegenden Spitze führten. Wie „Vorfahrt achten", dachte Luise. Die Buchstaben GROMA prangten quer darüber, das O im Rot des Dreiecks, GR links und MA rechts daneben.

Das Metall des Maschinengehäuses glänzte in Dunkelschwarzrot, passend zum Koffer. Auf der rechten Seite hatte Georg seine Berliner Adresse in den Lack hineingekratzt, die Buchstaben und Zahlen sorgfältig mit winzigen Pünktchen getüpfelt. Die runden Tasten trugen weiße Buchstaben oder Zahlen auf dunkelgrünem Grund, umlaufen von einem silbernen Metallrand. Die dazugehörigen Anschlaghebel waren eng aneinander im Halbrund angeordnet. Darüber lief das Farbband von Spule zu Spule. In der Papierrolle oben war noch ein Blatt eingespannt, darauf standen ein paar Wörter, gerichtet an „Liebe Omi".

Es schien, als hätte Anton von Magdalene einmal das Privileg erhalten, das heilige Stück ausprobieren zu dürfen. Davor durfte er sich bestimmt die Geschichte mit der Schreibmaschine im Zug auf dem Schoß anhören. Und dass Magdalene, als Georg sterbenskrank darniederlag, nach seinem Diktat auf dieser Schreibmaschine Briefe an Gott und die Welt schreiben musste.

An dem modrigen Geruch war vielleicht auch Antons eingelegtes Papier schuld, auf dem nach „Liebe Omi" zu lesen war: „Die schöne alte Schreibmaschine schreibt und schreibt und schreibt sicher noch viele viele Jahre. Weitgereist und welterfahren."

Was Anton da geschrieben hatte, berührte Luise. Eigentlich sagten die wenigen Wörter alles aus. Auf Luises Knien lag ein Gegenstand, der in direktester Weise mit dem Schicksal der Feldts verbunden war, und mit dessen Hilfe schwerwiegende Botschaften verfasst worden waren.

Magdalene hatte sich von dieser mechanischen Begleiterin nie getrennt. Auch nicht, als sie schon längst eine neue über „Quelle" gekauft hatte, weil bei der GROMA der Transporthebel abgerissen war.

Luise stülpte den Deckel wieder über die Maschine, ließ ihn an der Bodenplatte durch Verschieben des Verschlussknopfes einrasten und legte den Sicherungshebel über den Knopf. Sie stellte den Koffer zurück ins Regal an den vorherigen Platz und nahm erneut das blaue Heft zur Hand.

Die „Lebensdaten" begannen im Jahr 1921 und endeten 1945 am 28. Dezember mit der Bemerkung „Luise steht", mit Ausrufezeichen. Neugierig suchte sie den Zeitraum um Sabines Geburt im Jahr 1945. Zwischen dem dritten („Blankenburg russisch") und dem dreizehnten Juli („Heidelbeerensuche") befand sich eine mit Vehemenz, nämlich so, dass das Papier leicht eingerissen war, mit schwarzer Tinte zugesudelte Stelle.

Sie würde zu Hause versuchen, mit Tintenkiller die Schrift darunter wieder lesbar zu machen. In irgendeiner Schublade würde sie aus den verbliebenen Schulbeständen von Anton oder Nina einen solchen finden. Was da ungeschwärzt stehen würde, ahnte sie.

Sie war schon ganz steif vom Sitzen auf dem Kellerboden. Mühsam stand sie auf, packte die verschiedenen Ordner unter die Arme, verschloss die Kellertür und ging zum Auto. Sie wohnte zwar nur ein paar Häuser weiter weg, aber die vielen Unterlagen hätte sie nicht auf einmal tragen und zu Fuß transportieren können.

Zu Hause leerte sie einen Fachboden im Regal ihres Zimmers und schuf Platz für Alben und Kartons, indem sie alte Kataloge und Fachzeitschriften in die Papiertonne warf. Jetzt hatte auch sie ein Archiv, und nicht nur Regina, die in München für ihre wichtigen Unterlagen, den Quellen für ihre wissenschaftlichen Artikel, sogar noch einen zusätzlichen Kellerraum angemietet hatte.

Regina sprach von ihrem „Arschief", wenn sie davon erzählte. Weil sie doch auch in Frankreich lebte.

Als Luise den Tintenkiller endlich gefunden hatte, ihr war eingefallen, in welche Schublade sie Ninas ausgesetzten Krimskrams aus einstigen Schulzeiten gepackt hatte, zeigte sie Bernhard die „Lebensdaten" und die ausgemerzte Stelle im Juli 1945. Vorsichtig strich sie mit dem Tintenkiller über den schwarzen Balken und das aufgeraute Papier. Es passierte nicht viel, aber eine geringe Aufhellung der Tinte ließ sich erreichen. Aus den Buchstaben- und Zahlenfragmenten ließ sich einwandfrei erraten:

„12. Juli Sabina Konstanze geboren".

Magdalene hatte offenbar Georgs Lebensdaten an dieser Stelle zensiert. Sie konnte ja nicht ahnen, dass Googlesuche und Tintenkiller einmal Geheimnisse preisgeben würden.

Luises Forscherdrang erkämpfte sich Zeit an ihren freien Tagen und den Wochenenden. Sie ordnete alle Briefe nach ihren Daten. Es war offensichtlich früher üblich gewesen, die eigenen, mit der Schreibmaschine geschriebenen Briefe mit Hilfe von Kohlepapier zu kopieren und aufzubewahren. So ergab sich daraus eine Aneinanderreihung von ausgesandten Briefen und den dazugehörigen Antworten über viele Jahre hinweg.

Den unter diesem Zeitraster verborgenen Geheimnissen wollte Luise auf die Spur kommen, die Schreibenden zum Reden bringen.

Sie war zuversichtlich, dass sie Antworten auf viele ihrer Fragen finden würde, die sie plötzlich bedrängten. Als alle Briefe eingeordnet waren, hatte sie sieben volle Ordner im Regal stehen.

Eines Nachts träumte sie von der Schreibmaschine. Sie sah vor sich, wie aus der Walze ein endloses Papier herauswuchs, dicht beschrieben durch von unsichtbaren Fingern bewegte fliegende Tasten. Seltsamerweise war kein Geräusch dabei hörbar, kein Klappern oder ein Klingeln beim Zeilenvorschub.

Was hatte dieser Traum zu bedeuten?

War die Schreibmaschine der Schlüssel zu all dem unbekannten Verheimlichten?

Die meisten der Briefe, die Magdalene so sorgsam gehütet hatte, waren ja auf dieser Maschine entstanden. Die eingetippten Wörter hatten sich als Ergebnis von Gedanken geformt. Ob die Schreibmaschine vom Entstehungsprozess dieser Gedanken etwas gespeichert hatte, das Nichtgeschriebene, das vom Geschriebenen kontrolliert worden war?

Wollte der Traum Luise ein Zeichen geben, dass die Schreibmaschine mehr war als nur ein Relikt aus einer fernen Zeit?

Übernatürliches lag Luise nicht. Schon als Kind war sie auf dem Cannstatter Volksfest mit Vergnügen Geisterbahn gefahren, in ruppig rüttelnden, quietschenden Wägelchen auf unerwartet engwinklig abbiegenden Schienen, und gruselige Gerippe in schwarzen Lumpen oder grässliche, heulende Fratzen mit glühenden Augen konnten ihr keine Angst einjagen.

Doch jetzt drängte sich diese Schreibmaschine auf, verklärt durch einen Traum. Es ist nur eine Maschine, ein technisches Hilfsmittel, sagte sich Luise. Aber sie würde sie aus dem Keller holen und in ihrem Zimmer aufstellen. Die Schreibmaschine verriete ihr vielleicht, was sich in den Briefen zwischen den Zeilen, dem Sichtbaren, versteckte. Es war einen Versuch wert. Der Handelsname GROMA, war er vielleicht nicht mehr Abkürzung für „Grosser, Markersdorf", sondern bedeutete „Große Magie"?

Im Regal warteten die Ordner mit den Briefen, die sie nach ihren Daten einsortiert hatte. Dabei hatte Luise nur oberflächlich auf das Geschriebene geachtet. Eigentlich kannte sie die Menschen kaum, deren Briefe sie nun lesen würde. Sie erinnerte sich, dass Rolf, ein entfernt verwandter Vetter, sich ausführlich mit den gemeinsamen Vorfahren beschäftigt und die Ergebnisse seiner Nachforschungen sorgsam aufgeschrieben hatte. Luise und Regina hatten nach Magdalenes Tod davon eine Abschrift erhalten.

Nach kurzem Suchen fand sie die zusammengehefteten Seiten über die Wurzeln der Familie Feldt. Ihr Interesse richtete sich auf ihren Großvater Friedrich Feldt, geboren 1872, seine Frau Herta, ihre Großmutter, geboren 1885 und deren Kinder: Georg, 1907, Hartmut, 1910, Christian, 1912, Ilse, 1913, und Konrad, genannt Bruno, 1920 geboren. Ihre Geburtsjahre bildeten ein Zeit-Gerüst für ihr Leben, machten ihre Existenz für Luise fassbarer.

Von diesen engen Verwandten lebte keiner mehr. Persönlich kennengelernt hatte Luise nur Hartmut und Bruno. Hartmut war ihr in guter Erinnerung, und Bruno, ihn hatte sie irgendwann aus ihrem Gedächtnis gestrichen.

Nach dem kurzen Ausflug in die Familiengeschichte wandte sie sich erneut Sabines Sendung aus Berlin zu. Der regnerische Sonntag war wie geschaffen dafür. Zwar hatte sie alles schon einmal überflogen, aber die Tragweite immer noch nicht völlig in sich aufgenommen.

Der nächste Brief ihrer Mutter an Erika handelte von einer geheimnisvollen Geldübergabe, er schilderte den Ablaufplan einer Begegnung der beiden Frauen. Er war datiert 26.11.46, als Georg schon schwer krank war. Luise schob das beiderseits eng beschriebene hauchdünne Blatt in eine Klarsichthülle, damit es ihr nicht beim Lesen zerriss.

„Liebe Erika!

Ich glaube, dass wir Deinen Wunsch erfüllen können, es wird mir möglich sein, Dir spätestens in vierzehn Tagen den geforderten Betrag für Deinen Apparat aushändigen zu können. Es ist nicht einfach, die hohe Summe zu bekommen, da hier die Kurse wesentlich niedriger sind als in Berlin. Aber ich stehe bereits in erfolgreichen Verhandlungen und glaube sicher, den Preis noch zu erreichen. Obwohl die Sache erst in den nächsten Tagen perfekt werden wird, schreibe ich Dir schon heute, damit Du Dich einrichten kannst. Ich würde Dir persönlich das Geld übergeben, alle anderen Wege geschähen auf Dein Risiko.

Ich werde, vorausgesetzt, dass alles in Ordnung geht, was ich Dir durch ein kurzes Telegramm melde, am Mittwoch, den 11.12.46 nach Wülperode kommen, wo ich gegen elf oder halb zwölf Uhr eintreffen werde. Dich möchte ich bitten, auf mich im Gasthof Blanke zu warten oder dort Nachricht zu hinterlassen. Ich kann mich nur kurze Zeit in dem Ort aufhalten und muss spätestens um drei Uhr wieder auf dem Rückweg sein. Falls ich Dich dort nicht antreffen werde, hinterlege ich das Geld bei Herrn Grobacker oder seiner Schwägerin Fräulein Grosse im Haus Grobacker, Wülperode 56, für Dich. Aber wie gesagt, obwohl ich keinerlei Bedenken habe, tue ich das nicht gern. Ich denke doch, dass Dir an dem hohen Betrag so viel liegen wird, dass Du alles tun wirst, um ihn sicher erhalten zu können. Du müsstest also am 10. früh in Berlin abfahren, in Osterwiek übernachten und am anderen Morgen nach Wülperode kommen. In Osterwiek soll der Gasthof Silberner Adler sehr empfehlenswert sein, außerdem lohnt sich unter Umständen eine Nachfrage bei dem Biergroßhändler Fischer, ob er zufällig am Mittwoch nach Wülperode fährt und Dich mitnehmen könnte.

Der Gedanke, das Geld in russischem Gebiet einfach durch Postanweisung aufzugeben, ist nicht durchführbar, da ich keinen dort gültigen Ausweis besitze und in dem kleinen Grenzdorf auch niemand damit beauftragen kann, ohne aufzufallen.

Da Du auf der Fahrt praktisch ohne Gepäck wärst und nur Verpflegung für zwei Reisetage bei Dir haben musst (in Wülperode selbst werde ich Mittagessen besorgen können), bittet Georg Dich, ihm die Freundlichkeit zu erweisen und ihm aus der Björnsonstraße von seinen Zeitschriftenpaketen die Dir möglich erscheinenden Stücke mitzubringen. Besonders wichtig wären die Zeitschriften ‚Chemiker-Zeitung', ‚Angewandte Chemie' und die ‚Chemische Fabrik'. Alle Pakete sind zu Wandels, die im ersten Stock wohnen, gekommen und werden von ihnen verwahrt. Wandels werde ich mit gleicher Post von der Möglichkeit Deines Besuchs und seinem Zweck unterrichten. Da Georg diese Fachliteratur dringend braucht und ich vorerst nicht nach Berlin fahren kann, wäre er für die Erfüllung seiner Bitte herzlich dankbar.

Georg geht es leider sehr schlecht und ich bin in allergrößter Sorge um sein Leben. Das Fieber wütet erneut mit unverminderter Heftigkeit und die 40-Grad-Grenze ist wieder erreicht. Das Unheimliche ist, dass es sich um eine neue, noch nicht erkannte Krankheit handeln muss, da die Rippenfellentzündung im Abklingen ist.

Freundliche Grüße Magdalene F

P.S. Das versprochene Lammfellmäntelchen kann ich erst schicken, wenn ich in Stuttgart war, da ich es selbst bei meinen Sachen suchen muss. Aber an diese mir dringend wichtige Reise kann ich bei Georgs Zustand noch nicht denken."

Der Brief war kühl und sachlich gehalten. Erika hatte ihn aufbewahrt, vielleicht oft gelesen oder zu ihrer Reise nach Wülperode mitgenommen. Er musste häufig auf- und zugefaltet worden sein, denn an den Knickstellen war das Papier durchlöchert und die Buchstaben teilweise verschwunden. Um was für einen Apparat es sich wohl gehandelt hat, für den Erika Geld erwartete? War es vielleicht ein Fotoapparat, den sie Georg geschickt hatte, weil sein eigener gestohlen worden war?

Ein weiterer Brief vom 2.2.1947 lag vor. Er war ebenso brüchig und voller Risse wie der vorherige und so blass, dass die Schreibmaschinenbuchstaben auf dem gelbbrauen Papier kaum sichtbar waren. Vorsichtshalber steckte Luise auch ihn in eine Hülle.

„Liebe Erika!

Dein Brief vom 19.1. kam am Mittwoch an, als Georg fix und fertig in Decken eingehüllt und im Schlafsack verpackt auf seinem Bett lag, um im Sanitätsauto den Transport ins Krankenhaus anzutreten. Die Übersiedelung in eine Klinik wurde in der Woche vorher, nachdem ich ihn achtzehn Wochen allein gepflegt hatte, von dem behandelnden Arzt und dem hinzugezogenen Amtsarzt dringend angeraten. Sein sich so sehr verschlechterter Zustand bedarf ständiger ärztlicher Fürsorge.

Er hat mich gebeten, Dir zu schreiben, dass es ihm außerordentlich Leid tut, dass Ihr so sehr unter der Härte des Winters zu leiden habt, und auch ich bedaure diese unmenschlichen Zustände sehr. Hoffentlich hält die Kälte nicht so lange an, sie bedeutet ja für Millionen ein grauenhaftes Verhängnis.

So wie unser Leben einzig und allein von der Krankheit Georgs beherrscht wird, ist heute ein jeder von seinen eigensten persönlichen Sorgen gehetzt. Nur so ist es zu verstehen, dass Du, obwohl Du gut auf dem Laufenden gehalten wurdest, Dir nie die richtige Vorstellung von der Schwere der Erkrankung Georgs gemacht hast. Er war von Anfang an sehr krank und hilflos, vor allem seine armen Hände versagten fast ganz den Dienst. Schon das Schreiben einer Unterschrift machte ihm äußerste Mühe, während er geistig bis Weihnachten unerhört klar war und mir fast täglich ein bis zwei Seiten diktierte.

Heute, nachdem am 28.12. der zweite Rückfall einsetzte, der ihn seit dem 9.1. fast den ganzen Tag zwischen 39 und 40,5 Grad Fieber pendeln lässt, ist auch sein Geist müde geworden. Er ist kaum noch imstande, die allerwichtigsten Briefe zu diktieren. Fast den ganzen Tag liegt er apathisch mit geschlossenen Augen, er spricht nur wenig und das Wenige langsam und mit Anstrengung. Dazu kommen hässliche Nebenbeschwerden wie starke Muskelschmerzen und eine schon zwei Wochen währende bösartige Halsentzündung, die regelrechte Erstickungsanfälle hervorruft.

In der Waldklinik hätten wir kein ruhiges Plätzchen für ihn bekommen können, daher haben wir ihn in einem großen Raum mit Veranda im Haus eines Resevelazaretts untergebracht. Unter der Leitung eines sehr guten Internisten und Lungenfacharztes sind schon einige Untersuchungen vorgenommen worden, die Ursache des Fiebers konnte jedoch immer noch nicht entdeckt werden. Langsam aber sicher vernichtet es die letzten Kräfte, und trotz all unserer Opfer und Anstrengungen wird er täglich leichter und schwächer. Es ist so weit gekommen, dass wir mehr auf Gottes als der Menschen Hilfe vertrauen müssen, und schon heute ist es sicher, dass eine Genesung viele Monate brauchen würde. Ich sage Dir eines: Wenn ich noch niemals einen Fluch ausgestoßen habe, so verfluche ich heute diesen unseligen Gang über die Grenze, auch wenn er hundertmal meinem armen Liebsten nötig schien um sich von Dir lösen zu können.

Regina hat sich in den vergangenen vier Monaten über alle Maßen bewährt. Nicht nur, dass sie auf jedes kindliche Spiel verzichtete und ihr Schwesterchen fast allein versorgte, mir in der Küche fleißig zur Hand ging und viele Besorgungen übernahm, auch sonst ist sie für ihren Papi zu jedem Opfer bereit. Nie hat sie gemeutert, wenn der Vater alle Leckerbissen bekam, nie war sie nicht willens auf einen Teil oder den ganzen Sonntagsbraten zu verzichten. Und auch das zarte Luischen hat immer wieder Milch und Zucker seinem Papa abgegeben. Ich selbst bin durch die übermäßige Beanspruchung bei Tag und Nacht restlos erschöpft. Der mit uns befreundete Amtsarzt hat mich sehr ernst darauf hingewiesen, dass unsere Kinder, falls ich mir nicht sofort äußerste Schonung zugestehen würde, zu dem todkranken Vater auch noch die todkranke Mutter bekämen.

So viel von unserem Leben. Alle anderen, sonst so wichtig erscheinenden Sorgen und Nöte sind in den Hintergrund gedrängt.

Georg freut sich sicher weiterhin über Post von Dir, nur bitte schreibe ihm im Augenblick nicht gar zu Unerfreuliches, er braucht Trost und Aufrichtung in seiner Trübsal.

Herzlichen Gruß Magdalene Feldt“

Luise war tief ergriffen von diesen Zeilen. Ihr Vater hatte also seine letzten Wochen nicht zu Hause, sondern in einem Lazarett verbracht. Einen Monat später nach diesem Brief würde er gestorben sein. Was war das für eine verfluchte Reise, von der Magdalene schrieb?

Luise las den Brief mit der geheimnisvollen Geldübergabe nochmals durch. Erika sollte in der Björnsonstraße bei den dort noch lebenden Hausbewohnern für Georg seine Fachzeitschriften herausholen, die das Ehepaar Wandel bei sich aufbewahrte. Erika schien bei den verbliebenen drei Parteien im Haus bekannt zu sein. Ob sie auch von der Beziehung zwischen Georg und ihr wussten?

Der nächste Brief im Stapel schilderte Georgs letzte Lebenstage. Die Distanz zwischen Magdalene und Erika war schon durch die fehlende Anrede spürbar:

„26.2.47

An Erika Schwalbing.

Dein Brief vom 10.2. ist schon vor einer Woche angekommen. Ich habe ihn

Georg vorgelesen, und er hat mich gebeten Dir zu schreiben, wo er liege und welche Krankheit er hat.

Dass er am 29.1. in die hiesige Krankenanstalt überführt worden ist, habe ich Dir schon geschrieben, ebenso wie er untergebracht ist und verpflegt wird. Am 5. Februar waren alle ärztlichen Untersuchungen beendet, und das, was wir schon die ganze Zeit vermutet und befürchtet hatten, wurde bestätigt. Die Ursache des hohen Fiebers lag darin, dass sich aus der Rippenfellentzündung langsam, unaufhaltsam und heimtückisch eine Tuberkulose entwickelt hat. Soweit ist der Tatbestand auch meinem lieben Kranken bekannt geworden. Ich selbst hatte am Nachmittag eine Unterredung mit dem leitenden Arzt Dr. Klink, der mir das Krankheitsbild näher erläuterte. Es handelt sich um eine Miliartuberkulose, die im November im Anschluss und als Folge der Rippenfellentzündung ausgebrochen war. Dadurch, dass durch die Rippenfellentzündung die Widerstandskraft des Körpers übermäßig geschwächt wurde, konnte sich der winzige alte verkapselte Herd öffnen und seine Bakterien in die Blutbahn streuen. Dr. Klink musste mir sagen, dass so gut wie keine Aussicht besteht, meinen geliebten Mann am Leben zu erhalten. Nicht nur beide Lungen sind von den Bakterien übersät, auch eine Reihe von anderen Organen wie Leber oder Milz sind schon betroffen. Seit acht Tagen ist das Zentralnervensystem in Mitleidenschaft gezogen. Zwar gelingt es dem Körper, da und dort ein Knötchen zurückzubilden, aber fertig wird er damit nicht werden. Ich, die ich die ganzen Wochen die schwere Krankheitslast mit ihm getragen habe, muss nun eine noch unendlich schwerere Last schleppen. Denn er darf mich nur heiter und fröhlich sehen, nur Trost und Zuversicht ausstrahlend. Bisher ist mir dies gelungen, obwohl ich oftmals weinend zu meinen Kindern nach Hause gehe. Sein Bewusstsein ist weitgehend ausgeschaltet, er spricht und lebt in seinen Traumgespinsten. Ich bin jeden Nachmittag bis spät abends bei ihm. Regina darf ihn nicht besuchen, obwohl er nicht ansteckend ist.

Bis zu seiner Bewusstseinseintrübung hatte Georg seinen Lebensmut nicht verloren, er gab sich sogar beim Essen große Mühe und wollte der Krankheit nochmals drei Monate Zeit zugestehen. Dazu hatte wesentlich beigetragen, dass sich für ihn seit Anfang Januar beste berufliche Aussichten eröffneten.

An Dich liegt das Fragment eines Abschiedsbriefs vor, das wohl nun nie vollendet werden wird. In den letzten Dezembertagen gingen seine Gedanken immer weiter zurück in seine Jugendzeit und zu seiner Mutter. Abends hat er sich oft stundenlang mit mir über alles unterhalten, und Anfang Januar sagte er, jetzt sei alles abgeschlossen, eigentlich brauchten auch jetzt keine Briefe mehr zu kommen.

Damals waren wir uns über das Ausmaß der Krankheit noch nicht im Klaren. Als Georg im Krankenhaus die Wahrheit erfahren hatte, sagte er, dass es ein

Geschenk des Himmels gewesen sei, dass wir noch einige Wochen glücklichen Familienlebens gehabt hätten.

An seine große Tochter hat er sich in den letzten Monaten mit besonderer Innigkeit angeschlossen, und Luise war mit ihrem zärtlichen kleinen Herzen und dem jubelndem Stimmchen eine ganz große Freude für ihn.

Seit acht Tagen ist nun eine rapide Verschlechterung seines Zustands eingetreten, die in mir nun endgültig den letzten Hoffnungsfunken ausgelöscht hat. Den größten Teil des Tages ist sein Geist abwesend, und oft spricht er gänzlich wirres Zeug. Meist hat er beim Erwachen alles vergessen, aber es kommt vor, dass er mit großer Zähigkeit auf seinen Vorstellungen besteht. Für mich ist dieser Zustand äußerst schwierig, denn er verlangt neben der großen Sorge und Ängstlichkeit dieser neuen Situation gegenüber bei mir ständig gespannteste Aufmerksamkeit. Ein Versagen meinerseits kann zu großen Erregungszuständen führen. Der Arzt sagte mir, dass das Zentralnervensystem gereizt ist, aber die gefürchtete Hirnhautentzündung bisher noch nicht eingetreten sei. Seit zwei Tagen ist es richtig qualvoll, ihn so elend zu sehen. Er isst kaum noch, meist liegt er benommen da und redet mit Unsichtbaren. Sein Aussehen ist erschreckend. Ich zwinge ihn seit heute auch nicht mehr zum Essen, dieser Zustand des Hindämmerns ist für ihn der barmherzigste.

In Gottes unerforschlichen Willen kann ich mich noch nicht fügen. Denn ohne die Rippenfellentzündung wäre der seit Jahrzehnten verkapselte Herd auch die nächsten Jahrzehnte nicht gefährlich geworden. Ohne jenen Gang über die Grenze wäre mein geliebter Mann heute gesund und glücklich bei mir und den Kindern, und glücklich in einer ihn befriedigenden Arbeit.

Was soll ich meinem Kind Regina antworten, wenn es mich fortwährend fragt, warum der Papa nach Berlin musste? Auch wenn er sich bereits im August nach der großen Erschütterung wiedergefunden hatte, war er nicht von der Reise abzubringen. ‚Ich muss nach Berlin, ich muss sie sehen, um ganz von ihr loszukommen!' sagte er immer wieder. Und so muss er jetzt diese Freude und Bereicherung, die er durch Dich erfahren hat, mit seinem köstlichsten Besitz, seinem Leben bezahlen. Das Dasein der Schwalbe hat ein namenloses Unglück über vier Menschen gebracht.

Heute antwortete mir der Arzt auf meine Frage, wie lange er noch leiden müsse: ‚Ich glaube, nicht mehr lange'.

Magdalene Feldt“

Magdalene hatte dieser Erika ihr tiefes Leid geschildert, in einem Brief ohne Anrede, ohne Gruß am Schluss.

Diese Frau, die ihr Glück zerstört hatte, war ihr in dieser schmerzvollen Zeit anscheinend die einzige Kontaktperson.

Was hatte es nur mit dieser Reise nach Berlin auf sich? Magdalene gab ihr die Schuld an der todbringenden Krankheit. Luise erinnerte sich schwach, dass ihre Mutter einmal erzählt hatte, der Vater habe im Spätsommer 1946 unbedingt nach Berlin fahren müssen. Er sei dann auf der Rückreise beim Gang über die grüne Grenze in ein schlimmes Unwetter geraten, danach sehr krank und nie wieder gesund geworden.

Betroffen legte sie den Brief zur Seite und nahm das nächste Blatt in die Hand. Das Farbband der Schreibmaschine war inzwischen so ausgelaugt, dass die einzelnen Buchstaben kaum zu ahnen waren. Der Brief war neun Tage nach Georgs Tod geschrieben worden.

„Braunlage, den 15.3.1947

Liebe Erika!

Es ist mir heute, da dieses glühende Herz schon seit Tagen aufgehört hat zu schlagen, noch immer nicht möglich, mich zu fassen. Wer so lange wie ich mit einem Kranken und Sterbenden zusammen war, kann nicht gleich wieder mit den Lebenden sprechen. Einmal rief er im Fieber: ‚Ist denn meine Frau nicht an meiner Seite?' Ich antwortete ihm, dass sie immer an seiner Seite sei, worauf er beruhigt weiterschlief. Ich will versuchen, Dir manches zu sagen.

Über ihn ist ein Verhängnis hereingebrochen, es fällt mir unendlich schwer, nur an Schicksal oder eine Fügung Gottes zu glauben. Dir lade ich dabei niemals eine ungeheure Schuld auf. Du hast weder vorsätzlich noch wissentlich etwas getan, was ihm hätte leiblichen Schaden zufügen können. Auch war es sein Wille, nach Berlin zu gehen. Aber er fuhr doch nur dorthin, weil er glaubte, mit Dir sprechen zu müssen. Deshalb empfinde ich Dich als Unglück für ihn und für uns. Du hast eine Rolle gespielt, die Du selbst bewusst gewählt hast. Im entscheidenden Moment, als Georg sich in einer Lebenskrise befand, hast Du versagt. Du hast ihn in einem Augenblick enttäuscht, in dem er dies nicht ertragen konnte, ohne aufs Tiefste erschüttert zu werden. Du hättest ihn weiter vertrösten müssen, nachdem Du vorher den Mut nicht gefunden hattest, ihm Deine Wandlung mitzuteilen.

Ich kann Dich in vielem verstehen. Du hattest sogar Recht, wenn Du glaubtest, dass Georg sich nie von mir würde lösen können und dass ich seine Heimat sein und bleiben würde. Aber Du hättest fühlen müssen, dass er auch Dich und Deine Hilfe nötig hatte. Du hast nicht gespürt, was er dringend brauchte, es fehlte Dir jeglicher Instinkt, seinen Kummer wahrzunehmen. Auch dass Du nicht begreifen wolltest, wie krank er war, kam in allen Deinen Briefen zum Ausdruck. So hast Du auch niemals geschrieben, dass Du Gott um sein Leben und um Genesung bitten wolltest. Er war Dir fremd geworden, aber Du hattest nicht den Mut, ihm das zu sagen, hast ihm im Gegenteil in Deinen Briefen gute Gefühle vorgespielt.

Du sagst weiter, es hätte ihm an Geduld und Demut gefehlt. Aber Du selbst hast alles getan, ihn glauben zu machen, dass er bei Dir diese Tugenden gar nicht haben müsste! Du warst doch bereit, die Demütige, die Hingebungsvolle und Opferbereite zu sein! Bereit, seine Fehler unwidersprochen hinzunehmen. Wie kannst du ihm dies heute zum Vorwurf machen?

Ich habe seine Not verstanden und gewusst, dass ich ihm seinen Verrat an mir nicht anrechnen darf."

Luise las den Brief zu Ende. Magdalene schilderte die letzten Tage und Stunden vor Georgs Tod. Sie fragte sich, ob Magdalenes Milde ehrlich gemeint war. Entgegen ihren Beteuerungen erfühlte Luise die verzweifelte Schuldzuweisung zwischen den Zeilen.

„Dass er Dir viele schöne Stunden immer gedankt hat, weiß ich, und auch Du sollst dies immer wissen. Ich hasse Dich nicht, das habe ich ihm versprochen."

Grußlos hatte Magdalene ihren Namen unter die blassen Schreibmaschinenbuchstaben gesetzt.

Luise legte das zerknitterte Papier mit leisem Schauder zur Seite. Sie wandte sich dem nächsten Brief zu, es waren zwei doppelt beschriebene Blätter, ebenso bräunlich verblasst, das Farbband der Schreibmaschine war anscheinend inzwischen ersetzt worden, denn die Buchstaben traten in klarem Schwarz hervor.

„Braunlage, den 18.5.47

Liebe Erika!

Dein Brief, der wieder einmal durch die Zensur ging, ist erst heute angekommen. Da ich keine Zeit zum Nachdenken brauche, möchte ich gleich darauf eingehen, auch wenn es mir Leid tut, dass dieser Brief Dir noch einiges an Bitternis bringen wird. Ich kann Dir dies aber nicht ersparen, da es sich nicht nur um Dich und mich, sondern auch um Sabine handelt, mit der Du eines Tages von diesen Dingen sprechen wirst.

Vorigen August schriebst Du mir, dass Deine Aufgabe in Georgs Leben erfüllt sei und dass es ein Unglück und das Ende Eurer Liebe bedeuten würde, wenn Du seinem Ruf Folge leisten würdest. Du hast in alldem Recht gehabt.

Du warst eine Mutter geworden, lebtest von da an auf Erden und musstest handeln, wie es uns als Irdischen zukommt. Ich verstehe das alles nur allzu gut, denn auch ich war eine Irdische. Es waren kostbare und seltene Stunden, in denen ich die Gegenwart und ihre Forderungen so weit vergessen konnte, dass ich nur noch schwebte. Georg ließ seine Seele gefährlich balancieren zwischen Traum und Wirklichkeit, Weiten und Grenzen. Du wusstest das. Auch dass er Gott suchte und versuchte, und mehr wollte, als ihm vergönnt war. Du hast gewusst, dass ein Sturz aus seinen Träumen ihn tödlich verwunden musste. Davor hast Du Dich gefürchtet. Du hast die Aufgabe, ihn zurückzuführen in Deine neue Wirklichkeit und ihn in seine Grenzen zu weisen, ohne ihn zu verletzen, immer wieder hinausgeschoben. Du hast ihn in jedem Brief angesprochen, als seist Du die Alte geblieben. Das ist Deine große Schuld an ihm. Als er Dich im September in Berlin aufsuchte und Du Deine Wandlung bekanntest, hat dieser Schlag ihn völlig unvorbereitet getroffen.

Seine Briefe von Juni bis September des letzten Jahres zeugen von seiner Überzeugung, das Glück in Händen zu halten. Dann sah er auf einen Scherbenhaufen. Seine späteren Briefe an Dich sind die Tränen, die er seinen goldenen Spielen nachweinte, mein ewig junger Bub! Als er wieder zur Erde zurückgefunden hatte, wollte er, dass diese Zeugnisse seines Schmerzes verbrannt und ausgelöscht werden sollten.

Seine Mutter, die ihren Sohn gut kannte, sagte mir einmal: ‚Es ist eine Eigentümlichkeit Georgs, dass er nicht wie andere Menschen eine Fläche vor sich sieht, eine Fläche, die das Auge überblicken kann, sondern seine Gedanken sind wie Strahlen, die immer nur einen einzigen Punkt erfassen können, alles andere liegt völlig im Dunkel.‘

So konnte er nur noch sein Leben ohne Dich und ohne Deinen Zuspruch sehen und sonst nichts mehr. Niemals hatte er bis zu diesem Tage an eine Trennung von mir gedacht. Nur aus seiner ihm eigenen seelischen Struktur und der Not und dem Zwiespalt seines Herzens ist dieser plötzliche Entschluss zu verstehen.

1944 schrieb er mir über Dich:

‚Sie ist zu jeder Stunde davon durchdrungen gewesen, dass Dir nichts abgehen dürfe, sie hat Dich verehrt, lange ehe sie Dich persönlich kannte und hat Dich von da an in ihre Liebe eingeschlossen. Sie hat immer gewusst, dass ich meine Verbundenheit mit Dir als eine unlösbare empfinde. Wichtig ist mir heute nur, dass Du mich besser verstehst, vor allem ganz in Dich aufnehmen mögest, dass das, was Erika Schwalbing und mich verbindet, die unerschütterliche Wahrheit nicht berührt, dass unsere Ehe für mich untrennbar ist bis zu unserer letzten Stunde. Ich habe keinen größeren Wunsch an dieses Leben als Dich, die trauteste Gefährtin meines Lebens, niemals zu verlieren.‘

Und so schrieb er mir 1945 aus Westertimke:

‚Wie gerne wäre ich bei Dir! Wie wunderschön war es in den letzten Wochen, die hinter uns liegen! Wie tief hat es mich beglückt, dass wir beide einander wieder so nahe gekommen sind, so nahe wie nie zuvor. Besonders beglückt bin ich auch darüber, und wie leicht wird mir alles, weil wir so viel Gelegenheit hatten, uns auszusprechen über Erika Schwalbing, weil deren Briefe kamen und die Zukunft nun nicht mehr verhangen oder von einem Verhängnis bedroht vor uns liegt, sondern klar und ohne Last ist. Dafür werde ich Dir bis ans Ende unserer Tage dankbar sein, jeden Tag, jede Stunde. Ich werde Dich ewig liebhaben, immer noch mehr, trotz ihrer, wie ich es immer gesagt habe, Du so sehr, Du unendlich geliebte Frau. Deiner, Dein Mann'.

Dies alles musst Du um der Wahrheit willen wissen, und Du wirst nun auch ermessen können, dass mir dieser letzte Sommer genauso viel Schmerzen gebracht hat wie ihm. Trotzdem hatten wir immer wieder Stunden schönster Gemeinsamkeit und völliger Loslösung von dem Geschick, das unser Leben zu zermalmen drohte. Im August hatte er mich wieder seinen Heimathafen genannt, und er sagte damals, als er zu Dir nach Berlin aufbrach, als ich ihn an dem Abend traurig noch ein Stück des Weges zur Grenze begleitet hatte: ‚Allerliebste, ich glaube, Du kannst fröhlich auf meine Rückkehr warten.'

Mein Schwager Hartmut, der mit seiner Frau im September nach Georgs Rückkehr zu einem Ferienaufenthalt hier war, sah ihn, wie immer im Familienkreis, als den zärtlichen, liebevollen und fürsorglichen Gatten und hat sehr liebe Erinnerungen an diese Tage. Gott hat es gefügt, dass diese entsetzliche Krankheit so lange niedergehalten wurde, bis er wieder bei mir in Braunlage war. Gott hat es auch gewollt, dass ich diese erdrückende Krankheitslast mit ihm zusammen tragen sollte und wir vereint waren ‚till death us part', wie es so schön in der englischen Eheformel heißt.

Unserer Ehe blieb die organisch gewachsene, höchste Erfüllung versagt. Diese wäre bei unseren beiden Naturen erst in späteren Jahren erblüht. Aber unser letztes gemeinsames halbes Jahr hat diese Erfüllung ahnen lassen.

Der Ring hat sich geschlossen, und die Jahre, die zwischen Anfang und Ende lagen, sind verweht. Niemals werde ich vergessen, welche Kraft von den vor Liebe leuchtenden Augen des Sterbenden auf mich überströmte und dass ich beschenkt und mit einem Herzen voller Dankbarkeit nach Hause ging. Mein Schmerz ist unermesslich, aber ich bin bereit, den Kampf um die Zukunft unserer Kinder auf mich zu nehmen.

Ich merke, dass ich an Dich schreibe, als wärst Du noch immer ein Teil von ihm. Aber dieser Brief muss noch geschrieben werden. In den nun kommenden Jahren wird sich unser Leben kaum berühren, Du lebst in Berlin und ich werde voraussichtlich in Stuttgart eine Heimat für mich und die Kinder finden. Trotzdem bitte ich Dich, mir hin und wieder über Dein und Sabines Ergehen zu berichten.

Auch ich werde Dir von unserem Leben schreiben. Ein nahes Verhältnis, besonders der Kinder zueinander, wünsche ich nicht. Ich habe es Georg damals gesagt, dass er mit seiner Eintragung in Sabines Tagebuch dieses Kind von den meinen geschieden hat. Ich werde Regina und Luise ihren Vater lebendig erhalten, nicht als reine Idealgestalt, das würde ihnen ihr späteres Leben erschweren. Aber sie werden von mir erfahren, dass es etwas unendlich Mühsames und Schweres ist, wenn zwei Menschen, die sich lieben, ein langes Leben gemeinsam meistern wollen.

Mein Erleben der letzten Jahre werde ich für immer in mir verschließen. Falls allerdings das Schicksal einer meiner Töchter dasselbe Los bereiten sollte, dann würde ich sprechen. Denn ich weiß, dass ihnen in solcher Prüfung das Leid ihrer Mutter eine Hilfe und ein Trost sein könnte.

Viele Grüße, Magdalene F"

Luise erahnte die schwere Bürde, die ihre Mutter lebenslang mit sich herumgetragen hatte.

Tief in ihrem Inneren, für andere unsichtbar, hatte Magdalene die bittere Erinnerung, den Lebensschatten in sich verwahrt, niemand teilhaben lassen. Konnte eine solche Erfahrung jemals abgearbeitet und abgeschlossen werden, unzugänglich in einem Verlies? Den Kummer über den Tod eines geliebten Menschen können liebevolle Erinnerungen im Lauf der Zeit abschwächen. Verborgene Geheimnisse aber verblassen nicht, seien es Schuldgefühle oder Demütigungen.

Luise erinnerte sich an ihre Schulfreundin Doris, die ihr voll Not erzählte, dass ihr Mann eine Affäre mit seiner Sekretärin begonnen habe und sich deshalb von ihr scheiden lasse. Auf Luises Bemerkung, das sei, wie wenn er gestorben wäre, sagte Doris: „Nein, es ist viel schlimmer." Verhinderte der Tod Georgs vielleicht das „Viel Schlimmere"?

„4. April 1948

Liebe Erika!

Es wird mich nicht schmerzen, wenn Du auch auf diesen Brief nicht eingehen wirst. Ich werde ihn trotzdem schreiben, denn Deine Ansicht, dass ich einen Sündenbock ersinne und diesem die Verantwortung für das Geschehene aufbürde, ist für mich nicht hinnehmbar.

Georg war gesund noch im August 1946 (ein Röntgentermin verlief ohne Befund). Noch bis Ende Oktober war der alte Herd ruhig. Der Ausbruch der Bakterien wird für Mitte November angenommen. Gewiss ist, dass seine Immunität durch die Zeitumstände und die Zeit im Lager gefährlich gesunken war, und ebenso gewiss ist, dass die ihm in Berlin widerfahrene Erschütterung und Enttäuschung seine Immunität unter den Nullpunkt sinken ließen.

Du bist ihm zum Verhängnis geworden.

Dass das Leben dieses Menschen nur Fragment, nur Versuch bleiben konnte, dass nicht nur Schicksal, sondern Unglück und Schuld – auch Schuld von ihm – dazu beitrug, das lässt mich manchmal das Leben kaum weiter ertragen.

Du hast gewusst, dass man ihn am Leben halten musste. Dein letzter Brief enthielt die Abschiedsworte, die ihn aus der Bahn warfen. Vom Mohr, der seine Schuldigkeit getan hat. Deine Liebe zu ihm war nicht mehr lebendig, sonst hättest Du gespürt, wie krank er war, Du hättest ihn wenigstens getröstet und nicht mit belanglosen Worten abgespeist.

Du hast mir geschrieben, dass Du ein Leben der Entsagung, Selbstentäußerung und willenlosen Hingabe an seiner Seite verbracht hast. 1946 hast Du mir gesagt, Du seist glücklich gewesen und mit allem einverstanden. Welch anderer Mensch bist Du geworden. Dein Urteil über ihn kränkt mich.

Wie weit musst Du innerlich ihm fern gewesen sein, dass Du nicht gespürt hast, welch riesengroßes Unheil Du anrichten würdest. Ich hatte Dir gesagt, dass man alles tun müsse, ihn zu halten und zu stützen. Aber es ist sinnlos, mit Dir darüber zu reden, Du verstehst es nicht und willst es auch nicht verstehen. Wahrscheinlich hast Du bis heute nicht begriffen, welches Deine Schuld war. Und es ist nun zu spät.

Du kennst ja nicht alle Zusammenhänge, weißt nicht, dass dieselbe Nachricht, die ihm im Sommer 1946 nicht ertragbar schien, ihn ein halbes Jahr später viel weniger berührt hätte. Er fühlte sich der damals angebotenen Arbeit in Lauingen nicht gewachsen, was seinen Lebensmut schwächte. Ein halbes Jahr später hätte ihm die in Aussicht gestellte Stelle im Chemiewirtschaftsverband neuen Auftrieb und Lebenskraft gegeben.

Georg ist der vierte seiner Familie, über dem ein unseliger Stern stand. Wie wird es weitergehen?

Da die Briefe von ihm immer geordnet waren, packe ich die Deinen zusammen, ohne sie nochmals zu sichten. Die fehlenden Briefe sind, wie ich Dir schon schrieb, auf seinen Wunsch verbrannt worden. Sie waren das letzte Glied der nicht abreißenden Kette von Verhängnissen, die seit dem 1942 aufgetauchten Russlandgespenst seinen Lebenswillen schwächten und schließlich vernichteten.

Den beiliegenden Brief an Ottilie sende bitte an sie. Sie wohnt bei Schmidt in Berlin-Spandau, Carl-Schurz-Straße 10. Sie ahnt bisher nichts von einer weiteren Geliebten ihres Freundes.

Meinen Kindern geht es gesundheitlich gut. Regina hat schon vierzehn Pfund zugenommen und wird ein anziehendes junges Mädchen, dem aber noch die ganze naive Unschuld des Kindes eigen ist. In der Schule ist sie auch erfolgreich. Luise ist ein ausgesprochenes Chemikerkind, das an allem riechen muss und beim Betreten der Küche mit geradezu erstaunlicher Sicherheit sämtliche Gerüche definiert. Das ganze Haus hat seinen Spaß an ihr, sie fühlt sich hier überaus wohl. Wie schön wird es im Sommer im Garten werden. Das Kind muss täglich nach dem Essen zwei bis drei Stunden schlafen. Ich lehre sie auch kein Gedicht, ich will das kleine Gehirnchen nicht überfordern. Sie ist für ihr Alter viel zu weit voraus.

Die Lage in Berlin beobachte ich mit ständiger Sorge. Hoffentlich ist die momentane Entspannung eine bleibende.

Ich glaube nicht, dass wir auf längere Sicht betrachtet hier im Westen weniger Sorgen haben werden als die Menschen im Osten. Sollte Deutschland tatsächlich geteilt werden, dann wird es auch für uns keinen Frieden geben können. Aber natürlich ist es vorerst irgendwie beruhigender, nicht im Osten leben zu müssen. Wir sind sogar mutig. Wir bauen ein neues Haus und versuchen neu aufrichten, was in Schutt und Asche liegt.

Freundliche Grüße Dir und dem Kind
Magdalene Feldt“

Magdalene sprach Erika schuldig, dass ihre Entscheidung, ihr Leben ohne Georg, nur mit ihrem Kind führen zu wollen, ihn todbringend getroffen hatte.

Erika hätte Georg nicht zurückweisen dürfen, das war die Schuld.

Luise konnte nicht verstehen, wie eine Ehefrau der Geliebten ihres Mannes einen solchen Vorwurf machen konnte. Etwas Besseres konnte doch eigentlich gar nicht geschehen? Den Mann wieder allein für sich haben zu können, weil die Andere aufgegeben hat? Und auch der aufgetauchte Brief Georgs an eine weitere Geliebte schien Magdalene nicht von ihrer bedingungslos weiterbestehenden Zuneigung abzubringen.

Dieser Georg konnte offenbar nicht ertragen, dass eine Frau ihn nicht mehr lieben wollte und ihn zurückwies. Er war gewohnt, dass er die Fäden zog. Jetzt war er die Marionette, die bewegt wurde. Es machte ihn krank, todkrank, nicht mehr der Handelnde sein zu können.

Erika hatte sich für ihr Kind entschieden und sah keine Zukunft als Nebenfrau mit Nebenfamilie. Aber hätte Magdalene wirklich ertragen, mit der Geliebten zusammenzuleben? Hatte sie ihre Zustimmung nur geheuchelt, damit er genesen sollte? Hätte sie nach seiner Heilung ihre Meinung geändert und die Rivalin bekämpft?

Und wer war diese Ottilie? Luise hatte gar nicht bemerkt, dass einer der Briefe nicht an Magdalene oder Erika gerichtet war. „Du liebste Meinste“ leitete den Brief ein, gefolgt von „geliebte Tilla“ und zum Schluss das schon bekannte „Deiner“.

Zwei Frauen, die voneinander wussten und mit diesem Wissen gelebt haben, mussten erkennen, dass es mindestens noch eine dritte „Meinste" gab.

Und Erika, sie hatte den Brief nicht an Ottilie weitergeschickt, sondern behalten.

Ein Gedankensturm tobte in ihrem Kopf, welcher Abgrund zeigte sich da. Die vielen Jahre Ehe mit Bernhard sah sie vor sich, sie waren nicht ohne Kriege geblieben, aber stets hatte es Friedensschlüsse gegeben, dass beide den gemeinsamen Weg weiter bejahen konnten.

Luise hatte manchmal darüber nachgedacht, wie sie sich verhielte, wenn Bernhard sich in eine andere Frau verlieben würde. Die Trennungen in ihrem Bekannten- und Freundeskreis hatten Luise betrübt, von den gemeinsamen Freunden aus der Schulzeit hatten alle etwa im gleichen Zeitraum geheiratet wie Luise und Bernhard. Inzwischen waren viele geschieden, und Regina ja auch.

Luise hätte um Bernhard gekämpft. Oder sie hätte ihn zum Teufel geschickt. Sie war froh, dass sie diese Rolle nie durchspielen musste. Und ein neuer Mann – er wäre ja auch „gebraucht" gewesen, dann schon lieber den eigenen wieder zurücknehmen?

Warum musste Magdalene so ein Schicksal erleiden? Luise fühlte Mitleid für ihre Mutter und Unverständnis für den Mann, der ihr Vater war. Und Georg, der vierte in der Familie unter dem unglücklichen Stern, hatte Magdalene geschrieben. Die anderen: Christian, Ilse und die Großmutter Herta. Warum begann sie sich erst jetzt für ihre Familie zu interessieren, fragte sich Luise.

Familie hatte sich bisher um sie selbst gedreht: Bernhard, Anton, Nina und irgendwann die Enkelkinder.

Sabine hatte noch Tagebuchauszüge ihrer Mutter geschickt, das besagte Tagebuch mit der handschriftlichen Eintragung Georgs, die bei Magdalene so tiefe Verbitterung ausgelöst hatte.

Dresden 2009

Luise unterbrach die ergreifende Lektüre und dachte zurück an die Städtereise nach Dresden im August 2009. Anton und Charlotte hatten damals die Idee gehabt, sich für ein gemeinsames Wochenende in Dresden zu treffen, der Schicksalsstadt, wo Georg aufgewachsen war und wo nicht nur seine Mutter einst am Leben verzweifelt war.

Bernhard und Luise waren noch zu DDR-Zeiten das erste Mal in Dresden gewesen, kurz nachdem die Semperoper renoviert worden war. Im Sommer 1989 hatten sie ein Ehepaar in Freital bei Dresden besucht, das sie ein Jahr zuvor während ihres Urlaubs in Ungarn kennengelernt hatten. Mit deren Trabi waren sie in die Stadt hinein gefahren. Und mit viel Glück hatten sie sich sogar einer Besuchergruppe anschließen können, die vor dem Opernhaus auf ihre Führung zur Besichtigung wartete. So waren sie unverdient zu dem großen Erlebnis gekommen und durften die in üppigem Glanz erstrahlenden Räumlichkeiten der Oper bewundern.

Inzwischen war die Stadt vielerorts in alter Pracht wieder hergestellt, fast so wie zu Georgs Zeiten.

Auf der fünfstündigen Autofahrt nach Dresden überlegte Luise, was sie eigentlich von ihrem Vater wusste, und unterhielt Bernhard am Steuer mit ihren Gedanken. Sie konnte keine eigene Erinnerung an ihn haben, denn sie war bei seinem Tod noch keine zwei Jahre alt. Doch in Reginas Kindererlebnissen spielte der Vater die Hauptrolle, auch wenn er meistens gar nicht da war. Als noch Frieden herrschte, war Georg eigentlich nur sonntags als Vater in Funktion, denn wenn er während der Woche abends nach Hause kam, lag das Kind üblicherweise schon im Bett. Und 1940 begannen seine langen Auslandsaufenthalte in Belgien, Frankreich oder der Tschechoslowakei. Und als Regina in den letzten Kriegsjahren in vermeintlich vor Feindangriffen geschütztere Gegenden verfrachtet wurde, fehlten ihr dann beide, Vater und Mutter.

Wenn Regina von ihrem Vater erzählte, schilderte sie ihn als liebevoll und liebenswert, sprach aber auch von manchen kleinen Unglücken, die den Familienfrieden tief erschütterten. Eines der schlimmsten Ereignisse dieser Art war, dass Magdalene in Kriegszeiten die kostbaren grünen Kaffeebohnen, die Georg von irgendwoher aufgetrieben hatte, beim Rösten in der Pfanne hatte verkohlen lassen.

Und wenn Regina nicht brav war, was als erste Kindespflicht zu gelten hatte, durfte Georg abends nach Magdalenes kurzer Fallschilderung die tatkräftige Bestrafung vornehmen. Luise fiel der Film wieder ein, auch im „Weißen Band" hatte der züchtigende Vater sein Tun wortreich bedauert und beteuert, dass ihn das genauso schmerzte. Aber wer böse war, dem musste sühnende Strafe geschehen.

Er war ein strenger Vater, der kluge Georg Feldt, der Chemiker, der bereits mit vierundzwanzig Jahren nicht nur Doktor, sondern Dr. Ing. war, ein Titel, auf den Magdalene immer wieder hingewiesen hatte und der sich nach ihrer Schilderung fast wie eine Königskrone anhörte. Und Anton hatte, um Magdalene zu imponieren, in seinem Fach Umwelttechnik stolz auch einen Dr. Ing. erreicht.

Jetzt würden sie sich dort treffen, wo Luises Vater, Antons Großvater, aufgewachsen war und wo Friedrich Feldt viele Jahre als wohlhabender Firmenchef seine Fabrik für Photopapiere geleitet hatte, bis ihn Geldverfall und Intrigen in die Armut stürzten.

Von den ein Jahr später eintretenden Verwicklungen und Enthüllungen und von der Schwalbe Erika ahnte noch niemand etwas.

Anton und Charlotte waren von Berlin aus mit der Bahn gefahren. Der Zufall brachte beide kurz vor dem gemeinsamen Hotel in der Schlüterstraße zusammen, das Stuttgarter Auto fuhr hinter einem Stadtbus, als aus dessen Rückfenster überraschend Anton und Charlotte winkten, die gerade vom Bahnhof kamen.

Die Stuttgarter fanden unmittelbar in Hotelnähe einen Parkplatz, die Berliner warteten schon am Hoteleingang. Sie fielen sich zur Begrüßung fröhlich um den Hals und brachten rasch das Gepäck auf die Zimmer.

Der Nachmittag war noch nicht weit vorangeschritten. Die kleine Gruppe machte sich auf zur Stadtbesichtigung. Zur Straßenbahnhaltestelle war es nicht weit, und nach ein paar Haltestationen befanden sie sich mitten im brodelnden Leben. Die Dresdener feierten gerade ihr Stadtfest, überall spazierten Damen und Herren in historischen Kostümen umher. Vor der Frauenkirche waren Stände aufgebaut, die vielerlei Leckereien anboten. Es war ein heißer Sommertag und alle vier waren froh, dass sie nicht auch in Gewänder gekleidet waren, wie man sie zur Zeit der Königin Luise zu tragen pflegte. Vielleicht hatte sie ihren Namen dieser Königin zu verdanken, überlegte Luise kurz.

Charlotte entdeckte ein Konzertplakat, das einen Dresdener Motettenchor ankündigte. Das Konzert mit doppelchörigen Bach-Motetten sollte am gleichen Tag in der Frauenkirche stattfinden. Bis dahin war noch eine halbe Stunde Zeit. Kurz entschlossen kauften sie vier Karten und betraten voller Ehrfurcht die Kirche.

Die Frauenkirche war zwanzig Jahre zuvor noch eine schwarze Ruine gewesen, ein Mahnmal der Zerstörung. Luise hatte geglaubt, die kohlschwarzen Steine wären bleibende Zeugnisse der schrecklichen Luftangriffe des Februars 1945, als Dresden vom Feuer zerstört worden war. Aber inzwischen hatte sie erfahren, dass die schwarze Färbung des Sandsteins durch Verwitterung entstanden war.

Jetzt prangte die wieder aufgebaute Frauenkirche in Gold und hellem Stein, das Innere in naturfarbenem Holz mit viel Weiß ringsherum. Sie nahmen Platz auf der umlaufenden Empore. Bis der Chor sich aufstellte, war noch genügend Zeit, das gewaltige Innere des Kirchenraums mit den Augen zu erforschen, die Lichtkuppel und der golden überbordende Altar erzeugten Empfindungen fast von Protz und Prunk, aber auch von sakraler Ehrfurcht.

Die Chorsänger traten ein und stellten sich auf ihre Plätze. Der Dirigent gab das Zeichen zum Anfangen. In unglaublicher Schnelle rollten die Motetten ihre Klänge aus, Bernhard und Luise kamen kaum mit Hören nach, wo sie doch alles selbst schon gesungen hatten und fast auswendig kannten.

Das rasche Tempo ließ den Tönen kaum Ausstrahlung.

Wieder draußen empfing sie die Sonne und das muntere Gewusel der vielen Menschen. Im Café in der Nähe des Taschenbergpalais bestellten sie Eierschecke, die Dresdener Spezialität, ein Muss in Dresden. Auch die Bedienung trug ein altertümliches Gewand mit Häubchen.

Abends hatte Anton seine Eltern eingeladen ins Caroussel. Anton war als erfolgreicher Unternehmer seit Jahren gut im Geschäft, in seinem Betrieb fertigte er Messinstrumente, mit denen sich Emissionen von ultraviolettem Licht überprüfen ließen. Er und Charlotte waren erst seit kurzem verheiratet, und Emma gab es noch nicht. Im Caroussel war ein Tisch reserviert, bei dem warmen Sommerwetter im luftigen Innenhof. Viermal das große Menü und zwei Flaschen Grauburgunder, der erste Tag zeigte Dresden in bestem Licht.

Am nächsten Tag war Sonntag. Das Stadtfest ließ Dresden überquellen mit Musik, fahrenden Händlern und quirligen Menschen, dazwischen Bernhard und Luise, Anton und Charlotte. Die Brühlsche Terrasse, der Zwinger, der Große Garten um das Taschenbergpalais, eine Schifffahrt auf der Elbe und ein Spaziergang am Elbufer füllten den Vormittag aus. Am Nachmittag setzten sie Luises Wunsch um und machten sich auf die Suche nach dem Wohnhaus der Familie Feldt, in dem Georg aufgewachsen war zu einer Zeit, als die Familie noch in besten finanziellen Verhältnissen leben konnte.

Luise hatte ein Foto von zu Hause mitgenommen. Es zeigte die Eltern Friedrich und Herta Feldt mit ihren fünf Kindern vor dem Haus. Sie hatten sich auf der Treppe vor dem Hauseingang aufgestellt, ganz oben die Eltern, davor Georg, Hartmut, Christian, Ilse und Konrad. Das Foto musste um 1925 herum aufgenommen worden sein. Georg war damals etwa achtzehn Jahre alt, Konrad fünf.

Das Haus befand sich in der Voßstraße, einem kleinen Sträßchen zwischen der Tiergartenstraße und der Wiener Straße, südlich des Großen Gartens und dem Carolasee. Dorthin waren es nur ein paar Schritte.

Sie hatten die Straße auf dem Stadtplan schon gefunden. Die Straßenbahn hielt in der Nähe.

Luise holte das Foto aus ihrer Tasche, als sie in die Voßstraße einbogen. Die wenigen Häuser schienen im Krieg kaum Schäden erlitten zu haben, prächtige Gründerzeithäuser mit üppigen Verzierungen um Fenster und Türen, die liebenswerten Schmuckelemente verliehen den Häusern eine Seele.

Dresden-Strehlen war ein Viertel für Gutsituierte, die Voßstraße eine sogenannte bessere Wohngegend.

Gleich am Anfang der Straße erkannten sie das Haus. Es sah eigentlich noch genauso aus wie auf dem Foto. Ein eisernes Gittertor und ein Gitterzaun umgrenzten das Grundstück, an einem der Torpfosten war ein goldenes Schild angebracht, dem zu entnehmen war, dass sich in dem Haus eine Anwaltskanzlei mit Notariat befand. Ein gepflasterter Weg führte zu der Treppe, genau wie auf dem Foto. Im Hof tollten zwei kleine weiße Spitz-Hunde herum, einer von ihnen hatte auf dem kleinen Rasenstück vor dem Haus ein Häufchen hinterlassen.

Die vier stellten sich vor dem Gittertor auf. Am Klingelschild hatte jemand einen Zettel angeklebt: „Die Klingel ist zur Zeit defekt, bitte klopfen Sie an der Haustür", stand mit Kugelschreiber geschrieben darauf.

„Ich würde so gerne das Haus von innen sehen, und auch den Garten." Luise war seltsam aufgeregt.

Von ihrer Mutter hatte sie gehört, dass Herta Feldt das Haus gehasst habe. Magdalene war ein einziges Mal dort gewesen und hatte auch keine Zuneigung gefasst. Das Haus hatte irgendetwas Hochnäsiges an sich.

„Was meint ihr dazu?"

„Wenn wir schon hier sind, können wir doch herausfinden, ob jemand daheim ist", sagte Bernhard.

Luise ging zum halb angelehnten Gittertor und versuchte es zu öffnen. Sie sollten ja zur Haustür kommen und dort klopfen, da man nicht klingeln konnte. Sofort sprangen die kleinen Spitz-Hunde laut kläffend am Gitter hoch, fletschten die Zähne und machten deutlich, dass an ihnen keiner vorbeikäme.

Es kam auch niemand aus dem Haus heraus, das Gebell hätte einen anwesenden Bewohner eigentlich herauslocken müssen.

Aber Luise wollte nicht aufgeben.

„Anton, du hast doch so ein tolles Smartphone dabei, kannst du nicht die Telefonnummer von diesem Anwalt heraussuchen, dann rufen wir einfach dort an, vielleicht ist er ja doch zu Hause!"

Anton wählte die Nummer. Luise nahm das Handy ans Ohr. Es klappte. Der Anwalt nahm ab!

„Entschuldigen Sie bitte, dass wir Sie stören. Wir stehen hier vor Ihrem Haus. Meine Großeltern haben vor vielen Jahren, bis Anfang der Dreißigerjahre, in diesem Haus gewohnt. Wir haben hier ein Foto, auf dem die ganze Familie zu sehen ist, wie sie auf der Eingangstreppe steht. Wäre es möglich, dass wir kurz einen Blick hineinwerfen können?"

Der Anwalt war einverstanden. Er trat aus dem Haus, ein freundlicher älterer Herr mit graumelierten Haaren und einem gepflegten Schnauzbart, beruhigte seine Hündchen und ließ die überraschenden Besucher auf das Grundstück. Luise reichte ihm das Foto, das er interessiert betrachtete.

Zuerst durften sie den Garten sehen. Der Anwalt hob ein Stöckchen auf und kickte das kleine Häufchen in die Hecke.

Der Garten wirkte nicht sehr groß, wenig Blumen, etwas Rasen und die begrenzende Hecke hinter dem Gitterzaun. Dann durften sie an den leise grummelnden Hunden vorbei ins Haus. Sie kamen in einen hallenartigen Vorraum, mit dunklem Holz getäfelt. Der Anwalt öffnete eine Zimmertür und ließ sie in einen großen Raum eintreten. Der Boden war mit braun gestrichenen Holzdielen ausgelegt, ein großer Tisch und einige Stühle darum herum bildeten fast das einzige Mobiliar. An der Wand standen mit Büchern gefüllte Regale.

Luise stellte sich vor, dass hier das Esszimmer der Feldts gewesen sein könnte. Hier hatte die Familie vielleicht die Mahlzeiten eingenommen, die das Küchenpersonal auf Hertas Anweisung gekocht hatte. Sie sah ihren Vater Georg vor sich. Georg, der auf Fotos nie lächelte.

Jetzt wurden in diesem Zimmer Verträge abgeschlossen.

Sie durften noch einen Blick in die Küche werfen und traten dann wieder in den Vorraum.

Eine Treppe führte von dort nach oben auf eine umlaufende Galerie mit braunem Holzgeländer.

„Das obere Stockwerk kann ich Ihnen jetzt nicht zeigen, da habe ich nicht entsprechend aufgeräumt“, sagte der Hausherr.

Dort waren früher wahrscheinlich die Schlafräume der Familie gewesen. Die Besucher dankten höflich, es war auch so bereits ein tiefer Eindruck entstanden.

Der Anwalt berichtete noch einige Fakten zur Geschichte des Hauses. Es war nach 1945 als Kinderheim genutzt worden und später als Jugendheim der FDJ, anschließend bis zum Erwerb durch den Anwalt als Studenten-Wohngemeinschaft.

Luise fühlte mit ihrer Großmutter, dass dieses Haus zwar architektonisch ein Schmuckstück war, aber zu herrschaftlich, um einer Familie eine wärmende Hülle bieten zu können. Hier war Christian an seinem strengen Vater gescheitert. Hier hatte Georg wichtige Jahre seines Lebens verbracht, war im nahen Großen Garten spazieren gegangen. Hier hatte er auf sein Maturum gelernt und war dorthin während des Studiums in den Semesterferien heimgekehrt. Bis das wirtschaftliche Fiasko über Friedrich Feldt hereinbrach.

Sie bedankten sich herzlich bei dem freundlichen Anwalt und ließen ihn wieder mit seinen Hündchen allein.

Die nächste Spurensuche führte sie auf den Johannis-Friedhof im Stadtteil Tolkewitz. Dort befand sich das Familiengrab der Feldts. Trotz einer Wegbeschreibung, die Luise von ihrer Hamburger Tante Gerda erhalten hatte, der Witwe von Georgs Bruder Hartmut, fanden sie die Grabstätte erst nach einer ganzen Weile. Der riesige Friedhof hatte unendlich viele Familiengräber.

Das Feldt'sche Grabmal war ausladend, eine Mauer trennte die Grabfläche von der angrenzenden Hecke. An der Mauer waren zwei riesige rechteckige schwarze Steintafeln angebracht, in die mit Gold ausgelegte Buchstaben eingemeißelt waren. Die Tafeln wirkten wie die Seiten eines aufgeschlagenen Buches.

Auf jeder Tafel stand als Überschrift „Hier ruhen in Gott" und „Die Liebe höret nimmer auf" thronte über allem. Zwölf Namen waren eingegraben, Luise kannte die meisten nicht, nur die des Großvaters Friedrich und seiner Kinder Christian und Ilse. Die Großmutter Herta war nicht aufgeführt.

Das Gold der meisten Buchstaben war schon verblasst. Die Grabfläche war nicht bepflanzt, es wuchsen nur robuste Unkräuter darauf. Grabstellen, die irgendwann in Familienbesitz waren, wurden in dem Friedhof nicht aufgelöst, auch wenn sich keiner mehr darum kümmerte. Luise hatte auch keine Lust, dieses Grab zu betreuen, aber es gesehen zu haben, das war ihr wichtig. Etwas nachdenklich verließen sie den Friedhof und machten sich auf den Heimweg ins Hotel.

Am Abend aßen sie im Restaurant des Hotels, ein starkes Gewitter war aufgezogen, sie hatten es gerade noch trocken in die Eingangshalle geschafft.

Am dritten Tag hieß es Abschied nehmen, Anton und Charlotte fuhren mit dem Zug nach Berlin ab. Bernhard und Luise hatten sie zum Bahnhof gefahren, waren noch ein wenig durch Dresdens Straßen geschlendert und hatten dann die Heimfahrt angetreten.

Luise trug das Haus in der Voßstraße mit sich herum. Es hatte in ihr einen Platz gefunden, auch wenn es kein glücklicher oder willkommener Platz war.

Das war 2009 gewesen. 2010, ein Jahr später hatte sich die Welt verändert durch einen Zettel auf dem Friedhof.

Das Tagebuch

Erikas Tagebuch für ihr Kind.

Luise ordnete voll innerer Anspannung die einzelnen Seiten, die Sabine aus den handschriftlichen Aufzeichnungen ihrer Mutter abgetippt hatte. Was würde diese Pandora-Sendung noch alles offenbaren? Sie begann zu lesen:

„11.9.1945

Zwei Monate bist du nun alt, aus dem winzigen zierlichen Püppchen ist ein rundwangiges Posaunenengelchen geworden, gesund und lebensfroh, die Freude der ganzen Familie. Da liegt es im Wägelchen (das Körbchen ist längst zu klein geworden), schaut mit blanken Blauaugen um sich und rudert mit den Ärmchen, den runden, prallen. Nachts bist du schon so brav und schläfst ruhig und fest sieben bis acht Stunden. Wenn doch dein Papa dich so erleben könnte, er würde seine Freude an dir süßem Dingelchen haben.

Es wird nicht lange dauern und dein Vater wird hier ankommen. Er hat sich gesorgt und gebangt um mich und wollte mich durchaus zu sich holen. Durch Briefe habe ich es erfahren. Ihm selbst habe ich erst vorige Woche Nachricht geben können.

Nie hätte ich gedacht, dass ein Gefühl sich so umkehren kann. Meine Liebe zu ihm ist jetzt vielleicht noch reifer und fester geworden, aber sie entbehrt jeder körperlichen Regung. Dass dein Vater mir noch einmal körperlich näher kommen sollte – ich kann es mir nicht vorstellen, ja, ich wünsche es nicht einmal. Ich habe ein Kindlein und liebe ihn deshalb doppelt stark, aber ob ich wieder seine Geliebte werden kann?

Wie sollte ich es ertragen, mit ‚ihr' unter einem Dach zu leben? Ich könnte es gut, wenn ich nur Mutter zu sein brauchte und nicht Geliebte. Aber wird er das können?

Möge dir, mein Kind eine Liebe beschert sein, die nicht diese Fülle an Problemen mit sich bringt. Kämpfe müssen sein, aber ewige Spannungen sind nicht für jedes Herz erträglich. Ich habe gewusst, dass Georg gebunden war und habe freiwillig die Entsagungen auf mich genommen, die daraus für mich nötig waren und war nie verzagt. Jetzt gehört meine ganze Kraft dir, meinem Kind.

Das Ideal für mich wäre, als Hausgenossin mit dir in seinem Haus zu leben, aber nur als Kameradin und treue Freundin, nicht als Geliebte. Dann wäre auch für ‚sie' das Glück wieder ungetrübt, und es könnte ein harmonisches Dreieck werden. Dazu die drei Schwestern Regina, Luise und Sabina – wie könnten wir alle glücklich sein!

16.10.1945

Von deinem Papa habe ich wieder Briefe bekommen. Er will uns durchaus bei sich haben. Ich habe es vorläufig abgelehnt, weil ich mich nicht von deinen Großeltern trennen will. Gerade jetzt, wo du zum richtigen Leben, zum Bewusstsein deiner selbst erwachst, fängt auch Opa an, sich an dir zu freuen, und besonders er hat jede geringste Freude nötig. Wir können ihn jetzt nicht wieder verlassen.

Aber ist das auch der wahre Grund? Mir bangt sehr bei dem Gedanken an ein erneutes Zusammenleben mit deinem Vater. Ich bin ja nicht mehr ausschließlich für ihn da. Du erforderst einen großen Teil meiner seelischen Kraft. Und er verlangt den ganzen Menschen uneingeschränkt. Ob ich heute noch so viel Kraft habe und so reich an Liebe bin, dass ich sie teilen kann, ohne dass einer zu kurz kommt, das vermag ich nicht zu sagen. Der völlige Zusammenbruch all dessen, was wir zwölf Jahre lang stumm anerkannt haben, der Abgrund, in den wir hineintreiben, all das verhärtet die Herzen. Gemeinheit, Verrat, niedrigste, kleinliche Schikaniererereien, das sind heute die Haupteigenschaften der Menschen. Vereinsamt und bitter werden die, die sich davon abwenden und eine anständige Gesinnung behalten wollen.

Ich glaube trotz allem nicht an den Untergang der Kultur, und mein Sabinchen hilft mir, das Bittere zu tragen und das Herz nicht verkümmern zu lassen. Aber ob es noch ausreicht, ein anderes Herz mit zu wärmen?

10.3.1946

Seit einer Woche sind die Winterkartoffeln alle, und wir wissen nicht, was wir nun essen sollen. Nicht einmal für dich habe ich ein Breichen, nur Zwiebackmehl, kein Gemüse und kein Obst. Und was essen wir Großen?

Dazu noch das Brennstoff-Problem. Wenn wir nicht unter Lebensgefahr und größter Anstrengung einen Balken aus einer Hausruine geschleppt hätten, wären wir jetzt sogar in der Küche ohne Feuerung.

Die Oma ist krank und liegt mit hohem Fieber und Schmerzen im Bett.

Von deinem Vater habe ich gute Nachrichten, er lebt nach den Monaten der Festsetzung langsam wieder auf.

Vorigen Sonntag, am 3.3., haben wir dich taufen lassen. Ich hatte vorher mit dem Pfarrer eine sehr lange und ernste Auseinandersetzung, denn er wollte dich nicht taufen, weil ich nicht in der Kirche bin. Es war nicht ganz leicht ihn zu überzeugen, dass ich ein sehr tief empfindender Christ bin und dich im christlichen Sinne zu erziehen gedenke, ob mit oder ohne Kirche. Von der Kirche abgestoßen hätten mich dauernde innere Streitigkeiten. Er hielt dagegen, dass ich nicht mein Kind in eine Institution zwingen könne, die ich selber ablehnte, du könntest mir später einen Vorwurf daraus machen. Wir haben uns nun so geeinigt, dass ich, die ich innerlich ja Christ bin, wieder in die Kirche eintrete.

Bei den vielen Gedanken, die mich jetzt beschäftigen, fehlt natürlich auch einer nicht: Was wird aus dir, wenn mir etwas zustoßen sollte? Ich würde sofort sagen, dass du zu deinem Vater gehörst. Deine Oma wird dann sehr unglücklich sein, wenn du fortgehst. Sie fürchtet auch, dass du gegen dein Schwesterchen Luise recht stiefmütterlich behandelt werden würdest. Ich halte das für ausgeschlossen, denn dein Vater hat dich lieb, und seine Frau wird dich nicht entgelten lassen, was ich ihr angetan habe, dazu ist sie ein zu edler Charakter. Auch sie würde ihrem Mann zuliebe gut zu dir sein. Ich wünsche deshalb für alle Fälle, dass du zu deinem Vater kommst. Die Großeltern sind selbst schwach und alt und würden dir nicht lange eine Stütze sein können.

Wir wollen hoffen, und ich will das Meinige dazu tun, dass ich noch lange bei dir bleiben kann. So lieb wie deine Mutti kann dich doch keiner haben.

26.3.1946

Du kleiner Schreihals hast wieder einmal dein Abendböckchen. Wenn Oma hier wäre, sie hätte dich schon längst hochgenommen. Deine böse Mutti lässt dich aber ruhig austoben. O wie kannst du wütend werden! Das sollte man gar nicht glauben, wo du sonst so niedlich und brav bist. Erzählen willst du schon, und sitzen kannst du auch schon. Lange wird es nicht mehr dauern, bis du herumkrabbelst. Nun kommt ja auch allmählich die Sonne, dass deine blassen Bäckchen etwas Farbe bekommen.

Deine Oma liegt mit Typhus im Krankenhaus. Wir können von Glück sagen, dass wir es nicht alle bekommen haben. Deine Mutti hatte das Pech, irgendwo Läuse eingefangen zu haben. Ich musste zur Entlausung und die ganze Familie gleich mit.

Das ist ein Sturz! Im feinsten, internationalen Hotel gewohnt, eigenes Bad, jeden Tag gebadet, im Luxusauto nach Paris gefahren, in den teuersten Restaurants gegessen – und jetzt verlaust, frierend und hungernd! Du kleines ahnungsloses Wesen, möge es bei dir umgekehrt sein!

12.4.1946

Dein Tageslauf nimmt allmählich geregelte Formen an, wir brauchen nicht mehr alle in der Küche zu hausen. Du schläfst nachts und mittags ruhig in deinem Bettchen im Schlafzimmer. Ein süßes Etwas in einem richtigen Bettchen.

Deine Zähnchen lassen noch auf sich warten, noch ist keine Spur davon zu sehen.

Auch deiner Oma geht es so gut, dass wir sie bald nach Hause holen können. Der Opa macht jetzt wieder mit seinem Akkordeon Musik wie früher, es sieht alles wieder etwas günstiger aus. Wenn ich im Sommer noch ohne Arbeit auskomme, dann werden wir beide uns an Sonne und Luft erfreuen. Das hat uns bisher noch keiner genommen oder rationiert.

12.7.1946

Du mein großes Mädchen Sabina! Wirklich groß bist du geworden, ganze 75 Zentimeter! Und so klug und kräftig, gesund, überaus munter und von einem zähen Eigenwillen, der mir oft Angst macht. Wie viel Freude hast du uns in dem einen Jahr geschenkt und wie viel Kummer bereitet. Doch ich danke Gott von ganzem Herzen, dass er dich so erhalten hat und gedeihen ließ trotz der Schwere der Zeit. Fremde Leute drehen sich auf der Straße nach dir um und lächeln dir zu. Und du bist zu einem strahlenden Gegenlächeln bereit, mein freundliches Kindlein.

Nur an dem Tag, an dem du einen besonders guten Eindruck machen solltest, warst du gerade müde und schlecht angezogen. ‚SIE' war da, um dich zu besichtigen und vor allem, um mit mir zu sprechen. Ich habe es begrüßt, dass ich wenigstens ihr sagen konnte, was ich nämlich ihrem Mann, deinem Vater, nicht zu schreiben wage, dass ich so erfüllt bin von Mutterpflichten und Erziehungsaufgaben, dass ich seine Abwesenheit kaum spüre. Ich entbehre ihn nicht, ich bin sogar froh, dass wir getrennt sind, denn nur so kann ich mich ganz dir widmen. Auch habe ich ihr angedeutet, dass ich ein Zusammenleben mit ihm nicht mehr wünsche. Wie aber soll ich das alles deinem Vater erklären, ohne dass er an meiner Liebe verzweifelt? Aber es ist gerade die Liebe, die mich so handeln lässt.

Nur solange wir getrennt sind, kann ich freudvoll und ungetrübt in der Erinnerung leben. Wenn wir zusammen sind und er erfährt, dass er hinter dir, mein Sabinchen, zurückstehen müsste, dass er teilen müsste mit dir, das würde oft Auseinandersetzungen und harte Vorwürfe geben.

So, wie es jetzt ist, kann sich unsere Liebe in eine tiefe und reine Freundschaft verwandeln, die allen Teilen, auch seiner Frau, zum Segen gereicht. Auf Leidenschaft und sinnlichen Genuss will ich verzichten. Und es fällt mir nicht einmal schwer.

31.7.1946

Ich bin mir noch nicht klar, was ich tun soll, und ich kann auch niemand um Rat fragen. Es ist doch schwerer, als ich dachte. Dein Vater will unbedingt, dass ich zu ihm komme. Er kann es nicht begreifen und nicht glauben, dass ich jetzt ohne ihn leben kann und will. Wie soll ich ihm nur verständlich machen, was so schwer zu erklären ist?

Soll ich einfach sagen, dass ich nicht will, dass Sabinchens Vater heimlich zu mir schleichen muss, dass das Kind seinen Vater täglich sieht und nicht kennen darf, dass Sabina noch Geschwister hat von einer anderen Mutter, der ich nicht begegnen kann, ohne in die leidvollen Gesichtszüge einer schwer geprüften Frau zu schauen? Ganz abgesehen davon, dass ich nie zu schaffen vermöchte, was diese Frau zu leisten imstande ist.

Ich möchte sie nie verdrängen, denn ihr gebührt der erste Platz. Ich würde stets denken, so könnte es einmal meinem Sabinchen gehen, und wie würde ich dann die Frau hassen, die mein Kind von der Seite des geliebten Mannes reißt.

Ich sehe in keinem Fall ein Glück darin, die bestehende Trennung aufzugeben. Er wird die Enttäuschung überwinden müssen. Ich werde ihn nicht einmal davon überzeugen können, dass es doch eigentlich nur aus Liebe zu diesem meinem Entschluss gekommen ist. Ich kenne mich und ich weiß, es würde nicht gut ausgehen.

4.8.1946

Seit heute ist mein kleines großes Mädchen selbstständig auf seinen strammen Beinchen, etwas schwankend noch, aber unermüdlich und glücklich jauchzend läuft das Menschlein trippel trippel trippel allein herum.

Deinem Vater habe ich heute geschrieben und auf seinen Ruf, zu ihm zu kommen, geantwortet.

Ob ich den richtigen Ton getroffen habe, der ihm Klarheit bringt, ohne Wunden zu schlagen?

Wie schwer ist es, ein Nein auszusprechen, wenn man geliebt wird und selber liebt."

Auf dem nächsten Blatt entdeckte Luise die Schrift ihres Vaters. Das musste Georgs schicksalsschwerer Eintrag in Sabines Tagebuch sein, der Magdalene so bitter verletzt hatte.

Jetzt hatte Luise diese Zeilen vor sich. Sabine hatte alles abgetippt, gleichzeitig aber die Farbkopie der Tagebuchseiten dazugelegt. Georgs Schrift, mit zartblauer Tinte sorgfältig gesetzte Buchstaben, über drei Seiten des Tagebuchs. Es hatte die Größe eines Schulheftes, war wohl ein solches und kein gebundenes Buch, denn sonst hätte Sabine es nicht so gut kopieren können. Anschließend hatte Erika weitergeschrieben, mit schwarzer Tinte. Erikas Schrift hatte eine gewisse Ähnlichkeit mit der Magdalenes, bemerkte Luise verwundert.

Georg hatte seine Gedanken also direkt in das Tagebuchheft hineingeschrieben. Wie war er an dieses gekommen, rätselte Luise.

Die Handschrift ihres Vaters war leicht zu lesen, Luise brauchte Sabines Abschrift nicht.

„Braunlage, den 23.8.1946

Du mein Sabinchen!

Deine von mir über alles in der Welt geliebte Mutter hat mir dein Buch geschickt, das sie für dich geschrieben hat. Es soll mir in der Not helfen, in die sie, die mir das schönste und größte Glück der Welt geschenkt hat, mich in dem Augenblick gestürzt hat, in dem es mir nach dem schrecklichsten Zusammenbruch, den je ein Volk erlebte, endlich möglich geworden wäre, wieder aufzuatmen und neuen Boden unter die Füße zu bekommen – indem ich sie fragte, ob sie mit dir zusammen zu mir in eine neue Heimat kommen will, als meine liebe Frau, der ich mein künftiges Leben weihen will.

Da du in diesem Buch später so manches Wort über deinen Vater finden wirst, erlaube ihm auch, dir selbst etwas zu sagen, erlaube ihm, aus überströmendem Herzen dir zu sagen, dass er dich liebt als sein Kind und als Kind der Frau, die ihm die Erde zum Himmel gemacht hat, dass er dich liebt, wie ein Vater sein Kind nur lieben kann. Dennoch aber, du mein Sabinchen, ist es bitterste Wahrheit, dass ich euch, als ich glaubte, euch endlich und für immer als Geschenk eines gütigen Gottes empfangen zu dürfen, durch den Entschluss deiner Mutter für immer verloren haben soll. Sie hat es dir ja erklärt, wie sich bei ihr zwischen Juni und Oktober des vorigen Jahres eine Wandlung vollzog, sodass sie wenige Monate später den zuvor ersehnten Tag nur fürchten konnte, an dem sie mir wieder begegnen würde.

Wirst du mich verstehen, wenn ich es nicht vermag, dagegen etwas zu tun? Wirst du mich verstehen, dass ich sie nicht bedränge und ihr, deiner lieben Mutter, keinen Widerstand entgegensetze, wenn sie mich in ihrem Brief vom 19.8.46 um ihrer Liebe willen beschwört, diese Liebe bestehen zu lassen auf die Weise, die sie als einzig mögliche erklärt: dass ich ihre Liebe ruhen und ihr selbst ihren Frieden lasse?

Mögest du eines Tages, du mein Kind, dies unsagbar Schwere und Tragische richtig in dein geliebtes Herz aufnehmen, was du hierdurch erfährst. Mögest du aber auch immer wissen, dass ich dich liebe und ewig lieben werde, wie ich auch ewig deine Mutter lieb behalten werde.

Dein Vater Georg Feldt"

In der Eintragung vom 4. August hatte Erika im Tagebuch den Abschiedsbrief an Georg erwähnt. Hatte sie ihn dann verworfen und am 19. August einen zweiten verfasst und zusammen mit dem Tagebuch an ihn verschickt?

Georg hatte das vollständige Tagebuch erhalten. Er bekam dadurch Kenntnis von der Entwicklung seines Kindes, aber auch von den Gedanken und Gefühlen seiner Geliebten. Erika hatte sich über viele Monate diesem Tagebuch geöffnet, ihr Zögern niedergeschrieben, hatte mit sich über Wege gerungen, wie sie den Vater ihres Kindes in sich bewahren könnte, ohne ihm nahe sein zu wollen oder zu müssen.

Bei Magdalenes Besuch im Juli 1946 in Berlin hatten die beiden Frauen miteinander gesprochen, Erika von ihrem Glück im Muttersein und ihrer Zufriedenheit ohne Georg. Dass Magdalene ihrem Mann nach ihrer Rückkehr davon erzählt hatte, lag nahe.

Aus Erikas Tagebuch musste Georg erkennen, dass sie sich tatsächlich von ihm gelöst hatte. Als letzten Trumpf bietet er Erika die Heirat an, indirekt als Botschaft an Sabine formuliert.

Und er schreibt seinem kleinen Kind, dass Erika ihm die Erde zum Himmel gemacht habe. Weil er es seiner Mutter nicht mehr sagen darf.

Magdalene hatte Georgs handschriftliche Liebeserklärung gelesen. Wie musste es sie erschüttert haben, dass ihr Mann sich Erika als Ehemann angeboten hatte. Konnte es ein anderes Gefühl als unversöhnlichen Hass geben gegen diese Rivalin?

Die an Georgs Ergüsse sich anschließende Eintragung von Erika im Tagebuch stammte vom 30. August 1946, war also eine Woche später geschrieben worden. Georg hatte das Tagebuch offenbar rasch zurückgeschickt, noch immer hoffend.

„Nun ist es eingetreten, was ich so gerne vermieden hätte und weswegen ich lieber gesehen hätte, man würde keine solch ultimative Entscheidung von mir verlangt haben: Dein Vater ist enttäuscht, verzweifelt, verbittert und unglücklich. Er zürnt mir wohl nicht, dazu hat er mich zu lieb, aber er ist im Innersten getroffen.

Ich sehe mich nun vor die Aufgabe gestellt, mich vor dir zu rechtfertigen, denn einen Satz im Brief deines Vaters kann ich nicht zurückweisen: ob ich es dir gegenüber verantworten könnte, dir den Vater zu entziehen! Ich will versuchen meinen Schritt zu erläutern, damit du, solltest du einmal Anklage gegen mich erheben, auch bis ins einzelne meine Gründe kennst.

Die eindeutige und bindende Erklärung, dass er sich von seiner Familie trennen und scheiden lassen will, hat er in dieser Klarheit zum ersten Mal in seinem Brief, der diesem vorangeht, vor drei Wochen etwa abgegeben. Bis dahin war nur andeutungsweise die Rede davon und dann auch nur in einem Sinne, dass ich mit ‚ihr' erst um ihn ringen sollte, in des Wortes ursprünglichster Bedeutung!

Eine Idee, die mir stets zuwider war.

Ich konnte also seinen Vorschlag nur so verstehen, dass er mich wie in der Vergangenheit bei sich haben wollte, er hatte auch schon für eine Stellung für mich gesorgt.

Warum habe ich seinen Antrag abgelehnt, mich zu heiraten? Dazu musst du ihn und die Atmosphäre, in der er lebt, genauer kennen:

Dein Vater ist ein Mensch, der denen, die mit ihm in Kontakt kommen, seinen Willen aufzuzwingen vermag, sie in seinen Bann zieht, unmerklich. Seiner starken Persönlichkeit kann ein seelisch empfindender Mensch nicht widerstehen. Und gar wer ihn liebt, gibt sein eigenes Ich auf, ohne es zu merken, und ist nur belebt durch ihn. Auch wenn man glaubt, selbst zu handeln, so ist doch er es, der einen getrieben hat. Dazu ist er klug, von scharfem Verstand, viel belesen und mit einem bewundernswert guten Gedächtnis begabt. Diese Gaben, geistige wie seelische, haben ihm immer geholfen, sein Leben so einzurichten, wie er es wollte. Aus jeder noch so schwierigen Situation verstand er es stets, das Beste für sich herauszuholen.

In Streitfällen, oder war sonst etwas Unerfreuliches geschehen, stets war es der andere, der Unrecht hatte. Waren Meinungsverschiedenheiten – sein Wille setzte sich durch. Zu all diesem verhalf ihm neben seinen Gaben sein ausgeprägter Egoismus. Menschen, die ihn liebten, gehörten ihm infolgedessen mit Haut und Haar und Herz, und andere fanden ihn stolz, unnahbar, schwierig, rücksichtslos und eingebildet.

Er hatte deshalb auch wenig Freunde. Verwandte wohnten keine in Berlin, so lebte die Familie sehr zurückgezogen.

So lernte ich deinen Vater kennen, liebte ihn mit allen seinen Vorzügen und Fehlern und hing ihm treu und bedingungslos an. Ich gab nach, wenn wir stritten, ich nahm Unrechte auf mich, die ich nicht begangen hatte, ich ließ mich zurücksetzen, wo es nicht nötig gewesen wäre, ich erfüllte Wünsche, die oft gegen meine Überzeugung und schwer zu verwirklichen waren. Aber ich liebte ihn und sah meine schönste Aufgabe darin, all dies zu tun. Ich tat es gern und war dabei glücklich.

Doch jetzt ist Sabinchen da, und das ändert mit einem Schlag alles. Jetzt kann ich nur noch auf dich Rücksicht nehmen und dein Wohl im Auge behalten. Auch wenn dein Vater sagt und in seinen Briefen immer wieder betont, er könne das verstehen und er sei nicht kleinlich.

Ich kenne ihn besser. Ich weiß, dass er sich nicht geändert hat. Er hat ja schon zwei Kinder selbst mit aufgezogen, und ich weiß, wie oft die arme Frau in Gewissensqualen kam. Hier Mann, hier Kind – und wie oft das Kind zurückstehen musste und vor allem erst der Mann drankam.

Sie hat immer getan, was er wollte. Ich würde das nicht tun. Denn mir ist Sabinchen mein Einziges auf der Welt.

Dass er sich nicht geändert hat, zeigen mir die letzten Briefe deutlich genug. Er sucht alles, jede Kleinigkeit heraus, die zu meinen Ungunsten spricht, ihm Recht gibt, und nichts anerkennt, was meinen Standpunkt rechtfertigen könnte. Wie oft endeten Gespräche so! Stets habe ich um Verzeihung gebeten und mich zu seinem Willen bekannt.

Heute geht es um dich. Und da würde ich unbeugsam sein und dein Vater kraft seiner Natur. Was wäre das für ein Leben?“

Luise unterbrach die Lektüre. Erika hatte ein Bild von Georg gezeichnet, das sie sich gut vorstellen konnte. Wie oft hatte sie sich mit schlechtem Gewissen bei manchen Erzählungen Magdalenes dabei ertappt, dass sie fast froh war, ihren Vater nicht erlebt zu haben.

Eine dieser Geschichten kam ihr beim Lesen von Erikas Schilderungen plötzlich in den Sinn.

Da der größte Teil von Georgs geringem Gehalt für die Miete gebraucht wurde, mussten die Feldts am Essen sparen. Wenn Georg am frühen Abend vom Dienst nach Hause kam, wartete auf ihn oft ein Gericht mit Bratkartoffeln, die nicht viel kosteten und auch gut schmeckten. Einmal kam er viel später als gewöhnlich heim. Die Bratkartoffeln waren zusammengefallen und braun vertrocknet.

Georg gab Magdalene wütend die Alleinschuld an dem missglückten Abendessen, statt einzusehen, dass er ja nicht zur gewohnten Zeit nach Hause gekommen war.

Luise stellte sich vor, dass sein unübliches spätes Heimkommen vielleicht durch einen Zwischenaufenthalt in Erikas kleiner Mansardenwohnung bedingt war, dass Erika ihn an diesem Abend vielleicht erstmals in ihre „Venusfalle" gelockt hatte. Das Bratkartoffelunglück musste sich tief in Magdalenes Gedächtnis eingeprägt haben, wenn sie es für wert hielt, ihren Kindern davon zu berichten.

Ob sie damals bereits Verdacht geschöpft hatte?

Luise sah die Szene vor sich:

„Warum kommst du denn so spät heim?"

„Ich hatte noch im Amt zu tun."

„Du hast doch um halb sechs Dienstschluss!"

„Heute gab es eben mehr Arbeit als sonst, die noch unbedingt fertiggestellt werden musste."

„Die Kartoffeln sind jetzt eben nicht mehr genießbar."

„Kannst du die nicht vom Herd nehmen, wenn du merkst, dass es später wird!"

„Woher soll ich denn wissen, dass es später wird, sonst kommst du doch pünktlich und willst dann sofort essen."

„So ein Essen ist doch sofort wieder warm, wenn man es kurz aufs Feuer stellt, kannst du nicht auch einmal selbstständig handeln!"

So ähnlich könnte sich der Dialog abgespielt haben.

Flucht nach vorn, Angriff als erster, das schwächt die Verteidigung, macht Vorwürfe wertlos, weil sie im Angriffsfeuer zerschossen werden.

Ob es sich dabei um eine männliche Verhaltensweise handelt?

Sie legte die Blätter zur Seite. Es war Zeit, in die Apotheke zu gehen, Astrid wartete auf Ablösung. Luise war froh, dass sie den aufwühlenden Bekenntnissen der Tagebuchseiten für kurze Zeit entkommen konnte.

Abends nahm sie den Papierstapel erneut zur Hand und las die kopierten Tagebuchauszüge zu Ende:

„Und weiter: Jeder weiß, dass ich die Sekretärin deines Vaters war. Welchen Sturm in der Verwandtschaft und Bekanntschaft würde es entfesseln, wenn er seine von allen geschätzte und hoch geachtete Frau und die überaus wohl geratenen Kinder um seiner Geliebten willen verlässt? In einer Zeit, wo nur die Gemeinsamkeit der Familie Schutz und Lebensmöglichkeit gewährt, und ein Einzelner es unendlich viel schwerer hat? Wie will er verantworten, zwei Kindern den Vater und die Heimstätte zu entziehen? Und wie will er zwei Familien ernähren bei den heutigen finanziellen Verhältnissen?

‚Sie' hat mich einmal gefragt, ob ich mich anders entscheiden würde, wenn es sie nicht gäbe.

Ich konnte natürlich auf ihre Frage nur mit Nein antworten.

Und wie würde Georg seine Frau entbehren, ich weiß, dass er auch sie liebt, obgleich er sich von ihr trennen will.

10.11.46

Zwei Monate habe ich geschwiegen, mein Sabinchen. Viel hat sich inzwischen geändert, und viel ist gleich geblieben. Du bist ein kräftiges kleines Mädchen geworden, groß für dein Alter, immer munter und lebhaft, immer freundlich, zum Scherzen bereit, brav und artig. Im Laufe der sechzehn Monate bist du immer mehr mir ähnlich geworden. Geistig bist du rege und schlau, alles beobachtend und nachahmend. Nur auf einen Fehler muss ich achten, deinen starken Eigenwillen nämlich muss man lenken und bekämpfen. Jetzt muss Erziehung einsetzen, sonst wird es zu spät, und wir haben einmal viel Not mit dir. Deshalb jetzt lieber hart und unerbittlich sein, dann verstehen wir uns später umso besser.

Sprechen kannst du noch nicht viel, das am meisten gebrauchte Wort ist ‚Opa', darüber ist der Opa so glücklich, und er strahlt, sobald er dich nur sieht. Ihr zwei seid die allerbesten Freunde.

So kann ich ganz beruhigt sein, wenn ich dich der Obhut der Großeltern überlasse und arbeite. Ich muss jetzt zum Lebensunterhalt mitverdienen. Viel kann ich ja nicht tun, denn der ganze große Haushalt lastet auch auf mir. Vier Stunden am Tag bin ich in einer Arztpraxis als Sprechstundenhilfe tätig, wo ich auch putzen muss. 80 RM monatlich ist mein ganzer Verdienst.

Die Ernährungsfrage haben wir einigermaßen gelöst, Opa und Onkel Heinz haben unter größten Strapazen in zwei bis drei Hamsterfahrten herangeschafft, was irgend möglich war, sodass wir dem Winter ziemlich ruhig entgegensehen können. Auch Brennmaterial ist etwas da, und als Zuteilung ist uns noch mehr versprochen worden, dass unsere Küche, in der wir auch in diesem Winter wieder wohnen müssen, wenigstens warm sein wird. Wie arm, wie klein und wie elend ist doch Deutschland geworden! So erbärmlich und unwichtig sind wir, dass jetzt, nach über einem Jahr, noch nicht über einen Friedensvertrag mit uns gesprochen wird. Die Kriegsgefangenen sind nicht entlassen und die wenigen, die zurückkommen, stehen vor dem Nichts. Kann Gott ein Volk so tief sinken lassen, nur weil es blind einem falschen Führer vertraute? Es wird schon so sein, dass Gott unsere völlige Unbrauchbarkeit erkannt hat und uns untergehen lassen will. Oder ob wir noch eine Chance haben?

Dein Vater war hier. Eines Abends stand er vor unserer Tür, blass, elend und zerstört. Er hat den Gang über die grüne Zonengrenze gewagt, um aus meinem

Munde sein ‚Urteil', wie er es nennt, zu hören. Wir waren sechs Tage zusammen, er wohnte bei uns. Wir haben geredet, gerungen mit Worten. Heute, nach einem Abstand von zwei Monaten kann ich sagen, ohne Erfolg. Selbst seine Gegenwart, die mich früher außer Rand und Band gebracht hat, sie hat mich völlig kalt gelassen. Nichts regte sich in meinem Herzen, kein Gefühl zog mich zu ihm hin. So kam es auch zu nichts außer einem flüchtigen Kuss.

Wie kann so etwas geschehen?

Ich habe mich bemüht, ihm entgegenzukommen und später doch seine Frau zu werden, in Gedanken an dich, die du ja Anspruch auf deinen Vater hast. Aber er hat in den wenigen Tagen bewiesen, dass er genau derselbe ist wie früher, sich in nichts geändert hat. Er ist selbstsüchtig, anspruchsvoll und rücksichtslos wie ehedem. Keine Not und keine Schicksalsschläge haben ihn etwas Demut und Bescheidenheit lehren können. Wir beide, Sabinchen, passen nicht in ein Leben mit solchen Menschen. Auch deine Großeltern haben davon abgeraten, und so bleibt es bei meinem Entschluss.

Ich habe in meinem Leben oft genug erfahren, dass alle Dinge zum Guten ausgingen, die ich aus Instinkt oder Gefühl tat, und ich werde auch diesmal danach handeln. Wenn mein Gefühl Nein sagt, werde ich dabei bleiben.

Wie schwierig sind doch die Beziehungen der Menschen untereinander, schon bei den wenigen Menschen, die uns umgeben. Und wie soll da die Welt sich einigen? Nach einem Weltbrand wie diesem, wo alles chaotisch durcheinander liegt, Völker hungern, Menschen an Seuchen sterben und Mord und Raub sich häufen. Wer ist da der Übermensch, der dem Frieden, der Ordnung und der Liebe den Weg bahnt? Gibt es für uns einen Retter, schickt Gott noch einmal seinen Sohn?

8.12.1946

In meinen letzten Aufzeichnungen ist viel mehr von mir die Rede als von dir, dabei ist über dich so viel zu sagen! Ein allerliebstes und kluges Mädchen bist du geworden, dabei von einem starken Eigenwillen und einem Hang zur Selbstständigkeit, der mir zu denken gibt. Dein Mäulchen plappert den ganzen Tag, und unablässig bist du bemüht, den Großen alles nachzumachen. Wie habe ich dich lieb, du kleines molliges Ding!

Leider geht es deinem Papa nicht gut. Er ist sehr krank, hat dauernd hohes Fieber, es steht bedenklich um ihn. Ich kann nicht einmal zu ihm fahren, denn die Oma ist krank und auch der Opa. Ja, der Winter wird uns viel zu schaffen machen. Bleib nur du gesund, dann bin ich auch zufrieden.

25.12.1946

Dein zweites Weihnachtsfest verlebst du heute, mein Jubelkind. Erstaunt siehst du die brennenden Kerzen an unserem winzigen Bäumchen. Mit roten

Bäckchen spielst du stundenlang mit deinen Klötzchen, dem Bilderbuch und dem Püppchen.

Solch ein Weihnachtsfest wie dieses habe ich noch nie erlebt. Es ist schrecklich kalt, minus fünfzehn Grad. In der Wohnung ist es so eisig, dass wir uns nur in der Küche aufhalten können. Aber wir haben die Küche schön geschmückt und tüchtig geheizt, so hatten wir einen gemütlichen Heiligen Abend, dazu den herrlichen Stollen von Oma.

Bei deiner Lebhaftigkeit und Wachheit ist es schwierig, dich durch den ganzen Winter zu bringen. Hoffentlich werden wir nicht ernstlich krank.

11.1.1947

Ein hartes Los hast du gezogen mit uns. Es sieht so aus, als wolle Gott uns wirklich verderben, denn er schickt uns einen Winter, den bei diesen Verhältnissen nur sehr starke Naturen überstehen können. Es hat nun schon seit drei Wochen zwischen zehn und zwanzig Grad Kälte, dies bei den zerstörten Wohnungen, wo kaum eine Tür, kaum ein Fenster dicht ist, wo die Wände Risse haben und zum Teil, wie bei uns, ganz fehlen. Dazu der völlige Mangel an Kohlen und Holz, die fettlose Ernährung. Wie soll so ein zartes Körperchen das aushalten, wo wir Großen fast zugrunde gehen?

Wir schützen dich, so gut es geht, ziehen dich warm an, lassen dich nicht aus der warmen Küche, die allerdings auch nie mehr als acht Grad aufweist. Seit drei Tagen lassen wir dich sogar hier schlafen. Im Schlafzimmer hat es vier Grad Kälte, es steht noch nicht fest, ob du dir dort deine Bäcklein erfroren hast. Das ist natürlich alles mit großen Schwierigkeiten verbunden, denn du sollst ja auch tagsüber schlafen und abends früh ins Bett – und das alles in einem Raum, in dem wir uns alle aufhalten müssen. Hätten wir nur diesen Winter erst überstanden!

31.3.1947

Etwas Unfassliches ist geschehen. Am 6. März ist dein lieber, guter Vater gestorben. Erst heute erhielt ich die Nachricht und kann es kaum glauben. Gewiss schrieb seine Frau, dass es schlecht um ihn stünde, aber ich hätte nie geglaubt, dass er so schnell von uns gehen würde. Er war krank, aber mehr war es, glaube ich, das neue Leben, was ihm nicht erträglich war. Er zerbrach an der neuen Zeit.

27.5.1947

Von der Frau deines Vaters bekam ich einen wahrscheinlich letzten Brief dieser Art, der mir bestätigt, dass ich mit meinem Gefühl das Richtige getroffen habe. Ich weiß, dass er mich sehr geliebt hat, so sehr, wie es selten, ganz selten, zwischen zwei Menschen möglich ist. Aber ich weiß und wusste auch, dass er von ihr nie loskommen würde und ich nie zu den Tiefen dringen konnte, die sie in ihm bewegte. Ich wusste, dass seine Wurzel und Heimat in ihr ruhten und ich diese

Bindung nie stören durfte und konnte. Besser als er wusste ich das. Und so hatte ich Recht, wenn ich eine Ehe zwischen ihm und mir als Unglück ansah und zu meinem Nein stand, trotz aller seiner Einwände.

Ich bin seiner Frau unendlich dankbar und kann das, was sie getragen und geleistet hat, nicht genug achten und anerkennen. Sie hat ihm nichts angerechnet und ihm trotz eigener Not und Verzweiflung für die letzten Wochen die Zuflucht gegeben, die seine Seele nach dieser Erschütterung brauchte. Gott segne sie dafür."

Georg war tot. Erika trauerte auf ihre Art um ihn, zog sich zurück in die verklärte Vergangenheit einer aus ihrer Sicht nie mehr wiederholbaren Liebe.

Georg hatte sich allen Verwicklungen entzogen und war gestorben.

Eigentlich war es so am besten, dachte Luise spontan.

Zu Demut, Geduld und Bescheidenheit oder gar eigene Fehler sich einzugestehen, dazu war Georg nicht fähig, das hatte Erika mehrmals in Sabines Tagebuch geschrieben. Mit dieser Gewissheit hatte sie sich von ihm gelöst und ihn dadurch ungewollt tödlich verwundet.

Das Schachspiel war zu Ende, der König gefallen. Zwei Damen standen noch auf dem Brett, aber es gab kein Spiel mehr.

Es war gut so.

Georgs Geburtstag

Georgs Geburtstag war der 22. September.

Wäre das nicht 2010, im Jahr der neuen Wirklichkeit, ein passender Zeitpunkt für ein Treffen mit Sabine? Luise stellte sich vor, wie sie und Regina diese Frau zum ersten Mal sehen würden. Sie hätten sich bestimmt viel zu erzählen und könnten doch vielleicht ein ganzes Wochenende zusammen verbringen, mit Übernachten in einem Hotel oder einer Pension. Warum nicht in Braunlage, im Harz?

Sie besprach die Idee mit Regina. Die war allerdings nicht spontan zu begeistern. Sie war immer noch unsicher, ob sie Sabine überhaupt kennenlernen wollte. Die aus dem Nichts aufgetauchte Schwester war ihr alles andere als geheuer.

Luise musste einige Überzeugungskraft aufbringen, bis Regina wenigstens bereit war, ein Treffen zu überlegen.

„Wie findest du den Ort Braunlage? Da hat doch die Geschichte mit Sabine ihren Anfang genommen, als sie dort auf dem Friedhof die Grabstelle geräumt vorfand und erfahren hat, dass der Stein nach Stuttgart geholt worden war. Sie muss durch diese Nachricht einen unglaublichen Handlungsimpuls in sich gespürt haben, der sie dazu gebracht hat, dem Grabstein nach Stuttgart hinterherzureisen und ihre folgenschwere Botschaft auf dem Friedhof zu hinterlassen!

Wir könnten uns doch zu dritt in einer Pension einmieten und uns zwei Tage lang miteinander beschäftigen, so eine Art Klausurtagung mit dem Thema ‚Georgs Töchter' wäre das. Und der Harz ist doch im September sicher noch angenehm von den Temperaturen her. Wir wären dann gemeinsam dort, wo unser Vater seine letzten Jahre verbracht hat. Und ich würde auch gerne einmal wieder die Gegend sehen, wo ich geboren bin. Ich bin ja nur einmal dort gewesen, mit unserer Mutter, damals war ich zehn Jahre alt."

Regina konnte sich mit einem mehrtägigen Treffen nicht anfreunden.

„Ich habe eigentlich keine Lust, so viel Zeit dafür zu verwenden. Wir wissen doch gar nicht, ob wir uns mit ihr verstehen. Vielleicht wäre auch Berlin ein besserer Ort für eine solche Begegnung. Und nach Braunlage zu kommen ist für mich auch etwas schwierig, ich bin ja keine Autofahrerin, und mit dem Zug muss ich bestimmt mehrmals umsteigen. In Berlin könnte ich zusätzlich ein Wiedersehen mit Freunden ausmachen. Und für Sabine ist das doch ganz einfach, weil sie dort sowieso schon wohnt."

Regina hatte ja Recht. Auch für Luise wäre die Reise nach Braunlage ziemlich umständlich gewesen. Im Gegensatz zu Regina hatte sie einen Führerschein, und auch ein Auto. Aber da Bernhard immer am Steuer saß, wenn sie gemeinsam unterwegs waren, traute sie sich aus Mangel an Fahrpraxis eine längere Autofahrt nicht zu.

Also Berlin. Luise rief Sabine an und kam gleich zur Sache.

„Sabine, wir könnten uns doch einmal treffen, Regina, du und ich. Unser Vater hätte am 22. September Geburtstag. Ich habe mir überlegt, dass dieser Tag sich doch besonders eignen würde für ein erstes persönliches Kennenlernen von uns dreien. Erst hatte ich gedacht, dass wir alle nach Braunlage fahren sollten, wo er zuletzt gelebt hat und gestorben ist, aber Regina war das zu aufwändig. Daher schlagen wir Berlin vor. Was meinst du dazu?"

Sabine war überrascht und zögerte etwas.

„Das kommt etwas unerwartet, doch ich bin da und habe an diesem Tag bisher auch noch nichts vor. Ich wusste aber gar nicht, wann sein Geburtstag war", sagte sie schließlich.

Für ihre Mutter Erika war dieser Tag offenbar nicht wichtig gewesen, dachte Luise. Georgs Geburtstag gehörte eben seiner Familie. Sie hätte ihm ja auch nichts schenken können, was ihn nicht in Erklärungsnöte bei seiner Frau gebracht hätte. „Was sind denn das für Manschettenknöpfe, woher hast du dieses bestickte

Taschentuch, seit wann liest du Gedichte von T. S. Eliot?", solche Fragen hätte Magdalene dann stellen können.

Aber auch Magdalene hatte kaum einmal an Georgs Todestag oder seinen Geburtstag erinnert. Warum hatte ihre Mutter den 22. September nicht als Gedenktag für den Vater eingerichtet? Luise konnte es sich kaum anders vorstellen, als dass Magdalene jedes Jahr an Georgs Geburtstag und an seinen Todestag gedacht hatte, aber still in sich hinein. Sie konnte den toten Vater nicht verklären und hat lieber geschwiegen, wurde Luise bewusst.

„Aber ich finde es gut, wenn wir uns einmal kennenlernen. Und Berlin ist mir natürlich auch lieber als Braunlage, da habe ich es ja am bequemsten von uns!"

Sabine schlug das Café im Literaturhaus in der Fasanenstraße als Treffpunkt vor. Wegen der Uhrzeit sollte Luise sich bei Sabine wieder melden, wenn sie ihre genaue Ankunftszeit wusste.

Regina war unschlagbar im Organisieren von Terminen. Erfolgreich packte sie noch zwei Begegnungen mit Berliner Bekannten in ihren Ausflug nach Berlin, damit sich die Reise auch lohnte. Schon einen Tag vorher wollte sie in Berlin eintreffen und drei Tage bleiben.

Luise würde am 22. September morgens nach Berlin fliegen und am selben Tag abends wieder zurück. Bernhard sollte auch mitkommen, es war Luise wichtig, dass auch er die neue Schwester zu sehen bekam. Den Tag über in Berlin würde er allein verbringen und sich nachmittags mit Anton treffen.

Regina kannte das Literaturhauscafé, sie liebte die kreative Umgebung und den Geist der Gründerzeit, den dieses Lokal ausstrahlte. Bei ihren zahlreichen Berlin-Aufenthalten hatte sie sich dort oft mit Freunden getroffen. Und auch das von ihr gebuchte Hotel war ganz in der Nähe.

Das Flugzeug aus Stuttgart würde schon kurz nach acht Uhr morgens in Schönefeld landen. Um zehn Uhr könnten sie dann im Café sein, ließen sie Sabine wissen.

Sie landeten pünktlich, hasteten an schon frühmorgens geöffneten Wurstbuden vorbei zur ziemlich weit entfernten Busstation. Am Südkreuz stiegen sie um in den Bus zum Kurfürstendamm, wie Sabine ihnen geraten hatte. Von dort waren es noch ein paar Schritte zur Fasanenstraße.

Das Literaturhaus atmete Vergangenheit, Pracht und Wohlstand des Bürgertums, Hauptstadtflair.

Vor dem schmiedeeisernen Eingangstor blieben Luise und Bernhard stehen, sie waren die ersten. Regina bog kurz darauf um die Ecke. Sie begrüßten sich fröhlich und warteten gespannt auf Sabine.

Und dann kam sie.

Eine Frau in Beige und Grau, mit fast weißen Haaren, etwas kleiner als Luise näherte sich. Sabine, unauffällig, unscheinbar. Das war also Georgs Tochter Nummer drei. Sabine trug eine Brille mit hellbeigem Kunststoffgestell, gleichermaßen farblos wie die ganze Erscheinung. Regina, wie immer sorgfältig und geschmackvoll stilecht gekleidet, und Luise, die sich extra für diese Begegnung eine neue schwarze Jacke gekauft hatte, nahmen sich gegenüber Sabine im DDR-Rentnerlook wie „Wessis“ aus. Dabei war Sabine doch immer eine echte Westberlinerin gewesen und hatte nie in der DDR gelebt.

Sie gaben sich die Hände, ausgestreckte Arme bildeten eine selbstverständliche natürliche Schwelle gegen eine näher gehende Begrüßung. Nichts mit Umarmen oder Küsschengeben, was seit einigen Jahren auch in Deutschland um sich griff.

Die kleine Gruppe betrat das Café, die gemütliche Atmosphäre bildete einen Gegensatz zur Steifheit dieser vier Personen. Ein Tisch war in einer Nische für sie reserviert. Sabine und Regina setzten sich nebeneinander auf eine gepolsterte Bank, Bernhard und Luise gegenüber auf zwei Stühle. Reginas modische goldfarbene Bluse mit den riesigen weißen Knöpfen und Luises bunt gemustertes langärmeliges Shirt standen in Kontrast zu Sabines graubeige gepunktetem Kurzarmpulli. Warum sie sich nur so zurückhaltend anzog?

Die Kellnerin brachte die Speisekarte. Aus den vielen Frühstücksvariationen wählten Regina, Sabine und Bernhard ein klassisches Frühstück mit Kaffee, Croissants, verschiedenen Brötchen, Butter, Marmelade, Käse und Schinken. Luise bestellte für sich Eier im Glas, weil sie Eier zum Frühstück besonders liebte.

Hattet ihr einen guten Flug, in welchem Hotel wohnst du, wie bist du hergekommen, mit der U-Bahn, wann fliegt ihr heute Abend wieder, Bernhard wird sich mit Anton treffen, die Brötchen sind schön knusprig, ist es nicht schön, dass wir uns einmal persönlich sehen, wie schön, dass es nicht regnet, wenn es auch ein bisschen kalt ist heute, im September kann es doch auch herrliche Sonnentage geben.

Belangloses und Unbedeutendes wechselte über den Tisch, man betrachtete sich. Das Frühstück schmeckte gut, die Eier im Glas hatten den erwarteten Weichegrad, Butter und Marmelade waren reichlich vorhanden.

Es ging ans Bezahlen. Sabine wurde eingeladen und bedankte sich höflich. Bernhard bezahlte und verabschiedete sich. Anton würde er erzählen, Luise träfe sich mit einer Bekannten. Denn Luises Kinder sollten noch nicht erfahren, was ihr selbst so ungeheuer fremd war.

Bernhard war schon nicht mehr zu sehen, als sie zu dritt aus dem Café traten. Sabine steckte sich sofort eine Zigarette an. „Ja, ich rauche“, sagte sie, „seit langem und immer noch.“

Luise hatte schon bald dreißig Jahre aufgehört und Regina hatte nie geraucht.

„Wollen wir zu mir nach Hause gehen?" fragte Sabine.

„Das ist eine gute Idee. Wir können uns dann in aller Ruhe unterhalten und besprechen, was uns alles im Kopf herumgeht, seit wir voneinander wissen", stimmte Luise zu.

Sabine war mit dem Auto gekommen. Ein paar Ecken weiter hatte sie einen Parkplatz gefunden.

„Ihr könnt hier auf mich warten, ich hole das Auto."

Ihre Zigarette begleitete sie. Zehn Minuten später fuhr sie vor mit einem silbergrauen BMW-Coupé. Regina setzte sich neben die Fahrerin, nachdem Luise sich auf die hintere Sitzreihe eingefädelt hatte. Sabines Auto war nämlich ein Sportwagen mit drei Türen, Einsteigen hinten war bei solchen eigentlich nicht vorgesehen.

„Nachdem unsere Tochter Marion ausgezogen war, hat sich Malte seinen Traum erfüllt und sich einen Sportwagen gekauft. Nach seinem Tod habe ich das Auto übernommen und mich so daran gewöhnt, dass ich mir nun schon das zweite Sportauto gekauft habe, gebraucht natürlich."

Das Auto passte eigentlich nicht zu dieser Frau. Luise würde sich nie trauen, einen Sportwagen zu fahren, fast bewunderte sie Sabine dafür.

Nach einer Viertelstunde erreichten sie die Thorwaldsenstraße. Sabine fuhr in die Hofeinfahrt und stellte das Auto im Hinterhof ab. Luise kannte die Umgebung ja bereits, aber das brauchte Sabine nicht zu wissen. Der Hof sah aus wie damals im Juni, die Mülltonnen und Sabines Auto dienten fast als Schmuck für diese düstere Fläche mit dem schütteren Rasen. Die Frontseite des Hauses zur Straße hin war durch weitere Graffiti verziert worden, mit Schwung hatte der unerwünschte Künstler seine farbigen Bögen auch noch über die Klingelanlage und die Haustür gezogen.

Sie betraten das Haus, gingen an den aufgebrochenen Briefkästen vorbei. Sabine wohnte im zweiten Stock. Der Treppe hätte die Anwendung eines Besens gut getan. Das Treppenhaus mit der hellgrünen Tapete hatte seine freundliche Ausstrahlung eingebüßt, weil die Tapete überall in Fetzen herunterhing, das kannte Luise ja auch schon. Wie konnte man nur so wohnen?

Sabine schloss ihre Wohnungstür auf. Sie traten ein in einen breiten Flur, rechts und links an den Wänden ragten Regale bis zur Decke, gefüllt mit Büchern, Kisten und allerlei Gegenständen. In der Ecke neben der Eingangstür lehnten zwei Paar Skier.

Links vom Gang lag die Küche, die Tür war fast geschlossen und verbarg das Innere. Das erste Zimmer rechts vom Gang war nicht sehr groß und zugestellt mit Möbeln und Stapeln von Büchern. Sabine entschuldigte sich für die Unordnung, sie wäre noch nicht mit der Durchsicht der Papiere und Hinterlassenschaften ihrer Mutter vorangekommen.

Das nächste Zimmer rechts vom Flur war groß, mit einer Fensterfont zur Straße hin und einer Tür zum dahinter liegenden Balkon. Ein blühender Oleander neben einem kleinen Tisch und zwei Klappstühlen fühlte sich dort wohl in der Mittagssonne. Auf dem Tisch stand ein Aschenbecher mit drei Kippen.

Das Zimmer selbst war aufgeräumt, es enthielt die übliche Schrankwand, an der gegenüberliegenden Wand bildeten ein braunes Ledersofa, ein mit schwarzen Schieferplatten belegter Tisch und zwei braune Ledersessel die Sitzgruppe. Sabine forderte zum Sitzen auf. Es war kalt im Raum, Luise und Regina zogen ihre Jacken nicht aus. Regina setzte sich auf das Sofa, Sabine und Luise auf die Sessel. Es roch schwach nach Rauch.

Der Tisch mit dem Schieferbelag erinnerte Luise an ihr eigenes Wohnzimmer. Dort gab es auch einen Schiefertisch, den Bernhard und sie vor über dreißig Jahren gekauft hatten. Auch er war groß, aber nicht rechteckig wie Sabines sondern oval, mit hellem Eichenrahmen, die Tischplatte aus mehrfarbigem afrikanischem Ölschiefer. Ein Gast hatte vor einiger Zeit voll Überschwang ausgerufen, der Tisch sei schrecklich, „den müsst ihr rauswerfen!“ Aber Luise und Bernhard hingen an diesem Möbelstück, das zusammen mit ihrem riesigen blauen Rundsofa eine Einheit bildete. Sabines Tisch musste im gleichen Zeitraum gekauft worden sein, wahrscheinlich waren sie und Malte damals genauso begeistert gewesen wie Luise und Bernhard. Zum ersten Mal empfand Luise eine gewisse Übereinstimmung, einen Anflug von Verwandtschaft, mit dieser Sabine.

Der voll gestopfte Flur dagegen ließ eher an eine Verbindung zu Regina denken, die in München auch den gesamten Eingangsbereich ihrer Wohnung mit deckenhohen Regalen als Bibliothek gestaltet und nur einen schmalen Durchgang frei gelassen hatte. Luise hatte es besser, sie bewohnte schließlich nicht nur eine Wohnung, sondern ein ganzes Haus, wo sich das angesammelte Nichtgebrauchte eben leichter und unauffälliger verteilen ließ.

In einer Zimmerecke hatte Sabine einen hohen Berg von Papieren aufgehäuft. Das erinnerte Luise an Bernhard, der sein Arbeitszimmer immer wieder in einen nicht betretbaren Raum verwandelte. Ein Durchqueren seines Zimmers musste katzengleich vorsichtig im Slalom erfolgen und war vom Zimmerbesitzer ausdrücklich nicht erwünscht.

Ob Sabine ihr Wohnzimmer für die beiden Schwestern von Unaufgeräumtem befreit hatte, alles ins überfüllte Nachbarzimmer geschafft hatte?

„Habt ihr Lust auf ein Gläschen Sekt?“

Sie hatten. Sabine brachte aus der Küche eine Flasche Rotkäppchensekt und holte Sektschalen aus Bleikristall aus dem Glastürenabteil der Schrankwand. Wahrscheinlich hatten Malte und sie diese Gläser einst zur Hochzeit bekommen, dachte Luise.

„Auf uns."

Sie stießen mit den Gläsern an. Inzwischen war es schon nach ein Uhr mittags geworden. Sabine hätte jetzt eigentlich etwas Käsegebäck oder Salzbrezeln anbieten können. Tat sie aber nicht. Als hätte Regina das vorausgeahnt, zog sie eine Packung Madeleines aus ihrer Tasche. Sabine holte Teller aus der Küche.

Sie hatte vielleicht nicht damit gerechnet, dass sie und ihre beiden Gäste die Sektflasche leeren würden, denn sie hatte einen Spezialverschluss zum Wiederverschließen auf den Tisch gelegt. Dazu kam es jedoch nicht, denn im Nu war die Flasche leer und auch von den Madeleines nichts mehr übrig.

Sabine ging zwischendurch immer wieder zum Rauchen auf den Balkon. Regina und Luise ließen währenddessen ihre Blicke im Zimmer herumspazieren mit einer Mischung aus Neugier und Befangenheit, in persönliche Sphären unerlaubt einzudringen.

Irgendwann zog Sabine aus einer Schublade in der Schrankwand ein Köfferchen mit den Tagebüchern ihrer Mutter. Es waren vier Hefte, sie sahen aus wie die Schulhefte früher, mit Linien und mit einem blauen Pappeinband. Einen Teil des Inhalts kannte Luise ja schon aus Sabines Abschriften.

Nun hielt sie die Originale in der Hand.

Sabine wiederholte, was Luise vom ersten Telefongespräch noch erinnerte:

„Erst als ich vierzehn war, hat meine Mutter mir von meinem Vater erzählt, dass er verheiratet war und dass es noch zwei weitere Töchter von ihm gibt. Vorher hatte ich von ihr nur erfahren, dass er gestorben war. Sie hat mir gesagt, dass seine Frau in Stuttgart lebt. Von meinem Ausflug dorthin wegen der Wagneroper habe ich Luise ja schon berichtet, und dass ich eure Mutter angerufen und einen langen Brief geschrieben hatte. Aber sie wollte nicht weiter mit mir in Verbindung bleiben. Deshalb habe ich diesen Brief auch niemals abgeschickt."

Luise dachte an ihre Mutter, wie Sabines Telefonanruf sie erschüttert haben musste. Ob sie kurz überlegt hatte, Luise einzuweihen, dass es noch eine Schwester gab? Magdalene hatte nicht geredet.

Sie konnte nicht wissen, dass der Schlüssel zur Wahrheit einst auf ihrem Grab gefunden würde.

„Die für mich geschriebenen Tagebücher hat mir meine Mutter ein Jahr vor ihrem Tod in diesem Köfferchen überreicht."

Luise blätterte in den Heftseiten, sah Erika Schwalbing vor sich, die für ihr kleines Mädchen ihr Innerstes öffnete.

Erika Schwalbings Handschrift kannte Luise bereits, schwungvoll reduziert und gleichermaßen unleserlich, wie Magdalenes. Die beiden Frauen ließen in ihrer Schrift eine ästhetische Symbiose von Tradition und Moderne sichtbar werden, indem sie deutsche und lateinische Buchstaben in ähnlicher Willkür mischten. Als sie Georgs blaue Tintenzeilen entdeckte, die Magdalene so unsäglich verletzt hatten, wallte in Luise unwillkürlich ein Gefühl aus Ärger und Zorn auf, dem sie aber nicht nachgab, Sabine konnte ja schließlich nichts dafür.

Regina sah sich kurz einzelne Seiten an und legte die Hefte dann stumm zurück auf den Tisch.

„Wollt ihr meine Geburtsurkunde sehen?"

Sabine erhob sich und holte ein zusammengefaltetes Blatt Papier aus der gleichen Schublade heraus, in der auch die Tagebücher gelegen hatten und reichte es Luise.

Als Vater war Georg Feldt vermerkt, mit einem Datum, das einige Monate hinter Sabines Geburt lag.

Luise gab die Urkunde an Regina weiter, die das Dokument mit undurchdringlichem Gesichtsausdruck betrachtete.

Jetzt war es also amtlich. Georgs drei Töchter saßen in diesem Raum zusammen.

Sabine rauchte kurz wieder eine Zigarette auf dem Balkon. Dann verschwand sie ins Nachbarzimmer und kehrte mit einem gerahmten Bild zurück.

Luise erkannte sofort, dass es ein Foto von Georg war, das im gleichen Studio aufgenommen worden sein musste wie das Foto, das immer bei Magdalene aufgestellt war und auch bei Luises Konfirmation inmitten der Geschenke auf ihrem Gabentisch gestanden hatte.

Aber Sabines Georg-Foto unterschied sich in einem ganz wesentlichen Punkt von dem anderen, das Luise von ihrem Vater kannte. Es zeigte einen Mann, der den Betrachter anblickte, ein Bild direkt von vorne. Seine Augen blickten ernst wie sein Mund, verankerten sich im Gegenüber, verströmten eine unentrinnbare Gegenwärtigkeit. Wer das Bild ansah, wurde fixiert und hineingezogen.

Auf dem Foto, das Luise von zu Hause kannte, war Georg von halb seitlich aufgenommen, er blickte abgewandt vorbei in eine nicht sichtbare Ferne, wich einem Blick erfolgreich aus. Dieses Foto hatte seine Frau erhalten. Luise vermutete, dass die Porträts in Brüssel entstanden waren, denn aus dieser Zeit hatte sie auch Bilder ihrer Mutter gesehen in gleicher Ausführung. Sie mussten beim Fotografen gewesen sein, als Magdalene Georg 1941 in Brüssel besuchte. Luise kannte das Pendant mit Magdalene, die auf dem Foto liebend lächelte und eine Perlenkette trug, die sie später einmal Luise schenkte.

Luise war innerlich getroffen und verblüfft vom Bild ihres Vaters. Sie reichte es Sabine zurück und versuchte ihre Beobachtung in Worte zu fassen.

„Er blickt einen an. Auf dem Foto, das ich bisher kenne, blickt er weg."

Wollte er damit ein Schuldgefühl gegen Magdalene verbergen? Und wollte er andererseits durch seinen Blick die Frau, mit der er nicht verheiratet war, mit seinen Augen binden? Bei Magdalene war das ja nicht nötig, die gehörte ihm per Gesetz, da brauchte er keine Augenfesseln einzusetzen.

Luise fühlte sich bedrängt von dieser Erkenntnis und spürte Mitleid und Zuneigung für ihre Mutter.

„Soll ich für euch eine Kopie machen lassen von dem Foto?"

Sabine wunderte sich nicht, dass weder Regina noch Luise dieses Foto für sich haben wollten.

Es war für Erika bestimmt gewesen, damit wollten beide nichts zu tun haben.

„Ich habe noch eine ganz besondere Überraschung für euch!" Sabine blickte die beiden vielsagend an.

„Meine Mutter und mein Vater haben füreinander eine Schallplatte besprochen, das war damals ein üblicher Weg für Tondokumente. Meine Mutter hat mich diese Schallplatte vor ein paar Jahren anhören lassen. Ich habe für euch beide die Platte auf Kassetten überspielt. Die Qualität ist nicht besonders gut, aber man kann die Worte schon einigermaßen verstehen."

Regina erinnerte sich, dass sie auch einmal als Kind in einem Schallplatten-Tonstudio für die Großeltern in Dresden und Stuttgart eine Schallplatte besprechen sollte. Die war als Weihnachtsgeschenk gedacht, daher musste Regina neben einem aufgesagten Gedicht auch noch ein Weihnachtslied singen, „Ihr Kinderlein kommet". Aus diesem Erlebnis ließ sich vielleicht Reginas unerschütterliche Überzeugung ableiten, dass sie überhaupt nicht singen könne. Wahrscheinlich war ihr Gesang nicht genügend für Georgs Ansprüche, „das Kind singt ja schrecklich falsch", und die Aufnahme musste mehrmals wiederholt werden.

Sabine ging ins Nebenzimmer und kam mit zwei Kassetten zurück. Eine davon legte sie in ihr Radiogerät ein, das ein Kassettenlaufwerk besaß. Auch bei Luise daheim gab es noch ein solches zum Kassettenhören, fast eine Seltenheit im CD-Zeitalter.

Sabine schaltete das Radio ein. Ein rauschendes Knarren war zu hören, dann plötzlich eine Frauenstimme. Mit ruhiger Stimme sprach die Frau, Erika, Sätze voll zärtlicher Worte, an den Liebsten gerichtet. Sie sprach über ihre Gefühle, über den Beginn ihrer Liebe, über Trennungsleid und Sehnsucht. Ein langer gesprochener Liebesbrief. Die Störgeräusche der alten Schallplatte waren auf die Kassette übertragen worden und die einzelnen Worte oft nicht auf Anhieb verständlich. Aber trotz aller Krach- und Pfeifgeräusche war erkennbar, dass es sich um ein Bekenntnis innigster Zuneigung handelte.

Nach kurzer Pause folgte Georgs Beitrag. Seine Stimme wirkte im Vergleich mit Erika eher monoton, zeigte nicht die emotionalen Modulationen wie Erikas. Man hörte, dass er seinen Text ablas, einen Brief vorlas. Er sprach auch nicht so lange wie Erika, sagte neben liebevollen auch sachliche Worte. Es hatte den Anschein, dass er diese Schallplatten-Aktion Erika zuliebe durchführte. Aber dass er sie vermisste und sich nach ihr sehnte, war erkennbar.

Dann krachte der Lautsprecher nur noch, die Vorführung war zu Ende.

Regina blickte mit starren Augen vor sich hin und sagte nichts, auch Luise brachte erst einmal kein Wort heraus.

Samt all dem knarzenden Gerausche waren die Stimmen der Frau und des Mannes in Luises Innerstes eingedrungen, gingen ihr schmerzhaft nahe. So hatte also ihr Vater gesprochen, ähnlich wie Onkel Bruno, aber anders als Onkel Hartmut, der fast wie ein echter Hamburger klang und Rundstücke mit st statt Brötchen sagte. Bruno und Georg hatten diese Weichzeichnung der Sprache bei „au" und „ei". Das Wort „Pause" klang wie „Paose", „beide" sprach Georg nicht mit „ai" aus, sondern mit „äi", wie es in Dresden die Regel ist. Magdalene hatte immer beteuert: „Euer Vater hat nicht sächsisch gesprochen!", aber was hier zu hören war, entlarvte seine Herkunft, auch wenn es kein eigentliches Sächsisch war.

„Ihr habt bestimmt nur die Hälfte verstanden," sagte Sabine schließlich. „So ging es mir auch. Ihr könnt euch das ja daheim in Ruhe noch einmal anhören, ihr seid jetzt sicher überrumpelt, das sehe ich an euren Mienen."

Da hatte sie Recht. In Regina arbeitete es, ob sie sich an die Stimme ihres Vaters erinnerte? Was er gesprochen hatte, war nur bruchstückhaft bei ihr angekommen, aber die Sprachmelodie klang in ihr nach.

Sagen wollte sie jetzt nichts dazu.

Sabine kämpfte mit der traurigen Rührung, die durch die Worte ihrer Mutter über sie kam, auch wenn sie deren Stimme ein bisschen anders in Erinnerung hatte, wie sie nachdenklich bemerkte. Sie brauchte wieder eine Zigarette.

Es war inzwischen drei Uhr nachmittags geworden.

Außer Reginas kleinen Madeleine-Kuchen hatten sie seit dem Frühstück im Literaturhauscafé nichts gegessen. Der Hunger meldete sich und holte sie in die Gegenwart zurück.

„Kennst du ein Lokal hier in der Nähe, wo wir etwas essen könnten?" fragte Luise.

Sabine hatte sich ja offensichtlich nicht darauf eingestellt, Regina und Luise zu bewirten.

„Ja, es gibt in der Nähe einen Italiener, der ist ganz gut. Wir können dorthin zu Fuß gehen."

Sie verließen das Haus und erreichten die Italienerkneipe nach wenigen Minuten. Luise erinnerte sich sofort, als sie sich dem Lokal näherten. Dort hatten Bernhard, Anton, Charlotte und sie im Juni draußen im Freien das gute Tiramisu gegessen.

Draußen war es jetzt zu kalt, inzwischen war ein aufdringlicher Ostwind aufgekommen. Im Lokal saßen nur noch wenige Leute. Sie erhielten wider Erwarten die Mittagskarte, obwohl es schon spät war. „Steinpilze Bolognese" wurden vom Patron besonders empfohlen. Sie bestellten drei Portionen. Das Bolognesische bestand aus einer Soße mit frischen Tomatenstückchen, auf denen die gebratenen Steinpilze aufgelegt waren. Soße und Steinpilze ruhten auf einem Grundstock nicht zu weich gekochter Tagliatelle-Nudeln. Es schmeckte hervorragend. Sie tranken dazu ein Glas Bardolino und aßen zum Abschluss auch das erneut leckere Tiramisu, von dem Luise ja nicht sagen durfte, dass sie es schon einmal dort gegessen hatte.

Regina und Luise bezahlten. Sabine wurde wieder eingeladen, wogegen sie sich nicht wehrte.

Die Zeit war fortgeschritten, es war schon nach fünf Uhr nachmittags. Luise musste sich langsam zum Flughafen begeben, wo sie sich mit Bernhard treffen würde. Sabine und Luise brachten Regina zur U-Bahnhaltestelle, von dort wollte sie zu ihrem Hotel fahren. Dann gingen beide zusammen wieder zurück zu Sabines Haus, denn sie hatte angeboten, Luise mit dem Auto nach Schönefeld zu fahren. Sie stiegen wieder in den silbergrauen Sportflitzer, Luise durfte nun vorne sitzen. Nach Schönefeld waren es über zwanzig Kilometer, sie brauchten länger als eine halbe Stunde für die Strecke. Sabine fuhr auf den Parkplatz vor dem Flughafen. Dort verabschiedeten sie sich ohne Umarmung.

„Danke, dass du mich hergefahren hast. Es ist doch schön, dass wir uns nun persönlich kennen."

Luise ging zum Flughafeneingang, blickte sich nicht mehr um. Vor einem Imbissstand warteten Bernhard und Anton.

„Mama, der Papa hat etwas ganz Wunderschönes für dich gekauft!" Luise blickte Bernhard gespannt an, doch der meinte, das könnte er ihr später einmal zeigen. Eine Berliner Weiße musste noch sein, auch wenn Luise das süßliche Getränk nicht ausstehen konnte. Anton bestand darauf. Sie stellten sich vor dem Imbissstand an einen Tisch und schlürften das Berliner Nationalgetränk. Es war noch süßer, als Luise es in Erinnerung hatte.

Bernhard erzählte, dass er Anton in seiner Firma besucht hatte und am Nachmittag noch mit ihm zusammen in einem Café gewesen war. Die beiden wirkten zufrieden und Anton stellte keine aufdringlichen Fragen, wie denn Luise den Tag verbracht habe. Was er wohl dachte? Die Wahrheit konnte er eigentlich nicht ahnen. Oder doch? Anton war immer gut im Kombinieren gewesen.

Das Flugzeug hatte Verspätung, als sie in Stuttgart landeten, war es schon dunkle Nacht. Bernhard versicherte, dass er Anton gegenüber nur erwähnt hätte, dass Luise in Berlin eine Bekannte von früher besuchen würde.

Wieder zu Hause tranken sie noch ein Glas Rotwein zusammen.

„Was hast du denn Wunderschönes gekauft in Berlin?"

Bernhard hatte durch Antons vorlaute Bemerkung keine Wahl, er ging zu seiner Tasche, zog ein kleines quadratisches Schächtelchen heraus und reichte es Luise. Darin steckte in einem roten Samtbett ein goldener Ring, ein drahtdünner Reif mit zwei winzigen Steinen, einem Mini-Brillant und einem Mini-Smaragd, fast wie aus einem Kaugummi-Automaten auf den ersten Blick. Luise war verblüfft und glücklich, dass Bernhard an sie gedacht hatte.

Bevor sie ins Bett ging, nahm Luise noch die Kassette aus ihrer Handtasche, damit Bernhard sich die denkwürdige Aufnahme auch anhören könnte.

Als Luise am nächsten Tag aus der Apotheke nach Hause kam, hatte Bernhard die beiden Fotos ausgedruckt, die er im Literaturhaus von der Schwesterngruppe gemacht hatte.

Luise hatte sich dafür zu Sabine und Regina auf die Bank gesetzt. Von links: Sabine, Regina, Luise. Sabine blickte ernst, unsicher, zweifelnd. Regina hatte ihr Fotolächeln aufgesetzt, mit geschlossenem Mund, die Mundwinkel leicht nach oben gezogen. Luise lachte mit leicht geöffneten Lippen, Zähne zeigend als Einzige.

Das zweite Foto strahlte mehr Dynamik aus, denn Regina, in der Mitte, hatte ihre Arme um Sabine und Luise gelegt. Reginas Mund war nun leicht geöffnet, als wollte sie etwas sagen. Sabine wirkte fast beschwert durch Reginas Hand auf ihrer Schulter, blickte aber lebhafter als auf dem ersten Bild. Und Luise ließ durch ein offensives Lächeln erkennen, dass sie stolz war auf ihren erfolgreich umgesetzten Plan des Schwesterntreffens.

Luise schickte die Fotos per Mail an Sabine und Regina. Sabine bedankte sich und antwortete mit dem Bild, das sie in ihrer Wohnung von ihren beiden neuen Schwestern gemacht hatte: Regina und Luise auf dem braunen Sofa, davor der schwarze Schiefertisch mit der Rotkäppchenflasche. Als Dritter hatte sich Georg dazugesellt. Er blickte aus dem gerahmten Foto heraus, das Luise vor sich auf den Tisch gestellt hatte und mit ihrer rechten Hand festhielt. Georg mit weißem Kragen, Krawatte und Anzugjackett. Georg mit seinem tiefen Versenkblick, der im Gegenüber sich festbiss, gedacht für Erika.

Fotografien als sichtbares Zeichen der neuen Wirklichkeit: Es gab diese Sabine, und sie war für alle Zukunft ihre Schwester. Seelenverwandtschaft konnte Luise bisher allerdings keine entdecken, auch wenn sie den gleichen Vater hatten. Aber Regina hatte ja auch den gleichen Vater und sogar noch die gleiche Mutter wie Luise. Doch fühlte sie sich denn mit Regina seelenverwandt? Regina, die unpraktische Intellektuelle, die sich in immer neue Herausforderungen stürzte, die ihre Bedeutung genoss und in ihren wissenschaftlichen Studien und Kontakten lebte, die sie fast über alles andere stellte. Regina, mit der man so gut auskam, weil sie Konflikten gekonnt aus dem Weg ging. Denn Regina hatte eine erstaunliche Begabung, sich anzupassen und dennoch zielsicher ihre Interessen zu verfolgen.

Es gab eine lange Zeit in Luises Leben, in der sie Regina bewundert hatte. Regina, die schon früh Lippenstift benutzte und ihre Fingernägel rot lackierte, sich im Bräunungswahn im Garten sonnte und Stöckelschuhe trug. Als Luise zwölf Jahre alt war, zog Regina nach München zu Herbert, der dort Physik studierte. Regina fand Arbeit als Auslandskorrespondentin in einem Schuhversand, wodurch ihr Bestand an Schuhen anwuchs. Ausgemusterte Paare passten Luise leider nicht, es war der umgekehrte Aschenputtel-Effekt, denn Luises Füße waren eine Nummer kleiner als Reginas. Mit Kleidern verhielt es sich ähnlich, Reginas Taille lag tiefer als Luises.

So blieb ihre Bewunderung für die große Schwester Theorie ohne umsetzbare Nachahmung, denn nicht nur Kleider und Schuhe waren unerreichbar. Auch eine feine Dame würde Luise nie werden können, dazu war sie nicht unpraktisch genug.

Nachdem Regina den aus Luises Sicht sterbenslangweiligen Herbert geheiratet hatte, bezogen die beiden in München eine ebenso langweilige Wohnung in einem nur aus Hochhäusern bestehenden Vorort, mit Blick auf eine laute Durchgangsstraße. Luise durfte zweimal zu Besuch kommen, solange sie da wohnten. Beim zweiten Mal war Bettina schon geboren. Die Wohnung bestand eigentlich nur aus einem Zimmer, von dem ein Teil, Alkoven genannt, durch einen Vorhang abgetrennt war. Dahinter befand sich ein Doppelbett. Es gab auch noch eine Küche mit Balkon und ein schwarz gekacheltes schlauchartiges Bad ohne Fenster. Bettinas Bettchen war in der Küche aufgestellt. Bei ihrem ersten Besuch hatte Luise auf einer Sonnenliege in der Küche geschlafen, nachdem dort aber Bettina wohnte, fand Luises Liege beim zweiten Besuch Platz auf dem Balkon. Der war überdacht und wurde als Loggia bezeichnet. Zum Glück regnete es nicht während Luises Aufenthalt.

Herbert verließ morgens früh die Wohnung und ging in sein Institut, wo seine Doktorarbeit und seine Tätigkeit als Assistent auf ihn warteten.

Regina hatte ihre Arbeit im Schuhversand inzwischen aufgegeben, weil sie sich auf einen Französisch-Sprachkurs in Lausanne vorbereiten wollte. Daher hatte sie Zeit für Luise, sie machten Ausflüge mit dem Kinderwagen in die Stadt und gingen einmal ins Freibad. So waren die drei Tage München auch schnell vorbei.

Als wichtigstes Erlebnis blieb Luise in Erinnerung, dass Bettina beim Trinken in ein Glas gebissen und danach eine Scherbe im Mund hatte, die glücklicherweise sofort ohne Folgen geborgen werden konnte.

Die verehrte große Schwester sorgte für Aufruhr in der Familie. Nach dem Sprachkurs in Lausanne folgten mehrere Aufenthalte in Paris, wo Regina ein Geschichtsstudium begonnen hatte. Bettina blieb bei Herbert, der den Studierhunger seiner Frau anfangs unterstützte, da er hoffte, dass ihre Ausbildung auch irgendwann einmal abgeschlossen sein würde.

Die Hoffnung erwies sich als falsch, Regina kehrte nicht mehr in ihre Ehe zurück.

Sie kam während ihrer Pariser Zeit hin und wieder auf Besuch nach Stuttgart. Luise holte ihre Schwester dann oft vom Bahnhof ab, jedes Mal erstaunt über deren stets neue Haarfarbe, immer auffällig, mehr oder weniger blond, ins Rötliche tendierend.

Magdalene dürfte viele vorwurfsvolle Gespräche mit Regina geführt haben in diesen Jahren, aber Luise nahm nichts davon wahr. Im Mittelpunkt ihrer Aufmerksamkeit stand Bernhard, den sie nun schon zwei Jahre lang kannte, mit ihm ging, wie man sagte, und daher hatte Luise keinen Raum für die Katastrophen anderer Menschen.

Manchmal fuhr Herbert nach Stuttgart, wo auch seine Eltern lebten und lieferte Bettina bei seiner Schwiegermutter ab, damit sie ihre kleine Enkelin sehen konnte. Magdalene mochte ihren Schwiegersohn und bedauerte zutiefst das Scheitern der Ehe. Aber Herbert und seine Familie nahmen bald kollektiv übel und verweigerten jeden Kontakt zu Reginas Angehörigen. Luise erinnerte sich an das Schauspiel, das Herberts drei Jahre jüngere Schwester Birgit aufführte, als sie bei Magdalene an der Haustür klingelte und nach dem Öffnen Reginas Kleider und andere Gegenstände aus einem großen Sack heraus auf den Boden leerte, sich fauchend umdrehte und ohne Gruß davontrampelte. Die Trennungstragödie währte fünf Jahre, bis es endlich zur Scheidung kam.

Luise war abgeschweift, was befasste sie sich auch mit längst vergangenen Erinnerungen! Regina hatte Karriere gemacht, hatte studiert, promoviert, sich habilitiert, war Professorin geworden und hatte sich mit einem Professor liiert, der zwanzig Jahre älter war als sie und sie auf Händen trug, wenn er nicht gerade bei seiner Frau im fernen Bordeaux sein musste. Das war in den Sommermonaten und regelmäßig an Weihnachten der Fall.

Magdalene hatte in den Jahrzehnten, die diese Verbindung hielt, ihm gegenüber stets das „Sie“ beibehalten und nur vom „Monsieur“ gesprochen, wenn es sich nicht vermeiden ließ, überhaupt von ihm zu sprechen. Im Gegenzug wurde sie von ihm „gnädige Frau“ genannt, denn der Professor hatte seine ersten zehn Lebensjahre in Berlin verbracht und sprach perfekt deutsch.

Regina war anders als Luise. Sabine war anders als Luise. Luise war anders als ihre Schwestern.

Regina legte großen Wert auf Kleidung und Aussehen, alles passte zueinander, bis hin zu den vornehmen Schuhen. Luise fühlte sich dagegen am wohlsten in Jeans und Pullover. Wobei inzwischen fast alle Frauen in Hosen gingen, Röcke trugen Anthroposophinnen und weibliche Angehörige streng religiöser Gemeinschaften, oder normale Frauen zu ganz besonderen Gelegenheiten.

Reginas Hosen waren aber aus feinen Stoffen geschneidert und oft mit Bügelfalten versehen. Ihre Pullover, stets farblich mit den anderen Kleidungsstücken harmonierend, stammten aus teuren Läden. Sie war eben Dame. Von Magdalene war sie oft als „Paradiesvogel“ bezeichnet worden. Und Reginas extravagante Haarfarben-Experimente führten zu manchen Unmutsäußerungen bei ihrer Mutter, mein Gott, feuerrot!

Doch das war schon lang her. Regina war eben Regina, fertig basta. Und Sabine? Zu ihrem unauffälligen Oberteil passte der gleichermaßen unauffällige Rock und die unauffälligen Schuhe, die unauffällige Brille und der mausgraue Mantel. Alles zum darüber Hinwegsehen. Ob sie nach dem Tod ihres Mannes es für unnötig hielt, sich hübsch zu machen, für wen denn?

Die Auffälligkeits-Reihenfolge der drei Schwestern wurde eindeutig angeführt von Regina, dann folgte Luise, dann Sabine. Die Körpergrößen zeigten die gleiche Reihenfolge. Sabine war die Kleinste.

Zwei Wochen waren vergangen seit Georgs Geburtstag. Einhundertunddrei Jahre alt wäre er geworden.

Mit höchster Wahrscheinlichkeit hätte er diesen Geburtstag nicht begehen können, wäre er damals, 1947, nicht gestorben. Tot wäre er so oder so. Und tot war auch die bisher gewohnte Vorstellung. Der treue Ehemann und liebende Vater seiner Töchter existierte als solcher nicht mehr.

Dafür gab es eine Schwester, auf die man gut hätte verzichten können.

Eines Abends rief Sabine an. „Ich ging wie auf Wolken“, erzählte sie Luise als ihr Resümee der Berliner Begegnung. Sie klang richtig glücklich. Luise konnte diese Begeisterung nicht ganz teilen, wollte Sabine aber auch nicht verletzen. „Ich war auch sehr beeindruckt“, brachte sie schließlich hervor. Sabines Stimme verriet ihre Enttäuschung über Luises Reaktion und das Gespräch entwickelte sich wieder ähnlich stockend wie die früheren Telefonate.

„Wenn ich in Berlin bin, melde ich mich bei dir, wir können uns dann treffen, falls wir beide Zeit haben“, sagte Luise zum Abschied.

Von Regina erfuhr Luise, dass auch sie von Sabine angerufen worden war. Sie hatten über die gemeinsam verbrachten Stunden gesprochen und ähnliche Absichtserklärungen gewechselt, bei Gelegenheit wieder Kontakt miteinander aufzunehmen.

„Ich weiß aber nicht, ob ich Sabine Bescheid sage, wenn ich das nächste Mal nach Berlin komme, irgendwie ist sie mir total fern, femder als jede flüchtige Bekannte, habe ich mir überlegt.“

„Mir geht es ähnlich“, antwortete Luise.

Im November war Regina wieder in Berlin und gegen ihre Vorsätze hatte sie sich bei Sabine gemeldet. Es kam auch zu einem Wiedersehen mit ihr, wieder im Literaturcafé.

Zurück in München rief sie Luise an und berichtete, wie das Treffen mit Sabine abgelaufen war. Regina hatte von ihren vielen Vorhaben, Kolloquien, Tagungen, Symposien, Ausstellungseröffnungen oder ihren Artikeln für Fachzeitschriften erzählt und dass sie immer auf Achse war, im wahrsten Sinne, denn sie verbrachte einen Großteil ihrer Zeit in Zügen.

Sabine hatte nicht mit ähnlichen Aktivitäten aufwarten können. Für sie als Diplom-Bibliothekarin im Ruhestand verlief das Leben eben nicht so abwechslungsreich wie bei Regina. Sie sang im Kirchenchor inzwischen im Tenor, da sie im Alt nicht mehr die geforderten Höhen erreichte. Sie hatte sich schon entschlossen gehabt, aus dem Chor auszuscheiden, doch der Chorleiter hatte sie mit der Alternative, in die Tenorstimme zu wechseln, wieder davon abbringen können. Und das Singen hätte ihr eigentlich auch gefehlt. Zur Einschulung ihrer Enkelin Nicola war sie nach Lübeck gefahren und hatte ihre Tochter Marion und den Schwiegersohn Erik wiedergesehen. Kurz hatte sie auch über Opern- und Konzertbesuche gesprochen, wofür Regina sich aber nicht besonders interessiert hatte.

Nach einer guten Stunde war der Gesprächsstoff ausgegangen, sodass Regina die Rechnung verlangte. Sabine hatte sich dann erhoben und war mit den Worten „Du brauchst nicht auf mich zu warten, danke und tschüss bis zum nächsten Mal!“ zur Toilette gestrebt. Regina hatte daraufhin ihren Mantel angezogen und das Café verlassen, sich wie mit kaltem Wasser übergossen fühlend.

„Stell dir vor, sie steht einfach auf und geht zum Klo, das war’s.“

Luise wunderte sich auch, Sabine hielt wohl nicht übermäßig viel von Konventionen. Das sprach wiederum für eine gewisse Grundehrlichkeit, was eigentlich sympathisch war. Aber sie wäre sich genauso dumm vorgekommen wie Regina, überlegte sie.

Schallplatte

Da gab es doch noch diese Kassette, die Sabine von der Schallplatte überspielt hatte. Wo war die bloß hingekommen?

Die Begegnung mit Sabine in Berlin lag nun schon einige Monate zurück, es war Mai geworden, der Monat, in dem Luise Geburtstag hatte. Sabine hatte nicht gratuliert.

Die Kassette war Luise plötzlich wieder in den Sinn gekommen, sie hatte sie ganz vergessen gehabt.

„Bernhard, hast du eine Ahnung, wo die Kassette sein könnte, die Sabine für Regina und mich bespielt hat, mit den Stimmen von Erika Schwalbing und meinem Vater? Wir hatten sie doch schon einmal angehört!"

Bernhard war Luises letzte Hoffnung, nachdem sie alle Stellen in ihrem Zimmer durchsucht hatte, wo sie die Kassette vielleicht hätte abgelegt haben können.

Er konnte sich zwar erinnern, dass sie bald nach der Rückkehr aus Berlin versucht hatten, die Qualität der Wiedergabe zu verbessern durch Übertragen auf eine CD. Das war jedoch nicht gelungen, die CD rauschte und krachte genauso wie das Kassettenband. Die CD war aber auch verschwunden.

Luise blickte sich in Bernhards Arbeitszimmer um, diesem Ort größter mangelnder Übereinstimmung, was die Vorstellungen von Ordnung und Gemütlichkeit bei den beiden betraf. Das Radio mit dem Kassettenlaufwerk stand in einem Regal, um dorthin zu gelangen, waren zuerst eine kleine weiße Leiter zu entfernen und danach zwei vollgestopfte Pappkartons.

Luise öffnete ohne viel zu denken die Kassettenklappe.

„Da liegt eine Kassette drin!"

Sie schaltete das Radio an und aktivierte die Kassettenfunktion. Aus dem Lautsprecher kam nur ein leises Schnarren, kein Ton, kein Wort. Luise kam auf die Idee, die Kassette zurückzuspulen, was sich als erfolgreich erwies. Es rauschte und klopfte, dann begann sie zu sprechen: Erika Schwalbing.

Die Kassette war wieder da. Die CD hingegen war wahrscheinlich nicht gekennzeichnet worden und unauffindbar in Bernhards Niemandsland-Ordnung untergegangen. Aber sie wurde ja auch nicht mehr gebraucht.

Die Kassette lief. Erika Schwalbings Worte waren cremig zart, fast war ein süßer Rosenduft zu spüren. Sie redete langsam und eigentlich deutlich. Trotzdem waren nicht alle Wörter beim ersten Anhören verständlich. Aber das Gefühl hinter der Sprache war überdeutlich wahrnehmbar. Georgs Stimme folgte nach einer kurzen Pause knarrenden Rauschens.

„Es ist einfach quälend, das anzuhören."

Luise stellte das Radio ab.

„Ich werde mir diese Ergüsse irgendwann in Ruhe vorspielen, für heute reicht es mir, es ist unheimlich und verwirrend, was da gesprochen wird.

Die Kassette lasse ich am besten im Laufwerk drin, wir hören ja nie irgendwelche anderen Kassetten. Jetzt werde ich mir diesen Platz merken, am besten merkst du ihn dir auch", verpflichtete sie Bernhard.

Es war Mittwoch, am Nachmittag begann Luises wöchentliche Arbeit in der Galanthus-Apotheke. Eigentlich ging sie gerne dorthin, nach einer halben Woche Freizeit bot die Apotheke eine reizvolle Abwechslung. Sie liebte die Wertschätzung von den Kunden und von ihren Mitarbeiterinnen, als Gegensatz zum selbstverständlichen Funktionieren daheim.

Doch seit sie von Sabine und ihrer Mutter wusste, hatte sich die Gegenwart zusammengedrängt, Luise fehlte neben den Routinepflichten zu Hause die Zeit für ihre Nachforschungen.

Noch ein Jahr würden Astrid und sie die Apotheke betreiben. Dann endete ihr Mietvertrag. Die Suche nach einem Nachfolger war fast aussichtslos, für etwaige Interessenten waren die Umsätze nicht hoch genug. Es zeichnete sich ab, dass sie schließen würden. Doch die verbleibende Zeit wollten sich Astrid und sie nicht trüben lassen, für Endzeitgedanken sollte kein Platz sein. Galanthus war der botanische Name für das Schneeglöckchen, nach ihm hatten sie die Apotheke genannt. Und wie Schneeglöckchen in der Natur verschwinden, nachdem sie geblüht haben, so würde auch die Apotheke verschwinden. Die Erfahrung, dass Schneeglöckchen im Folgejahr wieder auftauchen, ließ sich leider nicht auf Apotheken gleichen Namens übertragen. So war das eben.

Nach der Schließung würde Luise endlich ohne Unterbrechungen ihr Archiv pflegen können. Briefe und Schriftstücke gab es genug.

Aber noch war Forschung auf Sparflamme angesagt.

Astrid wartete in der Apotheke schon auf Luise. Seit über dreißig Jahren machten sie das so, mittwochs war Schichtwechsel, das Ende von Astrids erster Wochenhälfte und der Beginn von Luises Arbeit, der zweiten Wochenhälfte. Die Samstage arbeiteten sie abwechselnd, am Jahresende waren sie gerecht aufgeteilt. Diese Woche war Astrid an der Reihe. Luise nahm sich einen Besuch auf dem Friedhof vor.

Am Samstag fuhr sie dorthin, ausgerüstet mit Hacke und Gartenschere. Adelheids Gesteck hatte sie schon im März weggeräumt, es war auch diesmal wieder prächtig und stachelig gewesen. Die Schneeglöckchen hatten geblüht und auch die kleinen gelben Narzissen, die sie im Vorjahr vor den Grabstein gesetzt hatte. Schon stachen die Maiglöckchen wieder aus dem Boden, sie schienen sich an diesem Platz sehr wohl zu fühlen, denn sie hatten sich stark vermehrt.

Was war das denn? Zwischen die Hortensien von Magdalenes Nachbarinnen hatte jemand mittendrin eine rosa Begonie eingepflanzt. Luise wunderte sich. Außer ihr pflegte niemand dieses Grab, nur Adelheid am Totensonntag.

Magdalene mochte Begonien. Aber wer konnte das wissen?

Zwei Gräber weiter war ein älteres Paar emsig bemüht, neue Blumen zu setzen. Luise sprach die beiden an, sie musste einfach mit jemand reden.

„Stellen Sie sich vor, auf das Grab meiner Mutter hat jemand eine Begonie gepflanzt, haben Sie vielleicht etwas beobachtet?"

„Das ist ja seltsam, wir haben nichts Ungewöhnliches bemerkt. Wir sind oft hier, weil wir ständig den Blumenschmuck erneuern müssen. Die Wühlmäuse haben das Grab unserer Eltern entdeckt und buddeln ihre Gänge unter den Pflanzen. Sie zerstören einfach alles. Von den Stiefmütterchen haben sie alle Wurzeln abgefressen."

Luise war insgeheim dankbar, dass die Wühlmäuse sich mit diesem Grab zufrieden gaben, so hatten doch Magdalene und die Großeltern keine Verwüstungen auf ihrer Grabstelle zu erdulden, und Luises Pflanzungen waren nicht gefährdet.

„Das ist ja wirklich ärgerlich, auf der Rasenfläche haben sie auch überall Dreckhügel aufgehäuft, sollen sie doch dort bleiben und nicht die Gräber anfallen!"

Luise hatte damit ihre Anteilnahme ausreichend formuliert und wandte sich wieder der rätselhaften Begonie zu. Wer könnte sie gesetzt haben?

Aufgeregt fuhr sie nach Hause zu Bernhard. Er musste sich die Geschichte anhören und sofort mit zum Friedhof kommen. Sonst käme er noch auf die Idee, dass Luise an Halluzinationen litte.

Sie fuhren umgehend wieder zum Friedhof. Bernhard betrachtete die Begonie und stellte fest, dass es sie tatsächlich gab. Das Paar vom Wühlmaus-Grab war nicht mehr da. Für die Tierchen war eine neue bunte Spielwiese bereitet.

„Wollte nicht Charlotte nach Stuttgart kommen und ihre Eltern besuchen?" Bernhard kam auf die Idee, dass Antons Frau die Begonie gekauft haben könnte.

„Aber Charlotte fliegt erst übermorgen!"

„Und Sabine? Vielleicht war sie in Stuttgart?"

Das wäre natürlich auch noch eine Möglichkeit.

„Ich sehe, wir werden das Begonienrätsel heute nicht lösen können, fahren wir nach Hause."

Am Montag danach kaufte Luise eine rote Geranie und fuhr zum Friedhof. Ein bisschen zusätzliche Farbe würde dem Grab gut tun.

Schon von weitem sah sie es: Die Begonie war nicht mehr da, an ihrem Platz ein Loch. Keine Spur von der Pflanze. Luise setzte in das Loch die rote Geranie und stellte fest, dass es wohl eine Wanderbegonie gewesen sein musste. Auf Friedhöfen schien vieles möglich. Oder ob Wühlmäuse sich einen Spaß machen und Grabschmuck neckisch auf Gräbern umverteilen?

Das Geheimnis der Begonie ließ sich nicht ergründen.

Am nächsten Tag rief sie Sabine an. Die war zu Hause und erzählte munter von einer Reise, die sie mit ihrem Kirchenchor zusammen unternommen hatte. In Stuttgart konnte sie nicht gewesen sein, das ging aus ihrem Bericht eindeutig hervor.

Bernhard half zwei Wochen später seinem Bruder beim Umziehen. Das ganze Wochenende war er mit Möbelpacken beschäftigt. Luise nutzte seine Abwesenheit und setzte sich in Bernhards Arbeitszimmer an seinen Schreibtisch. Seine Papierberge schob sie sorgsam zur Seite und schuf sich damit einen kleinen Freiraum für ihr Vorhaben. Sie stellte ihren Laptop auf den freien Platz und schaltete ihn ein. Links neben ihr stand das Radio mit dem inhaltsschweren Kassettenfach.

Ganz in Ruhe würde sie die Kassette wieder und wieder anhören, bis sie alles verstanden hätte, was diese beiden Menschen, ihr Vater und diese Erika, gesprochen hatten. Und sie würde das Gehörte aufschreiben, für Regina, und vielleicht auch für Sabine.

Sie startete die Kassette. Wieder rauschte es und knisterte, bis Erika zu sprechen anfing. Luise stoppte das Band, wenn sie etwas verstanden hatte und tippte es in ihren Laptop.

Nach einiger Zeit blickte sie auf die Uhr. Erikas Bekenntnis hatte sie vielleicht zur Hälfte aufgeschrieben, dafür hatte sie fast eine Stunde gebraucht. Aber sie war inzwischen vertrauter mit Erikas Sprachmelodie und hoffte, die restlichen Sätze schneller zu verstehen. Sie wollte auf jeden Fall fertig sein, bevor Bernhard zurück war, denn in seine Arbeitshöhle einzudringen, und das auch noch in seiner Abwesenheit, galt als schweres Vergehen gegen ungeschriebene häusliche Verhaltensgesetze.

Schließlich war sie bei „Deine Erika" angekommen. Die hingebungsvolle Zärtlichkeit war abgeschlossen. Einen Satz gegen Ende hatte Luise nicht begriffen, auch nach mehrmaligem Abspielen nicht. Und die Anrede machte auch Probleme, die hatte sie schließlich entnervt als „Mein Liebes-Stern" festgelegt, nachdem sie das Wort, das nach „Mein" folgte, einfach nicht einordnen konnte. Was diese Erika überhaupt von sich gab, hätte auch in einem Courths-Mahler-Roman stehen können.

Jetzt kam ihr Vater an die Reihe.

Luise wurde von der warmen, weichen Stimme umfangen. Dresdener Hochsprache, hochdeutscher als Honoratiorenschwäbisch, aber doch verräterisch die Herkunft belegend. Luise stellte sich vor, wie er Magdalene eingehüllt hatte mit seiner gewinnenden Stimme, dem klaren Gesicht mit der hohen Stirn und den

Klugheit ausstrahlenden Augen. Vor einigen Tagen hatte sie in der Straßenbahn einen jungen Mann gesehen, der Georgs Typ ähnlich sah, viel Klugheit zeigende Stirn, schlankes, ovales Gesicht, braune Haare ganz kurz geschnitten. Er saß ein paar Sitzreihen weiter weg und Luise konnte ihn ohne Scheu betrachten. Sich in einen solchen Menschen zu verlieben, war durchaus vorstellbar.

Bernhard hatte auch eine Stimme, die spontan Sympathie und gute Gefühle wachrief. Und er konnte wunderschön singen, mit tiefem, schmeichelndem Bass, in Obertönen schwingend. Luise liebte seine Stimme, beim Sprechen und beim Singen.

Ob Georg auch gut singen konnte? An Regina hätte er das nicht weitergegeben.

Auch in Georgs Sprachbeitrag befanden sich Passagen, die sich Luise nicht auf Anhieb erschlossen, erst nach mehrmaligem Abspielen. So hatte sie zumindest Georgs Worte vollständig in Schriftform übertragen.

Sie las die beiden gesprochenen Liebesbriefe nochmals durch. Schade, dass sie bei Erika nicht alles erfasst hatte.

Luise überlegte, ob sie Sabine ihre Niederschrift schicken sollte. Warum eigentlich nicht? Und Sabine war die Stimme ihrer Mutter doch vertraut, sie könnte bestimmt weiterhelfen!

Sie druckte ihre Aufzeichnungen zweimal aus, eine für sich und eine für Sabine, und schrieb ihr einen kurzen Brief mit der Bitte, die fehlenden Sätze nachzutragen. Zwei Wochen geschah nichts, dann rief Sabine an. Sie bedankte sich erfreut für Luises Arbeit. Auch sie sprach von berührenden Gefühlen beim Anhören, stellte aber fest, dass sie die Stimme ihrer Mutter tiefer erinnerte und sie auf der Aufnahme nicht unbedingt erkannt hätte. Entweder war die Wiedergabe nicht ganz wirklichkeitsgetreu oder die Stimme war mit dem Altern tiefer geworden. „Wie bist du denn auf ‚Liebes-Stern' gekommen?" Sabine gab sich erstaunt.

„Ich habe es einfach nicht verstanden und das klang mir am ähnlichsten."

„Es heißt: Mein Igelchen!"

„Wieso Igelchen?"

„Das weiß ich auch nicht."

Luise überlegte.

„Seltsam. Vielleicht hat er sich bei Bedarf eingeigelt, eingerollt und seine Stacheln ausgefahren, wenn er beleidigt war oder Vorwürfen gegenüberstand. Igel hat zwar noch eine andere Bedeutung. Wenn es heißt, jemand sei ein Igel, dann hat er ein Problem mit Sauberkeit. Das dürfte nicht gemeint sein."

Das sah Sabine ebenso. Sie schien sich allerdings bisher keine Gedanken gemacht zu haben, weshalb ihre Mutter Georg mit „Igelchen" anredete.

„Ich habe aber alles verstehen können und schreibe dir die Ergänzungen einfach in den von dir geschickten Text hinein, den ich dir dann zurücksende."

Luise fand die Idee großartig und erhielt vier Tage später Sabines Brief.

Der Text war jetzt klar: … „nie wird diese gegenseitige Beglückung des Nehmens und Gebens durch uns selbst ein Ende finden." Und: „Wenn ich dich glücklich weiß, dann bin auch ich froh."

Luise trug die fehlenden Teile in ihren Text ein. Das „Igelchen" mochte sie nicht übernehmen, sie blieb beim „Liebes-Stern".

„Mein Liebes-Stern,

ich weiß nicht, wann du dir diesen Brief einmal anhören wirst, aber das, was ich dir sagen werde, ist zeitlos und ist Wahrheit heute und immer, weil meine große Liebe und mein treues Herz dahinterstehen. Ich darf meine Gefühle jetzt nur selten zeigen und muss mein Herz ständig bezwingen. So will ich wenigstens dieses Bekenntnis für dich festgelegt haben. Ich denke an den Tag, da ich dich zum ersten Mal sah und der mir das große, ewig unbegreifliche Wunder brachte.

Ich denke an die unvergleichlich schönen Tage in Wien, und denke vor allem an unsere herrliche Zeit in Brüssel, deren Glück und Freude mein ganzes Leben überstrahlt. Die Zeit, in der jede Minute für dich gelebt sein konnte. Es war keine ganz leichte Aufgabe damals, denn du verlangtest den Einsatz des ganzen Menschen, uneingeschränkt. Aber ich war stolz darauf, dass du mich damit ausgezeichnet hast und habe Herz, Sinn und Geist mit ganzer Kraft in deinen Dienst gestellt. Wenn ich manchmal durch Unverstand oder Leichtsinn dich kränkte, verzeih mir noch jetzt, Lieber. Ich war bitter bestraft genug, wenn du darüber betrübt warst. Aber du sollst es immer und immer wissen, dass alles, was ich dir Gutes tun konnte, aus freudigem Herzen geschah und nur von dem einen Gedanken geleitet war, dir das Leben so leicht und schön wie möglich zu machen. Dass ich das durfte, dass ich es auch vermochte, und du diese Zeit selbst von ganzem Herzen bejahst, das macht mich unendlich glücklich. Und was hast du für mich getan? Aus meiner kleinen, begrenzten Welt hast du mich herausgeholt und meinem Leben erst Form und Inhalt gegeben. Du hast mich reich gemacht, weil ich dir diese Liebe schenken durfte, dafür lass mich dir danken Geliebter, aus vollem Herzen. Danken will ich dir damit, dass ich dich immer lieben werde und dich stets mit der gleichen Bereitschaft und Freude weiter lieben werde.

Es ist jetzt ein bisschen traurig, dass ich mich nicht mehr so ganz dir widmen darf, wie ich es möchte. Mein Wunsch, dir zu helfen und dir etwas Gutes zu tun ist so stark, und das Wenige, was mir jetzt für dich zu tun bleibt, erscheint mir so unbedeutend. Es fällt mir schwer, dass ich nicht wie früher täglich und stündlich um dich sein, für dich arbeiten, dich umsorgen und mit Zärtlichkeiten verwöhnen kann, aber ich werde immer bereit sein, wenn du mich rufst, und jede der Stunden, die uns jetzt vergönnt sind, will ich dir doppelt festlich bereiten, dass sie dir Freude und Glück für lange geben. Wir wissen beide, nie wird diese gegenseitige Beglückung des Nehmens und Gebens durch uns selbst ein Ende finden. Auch eine Trennung könnte dieses starke Gefühl nicht mindern. Nur wünschen will ich mir, dass ich mein Leben bis zu seinem Ende dir widmen kann und dass das Schicksal uns nicht unerreichbar auseinander reißt. Sollte es einmal geschehen, dass ich, um dir ein anderes Glück nicht zu zerstören, dich verlassen muss, so will ich auch dies auf mich nehmen, und ich werde darüber nicht verzweifeln, denn ich tue es ja für dich. Wenn ich dich glücklich weiß, dann bin auch ich froh. Ich grüße dich, du Guter, meine Liebe soll dich immer begleiten. Deine Erika"

„Du Liebe,

während des Alarms, in einer Flak-Pause, sitze ich an meinem Schreibtisch und lasse meine Gedanken nach Brüssel ziehen. Sie sollen dir meine Grüße bringen, einen Beweis, dass ich an dich denke. Ich weiß nicht, wie es kommt und wie es möglich ist, doch es ist Wahrheit, dass ich mich freuen kann, am 8. Januar im neuen Jahr wieder bei dir sein zu können. Sicher ist eines dabei, dass ich nicht wüsste, wie ich ohne deine immer bereite, treue und starke Hilfe jemals das schaffen könnte, was ich doch schaffen muss. Neben all dem Unaussprechbaren, was du mir sonst tust, lasse es dies sein, deine Treue und Stütze, für die ich dir Dank sagen möchte. Dank aus vollem Herzen. Meine Hoffnung, mein Wunsch und meine Bitte an dich: Schenke sie mir auch weiterhin, im neuen Jahr und in aller Zukunft. Sei gegrüßt, du Liebe, freue dich mit mir auf den Tag, an dem wir nach meiner Rückkehr unser Weihnachtsfest nachholen können. Dein Igel.

Liebe Erika, du wolltest, dass ich dir diesen Brief, den ich dir zum Weihnachtsfest geschrieben habe, auch mit Worten sage, damit du meine Stimme hören kannst, wenn wir getrennt voneinander sein werden und ich im fernen Land, hoffentlich nicht allzu lange, ohne dich werde arbeiten müssen. Glaube mir, dass es mich froh macht, dass ich dir dabei auch sagen kann, dass alles das, was ich damals empfand, seitdem eher stärker geworden ist, und dass ich es dir niemals werde ganz danken können, was du in all der Zeit immer und immer unermüdlich für mich getan hast und nie müde wurdest zu tun. Durch dich wurde mir die Zeit in Brüssel erst zu einer schönen, zu einer Zeit voll tiefer Befriedigung und zum glücklichen Ausgleich zwischen Arbeit und Entspannung, zu einer Zeit, die ich niemals vergessen werde. So wird mich auch in die Trennung immer der eine Gedanke begleiten, dass es bald, recht bald sein möge, dass wir beide wieder zusammen sein und zusammen werden arbeiten können. Lass dir damit auf Wiedersehen sagen."

Weihnachten. Es musste 1940 gewesen sein. Georg war an diesem Weihnachten von Brüssel nach Berlin gefahren zu seiner Familie, und Erika hatte in Brüssel bleiben müssen.

Spurensuche im Harz

Anton und Charlotte hatten 2011 einen Wanderurlaub im Harz angeregt, ein paar Tage im Herbst wollten sie zusammen mit Luise und Bernhard in einem kleinen Gasthof in Thale wohnen und von dort aus gemeinsame Ausflüge unternehmen. Für die erste Oktoberwoche hatten sie zwei Zimmer gemietet.

Emma war jetzt schon sieben Monate alt. Im März waren Luise und Bernhard kurz nach ihrer Geburt für einen Tag nach Berlin geflogen und hatten das kleine Wesen begrüßt, das war bisher die einzige Begegnung geblieben. Sie freuten sich auf die neue kleine Enkelin.

Luise war voller Neugier, jetzt mit dieser Reise etwas von der Atmosphäre verspüren zu können, in die sie einst hineingeboren worden war, den Harz zu erleben mit seinen Wäldern, Beeren und Pilzen, der zum Schicksalsort ihrer Eltern geworden war.

Ganz undeutlich erinnerte sie sich daran, wie sie als Zehnjährige mit ihrer Mutter nach Braunlage und danach nach Hamburg gefahren war. Magdalene hatte ihr Georgs Grab auf dem Friedhof gezeigt, von Braunlage selbst hatte sie nicht viel gesehen, auch nicht das Haus, wo die Familie Feldt bis 1947 untergekommen war. Noch am gleichen Tag waren sie nach Hamburg weitergereist zu Hartmut und Gerda, wo sie das Ergebnis unverhofften späten Elternglücks, die kleine Yvonne, bestaunen durften. Großen Eindruck hatte das Baby Yvonne bei Luise nicht hinterlassen. Luise wunderte sich manchmal, dass sie sich als bedeutendes Detail dieser Reise gemerkt hatte, dass sie als Zehnjährige für die Zugfahrt bereits den Preis für Erwachsene bezahlen musste.

Am frühen Abend wollten sie sich mit Anton und Charlotte in Thale treffen. Luise war fest entschlossen, zuvor auf der Hinreise noch Wernigerode und Braunlage anzusteuern. Wernigerode, wo ihr Vater 1932 als frisch gebackener Doktor seine erste schlecht bezahlte Stellung in der „Fabrik für photografische Papiere Odenthal & Co" angetreten hatte. Er hatte dort erst allein gewohnt, bis er für sich und Magdalene eine Wohnung gefunden hatte. Aus dem Briefschatz ihrer Mutter hatte Luise die Adressen ermittelt. In Wernigerode hatte Georg anfangs in der Heidestraße gewohnt, später mit Magdalene zusammen in der Blücherstraße. Inzwischen gab es dort keine Straße dieses Namens mehr. Bernhard hatte sich ans Bürgeramt von Wernigerode gewandt und in Erfahrung gebracht, dass die Blücherstraße nun in Kantstraße umbenannt worden war.

Bernhard war grundsätzlich nicht leicht dafür zu gewinnen, seine zielorientierte Planung einer Autofahrt durch abweichende Umwege stören zu lassen. Da Luises Wunsch aber stark genug war, konnte sie ihn schließlich überreden, vor Thale noch in Wernigerode Halt zu machen. Sie erreichten es am frühen Nachmittag. Luise war verzaubert von der Ausstrahlung der Stadt. Kleine Gassen, wunderschön renovierte Fachwerkhäuser, ein prächtiges Rathaus mit schwarzem Schieferdach und niedlichen Türmchen über schmückendem Fachwerk, davor auf einem riesigen freien Platz ein pagodenartiger Brunnen mit zwei sich nach oben verjüngenden, wie an einer Spindel aufgefädelten Etagen. Rings um den Marktplatz reihte sich Fachwerkhaus an Fachwerkhaus. So ähnlich hatte Luise den Stuttgarter Marktplatz auf alten Holzstichen abgebildet gesehen. Davon hatten Krieg und Modernisierungswut im Wiederaufbaufieber allerdings nicht mehr viel übrig gelassen.

Wernigerode hatte im Krieg wenig gelitten und die Plattenbauten der DDR-Zeit wirkungsvoll umschiffen können, es schien schon vor der Wende im Rahmen des Möglichen liebevoll gepflegt worden zu sein.

Die Heidestraße, wo Georgs erstes Domizil lag, begann nur ein paar Meter weiter, ein Sträßchen mit aneinander gebauten schmalen Häusern. Georg hatte in Nummer neun gewohnt, das Haus lag auf der linken Seite. Eine große goldene Neun prangte auf einem braunen Fachwerkbalken. Ob Georgs Zimmer vielleicht im oberen Stockwerk gelegen hatte? Das kleine Haus war mit viel Geschmack renoviert, das Fachwerk braun, das Mauerwerk weiß und die um die weißen Fenster umlaufenden Holzrahmen in dunklem Taubenblau gestrichen. Georg wohnte also damals mitten in der Stadt, mitten im lebendigen Treiben. Luise blieb vor dem Haus stehen und dachte sich in ihren Vater hinein. Dieser junge Mann, noch keine fünfundzwanzig Jahre alt, in schwieriger wirtschaftlicher und politischer Zeit, der auf seine liebste Gespielin wartete.

Das erste gemeinsame Heim des jungen Paares Feldt lag etwas außerhalb. Vom Rathaus und dem Marktplatz bis zur Kantstraße brauchten Luise und Bernhard zu Fuß über eine halbe Stunde. Sie kamen in ein bürgerliches Wohngebiet, von dem flirrenden Urlaubsgefühl der romantischen Stadtmitte war nicht mehr viel zu spüren. Das Haus lag am Ende der Kantstraße, kurz danach begann ein ausladendes Schrebergarten-Gebiet mit zahlreichen Datschen.

Die Gärten erstrahlten rosa, violett oder weiß in den Herbstfarben der Astern, gaben Zeugnis, dass der Sommer zu Ende ging.

Das Haus war ein Zwei- oder Dreifamilienhaus mit einem Balkon zur Straßenseite gelegen im ersten Stock. Dort hatten Feldts also ihr gemeinsames Leben begonnen, vier Zimmer, Küche, Bad, Balkon.

Magdalene hatte damals, wie es sich gehörte, eine Aussteuer erhalten. Wilhelm und Lydia Berger finanzierten traditionsgemäß den Hausstand ihrer Tochter. Sie hatten dafür ein Sparbuch angelegt, das auf eine Summe von 4000 Mark angewachsen war.

Wernigerode, eine hübsche, beschauliche Kleinstadt. Das Paradies lag für ein junges Paar vielleicht woanders, aber 1932 durfte ein Arbeitnehmer nicht wählerisch sein. Dann eben Wernigerode und Odenthal & Co. Dass sie kaum zwei Jahre dort bleiben würden, ahnten Georg und Magdalene nicht.

Luise hatte ein paar Tage vor der Harzreise in den Briefen geblättert, die Magdalene und Georg sich 1932 geschrieben hatten. Der für diesen Zeitraum eingerichtete Ordner war besonders dick.

Im Mai 1932 hatte Georg erfolgreich an der Technischen Hochschule Fridericiana in Karlsruhe die Doktorprüfung abgelegt. Sein Dissertationsthema lautete: „Über das photochemische Verhalten von Halogensilberemulsionen in Abhängigkeit von der Konstitution der zur Einwirkung gebrachten neuen Desensibilisatoren und Entwicklersubstanzen". Von Juni an wohnte er in Wernigerode in der Heidestraße.

Zwei Jahre fast waren Georg und Magdalene schon verheiratet, die Zeit ihrer Wochenendehe mit abwechselndem Wiedersehen in Stuttgart oder Karlsruhe sollte endlich beendet sein.

Die Einrichtung der Wohnung wurde in allen Einzelheiten überlegt. Nahezu täglich wechselten Briefe zwischen Georg und Magdalene, die in Stuttgart ihren Abschied vom Elternhaus vorbereitete. Jede Kleinigkeit diskutierten sie, als würden sie dort für immer leben. Die Ausstattung in ihrer angestrebten Vollkommenheit hatte aber auch noch einen anderen Hintergrund. Georg wollte möglichst vieles mit Hilfe der Aussteuer seiner Frau anschaffen und sich dadurch vor Ausgaben in der Zukunft schützen. Sein Gehalt bei Odenthal & Co reichte nur für Grundbedürfnisse.

Im März 1932 wohnte Georg noch in Karlsruhe. Ein Brief vom 9. März passte daher zeitlich nicht zum Thema Wernigerode. Luise stutzte aber, als sie beim zufälligen Überfliegen der Zeilen, in denen es um die Planung seines nächsten Besuchs in Stuttgart ging, plötzlich las:

„Sag, warst Du gestern in der Stadthalle bei Hitler? Wenn ich gewusst hätte, dass Hitler kommt, wäre ich vielleicht doch gestern schon nach Stuttgart gefahren ..."

Eine Stadthalle gab es in Stuttgart keine mehr. Aber 1932, am 8. März, hatte Hitler in der damaligen einen Ort für seine Wahlkampfreden gefunden. Im Juli danach war Reichstagswahl.

Nachdenklich machten sich Bernhard und Luise von der Kantstraße zurück auf den Weg zum Auto, sie hatten es nahe der Stadtmitte auf einem großen Parkplatz abgestellt.

„Als junge Frau hätte ich viel lieber in der belebten Stadt gewohnt als so abgeschieden in einer doch eher spießig-langweiligen Gegend", sagte Luise schließlich.

Sie dachte an ihre Mutter, die knapp Dreiundzwanzigjährige, die in eine bis in alle Einzelheiten durchgeplante und vollständig eingerichtete Wohnung hineingepflanzt worden war. Vier Zimmer, Küche, Bad, Balkon und noch einen Raum im Keller als Fotolabor. Warum brauchte dieses Paar gleich vier Zimmer? Eine kleinere Wohnung hätte doch weniger gekostet und dafür mehr Geld zum Leben übrig gelassen.

Auf Kosten des Lebens zu wohnen, das wäre für Bernhard und Luise nicht infrage gekommen. Sie hatten einst ihr gemeinsames Wohnen im Tiefparterre, mit einem Zimmer, Küche und Bad begonnen, als Einliegerwohner bei Familie Kurz in Dusslingen bei Tübingen. Am Schreibtisch sitzend sah man die Autos auf der nahen Bundesstraße fast in Augenhöhe vorbeirauschen, weil das Fenster mit dem umliegenden Grund auf gleichem Niveau abschloss. Zwischen Straße und Haus verlief ein größeres Stück Brachland, auf dem zwei dürre Pferde weideten.

Dort hatten sie gelebt, dort war Anton angelegt worden, später auch Nina, dort hatte Luise ihr Examen vorbereitet und Bernhard seine Diplomarbeit getippt. Wenn Besuch kam, es kam oft welcher, dienten die freigelegten Betten als Sofa und ein kleiner Tisch mit Glasplatte bot genügend Platz für abgestellte Gläser. Teller fanden Platz auf Schößen. Und als dann Anton auch zu ihnen gehörte, kam sein Bettchen in der Küche unter. Diese Gegebenheiten boten genügend Raum für Leben und Lieben, bis sich Nina ankündigte und den Umzug in eine größere Wohnung erzwang.

Dagegen war die Einrichtung der Wohnung in Wernigerode über Monate Hauptthema in den Briefen ihrer Eltern gewesen. Die von dem jungen Paar ausgesuchten edlen Escheburg-Möbel waren sogar einmal in einem Katalog abgebildet gewesen, den Luise zwischen den Briefen entdeckt hatte. Die Firma Johs. Hauser, Möbelfabrik, Stuttgart, Reinsburgstraße 30, warb darin 1932 für einen Sonderverkauf zum 85-jährigen Firmenjubiläum.

Standesgemäßes Wohnen war für einen Mann wie Georg, geschmückt mit akademischen Graden und einer schönen Frau aus gutem Hause, selbstverständlich. Er, Georg, war jemand, und jeder sollte das sehen können.

Luise kannte diese Möbel, sie standen in Degerloch in Magdalenes damaligem Zimmer bei Oma und Opa Berger unterm Dach. Von Wernigerode waren sie einst nach Berlin umgezogen worden und gegen Ende des Krieges in einem Möbelwagen im zerstörten Deutschland herumgereist, bis sie schließlich in Stuttgart ankamen.

Kaukasischer Wurzelnussbaum, gediegenste Schreinerarbeit. Die Wurzelmaserung belebte die Holzfronten in wirbelndem Wechsel zwischen hellem und dunklerem Braun. Das größte Stück, ein gut zwei Meter langes Schrankmöbel, forderte den Platz einer ganzen Wand. Das Möbel bestand aus zwei Teilen, der untere mit vier Türen, dahinter viel Raum auf zwei Fachböden übereinander. Die äußeren seitlichen Kanten des Unterschranks wie auch des darüber liegenden Aufsatzes waren vorne gerundet. Sie bildeten den senkrechten Rahmen aus Nussbaumstammholz. Durch den Absatz, der sich durch den etwas zurückgesetzten oberen Teil ergab, entstand fast der Eindruck eines Unter- und Oberkörpers, unten ein ausladendes Becken, darüber der schmalere Rumpf. Der Oberschrank war höher als der untere und diente mit Schiebetüren aus Glas vor seinen drei Fachböden zur Aufnahme von Geschirr oder Büchern.

Ein zweites Schrankmöbel war nicht ganz so breit wie das erste. Es gliederte sich auch in Ober- und Unterteil und war zudem in der Senkrechten geteilt. Links im oberen Teil konnte man eine Tür herausgeklappen und waagrecht abgelegt als Schreibtisch nutzen. Im zweitürigen Unterschrank befanden sich Fachböden in unterschiedlichen Höhen. Auch dieses Möbelstück besaß die runden Nussbaumkanten.

Zu dem Ensemble gehörte noch ein kleiner, niedriger Tisch, rechteckig, mit runden Ecken und einer mit Intarsien geschmückten Platte. Seine Füße führten die Rundung der Tischplatte fort, er wirkte dadurch fast ein bisschen plump. Zwei Sessel gab es außerdem, mit geschwungenen Armlehnen und einem mit Achteckgeflecht verzierten Rückenteil. Lose aufgelegte Kissenpolster mit großblumigem Muster, Leinenstoff, bildeten Sitz und Rückenstütze.

Der Escheburg-Esstisch, den Luise von Fotos kannte, war nicht nach Degerloch gelangt, nur noch drei dazugehörige Stühle, einer davon mit Armlehnen. Luise und Bernhard hatten diese Stühle irgendwann übernommen und dazu noch einen nicht besonders gut dazu passenden vierten gekauft. Doch der Armlehnenstuhl, der selbstverständlich Bernhard zugedacht wurde, hatte dessen raumgreifender Art zu sitzen nicht lange standgehalten. Schon bald wich die Rückenlehne nach hinten aus und die daran hängenden Stuhlbeine boten keinen zuverlässigen Halt mehr. Da halfen auch die Armlehnen nicht. Kurz entschlossen kaufte Luise sechs gleiche Korbstühle, vier um den Tisch und zwei als Reserve für Gäste. Die alten Stühle lagerte sie auf dem Dachboden und transportierte sie irgendwann zu Nina, deren Kinder die

Angewohnheit ihres Vaters Paul, kunstvoll beim Sitzen nur zwei Stuhlbeine, nämlich die hinteren, zu belasten, meisterhaft nachzuahmen verstanden. Für Paul, Leslie, Mathis und Vincent mussten also immer wieder neue Balancierobjekte, Vorstufen für Sperrmüll, aufgetan werden. Nina fand sich geduldig ab mit den von anderen ausgesetzten Stühlen, einem Sammelsurium von Stilen und Erhaltungsgraden.

In ihrer neuen Wohnung im Erdgeschoss hatte Magdalene damals die Wurzelnussbaum-Ungetüme nicht aufstellen wollen. Aber Gisela, ihre Schwester, hatte Magdalenes Dachwohnung einschließlich der verbliebenen Möbel übernommen und die Schränke in kurzer Zeit so voll gepackt, dass sich die Türen kaum noch schließen ließen.

Nachdem Magdalene gestorben und Gisela ins Altenheim gezogen war, hatten Bernhard und Luise die vornehme Escheburg-Kollektion fast gesamt der Müllabfuhr übergeben. Nur das Schreibtisch-Möbel hatten sie behalten und in Magdalenes Kellerraum aufgestellt. Darin waren Magdalenes Streublümchen-Geschirr, echt Meißen, und liebe Erinnerungsgegenstände untergebracht. Es zeugte dort mit seiner Wurzelmaserung von vergangenen Zeiten.

Zeiten, die sich plötzlich in Luises Leben drängten.

Als Bernhard und Luise den Parkplatz erreicht hatten, war es schon später Nachmittag geworden. Es hatte jetzt keinen Sinn mehr, nach Braunlage zu fahren. Den Ausflug dorthin verschoben sie auf den Tag der Heimreise. Jetzt wollten sie die paar Tage unbeschwert mit Anton, Charlotte und Emma zusammen sein.

Gegen sechs Uhr abends kamen sie in Thale an. Der Gasthof konnte nicht mit dem Auto angefahren werden, sie mussten es auf einem hundert Meter entfernten Platz abstellen und zu Fuß zu ihrer Unterkunft gehen. Die kleine Familie aus Berlin war bereits dort eingetroffen. Luise und Bernhard brachten rasch ihr Gepäck aufs Zimmer und trafen sich mit Anton und Charlotte im Gastraum zum Abendessen. Emma lag neben dem Tisch in ihrem Wagen und schlief bereits.

Die nächsten Tage wollten sie wandern, Emma vor Antons oder Charlottes Bauch geschnallt, und die herbstliche Harz-Stimmung wahrnehmen. Und Luise würde ihre Gedanken immer wieder nach Wernigerode und zu ihren Eltern lenken, ohne darüber zu sprechen.

Wernigerode 1932, Sommerbriefe

„Du mein Glück!

... es ist nun einmal so, dass wir furchtbar knapp sind mit unserem Geld, uns bleiben 300 Mark, wenn alles abgezogen ist, und das ist furchtbar wenig. Jeden

Gedanken an irgendwelche Anschaffungen werden wir uns für die nächsten Jahre völlig aus dem Kopf schlagen müssen. An Abzahlungskäufe ist gar nicht zu denken. Darum ist es von absoluter Wichtigkeit, dass Du alles und jedes von Stuttgart mitbringst und so reich und gut ausgestattet herkommst, wie es nur irgend möglich ist! Ich hoffe sehr, dass mit Deiner Mutter alles gut geht, sie kann doch sicher noch etwas mehr beisteuern …

… Sparen und Wüstenrot kommen gar nicht in Frage, all unser Geld muss für das Leben, den Unterhalt aufgebracht werden. Darum, nochmals, mein Frauli, halte Dir dies vor Augen und denke nur an unsere Lage, wenn Du mit Deiner Mutter sprichst …"

Magdalene erreichte bei ihrer Mutter noch einen weiteren Zuschuss von 1000 Mark. Allerdings wurden dafür Zinsen fällig, da Lydia das Geld nicht vom Geschäftskapitel abzweigen konnte. Sie musste dafür bei der Bank einen Kredit aufnehmen.

„Du Lieber!

… Ich glaube, dass wir jetzt alles recht gut und vollständig kaufen können. Bei Küchendingen haben wir einiges zu streichen, das meine Mutter für unnötig hält und ohne das ich ganz gut zurechtkommen kann.

Fürs Esszimmer dachte ich an den ausnehmend schönen rötlichbraunen Teppich, den wir neulich bei Hauser angesehen hatten. Wie sind die Maße für die Läufer im Schlafzimmer? Ich möchte möglichst früh alles bestellen. Bei Hauser habe ich drei Stühle und einen Tisch 90x90 bestellt. Drei Stühle reichen, da wir ja dann insgesamt sieben Stühle und einen Sessel haben.

Schreibe mir bitte die genaue Adresse unserer Wohnung, da ich dieser Tage die Spüle bei Eisenfuchs in Auftrag geben muss.

Wegen der Tapeten bitte ich Dich, folgende Farben zu wählen: Schlafzimmer ultramarin und ein wenig grün, ganz zart in der Tönung, Speisezimmer beige und vielleicht etwas warmes Gelb oder Braun, unauffälliges, flächiges vornehmes Muster, drittes Zimmer beige-braun-grün und etwas kräftigeres, luftigeres Muster …"

„Herzilein, Du Meine!

… im ersten Stock, also in unserer Wohnung, die Straße heißt übrigens ‚Im Kuntzschen Garten', sind keine Fensterläden oder Jalousien. Sieh nun bitte beim Gardinenkauf zu, dass Du einen passenden dichten Stoff zum Verdunkeln bekommst.

Wir brauchen für mindestens zwei Zimmer Tapeten, wenigstens Schlaf- und Esszimmer. Es ist sicher sinnvoll, wenn Du die in Stuttgart besorgst, da ich hier auch nicht entfernt diese Auswahl habe. Das Wohnzimmer ist in mitteldunklem

Karminrot mit Goldmuster gestrichen, also nicht als Tapete, es könnte vorerst so bleiben. Was meinst Du zu Linoleum? In allen Zimmern sind gestrichene Dielen. Du fragst nach den Läufern im Schlafzimmer. Wie soll ich denn deren Maße wissen! Nimm ruhig die normale Größe, etwa zwei Meter lang, 70 Zentimeter breit.

Ich habe Bedenken, dass unser Geld nicht ausreicht. Tapeten, Tapezieren, die Escheburg-Möbel, dazu noch der Umzug mit 260 Mark. Ich möchte unter allen Umständen, dass Du Dein gespartes Geld nicht angreifst und mindestens 300 Mark mit nach hier bringst, da doch meine Reserven alle fort und draufgegangen sind. Und Installationskosten, 70 Mark, kommen auch noch dazu!

Und nichts ist doch schlimmer, als dann ganz auf dem Trockenen zu sitzen, ohne jede Mittel ..."

„Liebster! ... wegen des Tapezierens bin ich aus allen Wolken gefallen, da ich immer der Meinung war, dass diese Wohnung vom Vermieter tapeziert würde. Und dann ist die Wohnung auch noch ohne Rollläden, Linoleum und Spültisch! Für heutige Mieterbegriffe unvorstellbar! Die Zeiten sind doch vorbei, wo der Mieter für alles aufkommt.

Linoleum zu legen kommt für uns nicht infrage, das wäre ja Unsinn ..."

„Schatzfrauli!

... Liebste, Du musst zur Kenntnis nehmen, dass es ein seltener Glücksfall ist, wenn man hier auf eine Wohnung stößt wie die jetzt für uns infrage stehende. Es ist ganz und gar abwegig, hier auch nur entfernt die Maßstäbe anwenden zu können, die wir gewohnt sind und von den Wernigerödern zu erwarten, dass sie eine Ahnung hätten von ‚heutigen Mieterbegriffen'. In dieser Beziehung müssen wir uns völlig umstellen. Dafür ist es nun einmal eine Kleinstadt, Schattenseiten sind natürlich vorhanden. Mein Frauli muss sich also an das ‚Unvorstellbare' gewöhnen ...

...Herzlein, mein Dich betreffender Einkochplan sieht vor, dass wir mindestens 60 Pfund Tomaten brauchen. Das Moment der Fracht kommt hier gänzlich zum Wegfall, da doch alles mit dem Möbelwagen mitkommen kann ..."

„Lieber Du!

... Einen Konservenapparat werden wir doch noch nicht kaufen, da meine Mutter meint, nur Bohnen würden gedünstet gut werden, nicht aber Karotten etc. Sie kann jetzt recht schwer Geld für mich flüssig machen, und ich muss mich eben in vielem nach ihr richten. Heute habe ich 24 kleine Geleegläser à 20 Pfennig erworben und schon sechs Gläser mit Erdbeermarmelade gefüllt. Ich will mich jetzt noch hauptsächlich mit Apfel-Quitten-, Johannisbeer-Himbeergelee und dann den Bohnen beschäftigen.

Bitte, bitte mit Deinem Weiblein zufrieden sein, es macht sicher alles richtig und vergisst nichts Wichtiges.

Lieber, wie groß ist die Speisekammer? Wir könnten nämlich von Mutter ein Regal bekommen, das wir sehr gut für Konserven und anderes verwenden können.

Lieber, es ist mir klar, wir müssen entsetzlich einteilen, wir müssen sehen, dass wir durchkommen. Du darfst nicht denken, dass ich die Sachlage falsch ansehe. Doch es wird gehen, und wir haben es doch tausendmal besser als Millionen anderer junger Leute ..."

„Fraulilein! ... Ist's gut geworden, das ‚Träubles'-Gelee? Von mir, mein Frauli, ist von den letzten Tagen nicht viel zu erzählen. Ich habe mir nach der Arbeit noch einige andere Wohnungen angesehen, darunter auch einige Neubauwohnungen. Eine Wohnung ist dabei, die vielleicht für uns infrage käme. Sie liegt in der Blücherstraße, hat einen schönen großen Garten, gleichfalls vier Zimmer, Zentralheizung etc. und kostet 80 Mark, falls sich die Leute auf diesen Preis einlassen. In diesem Mietzins ist jedoch Wasser schon enthalten! Da ich ja bei dem bisherigen Vermieter Herrn Weber, der übrigens die Miete für die Wohnung im Kuntzschen Garten für ein Jahr im Voraus haben wollte, den Mietvertrag noch nicht unterschrieben habe, ist es möglich, dass ich die Wohnung in der Blücherstraße doch noch nehme, denn sie ist immerhin 10 Mark billiger infolge Wegfalls des Wasserzinses ...

... Meini, sag, wirst Du Dir noch so ein liebes grünes Trägerkleidchen nähen? Ich hätte es ja so schrecklich gern, Du! Und willst Du mir nicht auch noch ein paar Schneiderstunden nehmen? ..."

„Mein Lieber!

... wegen der neuen Wohnung war ich natürlich denkbar überrascht. Morgen wollte ich ja die Vorhänge kaufen, welches Glück, dass Du mir noch rechtzeitig geschrieben hast. Herzmeini, wenn diese zweite Wohnung ebenso schön ist, möglicherweise noch Rollläden oder Linoleum hat und noch 10 Mark billiger ist, würde ich unbedingt diese bevorzugen. Entscheide Dich möglichst schnell. Bis zum 31. Juli ist noch Saisonausverkauf, und ich kann gerade bei Vorhängen 10 bis 20 Mark sparen. Die Escheburg-Möbel sind nun bis Anfang Oktober lieferbar. Das Träublesgelee ist sehr gut geworden, ich habe zehn Gläser gefüllt. Am Dienstag machen wir nochmals Gelee, auch Stachelbeergelee. Meini, ich bringe ein kleines Kriegslager mit! ..."

„Mein Frauli!

... wegen der Wohnung kann ich Dir heute noch keinen Bescheid geben, doch hoffe ich bis in ein paar Tagen mehr zu wissen. Weißt Du, die Leute haben ebenso wie Webers bisher 100 Mark Miete erhalten und können sich noch nicht mit 80 Mark anfreunden, die ich geboten habe. Da heißt es eben abwarten, aber ich glaube schon, dass es etwas werden wird. Frei ist sie übrigens auch erst zum 1. Oktober! Wenn Du zum 1. September herkommst, könnten wir uns für die Zwischenzeit, bis wir die endgültige Wohnung haben, eine möblierte Wohnung oder ein Zimmer suchen! ..."

„Lieber Bub!

Dein Kleinweiblein weiß bald gar nicht mehr, was es denken soll. Für möbliert Wohnen bin ich ganz und gar nicht. Und wenn sich die Wohnungssuche noch länger hinzieht, werden wir auch zum 1. Januar keine Wohnung bekommen, da mitten im Winter kein Mensch umzieht. Dann käme erst der 1. April infrage. Für eine einfache und billige Wohnung bin ich eigentlich auch nicht, denn nach kurzer Zeit umzuziehen, weil sie uns doch nicht zusagt, wäre mir nicht sympathisch. Außerdem würden die Vorhänge nicht passen, der Gasherd, der Ofen, die Rollos etc. wären unter Umständen unnötig oder nicht verwendbar ...

... Lieber, Du weißt, wenn es mir zu Hause gut gefällt, muss ich auch nicht ausgehen, auf Vergnügungen oder Sonstiges verzichte ich dann gerne. Die Vorhänge werde ich nun nicht morgen kaufen, wir müssen eben auf den Vorteil, es würde sich um 10 Mark handeln, verzichten, was ja nicht so schlimm ist. Wenn Du die letzte Wohnung, die mir übrigens sehr zusagen würde, nicht mietest, sollte ich bald Bescheid haben wegen Schreinerarbeiten, Eisenfuchs etc..."

„Liebmeine!

... ich denke und hoffe, dass ich mit dem Vermieter morgen zum Abschluss komme.

Wirst Du auch Stachelbeergelee machen? Träublesgelee schmeckt eigentlich besser. Weißt, was aber nicht fehlen darf, das sind Himbeeren. Mach davon recht viel, aber nur Gelee, ohne Kerne!

Dann Kleinweiblein, denkst Du mir auch an das Hitlerbild und an den Fridericus? Der Hitlerkopf soll doch so groß sein wie mein Hindenburg. Den Fridericus lasse bitte rahmen. Vergiss auch nicht einen schönen weißen Spiegel fürs Bad.

Frage doch bitte bei Eisenfuchs nach, ob sie, da sie ja auch Badeinrichtungen führen, schöne Waschbecken haben, jedoch größer als das Eure! ..."

„Herzlieber mein!

... Stachelbeergelee habe ich auch gemacht, und zwar gemischt mit Johannisbeeren. Es sieht wundervoll aus und schmeckt auch sehr gut. Himbeeren möchte ich in diesem Jahr eigentlich keine verarbeiten, wir haben doch jetzt so viele andere Beeren, und Himbeeren sind gerade besonders teuer. Das Pfund kostet auf dem Großmarkt 40 bis 50 Pfennig. Eindünsten werde ich Bohnen, Pfirsiche und Pflaumen, diese als Kompott. Hast Du noch besondere Wünsche, Liebster?

Das Friedericusbild habe ich rahmen lassen, es ist fertig. Das Hitlerbild wollen wir weglassen, Meinili. Wo wolltest Du es übrigens hinhängen, ich weiß schon für das Fridericusbild keinen Platz. Du darfst nicht an Deine Karlsruher Wohnung denken, Lieber, wir hängen nur ganz wenige Bilder auf ...

... Den von Dir ausgesuchten Radioapparat habe ich mir gestern angesehen, ich habe erschreckt wahrgenommen, was für ein Ungetüm das ist, fast so groß wie ein Kleiderschrank! ..."

„Liebste Glücksmeine!

... Ich komme nochmals auf das Hitlerbild zurück, ich möchte es eigentlich lieber noch als den Fridericus!

So, mein Frauli, ich bin nochmals wegen der Wohnung bei dem Besitzer gewesen: Nach insgesamt zehntägigem Kampf ist es jetzt gelungen. Für 85 Mark habe ich die Wohnung bekommen. Der Mietvertrag wird in den nächsten Tagen unterzeichnet.

Auch ein möbliertes Zimmer ist uns so gut wie sicher! Es liegt nicht weit von der Wohnung entfernt, Ecke Damaschke- und Blücherstraße, kostet 35 Mark, mit Küchenbenutzung für Frühstück und Abendessen 40, mit komplettem Frühstück 55. Außerdem können wir Garten, Veranda, Balkon und auch ein Esszimmer mit benutzen. Ich werde wahrscheinlich schon zum August dorthin umziehen.

Du kannst nun alles einkaufen, also Gardinen und Tapeten. Der jetzige Zustand der Wohnung ist so, dass das Schlafzimmer unbedingt tapeziert gehört. Im Esszimmer und Wohnzimmer sind die Wände nur gestrichen. Das ist hier in allen Neubauten so, wegen der Risse und des Trocknens der Wände. Das Wohnzimmer ist in meinem Lieblingsgrün gestrichen, jadegrün wie Dein Wintermantel, das Esszimmer in einem hellen Beigeton.

Bitte sende mir eine korrigierte Gesamtaufstellung unter Angabe der möglicherweise noch freien Beträge, damit ich einen guten Überblick habe ..."

„Du liebstes Frauli mein!

Hab Dank für Dein eiliges Kärtlein. Denk, das Herzkerlchen hat in seinem lieben Eifer sogar jede Briefmarke vergessen, und schon wieder hat es Nachporto gekostet! Aber ich hab die Liebste eigentlich arg lieb mit ihrem Leichtsinn. Und so etwas Feines und Frohmachendes ist es, sich die Liebste beim Einkochen vorzustellen. Bei den Bohnen sehr darauf achten, dass es eine gute Sorte ist und sorgfältig alle Fäden entfernen! Vorher probieren!

Ich bin ja so froh, dass Du Dich, wenn Du zu mir kommst, erst einmal ganze lange vier Wochen erholen kannst. Gar nichts darf die Liebste dann tun, nur ruhen und spazieren gehen, lesen oder handarbeiten. Denke daran, Dir dafür etwas einzupacken, und nimm Deine Beyer-Ullstein-Hefte alle mit zum Studieren ..."

„Liebste!

... Es ist jetzt doch nicht die Wohnung Ecke Damaschke- und Blücherstraße, in der wir möbliert vorübergehend wohnen, sondern weiter auf der Damaschkestraße, auf dem ‚Eisenberg', von dort ist es höchstens eine Viertelstunde bis in den Wald. Am 7. August ziehe ich dort ein. Im ersten Fall hätten wir ein Zimmer bekommen für 35/55 Mark für August und September, die Wirtin wäre eine Dame gewesen, und sicher hätten wir in mannigfaltiger Hinsicht diese und jene Rücksichtnahme üben müssen. Wo ich jetzt gemietet habe, sind einfache, aber recht ordentliche Leute, Nationalsozialisten, zwei sehr schöne Zimmer zu 32/45 Mark, also ein Zimmer mehr und weniger Miete. Frühstück, Licht, Bedienung und Bettwäsche sind inbegriffen und die Zimmer sogar noch netter möbliert...

... Heute morgen war ich zuerst wählen. Frauli, wie wohl dieser Schicksalstag ausgehen wird? Eben schlägt es fünf Uhr, die Zeit ist abgelaufen! O Frauli! ..."

„Mein Liebster!

... Die Postkarte, die Du mir geschickt hast, das ist ja eine herzige Aufnahme von Wernigerode, ich glaube, dass ich unser niedliches kleines betürmtes Rathaus bald sehr lieb haben werde ...

... Das Hitlerbild werde ich Dir besorgen ...

... Liebkerli, es ist ja wahr, die Wahlen haben nicht die endgültige Entscheidung gebracht, die man erwartet hat. Und doch sind sie ein Erfolg. Württemberg macht sich doch, seit der Landtagswahl 9000 Stimmen mehr! Will Meiner nochmals über die Schwaben schimpfen? Liebster, jetzt wird wohl wieder eine Warte- und Probezeit bis zur letzten Entscheidung kommen.

Gleich Anfang nächster Woche werde ich mich wegen Tapeten umsehen ..."

„Du meine Herzliebste!

... Denk Du mein Glück, nur noch drei Sonntäglein, dann werden Bub und Weiblein für immer, fürs ganze Leben zusammen und vereint sein und werden nie aufhören sich zu mögen und lieb zu haben und gut zueinander zu sein! … Meinste Du! …

Etwas Nettes will ich Dir noch erzählen: Als ich heute über den Marktplatz ging, hörte ich plötzlich bekannte Laute, eine Dame sagte: ‚dort nauf geht's'. Gleich darauf sah ich, dass vor dem Rathaus zwei große Mercedes-Omnibusse standen, Zeichen III D Heilbronn! Ich ging natürlich gleich hin zu der Gruppe, um möglichst noch viel zu hören von meines Fraulis Heimatlauten und hatte Glück! Eine Anzahl der wackeren Personen entfernte sich in Richtung Kurhaus, wo am Abend ein Theaterstück aufgeführt werden sollte. Eine der Zurückbleibenden rief den anderen nach: ‚Klatschet Sie au recht fescht!'

Ich habe mich ja so herzlich darüber gefreut! Herzliebste, nach dieser Wahl will ich nie wieder auf die Schwaben schimpfen.

Frauli, ab Sonntag wohne ich am Eisenberg! …"

„Du herzsüßes Frauli mein!

Sag, hast Du mir beim Einkochen auch genügend Zucker genommen? Drei Pfund auf fünf Pfund Erdbeeren ist der Vorschrift nach bestimmt zu wenig, denn diese schreibt, wie ich mit Sicherheit erinnere, gleiche Mengen vor.

Heute bin ich erst um halb neun nach Hause gekommen, weil Dr. Odenthal mich erst noch zum Kaffeetrinken nahm und dann noch bis viertel neun mit allen möglichen zukünftigen Problemen und Plänen daherkam …"

„Liebweiblein!

… zunächst will ich gleich auf die Gasherdfrage eingehen: Sind die Preise, die Du angegeben hast, schon Nettopreise, oder bekommen wir auf die 82 Mark von Nr. 634 bei Eisenfuchs noch 25 Prozent? Ich finde ja diesen Preis gegenüber 88 Mark für Nr. 644 unverhältnismäßig hoch, weil Letzterer doch die seitlichen Abstellplatten hat. Auf diese darfst Du keinesfalls verzichten, ebenso lege großen Wert auf die große Abdeckplatte. Wenn Du beispielsweise auf den Preis von 111,12 Mark für Nr. 4/3 noch 25 Prozent bekommst, gibt es gar keine Überlegung mehr, dann wird unbedingt dieser genommen!

Du siehst, Kleinfrauli, es wäre alles viel leichter und die ganze Rückfragerei unnötig, wenn Du sachlicher und klarer geschrieben hättest und meine Dir gesandte Aufstellung richtig gelesen und genau beantwortet hättest! Nun musst Du Dir die Mühe eben erneut machen, denn ich will erst genau Bescheid haben, wofür Du Dich entscheidest und welches die günstigsten Preise sind.

Kleinliebfrauli, ich bitte Dich, schaff mir nicht so viel! Es darf nicht sein, auf keinen Fall, dass ich eine abgeschaffte kleine Frau bekomme. Nein, ein frohes, süßes frisches Prachtweiblein will ich haben. Ganz glücklich und stark soll die Liebste mir sein, Du herrliche Liebste! ..."

„Liebfraulilein!

Eigentlich sollte ich Dir heute gar nicht schreiben, denn schon wieder habe ich mich vergeblich auf einen Brief vom Weiblein gefreut. Ich weiß gar nicht, was ich denken soll? So viel kannst Du doch nicht zu tun haben! Außerdem habe ich Dir doch viele Male ausdrücklich gesagt, dass Du alles in Ruhe und ohne jede Hetze erledigen sollst. Du hast doch statt einem Monat ganze zwei Monate Zeit. Wie kommt es nur, dass Du so oft trotzdem keine hast?

Traurig, aber lieb und innig küsst Dich Dein Bub ..."

„... Immerzu Tapeten kaufen und dem Bub so selten schreiben können! Geliebte Meine, wie kommt es nur, dass alles so viel Zeit braucht? Wie wäre es denn, wenn Du wenigstens für die Arbeiten, die noch vor Dir liegen, einen Stundenplan machtest, den Du dann so streng wie möglich einhältst. Ich glaube nämlich fast, dass Zeitmangel nur eine Frage der richtigen Einteilung ist und die Liebste sich eigentlich viel weniger abhetzen müsste und dürfte! Dann bliebe doch sogar für die Bubbrieflein noch Zeit? ...

... Fraulilein, zusammen mit den Tapeten schicke mir bitte einen Tietz-Block, verpacke ihn aber bitte so, dass kein Knick entstehen kann.

Hast Du den Läufer für den Korridor nicht irgendwo als Reststück im Ausverkauf bekommen können? Hier habe ich Derartiges, 80 x 250, für etwa sieben Mark gesehen?

Wegen des Gasherds, Herzilein, will ich Dir noch sagen, dass Du unbedingt die verchromte Ausführung nimmst, die nie geputzt werden muss!

Die Preise bitte ich Dich mir genauestens mitzuteilen, mit genauen Rabattsätzen. Das kannst Du mir ja zusammen mit dem Block und den Tapeten schicken ...

... Wir haben ja außer einem Wirtschaftskeller unten noch einen Raum, der Zentralheizung hat. Diesen will ich als Labor und als Photoarbeitsraum einrichten ...

... Und noch eine Frage: Da Du jetzt Apfelgelee gemacht hast, war es ja wohl nicht möglich, auch Quitten dazu zu nehmen? Gibt es schon welche? ..."

„Liebster mein!

... Meine Zeiteinteilung ist bereits sehr streng, und es liegt nicht am Weiblein, sondern an den anfallenden Arbeiten, dass es soviel zu tun gibt. Denke daran, ich mache die Vorhänge alle selbst, da sie zum Anfertigen 15 Mark gekostet hätten.

Dabei kostet ein Meter 10 Pfennig, Du kannst Dir also vorstellen, wie viel allein damit Dein Weiblein zu tun hat. Diese Arbeit ist nur ein kleiner Teil, es ist so umständlich, über alles zu berichten, und wie oft missverstehen wir uns noch dazu …

… Als Läufer will ich natürlich ein Reststück kaufen für ungefähr sechs bis zehn Mark, doch brauchen wir ja auch Badezimmervorlagen.

Meinili, ich bin ganz schrecklich traurig darüber, dass Du Deinen Schreibtisch in mein geliebtes luftiges Wohnzimmer nehmen willst. Dafür muss unbedingt ein anderer Platz gefunden werden! …

… Ist die Sorge um Odenthal begründet? Dein Vater hat mir in einem Brief solche Angst gemacht, er hat sich über Odenthal abschlägig geäußert …"

„Du Liebste, Du geliebte Meine!

Mach Dir keine Sorgen, wir haben bei Odenthal bestimmt keine kleinere Sicherheit als irgendwo anders! …

… Ganz mächtig freue ich mich auf die rezenten Gelees, die Du Liebe gemacht hast.

Und noch etwas, Du kleines Frauli, wenn Du es gar nicht willst, muss eben der Schreibtisch in das untere Laborzimmer. Dann wird halt der Bub öfters verschwinden und sein Weiblein oben allein lassen müssen. Was meinst Du dazu? …"

„Du Herzgeliebteste!

… Da infolge des schönen Wetters sehr viele Aufträge kommen, wird bestimmt wenigstens die ganze nächste Woche von 4 Uhr morgens bis 22 Uhr abends bei Odenthal gearbeitet werden. Das bringt natürlich für mich sehr viel Arbeit, sodass ich, auch wenn man sich mit den anderen Abteilungsleitern abwechselt, sicher täglich mit Pausen dazwischen zehn bis zwölf Stunden zu arbeiten habe. So gesehen ist es gut, dass die Liebste erst kommen wird, wenn dieser Ansturm, der für dieses Jahr wohl der letzte sein dürfte, vorüber ist …

… Gestern hatten mich Odenthals eingeladen, mit ihnen zusammen im Auto nach Ilsenburg zu einer Tagung zu fahren. Sie fand statt im Hotel ‚Zu den rothen Forellen'. Die Tagung wurde im Deutschland-Sender übertragen, vielleicht hattest Du ja den Sender eingestellt? …"

„Liebstmeiner! …am 3. September komme ich um 18.35 Uhr in Halberstadt an, und Du wirst zum ersten Mal seit langer Zeit wieder ein schwäbisches ‚Grüß Gott Bub' hören, wenn Du mich dort erwartest. Dann fahren wir zusammen 19.33 Uhr weiter nach Wernigerode! …"

„Süße Liebste!

Ein froher glücklicher Tag soll Dein letzter Sonntag in Stuttgart sein. An nichts anderes denke ich ja nur noch als an die glücklichen Tage und seligen Stunden, die uns unser innig und fest verbundenes gemeinsames neues Leben bringen wird. Ich will Dich ja immer und immer nur lieb haben. Alle Stunden Deines Lebens will ich Dir schön und froh gestalten, soweit es in meiner Kraft steht, Du mein Glück, Du mein Schatz, Du mein Edelstein! Denn ich liebe Dich immer und ewig! ..."

Luise schwirrten die Briefe im Kopf herum. Die bis ins letzte Detail ausgefeilte Lebensplanung überdauerte nicht einmal zwei Jahre.

Braunlage 2011

Von Thale aus brachen sie am nächsten Morgen auf zu einer Wanderung auf die Rosstrappe. Der Weg begann gleich hinter dem Haus. Anfangs trug Charlotte die kleine Emma in einem Tuch vor dem Bauch, später packte Anton seine kleine Maus, wie er Emma nannte, in die Kraxe auf seinem Rücken. Emma war meist fröhlich oder schlief, und Charlotte stillte sie, wenn sie ungnädig ihren Hunger hörbar werden ließ.

Luise ließ sich vom Zauber der Landschaft einfangen, von Felsen und Wald, und dachte an ihre Eltern, wie sie in dieser von Wäldern beherrschten Gegend auf ihren Streifzügen Pilze und Beeren gesucht hatten. Und wie diese Ausflüge Zeit für Gespräche voller Schicksalsschwere erzwangen. „Bekommt sie ein Kind?" „Sie hat es still hingenommen." So etwa hatte es doch in dem Brief Georgs an Erika gestanden, den Sabine als Kopie geschickt hatte.

Pilze gab es welche, auch viele Fliegenpilze, aber Beeren fanden sie keine auf ihrem Weg, deren Zeit war im Oktober vorbei. In der Nacht hatte es leicht geregnet, die Feuchte brachte die Farben der Herbstblätter zum Leuchten.

Als sie am Hexentanzplatz angekommen waren, schien Emma die Hexen zu spüren, auch wenn gar keine sichtbar waren. Ihre Abwehr, laut und deutlich, galt vielleicht auch nur den vielen anderen Ausflüglern an diesem Ort. Vorbei an Verkaufsbuden mit Hexenschnickschnack und Würstchenständen traten sie den Heimweg an. Emma schloss erschöpft bald die Augen und ließ sich auf Antons Rücken ruhig schlafend zurück ins Bodetal tragen.

Am nächsten Tag stand bereits der Abschied bevor, nach dem Frühstück brachen Anton und Charlotte mit Emma nach Berlin auf. Das schöne Herbstwetter war zu Ende, es nieselte leicht.

Bernhard und Luise wollten wie geplant über Braunlage nach Stuttgart fahren. Die Strecke führte sie über den Ort Elend, kurz nach diesem begann damals die russische Zone und später die DDR. Ein Schild am Straßenrand erinnerte vor dem Ortseingang von Braunlage an diese Grenze und das gespaltene Deutschland. Was hatten Feldts damals für ein Glück gehabt, in Braunlage haarscharf nicht unter russische Besatzung geraten zu sein. Die Monate der Inhaftierung Georgs unter den Engländern schienen dagegen verschmerzbar.

Zielstrebig, geführt durch Bernhards Smartphone, das als Navigationsgerät diente, suchten sie das Haus am Waldweg, wo Feldts gewohnt hatten. Viele der Häuser gaben sich mit Hinweistafeln als Ferienpensionen zu erkennen, auch im Waldweg reihte sich Gastwohnung an Gastwohnung. Auch das Haus Nummer drei schien ein Gästehaus zu sein.

Luise hatte ein Foto eingesteckt, sieben auf sieben Zentimeter groß, mit weißem Zackenrand, es zeigte die Eltern Feldt, Regina und den Kinderwagen mit Luise, vor dem Haus. Es war im Winter aufgenommen worden, neben Regina stand ein riesiger Schneemann. Von Regina wusste sie, dass hinter dem Haus ein Abhang begann, wo man im Winter Schlitten fahren konnte.

Luise verglich das Haus auf dem Foto mit dem Haus Waldweg Nummer drei. Es gab keinen Zweifel, dunkelbraunes Holz verkleidete wie damals die Hauswände, weiß gestrichene Fensterrahmen bemühten sich um Freundlichkeit. Die Fenster wirkten ein bisschen wie Löcher, denn sie hatten keine durch viele kleine Scheiben heimelig unterteilte Fensterflügel mehr. Aber es war unverkennbar das Haus.

Seitlich am Haus war eine Veranda angebaut, dort schien auch der Hauseingang zu liegen. Das war also das Haus Niedersachsen.

Das Dach lief steil und spitz zu, mit dem Dachstock zählte Luise vier Stockwerke. Das Haus lag dicht an der Straße, die kurz danach in einen Weg mündete und unmittelbar in den beginnenden Wald führte. Bernhard fotografierte das Haus mit seinem Handy und machte auch noch eine Aufnahme vom nahen Wald.

Es hatte stärker zu regnen begonnen. Luise konnte Bernhard nicht überreden, noch ein paar Schritte in den Wald zu gehen. Er wollte weiterfahren, bis Stuttgart lagen noch einige Stunden Fahrt vor ihnen.

Die Idee, an der Haustür zu klingeln, um das Innere des Hauses sehen zu können, fand bei Bernhard auch keine Gnade. Luise gab auf und stieg seufzend zu ihm ins Auto.

Sie warf noch einen letzten Blick auf das Haus. Hierher war ihre Familie im Februar 1945 geflüchtet, hier hatte ihr Leben begonnen und Magdalene gehofft, dass Erika weit weg und Vergangenheit sei. Hier hatte sich die bitterste Tragödie ihrer Eltern ereignet.

Sie fuhren zurück ins Ortsinnere und setzten sich in ein Café. Eine letzte Verschnaufpause vor der Heimfahrt wollten sie noch einschieben. Als die Bedienung den ausgewählten Kuchen und die Kaffeetassen brachte, fragte Luise sie, ob es in Braunlage ein Krankenhaus gäbe.

Nachdem das Missverständnis aufgeklärt war, dass weder Luise noch Bernhard akut erkrankt seien, sondern nach dem Geburtshaus von Luise fragten, erfuhren sie, es hätte am Jermerstein ein Krankenhaus gegeben, dort sei aber inzwischen die Fach- und Führungsakademie einer Krankenkasse untergebracht.

Magdalene hatte immer wieder erzählt, wie sie, ausgestattet mit einem Passierschein der Engländer, einst in der Nacht von Luises Geburt, von Wehen getrieben, in Begleitung von Georg zu Fuß den Weg hinunter zur Klinik gegangen war. Daher musste das Krankenhaus ganz in der Nähe des Waldwegs gelegen haben. Die Bedienung bestätigte das.

Bernhard drängte zur Heimfahrt, aber Luise wollte noch kurz den Friedhof aufsuchen, auch wenn sich Georgs Grab dort nicht mehr befand. Die Grabstelle und den Stein gab es ja nicht mehr. Doch Georgs Knochen lagen noch irgendwo in diesem Gelände, denn Totengebeine werden aus Friedhöfen nicht entfernt, auch wenn die Gräber den Besitzer wechselten, verbleiben sie in der Erde.

Sie betraten den parkartigen Friedhof und suchten nach einer großen quadratischen, nicht belegten Stelle. Luise hatte das Foto vor Augen, das Sabine geschickt hatte, das Foto, das sie und ihre Mutter damals beim Besuch auf dem Friedhof aufgenommen hatten. Im Regen gingen sie einige Wege ab, entdeckten aber keinen infrage kommenden Platz. Der Friedhof war zu groß, und zum Nachfragen bei der Verwaltung reichte die Zeit nicht. Vielleicht war die Fläche auch inzwischen wieder neu vergeben worden. Luise fühlte dennoch Georgs Geist an diesem Ort.

Ich bin dir auf der Spur, Georg, dachte sie.

Bernhard mahnte zum Aufbruch und sie fuhren ohne weitere Unterbrechungen nach Stuttgart.

Zu Hause druckte Bernhard seine Fotos aus. Das Haus wirkte unwirtlich im grauen Regenwetter, der Weg zum Wald traurig und abweisend. Braunlage hatte sich nicht in sonniger Erinnerung eingeprägt.

Ein am Haus angebrachtes Schild hatte Ferienwohnungen angeboten. Luise machte sich im Internet auf die Suche nach Haus Niedersachsen, Braunlage. Voll Überraschung traf sie auf eine Anzeige, die alte historische Postkarten mit diesem Motiv anbot. Sie rief den Link auf und erblickte erstaunt eine detailgetreue Aufnahme des Hauses. Die Postkarte warb mit einer Aufschrift auf der Vorderseite für einen Erholungsurlaub im heilklimatischen Kurort Braunlage im Oberharz, im Haus Niedersachsen. Die Rückseite der Karte war auch abgebildet. Rechts abgeteilt war ein Adressfeld zum Verschicken der Karte angelegt, als „Drucksache“ gekennzeichnet. Auf dem linken Teil warb die Besitzerin der Pension um Gäste:

„Lage:
Die neu und gediegen eingerichtete Erholungsstätte (Eröffnet 1.8.1936) liegt 120 m vom Tannenhochwald, abseits vom Autoverkehr, völlig ruhig und staubfrei; 200 m von der Autobus-Haltestelle.
Prachtvolle, geschützte Südlage im neuen Villenviertel am Abhang des ‚Jermerstein‘. Aus allen Räumen unvergleichlich schöner Fernblick auf den ganzen Kurort und die umliegende Bergwaldlandschaft.
Ausstattung:
Sonnig-behagliche Zimmer (meist 1 Bett) mit allen Bequemlichkeiten; Zentralheizung – fl. k. u. w. Wasser – Bäder – Einbauschränke – Schlaraffia-Matratzen – Rufanlage.
Schließbare Veranden bzw. geschützte Balkone, Liegewiese u. Garten – Anheimelnder Speiseraum mit großer Veranda und anschl. Gemeinsamem Wohnzimmer – Heizbare Garage.
Verpflegung:
Gute, reichliche Beköstigung – Jede Diät – Volle Pension von RM 4.50 bis RM 7.50. Verbilligter Pauschal-Aufenthalt. Ganzjährig geöffnet.
Mit Deutschem Gruß!“

Die Werbepostkarte versprach himmlische Wohlfühltage. In diesem Anwesen hatte Luise also ihre ersten Lebensmonate verbracht, jedoch nicht unter den angepriesenen paradiesischen Bedingungen.

Luise schaltete den Computer aus und löste sich aus ihren Gedanken. Eigentlich war sie froh, dass ihr Kurzurlaub vorbei war und sie am nächsten Tag wieder in der Apotheke erwartet wurde.

Der Herbst hatte sich eingestellt. In Luises Garten herrschte eine schmucklose Ruhe. Die vielen Stauden, die mannshoch mit ihrer Blütenpracht den Rasen umrankt hatten, waren bis auf ein paar braune Stängelreste abgeschnitten, die Büsche längs des Zauns ragten kahl, alle Sicht freigebend, aus der Erde. Nur noch ein paar kleine rote Rosenblüten saßen auf Dornenzweigen, blattlos ohne Grün. Im Garten war alles getan.

Drei Wochen Lesepause hatte Luise sich gegönnt, hatte versucht, sich mit Gartenarbeit abzulenken von diesen Toten, die in ihr Luisenleben plötzlich eingewebt waren, die Wahrnehmung, Verständnis oder ein Urteil zu fordern schienen.

Sabine hatte alles ins Rollen gebracht mit ihrem Friedhofszettel und die Tür zu einer Vergangenheit aufgestoßen, die Luise nicht mehr losließ. Magdalene hatte die Spuren entfernt, die auf ihr eigenes Leid hingewiesen hätten. Das jetzt aufgetauchte Wissen war erst der Anfang, was würden die Briefe noch alles preisgeben?

Denn es gab dunkle Geheimnisse in Georgs Familie. Würde Luise die Rätsel lösen können, die Schleier wegreißen, die über Georgs Geschwister Christian und Ilse und seine Mutter Herta ausgebreitet waren?

Luise blickte auf den Koffer mit der Schreibmaschine, den sie aus Magdalenes Keller zu sich geholt hatte. Diese Maschine, die Begleiterin der Gedanken in den auf ihr geschriebenen Briefen, wusste Bescheid, falls Maschinen dazu fähig sein sollten. Luise öffnete den Koffer, betrachtete die Buchstabentasten mit ihren silbernen Rändern und fühlte, dass ein Impuls sie zum Regal trieb, wo sie die Ordner aus Magdalenes Keller aufgestellt hatte. Neben dem Ordner mit den Wernigerode-Briefen stand der Ordner „Bruno", gefüllt mit Briefen von und an Bruno, der eigentlich Konrad hieß, dem jüngsten Bruder ihres Vaters.

Sie nahm den Ordner aus dem Regal und vertiefte sich in einen Bruno, wie sie ihn noch nicht kannte.

Die Schreibmaschine ließ sie offen stehen und fühlte sich von ihr seltsam vertraut begleitet.

Bruno

Zu Bruno hatte Luise ein ganz besonderes Verhältnis, er war einst von ihren Eltern als ihr Taufpate ausgesucht worden. Fragen hatten sie ihn nicht können, ob ihm das auch recht wäre, denn nach dem Ende des Kriegs war er verschollen. Durch das ihm zugedachte Patenamt wollten sie ihn in ihre Gedanken einbinden, seiner Rückkehr gewiss.

Bruno wurde 1920 geboren. Ihm sollte vergönnt sein, als jüngstes der Feldt-Geschwister das höchste Lebensalter zu erreichen. Georg war bei Brunos Geburt dreizehn, Hartmut zehn, Christian acht und Ilse sieben Jahre alt, die Eltern Friedrich 48 und Herta 35.

Brunos Augen waren dunkelbraun, fast schwarz, so auch seine Haare. Damit unterschied er sich sichtbar von seinen blonden, blauäugigen Geschwistern. Eigentlich war sein richtiger Name Konrad. Seine Geschwister nannten ihn „Brauno" wegen seiner leicht bräunlichen Hautfarbe. Daraus wurde bald „Bruno", was sich besser aussprechen ließ.

Friedrich und Herta bestaunten das fremdländisch aussehende Baby ratlos nach der Geburt, blickten sich gegenseitig in die blauen Augen, waren sich aber bald einig, dass die venezolanische Urgroßmutter Friedrichs, Maria del Pilar

Aranjo, für das abweichende Aussehen Brunos verantwortlich gemacht werden konnte.

Wenn Luise an ihren Onkel Bruno dachte, spürte sie seine schwarzen Augen, die wie Pfeile aus seinem geheimnisvoll lächelnden Gesicht auf sie zielten und sie in schmerzliches Erröten zwangen. Sie sah den schlanken, nicht besonders großen Mann vor sich, stets gut angezogen, das glänzende schwarze Haar links gescheitelt, mit Tolle nach rechts. Ihr Patenonkel, der eigentlich erst merkbar in ihr Leben trat, als sie siebzehn Jahre alt war.

Die von Magdalene gesammelten Briefe Brunos begannen im Jahr 1935.

Herta hatte Friedrich 1935 verlassen und war nach Hamburg geflüchtet. Georg lebte mit seiner Familie in Berlin, Christian war tot und Ilse bewohnte in Großröhrsdorf ein Zimmer im Schwesternheim der Klinik, wo sie zur Krankenschwester ausgebildet wurde. Sie kam nur selten nach Hause, auch an vielen Wochenenden hatte sie Dienst.

Bruno und sein Vater wohnten in Dresden in der Wiener Straße, die südlich des Großen Gartens parallel zur Tiergartenstraße verlief. Die Voßstraße, wo sie zuvor herrschaftlich gewohnt hatten, war nur etwa hundert Meter entfernt.

Bruno hatte sich entschlossen, bei seinem Vater zu bleiben und nicht mit seiner Mutter Herta nach Hamburg zu ziehen. Schließlich ging er ja in Dresden noch zur Schule, er besuchte wie seine Brüder das König-Georg-Gymnasium. Dass er dort nicht so erfolgreich vorankam wie einst Georg und Hartmut, machte ihm weniger zu schaffen als seinen großen Brüdern. Die schalteten sich eifrig in Brunos Erziehung ein. Denn Friedrich arbeitete ständig an neuen Geschäftsideen, wie er irgendwie zu Geld zu kommen konnte und war mit der Betreuung seines Jüngsten überfordert.

Allen brüderlichen Ermahnungen zum Trotz endete die Zeit im Gymnasium für Bruno abrupt wegen mangelhafter Leistungen. Er wurde nicht versetzt. Die Aufnahme in eine Handelsschule bot sich als letzte Chance. Zwar musste er dort ein Schuljahr zurück, in die Untertertia, doch nach drei Jahren, mit achtzehn, sollte er das „Einjährige" abschließen können. Das Schulgeld wollten Georg und Hartmut übernehmen, da Friedrich dazu meist nicht in der Lage war. Nach dem Konkurs seiner Fabrik für Photopapiere und dem damit verbundenen finanziellen Absturz fühlte sich Friedrich Feldt zwar immer noch im Herzen als Firmenchef und Respektsperson, musste aber mangels regelmäßiger Einkünfte zeitweise von der Fürsorge leben.

Brunos reger Schriftverkehr mit seinen älteren Brüdern drehte sich daher inhaltlich überwiegend um Geld. Seine Phantasie im Erfinden finanzieller Notwendigkeiten war dabei grenzenlos.

Georg, als ältester Bruder, fühlte sich ihm in besonderer Weise verpflichtet. Hartmut kümmerte sich dafür um Herta, die völlig mittellos war. Sie wohnte in Hamburg mit ihm zusammen. Hartmut zahlte die Miete, und Georg steuerte von seinem knappen Gehalt eine regelmäßige Summe bei. Friedrich konnte oder wollte sich nur gelegentlich am Unterhalt für seine Frau beteiligen.

Die Rolle als Konrads Ersatz-Erziehungsberechtigter nahm Georg gewissenhaft wahr, im April 1935 schrieb er an Bruno:

„14. April 1935

Lieber Konrad:

Ja sagen zum Leben, wie es ist!

Stets anständig bleiben!

Verantwortung nicht scheuen, sondern bewusst auf sich nehmen!

Und nie müde werden, an sich zu arbeiten und Rechenschaft über sich abzulegen!

Das sind die Wünsche an Dich, mein kleiner großer Bruder!

Hartmut und ich wollen Dir den Besuch der Handelsschule ermöglichen. Beweise es durch die Tat, dass Du ein ganzer Kerl bist! Beweise, dass Du aus dem bösen Misserfolg am KGG etwas gelernt hast. Ich glaube an Dich, Deinen Ernst und Deinen guten Willen, und ich vertraue Dir, dass Du es schaffen wirst."

Bruno schrieb zurück:

„20. Mai 1935

Meine lieben Brüder!

Heute war ich mit Vater auf der Dresdner Kaufmannschaft um herauszufinden, ob ich noch in diese Schule kommen kann. Vater sprach mit dem Direktor, der alles tun will, mich in eine der schon fast überfüllten Klassen hineinzubringen. Ich habe von Eurem hochherzigen Entschluss gehört. Ich will mich bemühen, den Anforderungen gerecht zu werden. Denn vielleicht kriege ich dann in einem halben Jahr eine Teil-Freistelle. Doch nun kommt erst einmal das Schulgeld. Dieses beträgt monatlich nicht 15.-, sondern 20.- Mark. Es hängt nun alles von Eurer Entscheidung ab.

Euer Bruder Konrad"

Darunter hatte Friedrich geschrieben: „Wenn die M. 20.- nicht zusammengebracht werden durch Euch (falls Konrad den Platz in der Untertertia erhält), wird Konrad sich wohl so durchs Leben schlagen müssen. Und die Teil-Freistelle, über die ich mit dem Direktor gesprochen habe, käme erst nach einem halben Jahr und nur bei guter Bewährung Konrads in Erwägung."

Konrad wurde in die Schule aufgenommen.

Georg wollte den Erfolg absichern und erteilte Konrad ausführliche Verhaltensregeln:

„2. Juni 1935

Lieber Bruder Konrad!

Davon ausgehend, dass Du in der Schule unter allen Umständen ein absolut einwandfreies Ergebnis erreichen musst, sage ich Dir, dass Du ganz streng darauf zu achten hast, ein unbedingt geregeltes Leben zu führen. Du kannst Dir ein nicht völlig erstklassiges Schulergebnis einfach nicht leisten, außerdem hast Du in Deinem Sportverein auch noch eine Reihe von Pflichten. Folgende vier Punkte sind daher für Dich selbstverständlich:

1.) Der Wecker wird wochentags auf 5 Uhr 55 gestellt. Nach fünfminütigem Besinnen stehst Du um Punkt sechs Uhr auf. Du hast dann eine halbe Stunde Zeit, Dich zu waschen und anzuziehen, sowie eine halbe Stunde für ein ruhiges Frühstück. So kannst Du nach dem Tellerwegräumen, Händewaschen und Mantelanziehen spätestens um 7.05 Uhr aus dem Haus und bist um 7.25 Uhr in Deiner Klasse.

Sonntags kannst Du bis halb neun schlafen und musst spätestens um neun Uhr aufstehen.

2.) Nach der Schule und nach dem Essen in der Großen Wirtschaft kommst Du zwischen zwei und halb drei Uhr nach Hause.

Dann hast Du das Recht, Dich ein halbe Stunde aufs Bett zu legen und Dich auszuruhen.Du hast somit regelmäßig täglich ein bis zwei Stunden für Deine Hausaufgaben zur Verfügung.

An den zwei Trainingsnachmittagen erledigst Du die Hausaufgaben nach dem Sport.

3.) Die Rückkehr vom Sportplatz oder von sonstigen Ausgängen hat spätestens bis dreiviertel acht Uhr abends zu erfolgen.

Als Gebot gilt, dass Du niemals später als ¼ 9 Uhr abends nach Hause kommst. Die letzte halbe Stunde am Tag musst Du für ‚hausfrauliche Tätigkeit' verwenden, also Dein Zimmer aufräumen, die von Dir verursachte Unordnung wegräumen, Dein Essgeschirr aufwaschen, Bettrichten, tägliches Kehren Deines Zimmers, alle zwei bis drei Tage feucht auswischen u.s.w.

4.) Diese letztgenannten Dinge bilden in ihrer Gesamtheit zugleich den vierten Hauptpunkt: O R D N U NG.

Von mir aus füge ich noch hinzu, dass es ein weiteres Erfordernis ist, dass Du Dich zu einem bescheideneren und weniger überheblichen Ton zwingen musst. Papa hat mir versichert, dass ein ruhiges Zusammenleben in jeder Hinsicht möglich sein wird, wenn Du diese vier Punkte immer gut einhältst.

Du wirst sicher manche Ungerechtigkeit schlucken und wirst oft die Zähne zusammenbeißen müssen. Aber ich denke, dass diese Jahre der Beherrschung Dich charakterlich stählen und härter werden lassen.

Ich lege Dir heute noch einen Scheck über 5.- RM bei. Er ist für Deine dringendsten Schulbuchsorgen bestimmt. Gib ihn Papa und lasse Dir Geld dafür geben.

Dein Bruder Georg"

Bruno und Friedrich gingen sich nach Möglichkeit aus dem Weg. Bruno war Mitglied im ASV, dem Arbeitersportverein, die Nachmittage mit Sport, Bewegung und Kameradschaft ermöglichten ihm wenigstens stundenweise die Flucht aus dem Schuldrill. Seine Leistungen in der Schule waren ordentlich, aber zur teilweisen Befreiung vom Schulgeld reichte es noch nicht.

1936 trat Bruno in die Hitlerjugend ein. Georg zeigte sich erfreut darüber. Ein Problem war jedoch die Finanzierung der Ausrüstung. Friedrichs Schwester Lotte war als Tante für Geldangelegenheiten immer gut, sie war mit dem Präsidenten des Oberverwaltungsgerichts in Dresden verheiratet, kinderlos und ziemlich wohlhabend. Bruno hatte großes Geschick im freundlich charmanten Betteln, in vielen Fällen steckte ihm Tante Lotte das Gewünschte zu. So hatte sie zugesagt, einen großen Teil der Ausrüstung zu finanzieren. Hartmut und Georg sollten die Schuhe bezahlen, was diese aber ablehnten. Sie wollten zwar auch einen Beitrag stiften, vielleicht ausreichend für ein Braunhemd mit Kragen, dazu noch Koppel, Schulterriemen und Armbinde. Bruno müsste dann noch ein Koppelschloss kaufen, einen Mantel, die Schuhe, die lange und die kurze Hose und noch weitere Gegenstände. Hierzu würde er bei Tante Lotte vorsprechen.

Georg bemühte sich inzwischen bei der Ahnensuche und schickte Bruno Urkunden, die seine Abstammung in direkter Linie bis zu den Großeltern belegten. Er schickte Bruno zum Geburtstag etwas Geld und ein Koppelschloss.

Bruno schreibt am 9. März 1936 an Georg:

„Lieber Georg, liebe Magdalene!

Ich habe, da ich nun in der HJ bin, sehr viel zu tun. Jetzt wird mein ganzes Ich auch hier verlangt.

Das Koppelzeug kann ich leider nicht verwenden, weil das letzte Loch mir zu weit ist. Ich denke, dass es auch mit einem HJ-Mantel im nächsten Winter noch zu weit ist. Außerdem ist es ein SA- Koppelschloss, und zum dritten habe ich bereits ein anderes gekauft. Ich werde es aber trotzdem behalten, vielleicht kann ich es gegen etwas anderes eintauschen. Das Geld, das Ihr mir geschickt habt, darf ich nicht für die Dinge verwenden, die mir wichtig sind. Man verwehrte mir jegliche Anschaffung von anderen Sachen (Binde, Halstuch, Mütze etc.), wofür Ihr es doch bestimmt hattet. Ich musste es Tante Lotte zur Tilgung des Stiefelbeitrages hingeben, den sie mir vorfinanziert hatte.

Die fehlenden Teile habe ich glücklicherweise zum größten Teil zwar nicht ganz neu, aber in gutem Zustand beschafft:

Halsknoten, Halstuch, Armbinden, Mütze, Knöpfe und Gebietsdreieck. Eine Sommerhose in gutem Zustand kann ich für zwei Mark bekommen (Neupreis 4.50). Ich würde sie gerne kaufen. Tante Lotte kann mir nicht mehr geben. Sie wollte sogar um jeden Preis ihr Versprechen rückgängig machen, indem sie sagte, ich könnte doch durch die Nationalsozialistische Volkswohlfahrt NSV etwas bekommen. Doch angesichts meines in Fransen gehenden Jacketts hatte sie eine menschliche Rührung, nämlich mir ein neues zu kaufen. Es ist schon niederdrückend, wenn mir immer wieder unter die Nase gerieben wird, dass mein Vater ein armer Bettler ist und ich mit.

Lieber Georg, ich brauche keinen Ahnennachweis in Deinem Sinne. Deine Unterlagen schicke ich Dir daher wieder zurück. Ich muss nur eine Art Gesundheitspass abgeben mit Daten von den Vorfahren, bis zu den Urgroßeltern.

Ilse braucht übrigens eine genaue Ahnentafel zur Prüfungszulassung. Sie hat nun einen fast lückenlosen Ahnenpass.

Mit vielen Grüßen bin ich Euer ‚Hitlerjunge Bruno'"

Herta schickte ihre Post von Bruno oft an Georg weiter:

„23. März 1936

Liebe gute Mama!

Mein diplomatisches, feines und gut formuliertes Gesuch wegen Osterfahrtbefreiung hat Erfolg gehabt. So habe ich volle drei Wochen Osterferien und kann Dich besuchen kommen. Die Großfahrt, die Pflicht ist, davon kann man sich nicht befreien lassen, ist vorverlegt worden. Du weißt sicher, dass jeder Hitlerjunge bis Ende 1936 eine Großfahrt mitgemacht haben muss, sonst fliegt er aus der HJ raus.

Die großen Ferien fangen am 9. Juli an und dauern bis zum 17. August. Die Großfahrt beginnt am 13.7. und dauert bis zum 24.7., sodass ich anschließend noch reichlich drei Wochen Ferien habe.

Wie die Großfahrt finanziert werden soll, weiß ich noch nicht. Sie geht an die Ostsee, dauert vierzehn Tage und kostet 30 Mark. Es gibt jetzt schon Sparkarten. Ob bei meinem ausgeprägten Sparsinn da allerdings viel zusammenkommt, weiß ich nicht. Ich denke, Tante Lotte würde sicher 10 RM dafür geben.

Bei der HJ habe ich einen sehr netten Kameradschafts- und Scharführer. Und auch der Gefolgschaftsführer, der mir mein Gesuch genehmigt hat, ist sehr nett. In der HJ gefällt es mir ausgezeichnet. Sobald ich meine Uniform anziehe, fühle ich mich ganz anders, und ich tue mit Begeisterung meinen Dienst. Meine ganze frühere Einstellung ist geschmolzen wie Schnee an der Sonne. Sie entsprang falschen eingeredeten Vorstellungen, allerdings auch früher bestehenden Übelständen. Das ist jetzt aber alles ganz anders, und immer muss man doch das Hohe und Edle, das Ideal als Maßstab nehmen. Und das ist so dringend nötig! Bei uns fliegen dauernd welche wegen saumieser Diensthaltung und Lauheit raus.

Am Sonnabend war Göring in Dresden. Wir hatten von sechs bis zwölf Uhr Dienst. Mit Fackeln bildeten wir Spalier. Ich habe ihn leider nur ganz flüchtig gesehen. Aber Ihr Glücklichen hattet doch das Schwein, Hitler bei Euch zu haben! Es muss doch erhebend gewesen sein. Habt Ihr ihn gesehen, oder trittst Du Mama auch in Hartmuts laue Ansichtsbahnen?

Wenn ich Euch demnächst besuche, bringe ich meine Uniform nicht mit. Ich will mich aber vorher noch einmal in Uniform fotografieren lassen, damit Ihr wenigstens wisst und seht, wie gut ich darin aussehe. Ich gehe dazu ins Fotomaton. Meine Breecheshose und die Stiefel werde ich wahrscheinlich anziehen.

Am Sonntag bevor ich zu Euch komme, bin ich in Berlin bei Georg, Magdalene und Reginchen. Am Montag fahre ich dann zu Euch nach Hamburg weiter.

Ist es nicht sehr nett von meinem Gefolgschaftsführer, dass er mich zwei Tage vom doch so wichtigen Wahleinsatz befreit hat, dass ich bald zu Euch fahren darf. Die anderen müssen nämlich drei volle Tage strammen Dienst machen. Einen Tag lang habe ich auch Dienst.

Von Ilse gibt es Erfreuliches zu berichten. Sie war zwar kurze Zeit krank, der Verdacht auf Scharlach hat sich aber nicht bestätigt. So konnte sie rechtzeitig zu ihren Prüfungen antreten. Sie hat mit II bestanden. Insgesamt gab es viele Dreien. Die 30 Mark Prüfungsgebühren sind ihr vom Staat erlassen worden. Das fehlende Lehrgeld zahlt sie zurück, indem sie vierzehn Tage umsonst Dienst tut. Gleich nach der Prüfung hatte sie wieder sechs Tage Nachtwache. Am Freitag ist sie dann fertig. Sie hat sich schon auf viele Stellenangebote beworben. Sie wird doch sicher etwas Passendes finden, sei nur beruhigt, Mama.

Bitte schicke mir das Hinfahrtgeld, vielleicht 10.-."

Bruno war ständig knapp bei Kasse. Sein Vater Friedrich kam als Geldgeber nicht in Betracht, Tante Lotte wurde mit wechselndem Erfolg regelmäßig angepumpt, und für die beiden Brüder Georg und Hartmut ersann Bruno mancherlei dringend notwendige Anschaffungen, für die unbedingt ein Geldbetrag locker gemacht werden musste.

Nachdem er in die Handelsschule aufgenommen worden war, schickte er Georg die Bitte, ihn bei der Anschaffung seiner Schulbücher zu unterstützen. Mit einer von Bruno ungefähr genannten Summe war Georg nicht einverstanden, er verlangte eine ausführliche Rechnung und forderte Bruno außerdem auf, sich die benötigten Bücher doch über die Hilfsbücherei zu besorgen.

Bruno schrieb zurück:

„Dresden, 11. Mai 1936

Lieber Bruder!

Entschuldige bitte, dass meine Angaben zu den Büchern so ungenau waren. Deine Einwendungen sind berechtigt. Dass ich die Bücher aus der Hilfsbücherei bekommen könnte, habe ich natürlich versucht. Dies ist aber deshalb nicht möglich, weil in diesem Jahr eine ganze Reihe Bücher neu herausgekommen sind. Das heißt, dass sich der Lehrplan unserer Schule im Sinne des Nationalsozialismus geändert hat. In Geschichte und Geographie kann ich die Bücher aus der Hilfsbücherei erhalten, für die anderen Fächer aber nicht! Von schlechtem Willen kann also keine Rede sein. In jedem Fall werde ich eine mögliche Unterstützung durch die Schule in Anspruch nehmen, das ist klar. An Hartmut habe ich mich auch gewandt, er schickte mir bereits 10.- Mark zur Tilgung einer Teilschuld."

Wunschgemäß erhielt Georg die geforderte Rechnung für Bücher im Wert von 8.32 Mark.

Dass sie von Brunos Freund Ulrich Baumgärtner stammte, das brauchte Georg natürlich nicht zu wissen.

„Dresden, 6. Juli 1936

Lieber Bruder Georg!

Morgen fangen nun meine Ferien an. Wie ich mich freue! Doch zuerst will ich Euch von Ilse berichten. Sie kam braungebrannt aus ihren Ferien bei Mama und Hartmut in Hamburg zurück, morgen bereits muss sie in Großröhrsdorf ihren schweren Dienst wieder verrichten. Dabei muss sie froh sein, dass sie dort bleiben konnte!

Ich kann Euch die erfreuliche Mitteilung machen, dass es mir gelungen ist, infolge meines Heuschnupfens ein Attest zur Befreiung von der Großfahrt zu erlangen. Ich freue mich darüber und werde von vielen aufrichtig beneidet, was bei dem jetzigen wirklich saumäßigen Betrieb auch ganz verständlich ist.

Kann ich ein paar Tage zu Euch nach Berlin kommen? Am 20. Juli fahre ich dann nach Hamburg weiter."

Die Begeisterung für die HJ-Gruppe war bereits nach einem Vierteljahr erkennbar so gemildert, dass eine Großfahrt als Unternehmung, auch wenn sie Pflicht war, lieber mit List umgangen wurde. Wozu doch ein Heuschnupfen alles gut war.

Bruno begann seine Sommerferien wunschgemäß fröhlich mit einigen Tagen in Berlin bei Georg, Magdalene und Regina. Er verstand sich wunderbar mit seiner kleinen Nichte, führte sie begeistert im Kinderwagen spazieren und fühlte sich in der Onkelrolle äußerst wohl. „Wenn Regina einmal groß ist, werde ich sie ganz vornehm ausführen und stolz mit ihr angeben", stellte Bruno in Aussicht. Magdalenes Gastfreundschaft nahm er genießend hin, sich helfend einzubringen sah er wenig Anlass, schließlich hatte er ja Ferien. Georg war tagsüber im Amt, so dass Magdalene den lieben Besuch allein betreuen durfte. Als Bruno nach einer Woche nach Hamburg abreiste, war eigentlich nur Regina richtig traurig.

Das Geld für die Fahrkarte von Berlin nach Hamburg hatte ihm seine Mutter geschickt. Aber vielleicht konnte er es ja erst einmal mit seinem gebrauchten Billett Dresden-Berlin versuchen! Eine Fahrkarte konnte er ja immer noch lösen, wenn der Plan scheitern sollte.

Bis Hamburg verlief die Fahrt glatt. Als der Kontrolleur ins Abteil kam, machte er einen Strich hinten auf die Karte, er schaute sie gar nicht genau an. Eine weitere Kontrolle kam nicht. Spannend wurde es dann in Hamburg, doch auch die Sperrenkontrolle nahm ihm anstandslos die Karte ab. In dem großen Gedränge konnte sich Bruno erfolgreich durchschmuggeln. „Köpfchen statt Kohle" hatte sich erfolgreich gezeigt. Und 10 Mark gespart.

Hartmut und seine Freundin Gerda nahmen Bruno an einem Sonntag mit auf einen Ausflug nach Lüneburg. Sie fuhren mit Hartmuts kleinem Auto, einem Fiat 500, „Brötchen" genannt. Hartmut sollte alle seine Autos mit diesem Kosenamen belegen. Lüneburg gefiel Bruno ausnehmend gut, er bewunderte die alten Klinkerbauten, besonders den „Schütting", ein prächtiges Patrizierhaus. Das Sülfmeister-Denkmal davor prangte stolz auf einem großen Brunnen. Hartmut bot Bruno eine kleine Geschichtsstunde über die Stadt Lüneburg und den dort betriebenen Salzabbau. Der Sülfmeister war sozusagen der Chef der Saline und oft zugleich auch der Bürgermeister, erfuhr Bruno.

Sein ausführlicher Brief ließ Georg teilhaben an Brunos Hamburg-Ferien. Dazu gehörte auch der Bericht über den Ausflug am Sonntag danach:

„Hartmut und ich, ohne Gerda, fuhren mit dem Brötchen nach Ahrendsburg. Wir ließen es uns gut gehen und vergnügten uns im Schwimmbad Großensee. Auf der Rückfahrt durfte ich das Brötchen über lange Strecken lenken, mit 40 Stundenkilometern! Das war das schönste Ferienerlebnis in diesem Sommer!"

Während der Sommerferien starb der Direktor der Handelsschule. Da hauptsächlich er dafür verantwortlich war, dass Bruno eine Freistelle an der Schule bekommen könnte und bisher noch keine Entscheidung darüber gefallen war, sah es gar nicht gut aus für Brunos Befreiung vom Schulgeld. In Erwartung der Freistelle hatten die großen Brüder das Schulgeld nicht beglichen, so hatte sich seit April ein immer höherer Betrag angesammelt. Bruno schlug seinen Brüdern vor, das Schulgeld doch zu bezahlen, bei erfolgter Befreiung würden sie alles wieder zurückerhalten, da die Freistelle rückwirkend eingerichtet würde.

Da gute Schulleistungen für den Schulgelderlass verlangt wurden, musste Bruno viel mehr für die Schule arbeiten, als ihm lieb war, dazu kamen noch die Pflichten bei der HJ.

Zudem litt er unter immer wiederkehrenden Erkältungen, mit deren ausführlichen Beschreibungen er seine Briefe füllte. Tante Lotte schickte ihn zu ihrem Hausarzt, der als Kurarzt im Dresdner Kurbad Weißer Hirsch praktizierte. Er diagnostizierte bei Bruno einen chronischen Nasen-Rachenkatarrh, der sich im Frühjahr besonders schlimm als Heuschnupfen zeigt. Bruno bekam Calciumpräparate verschrieben, Calcium Resorpta und Calcium lacticum, die auch seinen Zähnen nützen sollten. Die waren nämlich in ständiger Behandlung, bei Hartmuts Schulfreund Ralf Ritter.

Hartmut hatte Ralf vor Jahren ein Darlehen gegeben, als dieser seine Zahnarztpraxis einrichtete. Mit Bruno als Patient stotterte er die Rückzahlungen an Hartmut ab.

Bei der HJ wollte man Bruno die Erkältung nicht glauben. Der Kurarzt hatte ihm kein Attest ausgestellt, aus seiner Sicht sprach nichts gegen die Dienste bei der HJ.

Als Hitlerjunge hatte man einen sportlich gestählten und leistungsfähigen Körper zu haben. Die Jungen mussten laufen, springen, werfen, schwimmen, boxen und ringen. Diese Art körperlicher Ertüchtigung galt als Arbeit an sich selbst, wurde aber auch als Dienst am Volk definiert. Ob Großstadt- oder Bauernjunge – sie alle sollten mit Freude und Stolz ihren Dienst in der HJ erfüllen und daraus für ihr späteres Leben und für ihre Berufsarbeit Kraft schöpfen.

Für die Dienste wurden Wochenpläne aufgestellt. Es gab Turnabende mit Bodenturnen, über zwei Stunden lang Rollen vor- und rückwärts, Hechtrollen über einen Kameraden hinweg und vielerlei gymnastische Übungen. Sonntagvormittage waren ausgefüllt mit Kartenkunde, Orientierungsübungen nach Sonnenstand und Uhrzeit und Geländepraxis mit Zurechtfinden anhand der Karte im Maßstab 1:25000. An manchen Sonntagen waren Übungsmärsche Pflicht zwischen zehn und fünfzehn Kilometern, mit Gepäck bis zu zehn Kilogramm. Ein Lager musste jeweils eingerichtet werden, oft mit Kochstelle.

Anstelle von strammen Märschen standen auch Gelände- oder Straßenläufe auf dem Programm. Entweder lief die ganze Gruppe gemeinsam und richtete sich nach den Schwächsten, oder es wurden je nach Leistungsfähigkeit einzelne Gruppen gebildet.

Brunos Begeisterung hatte sich merklich abgeschwächt, im Gegensatz zum Sport im ASV fehlte diesen Stähl-Übungen die Freiwilligkeit. Nun war er noch kein Dreivierteljahr dabei und sah mehr Last als Freude, aber wie sollte er diesem selbstgewählten Los entkommen?

Zu Hause fand er erst recht keinen Ausgleich. Die Wohngemeinschaft von Friedrich und Bruno in der Wiener Straße stand unter keinem guten Stern.

Friedrich hatte inzwischen einen Spielwarenvertrieb übernommen. Sein Angebot umfasste Spiele mit Namen „Roter Hahn" für RM 1.00 oder „Der Brandstifter" für RM 2.00. Das Geschäft kam nur schleppend in Gang, trotz unzähliger Werbebriefe, die Friedrich auf seiner Schreibmaschine laut hörbar verfasste.

Bruno schrieb einen Brief an seine Mutter, Ilse und seine Brüder, Herta bekam das Original, die Geschwister erhielten Kopien, alle sollten erfahren, wie schrecklich er zu leiden hätte.

„6. Dezember 1936

Liebe Mama, liebe Ilse, liebe Brüder!

Gerade sitze ich bei meinem Freund Dieter Wunderwald. Zu Hause könnte ich diesen Brief nicht schreiben, da wohnt mein Verderben. Er fläzt sich auf dem Sofa herum, klappert mit der Schreibmaschine, lässt alles herumliegen wie Warenzettel, Drucksachen und aufgestapelte Berge von Waren in chaosartiger Weise. Die Luft ist muffig und staubig, und er verbietet mir zu lüften.

Seine Gegenwart macht mir das Leben schwer. Ich werde Euch ganz ausführlich berichten, denn Ihr glaubt wahrscheinlich, dass meine Abneigung nur eine eruptive Erscheinung ist, die sich in Worten Luft macht.

Der heutige Tag hat mir nun endgültig gezeigt, dass das Zusammenleben mit diesem Menschen nicht mehr für lange Zeit möglich ist. Mein Bildungsziel, mein fröhlicher Sinn und mein Gemüt sind stark gefährdet. Das hält kein Pferd aus, was man unter dem Joch dieses Sklavenaufsehers ertragen muss. Er hat sich schrecklich aufgeregt, dass Ilse nicht an Weihnachten kommen wird und brachte mit seiner Wut das Pulverfass zu einer größeren Detonation.

Er kam am Sonntag morgens zu mir ins Zimmer. Als ich ihm sagte, dass ich die Nacht sehr schlecht geschlafen hätte, einige Male wegen Atemnot aufgewacht wäre, starke Halsschmerzen hätte und meine Erkältung wieder schlimmer geworden sei, fing er an zu toben und schob alles auf die von meiner blödsinnigen Mutter eingetrichterte Lebensweise.

Zuletzt endete die erste Etappe seines Ausbruchs, dass er mich anschrie, ich würde es zum endgültigen Bruch zwischen ihm und mir treiben, doch er würde mich nicht halten, wenn auch ich ihn verließe. Meine Brüder hätten das schon lange und Ilse ja nun auch getan. Mein seltenes sonntägliches Liegenbleiben, also nach acht Uhr aufstehen, deutete er als Faulenzerei. Er nannte mich Geselle und beleidigte mich auf das Gemeinste, weil ich nicht den Außendienst der Gefolgschaft von neun bis ein Uhr mitmachen wollte. Es war ein frostklarer Tag mit drei Grad Kälte. Ich blieb nun liegen. Ich habe ja auch keinen HJ-Mantel, den ich zur Uniform anziehen könnte. Zivilmantel zur Uniform ist ausgeschlossen.

Später kam er wieder herein und versuchte mir die Bettdecke wegzureißen. Dabei blieb sie mit den Knöpfen an meinem Bein hängen und verletzte mich an der Wade. Ich schrie ihn an, er sei ein großer, brutaler Feigling, immer schlüge er von oben, wenn ich wehrlos sei. ‚Was, wehren willst du dich auch noch?' schrie er zurück und stürzte sich in einem erneuten Gorilla-Angriff auf mich.

Dieses blindwütige unsittliche Schwein! Ihr seht, dass für mich die Lage unerträglich wird.

Ein Zuhause gibt es für mich nicht, nur ein schmutziges Schlafasyl mit einem tyrannischen Herbergsvater. Warum kann ich nicht zu Dir kommen, Mama?“

Herta sah natürlich keine Möglichkeit, ihren Jüngsten in Hamburg aufzunehmen, sie wohnte ja selbst mehr oder weniger geduldet bei Hartmut. Georg fühlte sich verantwortlich zu handeln und lud Bruno erst einmal zu sich und seiner Familie nach Berlin ein. Am zweiten Weihnachtsfeiertag sollte er kommen.

Bruno freute sich auf das Weihnachtsfest in Berlin und machte sich ans Organisieren des Fahrgelds. Er ließ Georg wissen, dass er sich einen Antrag für eine Schülerferienkarte besorgen wolle mit der Begründung, dass er seine Mutter besuche. Betrug sei das ja nicht, denn ob er seine Mutter oder seinen Bruder besuche, sei doch eigentlich egal. Dadurch würde die Fahrkarte nur die Hälfte kosten, nämlich sieben Mark. Es wäre ja auch gut möglich, dass Herta zu Weihnachten nach Berlin käme, er habe daher keinerlei Gewissensbisse.

Heilig Abend feierte er bei Tante Lotte. Dort wurde feierlich „O du fröhliche“ gesungen. Sie sangen den ersten und den zweiten Vers, den zweiten dann noch einmal, weil ihnen der dritte nicht mehr einfiel. Am ersten Weihnachtsfeiertag gab es Gans zu Mittag bei Lottes Schwester Mathilde.

Am zweiten Weihnachtsfeiertag hatte Bruno 39 Grad Fieber und die Berlinreise hatte sich erst einmal erledigt.

Anfang Januar kam Bruno doch noch ein paar Tage nach Berlin, er hatte sich schnell wieder erholt, vielleicht hatte er ja nur etwas zu viel von Tante Mathildes Gans in sich hineingestopft, denn zum Fieber hatten sich auch heftige Bauchschmerzen dazugesellt.

Die Schule fing am siebten Januar wieder an. Die beiden Kampfhähne Friedrich und Bruno gingen sich so gut es ging aus dem Weg und erreichten eine Art Waffenruhe. Bruno freute sich auf die Osterferien, die er in Hamburg zu verbringen plante.

Aus der HJ drohte er hinauszufliegen, da er zu häufig bei den Diensten fehlte. Die venezolanische Vorfahrin in Bruno konnte sich auf Dauer mit dem völkischen Drill wahrscheinlich nicht recht anfreunden.

Dafür brachte er sich im ASV wieder stärker ein, mit seinem Schulfreund Ulrich Baumgärtner spielte er dort in der Hockeymannschaft.

Einen langen Brief schickte Bruno nach Hamburg, samt Kopie zum Weiterleiten an Georg:

„Dresden, 24. April 1937

Liebe Mama, liebe Brüder!

Nun sind die schönen Hamburg-Ostertage vorbei und ich bin seit zwei Wochen wieder in Dresden. Mit Papa bin ich einigermaßen ins Reine gekommen. Wir vertragen uns jetzt ganz gut. Nur allerdings mit der Folge, dass meine paar Barmittel, die ich durch Eure Güte wieder hatte, völlig geschwunden sind. Ich darf ihm nämlich aber auch nicht mit der kleinsten finanziellen Angelegenheit kommen. Papa hat einfach nichts, und Tante Lotte denkt nicht daran, für mich auch nur einen Pfennig herauszurücken, nachdem sie meine Knickerbockerhosen schon allein bezahlen musste. Und dies ist der heutige Hauptpunkt, leider, meines Briefes. Es handelt sich um die Beschaffung der nötigen Schulbücher. Papa kann nicht einmal die Hefte bezahlen, er ist der Überzeugung, dass er sich demnächst wieder in der Fürsorge anmelden muss.

Für die Schule muss ich also wieder Bücher anschaffen.

Ich rechne mit etwa 25 Mark. Schickt mir bitte den Betrag, wenn ich alles habe, erhaltet Ihr selbstverständlich eine genaue Abrechnung. Vielleicht bleibt ja etwas übrig, wenn ich einen Teil der Bücher antiquarisch kaufen kann.

Die Formulare für die Freistelle dieses Schuljahres kommen erst nächste Woche heraus. Der Sekretär, dieser erstklassige Napfkuchen, will mir auch noch das Ergebnis wegen der Freistelle des letzten Schuljahres mitteilen.

Oft und lange hatte ich Zahnschmerzen, die von den Einlagen herrührten, die mir Ralf Ritter in einen Backenzahn macht. Da der Zahn nur noch ein Torso ist, fallen die Einlagen alle zwei Tage wieder heraus. Die beiden oberen Zähne sind immer noch mit Watte gefüllt, da Ralf erst selbigen Backenzahn zur Ruhe bringen will.

Ralf trägt sich übrigens mit dem Gedanken, zu den Krönungsfeierlichkeiten nach London zu fahren!

Im ASV stelle ich eine derartige Misswirtschaft fest. So sehr ich mich einsetze, zusammen mit Ulrich, es ist nichts mehr zu machen. Bei einem großen Spiel gegen die Leipziger LSC-Junioren, eine der besten Juniorenmannschaften Deutschlands, verloren wir trotz Verstärkung durch bedeutende Spieler der ersten Mannschaften (Spieler von 20 bis 23 Jahren) 0:1.

Nun sind auch noch drei unserer sonst noch vorhandenen ‚Alten Garde' zum Arbeitsdienst abgerückt, und so bilden Ulrich und ich das Rückgrat der Mannschaft. Ja, ja. Es geht eben dank der HJ auch im Sport beim Nachwuchs rapide bergab.

Von einem Kameraden bekam ich jetzt einen Hockeystock, der zwar vorn etwas angesprungen ist, jedoch zehnmal besser als mein alter mit dessen stark abgespielter Keule. Jetzt stoppe ich mit tödlicher Sicherheit jeden Ball, und auch mein Schuss ist noch besser geworden. Beides war mit der alten Keule nicht mehr möglich, oft sprang der Ball einfach darüber. Ihr seht, nicht nur der Mensch macht den Kerl und Meister, sondern auch das tipptoppe werkmäßige Rüstzeug ist dazu nötig. An meinen alten Hockeystock könnte man eine neue Keule in Hickory anbringen, das würde fünf bis sechs Mark kosten. Dann wäre der Stock wieder wie neu.

Seit Freitag regnet es nun ununterbrochen, und so musste unser heutiges Spiel ausfallen. Unser Rückspiel gegen den LSC wird am 6. Mai, Himmelfahrt, in Leipzig ausgetragen. Und an Pfingsten fahren wir für zwei Tage nach Prag zu unseren Freunden von der Deutschen Eishockeygesellschaft.

Für die Schule brauchen wir in fast jedem kleinen Fach wie Chemie, Physik oder Biologie ein Regelheft, in hartschaliger Ausführung. Ich muss ein solches in sieben Fächern führen, und eines kostet -,55 RM. Wir müssen den einfachsten Schulstoff zu Hause in Feinausführung niederschreiben, ich finde das kindisch, denn in jedem Lehrbuch steht so etwas besser drin.

Doch muss man sich ja in alles fügen. Morgen werde ich Sturm bei Tante Lotte schlagen müssen, um wenigsten Geld für das Allerdringlichste zu erhalten. Mein letzter Versuch, bei ihr eine Hilfe zu bekommen, war ganz aussichtslos. Sie giftete mal wieder furchtbar: ‚Wenn deine Mutter Kinder in die Welt setzt, dann muss sie auch für sie sorgen. Sonst darf man sich halt keine anschaffen, wenn man nicht für sie da ist und stopft und näht und wäscht!'

So muss ich Euch um Eure Unterstützung bitten. Ich mache auch eine genaue Abrechnung, eventuelle Beigaben von anderer Seite ziehe ich dann selbstverständlich ab.

Liebe Brüder, lasst mich nicht im Stich. Ihr könnt Euch gar nicht vorstellen, wie peinlich es ist, ohne einen Pfennig herumlaufen zu müssen. Selbstverständlich werde ich versuchen, die notwendigen Bücher antiquarisch zu bekommen.

Ausgaben wie HJ-Hose schwarz färben, Haareschneiden, Schuhreparatur gesellen sich dazu.

Also lasst bald von Euch hören, sei es durch Scheck oder durch den Postboten!"

„Dresden, 8. Juni 1937

Lieber Georg!

Seit Pfingsten hat sich der Heuschnupfen mit einer Macht bei mir eingestellt wie kaum je zuvor. Ich nehme nun fleißig ein Kalkpräparat, Calcipot. Calcium lacticum hatte sich als zu schwach herausgestellt. Außerdem benütze ich die Merck'sche Ephetoninsalbe. Zuweilen schüttelt mich der Niesreiz derart, dass ich mich fast erbreche. Dazu habe ich starken Husten, es krabbelt so in der Brust. Als lästiges Begleitübel macht sich ein chronischer Taschentuchmangel bemerkbar, sodass ich eifrig Euer herrliches Rezept benutze und an die Wasserleitung, mir nun ein guter Freund, gehe.

Den einzigen Vorteil, den ich von meinem Heuschnupfen habe (nach Georg handelt es sich dabei um eines meiner Privilegien, die ich bei Bedarf vorzuschieben verstehe), ist der, dass ich die HJ-Großfahrt ins Grazer Bergland und die Schul-Nachmittagsspiele laut Attest nicht mitmachen darf.

Von Ilse höre ich so selten, sie schreibt kaum einmal, besonders seit sie nicht mehr in Großröhrsdorf am Krankenhaus ist, sondern als Kindermädchen in Neugersdorf bei den stinkreichen Hartensteins arbeitet.

Eine Woche nach Pfingsten, am Sonnabend, den 22. Mai, fuhr unsere zweite Mannschaft nach Löbau, um dort gegen die erste Mannschaft des dortigen SV Löbau 1911 das fällige Punktspiel auszutragen. Ich benachrichtigte durch eine Eilbotenkarte sofort Ilse, denn Neugersdorf liegt 14 km von Löbau entfernt. Ich hatte das riesige Glück, zwanzig Minuten lang als wohl Einziger der Familie Ilse während ihres Lausitzer Exils sehen und sprechen zu können. Hartensteins hatten sie im Wagen nach Löbau mitgenommen. Zugleich wollten sie Gäste für die am nächsten Tag stattfindende Taufe ihres Kindes abholen. Wegen der kurzen Zeit konnten wir nur das Allernötigste besprechen. Die arme Ilse! Klein und unscheinbar stand sie am Rand des Spielfelds. Gleich nach Beendigung des Spiels eilte ich zu ihr, und ich musste feststellen, dass sie den typischen Eindruck eines verschüchterten Häschens machte. Sie wollte das allerdings nicht hören. Ich glaube aber nicht, dass ihre Persönlichkeit beeinträchtigt wird, obwohl die Gefahr stark vorhanden ist. Sonst machte sie aber einen gesunden Eindruck, hatte gesunde Farbe und sah blendend aus. An mir stellte sie fest, dass ich sehr schmal geworden sei und mich überhaupt enorm verändert habe.

Nur ein Gebrechen hat sie. Sie war wenige Tage zuvor am Daumen der rechten

Hand operiert worden aufgrund einer eitrigen Infektion, mit der sie sich durch den Umgang mit der Kleinen angesteckt hatte. Das Kind war von eitrigen Pusteln befallen.

Aus diesem Grund fährt sie jeden Tag zum Arzt nach Zittau. Den Arm muss sie in einer Schlinge tragen.

Auf meinen tröstend gemeinten Hinweis, dass sie dadurch wenigstens etwas weniger zu arbeiten habe, erklärte sie mir zu meinem größten Entsetzen, dass sie ebenso viel zu arbeiten habe wie sonst. Frau Hartenstein scheint ja gar nicht nett zu sein. Ilse berichtete mir, dass sie aufgrund eines Briefes von Dir an Frau Hartenstein zwar monatlich zehn Mark mehr bekäme, dass ihr Dein Vorgehen aber recht peinlich sei.

Mit dem kranken Daumen konnte Ilse natürlich auch nicht schreiben, sie fällt ohnehin abends wie tot ins Bett, erzählte sie mir.

Und dann musste ich bereits von ihr scheiden, denn mein Wagen, mit dem ich hergefahren wurde, ein herrlicher BMW – gegenüber dem Achtzylinder-Horch der Hartensteins ein Wägelchen, wie Ilse sagte – fuhr wieder nach Dresden zurück. In phantastischer Fahrt legten wir die 80 km nach Dresden in einer Stunde zurück!

Ilse lief die Straße hinunter zum Bahnhof, wo wir vorbeifuhren, und wir winkten uns noch lange zu.

Die Oberlausitz ist doch eine wundervolle Gegend, mit ihren bewaldeten Höhenzügen, die uns von Bischofswerda an zur Rechten begleiteten.

Lange noch denke ich an diesen Abend, an die wenigen Minuten, die ich mit Ilse zusammen sein konnte. Es ist vielleicht das letzte Mal, dass das in diesem Sommer möglich war.

Während dieser Tage konnte man manches bekannte Gesicht sehen, das erinnerte an frühere Zeiten, als unser Vater auch noch eine entsprechende Position hatte. So sah ich Direktor Zimmermann mit Frau und Tochter und Gütschows mit Herrn und Frau Fritsch. Wie jedes Jahr hatte auch Kreutzkamm eine Konditorei in einem großen Zelt eingerichtet. Dabei sah ich auch den langen, jungen Kreutzkamm, an den ich mich lebhaft erinnern kann, als er mir im Café am Altmarkt ein Biskuit schenkte. Mama wird sich sicher auch noch daran erinnern.

Bei all diesem kamen mir, dem jungen Menschen mit keinem Pfennig Geld in der Tasche, unbewusst bittere Gedanken. Ich gelobte mir, dass ich mich lieber erschießen werde, als bedeutungslos und untergeordnet als Wurm durchs Leben zu gehen. Ich muss nur noch durchhalten, bis es soweit ist, dass ich auf die gegenwärtige Zeit mit schmerzlicher Erinnerung zurückblicken kann. Und dass ich durch mein Schulversagen zwei Jahre verloren habe, ist wirklich nicht die Welt.

Ich habe das Streben und den Ehrgeiz, das mir gesteckte Ziel auf Biegen und Brechen zu erreichen."

Das Raue seiner Jetztzeit hatte Bruno in Gedanken schon überwunden, per aspera ad astra sah er sich als geachteten, wohlhabenden Mann, den man bei einem Hockeyturnier selbstverständlich respektvoll grüßen würde. Der jähe Absturz seines Vaters, das sollte ihm einmal nicht passieren.

„Dresden, 24. Juni 1937

Lieber Georg!

Der ehemalige Kompagnon Papas aus der Zeit, als er noch stolzer Herr Direktor bei Feldt & Collmann war, hat Papa verklagt. Collmann behauptet, dass Papa beim Konkurs der Firma größere Beträge veruntreut habe. Papas Geschwister, die Tanten Wilhelmine, Lotte, Mathilde und Onkel Oskar sind in großer Aufregung. Sie haben ja damals Bürgschaften für Papa übernommen. Tante Wilhelmine wurde bereits zum Offenbarungseid gezwungen. Tante Lotte befürchtet, dass ein Teil ihrer Schmucksachen gepfändet werden könnte, und Onkel Oskar fürchtet dasselbe für sein Gehalt. Bei ihm kommt noch hinzu, dass er selbst ein Darlehen zurückzahlen muss.

Diese Umstände haben eine gewitterschwüle Atmosphäre geschaffen, die sich in einer zunehmenden Unleidlichkeit Tante Lottes bemerkbar macht. Ihr Mann, Onkel Otto, hat anscheinend keine Lust mehr, Papa in der bisherigen Form finanziell zu unterstützen.

Wie sich die Dinge weiterentwickeln werden, ist noch nicht abzusehen.

Hoffentlich kann sich Papa über Wasser halten, bis er der Klage erfolgreich entgegentreten kann. Zur Zeit läuft sein Geschäft ganz gut. Seine Wein-Vertretungen entwickeln sich befriedigend, den Spielwaren-Vertrieb hat er ja aufgegeben. Was sich aber ganz Erfolg verheißend anlässt, ist seine Produktion von ‚Mollduro'. Inzwischen liegen die Verpackungsmaterialien vor, die Etiketten, die Umhüllungen und die Umkartons, und er befasst sich intensiv mit der Propaganda für sein Produkt. Er teilt sich kaum einer Seele mit, auch ich habe ausdrückliches Verbot, darüber zu schreiben. Ich kann Euch aber doch das Wenige mitteilen, das ich sehe.

Wenn ich in den Ferien zu Euch komme, werde ich Euch eine kleine Flasche seines selbstgemachten, nun nach mancherlei Versuchen in der endgültigen Form gleichbleibenden ‚Bitter-Elixiers' mitbringen.

Er hat sich wirklich wochen-, ja monatelang damit eingehendst beschäftigt. Er hat sich in physikalische Bücher der Alkoholrechnung vertieft, die er sich extra aus Berlin hat kommen lassen, aus der Landesbibliothek im Japanischen Palais.

Die Berechnung des Alkoholvolumens gestaltete sich nämlich besonders schwierig, weil der echte ‚Angostura' nach veralteten Alkoholumrechnungen hergestellt wurde. Tagelang stellte er seitenlange Kalkulationen auf, in denen alles bis auf das Tüpfelchen auf dem i berechnet ist.

Doch bis zur vollständigen Umsetzung in die Gegenwart wird es wohl noch ein weiter Weg sein. Was gibt es da nicht alles noch an Klippen zu umschiffen, seien es nur die Zollbestimmungen oder die Kontaktaufnahme mit allen deutschen Apotheken.

Die Erlaubnis, den Bitter unter dem Namen ‚Mollduro' als Arznei zu verkaufen, hat er nach Prüfung durch die ‚Deutsche Apothekerschaft' erhalten. Der Gewinn wird sich aber bei den kleinen ‚Flakons', wie er sie nennt, sehr niedrig stellen. Das erklärt sich aus Abzügen für den Dachverband Deutscher Apotheker DDA und die vertreibenden Apotheker selbst.

Pessimistisch werde ich, wenn ich die außenpolitische Lage betrachte. Wir wollen nur hoffen, dass wir gemeinsam mit Italien die richtigen Maßnahmen ergreifen. Im Übrigen, Georg, wirst Du in mir einen vollständig anders denkenden jungen Menschen wiederfinden. Ich meine dies in Bezug auf unsere Pflicht, trotz manchen Übels, alle verfügbaren Energien zur Erringung einer besseren Zukunft einzusetzen. Schon Ostern war ich über die Ansichten Mamas und Hartmuts sehr verwundert, jetzt bin ich geradezu entsetzt! Ich hoffe, dass auch dort ein Wandel der Gesinnung eingetreten ist. Wie kann man nur so über Hitler reden! Letzten Endes geht es doch dem Volk fabelhaft, und eigentlich kaum wahrnehmbare Mängel werden überwunden sein, wenn wir erst einmal unseren zweiten Vierjahresplan beendet haben werden!

Wie kann man nur davon sprechen, der Nationalsozialismus der Gegenwart würde in das Dunkel der Erde Bergwerke bauen und Stollen graben, wo doch alles, für den Tagebau bereit, obenauf liege – das ist doch ziemlich borniert. Die unter jüdischem Einfluss stehende Führung fremder Nationen zwingt uns ja dazu mit ihrer Einsichtslosigkeit, denke nur an Eden in England. Wie oft haben wir doch England die Hand gereicht. Das scheint in Hamburg noch nicht ganz durchgedrungen zu sein.

Ilses operierter Daumen droht steif zu bleiben. Papa hat an Herrn Hartenstein einen Brief geschrieben, in dem er für Ilse eine Entschädigung oder eine Rente fordert."

Auch im letzten Schuljahr schickte Bruno wieder die gewohnten Bettelbriefe an seine Brüder, die ihm die erneut verlangten Schulbücher finanzieren sollten. Denn Friedrich war anscheinend wieder einmal pleite.

Seine Pläne für sein Nachahmer-Produkt Mollduro, das den bereits seit 1824 bestehenden Angostura-Bitter seines venezolanischen Vorfahren Johann Gottlieb Benjamin Siegert zum Vorbild hatte, waren noch nicht befriedigend umgesetzt. Wann würden seine Bemühungen endlich Früchte tragen? Fast ein halbes Jahr lang hatte er mit der Zusammensetzung experimentiert. Das Bitter-Elixier enthielt Enzianwurzel, Bitterorangen, Gewürznelken, Kardamom, Zimt und Chinarinde. Es diente zum Würzen von Saucen und veredelte Getränke und Süßspeisen. Siegert hatte Angostura ursprünglich für Simon Bolivars Freiheitskämpfer als Medizin gegen die Tropenkrankheit hergestellt und später dann als Würzmittel auf den Markt gebracht. Den Namen Angostura erhielt das Elixier von der venezolanischen Stadt Angostura, wo Siegert das Mittel entwickelt hatte.

Mollduro war zwar vom DDA anerkannt, hatte aber noch keinen nennenswerten Absatz in den deutschen Apotheken gefunden.

Bruno sollte die Schule im Frühjahr 1938 abschließen und danach eine Lehre zum Kaufmann beginnen. Oder erst den Reichsarbeitsdienst RAD ableisten. Die Brüder rieten ihm, zuerst den Arbeitsdienst und dann die Lehrzeit anzustreben. Dann bliebe auch noch mehr Zeit, überhaupt eine Lehrstelle zu finden. Der Arbeitsdienst erstreckte sich auf ein halbes Jahr und war Pflicht für jeden jungen Mann.

Im Januar 1938 wurde Bruno laut ärztlicher Untersuchung für tauglich zum Arbeitsdienst befunden. Er war 1.75 Meter groß und wog 57 Kilogramm, brachte ausgeatmet eine Brustkorbweite von 78 cm zustande und eingeatmet 91.

Er hatte inzwischen seine Liebe zu Oper und Theater entdeckt und beschloss, einmal pro Woche in die Oper oder ins Schauspielhaus zu gehen. Er schwärmte für Erna Sack, die er als Lucia di Lammermoor zu hören und zu sehen bekam. Den „modernen Kram“ im Schauspielhaus liebte er weniger, aber dort gab es auch Aufführungen klassischer Stoffe. Während des Arbeitsdienstes würden kaum Möglichkeiten für Kultur bleiben, befürchtete Bruno.

Anfang März 1938 erhielt Bruno den Gestellungsbefehl für den RAD. Er sollte sich am 5. April am Hauptbahnhof zur Abfahrt nach Schlesien einfinden. Er wäre lieber nach Württemberg oder ins Rheinland gekommen, Schlesien hatte den Ruf schlechter Verpflegung und Unterkunft.

Die Prüfungsarbeiten an der Schule sollten eine Woche dauern, danach waren noch vierzehn Tage bis zur Einziehung.

Die Schule forderte Schulgeld für das ganze Jahr 1937, Friedrich hatte den Sekretär stets hingehalten, da er auf die Teil-Freistelle gehofft hatte. Wieder waren die Brüder für Bruno willkommene Ansprechpartner in dieser Angelegenheit. Das baldige Ende der finanziellen Verpflichtungen gegenüber dem anspruchsvollen kleinen Bruder ließ sie aber hoffen, aus dieser Schleife irgendwann entlassen zu sein.

Bruno sollte nach Beendigung seiner Schulzeit nach Hamburg umziehen und trotz der beengten Wohnverhältnisse dort auch bei Herta und Hartmut wohnen. Eine Lehrstelle würde sich zum Herbst wahrscheinlich finden lassen. Seine Habseligkeiten waren bereits in Kisten und Koffer verpackt, die nach Hamburg geschickt werden sollten.

Zuvor stand ihm aber noch das Halbjahr beim Arbeitsdienst bevor.

Seine Zähne machten weiterhin schlimme Probleme. Ralf Richter drängte darauf, die schadhaften Backenzähne rasch zu überkronen. Dazu schrieb er einen Bittbrief an Tante Lotte, redete sie mit „hochverehrte Frau Präsident“ an und schloss mit „Heil Hitler“. Dazwischen machte er klar, dass er statt der 90 Mark für die drei Kronen aufgrund der freundschaftlichen Beziehungen zur Familie Feldt lediglich die Materialkosten in Rechnung stellen würde.

Jeden Tag musste Bruno zur vorbereitenden Behandlung zu Ralf in die Pionierstraße, die Kronen sollten Anfang April eingesetzt werden, obwohl Tante Lotte sich für die Bezahlung außerstande sah.

Die Prüfungen waren abgeschlossen, das Zeugnis stand noch aus, es würde aber nur ausgehändigt werden, wenn alle Schulgeldschulden beglichen waren. Offen standen Forderungen für 1937 und außerdem 1938, dazu noch die Abgangsgebühr. Wieder sollten die großen Brüder alles regeln.

Damit nicht genug, auch wegen seiner Zähne wandte sich Bruno an Georg und Hartmut. Drei mit Amalgam gefüllte Torsos mussten gerettet werden, und zwar mit Platin. Nach langem Betteln hatte sich Tante Lotte doch durchgerungen, wenigstens ein Drittel des Betrages zu übernehmen. Bruno bat seine Brüder um rasche Geldzusage, weil er die Kronen unbedingt noch vor Beginn des Arbeitsdienstes erhalten wollte.

Das Schulgeld war auf 120 Mark angewachsen. Georg und Hartmut schickten ihm das Geld mit Schecks, auch für die fehlenden beiden Drittel der Zahnreparatur.

„Mit meinem Zeugnis bin ich zufrieden, ich bin mit einer Zwei und der Obersekundareife abgegangen. Meine Beurteilung lautet ganz kurz: ‚Feldt ist begabt und in seiner charakterlichen Haltung einwandfrei‘. Bei 21 Fächern habe ich dreimal eine I, elfmal eine II, siebenmal eine III. Einsen habe ich in Englisch, englischem Briefwechsel und Chemie, Zweien zum Beispiel in Erdkunde, Französisch, französischem Briefwechsel, Warenkunde, Biologie, Betriebswirtschaftslehre, Kaufmännischem Briefwechsel, Kaufmännischem Rechnen und Maschinenschreiben.

Zum Abschied gaben uns die Lehrer keine Hand. Der ‚Deutsche Gruß' ist zur loyalen Geste geworden, mit der alles abgetan wird.

Am Dienstag werde ich bereits eingezogen. Ich muss mich bis zum Nachmittag in meinem Lager in Ponickau bei Ortrand, Lager 6/150 melden. Ich werde in ein Stadium meines Lebens eintreten, in dem ich keinerlei Kritik, auch nicht still für mich, üben darf, wo ich fein stillhalten muss und es für das Beste zu halten ist, alles zu ertragen und die Zähne zusammenzubeißen. Den letzten Sinn vermag ich jedoch nicht zu erkennen.

Aber im Zähne Zusammenbeißen habe ich durch das Zusammenleben mit meinem Sklaventreiber große Übung, dagegen scheinen die kommenden Monate direkt freudiger zu verlaufen. Und wir tun diesen Dienst für Deutschland, sagt man uns."

Der Brief war an Georg gerichtet, zugleich mit der Bitte um Geld für Wollsocken, Heuschnupfenmittel, Kamm, Zahnbürste, Besteckgarnitur und so weiter.

Dass Bruno nicht nach Niederschlesien zum Arbeitsdienst einrücken musste, sondern im näher gelegenen brandenburgischen Ortrand eingesetzt wurde, hatte er seinem Vater zu verdanken. Friedrich hatte ein entsprechendes Gesuch gestellt, der Heuschnupfen durfte wieder einmal als Grund herhalten.

Besorgt versuchte Georg, auf seinen kleinen Bruder Einfluss zu nehmen:

„3. April 1938

Lieber Bruno!

Deine Ansichten über den Arbeitsdienst haben mich wenig schön berührt. Ich finde es tief bedauerlich, Dich derart negativ eingestellt zu sehen, derart oberflächlich und äußerlich! Wie kannst Du nur nach dem Sinn des Arbeitsdienstes fragen!!

Du hast wahrhaftig erstaunlich wenig Gefühl dafür, wie außerordentlich stark Du noch der Erziehung bedürftig bist, wie sehr Du noch Individualist bist und vorläufig noch ohne jede Fähigkeit für echte Einordnung und Unterordnung für das große Ganze. Wenn Du schon den großen nationalen Sinn des RAD für das Volksganze, für die Idee des Sozialismus und die Volksgemeinschaft nicht zu erkennen vermagst – wie ich hoffe, noch nicht – so solltest Du wenigstens erkennen, dass Du nun in eine Periode Deines Lebens trittst, in der Du Gelegenheit haben wirst, in diesem Sinn an Dir zu arbeiten. Du wirst bleibende Erkenntnisse und Werte mit hinausnehmen ins wirkliche Leben.

Du allein hast es in der Hand, durch Deine Einstellung, die Dein Handeln und Verhalten bestimmen wird, Dir diese Zeit selbst zu gestalteten. Sie kann Dir einst als eine, trotz mancher vielleicht möglicher Unbill, schöne Zeit erscheinen, die Du für Dein Leben nicht missen willst. Oder so, dass Du sie in unüberlegter

Überheblichkeit als ‚sinnlos' vergeudet betrachtest und nur mit Bitterkeit daran zurückdenken wirst.

Dein Bruder Georg"

Am Tag vor der Abreise zum Arbeitsdienst musste Ralf eine Zahnkrone wieder abnehmen. Die Krone war noch nicht einzementiert und verursachte starke Druckschmerzen. Bruno würde während seiner Urlaubstage beim RAD erneut zum Zahnarzt müssen.

„RAD Abteilung 6/150 ‚Konrad der Große' Ponikau über Großenhain

7. April 1938

Lieber Georg!

Heute ist es nun schon der dritte Tag, dass ich Arbeitsmann bin. Hier ist es so schön, abgesehen vom Wetter, wie es nur sein kann. Hier ist echte Kameradschaft, nicht jene, die nur dauernd proklamiert und im Munde geführt wird. Viel Nachdenken darf es einfach nicht geben (Erinnerungen, Vergleiche), dann ist die Seele frei und unbeschwert."

„16. April 1938

Alles in allem glaube ich, dass ich durchhalte. Ich bin äußerst zäh und eine Woche ‚auf Baustelle' hat schon Wunder gewirkt. Man frisst wie ein Scheunendrescher und die Füße werden durch eiskalte Bäder abgehärtet. Bisher habe ich noch keine einzige Blase bekommen. Die Hände werden auch zünftig. Allerdings haben sie viele Risse und Schnittwunden. Und braun bin ich auch schon. Hoffentlich wird der Heuschnupfen nicht so schlimm.

Mit eiskaltem Wasser wird geduscht. Das ist auch eine phantastische Abhärtung. Ganz furchtbar, besonders in den ersten Tagen, war morgens um halb fünf Uhr das Trompetenwecken. In zwei Sekunden aus dem Bett und zwei Minuten später zum Morgensport antreten, zehn Minuten lang. Bis sechs Uhr Waschen, Bettenbau, Frühstück, Stubendienst und Flaggenparade. Sechs Uhr Abrücken zur Baustelle. Eintreffen dort mit Exerzierspaten, die werden zum Üben mitgenommen.

Um sieben Uhr Arbeitsbeginn, bis halb zehn Uhr (Grabenregulierung, Begradigungen, Ableitungsgräben, Talsohle vertiefen etc.). Dann noch eine Stunde Arbeit nach der halbstündigen Frühstückspause. Vom nächsten Donnerstag an wird dann fünf Stunden auf Baustelle gearbeitet werden. Gegen halb eins gibt es Mittagessen. Um halb zwei Uhr neuer Dienst, Spatenexerzieren, Ordnungs- oder Leibesübungen. Dann staatspolitischer Unterricht, Stiefelwalken, Singen oder Ähnliches. Sieben Uhr Abendbrot. Dann meistens noch einmal Dienst, z.b.V., das heißt zur besonderen Verwendung: Stubendienst oder Revierreinigen. Um neun Uhr ist Zapfenstreich.

So geht der Tag dahin. Man bekommt so unbedingt für das spätere Leben auf körperlichem Gebiet die notwendige Disziplin, ganz abgesehen von den ethischen Werten dieser Charakterschule, in der Treue, Gehorsam und Pflichterfüllung die höchsten Ideale sind.

Morgen, am Ostersonntag, brauchen wir erst um sieben Uhr raus. Nachmittags ist Ausgang, ein leidlich dienstfreier Tag. Das ist das Leben des harten, kurzgeschorenen und disziplinierten deutschen Arbeitsmannes."

Wie erwartet legte Bruno auch noch seine Ausgabenliste bei. Finanzielle Übernahme erwartete er für: Bürste, Besteck, Stiefelwichse, Koppelwachs, Spatenschmirgel „Herdsonne", Aluminiumreiniger „Abrazo", Messerputz „Artifex", Brustbeutel, Spiegel, Fußpuder, Tischdecke, Blumen, Bakelitbecher, Briefmarken, Kamm, Liederbuch, Ausweistasche und Pergamentpapier, im Gesamtwert von etwa acht Mark.

Ilse und Bruno

Ilse war tot.

1938 war sie Anfang März in Dresden gewesen, hatte ihren Vater und Bruno besucht. Friedrich hatte daraufhin an Herrn Hartenstein geschrieben wegen Ilses Daumen. Durch die Operation des Eiterherdes waren Sehnen so geschädigt worden, dass der Daumen sich nicht mehr abwinkeln ließ und steif bleiben würde. Ilse beklagte sich bitter bei ihrem Vater über die Familie, deren drei Kinder sie zu betreuen hatte. Sie arbeitete nun schon fast ein ganzes Jahr nicht mehr als Krankenschwester.

In Großröhrsdorf war sie an der aufreibenden Tätigkeit am Krankenhaus mit den vielen Nachtdiensten fast zerbrochen. Sie hasste ihren Beruf, die fordernden Patienten und die stets unfreundliche Oberschwester Waltraud. Zu den anderen Schwestern fand sie kaum Kontakt, obwohl sie bereits während ihrer Ausbildungszeit an diesem Krankenhaus gearbeitet hatte. Waltraud beklagte sich immer wieder über Ilse beim Stationsarzt, nannte sie unwillig und ungeeignet.

Dr. Kübler, der Klinikleiter, hatte ihr daher nahegelegt, sich ein anderes Berufsfeld zu suchen. Er bot seine Hilfe an und empfahl ihr, als Kindermädchen bei einer ihm bekannten Familie zu arbeiten.

So war sie über Empfehlungen Küblers 1937 zu den Hartensteins gekommen, einer wohlhabenden Fabrikantenfamilie in Neugersdorf. Ilses Krankenschwester-

Ausbildung, die auch die Betreuung kranker Kinder umfasste, war sehr willkommen. Walter, der älteste Sohn litt an Asthma. Das Ehepaar Hartenstein und Dr. Kübler hatten sich durch Walters stationäre Aufenthalte im Großröhrsdorfer Krankenhaus kennengelernt.

Ilse hatte nicht damit gerechnet, dass sie nicht nur die Kinder versorgen sollte, sondern auch ihre regelmäßige Mithilfe im Haushalt erwartet wurde. Frau Hartenstein entpuppte sich als bestimmende Herrin, und Ilse fand sich zunehmend in der Rolle eines Dienstmädchens wieder. Es gab zwar noch weiteres Personal, doch Ilse war von morgens bis abends mit Arbeit eingedeckt.

Die Zustände verschlechterten sich weiter, als Frau Hartenstein ihr drittes Kind geboren hatte. Die kleine Franziska war ständig krank, sie litt unter wechselnden Ausschlägen, oft mit Fieber verbunden. Durch Franziskas Eiterherde war nach Ansicht des Hautarztes Ilses Infektion am Daumen verursacht worden, dessen Operation dann misslungen war.

Wenn Ilse ihren Vater in Dresden besuchte, gab sie es bald auf, sich über ihre Arbeitsstelle bei ihm zu beklagen. Friedrich ermahnte sie zum Durchhalten, sie müsse froh sein, dass sie in dieser Zeit überhaupt eine Arbeit gefunden habe, mit der sie etwas Geld verdienen könne. Die fetten Jahre sind vorbei, musste sie sich anhören. So wurden ihre Besuche immer seltener, was besonders Bruno traurig machte. Denn er mochte seine Schwester sehr gern.

Fast ein ganzes Jahr war Ilse schon bei den Hartensteins. Sie wollte dort aber nicht länger bleiben. Mit den drei Kindern Walter, Hermine und Franziska kam sie zwar ganz gut zurecht, nicht aber mit der stets unwirschen, fordernden Mutter, gegen deren ständige Vorhaltungen sie sich nicht wehren konnte.

Spätestens zu Ostern würde sie von Neugersdorf weggehen, sie war fest dazu entschlossen. Sie würde zu ihrer Mutter nach Hamburg ziehen und sich dort nach einer neuen Stelle umsehen, die sich mit Hartmuts Hilfe sicher finden ließe. Ende März rang sich Ilse zur Kündigung durch. Es war Donnerstag, der 31. März 1938, als sie abends bei Frau Hartenstein ihr baldiges Ausscheiden ankündigte. Sie traf auf völliges Unverständnis. Frau Hartenstein war außer sich und beschimpfte Ilse als faul und unzuverlässig. Trotzdem forderte sie Ilse auf, noch eine Weile zu bleiben, bis die Familie eine Nachfolgerin gefunden hätte.

Ilse war bedrückt und zornig zugleich. Am liebsten wäre sie sofort abgefahren. Aber sie fand sich schließlich bereit, noch ein oder zwei Wochen auszuharren.

Sie dachte an ihren Vater, der kein Verständnis für ihr Handeln zeigen würde, für sie nur Vorwürfe bereit hätte. Nur kurz würde sie bei ihm in Dresden bleiben und zügig ihre Abreise nach Hamburg anstreben. Auf Brunos Rückhalt könnte sie leider nicht mehr hoffen, weil Anfang April sein Arbeitsdienst begann.

Das unerfreuliche Gespräch mit Frau Hartenstein wirkte in Ilse nach, versetzte sie in quälende Unruhe.

Sie warf ihre Jacke über und lief aus dem Haus, die Straße hinunter, zum nahen kleinen Park. Mit den Kindern war sie oft dort gewesen, Franziska im Kinderwagen, Walter mit seinem Roller und Hermine mit ihren Puppen, die sie immer in einem kleinen Rucksack bei sich trug.

Jetzt, allein im Park, kam sie langsam zur Ruhe. Sie kannte die Wege alle und fand sich trotz der Dunkelheit gut zurecht. Als sie den Spielplatz mit den Schaukeln und dem großen Sandkasten erreicht hatte, setzte sie sich auf eine Bank und fing an zu weinen. Langsam löste sich die Spannung in ihrem Körper.

Als sie wieder aufbrechen wollte, sah sie einen Schatten auf sich zueilen. Es war eine Neumondnacht, der Himmel war klar, die Sterne funkelten, aber sie gaben kein Licht.

Ilse wurde von kräftigen Händen auf die Bank gedrückt, ihre Arme ruderten ohne Wirkung, ihr Schrei versagte, wie es auch in schlimmen Träumen oft geschehen war. Dem brutalen Zwang konnte sie nicht entkommen, ihr Rock lag am Boden, ihr Körper war zum Spielball eines Teufels geworden. Als er von ihr abließ, fiel sie wimmernd von der Bank herunter. Der Teufel warf keinen Blick auf sie und verschwand im Dunkel.

Zitternd drehte sich Ilse auf ihre Knie und zog sich langsam an der Bank hoch. Sie tastete nach ihrem Rock, zog ihn mechanisch über ihre Beine nach oben. Ihre Strümpfe waren nass, irgendetwas Flüssiges lief an ihren Schenkeln herab. Sie schleppte sich nach Hause, betrat das Haus durch den Kücheneingang. Die Köchin räumte gerade die letzten sauberen Teller in die Schränke und blickte nur kurz auf, als Ilse an ihr vorbei ging. Die Jacke verbarg den jämmerlichen Zustand ihrer Kleidung.

Ilses Zimmer lag oben im Dachstock, sie erreichte es, ohne gesehen zu werden.

Hartensteins hatten oft Übernachtungsgäste, die in den Gastzimmern unterm Dach untergebracht werden konnten. Daher gab es in diesem Stockwerk sogar ein kleines Badezimmer. Ilse riss sich dort ihre Kleider herunter und reinigte sich, so gut es ging, am Waschbecken. Sie hüllte sich zitternd in ein Handtuch, legte ein zweites kleines zwischen ihre Beine und schluchzte auf dem Bett zusammengesunken in ihr geschundenes Ich hinein. Die Erschöpfung brachte ihr irgendwann den Schlaf, aus dem sie vom Teufel mehrfach herausgerissen wurde.

Am nächsten Tag wickelte sie das blutige kleine Handtuch in eine alte Ausgabe der Zeitung „Das schwarze Korps“, die auf einem Tisch im Flur lag und versteckte das Päckchen in der Mülltonne hinterm Haus. Sie stopfte es tief unter übrigen Unrat und hoffte, dass es keinem auffallen würde.

Sie hielt noch durch bis zum 19. April, Dienstag nach Ostern. Hartensteins hatten sie gebeten, über Ostern noch zu bleiben. Es hatte sich noch keine Nachfolgerin gefunden, und sie bedauerten inzwischen Ilses Ausscheiden. Sogar ein freundliches Zeugnis hatten sie verfasst.

Abends kam sie in Dresden an. Da Bruno beim Arbeitsdienst war, hatte sie wenigstens sein Zimmer, wohin sie sich zurückziehen konnte. Ihr Vater und sie hatten sich wenig zu sagen, er hätte es lieber gesehen, wenn sie in Neugersdorf geblieben wäre.

Am 9. Mai ging Ilse zu Dr. Heuner. Vergeblich hatte sie versucht, die Erinnerung an ihr Unglück aus ihrem Bewusstsein auszublenden. Die Pforte, die der Teufel aufgebrochen hatte, hatte sich entzündet, es schmerzte nicht, aber Ilse ertastete erschreckt eine kleine harte runde Stelle. Außerdem war ihre Monatsregel ausgeblieben.

Dr. Heuner hörte sich Ilses leidvolles Erlebnis an. Er untersuchte sie und fand seinen Verdacht bestätigt. Ilse war schwanger und mit Syphilis infiziert. Manchmal hasste Heuner seinen Beruf, warum war er nur Frauenarzt geworden? Wie viele Konflikte wären ihm doch bei Hals- Nasen- Ohren erspart geblieben.

Welchen Rat sollte er ihr geben? Er kannte die Familie Feldt gut, Konrads Geburt hatte er überwacht und Herta Feldt und ihre Tochter viele Jahre betreut.

„Die Syphilis können wir heute ganz gut behandeln. Ich kann Ihnen eine Spritze geben, Solu-Salvarsan, nur habe ich das Präparat nicht vorrätig. Ich kann es bis in einer Woche verfügbar haben."

„Aber ich kann doch dieses Kind nicht bekommen! Was soll ich denn tun?"

Dr. Heuner konnte ihr keine Hilfe anbieten. Abtreibungen wurden strengstens bestraft.

„Wenden Sie sich an den Verein ‚Lebensborn'. Sie können Ihr Kind in einer solchen Einrichtung austragen und zur Welt bringen. Ich schreibe Ihnen eine Adresse auf in Wilthen, dort ist eine Antragsstelle für die Aufnahme im ‚Lebensborn e.V.' Sie erfahren dort alle Einzelheiten.

Und kommen Sie nächste Woche wieder in meine Sprechstunde."

Ilse verließ das Arztzimmer, ihr Herz hämmerte und ihre Beine zitterten, als sie den Termin mit der Sprechstundenhilfe vereinbarte.

Zu Hause angekommen, schlich sie rasch am Zimmer ihres Vaters vorbei, dem Kabuff, wie Bruno es nannte. Friedrich wühlte sich durch seine Korrespondenz und klapperte wie von ihm gewohnt auf seiner Schreibmaschine.

Sie hielt es in der Wohnung nicht aus. Leise schloss sie die Wohnungstür, Friedrich sollte sie nicht bemerken. Sie hastete die Wiener Straße hinunter, über den Richard-Strauß-Platz, die Mozart-, die Richard-Wagner-, die Beethoven-Straße, die Herderstraße bis zur Einmündung der Voßstraße. Sie lief die paar Schritte bis zu ihrem ehemaligen Wohnhaus, ging langsam und traurig daran vorbei. „Hoffmann“ stand auf dem Klingelschild, ein kleines Mädchen spielte im Garten mit einer Katze. Ilse blickte auf die Steintreppe, die zum Hauseingang hinaufführte und sah das Foto aus dem Album vor sich, die ganze Familie Feldt, Papa, Mama, Georg, Hartmut, Christian, Ilse und Konrad-Bruno.

Christian war nun schon acht Jahre tot. Sie dachte daran, wie er damals nach dem schrecklichen Streit mit Friedrich aus dem Haus gelaufen war. Er war zur Oskarstraße gerannt, hinunter zum Bahngleis, und hatte sich vor den einfahrenden Zug geworfen. Sie hatten ihn auf dem Johannis-Friedhof beerdigt, Christian, der so hübsch ausgesehen hatte und so wunderschön zeichnen konnte.

Ilse ging weiter bis zur Tiergartenstraße und betrat den Großen Garten.

Am Carolasee setzte sie sich auf eine Bank, die traurige Erinnerung an Christian verstärkte ihre Verzweiflung noch.

Er war ganz anders als Georg und Hartmut gewesen, hatte Spaß am Fußballspielen, aber weniger am Lernen. Immer wieder brachte er schlechte Noten für seine Klassenarbeiten nach Hause und musste sich dann seine erfolgreichen älteren Brüder vorhalten lassen. Für sein zeichnerisches Talent fand er bei seinem Vater keine Anerkennung. Herta schätzte dieses wohl, konnte aber auf Friedrichs Sichtweise keinen Einfluss nehmen.

Am 27. Februar 1930 hatte Christian erfahren, dass er nicht versetzt werden könnte. Er hatte seinem Vater am Abend davon berichtet und ihm seinen Plan eröffnet, dass er auf die Kunstakademie gehen wolle. Maturum würde er dafür keines brauchen, und dort dürfte er endlich seine Begabung einsetzen.

Friedrichs wütender Ausbruch hatte Christian keinen Raum mehr für eine Zukunft gelassen.

Und wie sollte ihre, Ilses Zukunft aussehen?

Sie ging wieder nach Hause, schrieb einen Brief an ihre Mutter, denn am folgenden Sonntag war Muttertag. Über ihr schreckliches Erlebnis berichtete sie mit keinem Wort. Sie würde ja bald nach Hamburg ziehen, teilte sie Herta mit, und wie sehr sie sich darauf freute. Während sie den Brief zur Post brachte, wurde ihr bewusst, dass nicht Hamburg, sondern Verzweiflung, Entsetzliches auf sie wartete.

Am Freitag suchte sie die Antragsstelle des Lebensbornvereins in Wilthen auf. Dort erhielt sie eine Liste der Unterlagen, die sie vorzulegen hätte, damit ihr Antrag bearbeitet werden konnte.

Den „Großen Abstammungsnachweis“ besaß sie bereits, da sie ihn bei ihrer Prüfung gebraucht hatte. Neu waren die weiteren geforderten Unterlagen. Ein „Erbgesundheitsbogen“ sollte Aufschluss geben, ob mögliche erbliche Belastungen in der Familie vorlägen. Ein „ärztlicher Untersuchungsbogen" sollte Angaben über ihren Gesundheitszustand und die „rassische Beurteilung" enthalten. Sie würde sich dafür an Dr. Heuner wenden.

Zudem musste sie einen Fragebogen zu ihrer Person ausfüllen. Gefragt wurde nach ihrem Beruf, ihrer Krankenversicherung und der Parteizugehörigkeit. Ein handgeschriebener Lebenslauf mit Foto war außerdem verlangt.

Ilse konnte natürlich keinen Mann als Vater ihres Kindes angeben. Daher wollte ihr die Sachbearbeiterin auch nicht zusagen, dass sie in das Lebensborn-Programm aufgenommen würde. Denn von den Vätern wurden die gleichen Nachweise verlangt.

Ilse sollte eben erst einmal für sich selbst alle Angaben liefern.

Es war später Nachmittag, als sie die Antragsstelle verließ. Sie stellte sich vor, wie sie zusammen mit anderen Frauen in einem geschlossenen Heim leben würde, wie sich dieses erzwungene Kind in ihr immer mehr ausbreiten würde, ihren Körper verformen und sie schließlich zerreißen würde, um zu leben. Und dann müsste sie noch dankbar sein, wenn sie überhaupt in dieses Gebärprogramm aufgenommen werden sollte. Ein Kind mit einem Dämon als Vater, sollte das leben dürfen? Und wie würde ihr eigenes Leben weitergehen, nachdem sie das Teufelsbalg geboren hatte?

Hamburg rückte in unerreichbare Ferne und niemanden gab es, dem sie ihr unendliches Unglück hätte mitteilen können, nicht ihrer Mutter, nicht Magdalene, nicht ihrem Vater oder ihren Brüdern.

Ilse lief durch Wilthen, Straße für Straße, vorbei an Menschen, die von ihr nichts wussten, die ihre Hoffnungslosigkeit nicht bemerken konnten. Sie war so allein.

Als sie schließlich den Bahnhof erreicht hatte, war der Zug nach Dresden schon eine halbe Stunde zuvor abgefahren. Drei Stunden später fuhr erst der nächste.

Sie würde nicht mit ihm fahren. Sie würde niemals mehr mit einem Zug fahren. Sie würde niemals mehr glücklich sein. Langsam verließ sie den Bahnhof, ging an den Gleisen entlang, ging ihrem Schicksal entgegen.

Aus dem Dunkel näherte sich ein Zug. Ilse rannte vom Bahndamm hinunter, überschritt die trennende Absperrung und setzte sich auf das Gleis, die ankommenden Lichter im Rücken. Sie dachte an Christian, den sie bald treffen würde. Es war kurz vor Mitternacht.

Als Todestag wurde der neue Tag amtlich festgelegt.

Ilse hatte ihre Papiere bei sich, Friedrich konnte rasch benachrichtigt werden. Als Dr. Heuner von dem Unglück erfuhr, brach er seine Schweigepflicht und teilte Friedrich den schrecklichen Hintergrund von Ilses Entschluss mit.

Ilses Leichnam wurde nach Dresden überführt und vier Tage später auf dem

Johannis-Friedhof bestattet, trotz des Freitods mit dem Segen des Pfarrers und der Kirche.

Hartmut hatte das unfassbare Geschehen durch einen Telefonanruf Friedrichs in der Redaktion erfahren und war mit Herta zusammen noch an Ilses Todestag von Hamburg nach Berlin geflogen. Hartmut und Georg fuhren anschließend mit Georgs Dienstauto weiter nach Dresden und Herta blieb über Nacht bei Magdalene und Regina. Die Zugfahrt nach Dresden am nächsten Tag kam ihr vor wie eine Reise zum Schafott. Bruno hatte für die Beerdigung seiner Schwester mit Sondererlaubnis drei Tage frei bekommen. Magdalene und Regina blieben in Berlin.

Herta stand mit leeren Augen am Grab ihrer beiden Kinder. Sie wusste, ihr Leben würde Kummer sein, sie würde nie wieder fröhlich werden.

Bruno kehrte traurig zum Arbeitsdienst zurück.

„18. Mai 1938, abends

Du liebe, einzige Mama!

Die Rückkehr ins Lager und die ersten Stunden des nächsten Morgens fielen mir so ungeheuer schwer. Mit all meinen Gedanken war ich doch immer noch in Dresden, war ich mit Ilse und Euch zusammen. Es sind diese Tage die bedeutungsvollsten meines bisherigen jungen Lebens gewesen.

Es kostete mich größte Überwindung, und ich musste strenge Selbstzucht an mir üben, damit ich schnell den erneuten Anforderungen des alltäglichen Dienstes gerecht werden konnte, mit dessen Wesen persönliches Leid eines Einzelnen nun eben nicht vereinbar ist.

Während wir zur Baustelle marschierten, konnte ich den Gedanken nachhängen, die mich so tief bewegten. Und Ilse schien mit mir und vor mir zu gehen, und hinter mir war es wie ein lichter Schein. Und während wir Volkslieder sangen, Lieder, die Ilse ja auch so liebte, kamen mir die Tränen.

Ich denke an die Stunden in Dresden, die unsere Familie, alle beieinander, verbringen konnte. Es war doch tröstend, ausgleichend und lindernd, diese Zeit. Angefangen mit der würdigen Beisetzung und der herrlichen Rede des Pfarrers, das Beisammensein im schönen ‚Engau', und endend mit dem letzten Besuch in der Wiener Straße und dem Abschied am Hauptbahnhof. Alles war so schön und soll uns Kraft für alle Zukunft geben. Gesegnet seien diese beiden Tage, die so würdig dem Gedenken in Ilses ‚ungeliebter' Stadt geweiht gewesen sind.

In vierzehn Tagen erhalte ich Urlaub. Dann werde ich bei Dir sein. Es soll eine schöne Zeit werden, wenn wir drei, Ilse, Du und ich, Zwiesprache halten werden, heiter, nicht verzweifelnd.

Immer Dein kleinster, aber großer, Dich beschirmender Sohn, Dein Konrad"

Brunos Zeit beim Arbeitsdienst sollte im September enden.

Danach musste er sich dringend um einen Ausbildungsplatz bemühen. Im August wurde ihm noch eine kleine Erholungszeit vom Arbeitsdienst ermöglicht, weil er wegen einer Wucherung am Knie operiert werden musste, im Stadtkrankenhaus von Großenhain. Es war keine große Sache, eine kurze Injektion, ein paar Schnitte, ein paar Nahtstiche, dann war es vorbei. Eine Woche lang Ausschlafen, gutes Essen, Bruno genoss seinen „Urlaub" im Krankenhaus, auch wenn er im Sechsbettzimmer mit noch fünf anderen Kranken lag: Blinddarm, Beinbruch, Stichverletzungen, Leistenbruch und Rachenmandeln.

Er schrieb einen Brief an Georg auf Büttenpapier, vornehm in gebrochenem Weiß, A4-Format in der Mitte gefaltet auf Heftgröße, auf der Vorderseite oben in Braunton das Foto eines entschlossen blickenden Adolf Hitlers im Profil. Die Briefbögen hatte Bruno vom „Beinbruch" erhalten, mangels Feder schrieb er mit Bleistift. „Sobald ich mit dem Arbeitsdienst fertig und wieder in Dresden bin, werde ich mein Bewerbungsschreiben und meinen Lebenslauf verfassen."

Friedrich hatte sich im August auf eine Werbetour begeben für seine neueste Verdienstquelle, der Vertretung für Moselweine. In einem Brief an Bruno beklagte er sich über schlechte Geschäfte. In der Gegend um Salzburg hatte er seine Weine angeboten, aber bisher keine Bestellungen erhalten. Wo doch Österreich seit März ein Teil des Deutschen Reiches war, im April abgesegnet durch eine Volksabstimmung!

Der neue deutsche Wirtschaftsminister Funk hatte in Friedrich einen großen Verehrer gefunden. Friedrich legte seinem Brief den Abdruck einer Rede bei, die Funk in Königsberg gehalten hatte, eine wundervolle Rede, wie Friedrich es ausdrückte.

„23. August 1938. Die Welt ist sehr bewegt, doch glaube ich an die Aufrechterhaltung des Friedens – dank Hitler! Er ist die Auferstehung und das Leben für unser Vaterland! Tod den Meckerern!" schrieb Friedrich an seinen Jüngsten.

Friedrich hatte sich ein Bewerbungsschreiben für Bruno ausgedacht, dessen Entwurf er seinem Brief beilegte:

„Hierdurch erlaube ich mir, auf die Rücksprache Bezug zu nehmen, die mein ältester Bruder, Herr Dr. Ing. Georg Feldt, vor einiger Zeit mit Ihnen, sehr geehrter Herr Leinau hatte, und in welchem Sie sich zu meiner größten Freude bereit erklärten, mich eventuell in Ihrem Handelshause eine kaufmännische Lehre machen zu lassen, die mich befähigen würde, nach einem Jahr nach Caracas zu meinem Onkel Alfredo Munk wechseln zu können, mit dem Ihre hoch angesehene Exportfirma in regelmäßiger Geschäftsverbindung steht. Mein Onkel hat, glaube ich, bereits ein gutes Wort für mich eingelegt, und wie mir mein Bruder sagte, ließe sich der Wunsch meines Onkels, der auch von ganzem Herzen der meine ist, verwirklichen, unter Ihren Augen etwas Tüchtiges zu erlernen, um erstens Ihnen selbst in Hamburg nützlich zu sein und zweitens später ein guter Kaufmann zu werden.

Dass hierzu in Ihrem Ehrenhause Gelegenheit für mich ist, wäre eine Folge Ihres gütigen Wohlwollens, wofür ich Ihnen von Herzen großen Dank schulden würde.

Wie es sich gehört, erlaube ich mir, über meine Person Folgendes zu sagen:

Geboren bin ich am 12.2.1920 zu Dresden als Sohn des Kaufmanns Konsul a.D. Friedrich Feldt und habe zuerst das König-Georg-Gymnasium und später die Öffentliche Handelslehranstalt der Dresdner Kaufmannschaft bis zum Einjährigen absolviert. Leider verlor ich durch den Übergang auf die Handelsschule mehr als ein Jahr, weil die sprachlichen Kurse des KGG nicht mit denen der Handelsschule übereinstimmten.

Anbei erlaube ich mir, die Abschrift meines Entlassungszeugnisses zu senden.

Zur Zeit diene ich mein freiwilliges Halbjahr im Reichsarbeitsdienstlager Ponickau ab und komme Ende September zur Entlassung, sodass ich alsdann nach Hamburg zu meinem dort als Diplomvolkswirt lebenden Bruder Hartmut Feldt ziehen kann, wo auch meine Mutter lebt.

Ich hoffe, dass Sie mir die Volontär-Lehrstelle, um die es sich handelt, übertragen und verspreche Ihnen schon heute gute Führung, Pflichttreue und hohen Eifer, um während der verhältnismäßig kurzen Zeit so viel zu erlernen als nur irgend möglich.

Falls Sie es für nötig halten, sich noch weiter über mich zu informieren, wird mein Bruder Hartmut Feldt, erreichbar über Pressedienst Hansa im Börsengebäude (Handelskammer), wo er als Schriftleiter wirkt, auf Wunsch jederzeit bei Ihnen vorsprechen.

Diesen Bewerbungsbrief habe ich auf Veranlassung meines Vaters geschrieben, der mit dem Vorhaben in jeder Beziehung einverstanden ist, und der sich Ihnen bestens empfehlen lässt. Er war längere Jahre Konsul von Venezuela und hat vor seiner dreißigjährigen Tätigkeit als Direktor in eigener Firma in Übersee und im Hamburger Exporthandel gearbeitet.

In Entgegensehung Ihrer freundlichen Antwort bin ich mit größter Hochachtung und Heil Hitler

Ihr ..."

Bruno bedankte sich höflich bei seinem Vater, verwendete für sein Bewerbungsschreiben aber einfachere Worte, zu so viel Unterwürfigkeit war er nicht bereit.

Sein Arbeitsdienst sollte statt bis Ende September noch bis Ende Oktober dauern. Hilfesuchend wandte sich Bruno an Hartmut in Hamburg:

„Ponickau, am 2. Oktober 1938

Lieber Hartmut!

Obwohl nun eine in solchem Maße wohl beim besten Willen niemals von uns so erwartete politische Ära begonnen hat, kann ich noch nicht zu Euch kommen. Noch immer besteht die Urlaubssperre, und falls sie aufgehoben wird, folgen am 9. 10. die Feierlichkeiten zum Erntedankfest.

Hier im Lager habe ich kaum Muße, irgendwelche einwandfreie geistige Arbeit leisten zu können. Dennoch habe ich das Schreiben an Leinau und den Lebenslauf fertig. Ich lege es diesem Brief bei mit der Bitte, es zusammen mit den bei Dir lagernden Zeugnissen an Leinau zu senden. Bis zum Ausscheiden habe ich dann die Antwort. Das Datum der Entlassung liegt zwischen dem 18. und 26. Oktober. Mein Eintritt bei Leinau wird also wahrscheinlich der 15. November sein.

Was man da alles so hört und liest: Wir, die unmittelbar Erlebenden, begreifen die ungeheure Bedeutung und Tragweite dieser noch nie dagewesenen neuen Welthistorie. Es ist ja so wunderbar.

Euer Konrad-Bruno"

Georg erhielt ein Doppel des Briefs.

Brunos Bewerbung war erfolgreich, die Firma Walter Leinau stellte ihm den angestrebten Ausbildungsplatz in Aussicht.

Anfang November traf er in Hamburg ein. Dass er bei Hartmut und bei seiner Mutter wohnen würde, stand für ihn außer Frage. Hartmut war es schließlich gelungen, im gleichen Haus eine Dachkammer günstig anzumieten. Konrad konnte dort schlafen, bis zum Zubettgehen oder tagsüber an den Sonntagen sollte er sich in der Wohnung aufhalten dürfen. Die Kammer war nicht heizbar, und die Toilette im Treppenhaus lag einen Stock tiefer. Doch Konrad gab sich mit dieser Lösung zufrieden, Hauptsache er hatte ein Bett.

Als Kind hatte er alle Bücher von Johanna Spyri über „Heidi" gelesen. Die Bücher hatten Ilse gehört. Sein Dachzimmerchen erinnerte ihn an Heidis Schlafkammer. Er lag oft abends im Bett und stellte sich vor, dass über ihm wie bei Heidi der Sternenhimmel auf seine Träume wartete.

Vor Antritt seiner Lehre musste er aber noch aufs Arbeitsamt gehen. Dort erfuhr er, dass er, um eine Lehrstelle in der Stadt Hamburg antreten zu können, erst verschiedene Anträge ausfüllen müsse. Zusammen mit Hartmut und dem Buchhalter von Leinau beantwortete er die Fragebögen und gab sie beim Arbeitsamt ab. Ein paar Tage später erhielt er die Mitteilung, dass erst geprüft werden müsse, ob er überhaupt zum kaufmännischen Beruf geeignet sei. Bruno eilte aufs Arbeitsamt, dort händigte man ihm ein Formular für „männliche ältere Ratsuchende" aus, das er ausfüllen sollte. Dann würde er weiteren Bescheid bekommen, ob er zu einer Eignungsprüfung aufgefordert werde.

Sein Schulabschluss wurde anerkannt und auf die Eignungsprüfung verzichtet. Die Lehre konnte also beginnen. Doch vorher musste Bruno noch ein Arbeitsbuch beantragen.

Zusammen mit vielen anderen hatte er in einer langen Menschenschlange zu warten, bis er schließlich das Arbeitsbuch erhielt, ein dünnes Heft, das jedem Arbeitgeber vorgelegt werden musste. Im Arbeitsbuch wurden die ausgeübten Tätigkeiten schriftlich festgehalten, bei Lehrlingen auch die Lehrinhalte. Ein Wechsel der Arbeitsstelle war so mit dem Einverständnis des vorherigen Arbeitgebers verbunden und dadurch die Berufsfreiheit weitgehend eingeschränkt.

Bruno wurde Mitglied in der Deutschen Arbeitsfront DAF. Denn als Angehöriger dieser Organisation kam man in den Genuss verbilligter Abendkurse, und er wollte Spanisch und Steno belegen.

In seinem neuen Aufgabengebiet fand er sich rasch zurecht und hielt sich schon nach wenigen Tagen für hoch kompetent. Seine Lehrfirma unterhielt Geschäftsbeziehungen mit Argentinien, Venezuela, Ecuador, Uruguay, Bolivien, Chile und Peru. Insgesamt waren achtzehn Mitarbeiter beschäftigt, davon sechs Lehrlinge.

Begeistert schrieb er an Georg, nachdem er gerade die erste Arbeitswoche hinter sich hatte:

„Es ist so unendlich viel, was ich schon in der kurzen Zeit gelernt habe. Wenn das so weitergeht, habe ich in wenigen Tagen bald das ganze Aufgabengebiet eines Lehrlings im Exporthandel kennengelernt und auch begriffen. Sieben Monate lag der Geist brach, wurde systematisch abgetötet, so wie es eben im RAD nur sein kann. Ich habe versucht, meine Gehirnmasse nicht völlig einrosten zu lassen. Anderen ist das nicht gelungen, sie waren nach diesen Monaten oft völlig unbrauchbar geworden und erschreckend stehengeblieben. Doch nun werde ich meinen Geist schleifen, so wie man uns vorher geschliffen hat auf Kosten des Geistes."

Er konnte sich wegen seines Abschlusses bei der Höheren Handelsschule von der Berufsschulpflicht befreien lassen, sollte aber freiwillige Kurse zur Vorbereitung auf die Kaufmannsgehilfen-Prüfung besuchen, vier Stunden pro Woche.

Nach zwei Wochen in seinem neuen Arbeitsleben kam der Bescheid von der Handelskammer, dass sie mit dem Lehrvertrag nicht einverstanden sei. Statt einer wie im Vertrag festgelegten Ausbildungszeit von einem Jahr sei eine dreijährige Lehrzeit Pflicht. Bruno besorgte sich von seiner Schule in Dresden eine Bescheinigung, dass er mit seiner Mittleren Reife wenigstens nur eine Lehrzeit von zwei Jahren ableisten müsse, was die Kammer schließlich anerkannte. Doch waren statt einem Jahr zwei Jahre Lernen angesagt.

Südamerika war nicht mehr so nah, Onkel Alfredo Munk in Caracas würde ihn erst zwei Jahre später in seiner Firma aufnehmen können. Von solchen Plänen sollte Herr Leinau nichts erfahren, Bruno hatte bei seiner Bewerbung verschwiegen, dass er keineswegs in seiner Lehrfirma bleiben, sondern in das Exportgeschäft seines venezolanischen Patenonkels eintreten würde.

Das Verhältnis zu seiner Mutter Herta gestaltete sich äußerst schwierig. Hertas Grundtraurigkeit hatte sich nach Ilses Tod weiter gesteigert. Besorgt schreibt Bruno an Georg:

„Hamburg, 16. Dezember 1938

Mama ist eine wandelnde Sorge und nur noch ein Schatten ihrer selbst. Sie ist oft völlig niedergedrückt und überempfindlich. Ich kann es ihr auch mit gar nichts recht machen. Sie macht mir Vorwürfe, die sich zu schweren Angriffen erweitern können, bis sie dann selber nicht mehr weiß, was sie sagt. Und immer wieder werden mir bei den kleinsten Anlässen, die an sich gar keinen Grund zur Debatte böten, die Vergleiche mit Ilse vorgehalten, wie sie gewesen ist und dass kein Mensch in der weiten Welt ihr gerecht werden könnte. Und schließlich erinnert sie mich furchtbar leiderfüllt an Ilses Worte, als sie von daheim auszog, nämlich ich solle sie bei Mama ersetzen. Das kann ich nicht."

Georg und Hartmut sollten sich außerdem an Brunos Hockey-Ausrüstung für den HTHC, den Hamburger Tennis- und Hockeyclub beteiligen: Hemd und Hose, Stutzen, Socken, Gürtel und Schienbeinschützer, zusammen 20.- Mark. Bruno war nämlich Mitglied im Hockeyclub geworden, als Ausgleich zu den aus seiner Sicht ungeheuren nervlichen Belastungen, denen er beruflich und privat ausgesetzt war.

Geld war bei Bruno stets zu wenig vorhanden, der Lehrling Konrad Feldt ging schließlich täglich zu einem privaten Mittagstisch in der Nähe, was die wenigsten der Angestellten machten („die meisten ‚butterbroten'"). Das Essen kostete RM -.80, bei seinem Monatsverdienst von 18 Mark und den 20 Mark, die er als Unterstützung von seinem Onkel Alfredo aus Caracas erhielt, blieb für Hockey-Utensilien natürlich nichts übrig.

In der Wohngruppe im Hamburger Krohnskamp 72, Zweiter Stock, Herta, Hartmut und Bruno, gab es immer wieder kleine Streitereien untereinander. Zum einen die schwermütige Herta, die sich an nichts mehr freuen wollte, zum anderen der Gernegroß-Bruno, der sich von seinem Bruder Hartmut manchen Spott oder unwillkommene Wahrheiten anhören musste.

Und dann hatte Hartmut doch auch noch seine Freundin! Gerda Kühnert wohnte noch bei ihren Eltern, aber sie kam immer öfter bei Feldts zu Besuch. Herta und Bruno nannten Gerda nur „das schüchterne Mädchen".

Von Georg musste sich Bruno ermahnen lassen: „Nimm dich nicht so wichtig!" Georg nahm damit Bezug auf Brunos Klagen über die Zustände im Krohnskamp.

Zu Ostern nahm der HTHC an einem Hockey-Turnier in England teil. Bruno durfte in der dritten Mannschaft spielen.

„Hamburg, 13. März 1939

Lieber Georg, liebe Magdalene!

Heute früh ist Euer Bruno mit SS Bury, einem Dampfer der Associated Humber Lines, aus ‚Merry old England' wieder in der Heimat angekommen!!!

Das ist der Abschluss einer aufregenden, schönen und unvergesslichen Zeit. Zehn Tage dauerte unsere Hockeyfahrt in England, die uns durch vier Orte führte:

Scarborough, dem berühmtesten und schönsten englischen Seebad,

York, der wunderbaren alten Stadt,

Harrogate, dem schönsten und bedeutendsten englischen Kurort im Herzen Englands,

Worksop, dem bedeutenden und modernen englischen College in der Nähe vom Sherwood-Forest, der Heimat Robin Hoods.

Ausgang und Ende meiner Reise war das Fischerstädtchen Grimsby mit seiner bekannten Fußballmannschaft.

Wir starteten in Hamburg am 1. März abends, wolkig, kalt und Windstärke sieben. Für die gesamte Nordsee war Windwarnung erteilt. Von unserer Mannschaft (dreizehn) waren acht seekrank, darunter ich. Die Überfahrt dauerte dreiunddreißig Stunden, Freitag früh kamen wir in Grimsby an. Mit der Fähre ging es über den Humber nach Hull und von dort mit dem Zug nach Scarborough. Diese Stadt war der Höhepunkt dieser wunderbaren Reise, ein Platz auf der Welt, den ich nie vergessen werde.

Es war alles anstrengend, aber wir wurden überschüttet mit nicht zu überbietender Wärme, Herzlichkeit, Freundlichkeit und Höflichkeit. Dauernd bekam das Auge Neues zu sehen, eine Rundfahrt durch den Ort, Empfang mit ‚High Tea' beim Bürgermeister und seiner Gattin, Besuch des Fußballspiels Leeds United (I. Division der englischen Liga) gegen Scarborough FC, Kino etc.

Es war so schön, dass es mir heute wie ein Traum erscheint.

Die Seele dort war die Frau des Headmasters des Scarborough College, Frau Simpson, sie war die frohe, sprudelnde und kluge Liebenswürdigkeit in Person. So etwas Warmes und Herzliches – fast wie eine dreißigjährige Sudetendeutsche! Und die Jungs waren auch sehr nett.

Das Spiel war wohl das leichteste, das wir auf unserer Reise hatten, doch wurde es am schwersten gewonnen, da wir noch unter den Nachwirkungen der Schaukelei zu leiden hatten. Ergebnis: 7:6 (4:1) gegen ‚The poor team of Scarborough'. Das war der verheißungsvolle Auftakt.

Am Sonntag hieß es Abschied nehmen und der Zug führte uns – Compartment reserved for HTCT – nach der Hauptstadt der Grafschaft Yorkshire, York.

In York vermuteten wir einen wesentlich kühleren Empfang, denn wir hatten gehört, dass St. Peter's School eine der ältesten englischen Public Schools wäre und sie daher dort besonders stolz seien.

Am Bahnhof in York erwarteten uns auch nur drei Masters, der Headmaster hatte es vorgezogen, nicht zu erscheinen. Auch in den beiden folgenden Tagen war der äußerst zurückhaltend und dies erst recht, als wir gesiegt hatten.

Noch in Scaborough hatten wir in der Lokalzeitung eine großartige Kritik über ein Spiel der beiden Mannschaften der stärksten nordenglischen Pubic Schools gelesen, Worksop gegen St. Peter's School 4:2. Und gegen beide hatten wir zu spielen! In York feierten wir unseren ersten großen Erfolg dort, wir schlugen St. Peter's 3:2 (1:1).

Doch zurück zum Bahnhof. Wir wurden von dort mit einem Wagen zum Temple House gefahren, eines der vielen Häuser des College. Dort kümmerten sich die Headboys oder Perfects um uns. Wir wurden durch alle Räume geführt, durften auch die Arbeits- und Schlafräume der Jungs sehen. Essen gab es in der Dining-Hall, es war erlesen. Was alle da drüben gefressen haben, ist ungeheuer!

Die Speisen waren stets sehr reichhaltig, immer, sogar mittags, einen Fleischgang, herrliche Frischgemüse (Spinat, Rosenkohl, Blumenkohl, gedünstete Riesenzwiebeln usw.), beste Kartoffeln, meist als Mus oder Bällchen, sehr gute, stark gewürzte Saucen.

Das Herrlichste waren aber die Nachtische, meistens Mehlspeisen (warm) mit einer Eier-Vanille-Sauce (Custard), innendrin Jam, Äpfel oder Birnen.

Nach dem Mittagessen gingen wir in kleinen Gruppen in die Stadt. Es war sehr windig, besonders stark spürten wir das auf dem Stadtwall, einer echten Sehenswürdigkeit. Der Wall besteht aus einer Nordhälfte und einer Südhälfte, die etwa einen Kilometer auseinander liegen. Dazwischen steht der prachtvolle alte Bau des schönsten englischen Münsters (neben der Kathedrale von Canterbury). Von seiner Innenarchitektur mit wundervollsten Buntglasfenstern war ich derart überwältigt, dass diese normannische Kultur ebenso hochstehende Kunstdenkmäler hinterlassen hat wie wir bei uns beispielsweise mit dem Kölner Dom haben. Das Münster von York ist noch schöner, vor allem lieblicher.

Sowohl in York wie auch in Harrogate war ich in Familien untergebracht.

Mit der Sprache hatte ich keine Probleme, ich bin mit meinem guten englischen Schulfundament gut zurechtgekommen.

Ich wohnte in York bei meinem ‚Jungen', dem sechzehnjährigen Jim Inglis, in einer hübsch gelegenen englischen Villa unweit der Schule. Seine Eltern waren typische Engländer, der Vater ein ruhiger, freundlicher Mann, etwa fünfzig, die Mutter etwa fünfundvierzig. Jim hatte noch einen kleinen Bruder, elf Jahre alt.

Das erste, was ich in dem Esszimmer nicht sah, war der Tisch. Der war nämlich vollständig zugedeckt mit tausenderlei Delikatessen und Leibesgenüssen. Die Augen wussten gar nicht, wohin sie zuerst sehen sollten. Bescheiden suchte ich aber nur fünf verschiedene Sachen aus. Ein fürwahr phantastisches Gesamtbild einer englischen Abendplatte: goldgelb in Rosetten arrangierte New Zealand Butter, bester Schinken, phantastische Toasts, Sandwiches, Fisch mit einer wundervollen englischen Tomatensauce (heißt Ketchup), Mayonnaise, die Saucen in Flaschen.

Ich sparte nicht mit meiner Bewunderung, hielt mich nie mit meinem Lob zurück, wenn Anlass dazu war. Ich ließ mich nicht einschüchtern, es fiel mir auch nicht schwer, eine der englischen ähnelnde natürliche Sicherheit, gepaart mit Indolenz, zur Schau zu tragen.

Am folgenden Tag stieg unser zweites schweres Spiel gegen die Mannschaft der St. Peter's School.

Und wir gewannen 3:2 (1:1)!

Am Mittwoch ging es nach Harrogate, dem englischen Kur-Schwefelbad, wo wir liebenswürdig von dem Mann empfangen wurden, der die ganze Reise ausgearbeitet hatte.

Harrogate war der krönende Abschluss. Die Ashville-College-Mannschaft war im Jahr zuvor in Hamburg gewesen, so war eine ungezwungene, herrliche Kameradschaft entstanden. Nie werde ich vergessen, wie wir unter dem Jubel der Engländer deutsche Volkslieder sangen. Aber unser Spiel fiel aus, weil es der einzige verregnete Tag war.

Auch hier hatte ich nette Gastgeber, ein Ehepaar mit einem Jungen. Auch hier diese Zuvorkommenheit. Andauernd wurde ich nach meinen Wünschen gefragt."

Bruno konnte in England noch nicht ahnen, dass das friedliche Miteinander in der Welt bald zu Ende gehen sollte. Seine Erzählung vom Ausflug ins englischen Schlaraffenland musste im Berlin der Vorkriegstage, als es schon länger nicht mehr alles zu kaufen gab, für Georg und Magdalene wie ein Märchen geklungen haben.

Seine freundlichen Gasteltern würden sich später schmerzlich bewusst werden, einen Feind beherbergt zu haben.

September 1939, der Krieg war da.

Die Firma Leinau lebte von Exporten nach Südamerika, die wegen der Verhältnisse nicht mehr möglich waren, die Firma war durch die englische Blockade von den ausländischen Märkten vollständig abgeschnitten. Sie würde zum 31. März 1940 ihren Betrieb weitgehend einstellen müssen. Brunos kaufmännische Lehre hing in der Luft, es fehlte ihm noch in ganzes Jahr.

Er schickte Bittschreiben an verschiedene Hamburger Betriebe, die ihm eine Lehrstelle für das Restjahr bieten sollten, vor seiner Unterschrift „Heil Hitler" oder „Mit deutschem Gruß".

Bei Hesse, Neumann & Co schien es erst, als könnte Bruno dort seine Ausbildung fortsetzen, dank der Schützenhilfe seiner Brüder Hartmut und Georg, die ihre Kontakte zur Hamburger Geschäftswelt einbrachten. Nach einer erst mündlich erfolgten Zusage machte die neue Lehrfirma einige Tage später im Januar 1940 einen Rückzieher:

„Wir bedauern sehr, Ihnen mitteilen zu müssen, dass wir unsere Absicht, Sie in unserem Hause Ihre Lehrzeit beenden zu lassen, leider aufgeben müssen, da wir durch den weiter verschlechterten Geschäftsgang Ihnen kaum die Möglichkeit geben können, Ihre Ausbildung bei uns abzuschließen."

Ein folgenschwerer Schachtelsatz.

Bruno bewarb sich erneut, versuchte es bei der Firma Otto Aldag. Im März 1940 wurde er dort aufgenommen. Die Firma handelte mit Chemikalien. Sein Arbeitstag dauerte von morgens acht bis abends sechs Uhr, dazwischen eine Stunde Mittag.

Sein Arbeitsgebiet war zum einen die Buchhaltung, aber auch die Abteilung Ein- und Verkauf. Bruno erkannte die große Bedeutung seiner Lehrfirma, als er in das Einkaufsverhalten Einblick erhielt. Aldag war zuständig für die Beschaffung von Glyzerin, das für die Rüstungsindustrie enorm wichtig war. Die Norddeutschen Glyzerin- und Fettsäure-Werke F. Thörl & Co. Act.-Ges. in Bergedorf bei Hamburg produzierten Glyzerin in Riesenmengen, bereits 1938 die Hälfte des deutschen Bedarfs, und über Aldag bezog die I.G. Farben ihr gesamtes Dynamit-Glyzerin.

Ende August sollte die Abschlussprüfung stattfinden. Bruno war überzeugt, dass er eine gute Note bekommen würde. Ob sich seine Südamerika-Pläne anschließend verwirklichen lassen würden?

Der Onkel in Caracas wartete ja auf ihn. In der Luft lag aber die drohende Einberufung.

Den schriftlichen Teil der Kaufmannsgehilfen-Prüfung brachte Bruno erfolgreich hinter sich. Zwei Wochen später folgte die mündliche Prüfung, und als Ergebnis erhielt er hoch zufrieden den Kaufmannsgehilfenbrief mit der Note „sehr gut".

Als Angestellter würde er übernommen werden. Vorläufig, bis zum Aufbruch nach Venezuela, wollte er diese Arbeit ausüben, mit der Aussicht auf ein richtiges Gehalt am Monatsende. Er würde endlich dem Prokuristen, den er immer wieder erfolgreich angepumpt hatte, sein Geld zurückzahlen können.

Mit dem Lehrlingssalär und der Unterstützung durch die Brüder war er nämlich nie ausgekommen. Und schon gar nicht, nachdem er Karina getroffen hatte. Karina wohnte zusammen mit ihrer Mutter ein paar Straßen weiter, er war ihr auf dem Weg zur Arbeit morgens immer wieder begegnet. Irgendwann hatte er es gewagt, sie zu grüßen und dann zu einer Tanzveranstaltung einzuladen. Bruno beschloss, dass sie seine zukünftige Gattin würde. Karinas Vater, ein deutscher Diplomat, lebte nicht mehr. Er war überraschend gestorben, kurz nachdem er mit seiner Familie von Moskau nach Hamburg übergesiedelt war. Karina und ihre Mutter, eine Russin, bildeten nach dem Tod des Vaters ein unüberwindliches Bollwerk, das zu erstürmen Bruno nie gelingen würde.

Bruno zieht in den Krieg

Brunos Pläne für 1940 hatten sich zerschlagen. Ein folgenschweres Einschreiben informierte ihn, dass er vom 1. Oktober an mit seiner Einberufung zu rechnen habe.

Karina und ihre Mutter waren Mitte September noch in der Sommerfrische im Allgäu, in Hindelang. Eigentlich hatte Bruno die beiden Frauen dort besuchen wollen, aber das Einschreiben platzte dazwischen.

Sein Arbeitsbeginn bei Aldag als wohlbestallter Commis, als kaufmännischer Angestellter, wäre auch der 1. Oktober gewesen. So endete die angestrebte Laufbahn vor ihrem Beginn. Unabkömmlich war er nun einmal nicht, als für tauglich befundener Wehrpflichtiger konnte er sich nicht u.k. stellen lassen.

Vielleicht gab es doch noch eine Möglichkeit, wie er dem Soldatensein entrinnen könnte. Sein Vorbild sah er in Georg, der nach Belgiens Kapitulation am 28. Mai 1940 bereits Mitte Juni in Brüssel seine Arbeit aufgenommen hatte.

Bruno kam auf die Idee, dass ein gut ausgebildeter Handelsgehilfe wie er sich als Assistent des Kontaktmanns der Firma Aldag nützlich machen und diesen auf seinen Reisen nach Belgien, Nordfrankreich oder Holland begleiten könnte. Dass inzwischen bereits tonnenweise Glyzerin aus Belgien bei Aldag eingetroffen war, hatte er schon festgestellt. Das Wehrbezirkskommando würde ihn bei einer Auslandstätigkeit zurückstellen, dann könnte er wenigstens ein paar Monate um den Kriegsdienst herumkommen. Und vielleicht wäre der Krieg dann auch schon vorbei?

Es klappte nicht so, wie Bruno es sich gewünscht hatte. Zwei Wochen Zeitspanne bis zur Einberufung waren zu kurz, Aldags Kontaktmann war unterwegs und nicht erreichbar und konnte daher nicht gefragt werden. Für Bruno gab es keinen Platz im besetzten Ausland, wo alles noch so friedlich wirkte.

Er musste sich mit seinem Los abfinden. In der Litzmann-Kaserne wurde er acht Wochen auf sein Soldatendasein vorbereitet. Nach drei Wochen Übungsdrill schworen die künftigen Krieger ihren Eid für Führer und Vaterland, bereit, alles zu geben.

Zunächst kam Bruno in die dritte Kompanie, aber er rechnete fest damit, dass er bald in die erste aufsteigen würde. Georg schickte ihm Zigaretten, Eckstein, die Bruno allerdings nicht übermäßig begeisterten. „Du rauchst ja selbst nicht und verstehst es eben nicht so wie ein Dandy like me, also: Camel oder Chesterfield oder andere gute Zigaretten bitte!" bedankte sich Bruno.

Nach der Ausbildungszeit in der Kaserne sollten sich zwei Jahre Dienst anschließen, das Wohin war unbekannt. Nachts war an Schlaf oft nicht zu denken, denn zwei bis dreimal gab es mehrstündige Übungsalarme, mit Stahlhelm und Gasmaske ging es dann in die Schutzräume. Trotzdem fühlte sich Bruno in der „Truppe" ganz wohl.

Er war bisher als „Fernsprecher" eingesetzt, eine Tätigkeit, die überwiegend technische Fertigkeiten verlangte. Kabel mussten über größere Strecken verlegt werden, was mit schwerer körperlicher Anstrengung verbunden war. Zielstrebig bewarb er sich um einen Posten als Funker, was eine eher geistige als manuelle Arbeit bedeutete. Dafür wurde eine psychologische Prüfung verlangt, die von 110 neuen Rekruten nur fünfzehn bestanden. Bruno war unter den Glücklichen und hoffte, dass er die Funkerstelle bekäme. Noch hatte er keine endgültige Zusage.

Fast täglich telefonierte Bruno mit seiner Mutter, die sich wegen seiner Einberufung schrecklich grämte. Dass zu allen anderen Kümmernissen, die ihr Leben so sehr beschwerten, auch noch ihr Jüngster in den Krieg ziehen sollte, war ihr kaum erträglich. Hartmut und Gerda hatten inzwischen geheiratet und wohnten in der Hochallee.

Herta lebte nun ganz allein im Krohnskamp.

Bruno träumte immer noch davon, ins westliche Ausland zu kommen. Georg sollte doch versuchen, für ihn in Brüssel eine Stelle zu finden. Sonst drohte der Kampf in Afrika oder Rumänien, wie viel besser wäre da Belgien! Doch Aldags Mittelsmann war nicht erreichbar, war unauffindbar im Raum Paris unterwegs.

Im Dezember 1940 wurden die neu Rekrutierten in Privatquartieren in der Umgebung von Dresden untergebracht, bis sie ihren Bestimmungsort erfuhren. Brunos Kompanie kam nach Großröhrsdorf, 35 km nordöstlich von Dresden.

Bis Januar sollten sie dort auf ihren Einsatz warten. Märsche und Übungen im verschneiten Gelände bestimmten ihren Alltag. Bruno beugte sich der Pflicht, aber trauerte dem vorläufigen Ende seiner Pläne nach. Er fühlte sich wie ein Vogel, dem man die Flügel gestutzt hatte.

Für die Weihnachtstage erhielt er Urlaub. Er fuhr nach Dresden zu Friedrich und feierte mit seinem Vater ein bescheidenes Fest, ohne Baum und Gans. Zum Glück wurden sie am ersten Weihnachtsfeiertag bei Tante Lotte eingeladen, die in bewährter Weise trotz des Krieges eine üppige Kaffeetafel vorbereitet hatte. Zwar gab es keinen Stollen, aber eine große Auswahl an köstlichen Zimtsternen, Kokosmakronen, Datteln, und als Krönung feine Scheiben vom Baumkuchen.

Die Kaffeegesellschaft machte Bruno Mut und wünschte ihm, dass er alles vor ihm Liegende gesund und unbeschadet überstehen möge. Und wenn Deutschlands Sieg ein endgültiger sein würde, könnte er mit dem stolzen Gefühl zurückkehren, dass er mitgeholfen habe.

Brunos Einheit wurde nach Rumänien geschickt. Nach fünf Tagen Zugfahrt ging es noch einen Tag weiter in Autokolonnen bis zum Zielort, von Bruno in seinen Briefen als „Südosten" bezeichnet. Im Februar 1941 kamen sie dort an. Er schreibt an Magdalene:

„Die Schneeschmelze leitet einen neuen Beginn ein, unseren Einsatz, den wir alle ersehnen. Immer steht über uns das eine Wort: Warten! Und ein anderes wird die Befreiung bringen: Endlich! Es wird kein Halten geben. Wo es den Feind zu schlagen gilt, wo er sich zeigen wird, dort werden wir ihn vernichten. Und verfolgen werden wir ihn bis zum Kap. Wenn auch die eigentliche Entscheidung durch die unvermeidliche Invasion auf britischem Mutterboden fallen wird, dann packen unsere Divisionen den Briten genauso ein."

Sein Tross zog weiter nach Bulgarien, dann nach Belgrad.

Im Mai erhielt Bruno Sonderurlaub, den er hauptsächlich in Hamburg verbrachte. Neben seiner Mutter lag ihm sein Mädchen am Herzen, Karina, die auf ihn warten wollte. Er tröstete Karina mit der tiefen Überzeugung, dass der Krieg bestimmt im Herbst zu Ende gehen würde.

In Belgrad hatte er wegen starker Zahnschmerzen den Truppenarzt aufgesucht. Eine Röntgenaufnahme seines Kiefers zeigte, dass sich an einer Zahnwurzel ein Granulom gebildet hatte. Eine Kieferoperation war notwendig, die er während seines Fronturlaubs in Deutschland hätte durchführen lassen sollen. Die Zeit dazu war aber zu kurz gewesen.

Inzwischen war seine Einheit nach Polen vorgerückt und Bruno samt Zahnschmerzen nach dort aus dem Urlaub nachgereist. Er suchte erneut den Truppenarzt auf, der ihn schließlich zur Operation nach Lublin ins Reservekriegslazarett

1/525 überwies. Ein PKW brachte ihn zusammen mit anderen Zahnkranken erst einmal nach Zamosc. Die Mitfahrenden stiegen dort aus, ihre Zahnprobleme waren weniger schwerwiegend und konnten dort behandelt werden. Doch Bruno musste operiert werden und wurde weiter nach Lublin gefahren. Zumindest war dieses beabsichtigt. Die Weiterfahrt gestaltete sich unerwartet kompliziert, begleitet von drei Pannen: Reifenplatten, Wasser im Benzin und Bremsblockschaden, die Vorderradbremse blockierte und lief heiß. Ein vorbeifahrender PKW nahm Bruno auf, und am Abend endlich war Lublin erreicht. Zehn Tage lang konnte er sich im Lazarett ausruhen, allerdings mit zwei Backenzähnen weniger.

Am 21. Juni 1941 kehrte er zu seiner Truppe zurück, bereit zum Aufbruch in die Ukraine.

Dort wartete ein sorgenvoller Brief Georgs auf ihn:

„Brüssel, 30. Juli 1941

Nachdem nun fünf Wochen dieses ungeheuren Kampfes im Osten gegen alle entfesselten Mächte der Hölle vergangen sind, wage ich den Versuch, Dir wieder einmal zu schreiben. Bisher hielt ich mich zurück, da ich einfach nicht für möglich hielt, dass unter den vorliegenden Umständen so etwas wie Feldpost überhaupt funktionieren könnte.

Ich will ganz sicher gehen und sende diesen Brief mit drei Durchschlägen, sodass Du ihn wahrscheinlich viermal bekommen wirst.

Ich hatte so gehofft, dass Deine Zahnsache in Lublin nicht rechtzeitig fertig würde, dass Du deshalb den Anschluss nicht mehr erreichen würdest. So dachte ich, würdest Du doch wenigstens nicht an den härtesten ersten Durchbruchskämpfen teilnehmen müssen. Dieser Krieg hat sich ja doch ganz anders entwickelt, als man es anfangs dachte. Nach seinem bisherigen Verlauf hat dieser Feldzug gezeigt, dass bislang jeder Tag die gleichen harten erbitterten Kämpfe bringt wie zu Beginn der Offensive. Und Du bist mittendrin!

Du musst wissen, dass wir immer mit unseren Gedanken bei Dir weilen, Dich begleiten und versuchen, Dir Kraft zu senden und Dich zu beschützen.

Auch ich muss damit rechnen, dass ich von Brüssel wegkomme, um in Russland, allerdings noch viel, viel weiter als wir bisher sind, eine gleichartige Verwendung zu finden."

Von Georgs Durchschlagbriefen erhielt Bruno noch zwei.

Seine Kompanie war inzwischen in Kirowo in der Ukraine angelangt.

Am 25. August 1941 schrieb er Georg zurück und schilderte die vergangenen Tage:

„Nach der Schlechtwetteroffensive Anfang August, in welcher sich der Beginn des Kessels von Uman bildete, hatten wir drei bis vier Wochen herrlichen Sommerwetters. Es begünstigte dann unser schnelles Vordringen nach der Südukraine. Trotzdem gelang es den Sowjets, sich vorher weitgehend zurückzuziehen, sogar bis über den Dnjepr (der Kessel von Uman wäre sonst noch ein ganz anderer geworden!). So müssen wir hinterher und immer noch weiter nachstoßen. Wie weit noch? Wir sind noch vor dem Dnjepr, und nun geht das Scheißwetter wieder los! Und kälter geworden ist es auch rapide. Wir empfinden das umso mehr, als wir doch jetzt an die Hitze gewöhnt waren! Und wenn es auch erst Ende August ist, so geht die Schreckpsychose um vom Überwintern und nimmt ständig zu. Nicht auszudenken wäre das.

Ich verspreche mir alles vom September bis Anfang Oktober, dann muss es geschafft sein. Und nun auch noch die Engländer im Tross! Werden wir gar noch über die Wolga müssen? Ich sehe mich schon in Batum und Baku, im Kaukasus.

Alles, was ich erlebte, ist nun einer ganz anderen Tätigkeit gewichen, und ich sitze ganz weit hinten im Panzergruppenstab als Etappenhase. Bis Berditschew habe ich Tollstes miterlebt, vor uns standen die Eliteregimenter der Rotgardisten, dann wurden wir aber abgelöst von der dritten Abteilung. Wir rückten nach Südosten vor, nachdem wir unsere Hauptstoßrichtung nach Osten über Kiew aufgeben mussten. So habe ich weite, fast unberührte, landschaftlich herrliche Gegenden der Ukraine erleben dürfen, ohne viel vom Krieg zu sehen.

Es war eine reine Überlandfahrt, und erst in Kirowo kam es wieder zum Einsatz. Die Dörfer fielen uns fast unversehrt im die Hände, die Bewohner waren den Befehlen, sie in Brand zu setzen, einfach nicht nachgekommen.

In Kirowo ist alles von deutscher Organisation überschwemmt, überall Schilder, wie auch damals in Belgrad. Die Juden, mit Davidstern versehen, müssen alles wegräumen, dasselbe Bild in Kiroj Rog.

Das Licht brennt wieder, das fließende Wasser funktioniert wieder, das Ganze ist eine große Militärbasis geworden. Mein Etappenhasentum wurde mir drückend bewusst, da pfeift keine Kugel mehr vorüber!

Und nun, nach neun Wochen sehe ich weitere neun Wochen als Stubenhocker, als Fernschreiber vor mir. Hoffentlich halte ich durch, gehe nicht wie andere an der Scheißerei vor die Hunde.

‚Gefunden' haben wir an den Ausgangsbasen (Dubno, Schepetowka etc.) etwas Sekt, Likör, ein bisschen Seife, Haarwaasser, Shampoo. Sonst nichts, nichts, nichts. Ein paar Pelze. Und Musikinstrumente – Tamburins, Balalaiken, Gitarren und Mandolinen."

„5. September 1941, Lieber Georg-Bruder!

Zur Zeit ist hier Ruhepause. Wie es mir geht, will ich nicht detaillieren: Hier hat fast jeder ruhrartigen Durchfall. Ich fühle mich sehr matt und bin froh, dass der Halbzug der Panzergruppe, bei dem ich bin, gerade nicht eingesetzt wird.

Wir wollen hoffen, dass wir an allen Frontabschnitten nach dem neuen Start zum baldigen Endsieg kommen. Hier wird es bestimmt geschafft werden. Das Donez-Becken, Kursk und Charkow werden dann in unserer Hand sein. Aber vielleicht müssen wir auch noch südwärts nach Baku oder Batum? Bis Ende Oktober ist ja nur noch Zeit, höchstens!

Sich eingehendere Gedanken zu machen ist fruchtlos. Hoffen wir das Beste.

Nun bin ich seit Mitte August Fernschreiber beim Nachrichtenzug des Panzergruppenstabs von Kleist."

Der Brief schloss mit einer Wunschliste.

Georg schickte Bruno aus seinem Kurzurlaub in Berlin ein Päckchen mit Zigaretten, Seife, Nivea, Rasierklingen, schwarzem und weißem Zwirn, Näh- und Sicherheitsnadeln, grauer Stopfwolle und Filmrollen. Schuhputzzeug, Kleiderbürste, Kuverts und Briefpapier wollte er versuchen, in Brüssel aufzutreiben.

Bruno bedankte sich mangels Briefpapier mit einer Feldpostkarte und fügte an: „Der Endspurt wird uns die letzten Tore öffnen, ich habe jetzt auch wieder neue berechtigte Hoffnung."

„Saporoshje, 7. Oktober 41

Mein lieber großer Bruder!

Seit dem 5. Oktober bin ich hier, Panzerarmee AOK 1. Wir sind jetzt nicht mehr Gruppe, sondern Armee, Panzerarmee 1. Wir speziell sind nun Oberquartiermeistervermittlung. Auch ich bin etwas heraufgesetzt: Am 1. Oktober erfuhr ich meine Beförderung vom Funker zum Gefreiten.

Wie wird es nun mit Russland? Hier ist es schon fast Winter, große Schei..., kalt, regnerisch, heute der erste Schneefall! Hier ist der riesige Staudamm, der größte Europas. Ein Mittelstück sprengten die Rotarmisten schon im August, als wir das Westufer des Dnjeprs besetzten. In die Stadt kamen wir nicht, nur die Ungarn eroberten vorübergehend eine Insel in dem hier sehr verzweigten und breiten Dnjepr. So mussten wir also von Norden her kommen, von Kremetschug her, aber das erst, als der Kessel von Kiew-Poltawa erledigt war. Unsere Panzerarmee hat dort 230 000 Gefangene gemacht! Das entspricht etwa unserer eigenen Stärke.

Ob wir Hoffnung haben dürfen, Deutschland wiederzusehen in diesem Jahr? Ich glaube es nicht mehr."

„Mariupol, 15. Oktober 41

Ich bin jetzt am Asowschen Meer. Lausig kalt ist es auch hier. 300 Kilometer von Saporoshje nach hier ist die Armee gesprungen, beachtlich, was? Mit Post sieht es sehr mies aus. Man kommt sich hier überhaupt wie auf einer Insel vor, obwohl der Stab heute gekommen ist. Wir waren das Vorkommando. Dabei habe ich allerhand erlebt und bin froh, heil durchgekommen zu sein. Nördlich von Mariupol war und ist ja der Kessel von fünf bis sieben Divisionen!

Nun sitzt man hier, die Quartierfragen werden immer schwieriger. Rostow ist immer noch nicht genommen, und der Winter rückt immer näher, die Heimat immer weiter. Und ich friste mein Leben als Fernschreiber. Jetzt in der Kompanie zu sein – das wäre wohl wesentlich schlechter als mein augenblickliches Dasein. Mein Hirn ist so leer, meine Phantasie ist sterben gegangen. Es ist alles so kalt, so öde und trostlos. Wo man hinschaut, immer nur Bruch, wo man seine Nase auch hineinsteckt Gestank, wo man sich todmüde zum Schlafen hinlegt Wanzen, Flöhe, Läuse, Mäuse. Überall Chaos, alles Plunder, Tinef, für kürzeste Lebensdauer berechnet, kommunistischer Massentand. Alles Geld wurde für die Rüstung gebraucht. Auch wir Deutschen haben Geld in die Rüstung gesteckt, aber unsere Waffen sind die besseren, der Geist, der Wille und der Mensch ein anderer.

Aber dieser Mensch, dieser Soldat, er sehnt sich so nach ein bisschen Heimischkeit, ein bisschen Wärme, Kultur, Geborgenheit, nach ein bisschen Liebe, wie einst. Das ist alles so fern und entrückt immer weiter. Man wird ja allmählich wahnsinnig, gemütskrank, verrückt! Es ist die Seele, das Gemüt, das dauernd in einem Schraubstock ist. Und dann der Körper, dieses Werkzeug zu allem, der immer bedingungslos gehorcht, gehorchen muss in allen Funktionen, die man von ihm verlangt. Er erfüllt sie, er leistet das, was man von ihm erwartet.

Nichts, rein gar nichts hat der Feind zurückgelassen, wir finden nirgends Obst, nirgends Wein. Das Getreide ostwärts des Dnjeprs hat der Rote noch restlos bergen können. Uns bleibt nur der eigene Nachschub, und der hat mit Schwierigkeiten zu kämpfen.

Und so gehen die Tage, die Wochen dahin, die einzige Verbindung zur Heimat ist die Feldpost, die arbeitet sauber, zuverlässig und schnell. Aber diese Heimat schreibt höchst selten."

Georg schickte das gewünschte Schuhputzzeug, Saure Drops, Schokolade, Zigaretten, Fotos von der Familie und Filme zum Fotografieren.

„17. Oktober 41

Wie fabelhaft verpackt war das alles! Habe vielen vielen Dank. Jetzt ist hier alles mit der Vorsilbe ‚Sau'-, das Wetter, der Gesundheitszustand, die Lage etc.

Schicke doch bitte ‚Calcipot C', vielleicht hilft mir das etwas bei Vitamin- und Kalkmangel.

Rostow wird wohl in den nächsten Tagen fallen, dann wird es von hier weitergehen nach Taganrog."

Auch Georg hielt Bruno auf dem Laufenden, was sein Schicksal anbelangte.

Er war inzwischen aus Brüssel abberufen worden. Von dort war er nicht gerne geschieden. Allerdings entwickelten sich die Lebensverhältnisse in Brüssel immer unerfreulicher, auch schien ihm der Sinn seiner Arbeit oft fragwürdig. Zurück in Berlin hatte er alles für den Abmarsch nach Osten vorzubereiten. Als zukünftiger Mitarbeiter der Wirtschaftsinspektion Kaukasus musste er sich in Dresden melden, wo im Taschenbergpalais seine neue Dienststelle aufgebaut wurde.

Während seines Aufenthaltes in Dresden konnte er sich mit seinen Eltern treffen. Herta hatte sich überwunden und Friedrich auf einer Geschäftsreise an die Mosel begleitet, wo er verschiedene Weingüter aufsuchte. Im Zuge dieses Beisammenseins war es zu einer gewissen Annäherung der beiden gekommen, und Herta wohnte vorübergehend sogar wieder bei Friedrich. Im Ratskeller saßen sie am Abend zusammen und konnten sich über vieles aussprechen. Sie dachten auch an Bruno und schrieben ihm eine Postkarte.

Nicht sehr beruhigend klangen Brunos Fronterlebnisse:

„Mariupol, 24. November 41

Lieber Georg! Rostow ist ein ungeheurer Prestigeerfolg für uns. Es wird gehalten. Wir halten die Linie gegen die Übermacht!

Vor wenigen Tagen setzte der englische! Bomber vier Bomben 20 Meter vor unsere Vermittlung. Ich fand mich irgendwo wieder. Es war grotesk, bei minus 20 Grad! Kein Krümelchen von Scheiben mehr im Rahmen, alle Leitungen gestört. Nun ja, die Hauptsache, dass er sich um 20 Meter verrechnete! Wir werden endlich abgelöst, werden aber zu Weihnachten wieder dran sein. Und noch eine große Bitte: Georg, kannst Du mir einen Revolver besorgen? Kannst Du Deine Verbindungen nach Belgien dafür nutzen?"

Rostow wurde von den Russen zurückerobert, nur ein paar Tage später. Die deutschen Truppen zogen sich nach Taganrog zurück.

Für Georg in Berlin spitzte sich die Lage zu, er erhielt am 18. Dezember 1941 die Mitteilung, dass er sich in der ersten Januarwoche marschbereit zu halten habe. Er sollte ins Donezgebiet, nach Stalino, beordert werden. Was er dort Sinnvolles arbeiten könnte, war ihm völlig schleierhaft. Der Januar ging vorbei, und er war immer noch in Berlin. Mitte Februar dachte er dann in Dnjepropetrowsk einzutreffen und nach einigen Tagen, falls es die militärische Lage erlaubte, nach Stalino weiterzufahren. Ein Treffen der Brüder planten sie dann über das Wirtschaftskommando telefonisch zu vereinbaren.

Doch Georgs Abreise verschob sich weiter.

Es war September 1942, Brunos zweiter Winter an der Front stand bevor. Seine Truppe war inzwischen bei der Fünfbergestadt Pjatigorsk angekommen. Grosny sollte eingenommen und die russischen Fronten getrennt, der Orient erreicht und gemeinsam mit der Türkei dieser Raum befreit werden.

Bruno hatte sich von der Propaganda erfassen lassen, fürs nächste Jahr konnte er sich den Endsieg durchaus vorstellen:

„Aber das alles geht nur, wenn es das deutsche Volk weiterhin erträgt und das Mehr produziert, das wir mehr benötigen."

Georg, immer noch in Berlin, antwortete Bruno:

„17. Oktober 1942

Lieber Bruno! Durch Deine Briefe bin ich nun unterrichtet, wo du gerade bist. Und es sieht ja leider stark danach aus, dass Du vorerst auch dort noch bleiben wirst. Es müssten schon außergewöhnliche Glücksumstände sein, wenn es in diesem Jahr noch gelingen sollte, den Weg über Grosny und durch das enge und sicher bis zum Äußersten verteidigte Tor von Derbent zu erzwingen, um doch noch Baku zu erreichen. Ich kann mir allenfalls noch vorstellen, dass wir es schaffen, uns über Tuapse – Poti nach Batum durchzuschlagen, um damit Regionen zu erreichen, die es erlauben, die Operationen auch während des Winters durchzuführen. So könnte doch wenigstens an dieser Stelle die Zeit genutzt werden und ginge uns nicht verloren.

So gesehen ist es doch vermutlich einer der relativ angenehmsten Orte, an dem Du Dich jetzt befindest. Und ich würde Dir raten, mit diesem Los zufrieden zu sein.

Etwaige Wünsche von Dir können wir praktisch nicht mehr erfüllen. Du hast Dich seit Du von der Heimat fern bist, von ihren Gegebenheiten so sehr entfernt, dass Du Dir überhaupt nicht vorstellen kannst, wie die Wirklichkeit aussieht. Es ist tatsächlich so, dass es in Deutschland heute nichts mehr von den Gütern gibt, die wir früher gebrauchten, uns das Leben mit Annehmlichkeiten zu verbessern und mit Freuden zu verschönern. Ja, aber auch von den Dingen, die dazu bestimmt sind, bewahrend, schützend, pflegend oder heilend Leben und Gesundheit zu erhalten, ist nichts erhältlich. Ob das Klosettpapier, Zahnpasta, Haarwasser oder Hautkrem ist, alles ist praktisch nicht mehr vorhanden. Das Gleiche gilt natürlich ebenso für Süßwaren, Likör, Blumen oder Grammophonplatten – und, was mir das Wichtigste zu sein scheint, für Bücher! Es gibt außerdem keine Möglichkeit mehr, Photomaterial zu kaufen oder auch nur auf einfache Weise zu einer

Entwicklung oder zu Filmen oder Abzügen zu kommen. Wir können Dir daher keine Bilder von uns schicken.

Ich sage Dir das nicht, weil ich es über Gebühr bedauern oder betrauern will, die Gründe für diese Entwicklung liegen ja auf der Hand. Es ist ja klar, dass alles Material und jede schaffende Hand nur dem einen Ziel, dem Sieg dienen muss.

Du wolltest, dass ich eine Hyperion-Ausgabe für Dein Mädchen Karina auftreibe. Das ist völlig unmöglich. Der Inselverlag ist mit dem gesamten Bestand seit mehr als einem Jahr vollständig ausverkauft!

Aber so richtig verstehen kann ich nicht, dass Du etwa an Schuhkrem oder Zahnpasta Mangel leiden solltest. Diese Dinge gibt es doch zunächst einmal deshalb bei uns nicht, weil die gesamte Produktion fast vollständig der Befriedigung des Wehrmachtbedarfs dient. Und man kann doch nicht übersehen, dass es bei allen Feldeinheiten, sogar bei den in vorderster Front liegenden, in der Marketenderei diese Waren im Überfluss gibt!

Ich habe ja auch schon überlegt und möchte das heute sogar verstärkt tun, dass Du vielmehr im umgekehrten Sinn eines Verkehrs Front versus Heimat tätig werden könntest, indem Du uns hin und wieder ein Päckchen mit dem herrlichen grusinischen Tee oder Konservendosen mit Sonnenblumenöl oder gar ausgelassener Butter in Marsch setzen könntest. Das mit den Konservendosen ist übrigens ein erprobtes und bewährtes Verfahren. Ausgebrauchte alte Dosen werden neu befüllt und mit einem Lötkolben wieder sorgfältig zugelötet."

Brunos Bitte um einen Revolver konnte Georg nicht erfüllen. Er versuchte vergeblich, über Mittelsmänner in Belgien einen solchen aufzutreiben. Er selbst besaß einen, obwohl das Tragen eines Revolvers gar nicht erlaubt war. Diese Waffe würde er verständlicherweise nicht an Bruno schicken. Sie könnte ja gestohlen oder beschlagnahmt werden. Georg wollte sich aber weiter bemühen.

Er hatte inzwischen die Berliner Wochenzeitung „Die illustrierte Woche" abonniert und kündigte Bruno an, dass die Hefte an ihn weitergeschickt würden. Zuerst würde Herta die Zeitungen erhalten und sie nach dem Lesen an Bruno weitersenden, jeweils Packen mit vier Wochen-Ausgaben.

Das Jahr 1942 ging zu Ende.

Bisher war Bruno nicht in Stalingrad, Rschew, Ilmensee oder an der Kaukasusfront bei Alagir oder Naltschik eingesetzt. Georg wünschte ihm zu Weihnachten, dass er bei seinem Stab, möglichst weit weg von der eigentlichen Front, bleiben könne.

Georg und Magdalene in Berlin waren inzwischen dankbar für jeden Tag, an dem es keine englischen Luftangriffe gab. Russische Flugzeuge waren noch selten zu sehen.

Erst zu Weihnachten 1944 erhielten sie wieder einen Brief Brunos, geschrieben aus dem „Trubel und dem Wirrwarr der neuen Absetzbewegungen“. Sein nächstes Lebenszeichen würde erst Jahre später eintreffen.

„Vergesst im Schein der Kerzen die Gnadenlosigkeit um uns herum, aber lasst uns umso mehr aneinander denken und hoffen, dass es das letzte Kriegsweihnachten sein wird, das wir in diesem Kampf feiern.

Und so denke ich an Euch, die Einzigen, die vollständig beisammen sein werden. Und wir wollen auch an Hartmut denken, der irgendwo in Kroatien die Steiermark vor dem Zugriff der Sowjets schützen hilft.

Wer kann es sagen, wann ich wieder einmal bei Euch sein kann? Wie liebend gern würde ich auf Urlaub fahren, doch diese Hoffnung habe ich gänzlich aufgegeben.

Und doch möge wieder ein Mai kommen, ein Mai für uns alle!

Seid innig gegrüßt von Eurem Bruder und Schwager und Onkel Bruno, Konrad Feldt“

Für ihn kam der ersehnte Mai in der Freiheit erst vier Jahre später. Die sowjetische Armee mit ihrer Übermacht zerschlug Anfang 1945 seine Truppe und nahm die geschwächten Soldaten gefangen. Bruno wurde in mehrtägiger Reise nach Swerdlowsk, Sibirien geschafft. Gut drei Millionen deutsche Kriegsgefangene wurden auf zahlreiche Lager verteilt, viele von ihnen starben an Hunger und Entkräftung.

Im August 1948 traf Bruno im Lager Friedland ein. Von dort fuhr er weiter nach Hamburg zu Hartmut und Gerda, wo er die nächste Zeit zu wohnen gedachte. Über die Jahre seiner Gefangenschaft wollte er nicht sprechen, und Hartmut riet ihm, es sei wohl am besten, wenn er sie möglichst schnell aus seiner Erinnerung verbannen würde.

Dass er im Dezember 1946 vergeblich versucht hatte zu fliehen, es fast bis zur finnischen Grenze geschafft hatte, aber kurz davor von russischem Militär entdeckt und unentrinnbar festgesetzt wurde, beschrieb er nur in wenigen Worten.

Karina wohnte inzwischen mit ihrer Mutter in Frankfurt und arbeitete bei einer Bank. Voll banger Erwartung fuhr Konrad nach einer kurzen Erholungspause von Hamburg nach Frankfurt, wo Karina ihn voll Freude erwartete. Erfüllt vom Wiedersehen kehrte er nach Hamburg zurück. Bei seinem einstigen Arbeitgeber wollte er seine alte Stellung wieder antreten, aber seine hohen Gehaltsforderungen fanden keine Zustimmung. Daraufhin bewarb er sich erfolgreich bei der Konkurrenz, und voll Schwung begann Konrad-Bruno sein neu geschenktes Leben, Venezuela im Blick.

Als Spätheimkehrer stand ihm eine finanzielle Entschädigung für jeden Monat zu, den er nach dem ersten Januar 1947 in Gefangenschaft hatte verbringen müssen. Das Geld kam ihm gelegen, es machte seinen Flug nach Venezuela möglich.

Karina war bereit, ihn auf seinem südamerikanischen Traum zu begleiten. Sie reiste ihm später nach, mit dem Schiff, begleitet von ihrer Mutter. Vor Bruno lag der Aufbau seiner neuen Existenz in der Firma seines Großonkels Alfredo Munk. Der Plan, den er von Anbeginn seiner Ausbildung bei Walter Leinau gefasst hatte, sollte endlich Wirklichkeit werden.

Was zählte Sibirien, Bruno, 29 Jahre alt, machte sich daran, seine Vergangenheit mit Zukunft zu begraben.

Der Onkel

Kurz vor ihrem zehnten Geburtstag sah Luise Onkel Bruno zum ersten Mal in ihrem Leben. Im Frühjahr 1955 besuchte er als „reicher Onkel aus Südamerika“ mit seiner Familie seine Verwandten in Deutschland.

Bruno lebte mit seiner Familie inzwischen in Maracaibo, nicht mehr in Caracas bei seinem Onkel Alfredo Munk. Mit ihm hatte er sich nach zahlreichen Auseinandersetzungen unversöhnbar überworfen und sich auch mit seinem Vetter Alberto zerstritten. Bruno hatte seine Arbeit nicht genügend gewürdigt gesehen und war auch mit der Bezahlung nicht zufrieden. Nach drei Jahren war er enttäuscht aus Alfredos Firma ausgeschieden und mit seiner Familie nach Maracaibo gezogen, wo er erfolgreich einen Alleinvertrieb für deutsche und amerikanische Printmedien übernehmen konnte.

Obwohl sie schon seit 1950 in Venezuela lebten, hatten Konrad Feldt und Karina Maltwitz erst 1952 in Caracas geheiratet. Der überzeugte Lutheraner Bruno, der aus einer Familie stammte, die alles Katholische ohne Ausnahme mit größtem Widerwillen ablehnte, musste für diese Eheschließung gegen alle Überzeugung schließlich zum russisch-orthodoxen Glauben übertreten. Als Russin glaubte seine Schwiegermutter Anna Maltwitz eben russisch-orthodox, ihre Tochter selbstverständlich auch, und Gleiches galt für einen Schwiegersohn. Vielleicht hatte Bruno drei Jahre gebraucht, bis er diese auferlegte Vorbedingung für die angestrebte Eheschließung mit Karina annehmen konnte. Das war eine Vermutung Hartmuts.

Die zwischen Anna Maltwitz und ihrer Tochter bestehende enge Bindung schien störend unauflöslich zu sein.

Karina gab es folglich nur im Doppelpack. So hatte Bruno gleich zwei Frauen im Haushalt, der im September 1953 noch um ein drittes weibliches Wesen erweitert wurde: Marita, Luises Cousine.

Onkel Bruno hatte bei diesem ersten Deutschland-Besuch 1955 viele Geschenke mitgebracht. Luise bekam ein braunes Beutelchen aus Alligatorhaut, es hatte einen runden harten Boden und ringsherum an den Seitenteilen je zwei kleine Alligatorschenkelchen mit Krallen an den Füßen. Oben wurde es mit zwei durchgezogenen Lederschnüren auf- und zugebunden. Eigentlich konnte Luise mit dem Reptilientäschchen nie so richtig etwas anfangen, es war zu klein und unpraktisch. Und Taschen aus venezolanischen Echsen waren eigentlich verpönt und vielleicht sogar verboten, ähnlich wie Gegenstände aus Elefantenzähnen.

Magdalene erhielt ein schweres Silberarmband mit groben Gliedern, die landestypische Inkagötter darstellten. Sie trug es gerne und so häufig, dass die Glieder irgendwann durchgescheuert waren und vom Juwelier neu zusammengelötet werden mussten. Und Regina durfte sich mit einem Armband schmücken, das aus Bildchen mit verschiedenen exotischen Vögeln bestand. Diese waren aus winzigen Vogelfedern zusammengesetzt, kunstvoll auf runde Silbertellerchen aufgeklebt, und mit gewölbtem Plexiglas abgedeckt. Die Federn schillerten in allen Regenbogenfarben. Da Regina das Armband nicht so richtig gefiel, befand es sich bald in Luises Besitz. Regina mochte Vögel nicht besonders, und außerdem vertrugen sich die bunten zierlichen Vogelbilder nicht mit ihrem Modeschmuck aus farbigen Plastikperlen.

Regina hatte noch ein weiteres Mitbringsel erhalten, einen hellblauen Mohairpullover. So etwas Schönes, regelrecht Kostbares, mit zarten Flaumhärchen, hätte Luise auch gefallen, aber sie war leider noch zu klein und noch uninteressant für Onkel Bruno. Der betrachtete voller Wohlgefallen das, was sich unter dem Pullover befand, nachdem Regina ihn angezogen und vorgeführt hatte.

Die kleine Cousine Marita hinterließ bei Luise wenig Eindruck, das Kind wurde auch ganz von Oma Maltwitz, zu der man „Sie" sagte, in Beschlag genommen. Und Karina, die neue Tante, war eine ziemlich stille Frau mit dunkelbraunen Haaren und einer auffallend hübschen Nase. Da Karina wenig sprach, blieb sie Luise hauptsächlich wegen der Nase im Gedächtnis.

Die südamerikanischen Besucher fuhren bald nach Hamburg weiter, wo sie noch eine Woche bei Hartmut und Gerda wohnten und den Neuankömmling Yvonne bewunderten. Yvonne, die sich überraschend nach vierzehn Jahren Ehe eingestellt hatte. Kein Mensch hatte mehr damit gerechnet, denn Gerda war schon über vierzig, doch solche Gedanken wurden mit Luise natürlich nicht besprochen.

Onkel Konrad, für Luise immer nur Onkel Bruno, war zum Paten für Luise bestimmt worden, ungefragt, denn 1945 wusste niemand, ob er überhaupt noch lebte.

Reginas Patenonkel war Wolfgang, Magdalenes Bruder, der mit viel Tatkraft sich rasch neuen Wohlstand schaffen konnte und Regina mit hübschen Kleinigkeiten verwöhnte. Luises sah ihre Erwartungen an ähnliche Zuwendungen von Onkel Bruno nicht erfüllt, der Alligatorbeutel, der zu nichts taugte, hatte sie enttäuscht.

Von Luises Konfirmation 1959, auch der erwarteten Geschenke wegen wichtig, nahm Bruno keine Notiz. Hartmut war empört und schrieb seinem Bruder einen vorwurfsvollen Brief, in dem er den Verdacht äußerte, dass Briefe an Bruno und damit auch der, in dem Luise ihre Konfirmation erwähnt hatte, von „Schwiegärrmuttärr", wie Hartmut Anna Maltwitz wegen ihres russischen Akzents nannte, beschlagnahmt wurden.

Auf Hartmuts Vorstoß änderte sich nichts, Briefe aus Maracaibo kamen weiterhin keine, und Bruno nahm auch nicht Stellung zu Hartmuts Vermutung. Höchstens eine Grußkarte zu Weihnachten und Neujahr traf in der alten Heimat ein.

Bruno kam im Herbst 1959 allein nach Deutschland. Er wollte in Venezuela sein Angebot an deutschen Zeitschriften und Periodika aufstocken und dafür weitere Verlage gewinnen. Nach Frankfurt, wo er erfolgreich Kontakte anbahnen konnte, fuhr er weiter nach Hamburg. Dort bemühte er sich vergeblich um eine Vertretung des „Spiegel", was dazu führte, dass er zeitlebens übelst auf dieses Blatt schimpfte.

Magdalene feierte im Oktober ihren fünfzigsten Geburtstag, und am gleichen Tag wurde ihr erstes Enkelkind getauft. Luises Nichte Bettina war im Juli geboren worden. Bruno war willkommener Überraschungsgast bei diesem Fest. Auch Hartmut und Gerda waren aus Hamburg angereist, allerdings ohne Yvonne, die war vorübergehend in einem Kinderheim untergebracht worden.

Onkel Bruno blieb noch ein paar Tage in Stuttgart. Er wollte sein ausgebliebenes Konfirmationsgeschenk nachholen und verabredete sich mit Luise nach der Schule in der Stadt. In der Eberhardstraße suchten sie bei Kurtz eine Uhr aus, eine „Eterna"-Automatik mit Metallspangenarmband. Der Wohltaten nicht genug, erstand er in einem Geschäft in der Königstraße für sie auch noch einen Fotoapparat, Marke Zeiss Ikon, auch mit Automatik und damit für Anfänger geeignet. Der Onkel aus Südamerika zeigte sich noch spendabler als Onkel Wolfgang, freute sich Luise.

Sie fotografierte fortan mit großer Begeisterung und hatte auch bald herausgefunden, dass bei einer bestimmten Einstellung (die Stelle hatte sie mit einem Kratzstrich markiert) das Objektiv weit geöffnet blieb und so eine willkürliche Belichtungszeit möglich war. Sie war stolz, dass sie die Kamera überlistet hatte und so auch Autolichtschlangen bei Nacht oder flackernde Kerzen im dunklen Zimmer fotografieren konnte.

Vier Jahre später beschloss Bruno, in Venezuela die Zelte abzubrechen. Das heißfeuchte Tropenklima wurde ihm zunehmend unerträglich. In Maracaibo, der heißesten Stadt Venezuelas, mit Tagestemperaturen von fast 40 Grad Celsius das ganze Jahr über und einer Luftfeuchtigkeit von 70 Prozent, ließ sich das Leben auch mit mehrmaligem Duschen am Tag kaum ertragen.

In Caracas, wo er zuerst gelebt hatte, waren die Temperaturverhältnisse sehr viel angenehmer gewesen.

Das eigene Haus und die gut laufenden Geschäfte konnten die lebensfeindlichen Nachteile nicht ausgleichen, Bruno wollte zurück nach Deutschland.

Sein Zusammenleben mit Karina hatte unter der ständigen Gegenwart seiner Schwiegermutter zunehmend gelitten. Sie war zwar für die Betreuung von Marita sehr willkommen und hatte Karina die Mitarbeit in Brunos Vertriebsgeschäft ermöglicht. Aber eine richtige innige Zweisamkeit der Eheleute konnte sich neben der alles überlagernden Mutter-Tochter-Beziehung nie entfalten.

Als Anna Maltwitz Ende 1962 nach einem Schlaganfall gestorben war, brach jedoch kein neues Zeitalter an.

Marita, die mit ihren bald zehn Jahren schon wie eine Vierzehnjährige wirkte, entfachte in Bruno eine ganz neue Form von Zuneigung zu seiner Tochter, sichtbar durch zärtliche Berührungen, die Karina mit Argwohn wahrnahm und schließlich ihren Mann zur Rede stellte. Ein Feldt, der angegriffen wird, reagiert mit Gegenangriff als Verteidigung. Karina musste sich ihre unvorteilhafte Figur vorwerfen lassen, die sie nach Maritas Geburt entwickelt hatte. Sie sei nicht mehr attraktiv und solle sich nicht wundern, wenn Bruno sich ihr nicht mehr zuwende. Aber ihm Übergriffe auf seine Tochter zu unterstellen, das sei nicht zu dulden.

Karina beschloss, Bruno zu verlassen. Sie hatte in Miami eine Freundin, an die sie sich hilfesuchend wandte. Janina und ihr Mann waren einst Nachbarn von Feldts in Maracaibo gewesen, hatten aber Venezuela schon vor Jahren den Rücken gekehrt und lebten jetzt in Miami. Janina besorgte Karina eine Arbeitsstelle im Büro ihres Mannes. Als Bruno von einer dreitägigen Geschäftsreise zurückkehrte, waren Frau und Tochter nach den USA ausgereist. Die große Liebe war gestorben. Für eine Liebe die Krieg, Gefangenschaft und ungewissem Neubeginn getrotzt hatte, gab es nur noch die Scheidung.

Bruno machte sich daran, seine Firma aufzulösen und sein Haus zu verkaufen. Im Herbst 1963 hatte er alles aus seiner Sicht erfolgreich abgewickelt und traf in Deutschland ein. Sein Schulfreund Ulrich Baumgärtner, zu dem Bruno stets losen Kontakt gepflegt hatte, wohnte inzwischen mit seiner Familie in Frankfurt. Bruno nistete sich forsch bei Baumgärtners ein, während er in Frankfurt nach einer lohnenden Verdienstquelle suchte.

In die Frankfurter Allgemeine und die Süddeutsche Zeitung setzte er großflächige Anzeigen „Manager sucht neue Herausforderung“ und schilderte seine Fähigkeiten in blumigen Worten. Die Resonanz war spärlich und entsprach nicht seinen Vorstellungen.

Wenn er Angebote in Süddeutschland prüfte, lud er sich bei Magdalene ein und wurde im Gästezimmer unterm Dach untergebracht, neben Luises Dachkämmerchen.

Die Jobsuche Brunos zog sich länger hin, seine von ihm selbst so hoch gerühmten Qualitäten wurden nicht in dem Maß nachgefragt, wie er es sich ausgerechnet hatte. Schließlich mündete sein Bemühen in einer Alleinvermarktung der Encyclopaedia Britannica, einem Riesenlexikon. Das Geschäft lief jedoch nicht so gut, wie erwartet. Auf seinen Vertretertouren wohnte Bruno nach wie vor im Norden bei Baumgärtners und im Süden bei Magdalene.

Eines Tages kam Luise aus der Schule nach Hause, sie war inzwischen in der Abitursklasse. Bruno war wieder einmal Gast in Degerloch. Als sie in ihr Zimmer trat, lag auf ihrem Bett ein Bikini aus rötlichbraunem Baumwollstoff mit goldenen Litzen am Büstenteil, drapiert, als läge Luise darunter auf dem Bett, das Oberteil in entsprechender Luisenhöhe, das Höschen in Luisentiefe.

Strahlend stand Bruno plötzlich hinter ihr und freute sich an ihrem überraschten Gesicht, das sich alsbald mit dunkler Röte überzog. „Willst du das nicht einmal anziehen?“ fragte Bruno.

Luise blickte ihren Onkel unsicher an und lehnte das Anprobieren ab, ihr verlegenes Gesicht war ihr peinlich und die Blicke Brunos quälten sie.

Der Bikini passte übrigens perfekt, was der Onkel aber nicht zu sehen bekam.

Sie traf sich nachmittags mit Bernhard, den sie schon zwei Jahre lang kannte und zu heiraten plante, was sie ihm aber noch nicht gesagt hatte. Bernhard holte Luise zum Spazierengehen ab. Die beiden gingen oft in den nahen Wald, wo sie ihre verschiedenen Bänke hatten, auf denen sie eng umschlungen nebeneinander saßen und Zigaretten rauchten, redeten oder schwiegen, versonnen miteinander beschäftigt. Und Rauchen gehörte einfach dazu, es war Zeichen des Erwachsenseins. Eine Bank war ihr besonderer Lieblingsort, es war eben „ihre“ Bank. Sie befand sich an einer Stelle, wo zwei Waldwege sich kreuzten, etwas oberhalb des Wegs gelegen und versteckt zwischen Büschen.

Wenn im Winter Schnee lag, blieb die Bank verwaist, dann flitzten Kinder auf Schlitten bergab an ihr vorbei.

Bernhard wunderte sich ebenso wie Luise über Brunos Verhalten, als sie ihm das Bikini-Erlebnis erzählte. Das war schon ein äußerst merkwürdiger Onkel, stellte er befremdet fest.

Einmal ging Luise auch mit ihrem Onkel spazieren. Sie nahmen den bekannten Weg zum Wald, an der Lieblingsbank vorbei. Bruno hätte sich gerne auf die Bank gesetzt, aber Luise wollte lieber weitergehen. In seiner Gegenwart fühlte sie sich befangen und in einer nicht fassbaren Weise unbehaglich. Bruno berührte sie nicht, aber er seine aufdringlichen Augen klemmten sie wie eine Zange fest, auch wenn sie nebeneinander her gingen und sich dabei gar nicht ansahen.

Der Onkel fragte nach Bernhard, ließ sich schildern, wie lange sie schon miteinander befreundet waren. Seine Fragen waren unangenehm direkt. So wollte er wissen, was Bernhard denn für Hosen trage. „Jeans oder beige Cordhosen" antwortete Luise. „Und haben die Hosen einen Reißverschluss oder Knöpfe?" Luise antwortete folgsam, dass beides vorkäme. Diesem Onkel war sie nicht gewachsen, sie wand sich in schüchterner, schmerzhafter Verlegenheit und war mit sich unzufrieden, dass sie sich aus dieser unangenehmen Rolle nicht befreien konnte. Sie hatte in ihrer Familie bisher zu wenig gelernt, sich mit Worten zu wehren.

„Beim Essen spricht man nicht." Als Opa Wilhelm noch lebte, galt dieses unumstößliche Dogma. Bei den gemeinsamen Mahlzeiten hatte jedes Familienmitglied seinen Platz: Opa Wilhelm, Oma Lydia, Magdalene, Tante Gisela, Regina und Luise. Opa und Oma hatten Armlehnen an ihren Stühlen, sie saßen sich gegenüber an den Tischenden, Gisela und Regina nebeneinander an der langen Fensterseite auf Stühlen ohne Armlehnen. Magdalene hatte ihren Platz gegenüber von Gisela, auch ihr Stuhl trug Lehnen. Daneben saß Luise, auf dem Klavierhocker. Die Hierarchie wurde folglich durch das Vorhandensein oder Fehlen von Lehnen sichtbar. Die Stuhlsitze waren mit zartgrünem Samt bezogen, später folgte Samt in Beige. Nach Reginas Wegzug rückte Luise sitzmäßig an deren Stelle neben Gisela, und der Klavierstuhl wurde in die Zimmerecke gestellt.

Klavier gab es keines mehr. Es war verkauft worden, weil sein Platz im Dachgeschoss für einen Einbauschrank gebraucht wurde. Das Klavier als Überbleibsel bürgerlichen Wohlstands und Zeichen der Zugehörigkeit zur besseren Gesellschaft hatte ausgedient, und von Magdalenes Jungmädchen-Klavierstunden war sowieso nichts mehr übrig. Aber der Klavierstuhl war Teil des Mobiliars geblieben, zusammen mit dem schweren Ausziehtisch mit seinen gedrechselten Beinen, den Stühlen, der Schrankwand und der Anrichte, alles schwarz gebeizte deutsche Eiche. In dieser Umgebung aß man schweigend, beim Mittagessen sonntags begleitet vom Chorgesang im Süddeutschen Rundfunk, nach dem Pausenzeichen „Jetzt gang i ans Brünnele" und den darauf folgenden Nachrichten.

In Bernhards Familie gab es kein Sprechverbot beim Essen, da wurde geplaudert und diskutiert. Dabei konnten auch manchmal durchaus alle durcheinander reden, Bernhard, seine Eltern und seine vier Brüder. Für Luise war das eine erfreuliche Erfahrung, sie war auch gern bei Fabers zu Gast. Aber in Gesellschaft zu reden traute sie sich deshalb noch lange nicht.

Und jetzt, beim Spaziergang mit Bruno, hätte sie gerne ihr Unbehagen geäußert, doch sie erduldete folgsam seine seltsamen Gedanken, in steter Furcht vor dem unausweichlichen Erröten. Das flackerte immer wieder erneut auf, wenn Bruno ihr beispielsweise erzählte, dass er jede Frau nackt vor sich sehen könnte, wenn sie angezogen vor ihm stünde. Und dass es aufblasbare Frauen aus Plastik als Bettgenossinnen für einsame Männer gäbe.

Glücklicherweise kam es zu keinen weiteren Waldspaziergängen mit ihrem seltsamen Onkel.

Bruno war wieder zu Baumgärtners nach Frankfurt abgereist, nicht ohne Luise als Lektüre „Lolita“ von Vladimir Nabokov zuzustecken, nebst drei Taschenbüchern mit hoch erotischem Inhalt und der Ankündigung, er habe noch weitere von der Sorte. Sexuelle Aufklärung nach Art des Onkels ermöglichte Luise zahlreiche neue Sichtweisen, auch wenn Details mitunter ziemlich unappetitlich schienen. Dass ein Mann seine Bettgefährtin vor dem Vollzug der Lust erst von oben bis unten anpinkeln musste um Spaß zu finden, erschloss sich Luise nicht. Andere Szenarien ließen sich allerdings besser nachempfinden.

Sie versteckte die Bücher vor Magdalene und las sie abends im Bett, eines nach dem anderen, auch das Buch mit dem Pinkelsex, das auch noch andere Geschichten enthielt. An Bruno dachte sie dabei allerdings nicht, schon eher an Bernhard. So waren Onkel Brunos Versuche, den erotischen Horizont Luises zu erweitern, grundsätzlich erfolgreich, doch kam er als Zielobjekt für ihre neu gewonnenen Phantasien nicht in Betracht. Wenn das sein Plan gewesen sein sollte, war er gescheitert. Aber der Onkel hatte sich auf eine seltsame Weise interessant gemacht.

Warum gab er ihr solche Bücher zu lesen? Seine Aufmerksamkeit ihr gegenüber schmeichelte ihr, doch hasste sie seine Blicke und seine distanzlosen Fragen.

Ein paar Wochen später rief Bruno aus Frankfurt an und erwischte Luise am Telefon. Er erzählte ihr, dass er am nächsten Tag nach Stuttgart käme, weil er dort eine berufliche Besprechung habe. „Magst du mich um vier Uhr am Bahnhof abholen? Ich würde mich sehr freuen. Was meinst du, wenn wir das gar niemand sagen und uns ganz heimlich am Bahnhof treffen, nur wir beide?“

Luise war einverstanden.

Sie packte die erotische Leihbibliothek in eine Tasche, denn bei dieser Gelegenheit konnte sie die heiße Lektüre ihrem Onkel unbemerkt von Magdalene zurückgeben.

Mit blau-rot kariertem Faltenrock und roter Bluse, die sie nicht im Rock eingesteckt trug, sondern lose darüber hängend, dazu rote Ballerinaschuhe, fuhr sie mit der Straßenbahn zum Hauptbahnhof und löste für zwanzig Pfennig eine Bahnsteigkarte. Ein paar Minuten später traf der Zug aus Frankfurt ein.

Onkel Bruno stieg mit den ersten Fahrgästen aus und begrüßte Luise erfreut.

„Ich wohne dieses Mal im Turmhotel, ich will gleich mein Zimmer beziehen und mein Gepäck dort unterbringen. Morgen fahre ich weiter nach Paris, dort werde ich dann auch Regina sehen."

Regina lebte zu diesem Zeitpunkt bereits in Paris und studierte an der Universität Nanterre Französisch, Deutsch und Geschichte, während Bettina bei Herbert in München von einer bezahlten „Oma" betreut wurde.

Onkel und Nichte betraten das Turmhotel. Bruno ließ sich vom Portier den Zimmerschlüssel geben und schritt mit Luise die breite, mit Teppich belegte Treppe hinauf in den zweiten Stock, wo sein Zimmer lag. Er schloss die Tür auf und blickte sich zufrieden um. Das Zimmer sagte ihm zu. Er setzte sich aufs breite Bett und bedeutete Luise mit einer Handbewegung und freundlicher Aufforderung, sie solle sich doch neben ihn setzen, was sie auch tat. Bruno erzählte ihr, während sie nebeneinander saßen, von Paris, wo er seine Edelsteine verkaufen wollte. Er hatte nämlich seinen ganzen Besitz in Venezuela verkauft, mit dem Erlös Smaragde erworben und unentdeckt aus dem Land geschmuggelt. Er stand auf, öffnete seinen Koffer und nahm einen kleinen Beutel heraus, den er Luise zu öffnen bat. Neben graugrünen Smaragdsteinen erblickte Luise auch zahlreiche Ringe mit Smaragden. Sie durfte einen davon über ihren Ringfinger streifen. Bruno zog ihn ihr jedoch rasch wieder ab und verstaute ihn sorgfältig. Als Geschenk für Luise waren die Schmuckstücke offensichtlich nicht gedacht.

„Willst du nicht baden?"

Luise wand sich verlegen. Warum um alles in der Welt sollte sie ein Bad nehmen in Brunos Hotelbadezimmer?

„Nein, wieso soll ich denn baden?"

„Nun, man muss doch die angebotenen Möglichkeiten nutzen, aber wenn du nicht willst, ist es natürlich auch recht."

In diesem Moment klopfte es. Bruno rief „herein" und der Portier betrat aufgeregt das Zimmer.

„Es ist nicht gestattet, dass Sie das junge Mädchen mit in Ihr Zimmer nehmen, darf ich Sie höflich darauf aufmerksam machen!"

„Aber das ist meine Tochter, die ich lange nicht mehr gesehen habe!" schwindelte Bruno mit glaubhafter Überzeugung.

„Wir wollten sowieso gleich gehen, ich habe ja nur meinen Koffer nach oben gebracht."

Der Portier wich nicht von der Stelle und wartete ab, bis Bruno und Luise auf dem Weg zur Tür waren.

„Was glaubt denn dieser Mensch eigentlich, das war ja regelrecht unverschämt, wie der mich behandelt hat!"

Bruno gab sich empört, doch Luise fühlte sich ungeheuer befreit, dabei wollte sie gar nicht genau wissen, von was.

Wolfgang, der Bruder ihrer Mutter, oder Hartmut, ihre anderen Onkel, waren da ganz anders, fürsorglich, väterlich.

Bruno überspielte frohgemut die seltsame Situation und schlug vor, Luise solle sich doch ein Paar hübsche Schuhe aussuchen, er wolle ihr gerne eine Freude machen. Sie gingen vom Bahnhof die Königstraße hinauf bis zum Wilhelmsbau, zu Schöpp. Ein Traum von Schuhen wurde wahr, blaues Leder mit roten Bändern und kleinem Absatz. Luise war ungeheuer stolz auf diese Schuhe, doch wie sollte sie ihrer Mutter deren Herkunft erklären?

Sie fuhr mit der Straßenbahn und dem Schuhpaket nach Hause und Bruno ging zurück ins Hotel. Vermutlich hat er sich in Stuttgarts Nachtleben gestürzt als Vorbereitung auf Paris.

Magdalene entdeckte die Schuhe erst nach Tagen und war mit Luises Erklärung zufrieden, dass Onkel Bruno zufällig in Stuttgart auf dem Weg nach Paris Station gemacht und sich spontan mit Luise getroffen hatte.

Jahre später erzählte Luise den Vorfall im Turmhotel ihrer Schwester. Regina druckste ein bisschen herum und hatte dann auch eine Onkelgeschichte parat. Als Bruno sie in Paris besucht hatte, durfte auch sie einen der Smaragdringe anziehen. Bruno machte davon sogar ein Foto, Regina in einem Sessel sitzend, vornehm blickend mit stolzer Handgeste den Ring ins Bild haltend. Luise kannte das Foto.

„Als Onkel Bruno in Paris war, fuhren wir einmal gemeinsam im Taxi, saßen zusammen auf der Rückbank. Plötzlich fasste er nach meiner Hand und führte sie zwischen seine Hosenbeine, ich solle doch einmal fühlen ..." Regina kicherte verlegen, als sie ihr Erlebnis erzählte.

Bruno und Karina wurden 1965 geschieden. Karina lebte nach wie vor in Miami. Sie arbeitete inzwischen als Sekretärin bei einer Autofirma und konnte sich eine kleine Wohnung leisten. Von Bruno trafen nur in unregelmäßigen Abständen Unterhaltsbeiträge ein, da er seine Einkünfte lieber für sich selbst ausgab. Marita besuchte die High School und hatte bald schon einen festen Freund. Zu ihrem Vater hatte sie jeden Kontakt abgebrochen, seine Briefe ließ sie stets unbeantwortet. Auch zu Luise und ihrer Familie oder zu Feldts in Hamburg bestand keine Verbindung mehr. So kannte Luise diese Cousine nur als Kleinkind und von einem Foto, auf dem sie etwa acht Jahre alt war, etwas pummelig, bereits mit kleinen Brustansätzen.

Bruno war Single und auf Frauenfang. Die aufblasbare Gefährtin, falls er überhaupt eine solche hatte, genügte nicht mehr. Nichten kamen auch nicht infrage. Er schrieb auf Heiratsanzeigen und gab selbst welche auf. Darin bezeichnete er sich als gut aussehenden Manager, 1.75 Meter groß, schlank, geschieden, unabhängig, liebevoll, mit Temperament und gebildet. So beschreibt sich ein Akademiker, dachte er. Er selbst war zwar keiner, was er aber nur den Umständen seiner verkorksten Jugend zuschrieb. Das Zeug dazu hätte er mit Sicherheit gehabt, davon war Bruno überzeugt, und Georg und Hartmut hatten eben damals bessere Zeiten für ihre Ausbildung gehabt. Aber er, Konrad Feldt, besaß Köpfchen und Phantasie, gepaart mit trickreicher Schläue, die es verstand, andere Menschen für seine Pläne zu gewinnen. Und die Wahrheit verstand er meisterlich in seinem Sinn zu manipulieren.

Er hatte keine schlechten Karten. Sein Jahrgang war durch den Krieg ziemlich ausgedünnt, und mit Ende vierzig war er als Mann durchaus noch attraktiv, mit vollem schwarzem Haar und meisterhaft Frauen umschmeichelndem Charme. Wenn er zu Besuch nach Stuttgart kam, durfte sich Luise die Geschichten seiner jüngsten Eroberungen anhören. Von Elfriede aus Gaggenau etwa, die sich immer unendlich freute, wenn er sich mit ihr traf, die aber etwas einfältig und vielleicht nichts auf Dauer wäre. Oder von einer Arztwitwe, die ihn sehr verehrte und auch wohlhabend war, aber schon fünfzig und damit zu alt.

Finanziell ging es Bruno nicht besonders gut. Seine angeblich so wertvollen Smaragde, die seine ganze Habe darstellten, waren nicht so gut verkäuflich, wie er es selbstverständlich erwartet hatte. Sie waren zwar echt, aber sie hatten nicht die richtige kostbare Färbung. Sie waren nicht tiefgrün, sondern eher türkis, etwas zu blass und damit nicht so prächtig strahlend, außerdem nicht alle lupenrein. Sein Händler in Paris hatte ihm weit weniger bezahlt, als Bruno gefordert hatte. Und vom Vertrieb eines Lexikons konnte er auf lange Sicht nicht leben.

Doch schließlich fing er den großen Fisch, Therese aus Salzburg. Sie hatte auf seine Anzeige in der FAZ geschrieben und gleich ein Foto von sich mitgeschickt, das eine freundliche stupsnasige Frau mit kurzen blonden Haaren im adretten Kostüm zeigte. Sie war von Beruf Krankenschwester und stammte aus gutem Hause, ihr Vater war ein höherer Staatsbeamter und die Familie hatte einiges Vermögen. Und sie war das einzige Kind. Thereses Eltern bewohnten in Salzburg ein riesiges Haus in einem parkähnlichen Grundstück. Bruno kehrte vorteilhaft seine gute Erziehung heraus, als er erstmals bei Thereses Eltern eingeladen war und hinterließ erfolgreich den beabsichtigten Eindruck. Thereses Mutter erlag rasch seinen Komplimenten und auch der Vater war sich bald sicher, dass Therese mit ihren vierzig Jahren doch noch einen vorzeigbaren Schwiegersohn ins Haus gebracht hatte. Und Bruno sorgte überzeugend dafür, dass sie sicher annahmen, dass er über die nötigen Mittel verfügte, ihre Tochter in jeder Hinsicht glücklich zu machen.

Sie heirateten bald, auch kirchlich, und es zeigte sich als Vorteil, dass Bruno mit russisch-orthodox schon beinahe katholisch war. Magdalene war zur Hochzeitsfeier eingeladen. Der Verdacht, dass Bruno sich listenreich in diese Ehe hineingeflunkert hatte, war zwar in ihr aufgekeimt, als Brunos Schwiegervater die gute finanzielle Situation seines Schwiegersohns rühmte, aber sie hielt sich, wie es eben ihre Art war, aus allen Verwicklungen heraus. Sie mochte Therese gern und hoffte, dass Bruno vielleicht doch inzwischen gute Geschäfte machte.

Das frisch getraute Paar zog nach Neuried bei München in die Karwendelstraße. Thereses Eltern hatten ihr dort eine Eigentumswohnung mit drei Zimmern gekauft. Ihre Stellung am Krankenhaus „Barmherzige Brüder" in Salzburg hatte Therese schweren Herzens aufgegeben. In München begann sie eine Ausbildung zur Krankengymnastin, sie wollte sich nach bestandenem Examen in eigener Praxis selbstständig machen. Bruno gelang es geschickt in den ersten Monaten ihrer Ehe, seine tatsächliche finanzielle Lage zu verschleiern.

Als Luise und Bernhard 1967 von einer Reise nach Venedig mit ihrem Renault R4 zurückfuhren, hatten sie die spontane Idee, Onkel Bruno und Therese mit einem Besuch zu überraschen, ihr Weg nach Hause führte ja über München. Kurz vor München riefen sie von einer Raststätte aus an. Bruno und Therese waren zwar etwas überrumpelt, luden die beiden aber zum Abendessen ein. Als Treffpunkt wurde ein Wirtshaus in Neuried vereinbart, in der Gautinger Straße. Ihr Auto sollten sie dort stehen lassen, denn Bruno würde sie mit seinem Wagen abholen und auch wieder zurückfahren, er würde um sechs Uhr abends kommen.

In Neuried angelangt, fanden sie schnell die Gastwirtschaft und stellten den R4 dort auf dem Parkplatz ab. Eine Stunde mussten sie noch warten, bis der Onkel eintreffen würde. Sie setzten sich in die Gaststube, tranken Pfefferminztee und vertrieben sich die Zeit mit Gesprächen über die schönen Tage in Venedig.

Onkel Bruno kam pünktlich und Luise und Bernhard stiegen ein in seinen Mercedes, beige und älteren Baujahrs. Nach kurzer Fahrt erreichten sie die Karwendelstraße. Therese empfing sie freundlich und führte sie in die Küche, in der ein gedeckter Tisch auf sie wartete.

«Wir kochen eigentlich abends gar nicht, aber für euch machen wir gerne eine Ausnahme", sagte Therese.

„Doch wir essen nur kurz Gedünstetes, das ist gesund und viel bekömmlicher als das Totgekochte von früher."

Es gab kurz gedünstete Karottenscheibchen mit kurz gedünstetem Reis, dazu kurz gedünstete, in Streifen geschnittene Hühnerbrüstchen. Und ein Glas Apfelsaft mit frischer Zitrone. Nach zwei Stunden war der Besuch beendet, es gab nichts mehr zu reden, und das nicht sehr üppige Essen war sowieso schon lange gegessen. Therese nannte die beiden Gäste ein Paar, das seine Hochzeitsreise vorweggenommen hatte und brachte damit zum Ausdruck, dass sie darin wohl eine gewisse Unschicklichkeit sah.

Der Abschied fiel allen nicht schwer, zudem lag noch die Fahrt nach Stuttgart vor dem Fahrer Bernhard. Bruno fuhr sie im beigen Mercedes zurück zu ihrem Auto nach Neuried.

Im Jahr darauf heirateten Bernhard und Luise. Sie studierten beide noch in Tübingen und wohnten fortan in Dusslingen bei Kurz in der kleinen Einliegerwohnung mit dem kleinen Zimmer, der fast ebenso großen Küche und dem Bad mit schweinchenrosa Kacheln.

Zur Hochzeit waren neben Bernhards Verwandten alle Feldts gekommen, die Hamburger und die Münchener. Therese sprach wieder von der vorgezogenen Hochzeitsreise nach Venedig im Jahr davor, vielleicht hatte sie mit Venedig ein Problem, weil Bruno noch nicht mit ihr dorthin gereist war?

Inzwischen musste Therese erkannt haben, dass sie mit Bruno ganz schön hereingefallen war. Sie wahrte den Schein aber noch lange Zeit, ließ sich nichts anmerken. Bruno brachte längst nicht soviel Geld nach Hause, wie nötig gewesen wäre, und Therese musste immer wieder auf ihr Vermögen zurückgreifen. Irgendwann konnte Bruno sie nicht mehr vertrösten mit seinen angeblich erwarteten geschäftlichen Erfolgen als Lexikon-Vertreter, die Encyclopaedia Britannica war leider kein Selbstläufer.

Nachdem Therese ihre Schamschwelle als gescheiterte und gelinkte Ehefrau überwunden hatte, reichte sie die Scheidung ein, warf Bruno aus der Wohnung und vollendete ihre Ausbildung zur Heilgymnastin. Für die ersehnte eigene Praxis erhielt sie von ihren Eltern die nötigen Mittel, die froh waren, dass der windige Schwiegersohn Vergangenheit geworden war.

Bruno zog um nach München in die Drygalski-Allee, in ein Appartement, dessen Miete in späteren Jahren von der Sozialhilfe bezahlt wurde.

Nach seiner zweiten Scheidung ging er erneut auf Frauenpirsch mit dem Ziel, eine reiche Frau zu finden. Er hielt sich nach wie vor für unwiderstehlich.

Bernhard und Luise waren inzwischen von Dusslingen wieder nach Stuttgart-Degerloch gezogen und bewohnten eine kleine Dachwohnung. Das konnte als Aufstieg bezeichnet werden, vom Tiefparterre unters Dach!

Inzwischen war Anton schon über ein Jahr alt und Nina gerade geboren.

Eines Tages hatte Onkel Bruno sich zum sonntäglichen Mittagessen angekündigt. Sie trafen sich bei Magdalene, die ihr köstliches Schweinefilet gebraten hatte, mit Spätzle und grünem Salat. Bruno war nicht allein erschienen, mit ihm seine neueste Eroberung, Diane. Sie war etwas größer als Bruno und angeblich siebenundzwanzig Jahre alt, hatte einen sehr blassen Teint und kohlschwarze dünne Haare. Von ihrer Nase gruben sich tiefe Falten zu den Mundwinkeln, was ihr ein missmutiges Aussehen verlieh. „Diane ist Ärztin und von ihrem Mann, einem Zahnarzt, geschieden", stellte Bruno seine Begleitung vor.

Luise konnte nicht glauben, dass diese Frau gerade zwei Jahre älter sein sollte als sie selbst. Was war das für eine merkwürdige Person!

Diane erzählte während des Essens am laufenden Band irgendwelche seltsamen Begebenheiten. So beschrieb sie in allen Einzelheiten, wie einmal ein Mann am Münchener Hauptbahnhof unter einen einfahrenden Zug geraten sei und sich dabei schlimme Verletzungen zugezogen habe, darunter auch eine Stufenabtrennung am Oberschenkel. Sie wiederholte das Wort mehrmals, auf Nachfragen sagte sie nur, Stufenabtrennung sei eine ganz typische Verletzung des Oberschenkelbereichs.

Bernhard und Luise sahen sich mit hochgerollten Augen an, räumten nach dem Essen das Geschirr ab und tuschelten sich in der Küche ihre Zweifel zu.

„Glaubst du, dass es das gibt, eine Stufenabtrennung?" fragte Bernhard.

„Und die ist doch mindestens zehn Jahre älter", bemerkte Luise. „Es kann doch nicht sein, dass Onkel Bruno das nicht merkt!"

Wieder im Wohnzimmer beobachteten sie die verdächtige Diane. Unvermutet stand sie auf und kündigte an, sie würde kurz zum Auto gehen, das in der Melittastraße stand, und sich in ihm ein bisschen hinlegen. Sie warf ihren Mantel über und verließ das Haus. Als sie weg war, schwärmte Bruno von seiner neuen Partnerin und niemand widersprach ihm.

Eine halbe Stunde später kam Diane zurück und wirkte zufrieden. Luise hatte den dringenden Verdacht, dass sie sich im Auto eine Spritze gesetzt hatte, und wahrscheinlich keine gegen Diabetes. War sie vielleicht Morphinistin?

Die beiden Gäste brachen dann bald auf und Luise begleitete sie noch zu ihrem Auto. Es war immer noch der alte unscheinbar beigefarbene Mercedes, den Bruno schon hatte, als er noch mit Therese verheiratet war. Das Geschäft mit seinen Smaragden musste wohl komplett schief gelaufen sein. Aber die tolle Diane hätte doch ein neueres Auto haben können?

Die Geschichte mit Diane hielt nicht allzu lange, irgendwann fand Bruno selbst heraus, dass sie gar keine Ärztin war und ihr geschiedener Mann wohl Zahnarzt, aber hoch verschuldet. Und abhängig von Morphium war sie tatsächlich auch.

Bruno hatte einiges an Geld investiert, um Diane zu imponieren, er hatte dafür sogar einen Kredit aufgenommen. Das war nun verlorener Einsatz. Diane war ihm in der Profession „so tun als ob" überlegen gewesen.

Es sah so aus, als habe Onkel Bruno aus dieser Sache etwas gelernt, die folgenden Jahre stellte er keine neuen Gefährtinnen mehr vor. Wenn er nach Stuttgart kam, war er stets allein, auch zwischenzeitlich sogar wieder zu Geld gekommen. Dann konnte er sich spontan zum Nachmittagskaffee ankündigen und bei Kreutzkamm gekaufte Riesenmengen Dresdener Eierschecke aus München mitbringen.

Irgendwann hatte Bruno wieder neuen Anschluss gefunden. Nicht bei einer reichen Frau, dieses Kapitel war anscheinend erst einmal abgeschlossen. Er war Mitglied geworden in der protestantischen Freikirche der Siebenten-Tags-Adventisten. Als Ruhetag in der Woche hatten die Adventisten den Samstag, und nicht den Sonntag als siebten Tag gewählt, ähnlich dem biblischen Sabbat. Sie glaubten an die baldige Wiederkehr von Jesus Christus.

Bruno erzählte bei einem Besuch in Degerloch voll Begeisterung von seiner neuen Gemeinschaft, wie er dort liebevoll aufgenommen worden war und geistige Erfüllung fände. Die Stuttgarter Verwandten argwöhnten natürlich, dass die Adventisten nicht nur der geistigen Nahrung wegen Brunos Zuneigung gefunden hatten, sondern vielleicht auch eine begüterte Mitschwester eine Rolle spielen könnte.

Hartmut berichtete eines Tages, dass Bruno inzwischen eine entfernte ältere Großtante betreuen und bei ihr in Bad Homburg auch wohnen würde. Das Münchener Adventisten-Zwischenspiel war zu Ende.

Wenig später trat Hilde in sein Leben. Bruno hatte sie bei der Beerdigung der Großtante kennengelernt, die überraschend gestorben war. Hilde war ihre gute Freundin gewesen und hatte über Bruno viel Gutes gehört. Es ergab sich also fast von allein, dass Bruno übergangslos ins nächste Engagement befördert wurde.

Er war inzwischen fünfundsiebzig Jahre alt, und Hilde war bereits einundneunzig. Die beiden bildeten eine glückliche Symbiose, Hilde hatte Haus und Geld, und Bruno umsorgte sie aufmerksam. Sie wohnten in Lenggries, nahe der Isar. Magdalene hatte sie dort sogar einmal besucht und fand Hilde sehr sympathisch.

Von diesen beiden Menschen starb Bruno überraschend 2001 als erster. Hilde war völlig verzweifelt und schrieb leidvolle Briefe an Magdalene. Mit ihren siebenundneunzig Jahren konnte sie nicht mehr allein leben. Sie musste in ein Pflegeheim umziehen, und bald hörte Magdalene nichts mehr von ihr.

Zu Brunos Beerdigung fuhr nur Regina. Magdalene fühlte sich der Fahrt nach Lenggries nicht gewachsen und Luise hatte mit ihrem Onkel schon lange Zeit zuvor abgeschlossen. Je älter sie wurde, umso stärker wuchsen ihre Vorbehalte gegen den jüngsten Bruder ihres Vaters. Wie anders war doch Hartmut gewesen. Und ihr Vater, Georg?

Leidtragend war ja auch nur die uralte Hilde. Brunos Tochter Marita war in den USA verschollen. Ihr Vater hatte nie mehr etwas von ihr gehört, nachdem Karina 1995 gestorben war. Marita selbst hatte jeden Kontakt mit ihm abgelehnt, nachdem sie mit ihrer Mutter dem Lolita-Dasein entronnen war. Sie hatte früh geheiratet und lebte mit ihrem Mann, einem Taugenichts nach Brunos Einschätzung, in einem Wohnwagen. Kinder hatte sie angeblich auch.

Empfindsam, gefühlvoll, überschwänglich, eitel, sich selbst überschätzend, angeberisch, so zeigte sich Luise ihr Onkel Konrad, genannt Bruno, aus seinen Briefen. Die Wahrheit verbog er phantasievoll nach seinen Interessen, ohne von seinem Gewissen ermahnt zu werden. Seine Kriegsjahre und Sibirien hat er vergeblich gelöscht, sie haben ihn mit geformt, ihn zu einem ständig zu kurz Gekommenen verdammt. Sein Leben war ein Kampf um Anerkennung gewesen.

Mitleid, aber kein Verständnis, war in Luise erwacht.

Als Nächstes wollte sich Luise die Briefe ihrer Großmutter Herta vornehmen. Bei der ersten Durchsicht hatte sie festgestellt, dass es zeitliche Überschneidungen zu Brunos Briefen gab. Bereits Geschildertes würde sich durch Hertas Sicht vertiefen. Oder anders darstellen.

Was für eine Frau war ihre Großmutter gewesen, die als Zwanzigjährige einen damals wohlhabenden Fabrikbesitzer geheiratet hatte und fünf Kinder bekam, davon Georg, den Erstgeborenen, ihren Vater.

Luise las sich ein in Hertas Geschichte, in ein Leben voll Traurigkeit.

Herta

Von der vornehmen Voßstraße im noblen Dresdner Villenviertel, umgeben von Grün und nahe der Oase des Großen Gartens, waren Friedrich und Herta mit Ilse und Konrad 1932 umgezogen in eine Mietwohnung in der Wiener Straße. Das Haus in der Voßstraße hatte die Dresdner Bank kassiert, damit die angewachsenen Schuldverpflichtungen Friedrichs getilgt werden konnten. Durch den Konkurs von Feldt und Collmann hatte Friedrich keine Einkünfte mehr und für seinen Lebensunterhalt sein Haus beliehen, das im Übrigen noch gar nicht vollständig abbezahlt war. Zwei Jahre ließ sich dieser Zustand halten, bis die Bank das Pfand des Hauses einforderte und die Feldts auf die Straße setzte.

Friedrich war kurz vor dem Umzug 60 Jahre alt geworden, und Herta fühlte sich mit ihren 47 Jahren ebenso alt wie ihr Mann.

Die neue Wohnung lag zwar noch im gleichen Viertel Strehlens, aber die Häuser standen dichter beieinander und die Bewohner waren keine feinen Leute wie die Feldts. Herta war dort nie heimisch geworden, die schwierige Beziehung zu Friedrich und die einengenden Wohnverhältnisse ließen ihr keinen Raum für ihr eigenes Leben, das sich von dem der anderen Familienmitglieder deutlich unterschied.

Sie ging nie vor Mitternacht zu Bett, konnte dort erst nach Stunden einschlafen und erwachte morgens erst am späten Vormittag. Den Tag über fühlte sie sich schon von kleinsten Aufgaben überfordert, zog sich lieber mit einem Buch und einer Tasse Tee zurück. Der Haushalt war ihr Feind, ihr Mann nicht minder. Seit Christians Tod hatte Herta sich von Friedrich immer stärker zurückgezogen, sie gab ihm die Schuld an Christians verzweifeltem Handeln. Friedrich war ihr zutiefst zuwider, seine bestimmende Art, die nur seine Entscheidungen und Ansichten gelten ließ und seine nicht vorhandene Fähigkeit, sich in andere Menschen hineinzudenken und deren Bedürfnisse zu erkennen, wirkten auf sie abstoßend. Sie hatte vergessen, warum sie ihn einst geheiratet hatte.

Bereits bei ihrem ersten Kind hatte sie sich hilflos gefühlt, der kleine Georg wurde ängstlich beschützt und vor jedem Luftzug oder Regentropfen bewahrt. Als Ergebnis war Georg Zeit seines Lebens anfällig für Erkältungen aller Art. Hartmut, der drei Jahre später geboren wurde, erfuhr die Betüttelung etwas abgeschwächt, weil Herta für ihn nicht gleichermaßen Zeit fand wie für Georg allein. Und als Christian, Ilse und Konrad noch dazukamen, überließ Herta Kinder und Haushalt ihrer Hausangestellten. Klara Bertlein war zehn Jahre jünger als Herta, stammte aus Weimar und hatte eine Hauswirtschaftsschule besucht. Sie war nicht besonders hübsch, hatte eine breite Nase, etwas zu volle Lippen und zu kurze Beine, die vom Knie abwärts unten wie eine durchgehende Säule in den Schuhen ankamen. Sie hatte keinen Freund oder Verlobten und stand den Feldts und Herta uneingeschränkt zur Verfügung. Mittwochs hatte sie nachmittags frei, doch sie hatte alles stets so gut vorbereitet, dass Herta auch am Mittwochnachmittag keine Pflichten übernehmen musste.

In der Wiener Straße war dann kein Platz und auch kein Geld mehr da für Klara Bertlein. Sie war mit großer Freude von einer mit Feldts bekannten Familie übernommen worden und konnte sich dort weiter als geschätzte Perle verdingen.

Herta vermisste sie schmerzlichst, hatte aber keine Wahl. Sie quälte sich durch die Woche, wenigstens hatte sie am Waschtag eine Hilfe, und Ilse musste auch mit anpacken.

Herta befand sich im Geist zunehmend auf dem Absprung aus dieser Lage. Wenn sie sich, bei ihrem Tee, etwas Ruhe gönnte, sann sie über einen Ausweg nach. Wie könnte sie ohne Geld diesem bedrückenden Leben entfliehen?

Ihre Eltern waren beide schon früh gestorben. Geschwister hatte sie keine. Das bisschen Vermögen, das sie geerbt hatte, war für die Finanzierung der Ausbildung von Georg und Hartmut eingesetzt worden, nachdem Friedrich seine Fabrik verloren hatte und dazu nicht mehr in der Lage war. Ihr Elternhaus auf dem Weißen Hirsch hatte Herta an Friedrichs Schwager, den Mann seiner Schwester Lotte, verkauft, bei dem Friedrich sich Geld geliehen hatte. Diese Schulden waren damit bezahlt und vom Rest wurden die studierenden Söhne unterstützt.

Hartmut in Hamburg stand kurz vor dem Abschluss seines Studiums der Volkswirtschaft, nach Georgs Vorbild wollte auch er promovieren. Herta war stolz auf ihre beiden ältesten Söhne und schöpfte neue Kraft, wenn sie über deren Entwicklung nachdachte.

Mit Konrad war sie weniger zufrieden, er nahm die Schule zu wenig ernst und verbrachte seine Freizeit lieber mit Fußball oder Hockeyspielen. Die daraus entstehenden lautstarken Auseinandersetzungen mit seinem Vater versetzten Herta in einen Zustand qualvoller Lethargie, sie fühlte sich danach noch unfähiger zu jeglichem Tun. Wenn es nicht gerade regnete, verließ sie dann das Haus und ging zum Großen Garten, der immer noch in erreichbarer Nähe lag. Dabei vermied sie es, der Voßstraße zu nahe zu kommen, bog stets schon in der Oskarstraße zum Großen Garten hin ab. Beim Carolaschlösschen setzte sie sich auf eine Bank, wenn sie eine freie fand, und überließ sich ihren traurigen Gedanken. In der Voßstraße wohnten ja jetzt andere Menschen, die Dresdner Bank hatte das Haus verkauft.

Ob die neuen Bewohner sich in dem dunklen Haus wohlfühlten, in der Eingangsdiele die grün gemusterte Tapete durch eine freundlichere ersetzt hatten?

Friedrich hatte damals vor ihrem Einzug die Tapete allein ausgesucht, ohne das mit ihr zu besprechen. Auf olivgrünem Grund prangten rotbraune kleine japanische Tempelchen, über die sich zierliche blaugrüne Zweige mit lanzettlichen Blättern neigten. Darüber schwebten vogelähnliche Ornamente in verschiedenen Blautönen. Herta hätte viel lieber eine englische Tapete gewählt, hellblau mit kleinem Rosenmuster, zumal nur über der dunklen braunen Eichentür, die zu den hinteren Räumen führte, Platz für eine Tapete war. Die fünf über dem Türrahmen angebrachten Schmuckteller aus Meißner Porzellan verdeckten zudem ungünstig das großflächige Muster der Tapete darunter, wie viel passender wären doch kleine Röschen gewesen!

Rechts neben der Tür befand sich ein mit kunstvollem Holzgitter verkleideter Heizkörper, darüber ein Schränkchen mit chinesischen Vasen, hinter Glastüren. Die Diele war so groß, dass sogar noch ein Tisch mit zwei Stühlen und ein Sessel Platz fanden. Der Parkettfußboden in diesem Eingangsbereich war im Fischgrätmuster verlegt, in zwei verschiedenfarbigen Hölzern, Eiche natur und Eiche dunkel gebeizt. Die dunklen Holzgräten verliefen schräg nach links hinten, die hellen nach rechts. Dank Klara Bertlein hatte das Parkett trotz der hohen Beanspruchung stets tadellos geglänzt.

Was Herta das Haus in der Voßstraße nie vertraut werden ließ, war die fehlende Decke in der Diele, wodurch der Empfangsbereich einen hallenartigen Charakter erhielt, der noch verstärkt wurde durch die dunkelbraun holzvertäfelten Wände ringsherum.

Wo eine Decke schützendes Dach gespendet hätte, ragten die Stützen für die umlaufende Galerie im darüber liegenden Stockwerk in den Raum. Die Galerie selbst wirkte in ihrer nur von rautenförmigen Aufsätzen durchbrochenen Schwere fast wie die Empore in einer Kirche. Die Rauten hatten die Form eines Benzolrings, wie er in dieser Zeit dargestellt wurde, Hochformat länglich, sechseckig, mit Spitze oben und unten. Georg hatte in seiner Liebe zur Chemie das obere Stockwerk Benzol-Etage genannt. Hier lagen die Schlafräume, zu denen auf der rechten Seite der Halle eine Treppe hinaufführte. Im Winter gelang es trotz allen Heizens selten, die Temperatur im Eingangsbereich wesentlich über die Außentemperatur zu steigern.

Herta fehlte durch die erst mit dem zweiten Stock abschließende Decke immer das Beschützende einer Behausung. Oft meinte sie sogar den Luftzug eines bösen Geistes zu spüren, wenn sie die Haustür öffnete. Diese Einbildung hatte sich nach Christians Tod verstärkt.

Die Voßstraße war jetzt schmerzliche Erinnerung, Vergangenheit. Trotz der ungeliebten Atmosphäre des Hauseingangs war dort zu wohnen aber immer noch besser gewesen als jetzt im Erdgeschoss der Wiener Straße. Was hatten sie doch für einen sozialen Abstieg erlitten.

Sie wünschte sich täglich mehr, Dresden und seine Schatten verlassen zu können. Dresden, wo ihr Sohn auf dem Friedhof lag und ein Despot über ihr Leben bestimmte.

Der Konkurs von Feldt und Collmann hatte Friedrich unbarmherzig vom Thron des erfolgreichen und wohlhabenden Unternehmers gestürzt. Die Schmach des Scheiterns hatte in ihm jeden Anflug von Milde für immer ausgemerzt, Zorn und Verbitterung bestimmten fortan sein Verhalten. Bruno, Ilse und Herta eigneten sich vorzüglich als Ziele für Friedrichs Rundumschläge.

Die Großen lebten ihr eigenes Leben, Georg hatte seine erste Arbeitsstelle in Wernigerode angetreten und Hartmut studierte in Hamburg. Konrad entzog sich der heimischen dicken Luft durch Sport und Spiel im Freien. Ilse sann immer noch über eine Berufsausbildung nach. Dass Mädchen für eine Ausbildung noch weniger Chancen hatten als Jungen, entmutigte sie zunehmend. So half sie Herta bei der Hausarbeit und bildete die einzige Vertraute für ihre Mutter.

In langen Briefen an Georg beklagte Herta ihr Leid. Zu Magdalenes Erschrecken hatte er seiner Mutter vorgeschlagen, doch mit ihnen zusammen nach Wernigerode zu ziehen. Magdalene hatte nicht widersprochen, zu tief war ihre Vorfreude, dass sie endlich immer mit Georg zusammensein durfte und sie ihr gemeinsames Leben beginnen würden. Nach Georgs Aussage sollte seine Mutter auch nur vorübergehend bei ihnen wohnen, sie sollte eben hin und wieder die Möglichkeit einer Auszeit aus ihrem freudlosen Leben erhalten.

Ende September 1933 kam Herta erstmals in Wernigerode zu Besuch. Sie wollte mit Georg reden über Friedrichs Begeisterung für den sich etablierenden Nationalsozialismus, die sie zunehmend verstörte. Doch Georg war nicht bereit, das neue Nationalbewusstsein infrage zu stellen. Er sah darin nur Chancen und wollte keine Risiken erkennen. Herta versuchte auch vergeblich, ihre Schwiegertochter zu überzeugen, dass der Weg Deutschlands mit Hitler in die Irre führen würde. Magdalene war zu unpolitisch, eine persönliche Meinung einzubringen. Die wirtschaftliche Lage konnte aus ihrer Sicht ja nur besser werden, so miserabel wie es bisher aussah. Denn Georg, ihr Mann, promovierter Chemiker, Doktor Ing., musste sich mit seiner schlecht bezahlten Stellung bei Odenthal zufrieden geben.

Magdalene, die bei ihren Eltern zwar ohne Luxus, aber auch ohne Mangel gelebt hatte, spürte die einschränkende Armut unerwartet schmerzvoll. Die Liebe zu Georg war zwar ihr höchstes Gut, aber etwas mehr finanziellen Spielraum hätte sie sich schon gewünscht. Und wenn ein Hitler die Lage verbessern würde, wieso sollte sie dagegen etwas haben?

Herta sah sich ziemlich allein mit ihrer Abneigung gegen den groben, ungebildeten Großmannssüchtigen, als den sie Hitler bezeichnete.

Anfang Oktober traf noch ein weiterer Gast in Wernigerode ein, Hartmut aus Hamburg. Der Abend mit Hartmut sollte harmonisch Raum bieten für freundliche Unterhaltung, begleitet von Magdalenes Lieblingsgericht für lieben Besuch, Schweinefilet mit Kartoffelsalat. Aber er eskalierte in heißen politischen Gesprächen, endlich erhielt Herta Beistand. Auch Hartmut befürchtete nach Hitlers Aushebeln aller Parteien außer seiner eigenen, dass die politische Kultur, die noch junge Demokratie, in Deutschland damit beendet sei. Die Argumente-Fetzen flogen hin und her, und Georg zerstritt sich mit seinem Bruder so sehr, dass Hartmut sofort am nächsten Tag wieder abreiste. Herta war ebenfalls tief erschüttert von der nächtlichen Diskussion und ihren Folgen, dass sie einen Tag später auch zurück nach Dresden fuhr, zurück zu ihrem nicht mehr geliebten Mann.

Georg brauchte noch Tage, bis er sich wieder beruhigt hatte, und Magdalene war froh, als er seine liebevolle Zuneigung zu ihr endlich wiedergefunden hatte.

Dass Herta ebenfalls abgefahren war, tröstete sie über die Zeit hinweg, in der ihr Mann grollend unausstehlich war.

Herta im Exil

Friedrichs Bemühungen, zu Geld zu kommen, zeugten zwar von Phantasie und Kreativität, ließen sich aber nicht immer erfolgreich verwirklichen.

Die Versuche, sein Nachahmerpräparat für Angostura herzustellen, tyrannisierten seine Umgebung. In der heimischen Küche experimentierte er mit Gewürzen und Alkohol in verschiedensten Kombinationen. Es roch oft nach Pomeranzen und anderen Zitrusfrüchten.

Herta durfte die Küche nur betreten zum Zubereiten einfacher Mahlzeiten, die wenig Aufwand erforderten, und auch das nur zu streng geregelten Zeiten. Parallel zum Angostura-Nachbau plante Friedrich als weiteres Standbein eine Generalvertretung für Weine aus dem Rheinland und Österreich aufzuziehen. Und wie in der Vergangenheit versuchte er immer wieder, den Mann seiner Schwester Lotte anzupumpen, was das Verhältnis zu Schwester und Schwager zunehmend belastete. „Hochmut kommt vor dem Fall," musste er sich von Lotte anhören.

Herta quälte sich verzagt an seinen Ausbrüchen von Unzufriedenheit vorbei, die ihn bei Misserfolgen überkamen. Ihre Fluchtspaziergänge zum Großen Garten konnten ihren Überdruss kaum mehr mildern.

Ilse war inzwischen ausgezogen und bewohnte ein Zimmer im Schwesternheim der Dresdner Kinderklinik in der Fetschnerstraße.

Sie war überglücklich, dass sie Friedrichs Wutanfällen entkommen war.

Herta hatte nun keine Vertraute mehr und empfand ihren Mann und sogar Konrad nur noch als Gegner. Konrad-Bruno war inzwischen fünfzehn Jahre alt geworden und übte sich im Dauerstreit mit seinem Vater, der ihm Faulheit und eitles Gehabe vorwarf. Und auch zwischen Herta und Konrad kam es immer wieder zu Auseinandersetzungen, weil sie seine Begeisterung für die Hitlerjugend nicht teilen konnte. Im Gegensatz zu Friedrich, der in Hitler kritiklos den Erlöser aus dem Tief der deutschen Wirtschaft sah, war Herta voller Abwehr gegen die neue Entwicklung. Und Konrad war mit vollem Herzen national denkend entflammt und keinem Gegenargument zugänglich.

Bei Georg traf ihr Argwohn nicht auf Verständnis. Er hatte ihr bedeutet, dass die sich entwickelnde Gewaltkur, die hemmungslos demokratische Rechte außer Kraft setzte, Deutschlands einzige Chance zum Wiedererstarken darstelle. Es gäbe auch sicher irgendwann eine besonnene Rückkehr zu alten Rechten.

Zu ihrem Entsetzen hatte er sich im September 1933 auch noch der SA angeschlossen. Seine braune Uniform hing zwar meistens im Schrank, aber es gab sie. Der Entschluss Georgs, dieser Truppe angehören zu wollen, hatten Hartmut und seine Mutter einst ihren Besuch in Wernigerode nach dem Riesenkrach abrupt abbrechen lassen.

Georg hatte als SA-Mann im Januar 1934 am kleinen Flugplatz von Wernigerode Dienst, in einer Schnellausbildung als Flugschüler erlernte er erste Grundlagen zum Bedienen eines Flugzeugs. Seine Kenntnisse brauchte er allerdings nie in die Praxis umzusetzen. Als Ausklang zum Flugschultag durfte sich die gesamte Ortsgruppe exklusiv den Film „Hans Westmar" ansehen, der gerade in den Kinos angelaufen war. Horst Wessels verklärtes Wirken und die Hetze gegen Kommunisten und Juden waren das Thema des zu Nationalismus aufstachelnden Films.

Weitere Übungseinheiten seiner Staffel wie anstrengende Gepäckmärsche und Geländeübungen im Salzbergtal bei Wernigerode trafen nicht ganz Georgs Geschmack, und nach dem Röhm-Putsch im Sommer 1934 trat er zu Magdalenes, Hartmuts und Hertas Genugtuung aus der SA wieder aus.

Hartmut war der Einzige, der die Abneigung seiner Mutter gegen das neue Regime und seine krakenartige Einwucherung in den deutschen Alltag teilte.

Herta war bisher zu schwach gewesen, ihrer Misere zu entfliehen, hatte auch Konrad nicht verlassen wollen. Sie hatte sich in der Pflicht gesehen, ihren Bruno auf seinem Weg zu begleiten und zu betreuen. Doch Konrads Aufbruch ins eigene Leben verbannte seine Mutter aus seinen Entscheidungen. Er brauchte sie jetzt nicht mehr.

Sie schrieb verzweifelte Briefe an Georg und Hartmut und bat die beiden um Rat. Beide versuchten sie zu besänftigen, ihr klar zu machen, dass auch ihnen keine vernünftige Lösung einfiel.

Georg und Magdalene konnten sie in ihrer Wohnung nicht aufnehmen, inzwischen war ja auch noch Regina dazu gekommen. Sie lebten jetzt bereits ein ganzes Jahr in Berlin.

In Wernigerode hatten sie nicht bleiben können, denn bei Odenthal war Georg in Ungnade gefallen.

Nachdem sein Vater den Prozess gewonnen hatte, der gegen ihn wegen Unregelmäßigkeiten beim Konkurs seiner Firma Feldt und Collmann angestrengt worden war, hatte Friedrich, beflügelt durch den juristischen Sieg, Ende 1933 gegen Odenthal & Co. eine Klage angestrengt. Er beschuldigte seinen ehemaligen Konkurrenten, dass er die patentierte Beschichtung der Photopapiere Fixolloid und Silberfuchs unberechtigt anwende. Friedrichs Kompagnon Egon Collmann hatte die Zusammensetzung der Chemikalien nach dem Konkurs von Feldt und Collmann ohne Friedrichs Wissen an seinen Sohn Hagen weitergegeben, der die Patente an Odenthal & Co. gewinnbringend verkauft hatte. Da Egon Collmann verstorben war und sein Sohn sich nach Argentinien abgesetzt hatte, verklagte Friedrich als einstiger Miteigentümer der Patente Odenthal auf Auszahlung seines Anteils.

Unter diesen neuen Umständen hatte man Georg nahegelegt, das Unternehmen schnellstmöglich zu verlassen.

Durch Beziehungen zu seinem Freund Helmut Zeller konnte Georg nach Berlin ins Wirtschaftsministerium vermittelt werden.

Helmut, sein Verbindungsbruder, hatte Jura und Volkswirtschaft studiert und in der NSDAP Karriere gemacht. Er gehörte zum Stab von Walther Funk, dem zu dieser Zeit persönlichen Wirtschaftsberater und Pressechef Hitlers. Funk arbeitete auch für Goebbels als Staatssekretär und wurde nach dem Rücktritt von Hjalmar Schacht später zum Reichswirtschaftsminister ernannt. Durch Helmuts Kontakte erhielt Georg im Wirtschaftsministerium eine Stelle als Hilfsreferent.

Als promovierter Chemiker hätte er sich lieber eine praxisnähere Tätigkeit gewünscht als in der Verwaltung zu arbeiten, und das mit noch geringeren Einkünften als bei Odenthal & Co.

Die Zeit in Wernigerode hatte sich für die jungen Feldts überraschend verkürzt, dabei hatten sie doch ihren Hausstand dort für eine Ewigkeit vorgesehen. Die Ewigkeit trat nicht ein, sie tauschten sie gegen eine kleinere und viel teurere Wohnung in der Hauptstadt.

Hartmut hatte gerade Gerda kennengelernt. Gerda arbeitete seit kurzem bei der Norddeutschen Seewarte und zeichnete meteorologische und nautische Karten für die Berufs- und Sportschifffahrt. Beide hatten zufälligerweise am gleichen Tag Geburtstag, was ihre Zuneigung zueinander noch verstärkte. Gerda war jedoch zwei Jahre jünger als Hartmut.

Herta hatte von Gerdas und Hartmuts Heiratsabsichten erfahren. Doch Hertas Pläne sollten dem jungen Paar eine lange Zeit der Prüfung bescheren.

Eines Tages nämlich packte sie entschlossen und ungewohnt tatkräftig einen Koffer mit ein paar Kleidungsstücken und liebgewordenen Gegenständen wie Christians Skizzenbuch oder von Ilse gehäkelte Topflappen und reiste nach Hamburg.

Friedrich hatte sie zuvor wieder einmal wütend als unfähiges träges Weib beschimpft. Sie solle endlich ihre Aufgabe erkennen, ihm und Konrad ein freundliches Heim zu schaffen und nicht nur Tag für Tag schlaff und tatenlos herumzuliegen.

Im Gegenzug hatte sie Friedrich beschuldigt, dass seine von allen Menschen nur Leistung fordernde Art seinen Sohn in den Tod getrieben hätte. Christian war doch so unendlich begabt mit seinem Zeichenstift, das hätte genügen müssen.

Friedrich hielt in seiner erwidernden Beschimpfung kurz inne und eilte polternd zum Schrank, in dem Christians Skizzenbuch aufbewahrt wurde. Er riss eine Schublade auf und zog das leinengebundene Heft heraus. Er blätterte hastig darin, überschlug Zeichnungen von Kirchen und Landschaften oder Stillleben mit Blumenvasen, bis er bei abgebildeten Menschen angelangt war. Christian hatte eine streng thematisch differenzierende Ordnung eingehalten und sein Skizzenheft in entspreche Areale schon vorsätzlich eingeteilt.

Die gezeichneten Personen waren fast nur Jungen aller Altersstufen. Herta erkannte einige der Gesichter, weil Christian auch großes Talent zum Porträtieren hatte. Hans-Hermann, sein bester Freund, tauchte besonders oft auf. Lachend oder ernst, im Konfirmandenanzug oder in der Badehose, hingestreckt in einer Wiese oder am Startblock vor einem Rennen.

„Schau dir doch diese Bilder an! Du hast ja keine Ahnung! Ich habe die beiden einmal überrascht, als sie dachten, sie wären allein zu Hause. Du kannst dir nicht vorstellen, was ich da gesehen habe, sie lagen eng umschlungen ohne Kleider in Christians Bett. Ich habe Christian daraufhin zur Rede gestellt und ihm den Umgang mit diesem Lumpen untersagt. Dir habe ich bis heute nichts davon erzählt. Aber jetzt weißt du es."

Herta war zutiefst erschrocken. Sie hasste Friedrich für diese Enthüllung, weil sie die Erinnerung an Christian unerwartet beschmutzt sah. Doch über eines war sie sich immer noch ganz sicher. Auch wenn es nicht nur das Schulversagen war, das Christian verzweifelnd bedrückte, so hatte doch Friedrich allein mit seiner gnadenlosen Verachtung den Jungen in den Tod getrieben.

Jetzt war es genug.

Auf dem Bahnhof ging Herta zur Post und ließ sich ein Telefongespräch mit Georg vermitteln. Sie erreichte ihn in seinem Amt, die Telefonnummer hatte er ihr für Notfälle gegeben.

„Ich verlasse Dresden und Papa und fahre nach Hamburg zu Hartmut. Vielleicht kannst Du ihn anrufen, ich glaube, seine Vermieterin hat Telefon und kann die Nachricht an ihn weitergeben."

Georg dachte voll Entsetzen an seinen frisch verliebten Bruder.

„Hast du dir das gut überlegt, Mama? Wie willst du denn dort leben?"

„Irgendwie wird es gehen, hier kann ich einfach nicht mehr bleiben."

Georg überlegte kurz und schlug dann vor, an Hartmut ein Telegramm zu schicken.

Als Herta Hamburg erreichte, erwartete Hartmut sie am Bahnhof. Georgs Telegramm hatte er erhalten und begriffen, dass er den neuen Tatsachen vorläufig nicht entrinnen konnte.

Seine Wohnung im Krohnskamp bestand aus zweieinhalb Zimmern, eines diente ihm zum Schlafen. Dort brachte er Herta unter und schlief fortan auf einem Sofa in seinem Arbeitszimmer.

Was wohl Gerda dazu sagen würde? Sie hatten sich schon richtig perfekt darin geübt, an der Wohnungstür von Frau Pattendorf, seiner Vermieterin, vorbeizuschleichen. Die glaubte sich nämlich berechtigt, ihrem Mieter Damenbesuch zu verbieten. Das Sofa, das ihm jetzt als Schlafstätte dienen musste, atmete noch die Erinnerung an Gerdas geliebte Gegenwart. Damit war jetzt erst einmal Schluss.

Wie sollte Hertas Leben finanziert werden?

Hartmut und Georg wechselten eilig Brief um Brief, bis sie eine Lösung gefunden hatten. Hartmut und Georg würden einen Teil von Hertas monatlichen Unterhaltskosten übernehmen, und Friedrich sollte sich an der Miete für Hartmuts Wohnung beteiligen und ein monatliches Fixum bezahlen. Georg und Magdalene würden sich noch weniger leisten können als vorher. Hartmut hätte sein Gehalt lieber für ein gemeinsames Leben mit Gerda eingesetzt. Doch Herta pochte auf die Unterstützung ihrer Söhne.

Ihr geerbtes Kleinvermögen, das sie für die Ausbildung der beiden geopfert hatte, verzinste sich nun unverhofft, überlegte sie.

Herta gewöhnte sich nur langsam in Hamburg ein. Ihre Gedanken zwangen sie immer wieder nach Dresden, zu Bruno. Er schrieb nicht oft, und wenn ein Brief von ihm eintraf, enthielt er keine erfreulichen Erlebnisse. Er beklagte sich über seinen jähzornigen Vater, aber das war für Herta keine Neuigkeit. Sie selbst schrieb ebenfalls selten, zum einen konnte sie sich in der ihr eigenen Entschlusslosigkeit schwer dazu überwinden, zum anderen wollte sie in ihrer neuen Umgebung heimisch werden. Dresdens Schatten waren unwillkommen.

Sie hatte Hartmuts Wohnung im Krohnskamp tagsüber meist für sich allein und teilte sich den Tag nach ihren Bedürfnissen ein. Am liebsten saß sie mit einem Buch auf Hartmuts Schlafsofa, und wenn sie müde wurde, unterbrach sie ihre Lektüre für eine kurze Schlummereinlage.

Die Hausarbeit, Wäsche waschen und flicken oder Mahlzeiten kochen, Herta war das alles zu viel. Ihr Leben war weiterhin nicht geruhsam und ihr fehlte die Zeit zum Sinnieren, ihrer Lieblingsbeschäftigung.

Ihren Nachmittagstee brühte sie oft zweimal auf, so sparte sie die kostbaren Teeblätter. Geld war wenig vorhanden und Herta musste sich jede Ausgabe beim Einholen, wie sie das Einkaufen nannte, sorgfältig überlegen. Die Ausflüge zum Einkaufen nutzte sie auch für Spaziergänge, wenn das Wetter es zuließ.

Wenn Hartmut am späten Nachmittag nach Hause kam, wich sie in ihr Zimmer aus, er brauchte seine Ruhe und seinen Schreibtisch. Das Studium der Volkswirtschaft hatte er 1933 mit dem Diplom erfolgreich abgeschlossen und nach einem kurzen Volontariat bei Voigtländer in Braunschweig eine Stelle als leitender Korrespondent in der Wirtschaftsredaktion beim Pressedienst Hansa erhalten. Daneben schrieb er noch als freier Mitarbeiter Artikel zur aktuellen Wirtschaftsentwicklung für das Hamburger Tageblatt.

Auch für seine Promotion zum Thema „Deutschlands Kolonialproblem" nutzte er die Zeit nach Dienstschluss. Er musste sich mit der Frage auseinandersetzen, warum Deutschland Kolonien brauche. Doch wie sollten denn Kolonien aufgetrieben werden, nachdem Deutschland die seinen durch die Bestimmungen des Versailler Vertrags alle verloren hatte? Als Ergebnis seiner Überlegungen sollte er einen gangbaren Weg entwickeln, wie das Deutsche Reich wieder in den Besitz von Bodenschätzen und Rohstoffen kommen könnte.

Sein Doktorvater schätzte Hartmuts journalistische Arbeit hoch und unterstütze ihn nach Kräften mit Themenvorschlägen. Als besondere Auszeichnung lud er ihn ein, an einem Gespräch mit Walther Funk in Berlin im Reichspropagandaministerium teilzunehmen. Funk wollte sich über wirtschaftliche Zeitprobleme austauschen. Hartmut sagte zu, trotz seines Widerwillens gegen das herrschende System sah er sich gezwungen, für sein berufliches Fortkommen seine Meinung zurückzuhalten.

Von Georg war ihm schon viel über Funk berichtet worden. Denn er wurde von Funk in regelmäßigen Abständen zur Berichterstattung gebeten. Zu Georgs Aufgaben als Referent im Wirtschaftsministerium gehörte die Kontaktpflege zu den Unternehmen der chemischen Industrie. Über die auf seinen zahlreichen Geschäftsreisen gewonnenen Einblicke in die Betriebe hatte er seinen Vorgesetzten zu berichten. Einer der Adressaten war Funk in seiner Funktion als wirtschaftlicher Berater und Staatssekretär in Goebbels Ministerium für Volksaufklärung und Propaganda.

Herta versuchte nicht, Hartmut von seinem Vorhaben abzuhalten. Wenn das Promotionsziel erreicht war, würde er wieder sein eigener Herr sein, hoffte sie.

Walther Funk war ihr von Herzen unsympathisch. Als sie erfahren hatte, dass Georg ihn zum Taufpaten für Regina wählen wollte, konnte sie ihr Entsetzen kaum verbergen. Umso mehr war sie beglückt, als sich herausstellte, dass Funk abgelehnt hatte. Er sei überlastet und hätte für ein Patenamt zu wenig Zeit, nicht einmal die Patenschaft für seinen eigen Neffen hätte er annehmen können.

Hartmut begleitete seinen Professor nach Berlin, durfte an dem anberaumten Gespräch teilnehmen und beim Hamburger Tageblatt einen Herrn Funk wohlgesonnenen Artikel abliefern.

Gerda wohnte bei ihren Eltern, mit denen Hartmut sich nicht besonders gut verstand. Sie fühlten sich von seiner nie versiegenden Eloquenz überfordert. Wenn Hartmut bei ihnen zu einem Mittag- oder Abendessen eingeladen war, geriet das liebevoll gekochte Mahl achtlos in den Hintergrund, weil Hartmut zwischen den einzelnen Bissen unaufhörlich redete. Er konnte sich über fast jedes Thema ereifern und vergaß dabei, das Essen zu loben oder gar zu genießen. Gerdas Mutter konnte nicht verstehen, was ihre Tochter an diesem Ausbund von Geschwätzigkeit so faszinierte. Aber Gerda liebte es, Gespräche zu führen, und je länger sie Hartmut kannte, entwickelte sie ein ähnliches Redetalent. Die beiden Verliebten lieferten Gerdas Eltern Rededuette, wechselten sich aufgeregt im Erzählen und Kommentieren von Erlebnissen ab und ließen die Essens-Einladungen bar jeder Gemütlichkeit ablaufen.

Im Krohnskamp hatte das junge Paar inzwischen wenig Gelegenheit, sich in trauter Zweisamkeit miteinander beschäftigen zu können. Hertas Gegenwart störte, auch wenn Gerda sich gern mit Herta unterhielt, hätte sie etwas mehr Abwesenheit ihrer künftigen Schwiegermutter begrüßt.

Ihre zärtlichen Begegnungen verlegten Hartmut und Gerda auf Ausflüge am Wochenende, sie fuhren dann oft, wenn es das Wetter zuließ, mit ihren Fahrrädern nach Glückstadt. In der Stadt mit diesem Namen pflegten sie ihr kleines Glück. Ein Gastzimmer beim Bauern Benning stand für sie bereit und wurde ihr heimliches Domizil. Den Bennings hatten sie glaubhaft versichert, dass sie verheiratet seien und einfach gerne hin und wieder aus dem großen Hamburg entfliehen wollten. Herr und Frau Feldt aus Hamburg waren willkommene Gäste, eine Legitimation verlangten die Gastgeber nie.

Die Nachricht von Ilses Tod 1938 riss Herta aus ihrer lethargischen Tagesnormalität in einen Abgrund unheilbarer Trauer.

Nach fast drei Jahren sahen sich Herta und Friedrich in Dresden erstmals wieder. Im Kreise ihrer Söhne Georg, Hartmut und Konrad verzichtete Herta darauf, Friedrich auch für dieses schreckliche Leid verantwortlich zu machen.

Christian und seine Schwester waren jetzt zusammen, vereint in einer anderen Welt. Herta war von ihrem Schmerz hoffnungslos überwältigt. Zwei Tage nach der Beerdigung nahm sie mit Hartmut den Zug zurück nach Hamburg. In ihrem Gepäck hatte sie die Ausgabe des Dresdner Anzeigers, in dessen Rubrik „Familiennachrichten" die Anzeige von Ilses Tod veröffentlicht war. Nach ihrem Namen und ihren Lebensdaten stand als Text: „Gott schenkte sie uns einst als herrlichste Tochter, als herrlichste Schwester, nun rief er sie wieder zu sich. Es gibt ein Wiedersehen! Familie Friedrich Feldt, Dresden, Hamburg, Berlin."

Herta würde sich von da an nach diesem Wiedersehen sehnen. Über die Umstände von Ilses Tod sollte Außenstehenden gegenüber nicht gesprochen werden, verfügte Georg. Es sollte als Unglück dargestellt werden, Ilse hatte den Zug übersehen, fertig.

Das Jahr 1938 bescherte der Bevölkerung Deutschlands bereits erste Engpässe bei Lebensmitteln. Eier oder Backfett waren nur noch eingeschränkt zu kaufen. Zwiebeln gab es nur hin und wieder, alle zwei bis drei Wochen, und dann nur ein halbes Pfund pro Einkauf.

Dass die Vorbereitung auf Österreichs Einverleibung schuld an der planwirtschaftlichen Verknappung war, davon waren Hartmut und Herta überzeugt. Es war alles ohne Krieg abgelaufen, die Österreicher waren freiwillig ihrem ehemaligen Landsmann in die Falle gegangen. Die Bundesregierung in Wien hatte am Parlament vorbei den Einmarsch von deutscher Wehrmacht und SS-Truppen abgesegnet. Die national denkenden Politiker hatten den Anschluss Österreichs an Hitlers Deutschland sogar aktiv angestrebt.

Seit Kriegsende waren gerade einmal zwanzig Jahre vergangen, und schon wieder war das Wort Krieg kein Tabuwort mehr.

Im Juli 1938 ließ sich Herta zu einer Reise an den Bodensee überreden. Magdalene, ihre Mutter Lydia und Regina hatten sich für zwei Wochen in einer Pension in Unteruhldingen eingemietet. Lydia hatte die Kosten übernommen und auch die Mutter ihres Schwiegersohns ausdrücklich eingeladen. Der Urlaub sollte Herta aus ihrer Starre heraushelfen, denn am Kummer über Ilses jämmerlichen Tod drohte sie zu zerbrechen. Sie hatte sich völlig zurückgezogen, sprach kaum noch mit Hartmut oder Konrad und verweigerte sich allen Versuchen der beiden, sie zu einem Konzert oder einer Theatervorstellung auszuführen. Nur nach tagelangem Bitten war es ihnen gelungen, dass sie der vorgeschlagenen Reise zustimmte.

Wie hatte sie dann doch die Ausflüge nach Wasserburg oder Konstanz genossen und die Gesellschaft von Magdalene und ihrer Enkelin. Mit Lydia konnte sie allerdings nicht viel anfangen, die Ansichten der beiden über die neue deutsche Gegenwart lagen zu weit auseinander. Die Bergers hängten Herta zu beflissen die rote Fahne mit dem Hakenkreuz aus dem Fenster. Lydias Schwäbisch und ihr eigener, leicht sächsischer Akzent erschwerten beiden zudem einen unbeschwerten, flüssigen Gesprächsaustausch. Und auch wenn Lydia sie nicht spüren ließ, dass Herta auf ihre Großzügigkeit angewiesen war, schämte sie sich insgeheim. War sie doch jahrelang stolze Gattin eines Fabrikbesitzers gewesen.

Als Magdalenes Vater Wilhelm und ihr Bruder Wolfgang mit ihrem neuen Auto übers Wochenende einen Besuch bei den Urlaubern in Unteruhldingen machten, wurde ihr erneut schmerzlich bewusst, dass sie auf Annehmlichkeiten, die ein Automobil bot, fortan würde verzichten müssen.

Die größte Freude war für sie gewesen, dass Georg auch noch für ein paar Tage zu der kleinen Gruppe gestoßen war, auf der Rückreise von Wien. Dort hatte er im Auftrag Walther Funks die Chemie-Industrie des heimgeholten Österreichs einzuschätzen.

Georg war mit seiner Unternehmung zufrieden, die Besichtigung der einzelnen Betriebe in der Umgebung Wiens war ohne Zwischenfälle verlaufen und er hatte durch die Unterstützung von Erika Schwalbing, seiner ihn begleitenden Berliner Sekretärin, für Funk bereits einen ausführlichen Bericht im Gepäck. Überschwänglich schwärmte er den Urlaubern von der herrlichen Hauptstadt Österreichs und von seiner Unterbringung im vornehmen Hotel Bristol vor.

Am Samstagnachmittag durfte Georg Wolfgangs Auto ausleihen zu einem Ausflug mit Magdalene nach Wasserburg. Dort hatten sie einst beschlossen zu heiraten und sich heimlich verlobt. Herta freute sich für die beiden und wünschte sich insgeheim, dass ihr aufgekommener Argwohn gegen Erika Schwalbing jeder Grundlage entbehrte, aber Sekretärinnen waren nach ihren Erfahrungen mit Friedrich grundsätzlich als gefährlich für Ehefrauen einzustufen. Sie hoffte, dass Georg sich seinen Vater nicht zum Vorbild nehmen würde.

Wolfgang unternahm am Sonntag mit seinen Eltern eine Spazierfahrt nach Meersburg zum Kaffeetrinken, im Gedenken an Annette von Droste-Hülshoff. Magdalene hatte Lydia als Dank für die Reise ein winzig kleines Büchlein, in grünes Leder gebunden, zum Geschenk gemacht, „Die Judenbuche“ in Kleinausgabe. Lydia hatte es bereits gelesen und fühlte bei dem Ausflug in Meersburg die Gegenwart der verehrten Dichterin. Voll Begeisterung gab sie nach der Rückkehr das kleine grüne Büchlein an Herta weiter, die etwas bedrückt schien, weil sie nicht mitgefahren war.

Sie war allein in der Pension geblieben. Zum Freibad am See hatte sie nicht mitgehen wollen, und Regina war glücklich, dass sie ohne irgendeine Oma, nur mit ihren Eltern, im Wasser plantschen durfte.

Am Tag darauf fuhr Wolfgang zusammen mit Wilhelm und Georg wieder zurück nach Stuttgart. Georg wurde nach Böblingen zum Flugplatz gebracht, wo er anschließend nach Berlin-Tempelhof abflog.

Die restlichen Tage in Unteruhldingen vermisste Herta ihren Sohn, Magdalene ihren Mann und Regina ihren Vater. Als die zwei Wochen zu Ende waren, reisten sie gemeinsam mit der Bahn nach Stuttgart, Magdalene mit Regina von dort nach Berlin. Herta wohnte noch drei Tage bei Wilhelm und Lydia, die sich liebevoll um sie kümmerten und ihr die Sehenswürdigkeiten Stuttgarts zeigten.

Wieder zurück in Hamburg überfiel Herta erneut die alte Traurigkeit, auch wenn die Erinnerungen an jene schönen Sommertage sie manchmal trösteten.

Der Oktober bescherte Herta erneut eine Unterbrechung ihrer traurigen

Tage, einen Besuch in Berlin, obwohl das milde Herbstwetter einer kalten, feuchten und unfreundlichen Witterung gewichen war. Regina freute sich über die Gegenwart ihrer Oma. Georgs Mutter mit ihren weißen Haaren war für Regina die „weiße Oma". Hertas Haare hatten sich schon nach Christians Tod zunehmend ein weißes Trauerkleid angelegt. Im Gegensatz dazu führten die dunkelbraunen Haare von Magdalenes Mutter Lydia bei Regina zum Beinamen „schwarze Oma".

Regina mochte die weiße Oma fast lieber als die schwarze, Lydia stieß mit ihrem Schwäbisch bei Regina auf manches Unverständnis. Die weiße Oma hingegen sprach so, dass Regina immer wusste, was sie meinte.

Herta stellte mit Befriedigung fest, dass das kleine Mädchen streng und ernsthaft erzogen wurde. Eigensinn bekämpften ihre Eltern mit Konsequenz und Nachdruck. Regina, der kleine Wildfang, hatte lieb und brav zu sein, wie es sich für ein Kind gehörte. „Das macht man nicht" versagte Regina manche Freiheit, erleichterte aber den Erwachsenen den Alltag. Reginas Plappermäulchen, das Magdalene oft hilflos überforderte, fand in Herta jedoch eine willige Zuhörerin, sie freute sich am großen Sprachschatz ihrer kleinen Enkelin.

Herta blieb noch bis zu Magdalenes Geburtstag. Die neunundzwanzig Lebensjahre Magdalenes feierten sie mit Pflaumenkuchen und kostbarer Schlagsahne. Georg hatte sich zum Kaffeetrinken freigenommen und eine Sektflasche mitgebracht, und Herta für Magdalene am Breitenbachplatz ein weißes Alpenveilchen gekauft, das in seinem Blumentopf die Geburtstagstafel schmückte.

In der Nacht vom neunten auf den zehnten November 1938 versank Berlin in Scherben. Am zehnten November gingen auch in Hamburg Fensterscheiben jüdischer Geschäfte zu Bruch und wurden Synagogen und jüdische Einrichtungen von SA, Hitlerjugend und NSDAP-Parteiangehörigen angegriffen, die sich in konspirativen Verabredungen dazu versammelten. Die Reichskristallnacht waberte nach überallhin in Deutschland. Georg nannte die Nacht des Pogroms wie andere Berliner auch „Reichssplitternacht".

Herta traute sich kaum mehr aus dem Haus, sah sich nur barbarischen Feinden gegenüber.

Sie sinnierte über das Wort „barbarisch" und entdeckte darin das Wort „arisch". Trotzdem war sie froh, dass sie nicht aus einer jüdischen Familie stammte. Wenn sie Jüdin wäre, würde sie bestimmt sofort die Flucht ergreifen und sich ins Ausland retten, überlegte sie, doch wohin eigentlich?

Ob die Rosenbergs, ihre ehemaligen Nachbarn in der Voßstraße, auch betroffen waren? Sie hatten in der Nähe der Frauenkirche ein gut gehendes Bekleidungsgeschäft. Als Herta noch zur wohlhabenden Gesellschaft gehört hatte, war sie dort gute Kundin gewesen.

Magdalene hatte ihr vier Tage nach den Zerstörungen geschrieben, dass in Berlin keine einzige jüdische Fensterscheibe heil geblieben sei und es auf dem Kurfürstendamm entsetzlich aussähe. Trotzdem wollte sie mit Regina in die Stadt gehen und ihr Schuhe und eine Hose zum Schlittenfahren kaufen, denn der Winter hatte sich schon angekündigt.

Herta stellte sich vor, wie Magdalene mit dem kleinen Mädchen an den zerschlagenen Geschäften vorbeiging und die Fragen Reginas beantworten musste. Was war das nur für eine Welt? Und ringsherum lebten Menschen, die sich klammheimlich oder ganz offen freuten. Friedrich gehörte sicher zu der zweiten Gruppe mit seiner Bewunderung für diese Bestien, überlegte sie.

In Hamburg hatte sich im Winter 1938 die Grippe eingeschlichen. Die Feldts waren bisher zum Glück nicht ernsthaft erkrankt. Hartmut hatte seinen Weihnachtsschnupfen gerade hinter sich und Herta litt ab Neujahr unter Kopfschmerzen und dem Ableger von Hartmuts Schnupfen.

Von Georg hatte Herta erfahren, dass auch er nach dem Jahreswechsel in Berlin mit Grippe und tagelangem Fieber im Bett lag. Besorgt schrieb sie ihm, er müsse sich unbedingt schonen. Sie empfahl ihm zur Stärkung Eidotter in Rotwein einzurühren und das Getränk langsam schlürfend auszutrinken. Diese Rezeptur wandte Herta seit jeher bei Erkältung zur Kräftigung an, sogar ihren Kindern hatte sie die Rotweinmischung verabreicht. Das darauf ein einsetzende Schlafbedürfnis hatte die Genesung der Kinder mit Sicherheit unterstützt.

Sie selbst und Hartmut hatten das Wundermittel leider nicht einnehmen können, mangels Rotwein. Und Eier hatten sie gerade auch keine im Haus gehabt, zumal es keine frischen Eier zu kaufen gab, nur welche aus dem Kühlhaus. Da bei Georg der Weingenuss eher zu den seltenen Ereignissen zählte, hatte auch er wahrscheinlich keine Grundlagen für den Zaubertrank verfügbar.

In ihrem Brief jammerte sie, dass es in Hamburg seit Monaten nicht hell werde.

„Mein Seelenzustand ist nach wie vor der gleiche. Wie könnte es auch anders werden! Ein Teil meines Ichs ist nicht mehr auf dieser Erde, der Rest schleppt sich so dahin. Ich hoffe nur, dass Gott mein Kreuz nicht noch schwerer machen möge. Jetzt in diesen Tagen sind es zwei Jahre, dass wir unsere Ilse das letzte Mal sahen, als sie uns damals in Hamburg besuchte. Wir hatten sie noch zum Zug gebracht, ahnungslos, dass es ein Abschied für die Zeit ihres Erdenlebens war. Ich glaube aber, sie lebt im Geisterreich und sie ist um uns, so wie meine Gedanken immerfort bei ihr sind!“

Herta litt unaufhörlich unter der größtmöglichen Erschütterung, die einer Mutter widerfahren kann, dem Verlust des eigenen Kindes durch den Tod. Und Ilses Tod quälte sie noch tiefer und schmerzlicher als der Christians.

Im April 1939 traf Georg überraschend in Hamburg zu einem Kurzbesuch ein. Sein Wiedersehen mit Herta und den Brüdern hatte er mit einer Dienstreise nach Niedersachsen verbinden können. Im März hatte Hitler seine Expansionsvorstellungen erfolgreich umgesetzt. Der März schien ihm dafür ein besonders geeigneter Monat zu sein, ein Jahr zuvor hatte er Österreich hinzugewonnen. Am 15. März 1939 packte er durch Besetzung des Protektorats Böhmen-Mähren die Tschechoslowakei dazu und stellte sie unter deutsche Gebietshoheit. Herta sah Georgs Kommen mit Bangen entgegen, wusste sie doch, dass er in einem Ministerium Hitlers arbeitete. Und was diesem Menschen alles einfiel, fand sie abscheulich.

In Dragahn im Wendland hatte Georg in der Munitionsfabrik WACO zu ermitteln, in welchen Mengen die Ausgangsstoffe für Sprengstoffmischungen vorhanden waren oder kurzfristig beschafft werden könnten. Sein Bericht darüber versetzte Herta und Hartmut in große Unruhe.

Tröstlich dagegen war die Neuigkeit, dass Georg am 4. April zur Musterung ins Hindenburg-Lazarett einbestellt worden war und eine vom Hausarzt Dr. Seuberth diagnostizierte Herzschwäche sowie seine als Kind durchgemachte Tuberkulose ihm am 24. April den Bescheid bescherten, dass er nicht tauglich sei.

Die Maitage 1939 bedeuteten für Herta ein Martyrium. Jeden Tag dachte sie an die zwei Wochen des Vorjahrs, in denen Ilse ihren verzweifelten Entschluss gefasst hatte. Herta nannte die Tage vor dem tödlichen Geschehen „Ilses Golgatha".

„Sie wusste, dass sie sterben würde", schrieb sie an Georg. „Jetzt jähren sich die furchtbaren Tage in Ilses so kurzem Leben. Mir ist alles so gegenwärtig und nah. Ein Jahr soll vergangen sein? Wenn Du nach Dresden kommst, gehe doch bitte auf den Johannis-Friedhof und bringe mir ein Blümchen mit vom Grab und Christians Hügel. Hoffentlich kann auch ich bald dorthin kommen, wo sie beide sind, ich meine, in eine bessere Welt.

Versuche mir das nachzusehen."

Weiter schrieb Herta, wieder in der Gegenwart angelangt, sie hätte von Hartmut erfahren, dass es im Sudetenland Kaffee in Hülle und Fülle gäbe. Da Georg beruflich eine Autoreise dorthin plante, hoffte sie inständig, er könnte ihr ein paar Pfund besorgen.

Noch war kein Krieg, aber Kaffee gab es schon seit Monaten nicht mehr.

Georgs Dienstreise in die Tschechoslowakei, mit schwarzem BMW als Dienstwagen, begann im Mai.

Diesmal durfte Magdalene mitkommen. Georg war es gelungen, seine dienstlichen Verpflichtungen im neu annektierten Ausland mit privatem Ausspannen verbinden zu können. Seine vereinbarten Gesprächs- und Besichtigungstermine in Brambach und Prag würden den Urlaubscharakter ihrer Unternehmung kaum stören.

Regina musste zu Hause bleiben. Hildegard, die zweimal in der Woche Magdalene als Haushaltshilfe beim Wäschewaschen oder der Wohnungspflege zur Hand ging, hatte sich bereitgefunden, für diese Tage bei Regina zu wohnen und sich um sie zu kümmern.

In einem Brief berichtete Georg seiner Mutter ausführlich von dieser Reise und ließ sie an seinem Erleben teilhaben.

An Ilses Todestag waren Georg und Magdalene losgefahren und hatten die erste Stunde der Autofahrt stumm an das traurige Geschehen gedacht. Über Potsdam fuhren sie dann nach Wörlitz, wo sie die Fahrt für einen langen Spaziergang im Park unterbrachen und sich nicht sattsehen konnten an den voll aufgeblühten Rhododendren in Rot- und Violett-Tönen. Als nächstes Ziel erreichten sie Bitterfeld, wo sie Georgs Studienfreund Lothar besuchten und dort bei ihm übernachten durften. Lothar arbeitete bei AGFA und war an der Entwicklung und Produktion von Farbfilmen maßgeblich beteiligt. Georg beneidete ihn um sein Arbeitsgebiet, aber nicht um seinen Wohnort, der ihm grau und trostlos erschien. Lothar war in Bitterfeld auch nicht unbedingt glücklich, aber er konnte im Gegensatz zu Georg über viel mehr Geld verfügen und war mit seinem Gehalt zufrieden. Er wohnte auch im eigenen Haus, auch grau und schmucklos, aber Eigentum.

Mit Lothar und seiner Frau Marianne verbrachten sie den ersten Abend ihrer Reise mit Erinnerungen an die Studien- und Verbindungszeit.

Tags darauf fuhren sie nach Bad Kösen und besichtigten in Naumburg den Dom. Im Hotel „Mutiger Ritter“ blieben sie eine Nacht und fühlten sich zurückversetzt in die Jahre vor ihrer Heirat, unbeschwert als liebendes Paar.

Vorbei an der Bleilochtalsperre, Lobenstein, Hof, ging die Fahrt weiter in Richtung Tschechoslowakei. Bei Bad Elster hatten sie eine Autopanne, der Motor des BMW lief unter klopfenden Geräuschen nicht mehr rund. Georg fand rasch heraus, dass eine Zündkerze streikte. Glücklicherweise schaffte es das Auto noch bis zu einer Werkstatt, die Zündkerzen auswechseln konnte.

In Franzensbad übernachteten sie wieder, denn Georg hatte seine erste Besprechung im nahen Brambach. Weiter fuhren sie nach Marienbad und nach Kammerbühl und trafen zwei Tage später in Karlsbad ein. Im dortigen Hotel Rupp war ihnen die Übernachtung zu teuer, sie wählten dafür ein kleineres Hotel. Am nächsten Morgen suchten sie aber das noble Hotel Rupp auf und bestellten sich ein herrliches Frühstück mit Eiern im Glas, vielerlei Marmeladen und frischen, knusprigen Brötchen, gekrönt von herrlichem, echtem Bohnenkaffee.

In Prag erhielten sie ein schönes Zimmer im Hotel Meteor.

Magdalene leistete sich eine Stadtrundfahrt, während Georg die ihm aufgetragenen Firmen-Besichtigungen durchführte.

Nach zwei Tagen Prag traten sie die Rückreise über Dresden an, wo sie mit Friedrich zusammen das Familiengrab auf dem Johannis-Friedhof besuchten. Mit zwei Fliedersträußen und weißen Begonien schmückten sie die Grabstelle. Georg fotografierte für seine Mutter das Grab und die Marmorwand mit den Inschriften. Ilses Namen glänzte golden als letzter in der Reihe der Verstorbenen.

Im Narrenhäusel aßen sie mit Friedrich zu Abend und fanden nahe der Wiener Straße eine Pension zum Übernachten. Ohne Friedrich am nächsten Tag noch einmal zu sehen, fuhren sie direkt zurück nach Berlin. Georg hatte seinem Vater ins Gewissen geredet und ihn erneut verpflichtet, dass er regelmäßiger als bisher die monatlichen Unterstützungsbeträge für Herta nach Hamburg zu schicken hätte. Friedrich versprach, seine vierzig Reichsmark in Zukunft schon am Ende eines Monats für den folgenden zu überweisen.

Herta las Georgs ausführliche Schilderungen immer wieder durch und betrachtete traurig das Grab-Blümchen, das Georg seinem Brief beigelegt hatte. Es war etwas verdorrt, ein hellblaues Immergrün. Sie legte es in ihr Buch ein, das sie gerade las, und hoffte, dass es dort gepresst würde. Dass Georg seinen Vater wegen des Geldes ermahnt hatte, erfüllte sie mit Befriedigung, aber auch mit der Befürchtung, dass die angekündigten Vorsätze wie gewohnt verdunsteten.

Kaffee hatte Georg bisher keinen geschickt, offenbar war auch in Prag keiner mehr aufzutreiben gewesen.

Wenig später erhielt Herta doch ein Päckchen mit zwei Pfund Kaffee und Pralinen.

Herta schrieb zurück:

„Ich danke Dir für Dein Gedenken meiner traurigen Person. Dass Ihr das Grab so schön geschmückt habt, hat mich erfreut. Hoffentlich sind die Fotos gut geworden, die Du von der Ruhestätte von Christian und Ilse gemacht hast. Auf diese Heimat lebe ich hin. Hier habe ich zu gar nichts mehr Lust."

Krieg

Herta lebte in den Briefen, die sie erhielt.

Eigentlich war es in erster Linie Georg, der ihr schrieb, Friedrich hielt sich mit Briefen sehr zurück, und wenn, dann ging es um Geld. Sie konnte sich nur selten zu Antworten aufraffen.

Wenn sie ein Päckchen mit Wohltaten wie Süßigkeiten oder Kaffee erhielt, fiel ihr auch das Bedanken außerordentlich schwer.

Und was hätte sie auch erzählen können? Ihr Leben war aus ihrer Sicht jeden

Tag aufs Neue qualvoll und ohne Freude. In Hamburg hatte sie keine Freunde oder nähere Bekannte. Sie ging nie aus, nur zu ihren Spaziergängen oder zum Einkaufen verließ sie die Wohnung.

Nach seiner begeisterten Reiseschilderung vom Mai erhielt sie bald wieder Post von Georg. Auch dieses Mal, Anfang Juli 1939, hatte ihn eine Dienstreise in die Tschechoslowakei geführt. Er war nicht mit dem Auto gefahren, sondern geflogen. Von Tempelhof war er nach Dresden geflogen, wo er auf dem Flugplatz Klotzsche vor dem Weiterflug nach Prag versucht hatte, seinen Vater telefonisch zu erreichen. Friedrich hatte inzwischen, trotz seiner bald siebzig Jahre, bei der Industrie- und Handelskammer eine Stellung erhalten, wo er an der Umstrukturierung der Körperschaft zur Gauwirtschaftskammer mitarbeitete. Seine Zahlungen für Herta trafen nach wie vor nicht regelmäßig ein, und Georg wollte darüber mit seinem Vater erneut ein ernsthaftes Gespräch führen.

Friedrich war jedoch nicht auffindbar gewesen.

Georg flog nach Prag weiter und stieg im gleichen Hotel ab, in dem er im Mai mit Magdalene übernachtet hatte, im Hotel Meteor. Er wurde anderntags zu einem Gesprächstermin im Prager Handelsministerium erwartet.

Danach hatte Georg seinen offiziellen Auftrag in Prag erledigt und das anschließende Wochenende stand ihm zur freien Verfügung. Mit einem Bekannten aus Studententagen, der bei der Überwachungsstelle Chemie in Prag eingesetzt war, fuhr er am Sonntag auf einem Dampfer die Moldau hinunter, in Begleitung von führenden Mitgliedern der deutschen Studentenschaft in Prag, laut fröhliche Studentenlieder singend. Georg fühlte sich angenehm zurückversetzt in seine Verbindungszeit. Gaudeamus igitur, iuvenes dum sumus. Noch war er jung.

Am Abend nach der Flussfahrt flog er von Prag weiter nach Wien, zum Flughafen Aspern. Bei Krems hatte er am nächsten Tag eine Fabrik zu besichtigen, danach eine Pulverfabrik in Blumau nahe der Wiener Neustadt.

In Wien wurde ihm ein Auto, sogar mit Fahrer, überlassen, mit dem er weiter durch die Steiermark nach Kärnten fuhr, durch Klagenfurt nach Krumpendorf am Wörthersee. Dort hatte der Leiter der Zweigstelle Ostmark der Wirtschaftsgruppe Chemische Industrie seinen prächtigen Wohnsitz, über dem See gelegen, mit eigenem Strand und herrlichster Aussicht. Georg wurde eingeladen, zwei Tage in dieser schönen Umgebung zu verbringen. Er erhielt ein großes Zimmer mit zwei Balkonen und Blick auf den See.

Georg genoss den unerwarteten Badeurlaub und die gute Verpflegung, schwärmte seiner Mutter vor von Apfelstrudel mit Schlagsahne und Walderdbeeren. Wo es doch inzwischen auch in Österreich verboten war, in den Molkereien Schlagsahne herzustellen. Noch nie in seinem Leben habe er so viel gegessen wie auf dieser Dienstreise.

Zurück nach Wien fuhr er mit dem Zug, übernachtete dort im Hotel und flog am nächsten Morgen von Aspern über Dresden nach Berlin. Er beschrieb Herta den Flug, wie er bei strahlendem Wetter und bester Sicht Prag von oben gesehen hatte und über Aussig, Pirna, das Gottleubatal und die Bergwelt der Sächsischen Schweiz geflogen war.

Um die Mittagszeit traf er in Tempelhof ein, und wenig später befand er sich wieder an seinem gewohnten Schreibtisch im Amt, weit weg vom Wörthersee.

Herta las Georgs Schilderungen wieder und wieder durch, nahm teil an seinen Erlebnissen.

Doch ihr war erneut unangenehm aufgefallen, dass Georg sich auf seinen Geschäftsreisen stets in Begleitung seiner Sekretärin zu befinden schien. Friedrichs Verhältnis mit seiner letzten Schreibkraft Hermine Göller war auch mit dafür verantwortlich, dass sie sich von ihrem Mann zurückgezogen hatte. Frau Göller hatte nach dem Konkurs von Feldt und Collmann schnell bei der Handelskammer Arbeit gefunden, sie saß jetzt im Vorzimmer des Präsidenten und Friedrich hatte ausgedient. Vielleicht hatte sie ihm bei der Handelskammer die untergeordnete Beschäftigung vermitteln können, die er neuerdings dort ausübte. Dann hätte die Geschichte mit dieser Hermine wenigstens noch einen kleinen Vorteil gehabt.

Aber Georg und Magdalene, ihr Glück war doch hoffentlich gefeit gegen Sekretärinnen!

Der nächste Brief Georgs erzählte von einer weiteren Dienstreise, zwei Wochen später. Wieder führte sie nach Österreich. Er hatte Besichtigungen und Gesprächstermine in Salzburg, Innsbruck und bei der Firma Alpine Chemische AG in Kufstein.

An diese Reise knüpfte Georg eine Zugfahrt nach Zürich an, wo er sich vor dem Flug nach Berlin für zwei Stunden mit Magdalene traf, die dort bei ihrer Tante, Lydias Schwester Veronika, ein paar Ferientage verbrachte. Veronika war mit einem Schweizer verheiratet.

Magdalene war ihr Patenkind, an dessen Ergehen sie regen Anteil nahm. Veronika betrachtete die Entwicklung in Deutschland mit Argwohn und Bitternis, fühlte sich aber inzwischen als Schweizerin ausgenommen von Handeln oder Verantwortung.

Regina war auf dem Weg nach Zürich von Magdalene zu den Großeltern nach Stuttgart gebracht worden, denn Hildegard hatte sich den Arm gebrochen und war als Betreuerin von Wohnung und Regina ausgefallen.

Herta, die weiße Oma, sah ihre Enkelin nicht oft, ein paar Mal war sie zu Besuch in Berlin gewesen, zuletzt nach Ilses Tod auf der Rückreise nach der Beerdigung. Sie litt darunter, konnte sich aber nicht vorstellen, dass sie längere Zeit mit

Regina verbringen oder sie gar bei sich in Hamburg aufnehmen könnte. Da kam die Stuttgarter Oma Berger eher in Betracht. Herta überlegte aber, ob sie vielleicht einmal die Kleine in Berlin betreuen könne, damit Georg und Magdalene ein paar Tage für sich allein hätten, ohne ihr aufgewecktes Kind mit seiner etwas anstrengenden Sprachbegabung. Und sie müsste nicht wie die Hildegard für diese Zeit bezahlt werden!

Statt nach Berlin brach sie nach vielem Zureden ihrer Söhne im August 1939 zu einer Reise in den Schwarzwald auf. Durch schöne Erlebnisse und Eindrücke sollte sie neuen Mut und frische Energie gewinnen. Die Busreise kostete 75 Reichsmark, für Fahrt, Verpflegung und Übernachtungen. Zwölf Tage lang Ausflüge zu Fuß oder mit dem Bus, kleine Wanderungen, Freizeit und gutes Essen verhieß der reich bebilderte Prospekt.

Die Reise begann am 22. August 1939, einem Dienstag. Der erste Tag führte über Celle, Hannover, Bad Pyrmont (Mittagessen), Paderborn und Arolsen nach Marburg (Übernachtung). Der zweite Tag begann mit einer Fahrt über Gießen auf der Reichsautobahn nach Heidelberg (Mittagessen und Schlossbesichtigung), Bruchsal, Durlach und Herrenalb (Übernachtung). Der Donnerstagvormittag war frei, nach dem Mittagessen im Hotel ging es nachmittags auf eine Rundreise durch das Murgtal nach Baden-Baden und Gernsbach, danach eine weitere Übernachtung in Herrenalb. Der Freitag, der vierte Tag, begann mit einer Fahrt über die Hochstraße nach Freudenstadt (Mittagessen), Schiltach, Wolfach und Triberg (Übernachtung). Am fünften Tag, Samstag, fuhr die Reisegesellschaft über Furtwangen durch das Simonswälder Tal nach Freiburg, weiter durch das Höllental nach Hinterzarten (Mittagessen). Über Titisee sollte ihr Weg auf den Feldberg führen (dort eine kleine Gipfelwanderung), die Übernachtung war in Schönau vorgesehen.

Luzern, Zürich, Radolfzell, Konstanz, Meersburg, Lindau, Vaduz, Arosa, Lugano waren laut Prospekt die Reiseziele der anschließenden Tage, die Rückfahrt war geplant über Tübingen, Stuttgart, Bad Mergentheim, Bad Kissingen, Eisenach und Göttingen nach Celle.

Herta schickte zwei Ansichtskarten von Heidelberg und von Hinterzarten, mit Bleistift geschrieben, weil sie ihren Füllfederhalter vergessen hatte. Als drittes Lebenszeichen erreichte Georg ein hastig mit demselben Bleistift hingekritzelter Brief:

„Nun ist die Reise eine Torso-Reise! In Hinterzarten kam die Order: sofort zurück! Wir konnten die geplante Fahrt zum Feldberg nicht antreten. Ob wir bis Hamburg genug Treibstoff bekommen, ist noch nicht sicher, vielleicht müssen wir mit der Eisenbahn zurück!"

Herta und ihre Mitreisenden hatten anschließend ans Mittagessen in Hinterzarten weiterfahren wollen nach Titisee und zum Feldberg. Es war der 26. August 1939. Das Wetter war sonnig, und die Fahrt versprach herrliche Ausblicke. Doch als sie in den Bus eingestiegen waren, erfuhren sie, dass unverzüglich die Heimfahrt anzutreten sei. Die Reisenden begriffen zunächst nicht, was los war. Die Fahrt in die Schweiz war zwar bereits fraglich gewesen, denn Gerüchte hatten die Runde gemacht, dass ihnen an der Schweizer Grenze als Bürgern Hitlerdeutschlands die Einreise verweigert werden könnte. Stattdessen ginge die Reise wahrscheinlich weiter in die Ostmark, also nach Österreich, hieß es. Aber dazu kam es nicht mehr.

Der Bus brachte die Reisegesellschaft über Freiburg nach Heidelberg, wo er gegen zehn Uhr abends eintraf. Das Telegramm, das an das vorgesehene Hotel gesandt worden war, war nicht angekommen, aber alle erhielten ein Zimmer und gegen elf Uhr nachts noch ein Abendessen.

Am nächsten Tag mussten sie sehr früh morgens aufstehen, kurz nach acht Uhr ging es weiter, auf der Reichsautobahn nach Kassel. Auf der Gegenfahrbahn erblickten sie zahlreiche Soldatentransporte auf dem Weg nach Süden.

In Kassel sollte getankt werden. Doch vom 26. August an wurde Benzin nicht mehr an Private verkauft. Der Fahrer und der Reiseleiter hatten größte Schwierigkeiten, Treibstoff zu bekommen. Polizisten in Uniform bewachten die Tankstellen. Nach ihrer Weisung hätte der Bus in Kassel stehen bleiben und die Fahrgäste in die völlig überfüllten Züge umsteigen sollen. Glücklicherweise erhielten sie dann doch soviel Gasöl, dass sie Hamburg erreichen konnten. Davor mussten sie in Göttingen noch einmal übernachten. Obwohl sie nicht angekündigt waren, kamen wieder alle unter.

In Göttingen war Herta in ihrer Aufregung nicht in der Lage zu schlafen und ging um Mitternacht auf die Straße hinaus. Die ganze Stadt schien auf den Beinen zu sein, und überall Uniformierte und Militär.

Zurück in Hamburg, am Sonntag, 27. August, hörte sie im Rundfunk, dass ab sofort für die deutsche Bevölkerung Milch, Fleisch, Seife und andere Konsumgüter nur noch gegen Bezugscheine erhältlich seien.

Voller Sorge schilderte Herta ihre Eindrücke von ihrem nächtlichen Straßenerlebnis in Göttingen am 31. August in einem Brief an Georg:

„Es war wie 1914, nur ohne Begeisterung. Ich sah bei den Soldaten fast nur ernste Gesichter, auch bei den vielen Landleuten, die ihre Pferde abliefern mussten.

Die Reise hätte so schön werden können. Man hatte sich schon gut aneinander gewöhnt, ich hatte schon ein Gefühl der Entspannung gespürt und die schöne süddeutsche Landschaft lieb gewonnen.

Nun bin ich wieder auf dem alten Punkt angelangt. Wie es wohl nun ausgeht? Ich bin ja nach wie vor der Meinung, dass es jetzt nicht an der Zeit ist, das Polen-Problem zu bereinigen. Aber das ist ja meine Privatansicht."

Am selben Tag erreichte sie ein Brief von Georg. Er hatte ihn am 27. August geschrieben und nach Hamburg geschickt, weil er ein verfrühtes Ende von Hertas Reise schon erwartet hatte. Er versuchte wortreich, die Lage harmloser darzustellen, als sie seine Mutter empfinden musste:

„Grundsätzlich möchte ich Dir eines sagen: Alles, was geschieht, ist zunächst Vorbereitung und nicht die Entscheidung selbst. Es sind in der augenblicklichen Lage zwar alle Möglichkeiten inbegriffen. Jedoch kann es eben gerade deshalb genau so gut möglich sein, dass die Verhandlungen, die durch das Eintreffen von Botschafter Henderson, der am Freitagnachmittag eineinhalb Stunden beim Führer war und am Sonnabend mittags in London eintraf, zu einem Ergebnis führen, das einen Krieg mit England oder Frankreich vermeidet. Die Besprechung mit Chamberlain und Halifax hat am Sonnabend sofort anschließend begonnen und vier Stunden gedauert. Das englische Parlament hat daraufhin zweieinhalb Stunden getagt und setzt seine Sitzung heute fort.

Liebste Mutter, lass Dich nicht unterkriegen. Es löst sich sicher alles in verhältnismäßigem Wohlgefallen auf!"

Am nächsten Tag begann der Einmarsch in Polen.

Herta dachte angstvoll an Hartmut, der mit Gerda zusammen in Österreich unterwegs war.

Hartmut und Gerda waren im August 1939 mit ihrem BMW Dixi nach Österreich gefahren.

Nachdem ihr kleiner Fiat wegen eines Motorschadens nicht mehr repariert werden konnte, hatten sie rasch Ersatz gefunden. Das neue Brötchen, wie sie ihre Autos nannten, war zwar schon über zehn Jahre alt, aber von seinem Vorbesitzer liebevoll gepflegt worden. Der Dixi-Ihle-Sport, Baujahr 1928, war ein Cabriolet mit zwei Sitzen. Das Auto hatte drei Gänge und eine Höchstgeschwindigkeit von 75 Stundenkilometern. Gerda hätte gern ein knallrotes Auto gekauft, aber das Brötchen war alles andere als rot, es war eher von beigegrauer Tarnfarbe. Trotzdem war das junge Paar voll Glück über sein neues Gefährt.

Das Wichtigste an der Urlaubsreise nach Österreich war aus Hartmuts Sicht der Spaß am Fahren. Das Brötchen erreichte aber nie die angegebene Höchstgeschwindigkeit, 60 Kilometer in der Stunde, mehr ging nicht. Gerda band sich beim Fahren stets ein geblümtes Kopftuch um, damit der Fahrtwind ihre Frisur nicht zerzauste, und Hartmut trug eine grau-weiß karierte englische Schildmütze. Wenn es zu regnen anfing, wurde es ungemütlich. Das Auto hatte zwar ein Verdeck im Kofferraum, das war jedoch sehr umständlich aufzubauen und im Fond des Wagens war es danach dunkel wie bei einer Nachtfahrt. Das Brötchen eignete sich folglich in erster Linie für solche Touren, die man bei schönem Wetter auch mit dem Fahrrad hätte durchführen können.

Hartmut und Gerda liebten sich und sie liebten das Brötchen. Sie zuckelten vergnügt durch das Salzburger Land und fanden in den Österreichern liebenswürdige Gastgeber, die sich von einem fehlenden Trauschein nicht abhalten ließen, die beiden im Doppelzimmer übernachten zu lassen.

Doch am Sonntag, 27. August 1939, gab es plötzlich kein Benzin mehr. Hartmut und Gerda und das Brötchen saßen auf dem Trockenen. Hartmut schrieb eine Postkarte an Georg, voll Optimismus dachte er mit Gerda einfach so lange in Österreich zu bleiben, bis es wieder Benzin zu kaufen gäbe. Wenn das zu lange dauern würde, müssten sie eben mit der Eisenbahn nach Hause fahren und das Brötchen als Fracht mitnehmen.

Herta, wieder zurück von ihrer ungewollten Kurzreise, hatte ganz gegen ihre Natur die Initiative ergriffen und ein Telegramm an Hartmut in seine Pension gesandt: „Feddersen schickt Tankausweiskarte, weil Du wichtig!" Feddersen war Hartmuts Chef beim Tageblatt. Herta hatte ihn gebeten, sich für Hartmut einzusetzen. Mit seinen Kontakten zu den zuständigen Behörden erhielt er vom Landwirtschaftsamt das gewünschte Papier. Er hatte Hartmuts Bedeutung als Berichterstatter in der aktuellen Situation erfolgreich schildern können.

So kehrten Hartmut, Gerda und das Brötchen wohlbehalten noch in Friedenszeiten am 31. August, Donnerstag, zurück nach Hamburg.

Am 2. September, Polen war schon am Vortag überfallen worden, schrieb Georg seine Gedanken zu der augenblicklichen Lage an Herta:

„Im Übrigen hängt alles davon ab, in welcher Weise sich England, dieser letzten Endes einzige Feind Deutschlands, aus der Affäre zieht, die es bewusst herbeigeführt hat. Es nahm an, dass Deutschland sich weiter hinhalten lassen würde. Das polnische Problem wäre jedoch mit dem Fortschreiten der Zeit nicht leichter lösbar geworden. Es wäre schließlich wegen der auf lange Sicht größeren Reserven der anderen unlösbar geworden. Da nun aber über Englands wahre Haltung Zweifel nicht mehr möglich sind, war klar, dass der unbestreitbar unerträgliche Zustand an der Ostgrenze jetzt bereinigt werden musste – auf jede Gefahr hin, auf Gefahren jedoch, die zu bestehen wir heute mehrfach größere Aussichten haben als im Jahr 1914!

Dass England jetzt kämpfen muss, dass es jetzt gar nicht mehr anders kann und zum ersten Mal in der Geschichte nicht andere für sich antreten lassen kann, sondern sich selbst stellen muss, scheint mir unausweichlich. Ich bin mir nur noch nicht darüber im Klaren, in welchen Formen sich der Kampf abspielen wird. Denkbar sind gegenseitige Beschießungen im Westen und eine Blockade mit gelegentlichen Seegefechten. Denkbar ist allerdings auch ein Versuch, die Küste zu beschießen. Doch das wäre mit so großem Risiko für England verbunden, dass es nicht allzu wahrscheinlich ist. Ein Angriff wäre ja nur durch die Flotte möglich und diese einer Küstenartillerie in jedem Fall weit unterlegen. Erinnere Dich nur an die völlig unzureichende Ausrüstung der Dardanellenbatterien mit ihren Geschützen wie aus den türkischen Museen, die damals die gesamte Mittelmeerflotte in Schach gehalten haben.

Und noch viel größer wäre natürlicherweise das Wagnis für England und Frankreich, wenn sie zum letzten Mittel, zum Luftangriff greifen würden, da dies für sie ja zwangsläufig die Konsequenz des Krieges im eigenen Land mit sich brächte mit einem Ergebnis, das gleichbedeutend mit der Vernichtung von Paris und London wäre.

So sehe ich die Dinge, ich glaube noch, dass sich England und Frankreich im Hinblick auf ihren Rüstungsstand sagen könnten, dass sich diese Opfer, der Flotte oder gar die sich aus einem Luftangriff ergebenden, zur Zeit nicht, und auch Polens wegen nicht lohnen.

Die anderen Folgen bilden in keinem Fall eine Bedrohung Deutschlands, sodass, wenn nur sie eintreten, nicht der geringste Grund für eine Besorgnis ist, zumal die augenblickliche Konstellation uns ja eine ausreichende Versorgung mit allen Gütern gewährleistet, weil durch und über das neutrale Italien jede Zufuhr möglich ist."

Am nächsten Tag, dem 3. September 1939, ließ Hitler das von England gestellte Ultimatum, die Feindlichkeiten in Polen zu beenden, kommentarlos verstreichen. Der Weltkrieg war eingeläutet.

Herta beklagte die eingetretene Entwicklung:

„Hamburg, 7. November 1939

Lieber Georg!

Jetzt habe ich noch weniger Zeit als früher zum Schreiben durch das widerliche Einholen. Immer, zu jeder Tageszeit, sind Leute in den Geschäften, alles dauert viel länger. Dazu werden die Tage immer kürzer und dann noch der Umstand jeden Abend mit dem Verdunkeln! Schon lange habe ich beim Tischler Leisten bestellt, auf die ich Papier anzwecken will. Bislang habe ich erst neun erhalten. Es ist jedenfalls mehr als je eine Last zu leben. Aber es kann ja noch ganz anders kommen!

Manchmal denke ich, so erlebt wenigstens unsere liebste Ilse diesen Krieg nicht mehr mit dieser völlig irrsinnig gewordenen Menschheit. Wieder zeigt sich die trostlose Erbärmlichkeit aller sogenannten Zivilisation und Kultur.

Noch immer sind die Menschen auf einer ganz primitiven Stufe, solange das gegenseitige befohlene Morden möglich ist.

Die beiden Flaschen Essig und Wein, die Du mir geschickt hast, kamen tadellos an. Wenn ich hier wirklich einmal Fisch bekommen sollte, dann trinken wir dazu den Wein. Der arme Fischhändler hier kriegt so gut wie nichts, höchstens einmal Scholle, aber das sind ja nur Gräten. Mit dem Fett zum Fischbraten ist es auch ein Problem.

Gefreut habe ich mich auch über die kostbaren Seifenflocken. Warum kann man wohl keine mehr auf Karten bekommen?

Hartmut ist heute zu Hause geblieben, er hat Rückenschmerzen. Ich habe ihn mit Analgit eingerieben, das brennt eine Minute wie Feuer und scheint dann zu helfen. Ich habe zur Not noch ein paar Togal-Tabletten für ihn.

Lieber Junge, bleibe gesund und grüße Magdalene und das Reginchen, Deine Mama"

Georg schickte Herta Anfang Dezember die eindringliche Aufforderung:

„Eine Bitte an Dich und an die Brüder: Geht bei jedem Gang, und möglichst jeden Tag, in alle am Weg liegenden Läden und versucht für uns zu kaufen:

Mandeln, Haselnusskerne, Orangeat, Zitronat, jeweils bis zu ein bis zwei Pfund! Wir können fast nichts bekommen, und davon hängt doch die ganze Weihnachtsbäckerei ab!"

Zu Weihnachten wünschte er:

„Verlebt es recht schön und bewusst, dieses erste Weihnachten des englischen Krieges, der so oder so in jedem Fall hat kommen müssen. Dazu ist leider das Böse zu mächtig und zu zahlreich in der Welt, als dass uns dies hätte erspart werden können. Und es ist, wie ich es Dir ja schon oft gesagt habe, auch heute meine feste Überzeugung, dass es im Endergebnis nur ungünstiger und schlimmer gewesen wäre, wenn der Zustand des Scheinfriedens noch einige Jahre angedauert hätte. Es hätte uns nur geschwächt und in Nachteil gebracht, wenn wir länger gewartet hätten.

So dürfen wir mit Recht hoffen, dass diese Auseinandersetzung mit dem Siege Deutschlands endet.

Meine liebste Mama, sieh auch Du die Dinge so und versuche Deinen Teil zu tragen an dem, was in diesen Tagen jeder auf sich nehmen muss. Denn jetzt gilt es. Und es kommt auf jeden an."

Am 22. Dezember antwortete Herta:

„Ich wünsche Euch, dass Ihr mit Regina ein paar frohe Tage erleben könnt, noch ist es ja erträglich und man braucht nicht zu frieren und kriegt auch noch auf die Marken genügend zu essen, sogar ein Pfund Fleisch inklusive Knochen pro Woche. Dass es sicher noch ein wenig anders werden wird, kann man sich ja denken.

Weihnachten nennt sich dieses Fest, ein gewisser Jesus Christus wurde vor 1939 Jahren geboren. Aber der geschulte, ausgerichtete Nationalsozialist hält nichts mehr von ihm.

Hartmut schenkt mir einen blauen Schirm, das war der einzige, der überhaupt zu bekommen war. Wenn wieder je einmal Frieden werden sollte und ich dann immer noch lebe, dann schenkst Du mir einen grauen Knirps.

Haselnusskerne gibt es hier auch nicht, aber Hartmut und Bruno ergatterten ein halbes Pfund Mandeln. Gerda konnte Zitronat besorgen und heute noch 100 Gramm Orangeat. Wir schicken Euch gleich morgen ein Paket."

Zu Silvester 1939 fuhr Georg für ein paar Tage nach Hamburg und besuchte Herta und seine Brüder. Hartmut war bisher nicht eingezogen worden, auch Bruno nicht.

Abend für Abend gab es Streit zwischen Georg und Hartmut, denn ihre politischen Ansichten entwickelten sich immer weiter auseinander. Georg stellte bei Hartmut eine unheilbare geistige Verwirrung fest, die seine Wurzeln zersetzen würde. Diese geistige Verwirrung bestand in Hartmuts fester Überzeugung, dass dieser Führer für Deutschland das Unglück schlechthin bedeute. Georg, der seit Jahren auf Seiten der Regierung stand und auch seine berufliche Stellung als einen wichtigen Schalthebel in die richtige Richtung ansah, war über das Hamburger Gegnernest erschüttert. Da er mindestens so wortreich diskutieren konnte wie sein Bruder Hartmut, schlugen sie sich die Argumente lautstark um die Ohren. Bruno entzog sich dem Tumult und legte sich in seiner Dachkammer schlafen, aber Herta ergriff hin und wieder Hartmuts Partei, was Georg ihr verzieh, weil sie durch ihre Dauertrauer beschwert, aus seiner Sicht nicht den erforderlichen Durchblick haben konnte.

In seinem Brief vom 17. Januar 1940 wandte sich Georg an seinen Bruder mit einem neuen Gedanken. Wegen der Nahrungsmittelknappheit hatte er sich erinnert, dass in Cornau, im Landkreis Diepholz, entfernte Verwandte wohnten, die dort bäuerliche Betriebe besaßen. Die Feldts stammten ursprünglich aus Cornau, soweit es aus vorhandenen Stammbäumen ersichtlich war. Die Vorfahren waren irgendwann zu Urzeiten die gleichen, auch wenn von den Bauern im Diepholzschen keiner mehr den Namen Feldt trug.

So ein Landwirtschaftsbetrieb könnte doch gelegentlich an die armen Verwandten in der Stadt, ob Hamburg oder Berlin, ein paar seiner Erzeugnisse schicken. Georg dachte an Geflügel oder Wild, an Butter oder Eier.

„Schließlich ist es doch eine Tatsache, dass man überall hört, wie sich andere Leute diese Dinge besorgen. Ich bin unbedingt der Meinung, dass man sämtliche Beziehungen derartiger Natur heute mobilisieren muss, soweit dies überhaupt möglich ist. Leider haben wir nur recht wenige und recht lose solcher Beziehungen."

Er forderte Hartmut auf, mit Gerda zusammen dorthin zu fahren und an frühere Besuche anzuknüpfen, die das junge Paar einst dort gemacht hatte. Hartmut hatte damals seine Braut vorgestellt und ihr im Gegenzug seine Verwandten. Hartmut konnte sich zu der angeratenen Betteltour allerdings nicht entschließen.

Auf Hertas Klage, dass in Hamburg das warme Wasser abgestellt sei und das in der Wohnung gekochte Wasser die Fensterscheiben beschlage und sie ständig am Abtrocknen der feuchten Niederschläge sei, antwortete Georg:

„Auch wir haben seit zehn Tagen kein warmes Wasser, nur am Sonnabend/Sonntag ist es angestellt worden. Ich hätte nie geahnt, wie sehr ich diese Wohltat entbehre! Auch mit Heizmaterial ist unser Block sehr arm dran, alle Hausbewohner müssen die Kohlen von einem Reservekeller heranschleppen. Wir hoffen jeden Tag, dass endlich eine Kohlenlieferung kommen möge, da unser Haus gar keine mehr hat. Hoffentlich sitzen wir nicht eines Tages ganz ohne Heizung da. Dass aber auch ein so kalter Winter kommen musste! Seit Weihnachten herrscht hier strenger Dauerfrost und über die Riesenmengen an Schnee freut sich nur Regina. Sie ist überglücklich beim Schlittenfahren, und zwanzig Grad Kälte sind ihr kein bisschen zu viel, jeden Tag ist sie zwei bis drei Stunden draußen an der frischen Luft.

Nicht nur die Kohlen fehlen, auch die Gemüselieferung nach Berlin ist sehr schlecht. Außer Karotten und Kohlrüben ist fast nie Gemüse in den Läden zu sehen, ein Weißkohl ist schon eine Seltenheit. Ich wollte Euch ein paar Fettmarken schicken, das wird sich leider verzögern:

Magdalene war heute auf der Kartenstelle und wollte dort Fettmarken für 250 Gramm holen. Zu Hause stellte das Unglücksweib fest, dass sie nur Marken für 165 Gramm in der Tasche hatte, worauf sie nochmals hin muss um wenigstens den Versuch zu machen, die zweifellos zu wenig erhaltenen Marken nachzubekommen."

In Hamburg klappte die Versorgung mit Nahrungsmitteln besser als in Berlin. Georg hatte sich überlegt, dass die drei Erwachsenen im Krohnskamp von den ihnen zugestandenen Rationen an die Berliner Feldt-Familie etwas abgeben könnten. So schrieb er am 27. Januar 1940 an seine Mutter, wenn Magdalene für Herta wie gewohnt einen Kuchen backen und diesen nach Hamburg schicken solle, das nur möglich wäre, wenn von den sechs Pfund Zucker, die den drei Hamburgern monatlich zustanden, mindestens eines nach Berlin geliefert würde, und zwar regelmäßig einmal pro Monat.

„Wir bekommen doch auch kein Gramm mehr, und Du weißt doch, wie wir im Augenblick Mehlspeisen und süße Mittagessen zubereiten müssen wegen des Mangels an Gemüse. Bei Dir ist es doch so, dass Du zum Kochen praktisch keinen

Zucker brauchst. Ihr nehmt doch den Zucker nur zum Süßen von Getränken – und dazu brauchen ja auch wir welchen.

Das Schlimmste an unserer Lage aber ist, dass wir im Sommer ganz unmöglich einmachen können, wenn es uns nicht gelingt, bis dahin eine größere Menge an Zucker zu horten. Für ein einziges Glas Gelee muss man bereits ein halbes Pfund Zucker rechnen!

Und noch ein großes Anliegen zum Schluss: Bitte schicke uns zwei Köpfe Rotkraut und vielleicht zwei bis drei Pfund Rosenkohl. Hier gibt es seit sechs Wochen absolut nichts dergleichen! Das Porto spielt bei dieser Sachlage natürlich keine Rolle. Nur müsste das Paket noch am selben Tag des Kaufs zum Hühnerposten gebracht werden, weil der Rosenkohl sonst schlecht wird."

Herta antwortete umgehend:

„Betreffs des Zuckers muss ich Dich enttäuschen, uns reicht er selbst nur knapp. Du schreibst, sechs Pfund pro Monat, das klingt vielleicht nach etwas, aber es ist doch tatsächlich nur ein halbes Pfund pro Woche für jeden von uns. Ich brauche etwas mehr als die anderen, weil ich zwei Mal am Tag Tee trinke. Der Mate abends ist ohne Zucker nicht genießbar, ich finde, man braucht etwas mehr als zu schwarzem Tee. Und zur Einmachzeit bekommen die Volksgenossen hoffentlich eine Sonderzuteilung, meinst Du nicht? Natürlich könnt Ihr mir nie wieder etwas Gebackenes schicken.

Danke für Deine Einladung, Euch in Berlin zu besuchen. Aber dorthin komme ich in diesen ‚herrlichen' Zeiten nicht, es spricht zu viel dagegen. Auch eigne ich mich zudem in keiner Weise als Hausgenosse mit meiner Auffassung und Einstellung, es ist ja alles so widerwärtig, mein Leben ist noch sinnloser geworden.

Rosenkohl gibt es nirgends, Rotkohl hin und wieder. Wir hatten letzten Sonntag welchen, er war durch und durch gefroren. Aber kann man denn so etwas schicken, wenn es unterwegs auftaut, dann durchweicht doch das ganze Paket! Wäre es nicht richtiger, erst die große Kälte vorbeizulassen?"

„Den 5. Februar 1940

Liebste Mutter!

Heute will ich Dir nur ganz kurz mitteilen, dass Du die Besorgung des Rotkohls lassen kannst, da Magdalene letzthin zwei Mal welchen bekommen konnte. So ist es im Moment eigentlich nur Rosenkohl, den es wohl gar nicht mehr gibt, und den wir in jeder Menge nehmen würden. Das Schicken geht natürlich auf unser Risiko, der Frost muss in Kauf genommen werden.

Dann noch ein paar Worte zu der Zuckerfrage: Es müsste natürlich auch aus sein damit, dass ich Dir wieder Marmelade mitbringen oder schicken könnte, wenn Du darauf beharrst, dass Du nichts abgeben kannst.

Nimm zur Kenntnis, dass wir für die Gläser, die wir Euch zu Weihnachten zukommen ließen, nochmals auf 650 Gramm verzichtet haben, dazu noch das Pfund, das in Eurem Kuchen verbacken war! Ich muss sagen, dass ich es nur recht und billig fände, dass Du uns das Anrecht zum Kauf neuen Zuckers abgeben würdest. Bezahlen würde ich ihn selbstverständlich. Denn Deine Annahme ist nicht zutreffend, dass für die Einmachzeit mit Sonderzuteilungen zu rechnen ist. Und Ihr nutzt den Zucker doch nur zum Süßen von Getränken, während wir ihn zum Kochen und für Getränke brauchen!

Damit genug der Worte."

Herta hatte sich einen Leistenbruch zugezogen und litt außerdem an Magenschmerzen. Sie verbrachte drei Wochen im Bett. Hartmut setzte sich mit dem Hausarzt in Verbindung, der einen zusätzlichen Bedarf an Lebensmitteln attestieren sollte. Von Georg kam ein Brief mit guten Ratschlägen. Hartmut und Bruno sollten zugunsten der Mutter auf die Hälfte ihrer Fleischmarken verzichten, damit Herta wieder auf die Beine käme. Und die Brüder sollten mittags im Restaurant ein markenfreies Mittagessen zu sich nehmen oder auch abends auswärts essen. Mit 60 Pfennig pro Essen sei das doch kein Problem.

Er schickte seiner Mutter eine Tafel Schweizer Milchschokolade die Magdalenes Züricher Tante Veronika geschenkt hatte. Weiter packte er noch einen von Magdalene gebackenen Nusskuchen dazu, außerdem ein kleines Paket mit Zwieback.

„Zwieback ist übrigens das Gebäck, das ich Dir dringend anrate, künftig statt Kuchen zu Dir zu nehmen. Es ist nämlich nicht mehr möglich, gekauften Kuchen zu essen. Wir waren in der letzten Zeit zwei Mal in erstklassigen Konditoreien, im Bristol und bei Kranzler unter den Linden, ein drittes Mal außerdem am Buffet des Staatstheaters. Es war jedes Mal ein hundertprozentiger Reinfall. Wir haben uns geschworen, während des Krieges kein einziges Stück Kuchen mehr zu kaufen.

Vielleicht sind ja Deine Magenbeschwerden auf den Genuss von mit verdorbenen oder schlechten Zutaten gebackenem Kuchen zurückzuführen?

Wegen des Leistenbruchs musst Du unbedingt beim Facharzt eine passende Bruchbandage ausmessen lassen, die auch herausgetretene Brüche halten kann. Vielleicht solltest Du Dich auch einer Operation unterziehen, unser Hausarzt sagt, das sei eine der einfachsten Operationen, die es gibt. Fünfundfünfzig Jahre wären außerdem kein Alter, das gegen eine Operation spräche. In zehn Tagen sei man wieder aus dem Krankenhaus heraus und geheilt."

Herta ließ sich nicht operieren und entschied sich für das Bruchband.

Georg ermahnte sie, sich endlich vom Arzt Anrecht auf zusätzliche Kost verordnen zu lassen und teilte ihr mit, dass neuerdings die gesamte Fettmenge als

Butter zu haben sei, wenn man das wünsche. Erneut bat er dringend seine Brüder um Kauf und Zusendung von Backzutaten und Gewürzen.

„Es ist völlig aussichtslos, darauf zu hoffen, dass sich in absehbarer Zeit die Lage verbessert. Hier gibt es überhaupt nichts Derartiges mehr. Wenn es irgendwie geht, besorgt mir doch auch zwei Flaschen Weinbrand, aber keinen Verschnitt!"

Am 22. März berichtete Herta, dass es ihr wieder besser gehe.

„Ich habe zwei Pfund zugenommen. Die tägliche Arbeit im Haushalt fällt mir aber noch schwerer als früher. Der Arzt hat mir ein Viertelpfund Butter und einen halben Liter Milch pro Woche zusätzlich verschrieben, es ist aber bisher noch nicht von der Ärztekammer anerkannt. Als Grund hat er angegeben ‚hochgradiger Erschöpfungszustand'. Hoffentlich wird es genehmigt, das gilt dann acht Wochen lang.

Hartmut und Bruno gehen sonntags essen, auf diese Weise bleiben Fleischmarken für mich übrig und ich kann vier bis fünf Mal in der Woche ein kleines Schnitzel essen mit Bratkartoffeln. Nur die Fettigkeiten, die fehlen, weil die beiden für ihr Auswärtsessen auch Fettmarken abgeben müssen.

Die Backzutaten habe ich besorgen können, aber keinen Weinbrand, den säuft ja allen die Wehrmacht."

Der Leistenbruch war etwas zurückgegangen und machte kaum mehr Beschwerden, wenn Herta das Bruchband anlegte.

Am 31. März sandte Georg einen weiteren Bittbrief nach Hamburg:

„Ich bitte Euch, wenn es irgendwie geht, überlasst mir doch drei bis vier alte Grammophonplatten, die Ihr vielleicht schon so oft gehört habt, dass sie Euch über sind. Ich brauche sie nämlich dringend, weil ich bei Electrola einige neue Platten bestellt habe. Ich muss im Gegenzug alte Platten abliefern. Ihr könnt sie ruhig in einfacher Verpackung schicken, sie müssen nicht vor dem Zerbrechen geschützt werden. Bitte schickt sie sehr schnell, weil meine neuen Platten schon eingetroffen sind!"

Ostern gab es auch im Jahr 1940. Herta erhielt ein Paket von Georg und Magdalene und bedankte sich ungewohnt begeistert:

„Hamburg, 5. April 1940

Lieber Georg!

Euer wunderbares Osterpaket war ja für mich wie Weihnachten! Die vorzüglichen Kekse, die seltenen Pralinen, das kostbare Gänsefett und der Gänsebraten in der Büchse, die hoch willkommenen Nudeln und der, wenn auch etwas enttäuschende Kaffee. Ich freute mich sehr über alles, herzlichen Dank Euch beiden! Die Büchse öffnete ich noch nicht. Ich werde sie noch etwas aufheben und werde ihren Inhalt genießen, wenn ich einmal gar nichts im Haus habe.

Wenn der Kaffee auch nicht 1A ist, so ist es doch Kaffee, den der deutsche Mensch ja nicht mehr haben darf. Wer weiß, was unsrer noch harrt in Bezug auf

Ernährung. Mit dem lumpigen halben Pfund Zucker in der Woche komme ich nicht aus, gegen Ende der Woche kann ich nur noch unzureichend süßen. Ich nehme deshalb schon Kunsthonig als Notbehelf. Wie könnt Ihr denn überhaupt noch backen? Ihr müsst ja doch noch etwas Vorrat haben!

Am letzten Sonnabend hatten wir zum ersten Mal seit vier Monaten wieder warmes Wasser, bis Sonntag Abend. Das wird nun wohl bei diesem zweitägigen Almosen bleiben.

Von der mir verschriebenen Zusatzkost bewilligte man mir nur vier Wochen statt acht, und statt 125 Gramm Butter nur hundert Gramm. Es muss sehr erbärmlich aussehen mit der Ernährungslage, auch Kartoffeln gibt es kaum welche.

Bruno wird Dir einen guten Likör besorgen und nächste Woche schicken."

Im Mai 1940 wurde Georg abgeordnet nach Den Haag, Holland.

„Den Haag, 29. Mai 1940

Liebste Mutter!

Seit Sonnabend abends bin ich nun hier und ich muss sagen, dass ich doch sehr froh bin. Die Stadt ist ja vom Krieg völlig unberührt geblieben. Ich wohne ganz erstklassig im Centralhotel, mein Dienstzimmer ist im Kriegsministerium. Das Essen ist sehr gut, daneben ergänzt man es durch Kaffeetrinken, Kuchen und Erdbeeren oder Apfelsinen. Mit das Schönste ist die friedliche, völlige Ruhe in der Nacht, Luftalarm gibt es hier nicht.

Doch damit ist es ja auch bei Euch besser geworden. Und bei den phantastischen Erfolgen der Armee wird es immer noch besser werden!

Siehst Du jetzt, wie Recht ich hatte, wenn ich Dich beruhigte und Dir immer wieder versicherte, dass es nicht Deutschland sein würde, das den Schaden davontrüge, wenn wirklich einer der Gegner den Wahnsinn begehen würde, einen Krieg zu entfesseln. Nun haben sie ihren Erfolg, und nur ihr völliger Untergang kann am Ende der Entwicklung stehen!

Lass Dir kurz berichten, was in den letzten Tagen los war. Am Sonntag war ich in Scheveningen zu einem Spaziergang am Nordseestrand, und ich habe mich an meine Ferien als Zwölfjähriger in Holland erinnert. Am Montag gab es nicht viel Arbeit, am Spätnachmittag fuhr ich mit dem von Göring entsandten Oberstleutnant Veltjens, übrigens ein Pour-le-Mérite-Flieger aus dem Weltkrieg, und mit Herrn von Thümen aus dem Reichswirtschaftsministerium durch die herrlichen Vorstädte und Vororte Den Haags. Eine Villa dort ist fast schöner als die andere! Wir aßen wunderbar im Huis ter Duin, wo wir ja auch 1926 eingekehrt waren. Es ist noch genauso schön wie damals. Gäste sind praktisch noch keine da, doch ist ja dafür die Jahreszeit noch etwas zu früh.

Nach dem Abendessen gingen wir an den Strand und liefen nach einem prächtigen Sonnenuntergang noch eine Stunde am Wasser entlang. Die Sonne geht hier erst kurz vor zehn Uhr abends unter!

Gestern habe ich meinen ersten größeren Dienstauftrag ausgeführt in Gestalt einer Fahrt nach Amsterdam, Abfahrt morgens zehn Uhr, Rückkehr abends um halb acht. Zurück habe ich das Auto selbst gefahren. Die großen Straßen zwischen den Hauptstädten sind ganz ausgezeichnet, durchaus vergleichbar mit unseren Autobahnen.

Amsterdam ist wie auch Den Haag praktisch völlig unberührt von den Zerstörungen durch die Kampfhandlungen geblieben, nur auf den Straßen sieht man hin und wieder einen zerschossenen Tank, einen Lastwagen und zuweilen auch abgeschossene Flugzeuge, belgische übrigens. Es wird aber überall fleißig aufgeräumt. Nur Rotterdam ist sehr stark mitgenommen, da dort ja erheblicher Widerstand geleistet worden ist.

Die Postverbindung ist bisher noch ziemlich unbefriedigend, telefonieren ist zur Zeit kaum möglich, da alle Gespräche über die Heeresleitung gehen und diese unausgesetzt verstopft ist.

Die Feldpostnummer ist noch fraglich. Wenn Du mir schreiben willst, mache zwei Durchschläge. Einen schickst Du an die alte Nummer 12671 mit dem Zusatz ‚Den Haag', wobei ich nicht weiß, ob das eventuell verboten ist. Den zweiten Durchschlag schicke ohne diesen Zusatz an die gleiche Nummer, und das dritte Blatt schicke an FP-Nr. 36154, das ist die Rüstungsinspektion, bei der ich im Augenblick bin. Dann werden wir sehen, was funktioniert.

Für heute sei herzlich gegrüßt, zugleich mit den Brüdern, Dein Georg."

Mitte Juni 1940 wurde Georgs Aufgabenfeld nach Belgien verlegt.

Am 30. Juni schrieb er an seine Mutter:

„Heute schicke ich Dir ein Foto, das von unserem Abschiedsabend in Noordwijk stammt. Es ist vor dem Hotel auf der Terrasse aufgenommen, außerdem eine Postkarte von dem Speisesaal, in dem wir unsere sämtlichen Mahlzeiten einnehmen. Hier in Brüssel wohne ich im Hotel Metropole in einem Prachtzimmer mit Bad, das normal sechzehn RM kostet.

Geld für Dich kann ich natürlich von hier aus nicht schicken, bitte wende Dich an Magdalene, dass sie es Dir schickt. Aber bitte keine 40 RM, sondern nur 35, da ich furchtbar knapp bin mit Geld. Ich erhalte 100 RM Wehrsold im Monat und muss davon die Gelegenheiten zum Einkaufen nutzen, die es hier gibt. Ihr werdet auch von mir immer wieder einmal ein Päckchen erhalten."

Im Juli heirateten Hartmut und Gerda. Georg kam aus Brüssel zur kirchlichen Hochzeit nach Hamburg, und Magdalene reiste aus Berlin an. Für Reginas Betreuung hatte sich Erika Schwalbing bereit gefunden, sie für die paar Tage bei sich aufzunehmen. Sie hatte auch Urlaub erhalten und war nach Berlin gefahren. Regina zur Hochzeit nach Hamburg mitzunehmen, war nicht vorgesehen.

Hertas größte Freude bei der Hochzeitsfeier ihres Zweitältesten mit dem „schüchternen Mädchen" Gerda bestand darin, dass sie Georg wieder einmal um sich haben konnte.

Dass die unvermeidlichen Meinungsgräben zwischen Georg und Hartmut auch im großen Kreis der Feiernden zu lautstarken Diskussionen führen würden, überschattete als Gefahr den harmonischen Verlauf des Fests. Herta nahm daher Georg bei seiner Ankunft kurz zur Seite und bat ihn, seine Überzeugung doch für diesen einen Tag in den Hintergrund zu stellen. Und ihren Mann, der aus Dresden gerade noch rechtzeitig zur Trauung in der Matthäuskirche eintraf, hatte Herta in einem Brief um die gleiche Zurückhaltung gebeten.

Um Friedrich bei Laune zu halten, bemühte sie sich sogar erfolgreich, ihre Abneigung während der Feier zu überspielen.

Das Fest nach der Trauung fand im Uhlenhorster Fährhaus statt. Für das dreigängige Mittagessen waren zuvor eifrig Lebensmittelmarken, in erster Linie Fleischmarken, gesammelt worden, die bei der Bestellung abgegeben werden mussten. Das Menü begann mit einer klaren Fleischbrühe mit Eierstichwürfeln, daran schloss sich im Petersiliensud gedünstetes Filet von der Kutterscholle an, begleitet von in Vierteln gebratenen Kartoffeln. Als Nachtisch wurde Rote Grütze mit Vanillesoße gereicht, das von Gerda innig geliebte Fürst-Pückler-Eis konnte wegen des Mangels an Schlagsahne nicht hergestellt werden.

Die Kühnerts, Gerdas Eltern, hatten sich notgedrungen mit dem Schwiegersohn abgefunden. Gerdas Vater hielt eine kleine Rede, in der er darauf hinwies, dass er es natürlich nicht mit Hartmuts großer Klappe aufnehmen könnte, was dieser und Georg sehr amüsant fanden.

Die Wohnsituation des jungen Paares hatte sich überraschend erfreulich entwickelt, sie hatten mit viel Glück in der Hochallee eine Wohnung mit drei Zimmern mieten können. Von Bekannten hatte Gerda zufällig erfahren, dass eine jüdische Familie dort ausgezogen war.

Hals über Kopf waren sie zum Standesamt geeilt, da der Vermieter klare Verhältnisse forderte. So war Hartmut nach der Blitzheirat schon einige Wochen vor der kirchlichen Hochzeit vom Krohnskamp ausgezogen.

Georg blieb nach Hamburg noch eine Woche in Berlin und reiste dann mit Erika Schwalbing zurück nach Brüssel.

Inzwischen hatte im August die deutsche Luftwaffe erste Angriffe gegen England begonnen, die im September auch London erreichten und später im November Coventry zerbombten.

Die englische Luftwaffe schlug zurück und suchte sich Hamburg aus als Ziel für ihre Bomben.

Herta bekam eine schriftliche Aufforderung, dass sie laut Gesetz an einem Luftschutz-Ausbildungslehrgang teilnehmen müsste. Doch dazu fühlte sie sich körperlich nicht in der Lage. Mit viel Überredungskunst gelang es ihr, den Hausarzt für ein Befreiungsattest zu gewinnen.

Georg schrieb am 19. September an seine Mutter. Den Brief gab er einem Kollegen mit, der nach Hamburg fuhr.

„Meine Gedanken sind so oft bei Euch, wenn ich immer wieder lesen muss, wie unendlich gemein sich die Engländer in Hamburg benehmen. Ich bitte Dich inständig, trotz aller damit verbundenen Mühe, in den Keller zu gehen, denn bei Euch ist es tatsächlich so, dass ganze Wohnviertel angegriffen werden.

In Brüssel geht es bis jetzt gottlob noch immer gut, nur dass die Nachtruhe oft durch Flak gestört wird. Im Allgemeinen gibt es aber nicht einmal Alarm oder man überhört diesen großzügig.

An Hartmuts Adresse habe ich zwei Pakete geschickt. Darin eine ganze Menge Büchsenmilch und Hausschuhe für Dich und für Bruno ein herrlicher Wollschal und frische Eier. Die habe ich in Holland auf einer Dienstreise nach Den Haag ergattern können. In dieser Beziehung ist Holland fast ein Schlaraffenland.

Ich grüße Dich herzlich und sei mir schön standhaft und tapfer gegen all die Drangsal, die Ihr hoffentlich nicht mehr lange über Euch ergehen lassen müsst. Der Sieg und damit das Ende aller jetzigen Unbill sind uns ja doch sicher!“

Zu Hertas 55. Geburtstag im Oktober schrieb Georg aus Berlin:

„Wenn auch nicht immer alles so kommt, wie wir denken und es uns wünschen, so dürfen wir doch sicher und gewiss sein, dass es, wenn wieder ein Jahr vorüber sein wird, mit diesem Krieg vorbei und Friede sein wird. Ich glaube, dass sich bei Euch die Lage schon etwas gebessert hat, weil das Engländergesindel sein Tätigkeitsfeld jetzt nach Berlin verlegt hat und es in Hamburg nicht mehr so oft Alarm und Kellernächte gibt wie bisher. Ich bin nun seit Freitag hier und es ist seitdem nur eine einzige Nacht ohne Alarm gewesen.“

Herta erhielt ein Geburtstagspaket mit Kniewärmern, Seife, französischem Rotwein, Schokolade, Pralinen und Batterien für die Taschenlampe. Als Besonderheit hatte Georg noch eine Tüte mit grünem Kaffee dazu gepackt.

„Ich fahre am Sonnabend wieder nach Brüssel zurück, wo mich Berge von Arbeit erwarten werden. Die Zeit dort ist für mich alles in allem genommen sehr schön, ich möchte sie nicht missen. Es ist auch keine verlorene Lebenszeit für mich wie für die meisten zum Militär Eingezogenen meines Alters, die aus ihrem Beruf herausgerissen sind."

Herta fühlte sich noch müder und lustloser als je zuvor, zumal es beinahe täglich Alarme gab. Sie litt unter ständigem Herzklopfen als Folge des fehlenden Schlafs in den Nächten.

„Neulich waren wir von neun bis halb zwölf Uhr abends im Keller, erneut von vier Uhr bis halb sieben früh. Ich hatte mich gar nicht ausgezogen, weil in der Ferne ständig Schüsse hörbar waren."

Im Oktober war Bruno eingezogen worden. Er musste erst einmal in die Kaserne einrücken, wo er zum kampffähigen Soldaten ausgebildet werden sollte und kam nur noch hin und wieder für ein paar Stunden nach Hause.

Herta versuchte, wo sie jetzt allein war, die liegengebliebene Hausarbeit zu erledigen und ihre Briefschulden zu verringern, was ihr nur unzureichend gelang. Viel lieber las sie in einem Buch, anstatt die ihr zugedachte Aufgabe, das Waschen und Stopfen der Strümpfe von Hartmut und Bruno zu erfüllen. Der Stopfkorb war am Überquellen, denn Herta wusch und stopfte nur für den absolut notwendigen Sockenbedarf, wenn eben keine frischen mehr verfügbar waren.

Anfang November berichtete ihr Georg von einem Telefongespräch mit seinem Vater:

„In diesem Gespräch, das sehr nett verlief, sprach er ganz unvermutet davon, dass er sehr viel über das Vergangene nachgedacht hätte und dass er beabsichtige, Dir einen Brief zu schreiben. Er wolle Dich bitten, nachdem Du doch jetzt auch ganz allein seist, ob Du nicht wieder nach Dresden kommen wolltest und Ihr wieder zusammenleben könntet."

Herta rang sich am 19. November zu einem langen Brief an Georg durch und bedankte sich erst einmal für diverse erhaltene Paketsendungen:

„Die Eier haben wir uns geteilt, die Hausschuhe passen gut, ich schone sie aber etwas, obwohl die alten Trümmer zum Himmel schreien, sind sie eben immer griffbereit. Dank Dir für die Büchsenmilch, die hoch begehrte, es waren aber nicht, wie Du schriebst, eine ganze Menge, sondern nur drei Stück! Vielleicht denkst Du wieder einmal an mich, über die Lebensmittelkarte bekommen wir nur zwei in vier Wochen.

Ein paar schwere Angriffe haben wir hinter uns. Ganz dicht bei uns fielen eine große Anzahl Sprengbomben, in Heidberg und schräg gegenüber in ein Hinterhaus, dann noch auf einen Hof am Poßmoorweg. Dort ist nun ein Krater in der Straße. Am allerschlimmsten sieht es am Wiesendamm aus, ein Haus muss ganz erneuert werden. Beim Bahnhof Borweg steht oben auf dem Eckhaus die mittlere Flak und zehn Minuten weiter im Stadtpark die schwere Flak. Darauf haben es die

Briten schon lange abgesehen. Daher warfen sie auch vor einigen Wochen Sprengbomben auf den Winterhuder Marktplatz.

Ich war in den letzten Nächten nicht im Keller. Man ist ja kein richtiger Mensch mehr. Die unendlich vielen Angriffe seit Mai stehen nur ganz selten im Wehrmachtsbericht, dort heißt es immer nur: ‚Feindliche Flieger versuchten in Norddeutschland Bomben abzuwerfen'.

Noch vielen Dank für Deine lieben Wünsche und die schönen Sachen zu meinem Geburtstag, Kniewärmer, Seife, Kaffee, Burgunder, Schokolade und Batterien. Weißt Du, dass Du mir jedes Jahr zum Geburtstag auch etwas Geld gabst? Leider tatest Du es dieses Jahr nicht."

Am 20. November setzte sie den Brief fort:

„Da die Briten bis ein Uhr nicht gekommen waren, dachte ich, wir würden diese Nacht verschont bleiben, ging also schlafen. Um viertel vier aber gab es Alarm, raus aus dem so notwendigen Schlaf und in den Keller, es hätte ja wieder sehr schlimm werden können. Sicher kamen sie aus Berlin zurück und wollten Hamburg nur stören, denn um viertel sechs gab es Entwarnung.

So wird man unfähig für die Hausarbeit und auch der Brief wieder nicht fertig.

Heute Abend kommt Bruno von sieben bis dreiviertel elf, mittwochs gibt es manchmal Urlaub bis Mitternacht.

Jetzt ist es elf Uhr, Bruno ist weg und ich will noch etwas weiterschreiben. Es regnet! Vielleicht haben wir diese Nacht Ruhe.

Heute kam ein schönes Paket aus Berlin an. Als ich die Flasche Öl sah, freute ich mich ungemein, ich dachte, es sei Olivenöl. Es ist also Erdnussöl. Ich hatte neulich eines gekauft, das schmeckte wie Maschinenöl. Ich kostete daher gleich das gesandte, und ich muss sagen, ich bin angenehm überrascht, es schmeckt rein und ohne jeden Beigeschmack. Die Schokolade Marke Victoria ist ganz herrlich, ein Hochgenuss! Die Äpfel teile ich mir ein, nur ein halber pro Tag. Seid bedankt für alles. Bruno gab ich sein Päckchen mit den Zigaretten, sie enttäuschten ihn etwas.

Und nun zu Deiner Nachricht vom zu erwartenden Brief Eures Vaters. In mir weckte das ein Gefühl unschöner innerer Unruhe, und als der gefürchtete Brief dann endlich eintraf, konnte ich mich erst nach vielen Stunden entschließen, ihn zu öffnen.

Der Brief ist genauso, wie ich dachte. Er könnte ja auch gar nicht anders lauten, kein Mensch kann aus seiner Haut heraus. Mein Mann kennt mich nicht und hat mich nie gekannt. Sonst hätte er ja wissen müssen, was er an mir hatte. Er selbst hat es ja unmöglich gemacht, dass ich bei ihm blieb.

Während ich Dir davon schreibe, habe ich heftiges Herzklopfen. Der Brief mit seiner Zumutung hat mich ganz verstört.

Wenn ich daran denke, dorthin zu ihm, in all dasselbe zurückzukehren, dem ich entflohen bin, erfasst mich tiefes Grauen.

Dort in der Wiener Straße sein zu müssen, wo Ilse die furchtbaren letzten Tage ihres armen Lebens durchlitten hat mit der Eisenbahn vor Augen, in die verkommene Wohnung, in der Ilse sich immer so schrecklich unwohl gefühlt hat, überhaupt, Dresden ohne Ilse, das kann ich nicht mehr ertragen, das geht über meine Kraft. So viel musste ich schon auf mich nehmen, jetzt ist Schluss.

Wenn es meinen Söhnen zu viel werden sollte mit mir, dann muss ich einen anderen Weg suchen, nach Dresden kann ich nicht mehr zurück.

Ich sprach am Sonnabend mit Hartmut über alles, ich habe das Gefühl, dass er mich versteht.

Ich kann nicht noch einmal anfangen mit meinem Mann, uns trennt eine Welt in allen Dingen. Mein Inneres ist eine Wunde, deren Blutung notdürftig gestillt ist.

Ich würde dort wahnsinnig.

Hartmut hat mir mitgeteilt, dass Du ihm eröffnet hättest, dass es Dir nicht mehr möglich sei, für mich einen größeren Unterstützungsbeitrag zu erübrigen, da Du noch Studienschulden abtragen müsstest. Das war mir neu, das liegt ja auch schon lange zurück.

Wie überflüssig, wie lästig ist doch mein Dasein! Ich laste nur auf meinen Kindern, besonders auf Hartmut. Friedrichs Schwester Lotte, diese unselige Schwägerin, hatte mich schon vor langem gefragt, warum ich mir nicht wie andere Frauen eine Arbeit suche. Aber das kann ich einfach nicht.

Um noch einmal auf die Angelegenheit Dresden zurückzukommen, möchte ich noch etwas bemerken. Wenn ich vom Seelischen ganz absehe, so wäre es mir auch körperlich nicht mehr möglich, einen größeren Pflichten- und Arbeitskreis zu übernehmen. Vorerst müsste ich in der Wiener Straße auskommen ohne Küche, mit einer elektrischen Kochplatte und zwei kleinen Töpfen, bis eine andere Wohnung gefunden würde. Aber es herrscht ein absoluter Mangel an Wohnungen. Und ihm schwebt eine Vierzimmerwohnung vor, in der ein Raum für ihn als Büro einzurichten wäre. Und eine Aufwartung sollte ich bekommen. Aber das kennt man, diese furchtbaren Weiber, meistens lassen sie einen im Stich und sind liederlich.

Ich kann das nicht leisten. Tägliche Hausarbeit strengt mich sehr an, auch früher schon.

Ich habe inzwischen den Erhalt des Briefs bestätigt, gute Hoffnung gewünscht und um Geduld gebeten.

Gerade rief mich Bruno an. Er sagte mir zunächst, ich solle mich setzen. Ahnungsvoll tut sich etwas. Also, es besteht die Möglichkeit, dass er mit einigen anderen Kameraden und zugleich mit dem von ihm sehr geschätzten Unteroffizier vielleicht schon morgen wegkommt. Es sei alles so seltsam und schicksalhaft zugegangen. Nur vier seien ausgesucht worden. Am Tag seien sie auf Tropenfestigkeit untersucht worden, es scheint sich um freiwillige Meldungen zu handeln. Zunächst gehe es wohl nach Rumänien.

Nun lastet noch mehr Sorge und Unruhe auf mir. Gott möge Christian und Ilse Brunos Schutzengel sein lassen.

Immer wieder greife ich zu meinen Büchern und finde Trost beim Lesen. Manchmal frage ich mich, warum bin ich so traurig, herrliches Unaussprechliches erwartet mich doch, und wir werden einst alle zusammen sein in einem wunderbaren Leben ohne Kummer und Trübsal und Schmerz, geläutert, ohne Erdenschlacke.

Nun ist es ein langer Brief geworden."

Georg antwortete am 29. November:

„Du hast ja nur zu Recht, wenn Du traurig bist und über diesen Krieg und seine Drangsale schimpfst. Ich kann das gar nicht richtig ermessen, da ich selten in Berlin bin. Magdalene und Regina machen das ja auch schon eine recht lange Zeit mit.

Und doch bemühe ich mich immer wieder zu sagen, dass die Lage, in der wir uns jetzt befinden, nämlich der Fortgang des Krieges, doch nur dadurch entstanden ist, dass über allem der Entschluss stand, erst dann den Kampf aufzunehmen, wenn mit der geringst möglichen Zahl von Opfern gerechnet werden konnte. Daher war es notwendig, eine ausreichend lange Zeit der Zermürbung der Gegenseite einzuschieben, die nun auch für uns Entbehrungen mit sich bringt.

Magdalene schrieb mir, dass in Berlin am 14. und 15. November viel los war. In unserer Gegend, in Dahlem-Dorf und in der Sachsenallee sind zwei abgeschossene englische Flugzeuge heruntergekommen, ein anderes zwei Wochen vorher in der Podielskiallee. Sie hatten keine Bomben mehr und sind schon in der Luft kaputtgegangen. Stell Dir vor, in unseren Hof sind einzelne Teile, Du kannst Dir denken, was ich meine, in großer Zahl gefallen, außerdem Koppel, Stiefel, Mütze und sonstiges Zubehör der Engländer.

An Magdalenes Geburtstag im Oktober war ich gerade in Paris. Wir sind mit dem Auto von Brüssel über Mons, Maubeuge, Laon Compiegne gefahren. Zurück habe ich einen ziemlichen Umweg gemacht um Rouen zu sehen, dann weiter über Amiens, Valencienne und Lille nach Brüssel. Alles natürlich im Wagen. Ich bin von Paris begeistert. Sicher gibt es keine Stadt mehr, die derartig viele prächtige und repräsentative Gebäude hat. Ich habe sehr viel gesehen. Gewohnt habe ich am Boulevard Haussmann im Hotel Ambassador. Die Militärverwaltung sitzt im Hotel Majestic am Place d'Etoile, in der Nähe des Arc de Triomphe.

Selten habe ich, oder besser nie, während einer Zeit von fünf Tagen so unausgesetzt herrliches Essen zu mir genommen wie in den Pariser Tagen, natürlich war ich immer eingeladen.

Sonst geht hier die Arbeit unverändert voran. Seit Mitte November gibt es für mich eine gewisse Erleichterung, weil ich nach vielen Anläufen endlich die Leute bekommen habe, die ich schon seit Juli beantragt hatte, einen Mitarbeiter aus der Reichsstelle Chemie, zwei aus meinem alten Reichsamt und endlich den Dr. Hassel, der früher im Bezirkswirtschaftsamt Hamburg beschäftigt war. Ihn wirst Du noch erinnern, er hat uns einmal in seinem Wagen an Deinem Geburtstag 1939 nach Mölln gefahren.

Je mehr die Männer sich einarbeiten, umso spürbarer wird die Entlastung werden; es war auch höchste Zeit damit geworden.

Büchsenmilch gibt es hier auch nicht.

Hat es sich geklärt, ob Bruno jetzt wegkommt? Ich halte es nicht für unwahrscheinlich, dass Rumänien infrage kommt. Von uns sind jetzt einige Kollegen nach dorthin geschickt worden, um in Rumänien das Gleiche aufzubauen wie wir es in Holland, Belgien und Frankreich getan haben. Für Bruno wäre das nicht das Schlechteste. Zumindest kann er dort nachts schlafen und bekommt ein prima Essen.

Ich finde einfach herrlich, wie ganz Europa von uns dirigiert wird und nur ein Wille alles lenkt und bestimmt."

Herta war nun allein, seit dem 24. November war Bruno beim Heer, im Wartestand noch in Magdeburg. Er träumte von Erlebnissen in Rumänien, Griechenland oder Ägypten. Herta verkündete in jedem Brief aufs Neue, sie wolle endlich Ordnung in das seit Jahren Angehäufte bringen, es sichten oder wegwerfen. Sie ließ sich damit, wie es ihrer Natur entsprach, erst einmal Zeit.

In zu stopfenden Strümpfen drohte sie zu versinken, zuweilen schaffte sie in einer Woche zwei Paar.

Sie trug sich tatsächlich mit dem Gedanken, in eine andere Wohnung zu ziehen, vielleicht sogar in eine andere Stadt. Auch Stuttgart konnte sie sich vorstellen. Vielleicht dauerte der Krieg ja doch nicht mehr so lange?

Gerdas Vater war inzwischen in Paris eingesetzt worden als perfekt französisch sprechender Telegrammzensor. Am Abend vor seiner Abreise hatte er die ganze Familie samt Herta und dem jungen Paar zum Abschiedsessen in ein Restaurant eingeladen. Herta fühlte sich in der Gesellschaft wohl und bedauerte insgeheim, dass Hartmut und Gerda vor ihrer Hochzeit keinen Wert darauf gelegt hatten, Gerdas Eltern und Herta näher miteinander bekannt zu machen. Was hätten sie doch für schöne gemeinsame Ausflüge unternehmen können. Das war nun nicht mehr möglich.

Umso mehr freute sie sich, dass Gerdas Mutter sie zum Karpfenessen für den 24. Dezember einlud.

Bruno schickte Herta ein Päckchen mit benutzten Stofftaschentüchern zum Waschen mit dem Hinweis, er müsse ihr leider heute lieblosen Schmutz zukommen lassen, ohne Geist und Seele, aber er müsse sich schnellstens davon befreien, denn am nächsten Tag ginge es weiter mit der Truppe.

Georg kam 1940 zu Weihnachten aus Brüssel nach Berlin. Er konnte wegen schlechten Wetters nicht fliegen und reiste im Schlafwagen. Bis Anfang Januar wollte er bleiben.

Herta fürchtete in den Dezembertagen vermehrte Luftangriffe und schrieb ihre Gedanken im Weihnachtsbrief nach Berlin:

„Im Weltkrieg waren die Feinde auch immer besonders gemein in der Weihnachtszeit. Ich verstehe es nicht: Wir schlagen die Fabriken in England kaputt, aber die können immer noch Bomben schmeißen und haben auch noch genügend Flugzeuge für Griechenland und für Afrika, wo die Italiener jetzt verhauen werden können. Ob wir dieser Gegner überhaupt Herr werden können?

Das kann ja noch ewig dauern bei der Unterstützung durch Amerika!“

Herr Kühnert konnte aus Paris zu Weihnachten nach Hause kommen. Herta, Hartmut und Gerda feierten bei Kühnerts mit Karpfen den Heiligen Abend 1940. Herta wurde mit französischen Pralinen beschenkt und hatte als Gabe ein Fläschchen mit Kirschlikör mitgebracht. Es war ein netter Abend mit Fliegerruhe, ganz entgegen Hertas Befürchtungen. Sie feierten bis morgens halb eins, und Hartmut und Gerda begleiteten Herta nach Hause.

Auch am ersten Weihnachtsfeiertag war Herta bei Kühnerts eingeladen, diesmal zu Kaffee und Christstollen.

Sie bedankte sich für die vielen Geschenke, die sie von Georg und Magdalene erhalten hatte: selbstgebackene Kekse, zwei Flaschen Rotwein, Äpfel, Nüsse, Pralinen, Seife, Dosenmilch und vier Päckchen Tee. Der Tee sei nicht besonders:

„Ich glaube bestimmt, der ist schon einmal gebraucht worden, man muss furchtbar viel nehmen, sieben Minuten zieht er und bleibt hell und wässrig. Trotzdem ist er besser als nichts. Der früher mir gesandte Tee war dafür ganz hervorragend, schade, dass der zu Ende ist, sehr, sehr schade.“

Silvester nahte. Georg schrieb, er würde zum Jahreswechsel anrufen und seine guten Wünsche übermitteln. Aber Herta fand diese Idee nicht gut, weil Feldts in Berlin gar kein eigenes Telefon besaßen und dazu ein Stockwerk tiefer zu Bodemers hätten gehen müssen. Herta wollte an Silvester allein daheim bleiben und an Bruno und die Berliner denken.

Doch auch zu diesem Fest wurde sie von Kühnerts eingeladen. Gerdas Vater war zwar bereits wieder in Paris, aber er hatte von dort ein Paket mit Leckereien geschickt. So feierte Herta in Gesellschaft ins Jahr 1941. Hitler feierte wahrscheinlich auf dem Obersalzberg und Erika Schwalbing tröstete sich in Brüssel mit ihrer Igelchen-Schallplatte.

Georg war über Weihnachten und Silvester in Berlin gewesen. Magdalene hatte sich als Neujahrswunsch für 1941 etwas ganz Unerwartetes ausgedacht. Sie wollte zu Georg nach Brüssel.

Von Magdalenes neuer Idee ahnte Erika nichts.

In einem langen Brief hatte Magdalene ihrer Schwiegermutter geschildert, dass sie zusammen mit Regina auch nach Brüssel gehen wolle, als Schreibkraft für Georg. Magdalene hatte vor ihrer Heirat erfolgreich eine Ausbildung in Schreibmaschinenschreiben und Stenografie mit einem guten Zeugnis abgeschlossen. Sie sah jetzt diese Fähigkeit als Chance, auch einmal Geld verdienen und gleichzeitig ihrem geliebten Mann nahe sein zu können. Es war inzwischen üblich, dass auch verheiratete Frauen Arbeitsstellen erhielten. Die Männer waren schließlich mit Kriegstätigkeiten anderweitig beschäftigt.

Herta richtete ein ausführliches Antwortschreiben nicht an Magdalene, sondern an Georg:

„Die Idee gefällt mir nicht, lieber Georg. Ich hoffe, dass Ihr Euch das gründlich überlegt. Ich fürchte, dass Magdalene dann überbelastet ist als erste Arbeitskraft und hat dazu auch noch das Kind zu umsorgen, ohne die Bequemlichkeiten des gewohnten Haushalts. Auch wenn Regina im Hotel essen kann, braucht sie doch darüber hinaus noch weitere Aufmerksamkeit. Und ob das Kind während Magdalene arbeitet, gut betreut werden kann? Magdalene hätte doch unter ständiger Unruhe zu leiden bei der sie an ihren Platz fesselnden Tätigkeit! Und Fliegerangriffe sind ja auch in Brüssel ständig zu befürchten.

Das muss sehr, sehr überdacht werden."

Georg war erfreut über die unbewusste Schützenhilfe seiner Mutter und griff mit großem Ernst Hertas Bedenken auf. In tagelangen Auseinandersetzungen versuchte er Magdalene davon überzeugen, dass ein Umzug nach Brüssel ein zu großes Risiko darstelle.

Er fuhr allein nach Brüssel zurück und versprach aber, dass er dort alle Möglichkeiten prüfen würde, wie Magdalenes Plan verwirklicht werden könnte.

In den unverhofften Genuss kulinarischer Köstlichkeiten kam Herta durch einen Bekannten Georgs, der von Brüssel aus nach Hamburg fahren musste. Als Kurier brachte er Herta ein frisches Huhn, ein schönes gelbes, mit viel Fett gepolstertes. Das Huhn reichte Herta für vier Tage, mit dem Rest an Brühe am fünften noch für eine Nudelsuppe.

Von Bruno hatte sie seit Wochen keine Nachricht, sie war besorgt und unruhig. Am 10. Januar war er mit dem Zug an die Front transportiert worden. Herta hatte ihm, wie er es sich gewünscht hatte, jede Woche an seine Feldpostnummer die Sonntagsausgabe der Frankfurter Zeitung geschickt und jedes Mal ein Blatt eingelegt mit der Frage, warum er nicht schreibe.

In Dresden wartete Friedrich immer noch auf eine Antwort seiner Frau.

Herta schrieb im Januar an Georg, was sie ihrem Mann nie verzeihen würde:

„Ein Mann, der mir und unserer geliebten Ilse das Leben derart vergiftet hat, dass wir es nicht mehr aushalten konnten und der auch die Ursache war, dass Ilse diesen Beruf ergriff, der ihr überhaupt nicht lag. Sie hat es nur getan, um ohne große Kosten ausziehen und unterkommen zu können. Dieser Mann glaubt, man kann wie bei einem verjährten Betrag einfach einen Strich durchmachen. Er sitzt nach wie vor auf dem hohen Ross. Er hat keine Spur von irgendeiner Einsicht, wie unwürdig er mich behandelt hat, dafür fehlt ihm jedes Organ. Und zu so etwas sollte ich zurück? Da gehe ich lieber dorthin, wo meine Kinder hingegangen sind.

Warum war es mein Los, an einen solchen Mann zu geraten? Diesem konnte man ja kein Kamerad sein, er brauchte nur ein gehorsames Weibchen, nicht zu klug.

Ein Brief an ihn wird irgendwann nach Dresden abgehen, dass es eine Absage ist, muss er ja schon ahnen."

Nach wie vor verbrachte sie ihre Tage mit Strümpfe Stopfen, mit Waschen und Ausbessern von Wäsche, für Hartmut. Gerda hatte dafür keine Zeit, sie war mit Kartenzeichnen für die Wehrmacht ausgelastet.

Im Krohnskamp fühlte Herta sich immer weniger wohl. Ein Unbekannter hatte den Inhalt ihres Briefkastens im Treppenhaus angezündet, im Kasten befand sich nur noch Asche und der Rest eines Streichholzes. Herta hatte eine der Hausbewohnerinnen im Verdacht.

Überhaupt hatte sie zu den anderen Mietern im Haus kein gutes Verhältnis.

„In diesem Haus wird bekrittelt, wie man atmet", schrieb sie an Georg. Anscheinend hatte sie den Unmut der anderen erweckt, wenn sie bei Alarmen im Keller zusammensaßen.

„Das Kellergeschwätz ist kaum auszuhalten."

Herta vermutete einen Racheakt der „Hexe", die über ihr wohnte. Sie konnte es aber nicht beweisen. Von Magdalene erfuhr sie dann zu allem Unglück noch, dass sich in dem verbrannten Brief Fleischmarken für 300 Gramm befunden hatten.

Hartmut musste sich auf dem Bezirkskommando melden, er hatte eine Karte mit der Mitteilung erhalten, dass er mit seiner Einberufung rechnen müsse.

Anfang Februar traf endlich ein Lebenszeichen von Bruno ein. Er sei gesund, nur die Zähne plagten ihn, eine Riesenplombe sei herausgefallen.

„Hamburg, 14. März 1941

Lieber Georg!

Ich sitze hier in Erwartung des Alarms. Drei schlimme Nächte haben wir hinter uns: von Dienstag, 10. März, auf Mittwoch von drei viertel fünf Uhr bis drei viertel sechs Uhr im Keller, von Mittwoch auf Donnerstag von elf bis drei Uhr, eine Stunde oben, und dann von vier bis sechs Uhr noch einmal, von Donnerstag auf Freitag von elf bis halb drei Uhr und ein zweites Mal von vier bis halb sechs Uhr. Im Keller ist es furchtbar, die widerlichen Hausklatschen schwätzen unausgesetzt laut durcheinander. Ich kann das nicht mehr ertragen, ich werde mich in Zukunft im Kellervorraum aufhalten.

Die Briten haben hier böse gehaust in allen Stadtteilen.

Berlin hat ja auch viel abgekriegt, wie zu lesen war. Wir gehen jetzt in einen ‚herrlichen Frühling' hinein! Ich hoffe und glaube ja, dass Christian und Ilse unsere verschiedenen Heimstätten beschützen dürfen, Hamburg, Berlin, Brüssel und Bulgarien, wo vielleicht Bruno ist. Da haben sie viel zu tun, aber für Geister gibt es ja keine Entfernungen!

Nach Berlin kann ich nicht kommen. Ich müsste dann nämlich meine Wohnungsschlüssel abgeben, dem Vize-Luftwart, dem widerlichen Döbler, dem Mann von der Hexe. Das kommt auf keinen Fall infrage."

Georg schickte Herta ein großes Stück Käse und ein Glas Fisch in Gelee, beides hatte er in Brüssel auf dem Schwarzmarkt zu Wucherpreisen erstanden.

„Brüssel, den 19. April 1941

Liebe Mama!

Nun hast Du selbst erkannt, dass es in Jugoslawien zum Einschreiten kommen musste. Und jetzt gehört dieser Verräterstaat bereits der Vergangenheit an! Für den Rest, Griechenland, wird sicher nur noch eine kurze Zeitspanne benötigt, man wird sich wahrscheinlich noch auf drei bis vier Wochen gefasst machen müssen.

Mir geht es ganz gut, auch das Essen ist für uns unverändert zufriedenstellend, was übrigens für die Belgier nicht zutrifft. Doch muss man ja darin Gerechtigkeit sehen, dass es in diesem Krieg nicht das deutsche Volk ist, das die größten

Einschränkungen tragen muss. Im Vergleich zu den Zuständen hier, aber auch in Frankreich, ist es in Deutschland fast paradiesisch.

Unsere Idee, dass Magdalene nach Brüssel kommt, wird sich aus vielen Gründen nicht verwirklichen lassen. Ich hoffe, dass sie wenigstens zu einem Besuch von vierzehn Tagen herkommen kann. Dein Georg“

Zu Ostern erhielt Herta von Georg wieder ein Paket mit Wein, Sardinen, Kolynos-Zahnpasta, Apfelsinen, Tee, Kaffee, Schokolade und Seife.

Georg beschwor Herta, Hamburg während der Sommermonate unbedingt zu verlassen und nach Berlin zu kommen. Wegen der kurzen Sommernächte würden die Engländer eher nicht bis nach Berlin fliegen, sondern ihre Fracht über Hamburg abwerfen.

Herta war aber nicht bereit, aus Hamburg wegzugehen. Außerdem war Bruno eingetroffen, der ein paar Tage Urlaub erhalten hatte. Er hatte verschiedene Lebensmittel aus Serbien mitgebracht: Rauchfleisch, Honig, Schweinefett, Gulasch in Dosen, Butter und Speck.

Herta lobte ihn mit dem Hinweis, er sorge ja schon ebenso gut für sie wie Georg, was Bruno als das größte Kompliment bezeichnete, was er je erhalten habe.

In jedem ihrer Briefe gab sie ihrer Trostlosigkeit Raum.

„Und ich lebe immer noch. Manchmal denke ich, dass ich nur noch für Bruno nötig bin. Sein Heim ist ja noch hier bei mir und auch sein Hab und Gut. Bei mir ist der Platz, wo er sich ausruhen kann, wenn auch bei Nahrungsmangel und nachts Gefahr. Wie lange ich wohl noch hier bleiben werde?“

Georgs Zeit in Brüssel ging vorzeitig zu Ende. Man hatte ihm mitgeteilt, dass er damit zu rechnen habe, in Russland eingesetzt zu werden.

Sein Weltbild schien sich durch die unbequemen Aussichten, die ihn von Brüssel wegführen würden, langsam zu verändern.

„Brüssel, 28. Juli 1941

Liebe Mama!

Bis heute ist noch keine Abberufung eingetroffen. Der Grund für die Verzögerung liegt zweifellos darin, dass sich die militärische Lage noch nicht so weit entwickelt hat, dass es einen Sinn hätte, mich schon irgendwohin auf Warteposten zu setzen.

Es ist schon eine traurige Sache, ich bin immer mehr Deiner Meinung, auf fast allen Gebieten. Immer stärker komme ich zur Einsicht, wie vieles doch, was Du immer gesagt hast, richtig war. Und wie vieles, was ich dachte, sich als zu optimistisch, zu rosig herausgestellt hat. Diesem traurigen Tatbestand liegen die Enttäuschungen zugrunde, die uns die Entwicklung der politischen Lage leider gebracht hat, in der Hinsicht, dass es nicht möglich war, diesen Krieg so schnell zu beenden und einen deutschen Sieg so schnell zu erzielen, dass die Opfer relativ gering bleiben konnten.

Es ist wirklich so, dass der Krieg gegen Russland zu einer völligen Umwälzung aller vorherigen Betrachtungen führt, dass er durch seine Anforderungen und gewaltigen neuen Lasten alle bisherigen Rechnungen ändert.

Vertrauen müssen wir darauf, dass es doch noch eine Macht in der Welt gibt, Gott nennen wir sie, die auch diesem ungeheuren Ringen, in das unser Volk in einer Generation nun zum zweiten Mal versetzt wurde, einen uns noch verborgenen Sinn verleiht und die bestimmen wird, wie lange die Dauer dieses Ringens währen soll und wie groß die Opfer sein sollen, die ihm gebracht werden müssen."

„Hamburg, 15. August 1941

Lieber Georg!

Schon jeden Abend will ich Dir schreiben, es sind aber in der letzten Zeit häufig Alarme, und man sitzt in Erwartung. Meistens schlafe ich auf dem Tisch liegend ein. Auch wenn die Briten nicht kommen, so ist doch kein Gefühl der Sicherheit möglich. Erst wenn ich weiß, sie kommen nun nicht mehr, erst dann gehe ich schlafen, um durch allerlei Krach im Haus morgens aufzuwachen und im unerquicklichen Halbschlaf weiter zu dösen. Und dabei muss man noch dankbar sein, wenn alles immer wieder gut gegangen ist.

Hamburg ist die Stadt, die die meisten Luftangriffe hinter sich hat und auch mit der Zahl der abgeworfenen Bomben an erster Stelle steht. So hat es nämlich am 13. August Reichsstatthalter Kaufmann in einer Rede gesagt.

Was wohl daraus wird, dass Du nach Russland sollst? Wenn nicht einmal Feldpäckchen, die schwerer als 1000 Gramm sind, befördert werden wegen der entsetzlichen Verkehrswege und Trümmerstätten, was soll dann eine Institution wie die Deine dort?

Vielleicht muss alles notgedrungen doch noch verschoben werden, so wollen wir hoffen.

Ein ganzes Jahr haben wir uns nicht mehr gesehen.

Was Du mir sonst schreibst, habe ich mit Aufmerksamkeit gelesen. Es ist wirklich alles so unabsehbar geworden, dass uns nur übrigbleibt, alles in Gottes Hand zu legen.

Gott gebe auch, dass Bruno alles gut übersteht. Seine Briefe habe ich an Hartmut weitergegeben mit der Weisung, sie an Dich zu senden.

Es grüßt Dich herzlichst Deine Mama"

Am 18. September 1941 berichtete Herta:

„Der Angriff auf Hamburg in der Nacht auf den 16. September war ziemlich schlimm, es sind 160 Sprengbomben gefallen aus 40 Flugzeugen. Am Leinpfad, der von der Fernsichtbrücke an der Alster entlang geht, sind eine Anzahl Brandbomben gefallen, auch in der Abteistraße bei der Hochallee.

Ich war oben in der Wohnung geblieben, ich konnte mich nicht entschließen, in den Keller zu gehen."

„Brüssel, 30. September 1941

Liebe Mama!

Wie riesengroß erschienen uns noch vor vier Wochen die Hindernisse, denen sich die Truppen im Osten gegenüber sahen, nachdem sie den Dnjepr erreicht hatten. Fast als unüberwindlich, doch all das liegt heute schon weit hinter der Front! Ich muss gestehen, dass mich die Meldungen der letzten Woche doch wieder weit zuversichtlicher gemacht haben. Nicht in dem Sinne, als ob nun alles Weitere ein Kinderspiel sein könnte – das sicherlich nicht. Doch der Glaube erfuhr doch eine große Stärkung, dass unsere militärische Führung in ihren Plänen noch immer so groß und unübertroffen war, dass es eben keine Situation gab, die sie nicht gemeistert hätte."

Im Oktober kam es überraschend wieder zu einer gemeinsame Reise von Friedrich und Herta, an die Weinstraße. Im Vorfeld waren einige Briefe gewechselt worden zwischen Friedrich und seinen Söhnen Georg und Hartmut, die Herta zu dieser Unternehmung raten sollten. Herta hatte sich schließlich dazu durchgerungen und war bereit, Friedrich zu begleiten.

Er wollte diese Reise damit verbinden, die Geschäftskontakte für seinen Weinhandel neu zu beleben. Zwei Wochen waren dafür vorgesehen. Herta und Friedrich trafen sich auf dem Frankfurter Hauptbahnhof und fuhren zusammen weiter nach Trier. Danach machten sie Station in Traben-Trarbach und Bad Dürkheim und besuchten die Sektkellerei Schloss Saarfels.

Herta begrüßte die Abwechslung, die sie durch den unerwarteten Ausflug erfahren durfte.

An Friedrich hatte sie aber zuvor einen langen Brief gesandt, in dem sie ihm endgültig eine Absage erteilte, jemals wieder mit ihm unter einem Dach leben zu wollen. Daran würde auch die gemeinsame Reise nichts ändern.

An Georg schrieb sie:

„Wie sind wir doch grundverschieden, aber er will es nicht sehen. Nun ist ja wenigstens wieder Friede zwischen uns, das ist sehr schön."

Der Oktober 1941 brachte das endgültige Aus für Georgs Zeit in Brüssel.

Für den drohenden Einsatz in Russland musste er sich in Dresden bei der Kaukasus-Dienststelle melden und zahlreiche Untersuchungen über sich ergehen lassen.

„Mit Papa war ich in Dresden abends einmal sehr nett im Ratskeller essen. Er hat mir viel von Eurer Reise erzählt, war fast glücklich dabei", schrieb er an seine Mutter.

Friedrich glaubte anscheinend immer noch daran, seine Frau umstimmen zu können.

Weihnachten 1941 sollte Herta nach Berlin kommen, noch war Georg nicht in Russland. Sie konnte sich dazu jedoch nicht entschließen, fand sich aber schließlich Mitte Dezember zu einem dreitägigen Besuch ein. Länger wollte sie nicht bleiben. Georg gab ihr ein Päckchen mit, das sie aber erst an Weihnachten öffnen sollte.

Gerdas Eltern hatten sie an Heiligabend wieder zu sich eingeladen. Bevor Hartmut sie abholte, nahm sie Georgs Päckchen aus ihrem Wäscheschrank und legte es auf den Küchentisch. Vorsichtig öffnetet sie die äußere Hülle, entfernte die darunter liegenden Schichten von Wellpappe und hielt einen flachen, quadratischen, in Weihnachtspapier eingepackten Gegenstand in der Hand. Sie löste die goldene Schleife und öffnete das Papier: eine Schallplatte im Papierfutteral, Lili Marleen, gesungen von Lale Andersen. Bei Feldts in Berlin hatten sie Radio Belgrad gehört mit dem Lili-Lied als Erkennungsmelodie. Gemeinsam hatten sie an Bruno gedacht, der vielleicht auch im gleichen Moment dem Sender lauschte. Das konnte sie nun immer tun, wenn sie diese Platte auflegte. Herta war fast ein kleines bisschen glücklich.

Es gab bei Kühnerts Karpfen und sogar Ente zu essen. Silvester blieb sie allein zu Hause, die Ungewissheit vor Augen, was mit Georg werden würde.

Lili Marleen. So echt Georg!

Herta bedankte sich begeistert für die Schallplatte, und Georg bedankte sich umgekehrt für die erfolgreich hervorgerufene Freude.

„Berlin, 18. Januar 1942

Liebe Mama!

Wenn es nicht anders kommt, habe ich noch in dieser Woche mit dem Marschbefehl zu rechnen. In den vergangenen Wochen habe ich meine Vorbereitungen fast alle beenden können, insbesondere alles Nötige an warmer Ausrüstung beschafft: Pelzfutter für meinen Mantel, Pelzweste, wollenes Unterzeug, Socken und Handschuhe, Kopfschützer etc.

Hinsichtlich der Dauer der Expedition rechne ich, wenn nicht ungünstige militärische Entwicklungen eintreten damit, dass ich vielleicht nach zwei Monaten zwischenzeitlich wieder nach Berlin komme. Dort werde ich dann acht bis zehn Tage Besprechungen haben.

Ein gleiches Intervall gibt es dann vielleicht noch ein zweites Mal. Wenn dann die große Offensive beginnt, werde ich im Juni die nördlichen Teile meines Bestimmungsgebiets erreichen.

Meine Auffassung ist die, dass diese Ziele planmäßig besetzt und bis zum Herbst völlig gesichert sein müssen, wenn man die Hoffnung auf eine für uns günstige Endlösung behalten soll.

Ich habe an Funk einen längeren Brief geschrieben, in dem ich alle wichtigen Gesichtspunkte meiner beiden letzten Jahre einmal zusammengestellt und ihm auch die zweifellos unsachlichen Elemente geschildert habe, die für die mich betreffende jetzige Entwicklung mit verantwortlich sind.

Ich wollte wenigstens einen Versuch machen, dass er Kenntnis von meiner Sicht erhält. Er hat bisher nicht darauf reagiert. Doch genügt es mir, wenn er überhaupt erfährt, dass nicht alles so glatt ist, wie es von außen aussieht."

Was waren das für unsachliche Elemente, von denen Georg schrieb? Hatte er denn gegen eine Intrige zu kämpfen? Bisher hatte Herta nur erfahren, dass er statt in Belgien im Kaukasus eingesetzt werden sollte. Gab es denn einen anderen Grund, weshalb er aus Brüssel abberufen worden war?

„Hamburg, 23. Januar 1942

Lieber Georg!

Papa hat eben angerufen und gesagt, dass man Dir berichtet habe, dass Funk wegen Deines Schreibens ‚hm, hm, – hm, hm' gemacht habe. So hat Funk wenigstens den Brief überhaupt gelesen. Hoffen wir, dass etwas dabei herauskommt.

Für mich steht fest, dass Deinem Vorgesetzten Dein Können und Dein Wissen und Dein Erfolg unbequem sind.

Ich wünsche Dir von Herzen, dass Du die Russland-Etappe gut überstehen mögest.

Sei herzlich gegrüßt von Deiner Mama"

Georg war auch im Februar noch in Berlin. Herta war darüber froh, aber sie machte sich Gedanken, was er in Berlin eigentlich zu tun hätte. „Ich meine auch, Funk könnte sich doch Deiner Angelegenheit annehmen. Wie stehst Du denn zu seinem Privatsekretär? Am Telefon neulich sagtest Du einmal, dass er Dir wohl gesonnen sei. Deine Kraft liegt brach, das kann doch nicht so weitergehen!"

Georg fühlte sich krank. Er befand sich in einem Zustand ständiger Anspannung, an Körper und Geist verkrampft, ohne Gegenwart, nur ein bedrohendes Morgen im Blick.

Walter Funk hatte ihn zu sich bestellt und auf seinen Brief Bezug genommen.

Er hatte Georg eröffnet, dass er die gegen ihn erhobenen Vorwürfe nicht einfach vom Tisch wischen könnte. Georg trug erneut vor, was geschehen war und dass er aus seiner Sicht keine Verfehlung begangen hätte.

Vor seinem Urlaubsantritt hatte er im Sommer 1941 einen Brief geschrieben an den Industriellen Paul L. Dupont, dessen Betriebe zu Georgs Aufgabenbereich gehörten. Die Grenze zwischen zwei Feinden hatte sich im wissenschaftlichen Dialog als überschreitbar gezeigt, ein privates Interesse füreinander war entstanden. Im Haus Duponts in Uccle war Georg mehrmals zum Abendessen eingeladen gewesen, auch einmal mit Magdalene zusammen, während ihres Brüssel-Besuchs. Es war ihm gelungen, mit ihrer Hilfe auch die Sympathie der Gattin Duponts für sich zu gewinnen, die ihm anfangs mit größter Zurückhaltung begegnet war.

In seinem Brief hatte er sich für die erwiesene Gastfreundschaft bedankt, aus seiner Sicht eine kriegsübergreifende Selbstverständlichkeit. Georg hatte aus Zeitmangel vor seiner Abreise nach Berlin den Brief nicht mehr selbst aufgeben können. Er hatte daher das Schreiben der Sekretärin seines Vorgesetzten zur Weitergabe ausgehändigt, die es aber statt in einen Briefkasten zu stecken ihrem Chef zugespielt hatte. Georg war denunziert worden.

Dass er private Beziehungen zum Feind gepflegt habe, sei nun einmal nachgewiesen, erklärte ihm Funk. Aber er wolle versuchen, dass Georg nach einer erträglichen Bestrafung wieder in seine alte Stellung im Reichswirtschaftsministerium zurückkehren könne.

Überraschend wurde Georg kurz darauf zu einer amtsärztlichen Untersuchung bestellt. Das Ergebnis der ärztlichen Diagnose, „Mitralklappenfehler mit Aorteninsuffizienz", bewahrte ihn endgültig vor dem Einsatz in Russland.

Herta war überglücklich, als sie davon erfuhr, die Herzschwäche erschien ihr nicht als Bedrohung, sondern als gnädiges Geschick, vielleicht durch gute Beziehungen eingefädelt. Sie wollte es gar nicht genau wissen.

Friedrich feierte am 3. März seinen siebzigsten Geburtstag in Dresden.

Herta verweigerte sich und blieb in Hamburg, aber Hartmut, Gerda und Georg machten ihr Kommen möglich. Georgs krankes Herz war für Friedrich das schönste Geburtstagsgeschenk.

Als Gruß vom Geburtstagsfest erhielt Herta ein Paket mit einer Schachtel Kekse, die Magdalene eigentlich für Friedrich gebacken hatte, ein paar Äpfel und Apfelsinen, ein kleines Päckchen Schweineschmalz und eines mit russischem Tee, eine Büchse Ölsardinen und als ungeahnte Kostbarkeit eine Büchse mit bereits einmal aufgebrühtem, danach wieder getrocknetem Kaffee.

„Ich bin Euch so dankbar", schrieb Herta zurück. „Dieser Tee aus Feindesland ist etwas ganz Herrliches, frisch gekocht oder ein zweites Mal aufgegossen. Ich hörte von Hartmut, dass der Tee von einem Vetter Magdalenes aus Russland nach Stuttgart kam, von dort nach Berlin, dann nach Dresden und nun zu mir nach Hamburg.

Es ist wirklich ein Kunststück, mit den winzigen Rationen, die man kaufen kann, durch die Tage zu kommen. Im Weltkrieg fing der Ernährungsnotstand erst im Herbst 1916 an. Bis dahin gab es alles, nur manches teurer als vorher.

Und heute? Es war doch von Anfang an rationiert, sollte dem Mangel vorbeugen.

Der einmal aufgebrühte Kaffee ist mir sehr willkommen, ich würde mich freuen, wenn Ihr mir wieder einmal welchen schicken könntet.

Am 18. April kamen die Briten morgens von halb drei Uhr bis halb fünf. In den Keller zu gehen ist ja auch nicht sicher, in Lübeck sind eine große Anzahl Menschen in den Kellern von zerbombten und brennenden Häusern umgekommen. Es greift die Nerven sehr an, wenn man das Verderben über sich weiß. Was ist das für ein Leben! Zwei Weltkriege in dieser kurzen Spanne."

„Hamburg, 10. Juni 1942

Lieber Georg!

Dass in die Wohnung von Gerdas Eltern eine Brandbombe eingeschlagen hat, habt Ihr doch wohl schon erfahren? Ein großes Zimmer ist mit allem darin völlig ausgebrannt, die Wohnung im Übrigen so zugerichtet, dass sie wohl bis Weihnachten unbewohnbar sein wird. Die Handwerker kommen ja gar nicht mehr nach. Es sieht alles furchtbar aus. Die Kühnerts wohnen nun im Hotel Kolzen.

Denkt Euch, Bruno hat mir zum Muttertag beim schönsten Blumengeschäft Hamburgs, in der Esplanade, zwanzig langstielige Tulpen bestellt und schicken lassen! Das ist doch rührend von ihm.

Aber am Muttertag muss ich immer an das Jahr 1938 denken. Es war doch auch Muttertag, und es war gleichzeitig Vollmond. Ilses Schicksal stand unter dem Einfluss des Mondes, so war doch am 31. März 1938 Neumond.

Wie habe ich mich gefreut, dass ich von Euch noch ein weiteres Mal Kaffee bekommen habe. Es ist gar nicht auszudenken, dass es damit nun vorbei sein soll. Wenn ich irgendwoher welchen bekommen könnte, würde ich viel Geld dafür bezahlen, 20 oder 30 Mark für das Pfund.

Wie sieht es denn nun mit Deiner Tätigkeit aus?

Sei herzlichst gegrüßt, lieber Junge, von Deiner Mama"

„Hamburg, 13. Juni 1942

Mein guter Junge!

Wie hat mich Magdalenes Nachricht erschreckt, dass Du die Mandeln hast müssen entfernen lassen!

Das muss ja außerordentlich schmerzhaft gewesen sein hinterher, und ich weiß ja nicht, ob die örtliche Betäubung so wirksam ist während der Operation, und überhaupt das Anbringen der Betäubung, das allein ist doch schon sehr schlimm!

Nun ist gottlob das Ärgste überstanden. Wirst Du nun wenigstens etwas Butter und Milch zur Kräftigung bekommen, wo Du doch so mager geworden bist? Es heißt, entzündete Mandeln könnten schädlich für das Herz sein. Jetzt kann sich deren Wegnahme vielleicht günstig auswirken. Und Deine häufigen Erkältungen müssten ja nun auch seltener werden."

Im Juli 1942 wurde Georg dienstlich für einige Tage nach Wien und Prag geschickt. Der in derselben Zeit geplante gemeinsame Familienurlaub in Österreich musste daher ausfallen. Magdalene überredete Georg, dass sie ihn begleiten durfte. Er hätte es lieber gesehen, wenn sie mit Regina zusammen nach Kärnten gefahren und er später nachgekommen wäre. Aber Magdalene sehnte sich nach einem Entkommen aus der Kriegsmisere, sie erinnerte sich an seine Erzählungen über die paradiesischen Zuständen im besetzten Ausland. So hatte sie doch selbst erleben dürfen, welchen Überfluss sie in Brüssel angetroffen hatte, als sie nach dem endgültigen Scheitern ihrer Pläne, dort für Georg arbeiten zu können, zwei Wochen bei ihm zu Besuch gewesen war.

Erika Schwalbing fand sich bereit, das schon reservierte Urlaubsquartier auf der Turracher Höhe in Kärnten zu beziehen und zusammen mit Regina die vorgesehenen Urlaubstage dort zu verbringen. Im Gasthof gab es noch andere Kinder, mit denen Regina rasch Freundschaft schloss. Regina schrieb ihrer Oma in Hamburg einen begeisterten Brief: „Wir sind fröhlich und ich bin brav. Das Schwälbchen ist sehr zufrieden mit mir."

Und Herta machte sich wieder Gedanken über die Bedeutung dieser Frau Schwalbing, die so freundlich das Schwälbchen genannt wurde.

Die glücklich verlaufenen gemeinsamen Tage und Erlebnisse von Georg und Magdalene fanden in Berlin ein Ende voll neuer Unruhe. Denn nach seiner Rückkehr wartete auf Georg eine Vorladung zum Gericht. Er wurde in einem kurzen Prozess zu sechs Wochen Haft verurteilt, unverzüglich in Spandau anzutreten.

Die Strafe wurde verhängt wegen unerlaubter privater Freundschaft zu einem Feind.

Nach Spandau hatte er seine Schreibmaschine mitnehmen dürfen und nutzte sie für einen langen Brief an seine Mutter. Er schilderte die Reise mit Magdalene nach Wien und Prag und erzählte auch, dass Regina in dieser Zeit zusammen mit

Erika Schwalbing in der Kärntner Sommerfrische war, was Herta bereits durch Reginas Brief wusste. Dass er in Spandau eine Haftstrafe abzusitzen hatte, erfuhr Herta erst sehr viel später.

Anfang September kam Georg wieder frei. Er hatte die Wochen seiner Festsetzung fast als Erholungszeit gewertet, da seine Unterbringung und die Verpflegung ordentlich war und er unerwartet auch wieder an Gewicht etwas zugenommen hatte.

Aus dem Militärverhältnis als Kriegsverwaltungsrat wurde er nach seiner Entlassung entfernt und erhielt als Zivilist erneut Aufgaben im Reichswirtschaftsministerium.

Friedrich und Herta trafen sich trotz aller Gegensätze und Vorbehalte im September ein weiteres Mal zu einer gemeinsamen Urlaubsreise nach Gaiß bei Waldshut. Die Aussicht, in eine vielleicht noch heile Welt für kurze Zeit ausweichen zu können, hatte Herta über ihre Bedenken hinweggeholfen, dass sie nun doch ihre Wohnungsschlüssel an den verhassten Hauswart abzugeben hatte.

Friedrich fuhr allerdings nach drei Tagen enttäuscht wieder nach Dresden zurück. Herta war es nicht gelungen, mit ihm ohne Streit und Vorwürfe alles Trennende zurückzustellen. Sie blieb allein noch zwei Wochen dort und schrieb an Georg:

„Auf einer sonnigen Wiese sitzend, von Buschwerk umgeben mit dem Blick auf das Schweizerland schreibe ich diesen Brief. Die Gegend ist herrlich, Wiesen, Wald, Felder, Hügel, Täler, Dörfer, alles in reizvollster Abwechslung, es kann nicht schöner sein. Die Leute, bei denen ich wohne, sind weniger angenehm, aber es geht. Fleisch gibt es nur sonntags, 50 Gramm, obwohl wir pro Woche 200 Gramm Fleischmarken abgeben, man kann aber nichts sagen, dann müsste ich eben abreisen. Zum Kaffee gibt es reichlich Vollmilch und genügend Marmelade, die man ja sonst nirgends mehr bekommt und auch jeden Tag einen Teller Obst. Eier gab es trotz einer Anzahl Hühner erst zwei Mal als Spiegelei und zwei Mal als Omelett, wenig, aber gut. Ein bis zwei Mal in der Woche wird Kuchen gebacken von weißem Mehl. Auch backen hier alle Leute ihr Brot selbst.

Viel Schlaf habe ich auch hier nicht, da die Leute erst spät ins Bett gehen und rücksichtslos laut sind. Morgens um drei viertel sechs geht es dann wieder los, Rufen, Türenschlagen der Kinder etc.

Mittags versuche ich eine halbe Stunde zu schlafen, während das Geschirr abgewaschen wird. Die Luft hier ist so herrlich rein und draußen in der Natur eine göttliche Ruhe. Ich lasse den weiten Himmel und die grüne Erde auf mich einwirken und kann für kurze Zeit den Krieg vergessen."

Sie erholte sich zu erstaunlicher Tatkraft und fuhr anschließend nach Stuttgart für einen Besuch bei Magdalenes Eltern. Das Haus in Degerloch bot ihr gastliches Quartier und als besonderes Glück durfte sie täglich eine Portion Pflaumen aus dem herbstlichen Garten genießen. Lydia und Wilhelm gaben sich große Mühe, ihren Gast zu verwöhnen. Herta musste sich auch nicht in die Hausarbeit einbringen, weil Bergers dafür ein Hausmädchen beschäftigten. Solche Verhältnisse hatte sie auch einmal gekannt, dachte Herta voll Trauer.

Nach ihrem Aufenthalt in Stuttgart war ihr Tatendrang noch nicht verschwunden, sie trat die Weiterfahrt nach Berlin an und nahm Georgs schon lange ausgesprochene Einladung wahr. Der Oktober zeigte sich von seiner goldenen Seite, wie von ihm erwartet wurde, und Herta übte sich im Spazierengehen mit ihrer Enkelin. Regina war immer sehr fröhlich, wenn die Oma zu Besuch kam, mit der sie sich unentwegt unterhalten konnte. Und Magdalene hatte etwas Ruhe von ihrer kleinen aufgeweckten Plappertochter.

Herta nahm als Andenken an Berlin eine schlimme Erkältung mit, die sie für Wochen davor schützte, sich daheim in Hamburg um ihre Wohnung kümmern zu müssen.

Weihnachten verlief für sie ohne Höhepunkte, ohne Gans oder Reh auf dem Tisch. Denn Kühnerts wohnten immer noch im Hotel und konnten nicht wie gewohnt Gastgeber sein. Nicht einmal einen Kreutzkamm-Stollen konnte Georg für Herta in Auftrag geben, Kreutzkamms lieferten nicht mehr, auch dann nicht, wenn sie dafür Lebensmittelmarken angeboten erhielten.

Weihnachten 2012

Luise fand sich zunehmend beschwert durch Hertas Briefe, die sie mitten hineinblicken ließen in eine Zeit, wo jeder Einzelne aus seiner Lebensbahn gerissen war, auch ihre Familie, die Eltern, Regina, die Großeltern und alle Verwandten. Nichts war mehr im Lot. Das Leben war nicht mehr das Wichtigste, es war das Überleben, dessen Sinnhaftigkeit zunehmend in Frage gestellt wurde. Hertas handgeschriebene Briefe und die Doppel der Schreibmaschinenseiten kamen Luise vor wie Tischtennisbälle, die hin und her flogen. Jedes Aufschlagen hinter dem Netz auf der Platte verkündete eine neu erreichte Stufe des Jammers.

Diese Großmutter Herta, die sich bekümmert um sich selbst zu drehen pflegte, die sich im Klagen von Brief zu Brief übertraf, verdiente dennoch Luises Mitgefühl. Es war ein Mitleiden, in das die Briefe sie hineinzogen, aus denen ein von außen aufgezwungenes Lebenselend dieser Frau sichtbar wurde. In einer solchen

Zeit ständiger Lebensbedrohung kann der am ehesten schadlos bestehen, der es vermag, den Augenblick als solchen wahrzunehmen und zu würdigen, ein kurzzeitig sich einstellendes erfreuliches Geschehen dem Grauen entgegenzustellen. Herta war nicht zum Augenblick fähig, sie war mit ihrem Leid verwoben, verharrte im Unglück.

Weihnachten 2012 stand vor der Tür als willkommene Unterbrechung von Luises Forschungsreise in dunkle Zeiten.

Was war Weihnachten doch in den Kriegsjahren ein Anker der Hoffnung gewesen, das Fest zu feiern unabdingbar, egal ob im zerbombten Quartier oder im Kampfgebiet weit weg von daheim.

Wie anders verläuft Weihnachten heute. Nikoläuse und Lebkuchen füllen jedes Jahr schon im September die Regale in den Läden, und Geschenke bedeuten eher Pflicht für den Schenkenden als Freude beim Beschenkten.

Zu Weihnachten gehörte seit vielen Jahren auch Regina, die in dieser Zeit nach Stuttgart zu Besuch kam und bei Magdalene wohnte. Heiligabend wurde dann bei Luise und Bernhard nach dem Kirchgang stimmungsvoll kerzenhell mit Kartoffelsuppe gefeiert. Danach gab es kleine Geschenke und der Abend klang aus mit Wein, Käsegebäck und gesalzenen Mandeln.

Regina war eigentlich das ganze Jahr über unterwegs. Wenige Monate nach Magdalene war auch Reginas Lebensgefährte, der Professor, gestorben, seither verjagte sie das Alleinsein mit Reisen durch Europa, begleitet von ihrem „Hund", einer großen Ledertasche mit zwei Rädern und einer Art Leine, mit der man die Tasche vorne anheben musste und dann auf den Rädern hinter sich herziehen konnte. Auf Bahnhöfen und Flughäfen kannte sie sich aus, auch Tickets mit Sonderpreis und Hotelzimmer buchte sie geübt per Internetabfrage. Paris, München, Hamburg, Berlin, Bordeaux, Metz, Hannover, Regina war als Vortragende oder als Teilnehmerin von Kolloquien eine wichtige, begehrte Person. In München oder Paris, ihren Interimswohnstätten, arbeitete sie bis spät in die Nacht an ihren geplanten Unternehmungen oder an Artikeln für Fachjournale.

Zu Weihnachten erinnerte sie sich dann, dass sie auch noch eine Familie hatte, mit der sie feiern konnte. Von Bettina, ihrer Tochter, wurde sie nie nach Hamburg eingeladen, nicht an Weihnachten und nicht zu Geburtstagen. Die Wand aus unvergebener Vergangenheit stand unüberwindlich zwischen ihnen. Und als der Professor noch lebte, fuhr er in dieser Zeit nach Bordeaux zu Frau und Kindern.

Nach Magdalenes Tod verlegten sie Weihnachten von Degerloch nach Tübingen, zu Nina.

Bei ihr blieb der Weihnachtsbaum bis weit in den Januar zentraler Schmuck des Wohnzimmers, bestückt mit duftenden gelben Kerzen aus Bienenwachs, die sich gewagt unter darüber liegenden Zweigen reckten und Bernhard sofort zum Handeln brachten, wenn er das Weihnachtszimmer betrat. Die Kerzenhalter mit den Kerzen wurden dann auf andere Plätze umgesteckt, damit sie nicht Tannennadeln oder schwebende Seidenengelchen ansengen konnten.

Als Ärzte hatten Nina und ihr Mann eigentlich genug zu tun, Nina in ihrer Allgemeinpraxis und Paul in der Kinderklinik, aber Besuch war stets willkommen, ob für Stunden, Tage oder Monate. Luise bewunderte ihre Tochter für die Lässigkeit, mit der sie ihre Gäste bewirtete und sich ihnen widmete.

Weihnachten nur in der eigenen Familienrunde mit den Kindern Leslie, Mathis und Vincent war für Nina kein richtiges Weihnachten, Pauls Eltern, Bernhard und Luise, Regina, alle waren eingeladen.

Den Höhepunkt der besinnlichen Feier bildete stets ein Weihnachtskonzert, das die musikalische Familie aufführte. Nina spielte Geige, Leslie und Vincent Cello, Mathis Klavier und Paul Querflöte. Ohne Gäste fehlte dem kleinen Orchester das Publikum.

So war Nina fast ein bisschen traurig, als Bernhard und Luise 2012 in den Weihnachtstagen zu Anton, Charlotte und der kleinen Emma nach Berlin fliegen wollten und auch Regina dort erwartet wurde.

Am 23. Dezember trafen Luise und Bernhard in Berlin ein. Emma war gut gelaunt und spielte ganz besonders gerne mit ihrem Opa Bernhard „Es kommt ein Bär gekrabbelt“ und ähnliches bewährt Kleinkindertaugliches aus dem Köcher großelterlicher Erfahrung.

Am Vormittag des 24. Dezembers kauften sie erst eine Tanne und dann fürs Weihnachtsessen bei Kaiser’s ein. Unerwartet und ungeplant erwarben Bernhard und Anton günstig zum Alles-muss-raus-Preis eine ungeheuer große frische Gans statt des vorgesehenen Fleischfilets für ein Fondue.

Regina war auch inzwischen aus München angereist.

Das Überraschungsmenü gelang mit dem Einsatz aller Anwesenden. Regina befreite Rosenkohl von seinen Außenblättchen, Luise schälte Kartoffeln fürs Püree, das Rotkraut kam aus Gläsern. Charlotte stellte den Baum auf und schmückte ihn mit Kerzen, Kugeln und kleinen Äpfeln. Bernhard und Anton kämpften mit der Gans, würzten sie innen und außen und zwängten sie in einen Bratschlauch. Der Schlauch umspannte das Riesentier wie ein Korsett, und Luise hatte Bedenken, dass er im Herd zerplatzen könnte. Mit einem spitzen Messer stach sie die vorgeschriebenen Löcher in die Hülle, legte die Gans auf ein Blech und schob sie in den heißen Backofen. Der Schlauch blähte sich rasch auf an den wenigen Stellen, die nicht dicht an der Haut anlagen. Nach einer Stunde war er immer noch nicht geplatzt und hatte sich mit einem Fettsee gefüllt. Vorsichtig zog

Bernhard das Blech aus dem Ofen, öffnete ein Ende des zugebundenen Schlauchs und lenkte das flüssige Schmalz in eine Schüssel. Dazu war die Hilfe von Topflappen und von Anton unerlässlich. Der Gänsebraten hatte sich wider Erwarten in seinem Schlauchgefängnis schon leicht braun gefärbt.

Die kleine Gruppe ging in die nahe Gethsemane-Kirche zur Christvesper. Sie sangen mit den vielen anderen feierlich gestimmten Menschen Weihnachtliches aus kleinen, zerlesenen Liederheftchen, die schon unzählige Weihnachtsgottesdienste und viele Hände erlebt hatten. Emma schlief im Kinderwagen dabei ein und erwachte erst wieder beim Geläut der Glocken.

Dass die Gans beste war, die sie jemals gegessen hatten, war allen klar. Geschenke gab es dann auch noch welche, und lange saßen sie noch weinselig zusammen, bis Regina sich ein Taxi ins Hotel bestellte. Bernhard und Luise durften bleiben und im Kinderzimmer schlafen, Emma bei ihren Eltern.

„Was machen wir denn morgen, wann kommst du, Regina?", fragte Anton.

Luise musste jetzt drum herumreden, nämlich um die Tatsache, dass Regina und sie mit Sabine verabredet waren. „Morgen haben Regina und ich etwas ganz Besonderes vor. Wir wollen einen Schwesterntag machen und den ganzen Tag miteinander verbringen. Wir treffen uns am Vormittag zum Brunch im Dressler. Am Abend sind wir dann wieder bei euch."

Luise fiel es schwer, den eigentlichen Grund des Schwesterntags zu verbergen, nämlich die zusätzliche Gegenwart von Sabine.

Anton und Charlotte waren etwas verwundert, aber natürlich mit diesem Vorhaben einverstanden. Regina verabschiedete sich, das Taxi war da. Der nächste Tag hatte schon begonnen, Mitternacht war vorbei, und die Gans verlangte dringend nach waagrechter Lagerung.

Was war das doch für ein anderes Weihnachten gewesen, damals im Jahr 1941. Luise sah das Foto wieder vor sich mit Regina, dem Kaufladen und dem Weihnachtsbaum, rechts im Bild Magdalene und diese Erika. Das Bild begleitete sie in den Schlaf.

Das Treffen mit der neuen Schwester war Luises Idee gewesen. Sie hatte Sabine zwei Wochen vor Weihnachten angerufen und ein Wiedersehen angeregt.

Sabine war erfreut und überlegte, wann man sich sehen könnte:

„Marion, meine Tochter, und ihre Familie kommen an Weihnachten immer nach Berlin. Die Eltern von Erik, ihrem Mann, wohnen in Pankow, dort feiern wir auch Heiligabend und dort übernachten Marion, Erik und Nicola auch, bei mir geht es nicht, dafür ist meine Wohnung zu klein. Eriks Eltern hatten in Charlottenburg gewohnt, aber nach der Wende ihr Haus in Pankow zurückerhalten. Sie haben es neu ausgebaut und sind dann dorthin gezogen. Am ersten Weihnachtsfeiertag unternehmen wir immer etwas zusammen, gehen in ein Konzert oder ins Theater. Dieses Jahr habe ich Karten besorgt für Hänsel und Gretel, der Kinderoper von Humperdinck. Nicola freut sich schon unbändig darauf. Die Vorstellung beginnt nachmittags um vier Uhr. Aber am Vormittag hätte ich Zeit, oder am 26. Dezember, wenn ihr dann noch in Berlin seid."

„Am 26. geht es bei uns nicht, da kommen Antons Schwiegereltern, das Programm mit Kaffeetrinken liegt schon fest. Charlottes Eltern wohnen eigentlich auch in Stuttgart, fahren aber oft nach Berlin, weil Charlottes Bruder auch da wohnt. An Heiligabend sind sie dieses Jahr bei ihm. Aber wir könnten uns doch am 25. am Vormittag treffen, dann kämst du immer noch rechtzeitig zu eurem Opernereignis", schlug Luise vor.

„Ja, das müsste gehen", meinte Sabine.

Kurz hatte Luise überlegt, ob es nicht eine Gelegenheit wäre, Sabines Tochter Marion und ihre Familie kennenzulernen. Marion war von Sabine in alles eingeweiht worden, das wusste Luise. Sie würden sich dann bei Hänsel, Gretel und der bösen Hexe zum ersten Mal sehen. Sie behielt ihre Gedanken für sich, sie wollte sich erst mit Regina austauschen.

„Ich rufe Regina an und melde mich rasch wieder bei dir."

Regina hatte keine Lust, Sabines Angehörige kennenzulernen. Auch wenn Marion ja eine Nichte war, oder eine Halbnichte? Wie nennt man Töchter von Halbschwestern?

Aber warum nicht Brunch am ersten Weihnachtsfeiertag? Regina hatte wie gewohnt auch gleich einen Vorschlag, wo man sich treffen könnte: bei Dressler unter den Linden. Da sei zwar im Moment eine grässliche Baustelle ringsherum, aber innen im Lokal wäre davon sicher nichts zu spüren.

Sabine war einverstanden und Regina reservierte bei Dressler einen Tisch für drei Personen, um halb elf, 25. Dezember.

Der Frühstückstisch am nächsten Morgen war üppig gedeckt, aber Luise begnügte sich mit einer Tasse Kaffee und machte sich auf den Weg zur Straßenbahn. Sie fuhr zum Alexanderplatz, von dort musste sie in den Bus umsteigen. An der Haltestelle Friedrichstraße stieg sie aus und schlug sich in einer Wildnis von Bauzäunen und hinderlichen Absperrungen durch bis zum Dressler.

Luise war die erste, Regina kam ein paar Minuten später. Das Lokal war noch ziemlich leer, ihr reservierter Tisch stand in einer gemütlichen Ecke. Zehn Minuten später trat Sabine durch die Eingangstür. Der Kellner nahm ihr den grauen Kurzmantel ab und führte sie zum Tisch. Luise und Regina standen auf zur Begrüßung, ohne Umarmungen.

Sabine entschuldigte sich für die Verspätung, sie hatte auch in Pankow bei

Eriks Eltern übernachtet und hatte die infrage kommende S-Bahn nicht rechtzeitig erreicht.

„Was wollen wir denn essen, hier ist die Speisekarte!", sagte Luise.

Regina hatte bereits das Frühstücksangebot auf der Karte studiert und schlug vor: „Das klingt doch gut: Ein Glas Prosecco, Brötchen, Croissant, Butter, Marmelade, Rührei mit Kräutern und Lachs, Schinken mit Melone, Roastbeef und Käse!"

Was fehlte, war Kaffee, das war keiner enthalten. Sie bestellten dreimal das Luxusfrühstück und dazu noch drei Kännchen Kaffee.

Die Bedienung brachte einen Turm von übereinander angebrachten Platten, auf denen die Köstlichkeiten angerichtet waren. Sie begannen mit dem Rührei, weil es ja warm war, und arbeiteten sich über die einzelnen Etagen bis zum Käse nach oben. Die Gesprächsthemen berührten nur Oberflächen, Regina erzählte vom Gans-Weihnachten, Sabine von ihrer Enkelin Nicola und dem Käsefondue, das es abends gegeben hatte und Luise von der Schwierigkeit, den heutigen Schwesterntag plausibel vor den anderen zu begründen. Nur kurz erwähnte sie, dass sie seit Monaten in Briefen las, die nicht an sie geschrieben worden waren. Dass die Menschen aus diesen Briefen sich in ihren Alltag drängten, verschwieg sie.

Als die Pagode geleert war, lagen noch zwei Brötchen und ein Croissant im Korb. Sabine fragte, ob noch jemand hungrig sei, was nicht der Fall war.

„Seid ihr einverstanden, wenn ich die Brötchen und das Croissant einstecke? Dann habe ich morgen ein gutes Frühstück!"

„Klar, nimm alles mit."

Sabine öffnete ihre Tasche und packte auch noch zusätzlich die nicht geöffneten Marmeladengläschen ein.

„Habt ihr auch noch Lust auf ein weiteres Glas Prosecco?", fragte sie, als alles gut verstaut und ihre Tasche leicht ausgebeult verformt war.

Sie stießen mit dem zweiten Prosecco auf ihr Wiedersehen an. Auch wenn sie sich eigentlich nicht ausgetauscht hatten, war eine Art Normalität entstanden, das Unglaubliche war hinter der Wirklichkeit zurückgetreten. Diese Sabine, mit ihrer ganzen unscheinbaren Ausstrahlung, gehörte nun dazu. Zur Vergangenheit und zur Gegenwart.

Es war fast ein Uhr, als Sabine zum Aufbruch drängte. Sie wollte vor dem Opernbesuch noch nach Hause gehen. Regina verlangte nach der Rechnung.

„Sabine und Luise, ihr seid eingeladen!"

„Danke, das ist lieb von dir, aber ich übernehme gerne die Getränke", sagte Sabine und informierte den Kellner, als er die Rechnung brachte.

Sabine ließ sich ihren grauen schmucklosen Mantel bringen, Regina und Luise ihre schwarzen, nicht so schmucklosen Jacken.

Auf der Straße steckte sich Sabine rasch eine Zigarette an, über zwei Stunden ohne Zigarette hatte sie schon ausgehalten. Regina und Luise begleiteten sie noch zu ihrer Haltestelle.

„Bis zum nächsten Mal, mach's gut, alles Gute fürs kommende neue Jahr, bleib gesund", wünschten sie sich gegenseitig.

„Was machen wir beide jetzt?"

Da Regina nicht nur Medienwissenschaften, sondern auch Geschichte studiert hatte, kannte sie das nahe gelegene Deutsche Historische Museum. Sie musste Luise nicht lange überreden, ihr dorthin zu folgen.

Regina führte Luise durch die Säle mit den verschiedenen Epochen deutscher Geschichte. Während Regina voll Begeisterung über die ausgestellten Bilder kleine wissenschaftliche Vorträge hielt, ertappte sich Luise immer wieder beim Abschweifen ihrer Gedanken zu Sabine und dem Vormittag. Die Gegenwart war ihr doch noch wichtiger als der Alte Fritz, auch wenn Regina das anders zu sehen pflegte.

Als sie ihren Rundgang beendet hatten, setzten sie sich ein wenig erschöpft ins dazugehörige Café. Sie fanden Platz neben einer Säule, die ihre Zweisamkeit erfreulich von den vielen anderen Gästen abgrenzte.

„Sabine hatte eine neue Brille und war eigentlich ganz nett angezogen", meinte Luise.

Regina stimmte zu, wiederholte aber, dass ihr Sabine nach wie vor nichts bedeute.

Sie kann es einfach nicht zulassen, dachte Luise.

Kaffee, Sachertorte und Gespräche, die beiden Schwestern lösten sich von Sabine und landeten bei Bettina. Reginas Tochter führte einen Psychokrieg gegen ihre Mutter, indem sie Reginas Kontaktversuche einfach ignorierte und auch ihre vier Kinder nicht dazu anhielt, sich für Reginas zu jedem Geburtstag liebevoll ausgesuchte Glückwunschkarten mit beigelegten Euroscheinen zu bedanken.

„Deine Tochter redet sicher schlecht über dich", vermutete Luise.

Bettina antwortete auf keine E-Mail von Regina, telefonieren wollte sie mit ihrer Mutter auch nicht. Beim letzten Gespräch, das die beiden geführt hatten und das schon ein paar Jahre zurücklag, hatte Bettina auf Reginas Abschiedsworte: „Das könnten wir doch öfter machen", geantwortet:

„Das ist, glaube ich, keine gute Idee."

Luise empfahl Regina, sich ein paar Monate gar nicht bei Bettina zu melden.

„Wenn man von jemand nichts hört, denkt man vielleicht sogar öfter an ihn und fragt irgendwann nach", überlegte Luise.

„Warum fährst du nicht einfach hin zu ihr und bittest sie, über ihre Gefühle zu reden?"

„Ich habe schon einmal eine Aussprache versucht, als wir uns vor zwei Jahren in Berlin getroffen haben. Sie war dort auf einem Kongress und ich auf einem Historikertreffen. Aber ich habe mich dann geweigert, auf ihre Fragen einzugehen. Ich wollte nicht darüber sprechen, das begreift sie nicht."

Regina seufzte.

„Sie hat doch eine gute Kindheit haben können, auch ohne mich. Die zweite Frau ihres Vaters war doch Mutter genug."

Luise hatte zwar ein gewisses Verständnis für Bettinas Groll, aber nicht für die schroffe, unversöhnliche Ablehnung.

„Bettina müsste doch eigentlich wissen, dass Ehen und Familien nicht automatisch glücklich sind. Du und Herbert, ihre Eltern, haben sich getrennt, das ist aber kein Grund für ihr abweisendes Verhalten nach so vielen Jahren".

„Sie hat mich als ihre Mutter irgendwie gelöscht. Ich werde mich eine Weile nicht mehr bei ihr melden, wie du vorgeschlagen hast."

Es war Zeit zum Gehen.

Wieder bei Anton und Charlotte angelangt erzählten sie von ihrem Schwesterntag, vom Brunch und dem Museumsbesuch. Dass es drei Schwestern gewesen waren, davon wusste nur Bernhard.

Der Abend klang nach dem Essen mit Rotwein und Gesprächen ruhig aus, Regina fuhr wieder mit dem Taxi zum Hotel. Die Kaffeetafel am nächsten Tag mit Charlottes Eltern sorgte für einen fröhlichen Abschluss der weihnachtlichen Unternehmung. Emma war durch die Häufung von Omas und Opas etwas verwirrt, entdeckte aber bald, dass zwei Opas und zwei Omas vielfache Spielvarianten möglich machten.

Bernhard und Luise flogen am nächsten Morgen zurück nach Stuttgart, wo Hertas Briefe aufs Weiterlesen warteten.

Herta 1943

Georg hatte für Herta in Berlin auf ihren Wunsch neue Kniewärmer erstanden. Dafür hatte sie ihm zuvor ihre Kleiderkarte geschickt.

Freude konnte er damit unerwartet keine hervorrufen.

„Hamburg, 11. Februar 1943

Also die Kniewärmer! Sie sind unmöglich! Völlig untragbar!

Es sind Folterwerkzeuge, ich bin fast verrückt geworden, als ich damit herumging. Es ist einfach ein Skandal, dass so etwas angefertigt wird. Weißt Du, was neben der sogenannten Wolle mit verarbeitet wurde? Ganz gemeines Werg, das die

Tapezierer zum Möbelpolstern nehmen. Ich meine, man könnte ebenso gut Bürsten daraus machen. Auch wenn ich etwas darunter lege, einen abgeschnittenen Strumpf etwa, sticht es durch. Vielleicht können Leute mit jahrzehntelang wettergegerbter Haut so etwas tragen. Was soll nun damit geschehen? Wenn man jemand wüsste, der vielleicht ein Pferd hat! Die tragen doch manchmal so eine Art Gamaschen."

Georg ging in seiner Antwort nicht auf die leidige Kniewärmersache ein, sondern berichtete ausführlich von seinen jüngsten Dienstreisen, die ihn im Januar nach Rom und im Februar nach Pressburg geführt hatten.

„Berlin, den 1. März 1943

Liebste Mama!

In Rom war ich eine ganze Woche lang. Ich hätte durchaus Gelegenheit gehabt, allerhand zu sehen, was diese Stadt bietet. Doch hat mich mehr als Zeitmangel die Notwendigkeit gehindert, den größten Teil meiner dienstfreien Stunden der Jagd nach den erreichbaren zahlreichen Glücksgütern zu widmen, die wir alle nur noch vom Hörensagen kennen.

Es ist dort, allerdings gegen viel Geld, fast alles noch zu haben, was das Herz erfreut. Ebenso ist das Essen dort für unsere Begriffe noch phantastisch. Noch herrlicher war es in dieser materiellen Hinsicht in Pressburg. Die Slowakei stellt in jeder Beziehung eine Insel der Seeligen inmitten der wüstenhaften Einöde Europas dar. Herrliches Essen und an Gütern noch fast alles erhältlich und dies alles zu Preisen, die weit unter denen in Rom liegen und etwa das Doppelte von unseren betragen.

In beiden Städten und in ganz Europa nicht mehr zu bekommen sind Zucker, Kakao, Schokolade, Baumwollunterzeug, Datteln.

Für mich waren die beiden Reisen herrlich, in Bezug auf die Ausbeute auch weit ertragreicher als solche in Frankreich oder Belgien, da dort alles völlig ausgeraubt wurde und was es gibt, weit überteuert ist.

Schade, dass ich nicht über unbeschränkt mehr Geld verfügen konnte. Während heute alle Welt jammert, dass sie ihr Geld nicht los wird und nichts dafür kaufen kann, kam ich also im vierten Kriegsjahr in die Lage, inmitten riesiger Warenlager nicht kaufen zu können, weil mir das erforderliche Bargeld fehlte. Trotzdem bin ich zufrieden, dass ich den größten Teil meiner Wünsche erfüllen konnte. Magdalene hat nun wieder Strümpfe! Taschentücher, Hausschuhe für Regina und Schlangenlederschuhe für Magdalene, einen seidenen Schirm für mich, Handschuhe, einen Füllfederhalter und eine Einkaufstasche für Magdalene, das alles habe ich erworben.

Und trotz mancher mit Angstschweiß verbundenen Momente konnte ich alles heil über die Grenze bringen, woran reichliches Bakschisch an die diversen Schlafwagenschaffner zweifellos mitgeholfen hat.

Am Brenner hättest Du sehen sollen, wie sich die ausgehungerten Deutschen aus den Fenstern hängten und auf den Bahnsteig sprangen, sich dann auf die Apfelsinenwagen stürzten und auch die miserable italienische Kriegsschokolade kauften. Mit Chianti und anderem Wein haben sie sich ebenso eingedeckt, von dem sie während der ganzen weiteren Fahrt über Bologna, Florenz und Rom nicht mehr ließen.

Denk Dir, Dr. Hassel, der Mitarbeiter, den ich als Unterstützung für meine Arbeit in Brüssel endlich vom Reichswirtschaftsministerium bewilligt erhalten hatte, ist in Brüssel von hinten erschossen worden, als er abends von der Straßenbahnhaltestelle auf dem Weg zu seiner Wohnung war, einen Tag nachdem er von seinem Weihnachtsurlaub in Hamburg wieder nach Brüssel zurückgekehrt war.

Fünf Kinder! Eine Woche später wurde ein zweiter Angehöriger der Militärverwaltung auf die gleiche Weise ermordet.

Du siehst, nach der Verschlechterung der Verhältnisse in Belgien hat die Tätigkeit dort entschieden an Reiz verloren."

„Berlin, den 2. März 1943

Liebe Mama!

Schon wieder richte ich einen Brief an Dich. Ich will Dir alles über die letzte Nacht berichten, die für Berlin den bisher schrecklichsten Angriff brachte. Leider ist in unserer Nähe sehr viel passiert, als Schlimmstes eine Sprengbombe am Breitenbachplatz, wo fünf Luftschutzkeller verschüttet wurden. Jetzt stehen immer noch die Sanitätsautos dort, wie viele Tote es gab, weiß man natürlich noch nicht. Dazu hatten wir ringsherum neun große Brände, in unserem Block brannte in der Forststraße ein Vorbau gänzlich ab. Ich war zum Löschen eingeteilt und Magdalene hatte Brandwache auf dem Dachboden.

Wir hatten unwahrscheinliches Glück und sind verschont geblieben, sogar unsere Fenster sind nur wenig beschädigt. Das Dach ist allerdings fast abgedeckt, wie auch bei den übrigen Häusern ringsherum. Wir sind übrigens die Einzigen im Haus, die so wenig Bruch haben, in den unteren Etagen sind alle Fensterrahmen draußen. Im Hof klirrt es von Scherben, die zu Haufen geschippt werden, und ab und zu fallen einzelne Ziegel mit Getöse vom Dach. Es ist unheimlich.

Das arme kleine Reginakind war sehr aufgeregt, heute darf sie das Haus nicht verlassen, damit sie nicht unter diesen schlimmen Eindrücken leidet. So wie bei uns ist es in ganz Berlin, kein Stadtteil wurde verschont.

Wir wollen uns gegenseitig immer alles Gute wünschen, Dein Georg"

Herta hatte das Jahr bisher in banger Sorge verbracht, die Luftangriffe der Royal Air Force auf Hamburg erfolgten noch häufiger als im Jahr davor. Hartmut war immer noch nicht eingezogen worden, doch Ende Februar wurde ihm mitgeteilt, dass er sich zwei Tage später in Altona zum Abmarsch einzufinden habe. Mit unzähligen anderen Soldatenanwärtern wurde er in den Zug nach Itzehoe verladen und dort in der Kaserne untergebracht, bis sie auf den Weg nach Dänemark geschickt würden.

Bruno erhielt im Mai zwei Wochen Urlaub. Herta war glücklich, dass sie ihren Jüngsten wieder einmal bei sich hatte und ließ ihn nur ungern nach Dresden und nach Berlin weiterziehen, wo er seinen Vater und Georg, Magdalene und Regina besuchen wollte. Friedrich gab sich größte Mühe und war auch einverstanden, dass Bruno seine Karina nach Dresden kommen ließ und mit ihr zusammen weiter nach Berlin fuhr.

Wie schlimm es Gerda ergangen war auf einer Zugfahrt nach Leipzig, schrieb Herta Ende Mai nach Berlin:

„Gerda wollte mit dem Nachtzug von Altona nach Leipzig fahren. Sie kam im letzten Augenblick am Bahnhof an, als schon zum Einsteigen aufgerufen wurde. Sie rannte zum ersten Wagen, wo sie immer einzusteigen pflegte. Ein Aufsichtsbeamter hielt sie zurück, denn der Wagen sei ausschließlich für Wehrmachtsangehörige vorgesehen. Im letzten Augenblick rannte sie zu einem anderen Wagen und stieg in diesen ein. Als sie Ülzen passiert hatten, hörten sie ein plötzliches Knallen, das nach Auskunft der Schaffnerin von Knallerbsen herrührte, die zur Warnung vor angreifenden Fliegern auf die Schienen gelegt worden seien. Es war aber anders.

Beim nächsten Halt in Salzwedel wurden sieben Tote aus dem ersten Wagen auf den Bahnsteig gelegt, fünf mit Kopfschuss und zwei mit Bauchschuss, außerdem noch zwölf Verletzte, alles Urlauber von der Front. Aus einem Flugzeug war mit einem Maschinengewehr geschossen worden, es sollte wahrscheinlich die Lokomotive treffen, um den Zug zum Entgleisen zu bringen. Wenn Gerda nun in diesen Wagen hätte einsteigen dürfen!

In Leipzig hat sie sich dann den Wagen angesehen, außer kaputten Fensterscheiben konnte sie nichts weiter feststellen."

Herta wusste auch noch von einem anderen Zug, der sogar am Tag angegriffen worden war, auf der Fahrt nach Neumünster:

„Im Zug saß zufällig ein gefangener englischer Flieger, der zu den ihn bewachenden Flaksoldaten geäußert hat, die Engländer würden täglich mit tausend Flugzeugen einfallen. Solche Dinge, die ja oft vorkommen, werden natürlich nicht bekannt gegeben in dieser Zeit."

Für Herta zog eine neue Gefahr herauf. Sie sollte in ihrer Wohnung, in der sie nach amtlicher Feststellung allein lebte, da Hartmut nicht mehr dort gemeldet war, weitere Personen unterbringen, die ohne Obdach waren. Polizei und Parteiangehörige hatten die Wohnung besichtigt, doch Herta hatte geltend gemacht, dass ihr Sohn Konrad auch noch bei ihr wohne und doch ein Heim brauche, wenn er auf Fronturlaub käme. Noch bekam sie keine Einquartierung.

Alarme gab es immer häufiger auch am Tag in Hamburg. Georg war besorgt, als Herta fünf Wochen lang nicht mehr geschrieben hatte.

Er fragte nach, was los sei und lud sie ein, nach Berlin zu kommen für einen längeren Besuch im September. Vorher war ihr Kommen nicht möglich, weil Georg im Sommer mit Magdalene und Regina Ferien in Baabe auf der Insel Rügen geplant hatte.

Herta schrieb am 11. Juli zurück, dass sie in Dresden gewesen war. Sie hatte dort die Unterrichtsanstalt Jessel aufgesucht und mit dem Leiter, Dr. Grippain, besprochen, wie Bruno in seinem Institut das Abitur machen könnte. Sie hatte nämlich erfahren, dass die Wehrmacht dafür drei Monate Urlaub gäbe.

Das Vorhaben schien aussichtslos, da die verlangten Zeugnisse weder bei Herta in Hamburg noch bei Friedrich in Dresden auffindbar waren, der sich bisher erfolglos bei der Wirtschaftsoberschule um ein Duplikat bemüht hatte.

So hatte sie zum Schreiben vorher einfach keine Zeit gefunden.

„Wir haben so oft nachts Alarm, ohne dass ein Angriff erfolgt. Aber die Menschen werden in die Keller gejagt, oder sie bleiben in der Wohnung wach wie ich. Das ist ein denkbar ungemütlicher Zustand, da man ja nie weiß, was bevorsteht.

Von Hartmut erzählte mir Gerda, dass er schärfstens gedrillt würde, sie konnte ihn unweit der Grenze kurz besuchen. Von Urlaub ist vorläufig keine Rede. Er lernt das Morden aus dem Effeff an einer Stoffpuppe: Stich in die Hüfte, Stich in den Hals etc., und zwei Tage hintereinander mussten sie marschieren, bis Duppel und Sonderburg, mit wunden Füßen als Ergebnis. Wachdienst muss er vierundzwanzig Stunden hintereinander schieben, danach darf er in Intervallen vier Mal zwei Stunden schlafen."

In den Nächten vom 24. auf den 25., vom 26. auf den 27. und vom 28. auf den 29. Juli wurde Hamburg in eine Ruinenstadt verwandelt. Die britische Luftwaffe arbeitete mit flächendeckender Gründlichkeit ohne Gnade.

Gerda schickte am 27. Juli ein Telegramm an Georg mit dem Text: „Alles in Ordnung, Gerda."

Herta schilderte am 2. August, was geschehen war:

„Lieber Georg, liebe Magdalene!

Es liegen drei schwere Angriffe hinter uns, Hamburg ist zu drei Vierteln vom

Erdboden getilgt. Beim letzten Angriff war Winterhude dran. Krohnskamp 72 ist durch eine Fliegerbombe in sich zusammengestürzt, der übrige Krohnskamp und alle umliegenden Straßen waren ein unvorstellbares, nicht löschbares Flammenmeer. Durch dieses Sodom und Gomorrha bahnten wir uns den Weg in Richtung Hochallee. Gerda war bei mir, durch Zufall waren wir beide in den Bunker gegangen. Dieser erhielt zwei Volltreffer, bog sich – und hielt. Es war grauenhaft.

Wir hatten Verschiedenes in Koffern in den Keller gebracht, alles umsonst, es ist alles dahin. Der Trümmerhaufen schwelt noch. Als einziges besitze ich noch einen kleinen Handkoffer.

Und Bruno hat ja auch alles verloren.

Von Hartmut war auch noch viel bei mir, fast alle seine Wäsche, seine Anzüge, sein bester Wintermantel.

Hamburg hat seit dem 25. Juli kein Wasser, seit dem 26. auch kein Licht. Ich wohne bei Gerda in der Hochallee, die es bisher noch gibt.

Hartmut kam wie durch ein Wunder am 29. hier bei uns an, auf Dienstreise, zusammen mit einem Unteroffizier und mit zwei Maschinengewehren, die zur Reparatur gebracht werden sollten. Am 4. August fährt er wieder weg.

Ich schreibe auch sofort an Bruno und an die Einheit seiner Feldpostnummer und bitte um Urlaub für ihn. Er muss doch eine Aufstellung von allem Verlorenen abgeben.

Wenn wir Hamburg verlassen müssen, dann bleibt mir wohl nur noch Dresden und auch Bruno muss dorthin kommen, wenn er Urlaub erhält.

Hier ist große Hitze und der Wind schleudert alles Verbrannte und Staub herum. Man weiß nicht, wie lange die Nahrungsmittel noch reichen. Die Straßen sind völlig verstopft, viele, die noch nicht fliehen konnten, tun es jetzt. Alle fürchten, dass die Briten noch einmal kommen.

Es gab mindestens 50000 Tote und 800000 Obdachlose, heißt es.

Ich bemühe mich, mein Denken auszuschalten, noch kann mein Verstand das Ganze nicht fassen.

Sie werden bald Berlin zum Ziel nehmen. Es sind jetzt noch viel schlimmere Angriffe als bislang.

Habt Ihr einen Bunker in der Nähe? Keller sind zwecklos. Vielleicht die U-Bahn am Breitenbachplatz? Dort kann ja kein Haus einstürzen.

Die Anderen wollen jetzt Schluss machen, mit allen Mitteln.

Gerdas Eltern sind auch hier in der Hochallee, ihr Haus in der Andreastraße brennt auch.

Ein Bekannter von Hartmut, Herr Rasmussen, fährt morgen nach Berlin und nimmt diesen Brief mit, auch den an Bruno und seine Einheit. Von Hamburg gibt es mit der Post keine Möglichkeit, auch wegen der Zensur.

Vielleicht sehen wir uns doch irgendwann gesund wieder, wenn der Krieg zu Ende ist!

Hier fürchtet man sich vor neuen Angriffen, denn einiges steht noch."

Den Brief hatte Herta mit Bleistift geschrieben, ihren Füller gab es nicht mehr.

Hartmut übernahm es, seinen Vater in Dresden zu benachrichtigen. Er schrieb noch am gleichen Tag wie Herta, damit Rasmussen alle Briefe zustellen könnte. Seinen Brief an Friedrich würde der Bote nach Dresden weiterbefördern.

„Lieber Papa!

Zunächst die Mitteilung, dass wir alle leben und gesund sind. Im Übrigen sind auch wir von großem Unglück verfolgt worden. Mama hat alles verloren, desgleichen Konrad und ich selbst, da noch ein großer Teil meines Eigentums in der Wohnung Krohnskamp war. Auch Gerdas Eltern haben ihr Hab und Gut eingebüßt, ihr Haus ist ausgebrannt.

Es ist ein großer Zufall, dass ich einige Tage in Hamburg bin. Für eine Dienstreise wurde ich als Begleiter ausersehen. Ich kam hier am Freitag, am Tag nach der Unglücksnacht an. Unsere Wohnung in der Hochallee ist noch intakt, hier fand ich neben Gerda die schwer geprüfte Mama und die ebenfalls bedauernswerten Eltern Gerdas vor. Das Ausmaß der Katastrophe, die Hamburg getroffen hat, übersteigt jedes Vorstellungsvermögen.

Hamburg ist gewesen. Rund drei Viertel der Stadt sind völlig vernichtet durch die drei großen Angriffe seit dem 25. Juli, Angriffe von je einer Stunde Dauer. Schon auf meiner Herfahrt habe ich die schlimmsten Dinge gehört, sie aber nicht glauben können. Als ich dann die Zerstörung mit eigenen Augen sah, wurden meine ärgsten Befürchtungen weit übertroffen.

Der ganze große Wohnblock, zu dem auch Krohnskamp 72 gehörte, ist eine Ruine. Es ist ein riesiges Glück, dass Mama und Gerda mit dem Leben davongekommen sind.

Bisher ist Mama, wenn überhaupt, stets bei Alarm in den Keller ihres eigenen Hauses gegangen. Gerda war an dem betreffenden Abend, in der Nacht von Donnerstag auf Freitag, bei Mama zu Besuch. Nur durch ein Gespräch mit Bekannten ließen sie sich überzeugen, beim Ertönen der Sirenen nicht in den Keller zu gehen, sondern einen Bunker in der Nähe aufzusuchen. Frühmorgens um sechs Uhr konnten sie erst heraus und sahen um sich nur Flammen und Rauch. Und das eigene, zerstörte Heim. Nichts hat Mama behalten außer einem Koffer und der Kleidung, die sie am Leib trug. Unersetzliches ist verloren gegangen, denn Mama hatte aus besserer Zeit noch viel herübergerettet, vor allem Wäsche, Bücher, Bekleidung und viele andere Dinge. Auch alles, was sich von meinem Eigentum noch in der Wohnung befand, ist natürlich verloren, und Bruno besitzt nun gar nichts mehr.

Du kannst Dir denken, dass Mama völlig gebrochen ist, denn sie war mit ihren Sachen verwachsen wie kaum ein anderer Mensch. Es ist wirklich zum Heulen.

Mama hatte alles, was Ilse gehörte, aus Dresden mitgenommen, nun ist es verkohlt und verbrannt.

Es gibt keine Verkehrsmittel, weil die Straßen weitgehend verschüttet sind, die Schienen der Straßenbahn aufgerissen, die Oberleitungen zerstört und die Wagen verbrannt. Eisenbahnen fahren auch keine, da fast alle Bahnhöfe, außer dem Dammtorbahnhof, vernichtet sind. Ganze Stadtteile, vor allem die Arbeiterwohngegenden, sind buchstäblich wegradiert worden. Hammerbrook, Hamm, Horn, Rothenburgsort, Gebiete in der Ausdehnung wie halb Dresden, sind nichts als Ruinen, Kilometer über Kilometer, so weit das Auge reicht.

Auch Barmbeck, Altona, Eimsbüttel sind fast völlig zerstört und über Jahrzehnte nicht mehr bewohnbar.

Industriegebiete in Hamburg gibt es keine mehr. Die Elbbrücken sind zerbombt und Hamburg ist von der Außenwelt vollkommen abgeschnitten.

Die Innenstadt ist kaputt, nur die Häuser um die Binnenalster haben verhältnismäßig wenig gelitten.

Der Krieg ist ins eigene Land gekommen in einer Weise, gegen die in anderen Ländern entstandene Zerstörungen gering erscheinen, ausgenommen vielleicht Stalingrad.

Wir leben in unserer kleinen Wohnung mit fünf Personen in ganz primitiver Weise. Das Schlimmste ist der Wassermangel. Man muss Wasser holen an einer Stelle, die einen Kilometer weit entfernt ist. Kochen tun wir seit gestern auf einem behelfsmäßigen kleinen Ofen aus Ziegelsteinen, den mein Schwiegervater im Garten gebaut hat. Dort befindet sich auch die Latrine.

Abends sitzen wir bei Kerzen, denn ins Bett gehen kann man nicht, es können ja neue Angriffe kommen.

Gerda möchte trotz allem in Hamburg bleiben. Ich muss am Mittwoch wieder nach Dänemark zurück."

Als Nachsatz schrieb er, dick unterstrichen: „Für Georg und Konrad! Obiges ist nur für Konrad zur persönlichen Übergabe bestimmt! Nicht zum Weiterleiten an die Front. Bitte strengstens beachten!!!"

Die schreckliche Botschaft von der Heimsuchung Hamburgs war auch nach Rügen durchgedrungen. Georg hatte in Baabe zwar Gerdas Telegramm erhalten, das ihm von Berlin aus nachgeschickt worden war. Es sagte aber nur aus, dass sie die ersten beiden Angriffe überlebt hatten. Voll Unruhe brachen Georg und Magdalene mit Regina nach Berlin auf. Erika Schwalbing sollte versuchen, über das Luftfahrtministerium eine telefonische Verbindung nach Hamburg zu erreichen, doch es gelang nicht.

Georg wurde dann im Amt von Herrn Rasmussen, dem Hamburger Kurier, aufgesucht, der ihm Hertas und Hartmuts Briefe überbrachte und ihn aus seiner Ungewissheit erlöste.

Herta lebte, aber was sollte aus ihr werden? So schnell wie möglich sollte sie Hamburg verlassen, überlegte Georg. Ein dringliches Schreiben mit dieser Bitte schickte er durch Mittelsmänner nach Hamburg. Ein Freund von ihm arbeitete in der „Kanzlei des Führers". Der Freund sollte den Brief an die Berliner Vertretung von Hamburgs Reichsstatthalter Kaufmann leiten, und von dort sollte der Brief mit einem Boten zu Herta gebracht werden.

Goebbels hatte in einer Rundfunkansprache dazu aufgerufen, dass Berlin geräumt werden solle. Es wurden ähnliche Angriffe wie auf Hamburg befürchtet. Alle Mütter mit Kindern wurden zum Verlassen der Stadt aufgefordert, ganze Schulklassen wurden aus der Stadt in weit abgelegene Gegenden verfrachtet, wo sie in Heimen unterkommen sollten. Magdalene wollte Regina auf keinen Fall mit den anderen Kindern wegschicken lassen. Es musste eine andere Möglichkeit gefunden werden, wie Regina in Sicherheit gebracht werden konnte.

Herta erhielt Georgs auf verschlungenen Wegen gesandten Brief. Sie packte ihren kleinen Koffer, der ihr noch geblieben war und begab sich auf eine mühsame Reise in überfüllten Zügen und mit vielen Unterbrechungen erst nach Dresden, dann nach Großröhrsdorf. Dort hatte Georg für sie vorläufig eine Unterkunft in einer Pension ausfindig gemacht. In Hamburg bei Gerda hatte sie nicht bleiben wollen, wo doch auch noch Gerdas Eltern dort mit in der Wohnung lebten. Und Großröhrsdorf war ihr immer noch lieber als mit Friedrich zusammen unter einem Dach auskommen zu müssen.

Am 23. August 1943 wurde Berlin nach Hamburger Vorbild bombardiert. Die Wohnung in der Björnsonstraße war noch bewohnbar, aber wie lange noch? Regina musste weg aus dem gefährlichen Berlin.

Münichsthal, ein kleiner Ort im österreichischen Weinviertel, sollte Reginas Zufluchtsstätte werden, weit genug entfernt vom Bombenterror. Magdalene hatte von einem Kollegen Georgs erfahren, dass eine bäuerliche Familie dort gegen Bezahlung Kinder aufnahm und Regina dort für Mitte September angemeldet.

Die Zeit drängte, denn die Ostmark, Österreich, sollte als Aufnahmegau gesperrt werden.

Magdalene blieb die schwere Aufgabe, ihr Kind allein dorthin zu begleiten, denn Georg war in Kudowa im Herzsanatorium zur Kur, da seine Herzgeräusche nicht besser geworden waren und er stark an Gewicht verloren hatte. Durch die Kur mit Bädern in den kohlensauren Quellen und reichhaltiger Kost sollte er zu neuen Kräften kommen.

Regina war schrecklich unglücklich, dass sie von zu Hause weg sollte. Magdalene versuchte sie zu trösten, ihr leise schluchzendes Mädchen, dabei war ihr das Herz genauso betrübt. Aber sie hatten keine Wahl, das kleine Örtchen Münichsthal schien sicherer als das bedrohte Berlin.

Magdalene und Regina machten sich auf die lange und beschwerliche Zugreise. In Wien hatten sie viele Stunden Aufenthalt, bis sie endlich in einem überfüllten Autobus nach Münichsthal weiterfahren durften. Der Fahrer ließ sie freundlicherweise direkt beim Bauernhof der Pfeffermaiers aussteigen.

Magdalene blieb eine ganze Woche bei Regina und gewann während dieser Zeit einen guten Eindruck von der Familie Pfeffermaier. Regina wurde freundlich behandelt und verlor allmählich ihre Schüchternheit. Der Hof mit seinen Kühen, Schweinen und Hühnern lenkte Regina von ihrem Kummer etwas ab, und der Besuch der Schule, in der Kinder verschiedener Altersstufen im gleichen Raum unterrichtet wurden, bot erfreulich mehr Abwechslung als ihre Berliner Schule. Sie freundete sich allmählich mit ihrer neuen Umgebung an, und es gelang ihr auch zunehmend, die Sprache der anderen Kinder auf dem Hof nicht nur als Fremdsprache zu erleben. „Servus, Mutti", sagte sie beim Abschied.

Herta verfolgte Reginas Verschickung nach Österreich mit Anteilnahme und wunderte sich über Georgs Befürchtung, dass in der katholischen Gegend Regina durch den Religionsunterricht an der Schule Schaden nehmen könnte. Das Wichtigste war doch, dass Regina sicher vor Bomben war!

Sie selbst hatte es nicht lange in Großröhrsdorf ausgehalten. Fast alle Quartiere im Ort waren beschlagnahmt und von der Volkswohlfahrt mit Flüchtlingen belegt worden. In ihrer Pension erhielt sie kein Zimmer für sich allein, sondern musste mit einer weiteren Frau zusammen wohnen. Da kam ihr sogar Friedrichs Angebot wie eine Erlösung vor, als er ihr eine gemeinsame Reise in den Sudetengau nach Kratzau vorschlug. Im Gasthof „Letzter Pfennig" bezogen sie zwei Zimmer. So hatte Herta wenigstens eines für sich allein. Den erwarteten Komfort fanden sie jedoch nicht vor. Es gab kein Wasserklosett und nur kaltes Wasser zum Waschen.

Im Anschluss an diese Reise würde sie ihr restliches Gepäck in Großröhrsdorf abholen und zu Friedrich nach Dresden fahren, es gab wohl keine andere Möglichkeit, auch wenn ihr davor graute.

Regina in guter Hut wissend, reiste Magdalene von Münichsthal ab und fuhr nach Berlin. Georg hatte sich gewünscht, dass sie danach noch eine Weile zu ihm nach Kudowa kommen sollte, wenn seine Kur zu Ende war. Er freute sich auf ersehnte, entspannte Tage allein mit Magdalene, wo Regina doch versorgt war!

Dazu würde es nicht kommen.

Magdalene war erst ein paar Tage wieder in Berlin, als Frau Pfeffermaier bei Bodemers anrief und Magdalene zu sprechen verlangte. Frau Bodemer ging ein Stockwerk höher und holte die erschrockene Magdalene an den Apparat.

Sie erfuhr, dass Regina unter einer stark juckenden Hautentzündung litt, die fast den ganzen Körper bedeckte. Pfeffermaiers hatten sie ins Krankenhaus nach Mistelbach gebracht, weil sie auch noch gleichzeitig hohes Fieber hatte. Sie hatte eine schlimme Form der Krätze eingefangen. Vom Krankenhaus war sie nach zwei Tagen entlassen worden, das Fieber war zurückgegangen, aber die Hauterscheinungen bestanden nach wie vor. Regina sollte aus Münichsthal abgeholt werden, denn Pfeffermaiers wollten keine kranken Kinder beherbergen. Die anderen Kinder könnten ja angesteckt werden.

Magdalene musste die beschwerliche Reise nach Wien und Münichsthal erneut auf sich nehmen. Doch wohin mit Regina?

Magdalene fuhr mit ihr nach Stuttgart, zu ihren Eltern. Lydia sah sich den Ausschlag an und erinnerte sich, dass Gisela, Magdalenes jüngere Schwester, auch einmal eine ähnliche Erkrankung gehabt hatte. Lydia kaufte in der Apotheke zwei Kilo geschnittene Eichenrinde, damit hatte sie Gisela damals behandelt. Sie kochte daraus mehrmals einen konzentrierten Auszug, der in einen Zuber mit heißem Wasser geschüttet wurde. Regina wurde in die braune Brühe gesetzt, nachdem sie etwas abgekühlt war. Sie musste eine Viertelstunde darin sitzen bleiben. Die Behandlung wurde täglich wiederholt und nach zehn Bädern gingen Juckreiz und Entzündung sichtbar zurück.

Herta hätte es am liebsten gesehen, wenn Regina bei den Großeltern in Degerloch geblieben wäre, doch da auch Stuttgart kein sicherer Ort sein konnte, kehrten Magdalene und Regina erst einmal wieder nach Berlin zurück.

In Potsdam gab es ein Internat, Hermannswerder, hatte Georg herausgefunden. Regina, die gerade wieder glücklich mit ihren Eltern vereint war, durfte nicht bleiben.

Und Herta packte in Großröhrsdorf ihre Sachen und fuhr in die Stadt, in der sie nie wieder hatte leben wollen, zu dem Mann, mit dem zu leben ihr ein Albtraum war.

Sie schrieb im Oktober 1943 an Georg: „Nun bin ich wieder in der Wiener Straße. Das heißt für mich, nicht mehr denken, das heißt, die Umgebung nicht bemerken, das heißt, nicht an Ilses letzte Stunden zu denken. Der Mann ist unmöglich und genauso unmöglich für mich ist seine Polackenbehausung. In der Wohnung ist es kalt, der Vater heizt nur den Mittelraum, wenn er um halb sechs Uhr heimkommt. Hier ist es schrecklich. Friedrich ist genauso wie damals, als ich es 1935 nicht mehr aushielt. Ein schwarzer Vogel schlägt seine Krallen in mein Innerstes."

Am 11. November 1943 kam Regina im Internat in Hermannswerder an. Kurz darauf erfolgte ein schlimmer Luftangriff auf Potsdam, der auch das Internat beschädigte, und die völlig verstörte Regina musste wieder abgeholt werden. Es sollte jedoch nicht ihr letzter Aufenthalt in Hermannswerder gewesen sein.

Herta hatte es nicht ausgehalten in Dresden, sie war wieder nach Hamburg geflüchtet und trotz der beengten Verhältnisse erneut in der Hochallee eingezogen. Und Hartmuts Einheit war inzwischen nicht mehr in Dänemark, sondern in Griechenland eingesetzt.

Das Jahr 1944 stand vor der Tür.

An Heiligabend 1943 saßen Herta und Gerda in der Hochallee im Wohnzimmer um ein kleines Fichtenbäumchen herum. Von Bekannten hatten sie ein paar Kugeln und Kerzenhalter für die Zweige ausgeliehen, es war ja alles verbrannt, was sie an Baumschmuck besessen hatten. Gerdas Eltern waren zu Verwandten nach Gera gefahren.

Die Gedanken eilten zu Hartmut, Bruno und nach Berlin

Die Feldts in Berlin feierten zu dritt in ähnlicher Weise, das Bäumchen konnte aber noch mit Vorhandenem geschmückt werden. Die Weihnachtsstimmung war von Bombenangst überlagert. Berlin fürchtete sich vor dem Untergang. Auch am 24. Dezember fielen Bomben, aber gnädigerweise nicht in der Björnsonstraße. Regina war untröstlich, dass sie am Heiligen Abend in den Keller gejagt wurde, weil die Sirenen heulten. War denn das Leben nur noch Angst?

Das Internat in Hermannswerder konnte trotz Fliegerschadens weiter betrieben werden, und Regina war erneut dorthin gebracht worden. Zu Weihnachten durfte sie nach Hause, doch nach den Weihnachtsferien sollte sie wieder nach Postdam zurück, auch wenn sie das überhaupt nicht wollte. Sie hatte bisher noch keine Freundin gefunden und litt unter dem strengen Internatsdrill.

Von Hartmut erhielt Herta zu Neujahr Post aus Griechenland.

„Liebe Mama!

Zunächst einmal möchte ich Dir ein glückliches neues Jahr wünschen. Bleibe gesund und komme gut über die drohende turbulente Zeit hinweg. Ich glaube, das Jahr 1944 wird von einschneidender Bedeutung sein. Ich muss sehr oft an Euch alle denken, vor allem bin ich ständig in großer Sorge wegen der dauernden

Angriffe auf Berlin. Es sind ja seit Mitte Dezember bereits drei Großangriffe gewesen, und ich befürchte, dass Berlin bald annähernd so wie Hamburg aussieht. Hier kommen zahlreiche Telegramme an, besonders aus Berlin, die von neuen Totalgeschädigten berichten.

Schön, dass Du mich mit Zigarettenpapier und Streichhölzern als Handelsware versorgen willst. Ich hoffe, dass der Postverkehr einigermaßen mitmacht.

Der ganze Zwischen-, Schwarz- und Ramschhandel ist in der Hand der Griechen, in der Hauptsache der Elf- bis Achtzehnjährigen.

Wenn wir aus unserer Bergeinsamkeit (sieben Kilometer entfernt) nach Athen kommen, werden wir Soldaten von den Jungen angehauen: ‚alles kaufen, alles kaufen!' Und das geschieht dann auch, obwohl es strikt verboten ist. Gehandelt wird mit allem, was nicht niet- und nagelfest ist, und der Deutsche ist hier meist von vornherein in der schlechteren Position, da er den Markt nicht kennt und auch im Übrigen diesen geborenen Kaufleuten nicht gewachsen ist. Wenn Du hier beispielsweise Streichhölzer kaufen willst, zahlst Du 3000 Drachmen, willst Du sie aber verkaufen, erhältst Du nur 2000 Drachmen. Was Du mir nun geschickt hast, reicht nicht einmal aus für ein Kilo Rosinen, zumal die Preise hierfür wieder angezogen haben. Der heutige Preis ist ungefähr 26000 Drachmen, nächste Woche können es schon 30000 sein. Ich will jedoch versuchen, dennoch Rosinen für Dich irgendwie kaufen zu können. Schwierig ist hierbei auch die Frage der Verpackung, auch das ist rar. Es gibt zwar noch alles hier im Süden, aber zu horrenden Preisen.

Wie lange unser Aufenthalt dauern wird, ist ungewiss. Wir können täglich anderswohin verlegt werden, vielleicht auf eine Insel. Ich hoffe sehr, dass wir noch hier bleiben werden, denn die Unterkunft und die Verpflegung sind erträglich, und die Nähe der großen, für mich so begeisternden Stadt sehr angenehm.

Das Wetter ist jetzt sehr ungemütlich geworden. Es ist, besonders nachts, kühl, ja kalt, und in den letzten beiden Tagen waren die rings um Athen liegenden Berge mit einer dichten Schneedecke versehen. Es regnet jetzt auch ziemlich oft. Es sind aber nur wenige Wochen, in denen das Wetter hier so ‚unsüdlich' ist, heißt es.

Die Zeiten haben sich seit unserem letzten Zusammentreffen sehr verändert, auch wenn die Tendenz der Entwicklung schon damals klar erkennbar war. Es ist alles sehr traurig. Und das Ende dieses Weges, den zu gehen wir gezwungen wurden, ist weder absehbar noch vorstellbar. Ich habe nur den einen Wunsch: dass wir alle, die wir uns nahestehen, uns heil und gesund in eine bessere Zeit hinüberretten. Bis dahin heißt es eben ausharren und aushalten.

Mir geht es soweit gut, im Augenblick naht eine Erkältung, die ich mir in dem ungeheizten Loch geholt habe, wo ich gerade Telefondienst machen muss. Auch im Augenblick obliege ich dieser Aufgabe. Es ist jetzt halb zwei Uhr nachts.

Herzliche Grüße an Dich und alle anderen,

Dein Sohn Hartmut“

In Hamburg kam es immer häufiger auch tagsüber zu Luftangriffen, und auch in Berlin lebten die Menschen Tag und Nacht in ständiger Furcht vor der Vernichtung von oben.

Herta packte ihre Angst um Georg und seine Familie in einen langen Brief.

„Hamburg, 7. Januar 1944

Mein lieber Georg, meine liebe Magdalene!

Habt vielen Dank für Eure verschiedenen Schreiben und Lebenszeichen, ich bin ja immer in so großer Angst um Euch gewesen! Und wenn ich eine Nachricht erhielt, die mich hätte beruhigen können, so war sie ja gleich wieder überholt durch einen neuen Angriff. Über die Angriffe vom 24. und 29. Dezember und deren Überstehen erhielt ich Nachricht durch Papas Anruf vom 31. Dezember. So war mir wenigstens für den Silvesterabend die Sorge um Euch genommen.

Wenn doch nur der Schrecken für Berlin aufhören würde! Am 13. Dezember war hier ein beachtlicher Angriff mit ‚zugegebenen‘ 258 Toten laut Zeitung. Vor Gerdas Dienststelle klafft ein großer Sprengtrichter, sie war zum Glück in der Hochallee im Keller, da sie montags später zur Arbeit geht.

Habt Ihr denn Wasser, Gas, Strom? Hier gab es erst Mitte November wieder Wasser und Gas, Strom seit Ende August.

Wenn man doch ein Ende absehen könnte.

Wie sind die Läden hier voll! Beinahe alles hat sich ja hierher in diese Gegend geflüchtet. Das Einholen ist jedes Mal ein Unternehmen. Und auch sonst ist doch alles mühsam im fremden Haushalt, ich kann doch nicht, wie ich will. Die Küche ist viel zu oft besetzt von Frau Kühnert, sie hat außerdem eine der meinen völlig entgegengesetzte Art in Bezug auf Ordnung. Dass man sich abwechselt, ist Theorie, in der Praxis geht das gar nicht immer. In Gerdas Kriegshaushalt fehlt auch viel Notwendiges. Herr Kühnert ist auch nicht angenehm. Die Höflichkeit von früher ist verschwunden.

Wären sie doch nicht mit hierher gekommen. Ich fühle mich recht einsam hier, es ist doch eine gewisse Fremdheit zwischen Gerda und mir. Das ist sicher auch darauf zurückzuführen, dass sie ihre Mutter hier um sich hat, wobei die Anwesenheit ihrer Eltern und deren Art zu hausen auch für Gerda eine Last ist.

Aber ein Dach über dem Kopf und ein Bett zum Schlafen, das ist ja heute das Wichtigste.

Und wenn wir nur alle gesund bleiben dürfen, Ihr meine lieben Kinder, und auch ich, solange ich noch leben soll.

Du schreibst, lieber Junge, dass ich Euch bald wieder besuchen soll. Das ist doch aber ein Wagnis, wer weiß, ob die Bahnen wieder fahren.

Nun habt Ihr ja Regina doch wieder nach Hermannswerder geschickt! Vier Angriffe hat sie doch dort schon erleben müssen, das arme Kind! Hoffentlich kann sie sich gut von diesen Schrecken erholen.

Ich schlafe hier in Hartmuts Bett aus dem Krohnskamp, das er damals mitgenommen hatte, als er auszog. Vorher beherbergte dieses Bett Hartmut in der Voßstraße, dann unseren Christian, und ganz zu Anfang war es Ilses Bett, die darin auch ihre Blinddarmentzündung überstand. So liege ich wenigstens nicht in einem fremden Bett.

Auf Eisenschein bekam ich einen Topf genehmigt, Größe 16 cm Durchmesser. Es gibt aber keinen zu kaufen, ebenso wenig wie einen bewilligten Eimer.

Jetzt schließe ich, die Leute sind schon im Bett, Gerda wohl auch. Sie sagt nie ‚Gute Nacht', außer sie sieht mich gerade sitzen. Das war von Anfang an so. Sie könnte es mir doch, wenn ich in meinem Zimmer bin, auch zurufen. Das Benehmen ist heute gegen früher eben ein wenig verändert, ich muss mich an so vieles gewöhnen. Ich sage Euch das natürlich alles im Vertrauen und es bleibt unter uns! Seid herzlich gegrüßt von Eurer Mama"

„Hamburg, 8. Februar 1944

Meine lieben Kinder!

Ihr armen Guten, wie mag es Euch wohl zu Mute sein? Ich bin ja vergangen hier in Sorge um Euch! Nach dem Angriff vom 29. Januar hatte ich ja eine Eilkarte bekommen, dass Ihr am Leben seid. Wie furchtbar muss es für Euch im Keller gewesen sein!

Wenn ich es mir vorstelle, Euer Haus zwischen dem Fallen von zwei Luftminen, wie Magdalene mir auf ihrer Karte vom 1. Februar schrieb. Die Karte war in Potsdam abgestempelt, war Magdalene bei Regina in Hermannswerder gewesen?

Und in Eurer Wohnung ist also die Innenwand eingestürzt. Wo wohnt, wo schlaft Ihr? Wenn das Dach weg ist, könnt Ihr doch nicht in der Wohnung sein!

Wie hat denn Dein Herz, lieber guter Junge, diese fortgesetzten Schrecken überstanden? Bei den Angriffen auf Berlin hatten wir auch hier immer Alarm, und ich habe ein Stoßgebet nach dem anderen zum Himmel geschickt.

Ihr habt Gott sei Dank nur einen Schaden erlitten, der in absehbarer Zeit behoben werden kann und seid selbst gesund geblieben.

Und wenn Ihr an mich denkt, deren Schaden auf Erden nie mehr heilen kann, deren Schwingen gebrochen sind, die täglich um Kraft bitten muss, um das Leben, so lange es noch sein soll, überhaupt ertragen zu können. Wenn Ihr das alles bedenkt, dann soll Euch der Schlag, der Euch getroffen hat, überwindbar erscheinen.

Jetzt ist ja wohl auch Frankfurt durch drei Großangriffe so gut wie vernichtet. Und die Menschen mittendrin, ohnmächtig, als Opfer. Und so ist es auch an der Front, in Ost und West, in Nord und Süd. Was soll uns die Besetzung der griechischen Inseln nützen für den Ausgang dieses Krieges?

Nun sitzt unser Hartmut auf Milos. Von Piräus sind sie am 10. Januar abgefahren, am Tag vor dem Terrorangriff der Amerikaner auf diesen Hafen. Sie hatten alle Schwimmwesten an.

Ihr Minenlegerboot war begleitet von drei U-Boot-Zerstörern und drei Flugzeugen.

Die Insel ist nicht fruchtbar, es gibt kein Obst.

Von Gerda bekomme ich immer nur Bruchstücke von Hartmuts Briefen mitgeteilt. Ich will ihn bitten, dass er an mich direkt schreiben soll. Dass ich von seiner Frau enttäuscht bin, kann ich ihm ja nicht sagen. Wenn ich Euch einmal wieder besuchen komme, gibt es manches zu erzählen!

Denkt nur, Bruno hat mich in der Nacht vom 3. auf den 4. Februar um drei Uhr nachts angerufen. Kühnert war in seinem Zimmer, wo auch das Telefon steht, und er war sehr ärgerlich. Bruno wollte sich nach Euch erkundigen. Nun weiß er von Eurem Schaden, und dass Ihr lebt.

Papa schickte mir meinen Pelzmantel. Ich muss sehen, dass ich ihn gereinigt bekomme, man bekommt vom Anfassen schwarze, leicht glänzende Hände, als würde man in alten Zeitungen wühlen."

Georgs Antwort konnte sie keinesfalls beruhigen:

„Berlin, den 13. Februar 1944

Liebe Mama!

Wenigstens das Wichtigste will ich Euch schildern, was hier geschehen ist: Wir waren an jenem ‚Festtag des Reiches', am 30. Januar, bei Regina in Hermannswerder gewesen, hatten beim Mittagessen in Potsdam schon einen Tagesalarm und glaubten, dass wir nicht nochmals drankommen würden. Doch kaum waren wir zu Hause angelangt, als die Sirene losging. Der Angriff dauerte wie schon oft eine halbe Stunde und war der bisher schwerste in unserer Gegend. Alles, was unseren Keller je erbeben ließ, wurde weit übertroffen durch die Gewalt dieser Einschläge. Die erste Sprengbombe fiel in der Grillparzerstraße, dann kam der schlimmste Einschlag, direkt unserem Haus gegenüber, dann die dritte Bombe wieder in die Grillparzerstraße. Wir lagen somit gerade in der Mitte und wurden so zum Spielball der entfesselten Druckstürme.

Im Umkreis von 300 Metern befand sich kein Dachziegel mehr oben. Von den kleineren Häusern sind vier vollständig verschwunden, zu Haufen einzelner Ziegelsteine zerblasen.

Als entwarnt wurde, brannten in der Nähe mindesten vierzehn Großfeuer.

Wir bahnten uns den Weg über die Splitter von unserer Kellertür zur Haustür und zur Treppe nach oben, über die herausgerissenen Rahmen der Treppenhausfenster und Wohnungstüren. Oben angekommen, sahen wir die Bescherung in den eigenen vier Wänden: Der Wind pfiff von allen Seiten mit dicken Rauchwolken durch die Räume, kein einziges Fenster war noch drin, in allen Zimmern waren die Böden mit Splittern bis in die letzte Ecke bedeckt. Die Glassplitter steckten überall in den Möbeln, die Wand zwischen Esszimmer und Reginas Zimmer war längs geborsten, die Zimmerdecken in Küche, Esszimmer und Schlafzimmer ringsherum eingerissen, im Schlafzimmer so schlimm, dass die Decke ein großes Stück weit herunterhängt und bei der nächsten Erschütterung einstürzen kann.

Wo einst die Wand zwischen Ess- und Schlafzimmer gewesen war, konnte man hindurchsehen, die Wand lag zum Teil auf der Couch, die mit Trümmern übersät war, der größere Teil aber war, den Schrank umreißend, ins Schlafzimmer gefallen. Der Schrank selbst war mit seiner ganzen Schwere auf den Stuhl und mein Bett gestürzt, aufgeplatzt, und sein Inhalt hatte sich mit dem Haufen von Glas und Mauerresten zu einer zunächst unauflösbaren Einheit verbunden.

So sah es überall in den Wohnungen unseres Hauses aus, doch unter uns noch viel schlimmer. Dort waren fast überall die Tür- und Fensterrahmen herausgedrückt, weil die Druckwelle durch die Lücke zwischen den beiden kleinen Häusern uns gegenüber sich ungehindert hatte ausbreiten können. Hätte dort auch ein Gebäude gestanden, so wäre der Druck nach oben abgelenkt worden und hätte sich hauptsächlich bei uns im Dachgeschoss ausgewirkt.

Also immer noch viel Glück, nachdem uns auch ein Brand erspart geblieben ist, was ja das Schlimmste ist, das einen treffen kann.

So sind wir doch, wenn man die Beschädigungen und Narben an den Möbeln nicht rechnet, fast ohne Schaden an unserem Hab und Gut davongekommen, bis jetzt. Auf wie lange, kann keiner sagen.

Denn das ist sicher, und damit rechnen wir alle, dass es noch lange kein Ende haben wird mit diesen Angriffen.

Ein Glück, dass es die ersten zwei Tage, die wir mit dem Aufräumen der gröbsten Trümmer beschäftigt waren, nicht geregnet hat. Mit dem abgedeckten Dach hätten wir noch dazu einen Wasserschaden erlitten. Das Wohnzimmer und das Schlafzimmer haben wir einen Stock tiefer geräumt, bis das Dach wieder einigermaßen abgedichtet war.

Dazu sammelte ich auf dem Dachboden alle noch nicht zerbrochenen Dachziegel ein, auch bei den Nebenhäusern. So konnte ich etwa 1500 zusammentragen. Damit deckte ich fast die ganze über unserer Wohnung befindliche Dachfläche. Als es dann am dritten Tag zu regnen begann, drang Wasser nur an zwei Stellen in die Wohnung ein.

Der Zustand der Wohnung ist notdürftig und kann beim nächsten Angriff auf das Schwerste verschlimmert werden. Unsere militärische Führung hat in den Anlagen am Erlenbusch und am Breitenbachplatz schwere Flakgeschütze aufgestellt, überdies haben wir in Dahlem das Luftgaukommando, es gibt also genügend Ziele in unserer Umgebung.

Wir haben uns daher entschlossen, für Magdalene und Regina anderwärts ein Unterkommen zu suchen. Dresden scheidet aus, da es genauso drankommen wird, und Stuttgart wurde auch schon mehrfach schwer getroffen.

Orte auf dem Land in Württemberg möchten wir nur als letzte Zuflucht in Aussicht nehmen. Verkehrsmäßig abgeschnitten wäre es Magdalene nur unter großen Schwierigkeiten möglich, mich hin und wieder zu besuchen.

So kam für uns als Lösung bis zum Ende des Krieges eine Möglichkeit in Betracht, die sich durch meinen Freund Karl Henzler ergeben hat. Er ist Stadtrat in Bad Kreuznach und kann uns vielleicht dort in einer Villa im Kurviertel zwei schöne Leerzimmer besorgen.

Wir könnten dann verschont davor bleiben, in eines der Aufnahmegaue wie Warthegau oder Ostpreußen evakuiert zu werden, die für die Berliner Bevölkerung vorgesehen sind. Und bisher ist in Kreuznach noch keine Bombe gefallen.

Wenn sich die Lage dort bedrohlicher entwickeln sollte, könnten Magdalene und Regina immer noch nach Stuttgart gehen und von dort aus ins schwäbische Hinterland.

Regina müsste natürlich wieder in eine neue Schule gehen. Doch muss dies in Kauf genommen werden.

Wir hoffen sehr, dass es uns gelingt, trotz der Transportsperre eine Genehmigung für den schon bestellten Möbelwagen zu bekommen, der einen großen Teil unserer Habe in Sicherheit bringen soll.

Ich bleibe dann als Terror-Witwer in Berlin, ganz auf mich gestellt."

„22. März 1944

Liebe Mama!

Regina haben wir vorgestern aus Hermannswerder abgeholt, zwei Wochen vor Beginn der Osterferien. Sie ist gestern mit Magdalene nach Bad Kreuznach gefahren.

Wir sind in großer Sorge um Bruno, nachdem Winniza in der Ukraine aufgegeben wurde. Die Russen sind nun auch in Polen und Rumänien! Wer das vor einem Jahr gesagt hätte, vor acht Monaten noch, wäre glatt ins KZ gekommen!

Unser Möbelwagen ist übrigens gut in Kreuznach angekommen. Die Genehmigung zu erhalten war für mich ein Passionsweg."

Am 14. April 1944 schrieb Hartmut aus Milos, Griechenland.

„Liebe Mama!

Mit Urlaub von hier habe ich vorläufig nicht zu rechnen, und das ist fast gut so. Die Fahrt ins Reich von unserem Eiland ist eine höchst unsichere Sache bei der sich ständig verschärfenden Kriegslage. Und wenn man glücklich zu Hause ist, kann es einem blühen, dass man nach dem Urlaubsende irgendwo anders hingesetzt wird.

Mir geht es gut. Wir haben schönsten Frühling und tagsüber sommerliche Temperaturen. Die Feigenbäume haben ihr Blätterkleid angelegt und das Getreide steht schon so hoch, dass nächsten Monat geerntet werden kann.

Marine und Luftwaffe, die schon länger hier sind, tragen bereits Tropenkleidung. Für uns im Heer sind nicht genügend Jacken vorhanden, und Tropenausrüstung ist nur für ein Fünftel von uns bestellt. Es scheint eben nichts mehr zu geben, daher konnte die Bestellung nicht größer ausfallen. Genügend vorhanden ist dagegen Atebrin gegen Malaria. Jeden Abend muss man sich eine Tablette zu Gemüte führen.

Ich habe erfahren, dass nun auch in Frankfurt unendlich viel zerstört ist, der Römer und das Goethehaus. Das hat mich sehr erschüttert. Deutschland wird allmählich ein Ruinenfeld, und ein künftiger Baedeker-Reiseführer braucht nur noch die Hälfte des bisherigen Umfangs zu haben.

Nach langem Bemühen habe ich wieder einige Rosinen ergattern können und habe Dir ein Pfund davon geschickt. Sie kosten jetzt das Kilo 160000 Drachmen, gegenüber 75000 im Dezember. An Löhnung erhalten wir 135000 Drachmen in zehn Tagen. So ist das.

Auf der Insel gibt es gar keine Rosinen, ich habe sie aus Athen mitbringen lassen. Hoffentlich kommen sie gut bei Dir an.

Es grüßt Dich Dein Hartmut"

Das konfliktreiche Zusammenleben in Hamburg entfachte in Herta, wie von ihr gewohnt, den Wunsch nach Flucht.

„Hamburg, 4. Mai 1944

Lieber Georg!

Die Kühnerts sollen jetzt eine Wohnung bekommen, es war jemand vom Amt da. Aber das interessiert mich jetzt nicht mehr. Jetzt will ich Hamburg verlassen. Wie hat mich der Aufenthalt hier enttäuscht, so schutzlos fühle ich mich, von Teilnahmslosigkeit, Interesselosigkeit und Übelwollen umgeben. Nun will ich diese Etappe meines Lebens abschließen.

Hoffentlich wird aus meinem Unterkommen in Schwerin etwas.

Seid tausendmal gegrüßt von Eurer Mama."

In Schwerin lebte Hertas Schulfreundin Gertrud, deren Mann im Februar 1944 gestorben war.

Gertrud hatte Herta eingeladen, doch zu ihr nach Schwerin zu ziehen, das noch nicht spürbar vom Krieg beeinträchtigt war. Herta nahm dieses Angebot gerne an, bot sich doch so für sie die Möglichkeit, den zunehmenden Streitigkeiten in der Hochallee zu entkommen.

Ihr Koffer war fertig gepackt, als sie die Nachricht erhielt, dass Gertrud schwer erkrankt sei und sie daher nicht bei sich aufnehmen könne.

Da Herta sich in Hamburg bereits unkittbar mit Gerda und ihren Eltern zerstritten hatte, blieb ihr nichts anderes übrig, als zu Friedrich nach Dresden zurückzukehren, nicht reumütig, aber alternativlos.

Magdalene war mit Regina in Bad Kreuznach vorläufig bei den Henzlers eingezogen. Die vorgesehenen Leerzimmer in der Kreuznacher Villa waren immer noch nicht beziehbar, und der Möbelwagen stand unausgeladen auf der Straße vor Henzlers Grundstück.

Regina ging in Kreuznach zur Schule, und die drei Kinder der Familie waren ihr angenehme Spielkameraden. Besonders mit Alberta, die auch wie sie selbst neun Jahre alt war, verstand sie sich gut.

Herta nahm Anteil an Madalenes und Reginas Los, soweit sie dazu in der Lage war. Briefe zu schreiben fiel ihr immer schwerer, die Gegenwart Friedrichs und die Ausweglosigkeit der Verhältnisse in Dresden verstärkten ihre Trostlosigkeit.

In Kreuznach hing der Haussegen schief. Frau Henzler hatte Magdalene eingeweiht, dass ihr Mann sie betrüge. Seit er Stadtrat geworden war, pflegte er abends sehr spät nach Hause zu kommen, manchmal musste er wegen langer Beratungen sogar über Nacht bleiben. Angeblich fänden die Besprechungen dann im Hotel Quellenhof statt.

Sie hatte aber herausgefunden, dass er keineswegs stundenlange nächtliche Aufgaben als Stadtrat zu meistern hatte, sondern sich die Zeit mit einer Stenotypistin der Stadtverwaltung vertrieb. Magdalene litt unter der gedrückten Stimmung im Haus, auch Regina verstand nicht, warum Frau Henzler, die sie Tante Mechthild nennen durfte, oft barsch und unfreundlich zu ihr war. Karl Henzler entschied sich eines Tages für seine Geliebte und zog zu ihr, seine Frau in Verzweiflung und Gram zurücklassend und Magdalene und Regina mittendrin.

Die erhoffte Wohnmöglichkeit in der Kurpark-Villa verzögerte sich weiterhin. Magdalene wurde sich bewusst, dass es sinnlos war, noch länger zu warten, es tat sich nichts, man vertröstete sie nur.

Sie würde Verbindung aufnehmen zu ihrem Onkel Johann Berger, einem Bruder ihres Vaters. Die Bergers stammten aus Mainhardt in der Nähe von Schwäbisch Hall, dort wohnte Johann mit seiner Familie im Bergerschen Elternhaus. In dieser Gegend hatte es bisher noch keine Luftangriffe gegeben.

Onkel Johann und Tante Berta waren Magdalene nicht sehr vertraut, nicht einmal zu ihrer Hochzeit hatte sie die beiden eingeladen. Lydia, ihre Mutter, und Berta pflegten seit jeher eine gegenseitige Abneigung, und Wilhelm mochte seine Schwägerin auch nicht besonders.

So fiel es Magdalene nicht leicht, mit ihrem Anliegen an die Verwandtschaft heranzutreten. Sie schilderte in einem langen Brief die aussichtslose Lage in Berlin, die Sorge um Regina und den dringenden Wunsch, für das Kind einen Ort zu finden, an dem es geborgen das Kriegsende abwarten könnte. Der Krieg musste doch bald zu Ende sein, es war ja schon fast alles kaputt. Bangen Herzens wartete sie auf Antwort.

Wider Erwarten war Berta hilfsbereit einverstanden und Johann mit den Entscheidungen seiner Frau. Regina und die Enkeltochter Christel waren gleich alt und würden dann zusammen in eine Klasse gehen. Regina könnte allerdings erst im Herbst kommen, den Sommer über ließe ihnen die Landwirtschaft keinen Raum für Besuch.

Magdalene hatte mutig nachgefragt, ob sie ihre Berliner Möbel in Mainhardt unterstellen dürfte. Auch das sagte Berta zu, es gäbe dafür Raum in einer Scheune.

Georg hatten die Wochen in Berlin mit ständigen Alarmen, der beschädigten Wohnung und der unbefriedigenden Tätigkeit in seinem Amt gesundheitlich zugesetzt, daher war ihm eine Kur in einem Sanatorium in Liebenstein in Thüringen zugestanden worden. Davor besuchte er im August Magdalene und Regina in Kreuznach. Drei Tage blieb er dort und wohnte mit Magdalene im Hotel Quellenhof, Regina blieb bei Tante Mechthild.

Als Georg nach Liebenstein abgereist war, bemühte sich Magdalene erfolgreich bei der Möbelspedition um den Transport ihres Inventars nach Mainhardt. Der Möbelwagen ging auf eine gefahrvolle Reise und traf glücklicherweise heil in Mainhardt ein, wo die Bergers seinen Inhalt in der besagten Scheune aufstellen ließen.

Herta hatte sich überraschend auch für einen kurzen Besuch in Kreuznach eingefunden, auch sie kam bei Mechthild Henzler unter. Mechthild war inzwischen sogar froh, dass sie in ihrem Unglück Gesellschaft hatte und nicht allein war.

Regina konnte nicht ahnen, dass sie ihre weiße Oma zum letzten Mal gesehen hatte.

Stuttgart war inzwischen so gründlich bombardiert worden, dass Lydia und Wilhelm ihr Haus im Kanonenweg nur noch als zusammengesunkene Ruine liegen sahen. Von der „Kunsthandlung Berger, Bilder und Einrahmungen aller Art", war nichts mehr übrig. Das Wohnhaus in Degerloch war ebenfalls stark beschädigt. In Furcht um ihr Leben packten sie die wichtigsten Dinge, die ihnen geblieben waren, in Koffer und Kisten, die sie mit der Post nach Mainhardt schickten und die dort tatsächlich auch ankamen. Sie selbst setzten sich in den Zug und fuhren ebenfalls dorthin. Berta Berger musste sie wohl oder übel, eher übel, aufnehmen.

Magdalene und Regina reisten im September 1944 von Kreuznach ab, mit Mainhardt als Ziel. Die Fahrt ging über Stuttgart.

Magdalene sah die Zerstörung um den Hauptbahnhof herum mit Erschrecken und Trauer, bevor sie nach Schwäbisch Hall weiterfuhren und am frühen Abend in Mainhardt eintrafen.

Die Freude über das Wiedersehen mit ihren Eltern, das Glück, sie lebend anzutreffen, entschädigte Magdalene für die Strapazen der Reise. Und das reichliche Essen, das Berta auf den Tisch stellte! Kartoffeln mit Sauerkraut und Wellfleisch gab es. Regina wagte zu sagen, dass sie das fette Fleisch nicht mochte, was sie für alle Zeit bei Berta in Ungnade fallen ließ. In Christel hatte sie aber sofort eine gute Freundin gefunden, denn Christel hasste Wellfleisch gleichermaßen.

Magdalene blieb nur bis Mitte Oktober in Mainhardt.

Es war zu einer Auseinandersetzung mit Berta gekommen. Sie hatte Magdalene unmissverständlich erklärt, dass Regina zwar gerne bleiben dürfe, aber für sie, Magdalene, kein Platz mehr sei. Denn fünf weitere ausgebombte Verwandte von Berta waren in Mainhardt eingetroffen.

Die Wohnung in der Björnsonstraße hatte Georg mit Hilfe von Handwerkern und den übrigen Hausbewohnern notdürftig instand gesetzt. Seinen Resturlaub nach der Kur in Liebenstein hatte er dafür gut brauchen können.

„Das geht nicht, dass Regina bei diesen Leuten bleibt, wir wollen sie lieber wieder zu uns holen", beschwor er Magdalene. „Es findet sich bestimmt noch eine bessere Möglichkeit, wo sie unterkommen kann, auch näher bei uns, Mainhardt ist doch auch so sehr weit weg von Berlin."

Er fand sich in seiner Überzeugung bestätigt, dass Magdalenes schwäbische Verwandten grobschlächtige, ungehobelte Menschen seien.

Magdalene machte sich am 30. Oktober 1944 wieder auf die Reise nach Mainhardt. Sie wurde von Berta gnädig noch zwei Wochen geduldet, bis die Herbstferien begannen, und traf Ende November mit Regina in Berlin ein.

Und für Regina war schon ein neuer Zufluchtsort in Aussicht.

In Kreuznach fielen im Dezember 1944 die Bomben der Amerikaner, das Haus von Henzlers wurde stark beschädigt, ebenso die Villa mit ihren nicht zur Verfügung gestandenen Leerzimmern.

Das Kriegsende naht

Die vorläufig letzte Station in Reginas Wanderleben bildete im Januar 1945 ein großes Landgut bei Calau in der Niederlausitz, etwa 100 Kilometer von Berlin entfernt.

Dort, auf dem Gut Mallenchen im Spreewald, war eine ganze Reihe von Berliner Kindern untergekommen, das hatte Georg im Herbst 1944 von einem Kollegen im Amt erfahren. Ein Telefongespräch mit der Gutsherrin ergab, dass auch Regina dort willkommen sei. Magdalene war sofort nach Mallenchen aufgebrochen. Nach der Begegnung mit der freundlichen Gutsfrau war Magdalene beruhigt und überzeugt, dass Regina dort gut aufgehoben sein müsste.

Im Dorf, das ebenfalls zum Gut gehörte, gab es sogar eine kleine Schule. Kinder aller Altersstufen wurden dort in einem gemeinsamen Klassenraum unterrichtet, ähnlich der Zwergschule, die Regina in Münichsthal besucht hatte.

Noch vor dem Wintereinbruch wurde Regina Ende November nach Mallenchen gebracht.

Es war fast immer allein Magdalenes Aufgabe, Regina zu begleiten, aber nach Mallenchen fuhr auch Georg mit, er hatte in seiner Dienststelle einen Urlaubstag nehmen können.

In Calau wurden sie von der Freifrau persönlich abgeholt. Eine Kutsche mit zwei Pferden wartete bereits am Bahnhof auf den Zug.

„Du bist also Regina, herzlich willkommen, es wird dir bestimmt bei uns gut gefallen."

Regina nahm gegenüber ihrer neuen Ersatzmutter schüchtern in der Kutsche Platz, neben ihr saß Georg und neben der Freifrau Magdalene. Langsam setzte sich das Gefährt in Bewegung, der Kutscher gab den Pferden seine Kommandos. Regina fühlte sich fast wie eine Prinzessin im Märchen, die fuhren doch auch immer in Kutschen. Aber sie war eine traurige Prinzessin, weil sie sich von ihren Eltern ausgesetzt fühlte.

Als sie die Gutsgrenze erreichten, holte die Freifrau kurz aus und versetzte Regina mit der Hand einen sanften Klaps auf die Schulter. „Das ist der Ritterschlag! Den erhalten alle, die auf Gut Mallenchen kommen!“

Regina war kurz erschrocken, empfand dann aber den leichten Hieb als Ehre und sah keinen Grund, sich bedroht zu fühlen. War sie jetzt ein Ritterfräulein? Trotzdem wäre sie lieber ganz einfach Regina geblieben, daheim bei ihren Eltern.

Im Gutshaus wurden sie von einer dunkel gekleideten Frau mit weißer Spitzenschürze empfangen. Sie nahm Georg das kleine Köfferchen ab und führte Regina und Magdalene ins vorgesehene Zimmer, in dem noch drei andere Betten standen. Georg regelte in der Zwischenzeit die finanziellen Dinge, schließlich wohnte Regina in ihrer neuen Bleibe nicht umsonst.

„Mutti, warum darf ich nicht bei dir und Papa bleiben, warum muss ich wieder zu fremden Leuten, ich will da nicht hin!“

„Regina, das geht gerade nicht, weil doch Krieg ist. Papa und ich können in Berlin nicht so gut für dich sorgen, du bekommst auch sicher gleich eine Freundin, die Tochter von der Freifrau ist nur ein Jahr älter als du. Und bestimmt gibt es dort auch besseres Essen für dich. Ich besuche dich bald, vielleicht kommt auch Papa mit.“

Magdalene hatte gelernt, wie sie mit ihrem Schmerz umgehen und ihn verbergen konnte. Sie hatte die Eintrittspforte für Gefühle verstopft und beugte sich den Sachzwängen, die nicht zu ändern waren. Sich von ihrem Kind zu trennen hatte sie schon zu oft durchlebt, einen Platz für Regina zu suchen war fast Routine geworden, und das Gelingen einer solchen Aktion stand im Vordergrund aller Überlegungen.

Wie oft schon hatte sie auch Georg zum Bahnhof begleitet, wenn er nach Brüssel fuhr oder auf eine andere gefahrvolle Reise aufbrach. Und immer hatte sie die drohende Endgültigkeit wahrgenommen, wenn sich der Zug in Bewegung setzte. Was half alles Klagen? Nichts. Sie liebte ihr Kind, aber sie konnte es ihm nicht zeigen, weil sie sich und ihm den Abschied nicht erschweren wollte.

Regina litt unter den Trennungen von zu Hause, weinte sich auf Gut Mallenchen oft in den Schlaf. Das bunte Leben mit den anderen Kindern, mit Kühen, Pferden, Hühnern, Hunden und Katzen verringerte ihr Heimweh nur wenig.

„Wir wollen abends vor dem Einschlafen aneinander denken und für uns beten“, hatte Magdalene ihr zum Abschied gesagt.

Und: „Regina, das ist sicher nur eine kurze Zeit, dass du nicht bei uns sein wirst, der Krieg wird bestimmt bald zu Ende gehen!“

Regina betete jeden Abend und auch immer wieder am Tag, doch sie durfte nicht nach Hause und der Krieg ging weiter.

Die Mahlzeiten wurden auf Mallenchen im Speisezimmer serviert. Um den langen Tisch herum saßen die drei Kinder der Freifrau, Helene, Gustav und Konstantin, sie selbst, die einquartierten Gastkinder und die Haushälterin mit der Spitzenschürze. Es waren nur Mädchen, die auf Mallenchen Zuflucht gefunden hatten.

Das Essen schmeckte Regina gut, es gab oft Kohlgemüse, Kartoffeln und auch Fleisch aus der gutseigenen Schlachtung, doch wurde alles in großer Eile gegessen. Regina konnte nicht mithalten, saß noch vor dem halb vollen Teller, wenn alle anderen schon fertig waren. Das war offenbar nicht zu dulden auf Mallenchen, die Freifrau griff dann zu einem kleinen Stöckchen, das sie mit einem leichten Schlag auf Reginas Handrücken führte. Regina fand sich unverstanden und bloßgestellt und brach in Tränen aus.

Fortan übte sie sich jedoch mehr oder weniger erfolgreich im Schnellessen, damit das Stöckchen nicht in Funktion kommen musste.

In Berlin wälzte sich ein nicht enden wollender Strom von Flüchtlingen durch die Stadt. Verkehrsmittel gab es fast keine mehr, die U-Bahn fuhr, wenn überhaupt, völlig unregelmäßig, Omnibus- und Straßenbahnlinien waren stillgelegt. Der Treck der Flüchtlinge zog zu Fuß über die Landstraßen, Erfrorene blieben an den Wegrändern zurück.

Die Russen standen inzwischen an der Grenze Brandenburgs, 150 km vor Calau. Besorgt und beunruhigt hatte Georg ein Ferngespräch mit der Freifrau führen können, die ihm mitteilen musste, dass viele Flüchtlinge in die verschiedenen Gebäude von Mallenchen eingewiesen worden waren und weitere dort zu erwarten seien.

Georg und Magdalene waren sich einig: Regina musste sofort zurückgeholt werden. Georg fürchtete nicht nur die Unmengen nahender Flüchtlinge, sondern auch die polnischen Landarbeiter, die auf dem Gut arbeiteten und die russische Invasion begrüßen würden. Den Deutschen dort könnte Rache drohen.

Nach nicht einmal drei Wochen schien das bedrohte Berlin noch besser zu sein als der nicht mehr so friedliche Ort in der Niederlausitz.

Wenige Tage nach dem aufregenden Telefongespräch mit der Freifrau konnte Magdalene frühmorgens einen Zug nach Cottbus ergattern, dort musste sie umsteigen nach Calau, war voller Glück, dass überhaupt ein Zug fuhr. Von Calau aus hatte sie noch beinahe zehn Kilometer nach Mallenchen zurückzulegen. Im Zugabteil hatte sie eine Frau getroffen, deren Tochter auch in Mallenchen untergebracht war. Sie wagten den Fußmarsch zum Gut und erreichten dieses nach fast vierstündigem Marsch durch Schnee und Matsch.

Regina und Agnes, die Tochter der Mitreisenden, waren schon reisefertig. Sie verabschiedeten sich mit großem Dank von der Gutsherrin, und Regina besonders herzlich von Helene, mit der sie sich angefreundet hatte.

Zurück nach Calau mussten sie nicht mehr laufen, der alte Kutscher hob sie in seinen Zweispänner und fuhr sie zum Bahnhof. Im Gegensatz zum Hausherrn, der an der Front im Einsatz war, hatte ihn das Alter vor dem Kriegsdienst bewahrt. Mallenchen wurde einige Tage später von russischen Soldaten besetzt. Regina war gerade noch rechtzeitig abgeholt worden.

Daheim konnte sie wieder langsam essen, ohne das erziehende Stöckchen. Sie isst bis heute langsamer als alle anderen.

Noch wusste Regina nicht, dass sie nur noch wenige Wochen in Berlin bleiben würde. Im Februar 1945 stieg sie mit ihren Eltern in den vorletzten Zug, der aus der Hauptstadt herausfuhr, vor sich als Ziel Braunlage im Harz.

Berlin würde sie erst viele Jahre später wiedersehen.

Dresden 1945

Friedrich und Herta hatten das Februar-Inferno, das Dresden getroffen hatte, überlebt. Seine überbordende Hoffnungslosigkeit hämmerte Friedrich in die Tasten seiner Schreibmaschine:

„Dresden, 17. Februar 1945

Meine geliebten Kinder!

Dies ist ein Sammelbrief an alle, so weit verstreut Ihr auch seid. Die letzte Nachricht hatten wir von Dir, lieber Konrad, vom 6. Dezember aus Niederschlesien, von Dir, lieber Hartmut, durch Gerda am 19. Januar und von Dir, lieber Georg, Deinen letzten Postkartengruß aus Wernigerode, ohne bis dahin Euer Ziel Braunlage erreicht zu haben. Habt alle herzlichen Dank für Eure Nachrichten, wonach Ihr ja gottlob noch am Leben wart.

Von Mama und mir kann ich Euch heute Gott sei Dank dasselbe berichten. Aus den Euch zugegangenen Nachrichten, sei es durch Radio oder sonst wie, werdet Ihr aber wissen, was unserem herrlichen Dresden in der Nacht vom 13. auf den 14. Februar beschieden wurde. Vielleicht wird aber die Wahrheit noch unterdrückt worden sein.

Es handelt sich de facto um den restlosen Untergang der sächsischen Landeshauptstadt. Alle Kulturbauten, Kirchen, Schlösser, Verwaltungsgebäude, Gerichte, Museen, Theater etc. sind ein Opfer des Terrors geworden. Und dazu kommt noch die Vernichtung nicht nur der gesamten Innenstadt, sondern fast aller gewerblichen Stätten und privaten Wohnungen.

Nur um einen Ausschnitt zu geben:

Vom Hauptbahnhof bis zur Voßstraße steht so gut wie keine Villa mehr, auf der Tiergartenstraße und der Wiener Straße bis zum abgebrannten Rathaus inklusive Bürgerwiese sieht es ebenso aus. Von der Zeiss-Ikon-Fabrik bis zum Pirnaischen Platz ist radikal alles weg, die Kreuzschule, das Strehlener Pädagogium. Und so ist es in der ganzen Stadt, wo man hinhört, auch Löbtau, Plauen, rein überall. Die Brotfabrik von Bienert fiel noch mit zuletzt.

Wie durch ein Wunder ist unser Haus dem Feuer entgangen, überall sonst hat die Feuersbrunst bei dem orkanartigen Sturm ganze Arbeit geleistet. In den öden Fensterhöhlen wohnt das Grauen.

Mama kannte ja ähnliche Angriffe von Hamburg her zur Genüge, doch dies hier in Dresden dürfte der allerschlimmste Terrorangriff gewesen sein, den sie je erlebt hat. Es war unbeschreiblich, das nackte Entsetzen. Schlag auf Schlag sausten die schweren Bomben in unmittelbarer Umgebung aus Tausenden von Bomberflugzeugen, jeweils eine halbe Stunde lang. Wir glaubten an unsere unmittelbar bevorstehende Vernichtung, wie es denn auch Abertausenden von Menschen ergangen ist. Ich schätze die Todesziffern ganz außergewöhnlich hoch, nicht nur in den Kellern, sondern auch auf der Straße. Am Hauptbahnhof sollen die Toten zu Hunderten liegen, und auf meinem vergeblichen Gang in die Neustadt zum Augenarzt sah ich noch einige tote Soldaten, noch jetzt nach drei Tagen jedermann zur Schau, ohne abgeholt worden zu sein.

Die Stadtverwaltung muss sich gänzlich neu organisieren und ich rechne mit baldigem Nahrungsmangel. Kartoffeln haben wir genug im Keller, Heizmaterial ist dafür kaum noch etwas vorhanden. Dann müssen wir mit herumliegenden Ästen und Bauholz aus den Ruinen feuern.

Auch wenn unser Haus noch steht, ist es doch arg demoliert. Zwei Familien sind schon ausgezogen. Die Fensteröffnungen mit ihren Sandsteinumhüllungen sind zerborsten, die Fenster liegen schräg in die Zimmer hinein, Wände sind durchstoßen, und der Wind braucht keine Pfade zu suchen, sie sind reichlich vorhanden. Ein einziges Fenster des Wohnraums ist verschließbar, das andere klafft und der Winterwind sieht sich vor keiner Hemmung. Nur durch kräftiges Heizen können wir dieser Kältenot etwas entgegensteuern. Das ganze Haus versucht auf dem noch intakten kleinen Küchenherd der Familie Golle, die ihre Wohnung verlassen hat, gemeinschaftlich zu kochen. Gas und Elektrizität, wie auch Telefon und Radio funktionieren nicht mehr.

Die Eisenbahn fährt seit heute bis Friedrichstadt, seit gestern bis Reick, soll aber von morgen an wieder durchfahren, wahrscheinlich aber nur für Militär. Heute wird behauptet, Dresden solle Frontstadt werden und eventuell verteidigt werden. Dann müssten auch wir fort, ohne auch nur im geringsten zu wissen wohin und womit. Fast die ganze Stadt ist ja schon auf dem Marsch ins Ungewisse.

Ob die gänzliche Räumung der Stadt angeordnet wird, weiß ich nicht. Man spricht davon, aber es wird ja so viel ‚gesprochen'. Man kann niemand mehr glauben. Tausende Gerüchte wuchern wie das wilde Unkraut. Die Verzweiflung ist groß, aber ich hoffe doch, dass sich etwas mehr Zucht und Organisation durchsetzt.

Es ist eben tatsächlich reichlich dick über Dresden gekommen.

Wir sind ziemlich ratlos, was zu tun ist. Falls wir die Stadt verlassen müssen, würde ich mein restliches Hab und Gut in den Keller stopfen, ohne zu wissen, ob es ein Wiedersehen damit geben wird.

Meinen Fliegerschaden kann ich hoffentlich morgen anmelden, gestern war es wegen ungeheuren Andrangs nicht durchführbar. Aber ersetzt wird der Schaden doch wohl niemals.

Mamas Mentalität ist barometerähnlich am unteren Limit nahe der Depression. Auch ich fühle mich niedergedrückt.

Sollten wir uns wirklich nach Gottes unerforschlichem Ratschluss nicht mehr in diesem Leben wiedersehen, dann seid allesamt von weitem fest an meine Brust gedrückt zum Abschied vor der Reise, die keinem Sterblichen erspart ist früher oder später. Mein Leben hat nur meiner Familie und damit Euch gegolten.

Möge es unserem wundervollen Vaterland gelingen, wieder hochzukommen und aus den Ruinen neues Leben erblühen zu lassen. Gott gebe dies, das ist mein Gebet für Euch, meine lieben Kinder. Gott wird beschließen und verlangt von uns Menschen unbedingtes Ausharren in Pflichtbewusstsein. Das muss auch für Euch ein Feldt'scher Grundsatz bleiben.

Lebt wohl für heute. Euer Vater"

Herta hatte noch ergänzt:

„Meine lieben guten Kinder!

Wenn es Gottes Wille ist, dass wir uns auf dieser Erde nicht mehr wiedersehen werden, dann wird er uns im Jenseits wieder zusammenführen. Wie gerne hätte ich Euch noch gesehen. Ich kann jetzt nicht mehr weiterschreiben. Gott segne und behüte Euch. Eure Mama"

„Dresden, 22. Februar 1945

Meine lieben Kinder!

Seit dem letzten Sammelbrief vom 17. des Monats sind wir so recht und schlecht durch die Tage gekommen. Ich will Euch davon berichten.

Das Einzige, was wir von Euch hörten, war ein Telegramm Georgs aus Braunlage, wonach Magdalene und Regina einigermaßen in Sicherheit zu sein scheinen. Wir entnahmen dieser Botschaft, dass Du, Georg, anscheinend wieder nach Berlin zurückgekehrt bist.

Die vorerst größte Sorge gilt unseren beiden Frontsöhnen Hartmut und Konrad. An Konrad hatte Mama am 13. noch einen Brief in den Kasten gesteckt. Ob er weitergeleitet worden ist, wissen wir nicht, da ja das Postamt 24 nicht mehr besteht. Jetzt sollen die Kästen anscheinend wieder geleert werden. Hoffentlich hat Konrad auch sein Zweikilo-Päckchen bekommen.

Wo magst Du, Konrad und Du, Hartmut wohl stecken?

Die Post wird hier bei uns wieder ausgetragen, da das Postamt 20 unversehrt geblieben ist, wie überhaupt der größte Teil des eigentlichen Strehlens. Die Kirche allerdings und die Umgebung liegt in Trümmern. Die Geschäftsstraße blieb verschont. Dort findet, wie lange wohl noch, die Fleischverteilung statt.

Außer unserem Haus sind noch zwei weitere nicht ausgebrannt, doch nur bei unserem Haus ist das Dach erhalten, als wohl einzigem Haus ab Voßstraße bis zum Hauptbahnhof, der ebenso wie die ganze innere Stadt ein Trümmerfeld ist. Nummer 60 hat unter dem Schirm Gottes gestanden, obwohl die Demolierungen, herausgedrückte Fenster, zerstörte Wände, vorläufig unwiederherstellbar sind.

Wir haben notdürftig teilweise mit Pappe zu dichten versucht und mit nachbarlicher Hilfe die Fensterrahmen bis auf ein Fenster in der Küche wieder eingewuchtet. Im Wohnbüro, das jetzt auch als Schlafzimmer dienen muss, haben wir es tagsüber auf 10 bis 11 Grad Réaumur heraufgebracht. Der allergrößte Mörteldreck ist entfernt, aber an richtiges Reinemachen war noch nicht zu denken. Die gute Frau Hiemann, unsere Haushaltshilfe, fehlt uns sehr, sie liegt wohl unter den Trümmern der Großen Plauenschen Straße. Ich wollte sie dort suchen, kam aber nicht über die Steinberge hinweg. Mit ihr zusammen ist eine Menge unserer Unterwäsche und Wäsche und mein schöner, noch ganz neuer Handwagen ein Opfer des Terrors geworden. Bei einer notwendigen Räumung Dresdens hätte er mir unschätzbare Dienste geleistet.

Wir bleiben ja nun hier und beten zu Gott, dass die Front dicht hält und die Russen nicht bis hierher kommen. Man muss ja unsere Truppen an der Front immer wieder erneut bewundern in ihrer Unermüdlichkeit bei frostigen Nächten, in Schlamm und wahrscheinlich bei mangelhafter Verpflegung. Gott gebe, dass die Führung mit ihrer Ansicht, dass Abwehr möglich ist, Recht behält.

Da ich noch Wasser holen muss und die Abenddämmerung schon heraufzieht, schließe ich meinen heutigen Sammelgruß und umarme Euch aus der Ferne als Euer treuer Vater Friedrich Feldt“

„Lieber guter Georg!

Es ist trostlos. Alarme sind noch täglich und auch nachts mehrmals. Bald ist es vielleicht zu viel. Ich grüße Dich. Gott sei mit Dir! Deine Mama“, hatte Herta noch angefügt.

„Dresden, 4. März 1945

Meine geliebten Kinder!

Frau Hiemann habe ich nach neunstündigem Suchen in Deuben gefunden. Sie hat alles verloren. Von uns die große Wäsche, zwei Garnituren Unterzeug und Bettwäsche, sowie mein wunderbarer Handwagen, es ist alles verbrannt.

Die Kämpfe, die überall an der Ostfront toben, verfolge ich täglich mit meinem ganzen Herzen, und Euch meinen Söhnen Hartmut und Konrad gilt mein martervolles Fühlen in allererster Linie. Von Dir, mein lieber Hartmut, haben wir ja schon lange nichts gehört, von Konrad erhielten wir vom 2. Februar einen Feldpostbrief, aus dem wir aber seinen Standort nicht erfahren konnten.

Weite deutsche Landesteile sind uns ja durch die asiatischen Bestien bisher verloren gegangen, und man mag sich gar nicht das unsägliche, untragbare Elend der Heimatlosen und Flüchtlinge ausmalen, als Zusatz zu dem beispiellosen Unglück, das ich täglich hier vor Augen habe. Ich bin durch all die Wege, die ich auf mich nehmen muss in der Lage, mir ein Urteil über den nie wieder gutzumachenden Schaden in Dresden, das de facto ja gar nicht mehr existiert, zu bilden. Es kam zu plötzlich, zu sehr Maßarbeit eines satanischen Feindes, der sich in seiner Massenunion gegen das wackere, tapfere deutsche Volk, das nur seine unabgeltbaren Lebensrechte wollte, zusammengefunden hat. Eine unfassbare Ungerechtigkeit wie den Untergang des edlen, fleißigen Volkes, wie es das deutsche ist, wird unser Herrgott nicht wollen, wenn auch die Prüfungen weit über menschliches Verstehen hinaus gehen.

Die Militärzugverbindung durch den Hauptbahnhof ist wieder im Gange. Es wird in der ganzen Umgebung tüchtig geschanzt, hoffentlich nur aus Vorbeugungsgründen.

Unseren tapferen, trotz allen Ungemachs ausharrenden Truppen ist es ja vergönnt gewesen, mehr oder weniger die Laubanfront zu halten, der bedrohlichste Punkt für Sachsen. Überhaupt kann man wohl sagen, dass der deutsche Heroismus sich doch noch von der herrlichsten Seite zeigt. Wie der Ausgang sein wird, kann niemand im Voraus sagen. Wenn es auch schwer ist, das Vertrauen in die Führung hoch zu halten, so sind doch Worte gefallen, die vielleicht eine Wendung erhoffen lassen. Schließlich muss man bedenken, dass auch die Gegner ihr gerüttelt Maß an Sorgen haben. Sich selbst aufgeben hieße den Untergang wünschen und wäre nie wieder gutzumachen. Die Reue käme zu spät. Mit dem Blick auf eine lichtere Zukunft gerichtet kann es nur eine Parole geben: ‚durch!' Der Feind kennt keine Gnade, denn es ist derselbe wie 1914 und 1918. Dieses Jahr 1918 darf nie vergessen werden, denn es ist die Ursache aller jetziger Leiden. Man darf die Schuld an den derzeitigen Auseinandersetzungen nicht an falscher Stelle suchen. Der Krieg gegen Deutschland geht schon seit dreißig Jahren, darüber muss man sich klar werden. Eine Weltepoche löst die andere ab. Möge der Frühling den Frieden bringen durch irgendeine Wendung zu unseren Gunsten!

Es grüßt Euch Euer alter, Gott vertrauender Vater"

„Dresden, 8. März 1945

Meine lieben Kinder Magdalene und Georg!

Heute erhielten wir ein Telegramm: ‚Gebt Nachricht nach Braunlage, Haus Niedersachsen', woraus ich ersehe, dass Du Georg, doch nicht wieder in Berlin warst.

Seit zwei Tagen haben wir wieder Strom, aber immer noch kein Wasser, das ich drei Mal am Tag herbeischleppe. Dresden ist so gründlich zerstört, dass man sich keine Vorstellung davon machen kann. Unser ehemaliges schönes Haus in der Voßstraße hat nur zwei Demolierungen, das Dach ist seit gestern gedeckt, weil dort die Dresdner Bank ihre Zentrale hat. Der Direktor ist in der Nacht vom 13. auf den 14. Februar von einem Gang zur Hauptbank nicht wieder zurückgekehrt, also tot.

Wir beide sind seit drei Wochen nicht aus den Kleidern gekommen wegen der kurzen Fristen zwischen den Alarmen.

Eure Mutter beginnt allmählich ihr unverständliches Vertrauen in eine eventuelle Großzügigkeit der Feinde zu verlieren, dieses naive Vogel-Strauß-Vertrauen in die jüdische Plutokratie und ihre Mitläufer, die doch seit Versailles auf unsere Ausschaltung vom Weltmarkt und Ruinierung unseres fleißigen Volkes hinarbeiten, systematisch mit immer anderen Mitteln: Inflation, Dumping, Absperrung des deutschen Exports von Absatzgebieten, dadurch bedingte Arbeitslosigkeit und so weiter.

Ich kann noch nicht an den deutschen Untergang glauben trotz unleugbarer furchtbarster Bedrohung. Das darf nicht sein, denn das Überleben wäre schwer denkbar.

Lasst von Euch schnellstens hören, wir bangen um Euch. Von Konrad und Hartmut, auch von Gerda wissen wir seit Wochen nichts. Feldpost scheint es nicht mehr zu geben.

Es ist jetzt elf Uhr nachts. Soeben komme ich wieder aus dem kalten Keller herauf, jeden Mittag und Abend gibt es Alarm, stundenlang sitzen wir im Keller.

Das aber wollen wir nur allzu gern ertragen, nur nicht wieder 1000 Bomber über der Stadt und den Vororten.

Unsere Sirenen sind noch nicht in Ordnung, die Alarme werden von einer zentralen Meldestelle an verschiedene Männer weitergegeben, die sich abwechseln und die Bewohner in den einzelnen Häusern benachrichtigen. Auch Mama hatte bis letzte Woche jeden Nachmittag Dienst bei der Betreuung der unzähligen Flüchtlinge aus Schlesien. Am Großangriffstag befanden sich eine Million Flüchtlinge in Dresden, daher auch die unsagbar vielen Toten auf den Straßen und in den Häusern, fast alle durch Phosphorverbrennungen.

Euer Vater"

Georg fasste seine Gedanken in einem überlangen Brief zusammen:

„Braunlage, den 14. März 1945

Liebe Eltern!

Einer Erlösung gleich erreichte uns am letzten Sonnabend endlich eine Nachricht von Euch. In den vorausgegangenen Wochen hatte ich dreimal telegrafiert und viermal Postkarten geschrieben, ebenso oft an sämtliche Dresdener Verwandten, ohne dass von irgendeinem Antwort kam. Trotz aller nachrichtlichen Erschwerung war doch schon genug bekannt geworden, um das entsetzliche Ausmaß der Katastrophe ahnen zu können, die die schönste Stadt Deutschlands, diesen reinen Edelstein, getroffen hatte. Wie froh bin ich, dass ich an Einzelheiten vor Erhalt Eurer Nachricht nicht allzu viel erfuhr, und vor allem, dass ich den im ‚Reich' vom 4. März enthaltenen Artikel ‚Der Tod von Dresden' nicht vorher zu lesen bekam.

Was ich selbst mit Dresden verloren habe, ist viel mehr als meine Heimatstadt. Dresden war ein Symbol für mich, die Verkörperung des Schönen schlechthin, es war eine der Wurzeln, die mich noch auf dieser Erde halten.

Doch über allem steht, dass Ihr bewahrt geblieben seid!

Wendet den Blick nur einmal kurz zurück und lasst die vergangenen Jahre des Krieges aufs Äußerste zusammengedrängt noch einmal vorüberziehen:

Geistig hatten wir die ganze Welt vom ersten Tag des Krieges an gegen uns. Freunde hatte Deutschland nirgends, keinen einzigen. Der Faschismus hatte einen politischen Bündniswert, solange Italien nicht kämpfte. Dieser verschwand automatisch an dem Tag, an dem Mussolinis Gier den Zeitpunkt für gekommen glaubte, sich an der Verteilung der Beute beteiligen und an dem weidwund geschlagenen Frankreich und an Jugoslawien bereichern zu können. Dass er damit die tödliche Gefahr für sein eigenes Werk heraufbeschwor, zeigt vielleicht das Wirken einer höheren Gerechtigkeit. Für uns war es jedenfalls von vielfachem Nachteil, und je mehr sich vor Freund und Feind enthüllte, dass der prahlerische

Faschismus wahren Kampfes unfähig war, umso mehr wurde offenbar, dass dieser Faschismus für uns eine ungeheure Belastung war.

Japan ist uns zu fremd, und was den praktischen Wert dieser ausschließlich politisch begründeten Partnerschaft betrifft, so zeigt der aktuelle Stand der Schlussrunde, dass alle Siege dieses Bundesgenossen uns allenfalls das Leben geringfügig verlängert haben, ihn selbst aber am Ende nicht einmal vor dem eigenen Untergang werden bewahren können.

Der Kampf im September 1939 hätte nur in dem klaren Bewusstsein aufgenommen werden können, damit in einen Krieg auf Leben und Tod einzutreten. Die heute so laut geforderte Totalität hätte ihn von der ersten Minute an beherrschen müssen!

Aus dem, was stattdessen tatsächlich bei uns geschah, ergibt sich, dass die Wende des Krieges bereits im Spätsommer 1940 eintrat, als wir den Entschluss zur sofortigen Fortsetzung des Kampfes und zur Landung in England nicht fanden. Innerlich haben wir damals schon die Freiheit des Handelns aufgegeben, die wir niemals wiedergewinnen sollten. Ohne Not, denn es gab keinerlei Umstände, die nicht durch damals absolut zu rechtfertigende äußerste Härte hätten überwunden werden können. Denn die andere Seite hatte nichts, um uns wirksam entgegenzutreten!

Für die Welt wurde das Verhängnis, in das wir uns verstrickt hatten, offenbar, als wir den Angriff auf Russland begannen. Für die meisten blieb verborgen, dass unser ganzes Handeln aus dem Zwang der Situation entstand und nichts anderes war, als ein weiterer Versuch, dem Schicksal zu entrinnen.

So ging die dritte Phase des Krieges dahin, nach außen und vor allem für unser Volk im scheinbaren Siegeslauf unserer Heere und begleitet vom Rausch der Ferne, der in den Phantomen Alexandrien und Nil, Kaukasus und Indien widerhallte. So ging auch unsere begrenzte, uns einmal zugemessene Kraft dahin, die wir hätten hüten müssen für die letzte Stunde der Entscheidung. Und ebenso jäh endeten unsere Träume mit Stalingrad und El Alamein, für immer unwiderruflich. Es war Anfang 1943!

Es zeigte sich nur allzu bald: Russland, dieser an Volkskraft und Bodenschätzen reichste und mächtigste Staat der Erde, zum ersten Mal in seiner Geschichte zur geballten Einheit zusammengefasst, erhob sich nun erst zur vollen Entfaltung seiner Möglichkeiten.

Stünde es nicht unumstößlich fest, dass wir selbst dann, wenn die feindliche Forderung darin bestanden hätte, dass wir sämtliche der besetzten Gebiete ohne Ausnahme und ohne Verzug zu räumen hätten, unsere Existenz als Reich und Volk siegreich bewahrt hätten? Großdeutschland in der Form vom September 1938 wäre uns erhalten geblieben, und an Danzig und dem Korridor wäre der Frieden der Welt nicht ein zweites Mal gescheitert. Von wohl noch größerer Bedeutung aber wäre, dass uns all unsere blühenden Städte, unsere reiche Industrie, Milliarden an Werten und Schätze an Kunst und Kultur von höchstem Wert bewahrt geblieben wären. Über allem aber steht, dass uns ein Verlust an Lebenssubstanz erspart geblieben wäre, der nach den Millionenverlusten an Soldaten, Luftkriegsopfern und den Millionen an Flüchtlingen unsere Volkskraft mehr als der Dreißigjährige Krieg geschwächt hat.

Was immer auch noch geschehen mag, selbst wenn die Feinde, das leuchtende Ziel des totalen Sieges greifbar, unserer Propaganda zuliebe sich zerstreiten würden oder durch unsere fanatische Standhaftigkeit ermüdet, plötzlich vom Kampfe ablassen würden: In jedem Fall hätten wir den Krieg, selbst wenn wir ihn gewönnen, verloren!

Alle Phantasiebegabung, alle ‚Gläubigkeit' und aller Fanatismus reichen nicht aus, den Nichtgebrauch und die Unterdrückung der Vernunft zu rechtfertigen und zu entschuldigen. Nur die Unheilbaren sind nicht bereit, diese Erkenntnis der einzigen wahren Wirklichkeit zu gewinnen.

Wie sahen wir tatenlos zu, wie sich auf Cotentin drei amerikanische Armeen versammelten, die uns dann einer Sturzflut gleich aus der Normandie, aus Paris, aus ganz Frankreich und Belgien herausspülten, und dass wir auf diese Katastrophen immer nur das eine zu hören bekamen: ‚Die deutsche Standhaftigkeit und unser Fanatismus haben die Lage gemeistert'. So meistern wir eine Lage nach der anderen.

Dabei will ich von den anderen Thesen und Parolen ganz absehen. Davon, dass der Feind uns zwar einmal überraschen konnte, dass ihm dies ein zweites Mal aber nicht gelingen würde. Dass es gelte, nur so lange in den der Vernichtung oder sicheren Gefangenschaft ausgelieferten, tatsächlich aber längst abgeschriebenen Stützpunkten – mögen sie Stalingrad oder Tunis, Budapest, Posen oder Breslau heißen – auszuharren, bis es der ‚Führung' möglich sei, neue ‚Widerstandslinien' zu bilden und ‚Zeit für neue Gegenoperationen' zu gewinnen. Damit sollte der Gegner gezwungen werden, seine Angriffe einzustellen. Und dass die unvorstellbaren Opfer schließlich erbracht werden müssten, weil die Führung nur durch diese Weise die Möglichkeit erhielte, die einmal ‚in der Entwicklung befindlichen' und ein andermal auch schon ‚in der Produktion anlaufenden neuen Waffen' zum Einsatz zu bringen und damit die Wende herbeigeführt würde.

So, allein so, haben wir es zu Dresden gebracht, zum Tod von Dresden!

Doch seid getrost, wie wir auch diese Lage meistern werden, so werden wir Dresden nur schöner und größer wieder aufbauen! Was werdet Ihr tun?

Davon ausgehend, dass ein Deutscher keine Hoffnung auf einen Aufstieg und ein lebenswertes Leben mehr hat, könntet Ihr auf jede eigene Initiative verzichten, nichts tun als den täglichen Kampf gegen Schutt und Dreck, gegen Kälte und Hunger aufnehmen bis zu dem Tag, an dem die Russen in das, was einst Stadt war, einziehen. Habt Ihr Freunde oder Bekannte, die russisch sprechen?

Besser wäre es, wenn Ihr aus der Stadt herauskommen könntet. Doch wohin?

Wir dachten an Hamburg, doch nachdem dort im Laufe einer Woche drei Terrorangriffe waren, weiß keiner, wie lange die Wohnung unseres guten Hartmuts noch verschont bleiben wird. Und auch dort wären Bomben und Angst immer gegenwärtig und nur dadurch von Dresden unterschieden, dass eines Tages englische statt russische Besatzung zu erwarten wäre.

Und Engländer sind es schließlich gewesen, die nicht nur Bahn und Industrie, sondern den Begriff Dresden ausradiert haben.

Und hier? In den letzten sechs Wochen sind vielleicht 2000 neue Flüchtlinge nach Braunlage gekommen, nachdem der Harz ja schon immer, erst aus dem Westen, dann seit Hamburg Aufnahmegebiet war. So sind heute neben den 4000 Einwohnern 5000 bis 6000 Evakuierte und Flüchtlinge hier, sodass sich allein aus diesen Zahlen ergibt, wie die Wohnverhältnisse sind. Weitere Flüchtlinge sind aus Niederschlesien und Sachsen bereits im Anmarsch.

Als einstweilige Unterbringungsmöglichkeit für Dich, liebe Mutter, da Papa wegen seiner Arbeit ja in Dresden bleiben muss, käme ein kleines Zimmerchen, fast eine Schiffskabine, infrage, das eine hierher verlagerte Firma gelegentlich für geschäftlichen Besuch bereitstellt und das meistens nicht belegt ist.

Erst im Anschluss daran ergäbe sich die tagesfüllende Arbeit der Suche nach einer geeigneteren Wohnmöglichkeit. Ein wenig wird das Problem dadurch erleichtert, dass es auf den Sommer zugeht und unter Umständen auch ein nicht heizbares Zimmer genommen werden könnte.

Und sitzt man erst einmal irgendwo und hat seine Aufenthaltsgenehmigung, dann findet sich leichter Rat als für den, der auf gut Glück kam und oft schlimm dabei reingefallen ist.

Du darfst Dir eben keine falsche Vorstellungen machen und müsstest ohne alle Illusionen und Erwartungen kommen.

Das gilt insbesondere auch für die Verpflegung, die natürlich denkbar einfach, bisher aber immer noch sättigend ist. Kartoffeln und Grütze, Kohlrüben und rote Rüben, aber auch Möhren und Kohl bilden den Grundstock.

Entscheidend wichtig ist, dass Du irgendein Papier aus Dresden mitbekommst, dass Du Flüchtling bist. Von der NSV müsstest Du dann einen Gutschein für eine Fahrkarte erhalten, da eine solche sonst gar nicht erworben werden kann.

Das eigentliche Problem dürfte die Fahrt selbst bilden. Wie hier gesagt wird, soll Radebeul der gegenwärtige Abfahrtsbahnhof sein. Von dort müsstest Du nach Leipzig, dann nach Halle, um dort einen Zug nach Nordhausen zu erreichen. Vorteilhaft wäre es, wenn Du eine Chance hättest, an einem Tag durchzukommen. Sonst müsstest Du in Leipzig oder Halle eine Nacht im Wartesaal verbringen. Aber ist es die zu erwartende Strapaze dieser Reise nicht wert, dass Du aus dem jetzigen Elend herauskommst, dessen weitere Entwicklung niemand voraussehen kann?

Wir fühlen uns zurzeit hier ganz glücklich, im Haus Niedersachsen haben wir eine der wenigen Pensionen gefunden, die noch volle Verpflegung geben. Die Sorge um das Essen ist vorerst behoben. Regina geht seit zwei Wochen hier in die Schule. Alarm haben wir am Tag und auch abends, häufig überfliegen uns auch ganze Verbände von vielen hundert schweren Bombern, sodass fast jeder zweite Schulunterricht ausfällt.

Wir haben ein hübsches kleines Doppelzimmer mit einer geschlossenen Veranda mit Heizkörper und Zugang zu einem Balkon, der dreiseitig um das Haus geht.

Die kleine Veranda dient uns jetzt als willkommene Raumvergrößerung. Sie wird aber spätestens ab Mitte Mai vorwiegend einem neuen Erdenbürger als Aufenthaltsraum dienen. Unter anderen Aspekten hätten wir diese Kunde zu Papas Geburtstag im März überbracht.

So muss es eben genommen werden, wie das Schicksal es wollte. Die Leidtragende ist vor allem die arme Magdalene, die kaum während der Monate seit August zur Ruhe kommen konnte.

Seid von ganzem Herzen und mit allen guten Wünschen gegrüßt

von Eurem Georg“

Denkpause

Wie in einem Theaterstück waren sie auf die Bühne getreten, Herta, Georg, Bruno. Sie sprachen ihre Monologe mit dramatischer Deutlichkeit und ergriffen Besitz von ihrem Publikum, von Luise.

Hartmut und Gerda hatten auflockernde Nebenrollen in diesen ersten Akten des Schauspiels aus dem Reich der redenden Toten.

Der nächste Akt würde Luise mit ins Spiel bringen.

Braunlage, Mai 1945, Luises Geburt. Berlin, Juli 1945, Sabines Geburt, eigentlich doch einen Monat zu früh, hatte sie damals gesagt, also August. Luise hatte bei dem Sichten der Briefe und von Georgs Notizen besonderes Augenmerk auf das Jahr 1944 gerichtet, denn das Wann war klar, die „Tragezeit" beim Menschen beträgt neun Monate, es fehlte aber noch das Wo. Sie war zu dem Schluss gekommen, dass sie im August in Bad Kreuznach im Hotel Quellenhof entstanden war und Sabine im November, als Magdalene gerade in Mainhardt war und Regina von dort abholte.

Berlin war 1944 nur noch ein Haufen Steine. Schon fünf Jahre lang war Krieg, und jeder Tag konnte der letzte eines Lebens sein. Noch lebten sie, ein Mann und zwei Frauen, Magdalene und Erika, entkamen kurz der Hoffnungslosigkeit in tröstenden Begegnungen zweier Verzweifelter, einmal in Kreuznach und einmal in Berlin. Mindestens einmal, aber das mit über sechzigjährigen Beweisen.

Luise fand sich unvermutet in ihre frühe Kindheit geworfen, sah die Ruinen rund ums Haus der Großeltern in Degerloch vor sich. Im Grundstück gegenüber gab es kein Haus mehr, es waren Gras und Sträucher über die überall herumliegenden Mauertrümmer gewachsen und bildeten einen abenteuerlichen Spielplatz. Dass alles mehr oder weniger kaputt war, störte Kinder damals nicht, sie kannten nichts anderes.

Warum dachte sie plötzlich an die Zeit im Kindergarten? Dort saßen außer Luise noch etwa weitere zwanzig Kinder, brav in großem Kreis Lieder singend, ihr Vesperbrot essend oder der Tante Brigitte lauschend, die aus Grimms, Andersens oder Hauffs Märchen vorlas.

In der Weihnachtszeit luden die Amerikaner Kinder wie Luise, die keine Väter mehr hatten, ins evangelische Gemeindehaus in der Erwin-Bälz-Straße ein und beschenkten sie mit bunten Schals aus weichem Flanellstoff und mit geheimnisvollen Tuben, die eine dunkelgrüne Paste enthielten. Mit einem Strohhalm konnte man die grüne klebrige, herrlich wie Äther riechende Masse zu fragilen, ein bisschen runzeligen ovalen Luftballons aufblasen, die man mit vorsichtigen Klapsen im Raum herumfliegen lassen konnte.

Der Schulweg zur Filderschule führte am Ruinenfeld der zerbombten Villa Siemens vorbei, dort auf dem Weg lagen immer wieder weggeworfene Zigarettenschachteln. Vielleicht war es der tägliche Heimweg eines Rauchers, der seine Packung Zuban (rote Schachtel) oder Eckstein (grüne) an dieser Stelle zu Ende geraucht hatte. Luise sammelte die stabilen Kartons vom Boden auf, wenn sie nicht zerdrückt waren. Zu Hause schnitt sie die Frontseiten aus und verwahrte die so gewonnenen Karten in einer eckigen Keksdose, zusammen mit glatt gestrichenen Einwickelpapieren von Bonbons oder Schokolade, kitschigen Poesiealbumbildern mit Engeln oder Vergissmeinnichtsträußen und natürlich auch Briefmarken. Zum Tauschen kamen die Doppelten in alte Kataloge, deren Seiten längs zur Mitte hin gefaltet wurden und damit Taschen für die Schätze bildeten.

Während ihres zweiten Schuljahrs, im Februar, schickte man sie in ein staatliches Kinderheim nach Überlingen am Bodensee, weil sie für ihr Alter zu schmächtig war. Kalorienzwang unter Kasernendrill, ausgeübt von hageren, streng blickenden kommandierenden Aufseherinnen mit stramm zurückgebundenen Haaren. So ähnlich musste sich Regina in Hermannswerder gefühlt haben, überlegte Luise.

Ob Sabine auch einmal in ein solches Erholungsheim hatte gehen müssen? Luise fiel ein, dass Sabine erzählt hatte, dass sie als kleines Kind Tuberkulose hatte und wochenlang im Krankenhaus lag.

In der ersten Klasse war der Schuljahresbeginn vom Herbst aufs Frühjahr verlegt und Luise damit ein halbes Jahr Schule geschenkt worden. So kam sie mit neun Jahren ins gleiche Mörike-Gymnasium, das Regina gerade mit dem Abitur verlassen hatte.

Keinen Vater zu haben, war nicht ungewöhnlich, Väter waren eben im Krieg geblieben. Aber Kinder ohne Vater waren ärmer als Kinder mit Vater, wurden von Müttern ohne Männer irgendwie durchgebracht.

Adelheid und Axel, die Kinder von Magdalenes Bruder Wolfgang, die hatten einen Vater, und denen ging es ganz gut. Denn Wolfgang hatte Wilhelms Geschäft übernommen, das zerstörte Haus in der Haußmannstraße, wie der Kanonenweg nun hieß, wieder aufgebaut und mit glücklicher Hand den sich aufrappelnden Deutschen schöne Bilder für ihre neuen Heime verkaufen können.

Adelheid besaß einen ganzen Tierpark an Steifftieren mit Knöpfen in Ohren, und Axel hatte Abonnements von „Rasselbande" und Micky-Maus-Heften, sämtliche Bände von Karl May, schon mit dreizehn Jahren ein Fahrrad und trug die neuen modischen blauen Nietenhosen. Luise hätte auch gerne eine solche Hose gehabt, doch die ihr von Oma Lydia gekaufte war nicht echt. Sie war zwar blau, hatte aber peinliche buntkarierte Aufschläge und viel zu weite Hosenbeine.

An den Sonntagen kamen Onkel Wolfgang, Tante Rosemarie, Axel und Adelheid mit dem Opel Kapitän angefahren und besuchten Wilhelm und Lydia samt Magdalene und Gisela, Regina und Luise. Oft fuhren sie alle zusammen mit dem Auto ins Remstal. Die Kinder saßen auf den Schößen der Erwachsenen dicht gedrängt auf dem Rücksitz. Vorne saß Lydia neben Wolfgang, dem Fahrer. Luise liebte diese Ausflüge, die nach einem kleinen Spaziergang in eines der Gasthäuser führten, wo Wolfgang alle zum Abendessen einlud und unerschöpflich Witze erzählte. Der Krieg war vorbei, es wurde wieder gelacht.

Adelheid war ein Jahr jünger als Luise. Axel war zwei Jahre älter und irgendwie ein bisschen böse veranlagt. In Erwartung einer süßen Überraschung war Luise einmal seiner Aufforderung „Mund auf und Augen zu" gefolgt. Axel wollte gar nicht mehr mit Lachen aufhören, als Luise an der Pusteblume fast erstickte, die er ihr dann in den offenen Mund geblasen hatte. Axel sollte einmal Wolfgangs Galerie weiterführen und hatte dafür Kunstgeschichte studiert. Mit seiner Frau Monika, deren lose Zunge gefürchtet war und die auch noch zum Missfallen ihrer Schwiegermutter fast durchsichtige Blusen mit nichts darunter zu tragen pflegte, zog ein bisschen zu viel frischer Wind ein. Nach Wolfgangs Tod überwarfen sich die beiden unheilbar mit Rosemarie und verließen die Familie und Stuttgart für alle Zeiten. Adelheid und ihr Mann Gert betrieben das Geschäft erfolgreich weiter und führten in den Räumen zusätzlich zum Verkauf auch Auktionen durch, während Axel mit seiner Monika in Köln ein Konkurrenzunternehmen aufbaute. Auf Kunstmessen hatten die Bergers aus Köln und Adelheid mit Gert aus Stuttgart beide gut besuchte Verkaufsstände, aber ein Treffen der gegnerischen Parteien ereignete sich höchstens unfreiwillig zufällig beim gleichzeitigen Aufsuchen der Toiletten.

Irgendwie, unerklärlich warum, kam Luise Magdalenes vierzigster Geburtstag in den Sinn. Luise war vier Jahre alt, als Geschenk hatte sie beim Bäcker zwei kleine tubenartige Nescafé-Döschen, jeweils für eine Tasse, gekauft. Das Geld dafür hatte ihr Regina gegeben. Magdalene hatte sich nach Luises Erinnerung zu wenig über das Geschenk gefreut und Traurigkeit den Geburtstag überlagert. Wie zeigte sich jetzt doch alles in einem ganz neuen Licht, überlegte Luise nachdenklich.

„Ich glaube, ich will das alles gar nicht wissen", hatte Luise gesagt, wenn Magdalene die eine oder andere Geschichte erzählte, vom Vater, der nach Berlin gegangen war und bei der Rückkehr über die grüne Grenze ins Unwetter kam, vom Brief in Brüssel, der abgefangen wurde, vom Tieffliegerangriff auf den Zug, vom Russen, der die Uhr wollte (Uri, Uri), von Braunlage, wo sie Pilze gesammelt hatten und Beeren, wo es schrecklich kalt im Winter war und der Vater todkrank.

Es waren immer die gleichen Inhalte gewesen, und Luise sagte auch manchmal: „Das hast du schon ein paar Mal erzählt", und irgendwann hatte Magdalene aufgehört, über Vergangenes zu sprechen, wo sie doch erst damit angefangen hatte, als Luise selbst schon über vierzig Jahre alt war.

Jetzt redeten die Briefe, viel ausführlicher, als es Magdalene hätte tun können.

Eines Nachts träumte Luise von ihrem Vater. Er saß in einem Sessel und sah sie liebevoll an. Seine Augen hatten eine tiefe Bläue und um die Pupille einen hellen Kreis. Luise näherte sich ihm und berührte mit ihrer Stirn zärtlich die seine. Sie fühlte eine unerwartete Zuneigung und Wärme. Georg sah gesund aus, war vielleicht neununddreißig Jahre alt, Luise, seine Tochter, war fast dreißig Jahre älter. Traum und Realität mischten sich. Luise erwachte und stellte fest, dass sie diesem unbekannten Menschen, der ihr Vater gewesen war, einen Schritt näher gekommen war. Konnte es sein, dass Tote in Träumen Zugang zu Lebenden finden?

Von den Schauspielern auf der Bühne lebte noch Gerda. Sie war im Oktober stolze 101 Jahre alt geworden. Im Hamburger Hotel Grand Elysée hatte sie in die Brasserie Flum eingeladen. Mit ihrer Tochter Yvonne, ihren Neffen, ihren Nichten Regina und Luise, mit Bernhard, Anton, Charlotte, der kleinen Emma und zahlreichen Bekannten feierte sie ein fröhliches Fest. Sie erkannte alle ihre Gäste und begrüßte sie mit Namen. Ein halbes Jahr später stürzte sie und brach sich den Oberschenkelhals. Sie wurde operiert und nachdem alles verheilt war, in ein Altersheim eingeliefert, das sie drei Tage später unter Protest wieder verließ und in ihre Wohnung zurückkehrte. Gerda hatte sich noch nie etwas gefallen lassen, auch nicht mit 101.

Das Theaterstück ging weiter, die Pause war um.

Sorgen 1945

Von Hartmut war schon seit Monaten kein Brief mehr eingetroffen, der letzte stammte vom 29. August 1944. Seine Einheit war von Milos nach Paros verlegt worden.

„Mein lieber Georg!

Eigentlich hätte man uns ebenso gut auf unserem alten Eiland lassen können, in Anbetracht der allgemeinen Entwicklung. Hier unten sind wir in einem Sack, der leicht geschlossen werden kann, also in Paros. Die Überfahrt hierher haben wir, der Stab, etwa fünfzig Mann, am 23. August abends in einem kleinen Motorsegler angetreten. Von Milos bin ich nicht gern geschieden. Die Fahrt, die acht Stunden dauerte, war geradezu romantisch. Es hätte auch gefährlich werden können, doch gab die Nacht starken Schutz. Vorher war allerhand passiert (U-Boote und Flugzeuge). Paros ist im Charakter auf der einen Seite ähnlich wie Milos und doch wieder anders. Diese Insel ist fruchtbarer und nicht ganz so steinig, allerdings sehr gebirgig. Unser Ort, an der Ostküste, gegenüber von Naxos, liegt auf einem Hügel, der dem fast ständig wehenden Wind ziemlich ausgesetzt ist. Es stürmt hier fast ununterbrochen. Bis zum Meer geht man fünfunddreißig Minuten. Die Unterkunft ist weniger gut als in Milos, auch gibt es hier abends kein elektrisches Licht. In unserem Zimmer ist ein Sandfußboden. Wir richten uns allmählich ein, was sehr umständlich ist, weil alles auf Eselkarawanen herbeigeschafft werden muss.

Hoffentlich regen Dich die sich mehrenden Hiobsbotschaften nicht zu sehr auf. Überhaupt würde ich an Deiner Stelle die Entwicklung mit viel Gelassenheit beobachten. Du kannst ohnehin nichts ändern. Man muss heute sehr auf sich bedacht sein, schon um die kommenden Monate zu überstehen.

Schicken werde ich nun nichts mehr, zumal es auf dieser abgelegenen Insel, die noch viel weniger mit der Außenwelt in Verbindung steht als Milos, kaum etwas zu kaufen gibt. Es wachsen hier Getreide und Weintrauben, von denen ich jeden Tag etwa ein Kilo esse.

Hast Du etwas von Bergers aus Stuttgart gehört? Auch Berlin ist ja ständig ein Ziel feindlicher Bomber. Hoffentlich bleibt Deine Wohnung erhalten. Kommt nur alle gesund über das dicke Ende!

Es grüßt Dich herzlichst Dein Hartmut"

Im Oktober 1944 wurde Hartmuts Einheit nach Ungarn verlegt. Georg hatte das im Januar 1945 von Erich Kösling, einem Freund Hartmuts erfahren, der ihn in seinem Fronturlaub auf Hartmuts Bitte in Berlin aufgesucht hatte. Noch lebten sie in der Björnsonstraße, wussten noch nichts von Braunlage.
Georg schilderte Hartmut die jüngsten Entwicklungen:

„Berlin, den 26. 1. 1945

Lieber Hartmut!

Dieser Brief wird durch Deinen Freund Kösling zu Dir gelangen. Von Kösling habe ich gehört, wie es Dir ergangen ist. Es ist ja viel, viel Glück, was Dir bisher zur Seite stand, und wir wollen von ganzem Herzen hoffen, dass es so bleiben möge. Obwohl, ich kann den Gedanken, der mir immer wieder kommt, nicht unterdrücken, ob es diejenigen vielleicht letztlich besser haben, die alles schon überstanden haben.

Wie endlos lange habe ich schon nicht mehr an Dich geschrieben. Von uns gäbe es viel zu erzählen, das meiste ist so vergangen und überholt, dass es jetzt schon ganz unwirklich anmutet.

Dass ich im August, gerade zur Zeit des Avranches-Dammbruchs, wieder ins Sanatorium musste, nach Liebenstein in Thüringen, hatte ich Dir noch geschrieben. Vorher war ich für drei Tage in Kreuznach bei Magdalene und Regina, die ja dort bei meinem Freund Henzler eine Bleibe gefunden hatten. Meine Kur stand vom ersten bis zum letzten Tag unter dem Druck der seelischen Bedrängnis, die aus den Ereignissen folgte.

Als Metz erreicht war, hielt ich es in Liebenstein nicht mehr aus und fuhr nach Kreuznach. Brüssel fiel am selben Tag. Wir verlebten Tage des Zusammenseins, herrliche Spätsommertage, die so schön hätten sein können und doch geprägt waren von der Stimmung der Auflösung, des Aufbruchs, des beginnenden Endes.

In großer Eile schafften wir es, unsere Sachen zu packen, die wir, im Wahnsinnsglauben an den ‚Atlantik-Wall' dorthin in Sicherheit gebracht hatte. Wie glücklich waren wir nun, dass wir in Kreuznach keine Wohnung gefunden hatten und unser Möbelwagen immer noch auf das Ausladen wartete, während der Strom der Flüchtlinge aus Elsass, Lothringen und dem Saargebiet sich durch den Ort wälzte.

Ich fuhr wieder nach Liebenstein, Magdalene mit Regina über Stuttgart nach Mainhardt, einem kleinen Ort zwischen Heilbronn und Schwäbisch Hall. Dorthin hatten wir auch unseren Möbelwagen schicken können.

Bergers in Stuttgart hat es auch schwer getroffen. Am 20. Oktober traf eine Sprengbombe und danach ein Phosphorkanister das schöne Haus im Kanonenweg, von dem nicht einmal die Grundmauern geblieben sind. Eine Woche davor waren die Geschäftsräume dort vernichtet worden, sodass Magdalenes Eltern jetzt, nachdem das Haus in Degerloch ja schon seit einem halben Jahr unbewohnbar ist, alles verloren haben. Sie sind auch in Mainhardt untergekommen. Die Mainhardter Verwandtschaft sah sich außerstande, neben Regina auch noch Magdalene aufzunehmen, so ist sie notgedrungen wieder nach Berlin zurückgefahren.

Magdalene holte Regina am 20. November aus Mainhardt wieder ab, denn wir hatten sie zwischenzeitlich auf einem Gut bei Calau in der Niederlausitz unterbringen können. Das ist nun alles umgestoßen, und keiner weiß, wie alles weitergehen wird.

Ich wollte und könnte Dir noch viel schreiben, zumal Dir dieser Brief überbracht wird, doch reicht die Zeit nicht mehr. Die Tage sind völlig ausgefüllt mit den Vorbereitungen, die man ja doch für alle Fälle treffen muss. Was wir im gegebenen Moment eigentlich machen werden, wissen wir selbst noch nicht. Vorläufig ist es so, dass die Russen an der Grenze Brandenburgs stehen. Vielleicht sind uns noch zehn Tage vergönnt. Dabei ist es völlig unklar, ob dann überhaupt eine Möglichkeit besteht, aus dieser Stadt zu entrinnen, der die Hungersnot unter keinen Umständen erspart bleibt.

Papa riet uns, wir sollten doch nach Dresden kommen, doch was wäre da gewonnen? Die Russen sind dort ebenso schnell wie hier, und zu essen gibt es in Kürze auch dort nichts mehr. Dazu kommt, dass es in Deutschland in wenigen Tagen keine geheizten Räume mehr geben wird. Ich neige dazu, noch ein paar Tage abzuwarten, zumal wir noch für eine kleine Weile Kohlen haben.

Die beiliegenden Kekse lasse Dir gut schmecken, wir haben sie als Notproviant gebacken für die bevorstehenden Wochen, da das Gas kaum noch brennt und auch der Strom sicher bald ganz abgestellt wird.

Ich hoffe von Herzen, dass wir uns einmal gesund wiedersehen werden!

Dein Bruder Georg“

Kurz vor dem Aufbruch nach Braunlage traf endlich wieder ein Brief von Hartmut ein.

„9. Februar 1945
Mein lieber Georg!

Gestern empfing ich nun von Kösling Deinen Brief und die phantastischen Erzeugnisse Eurer Backkunst, für alles herzlichen Dank! Ich habe mich ganz gewaltig gefreut, da man gerade so etwas Besonderes wie solche Kekse schon seit undenklichen Zeiten vermisst. Es tut mir nur Leid, dass ich damit Euch vielleicht, ja sicher etwas wegnehme.

Zu essen hatte ich bisher, von vorübergehenden Ausnahmen abgesehen, immer genug. Der Gedanke, dass Ihr Lieben zu Hause jetzt Entbehrungen zu erdulden habt, macht mir große Sorgen, wie überhaupt das Gedenken an Euch mich in Unruhe versetzt in Anbetracht der Zustände in Deutschland. Mein eigenes Ergehen scheint mir dagegen völlig belanglos.

Es ist ja vieles so traurig, und es lohnt sich kaum, über Einzelheiten Worte zu verlieren. Hoffentlich kommen wir alle gut durch die nächsten Monate. Der Tiefpunkt muss ja bald erreicht sein. Kösling selbst hat auch manches erzählt von dem Treffen mit Dir und auch von manchen anderen, weniger schönen Dingen über das Leben in der Heimat. Er sagt, er wäre lieber nicht in Urlaub gefahren. Und das heißt ja allerhand.

Übrigens besteht vorläufig kaum Aussicht, dass ich Urlaub erhalte. Es dürfen nur drei Prozent fahren, einschließlich Bomben-, Todesfall- und anderen Urlaubs.

Aber das ganze Problem ist meines Erachtens in Anbetracht der sich immer kritischer gestaltenden Lage gar nicht aktuell.

Wir sind inzwischen an der Front zwischen Drau und Plattensee stationiert, zuerst in der Nähe von Vizvar, dann nordwestlich davon, also ziemlich weit weg von der Reichsgrenze. Wie lange wir hier noch bleiben werden, weiß niemand, manchmal ändert sich alles ganz plötzlich.

Kösling wohnt etwa sechs Kilometer von hier entfernt, er ist ja als Arzt im Krankenrevier tätig. Daher konnte ich ihn erst gestern aufsuchen und Deinen Brief samt Päckchen entgegennehmen.

Mama hat mir auch geschrieben. Sie tut mir ja so Leid, denn ihr Leben in Dresden ist ja schrecklich traurig. Das Zusammenleben mit Papa ist doch nur eine Notlösung.

Es muss nun eben erst einmal der Krieg überstanden werden.

Dass sich die Dinge so entwickeln würden, wie es jetzt der Fall ist, stand für mich auch schon seit Jahren fest. Dass eine Zeit kommen wird, die einem Chaos ähnlich ist, war dabei immer eine begleitende Vorstellung. Und ich fürchte, sie wird sich genauso verwirklichen. In den tobenden Strudeln unserer Tage ist man nur leider völlig zur Passivität verdammt. Man muss die Sintflut über sich ergehen lassen in der Hoffnung, dass später doch noch ein erträgliches Leben möglich sein wird.

Mir geht es immer noch ganz gut. Das Wetter ist auch annehmbarer geworden, allerdings kommt mit dem Tauwetter der Matsch. Immerhin geht es langsam aufs Frühjahr zu, und das ist auch ein Trost. Es grüßt Euch alle herzlich Euer Hartmut“

Es war April 1945.

Dresden gab es eigentlich nicht mehr, und Georg, Magdalene und Regina waren nach Braunlage geflüchtet.

Voll Hoffnung, dass sein Brief sie erreichen würde, schilderte Georg seinen Eltern die Verhältnisse in Braunlage.

„Braunlage / Harz, den 8. 4. 1945

Liebe Eltern!

Man merkt das Näherkommen der Front. Gestern wurde in nächster Sichtweite von uns ein deutscher Jäger, der mit dem Fallschirm absprang, abgeschossen. Heute hatten wir das sicher nicht häufige Schauspiel, dass aus einem großen Bomberverband mindestens sechzehn Flugzeuge herausgeschossen wurden und mit wehenden Rauchfahnen fast senkrecht abstürzten, wobei manche noch in der Luft explodierten.

Näher auf den Leib rückt uns auch die Kürzung der Rationen. Wir sind hier ganz auf unsere Marken angewiesen, da wir von unseren Vorräten fast nichts nach hierher mitnehmen konnten. Dazu kommt, dass der Harz und im Besonderen der Oberharz schon immer auf Zufuhr von außerhalb angewiesen ist.

Es wird wohl eine harte Zeit für uns kommen, doch wird es anderswo wenige Orte geben, die es besser haben und die großen Städte vielleicht noch schlimmer dran sind.

Die größte Sorge machen mir der kommende Sommer und der Winter, wenn im Juni die alten Bestände aufgezehrt sein werden und im Herbst keine neue Ernte eingebracht werden kann, weil gekämpft werden musste und nicht gesät wurde.

Dann wird einem vielleicht doch nichts anderes übrig bleiben, als sich selbst umzubringen, damit es wenigstens schnell geht.

Letzte Woche ist Nordhausen vernichtet worden, und heute ist der Himmel seit vielen Stunden von den Rauchwolken des brennenden Halberstadts verdunkelt.

Lieber Vater, Du wirst jetzt durch die harten Tatsachen in grausamer Weise belehrt, dass unser Weg, der unsrige, der deutsche, ein Irrweg war. Das Ertragen des Heute wird für denjenigen weniger schwer, der schon seit Jahren mit wachen Sinnen das Verderben Macht über uns gewinnen sah. An Dir ist es nun zu zeigen, was in Dir steckt und zu zeigen, dass nicht verbissener Trotz und Starrsinn gegenüber einer dem Orkus bestimmten falschen Vorstellungswelt, sondern das Meistern des neuen Tages die Parole der Zukunft ist."

Wenige Tage nach Georgs Brief an Hartmut überstürzten sich die Ereignisse.

Am 17. April wurde Braunlage nach dreitägigem Beschuss in den frühen Morgenstunden von den Amerikanern besetzt. Zuvor waren die Ortsausgänge und die nach Osten führenden Fluchtwege abgeriegelt worden. In der Nacht war die Stadt dann kampflos übergeben und zur Lazarettstadt erklärt worden. 2500 Verwundete und 6000 evakuierte Frauen und Kinder befanden sich zu diesem Zeitpunkt in Braunlage.

Die einrückende amerikanische Infanterie wurde von einer Horde SS hinterrücks überfallen, und das darauf einsetzende Artilleriefeuer brachte dem Ort große Schäden und Verluste an Menschen. Im Haus Niedersachsen ging hierbei glücklicherweise nur eine Fensterscheibe zu Bruch. Die deutsche Artillerie beschoss danach Braunlage noch drei Tage und Nächte, bis sie von den Amerikanern vertrieben wurde.

Zehn Tage dauerten die Kampfhandlungen. Wasser und Strom gab es in Braunlage fast überall nicht mehr, da die Leitungsnetze beschossen und zerstört waren. Nur in den tiefer liegenden Ortsteilen konnte man noch Wasser holen. Die abziehenden SS-Schergen hatten zahlreiche Tunnel und Brücken gesprengt, auch die kleine Gebirgsbahn hatten sie getroffen.

Die angespannte Versorgungslage wurde durch dieses sinnlose Handeln weiter verschlechtert, denn die fehlenden Verkehrswege führten zu einer zunehmenden Verknappung an Lebensmitteln. Kartoffeln gab es über Wochen schon keine, und Brot, Zucker, Fett und Fleisch wurden noch strenger rationiert als zuvor.

Diese Zustände herrschten, als Luise am 16. Mai geboren wurde, früh morgens um zwei Uhr und fünfzehn Minuten.

Magdalene hatte Georg gegen halb ein Uhr geweckt. Er begleitete sie zu der nahen Waldklinik, wo Luise mit 2650 Gramm schon wenig später ins Licht gehoben wurde.

Die dramatischen Geschehnisse schilderte Georg am 31. Mai 1945 in einem Brief nach Dresden. Seine zuvor geschriebenen Briefe schienen nicht angekommen zu sein, weil keine Antwort erfolgt war. Die Post funktionierte nur noch mangelhaft.

„Liebe Eltern!

Nachdem ich seit vielen Wochen ohne jede Nachricht von Euch geblieben war, schrieb ich Euch noch ein paar Mal kurz vor der Besetzung hier, um Euch wenigstens Nachricht zu geben, dass ich nicht nach Berlin zurückkehren werde.

Die letzte Nachricht, die wir erfahren hatten, war, dass die russische Offensive am 16. April begonnen hatte. So wussten wir nicht das Geringste über die Entwicklung der Schlacht um Berlin und den Vormarsch in Richtung Dresden. Erst am 28. April hörten wir, dass dieser bei Bautzen zunächst zum Stehen gebracht werden konnte. Wir schöpften Hoffnung, als der Monatsanfang den Tod des größten Schurken der Weltgeschichte und der 7. Mai den offiziellen Abtritt der braunen Mörder brachte, dass Dresden von Kämpfen verschont bleiben würde. Am 8. Mai meldete der russische Heeresbericht, Dresden sei nach zweitägigen, harten Kämpfen besetzt worden, die sich bis in den Zwinger hingezogen hätten.

Auch von allen anderen Familienmitgliedern wissen wir nichts.

Über das alles hinaus bedrückt uns die Ungewissheit über das Schicksal unserer guten Björnsonstraße schwer. Berlin, das Netz in dem die Spinne saß, muss ein Torso sein, eine Einöde grauenvollster und vollständiger Vernichtung von sechzehn Kilometern Umkreis, umgeben von ‚nur' schwer beschädigten Vororten.

Nach den Nachrichten des Berliner Senders müssen wir davon ausgehen, dass die U-Bahn-Station Breitenbachplatz und damit auch die umliegenden Straßen zerstört sein müssen! Und wenn unser gutes Haus nach so vielen Erschütterungen wirklich die letzten Luftangriffe und Kämpfe überstanden hat, wer kann wissen, ob es den Gefahren der Unruhen und Plünderungen entging, die wie fast überall der tatsächlichen Besetzung vorangingen.

Es ist nicht absehbar, ob wir es je erfahren.

Da ich weder im Zuchthaus noch im KZ gesessen habe, kann ich nicht einmal nachweisen, wie sehr ich schon seit Jahren zu den Todfeinden der braunen Pest zählte.

Wie es mit der Möglichkeit einer neuen Tätigkeit für mich steht, ist überhaupt nicht abzusehen. Ich bin leider kein Bauer, nicht Handwerker oder Arzt, habe weder ein Lebensmittelgeschäft noch sonstigen Besitz. Und Trümmer wegzuräumen setzt ein Mindestmaß an gesundheitlicher und körperlicher Verfassung voraus, was mir gleichfalls abgeht. Und das ist schließlich für einen geistigen Menschen auch keine Beschäftigung von Dauer.

So kann ich nur abwarten, irgendwann und irgendwo einen Platz zu finden, um unser armes geschändetes Vaterland wieder aufzubauen.

Wir müssen im eigenen Saft schmoren oder darin zugrunde gehen, wie Churchill sagte. Uns bleibt nur Arbeit, ausschließlich Arbeit. Jetzt ist der Zeitpunkt gekommen, wo wir wirklich jene von den Nazis stündlich beschriebene Verbissenheit gebrauchen können.

Der größte Segen, den Deutschland in seinem zur Gänze erschöpften Zustand, einer wahren Agonie, erfahren konnte, ist die Besetzung! Ihr allein werden wir es zu verdanken haben, wenn uns Umsturz und Chaos erspart geblieben sind und wir überhaupt noch einmal Gelegenheit zu einer inneren Einkehr erhalten werden."

Georg schloss seinen Brief mit der Bitte um Nachricht von allen Angehörigen. Von Luises Geburt war nur in wenigen Sätzen die Rede.

Auch dieser Brief kam nie in Dresden an. Und aus Dresden kam ebenfalls keine Nachricht.

Am 6. Juni schilderte Gerda ihrem Schwager und Magdalene die Besetzung Hamburgs.

„Seit Mitte April hieß es, Hamburg solle nicht verteidigt werden. Aber überall wurden in großer Hast Barrikaden gebaut. Riesige Mengen an Lebensmitteln wie Gemüse, Obst, Seefische, Brot, Kaffee und Tee wurden ausgegeben, die gesamte Kleiderkarte freigegeben. Man traute dem Frieden nicht, denn in den Tagen davor wurde Bremen heiß umkämpft und eingenommen, nachdem es beinahe dem Erdoden gleichgemacht worden war.

Unsere Dienststelle sollte nach Büsum verlegt werden. Um nicht mit zu müssen, habe ich schleunigst gekündigt.

So war ich mit meinen Eltern in der Wohnung. Am Mittwoch, 2. Mai, hielt der Gauleiter von Hamburg, Kaufmann, die Rede seines Lebens und gab uns bekannt, dass unsere Stadt nicht verteidigt werde. Kaufmann war der beste Gauleiter Hamburgs, und dass die Stadt vor der völligen Zerstörung bewahrt wurde, ist einzig und allein sein Verdienst. Durch diese große Tat hat er unendliches, sinnloses Blutvergießen verhindert, das wird ihm unvergessen bleiben.

Am Donnerstag, 3. Mai, wurde über Radio bekanntgegeben, dass die Kapitulation am Nachmittag erfolgen werde und ab ein Uhr mittags kein Mensch mehr auf der Straße sein dürfe. Am Vormittag war alles voller Menschen, die kauften und schleppten und alles Mögliche zu bergen versuchten, und ab ein Uhr war alles wie ausgestorben.

Ein letztes Mal meldete sich der Drahtfunk Hamburg und Staatsrat Ahrens, der Sprecher aus all den Bombennächten (genannt Baldrian), verabschiedete sich tief bewegt. Dann wurde noch einmal ‚Deutschland, Deutschland über alles' gespielt. Das war das Ende.

Es war, als schlösse sich ein Vorhang hinter einer unnennbaren Tragödie.

Bei all der grenzenlosen Traurigkeit mussten wir dankbar sein, dass wir hier vor einem furchtbaren Schicksal bewahrt worden sind.

Wenig später brausten unzählige amerikanische und englische Flugzeuggeschwader über unsere Stadt hinweg, der Himmel dröhnte.

Das Ausgehverbot dauerte bis fünf Uhr früh. Bald zeigten sich die ersten Tommys in der Hochallee, meist zu zweit auf schweren Motorrädern. Und dann kam eine Kommission, die zunächst uns gegenüber einige Häuser beschlagnahmte, deren sämtliche Bewohner binnen einer Stunde ihr Haus zu verlassen hatten. Kein Mensch durfte bleiben, selbst eine Mutter mit Kleinstkind in der Wiege musste raus. Matratzen oder Möbelstücke durften nicht mitgenommen werden.

Dann kamen sie auf unsere Straßenseite. Kaum in der Bombenzeit habe ich solche Angst um unser Heim ausgestanden. Ich hätte nicht gewusst, wohin. Doch da im Parterre unseres Hauses der Reichsbahndirektor wohnt (Antinazi), bekamen wir am nächsten Tag ein Schild an die Haustür ‚Reserved for Brit. Mil. Gov.', das uns vor weiteren Belästigungen schützen soll. Da es anscheinend nur das Parterre betraf, wollte ein weiteres Kommando am nächsten Tag den ersten und zweiten Stock beschlagnahmen, sich davor aber noch auf dem Rathaus erkundigen und dann wiederkommen. Zum Glück hat sich bisher keiner mehr blicken lassen.

Fast alle Häuser sind beschlagnahmt. Vom Balkon nebenan können uns die französischen Offiziere direkt ins Fenster blicken, aber sie benehmen sich sehr ordentlich. Sie sitzen ruhig und lässig bei schönstem Wetter auf dem Balkon und fanden neulich ‚belle maison!'.

In den nächsten Tagen werden 25000 Kanadier in Hamburg erwartet. Hoffentlich bleiben wir verschont. Täglich kann Hartmut eintreffen, wir müssen doch wenigsten eine Bleibe haben. Gerade kommen viele Soldaten aus Ungarn hier an. Vielleicht befindet sich Hartmut ja bereits auf deutschem Boden!"

„Braunlage, den 16. 6. 1945

Liebe Gerda!

Das war uns eine große Freude, dass wir Deine Nachricht erhielten und erfuhren, dass es Dir befriedigend ergangen ist.

Von Dresden sind wir weiter ohne jede Ahnung, der eiserne Vorhang ist heruntergegangen. Den letzten Brief von Papa hatten wir im März erhalten. Von Leuten, die aus der russischen Zone geflüchtet sind, haben wir beunruhigende Berichte gehört. So von einer Frau, die am 11. Mai, also drei Tage nach der Besetzung, von Aussig losgelaufen ist, durch die ganze russische Zone, zu Fuß. Sie sagte, sie habe nie geglaubt, was in den Nazizeitungen über die Russen gestanden habe, all das sei aber bis auf den letzten Buchstaben wahr und in Wirklichkeit vielleicht noch schlimmer!

Und wir – so schön es äußerlich aussieht, wir sind ja die tatsächlich Heimatlosen. Auch werden wir in wenigen Wochen ohne einen Pfennig sein, da meine Banküberweisung nicht geklappt hat und jetzt wohl nichts mehr herauszuholen ist.

So werden wir vielleicht die ersten der Familie sein, die verhungern, da es hier nicht die geringste Verdienstmöglichkeit gibt. Ob man zu unserer bäuerlichen Verwandtschaft nach Diepholz kann, ehe man wirklich verhungert?

Das Kleine gedeiht bisher prächtig, wenn auch offen bleibt, wozu. Und über uns steht die Aussicht, dass mit der Übergabe der Provinz Sachsen an die Russen diese in aller Kürze fünf Kilometer vor Braunlage, bei Elend stehen werden."

Magdalenes Eltern hatten erst im Juli erfahren, dass Luise geboren worden war. Der Brief mit der freudigen Nachricht war in ihrem Zufluchtsort Mainhardt nicht angekommen, erst ein zweiter Brief erreichte Wilhelm und Lydia Berger in Stuttgart, wohin sie inzwischen ins halbwegs wieder bewohnbare Haus in Degerloch zurückgekehrt waren, und erlöste sie aus der bangen Unsicherheit. Lydia berichtete traurig, dass ein großer Teil der in Mainhardt untergestellten Habe der Feldts gestohlen worden sei, nur die in einer Scheune gelagertem Kisten seien dem Raubzug der Plünderer entgangen. Sie schickte ein Paket mit Kinderwäsche und Windeln, Obst und Lebensmitteln, außerdem 500 Mark und Brotmarken.

Das Paket kam nie an.

Heimkehr

Hartmut hatte es geschafft. Am 17. Juni, Sonntag, erreichte er erschöpft, aber heil und gesund Hamburg. Über seine aufregende Flucht berichtete er Georg und Magdalene:

„Hamburg, den 2. Juli 1945

Ich bin richtiggehend entlassen, und zwar von den Amerikanern, in Mauerkirchen, in Österreich. Dabei habe ich viel meiner eigenen Initiative zu verdanken:

Bereits in der Nacht vom 3. auf den 4. Mai haben wir, ein Kamerad von mir, ein Wiener, und ich uns von unserer Einheit abgesetzt. Unsere ‚Führung', völlig Führer- und Dönitz-treu und nach wie vor armwedelnd, befahl in dieser Nacht den Stellungswechsel in eine Gegend, in der kurz vorher große Panzeransammlungen der Russen gemeldet worden waren, bei Oberradkersburg, auf dem rechten Ufer der Murfront. Dort an der Mur, weiter südlich zur Drau hin, hatten wir nach dem fluchtmäßigen Rückzug aus Ungarn in den Ostertagen den ganzen April über gestanden. Nun sollte ein neuer Abschnitt besetzt werden, wo doch anderswo schon völlige Auflösung herrschte.

Da erschien es uns höchste Zeit, uns selbstständig zu machen, zumal unser Bataillon vollkommen unmotorisiert war und wir schon einmal mitgemacht hatten, was das bedeutet, nämlich als uns in Ungarn der Russe drei Tage lang auf den Fersen war.

Aus deutscher Gefangenschaft freiwillig entronnen, mussten wir in den anschließenden Tagen sehr auf der Hut sein vor den lieben eigenen Landsleuten, der Feldgendarmerie, auch ‚Kettenhunde' genannt, die bis zuletzt versuchte, das alte Regime mit Blut und Terror aufrecht zu erhalten. Nicht umsonst baumelten überall die Leichen gehenkter Fahnenflüchtiger an Brücken und Landstraßen. Dieser Umstand schreckte uns aber wenig angesichts der Aussichten, die man am kürzesten mit dem Wort ‚Sibirien' zusammenfasst.

Erst am 9. Mai erfuhren wir dann von der in der Nacht vorher eingetretenen Waffenruhe, da waren die Russen schon längst in Graz und wir unweit davon, etwas westlicher. Als wir am 10. Mai etwa um zwei Uhr nachmittags in Deutschlandsberg ankamen, man muss bedenken, alles zu Fuß, war dort schon der Russe und schnappte uns. Nach zwei Stunden Gewahrsam wurden wir zusammen mit mehreren Ungarn auf einen Wagen geladen und von Rotarmisten begleitet nach Osten abtransportiert.

Sollte alles vergeblich gewesen sein? Die Antwort konnte nur verneinend sein. Und so beschlossen wir, bei günstiger Gelegenheit wieder auszubrechen. Nach einer Wegstrecke von fünfzehn Kilometern gelang uns dieses auch, wenn auch die Sache, rückblickend betrachtet, ziemlich gefährlich war.

Wir schlugen uns in Richtung der Berge durch, auf die Koralpe zu. Am 11. Mai abends hatten wir Kärnten erreicht und damit britisches Besetzungsgebiet. Weiter ging es über die Saualpe nach Nordwesten, und am 17. Mai trafen wir in Scheifling ein, das liegt an der Strecke Klagenfurt – Wien. Am nächsten Tag suchten wir einen Bauern im Gebirge auf, wohin auch die sonst in Scheifling lebende Schwester meines Wiener Kameraden sich geflüchtet hatte. Dort ruhte ich mich eine Woche lang bis zum 24. Mai von den Strapazen aus. Über die Tauern marschierte ich, nun allein, auf einem schmalen Gebirgspfad in 1800 Meter Höhe zum Ennstal. Hier entschloss ich mich, nachdem ich die Lage genau gepeilt hatte, ein amerikanisches Entlassungslager aufzusuchen, was sich dann auch als richtig erwies. Die von überall her kommenden Soldaten wurden dort gesammelt und mit der Bahn nach Norden verfrachtet. Wir landeten schließlich in dem großen Lager bei Mauerkirchen, von wo ich am 9. Juni glücklich entlassen wurde.

Mit dem Zug ging es dann Richtung Heimat, zuerst bis Passau und von dort meist mit dem Güterzug, in offenen Güterwagen, nach Regensburg, Nürnberg und Bamberg. In Bamberg machte ich in Anbetracht des gerade herrschenden Regenwetters eine Nacht Rast bei sehr netten wildfremden Leuten. Bamberg ist fast heil geblieben, im Gegensatz dazu ist Würzburg, wohin ich am nächsten Tag mit einem Güterzug fuhr, völlig zerstört. Über Aschaffenburg, Hanau, Fulda, Bebra kam ich mit Unterbrechungen nach Kassel. Sämtliche Main- und Fuldabrücken waren von der Naziwehrmacht gesprengt worden, daher gab es die direkte Strecke nicht mehr. Von Kassel fuhr ich weiter nach Münden, Göttingen, sogar in einem Personenzug, dann nach Hildesheim und Lehrte. Dort wartete ich von zehn Uhr abends an bei Stellwerk XI auf einen nach Hamburg fahrenden Kohlenzug, der aber erst um fünf Uhr früh eintraf und mich bis nach Harburg brachte. Hier hatte ich größte Schwierigkeiten, über die Elbe zu kommen. Bei Altenwerder, zwei Stunden westlich von Harburg, glückte es mir schließlich, da nur die Süderelbe kontrolliert wird. Da zwischen Harburg und Hamburg kein Personenverkehr mehr möglich ist, musste ich durch ganz Waltershof bis an die Norderelbe laufen, wo ich in Athbaskahöft einen Finkenwerder Dampfer erwischte, der mich bis St. Pauli Landungsbrücken brachte.

Unterwegs habe ich immer wieder bei unbekannten netten Leuten übernachten dürfen.

Um neun Uhr abends war ich zu Hause in der Hochallee, glücklich, und Gerda war es auch. Ich hole jetzt den Urlaub nach, den man mir seit zwei Jahren vorenthalten hatte. Im Übrigen liegt hier alles noch sehr darnieder, und niemand weiß, wie es weitergehen soll. Die Verpflegungsrate ist mäßig, es mangelt an allem. Die Engländer müssen eben auch das hungernde Ruhrgebiet mit versorgen."

Hartmut war dem Krieg unbeschadet entkommen. Da er nie Parteigenosse gewesen war und ganz gut englisch sprechen konnte, standen seine Chancen nicht schlecht, in seinen Beruf zurückkehren zu können. Die Presse wurde von der englischen Besatzungsmacht überwacht, es gab kaum noch Zeitungen. Er konnte erst einmal beim neu eingerichteten Hamburger Nachrichten-Blatt unterkommen.

Auch Wolfgang, Magdalenes Bruder, war nach wochenlanger Flucht erschöpft, aber glücklich in Honau auf der Schwäbischen Alb eingetroffen. Dort waren Rosemarie und sein kleiner Sohn Axel bei den Eltern seines Frontkameraden Franz Jäger untergekommen. Berta hatte sich geweigert, in Mainhardt noch weitere ausgebombte Stadtflüchtlinge aufzunehmen.

Noch im März war Wolfgang mit seiner Einheit nach Schlesien verlegt worden. Zusammen mit Franz Jäger hatte er todesmutig Ende April den Entschluss zur Flucht gefasst. Drei Mal waren sie auf ihrem Weg von Russen aufgegriffen und gefangen genommen worden, nur knapp waren sie der angedrohten Erschießung entkommen. Sie hatten jedes Mal fliehen können im Schutz der Nacht und der umliegenden Wälder. Die beiden Fahnenflüchtigen hatten die Strecke von Schweidnitz bis Stuttgart, über 800 Kilometer, ausschließlich zu Fuß zurückgelegt.

Georg hatte im Juli 1945 immer noch nichts von seinen Eltern gehört. Dresden schien unerreichbar zu sein in beide Richtungen, hinaus und hinein. Die Zonengrenzen zeigten sich unüberwindlich, insbesondere die von russischem Militär verwalteten. Es gab kein Herüber oder Hinüber ohne höchste Lebensgefahr. Die sowjetischen Grenzwachen schossen auf jedes Geräusch, jedes Eichhörnchen.

Georg hatte sich selbst davon überzeugen müssen, als er im Juni nach Dessau zu einem Studienfreund fahren und mit ihm berufliche Perspektiven besprechen wollte. Die Reise mit dem Zug konnte erst auf russisch besetztem Gebiet in Nordhausen beginnen. Die Grenze vom englisch besetzten zum russischen Gebiet verlief zwei Kilometer von Braunlage entfernt im Wald, an der Straße nach Elend und Schierke, die beide bereits russisch waren, ebenso wie Wernigerode oder Nordhausen. Bei Nacht hatte Georg die Grenze durch den Wald überwunden und war auch auf dem Rückweg glücklicherweise nicht entdeckt worden.

In Oranienbaum bei Dessau hatte er auch Erika besuchen wollen, da er sie dort bei ihren Eltern vermutete. Dass alle inzwischen in Berlin lebten, hatte er damals nicht gewusst.

Im August erhielten Georg und Magdalene einen Brief ihrer Berliner Mitbewohnerin Konstanze von Wehrlon, die mit ihrem Mann im Erdgeschoss der Björnsonstraße wohnte. Sie schilderte die letzten Kriegstage in Berlin aus ihrer Sicht:

„Acht Tage vor dem Finale haben wir Hausbewohner uns in den Keller verzogen, wo wir Tag und Nacht alle zusammen verbracht haben. Am 26. und 27. April lagen wir unter direktem Beschuss. Ein Volltreffer landete in der Aufschüttung unseres Luftschutzkellers, und in den Hof fiel ein ganzer Strauß von Minen. Selbstverständlich haben unsere Wände wieder allerhand abbekommen und außer in Ihrer Wohnung ist kein heiles Fenster im Haus. Am 27. kamen mittags die ersten Russen in unseren Keller. Dank der Russischkenntnisse meines Mannes behandelten sie uns einigermaßen höflich und haben uns nichts getan.

Als wir am 8. Mai aus dem Keller wieder nach oben ziehen konnten, erwartete uns Schreckliches.

Unsere Höfe und Vorgärten waren voll von Gräbern, in denen Zivilisten, Volkssturmleute, Soldaten und Rotarmisten vorübergehend beigesetzt worden waren. Gräber auf den Rasenflächen vor den Häusern, zwischen den Birken entlang unserer Straße, in den Gärten der Villen gegenüber. Und trotzdem sind wir noch gut davongekommen. In der Künstlerkolonie sind mehrere Villen niedergebrannt, dort hatte sich der Werwolf festgesetzt. Überall ringsherum brannte es. Von der Innenstadt soll kaum noch etwas existieren, stundenlang kann man durch Trümmer wandern.

In Ihre Wohnung haben sich Herr Studer und seine Tochter eine Einweisung erwirkt, weil deren Bleibe völlig ausgebrannt ist. Sollten Sie aber nach Berlin zurückkommen können, werden Sie Ihre Wohnung sicher wieder erhalten, das war zumindest bisher in der Praxis so. Eingewiesene mussten ausziehen, wenn der eigentliche Wohnungseigentümer wiederkam.

Viele Wochen mussten wir unser Wasser vom Sportplatz holen, verbunden mit stundenlangem Anstehen.

Von Schwalbings haben wir insofern Gutes zu berichten, dass sie ihre Wohnung behalten haben und leben. Herr Schwalbing ist allerdings, da er Parteigenosse war, von seiner Behörde entlassen und muss Schutt wegräumen. Die Nazis in unserem Bezirk werden ziemlich scharf herangenommen. Sie müssen Gräber ausheben, Kohlen schippen, Kartoffeln entladen etc. Außerdem sind sie als erstes dran, wenn Betten, Wäsche, Silber oder Möbel von der Besatzung verlangt werden.

Seit gestern funktioniert erst die Post wieder in Berlin."

Frau von Wehrlon bedankte sich ganz besonders für die von allen Hausbewohnern gemeinsam verzehrten zurückgelassenen Vorräte der Familie Feldt an Zucker und Mehl, Marmelade, Gemüsegläsern, Keksen und Fleischbüchsen, die Georg und Magdalene nicht nach Braunlage hatten mitnehmen können:

„Sie können sich gar nicht vorstellen, was Sie uns Gutes getan haben!"

Im August versuchte es Georg erneut, eine Nachricht an seine Eltern zu senden. Er befürchtete Schlimmstes.

„Braunlage, den 6. 8. 1945

Meine lieben Eltern!

Morgen ergibt sich wieder eine Gelegenheit, Euch durch einen Bekannten einen Brief von uns zukommen zu lassen. Ob er Euch diesmal erreicht? Und ob wir eine Rückantwort durch dieselbe Beförderung erhalten können? Ach, wie wären wir glücklich, endlich einmal zu hören, wie es Euch geht und was Ihr in den schrecklichen vergangenen Monaten erlebt habt."

Georg musste davon ausgehen, dass seine bisher nach Dresden geschickten Briefe nicht angekommen waren und beschrieb ein weiteres Mal die Einnahme von Braunlage und die Ernährungslage, die sich inzwischen etwas gebessert hatte. Als wichtige Information erwähnte er, dass sie im Wald Himbeeren und Heidelbeeren gesammelt und Marmelade gekocht hatten.

Dann erzählte er von Luise, dem liebsten kleinen Kind, von dem in Dresden wahrscheinlich noch keiner etwas wusste.

„Nun müsst Ihr noch wissen, dass Braunlage nur noch zwei Kilometer von der russischen Grenze entfernt ist. Mehrfach waren wir davon bedroht, dass es in die russische Zone einbezogen werden sollte. So ist beispielsweise Blankenburg seit zwei Wochen russisch, obwohl es im Land Braunschweig liegt. Wir sitzen also auf einem Pulverfass. Es gibt täglich neue Gerüchte. Einen Teil unserer Sachen haben wir schon nach Göttingen zu Bekannten geschickt, denn wir müssen jederzeit abmarschbereit sein.

Falls wir hier nicht mehr zu erreichen sein sollten, dann versucht über Hartmut in Hamburg oder über Wolfgang in Honau, bei Familie Jäger, Kontakt mit uns aufzunehmen.

Vorerst scheint sich die Lage hier etwas beruhigt zu haben und wir hoffen, noch einige Zeit hier bleiben zu können. Versucht doch, uns nach Halberstadt über die Firma Knopf-Automobile zu schreiben, die dort eingehende Post erhalten wir am ehesten.

Soeben finde ich Durchschläge von unseren bisherigen Briefen an Euch, die ich dazu lege.

Für heute lasst Euch herzlich grüßen, lasst Euch alles, alles Gute wünschen und lasst uns weiterhin hoffen, dass wir uns eines Tages doch wiedersehen können."

Dieser Brief, persönlich von Georgs Bekanntem abgegeben, erlöste Friedrich aus seiner Ungewissheit, wie es seinen Lieben seit dem Ende des Krieges ergangen war.

Am 8. August antwortete er sofort, weil der Bote noch am selben Tag den Brief abholen und nach Braunlage mitnehmen wollte.

„Mein lieber Sohn Georg, meine liebe Magdalene!

Endlich, endlich habe ich von Euch wieder etwas erfahren! Seit März hatte ich kein einziges Lebenszeichen von Euch erhalten. Vor allem weiß ich jetzt, dass Magdalene die schwere Zeit gut überstanden hat. Wie freue ich mich über meine zweite Enkelin Luise! Ich hoffe zu Gott, dass die neue Erdenbürgerin nach und nach mit Euch bald bessere Tage erlebt und später sie stets nur das Glück von der Wiege bis zur Bahre einhüllen möge. Gott beschirme das Kindchen auf allen seinen Lebenspfaden! Wie schön ist es auch, dass Ihr Luise auch noch als zweiten Namen Ilse gegeben habt, zur Erinnerung an unsere beweinte Tochter und Schwester.

Was wirst Du tun, Georg, das tägliche Brot zu beschaffen? Die Arbeit in Deinem alten Amt hängt ja jetzt völlig in der Luft. Doch vertraue auf Deine Tatkraft und Deine Intelligenz, unterstützt durch gute Verbindungen, die sich wohl allmählich wieder anbahnen lassen.

Ich selbst bin auch unentwegt am Überlegen, wie ich mir neue Einkommensverhältnisse verschaffen kann.

Die Hauptsache, auf die ich mich weiter stützen möchte, bleibt Mollduro, mein Gewürzelixier. Aber ich sehe auch andere Möglichkeiten, wenn es mir gelingt, bestimmte Rohstoffe in genügender Menge zu erwerben. Es sind dies Natrium bicarbonicum, Weinsäure, Kaliumcarbonat, Natriumcarbonat, das ist wohl Soda, Weinstein und Calciumcarbonat, Magnesiumcarbonat, Reisstärke, Federweiß, Zinkweiß, Glyzerin, Kochsalz, Äther, Zinkvitriol, Fenchelwasser, Kampfer, Salmiakgeist.

Das ist eine Auslese, womit ich gegebenenfalls Magenpulver, Backpulver, Augenwasser oder Kopfschmerzmittel mit dem Namen ‚Strahlender Schmerzstiller' zum Verkauf an Apotheken fabrizieren könnte. Ich habe in einem Antiquariat ein prachtvolles Buch gefunden, das viele industrielle Rezepte enthält.

Außerdem hatte ich mit einem hier wohnenden Jugendfreund ein schlüssiges Konzept entwickelt zum Verkauf von Bieruntersetzern, Schuhzwecken und Eimern. Doch als wir gerade mit der Besprechung fertig waren, erfuhren wir, dass der Betrieb seines Sohnes in Freiberg, der diese Gegenstände hätte produzieren sollen, beschlagnahmt worden sei und alle Maschinen ‚entnommen'. Was ist das doch für ein Chaos, mit dem Deutschland nach dem Programm der Sieger anscheinend auf kaltem Weg bedacht werden soll? Da halten sie Konferenzen ab, setzen Kommissionen ein, doch bis das alles einmal Früchte bringt, wird die Katastrophe schon eingetreten sein, vor allem in Hinsicht auf den Nahrungsmangel.

Von der ‚Wirtschaftskammer Sachsen' der Nachfolgerin der Gauwirtschaftskammer, habe ich noch nichts gehört wegen meines kleinen Ruhegehalts. Wahrscheinlich wird nichts daraus.

Meine Wohnung versuche ich in den nächsten Wochen winterfest zu machen, bis auf die Scheiben, die auch im Treppenhaus gänzlich fehlen. So werden dann wahrscheinlich die Wasserleitungen und die Klosetts vereisen. Kohlen haben wir alle im Haus noch keine bekommen.

Und nun zu der Anrede Deines Briefes und der mitgeschickten Durchschläge der vorherigen. Du schreibst ‚Meine lieben Eltern'. Ja, Gott im Himmel! Wusstet Ihr denn immer noch nichts von dem Schlag, der Euch und mich getroffen hat?

Mama ist am 20. April ‚fortgegangen'. Trotz verzweifelten Suchens ist sie bisher nicht gefunden worden. Es kann kein Zweifel darüber bestehen, dass sie den Lebenskampf freiwillig aufgegeben hat und es niemals mehr ein Wiedersehen wird geben können.

Ich habe viele Male an Euch und Hartmut nach Berlin, Braunlage und Hamburg geschrieben und bin davon ausgegangen, dass Ihr alle Einzelheiten dieses furchtbaren Unglücks, soweit sie bekannt sind, erfahren habt.

Mama war einfach fertig und mein Einfluss bei ihr war weniger als die kleinste Null. Einfach grausam war das für mich. Ich hatte ja mein ganzes Leben nur das Beste für meine arme verstörte Frau gewollt, die für mich nur falsche Gedanken fand.

Ich grüße Euch aus meinem Vaterherzen, seid umarmt von Eurem Vater Friedrich Feldt

P.S.

Lieber Georg, kannst Du mir einen genauen Herstellungsprozess zum Brennen von Alkohol aus Kartoffeln oder sonstigen Rohstoffen ausfindig machen? Was in den Konversationslexiken steht, weiß ich schon, da habe ich bereits nachgesehen. Ich brauche einen ganz einfachen Weg, und ich bin auf der Suche nach einem Destillierapparat. Auch will ich Aqua destillata machen und verkaufen.

Wie ich hörte, sind die Solvay-Werke in Betrieb, kannst Du nicht einmal dort nachforschen?“

Luise stutzte, konnte es nicht begreifen, was sie gerade gelesen hatte.

Da ist seine Frau vermisst, mit höchster Wahrscheinlichkeit tot, sein Sohn hat seine Mutter verloren, und ihr Großvater Friedrich findet erst im letzten Teil seines Briefs an Georg Worte dafür. Worte mit dem kurzen Inhalt, dass die Mutter verwirrt ihren Weg gegangen sei, von dem sie niemand hätte zurückhalten können.

Da liest Friedrich den überbrachten Brief Georgs und erkennt, dass seine Kinder von dem tragischen Geschehen nichts wissen können, weil die von ihm geschriebenen Briefe nie angekommen waren.

Er setzt sich an seine Schreibmaschine und tippt rasch das für ihn Wichtigste aufs Papier: Chemikalienbeschaffung für seine Mittelchen. Er beeilt sich, denn der Bote, der den Brief übernehmen soll, wird zwei Stunden später vorbeikommen und ihn abholen.

Natrium bicarbonicum oder die Gewinnung von Alkohol aus Kartoffeln ist von größerer Bedeutung als eine tote Ehefrau und Mutter. War das also ihr Großvater, ein ichbezogener, selbstgerechter Despot, beruflich gescheitert und doch immer der selbst gefühlte Herrscher geblieben? Viel Liebe kann er mit diesem Charakter in seinem Leben nicht erfahren haben, überlegte Luise. Und ihre Sympathie würde er auch nicht gewinnen.

Ihre Gedanken wanderten zu der Frau, die ihre Großmutter gewesen war.

Herta war zu ihren Kindern Christian und Ilse gegangen, wie sie es schon die ganzen Jahre immer wieder angedeutet hatte. Dass sie ausgerechnet den 20. April für ihren Lebensabschied gewählt hatte, hing es auch mit dem Geburtstag des ihr verhassten Führers zusammen?

Aus den Lautsprechern der Radios schallten zwar 1945 nicht wie gewohnt Lobreden und Glückwünsche. Das Geburtstagskind Hitler selbst hatte sich mit seinen Getreuen in die Tiefen seiner Bunkerbehausung begeben, von wo er sein wenige Tage später eintretendes Ende zu organisieren begann. Friedrich sprach zu Herta bestimmt trotz aller Schrecknisse immer noch von einem „Endsieg“ und quälte sie mit seiner Verständnislosigkeit und seiner unbeirrten Verkennung der eigenen Lage.

Sie hatte keine Kraft mehr, an ihrem Leben festzuhalten.

Woher kommt aber die Kraft, das Leben zu beenden? Anscheinend verleiht die Verzweiflung übermenschliche Fähigkeiten, schafft wie in Trance ungeheure Willensstärke mit nur einem einzigen Ziel. Luise sah den Ablauf des letzten Tags ihrer Großmutter vor sich.

Grußlos verließ Herta am frühen Nachmittag des 20. April die Wiener Straße, ging zum Bahnhof oder was davon noch übrig war und setzte sich in einen Zug, der nach Rathen fuhr und von dort wieder zurück nach Dresden. In Rathen stiegen alle aus, die Abfahrt nach Dresden sollte eine halbe Stunde später erfolgen.

Herta lief an den Gleisen Richtung Dresden entlang, vorbei an den zum Zug drängenden Reisenden und den durcheinander laufenden Ausgestiegenen. Nach einer Viertelstunde wähnte sie sich so weit vom Bahnhof entfernt, dass sie dem Zug die nötige Anfangsgeschwindigkeit zutraute, die für ihren Plan notwendig war. Es gelang ihr wie erwartet.

Der Zug nach Dresden unterbrach seine Fahrt nur kurz. Der Zugführer hatte erkannt, dass ein Hindernis vom Zug erfasst worden war, das er mit Hilfe von zwei tatkräftigen Mitreisenden von den Gleisen entfernte. Der Zug erreichte Dresden mit einer kleinen Verspätung.

Tote im April 1945 waren nichts Ungewöhnliches, ob erschossen, verbrannt, erstickt oder vom Zug überrollt.

Im August hatte Friedrich noch keine Gewissheit, was seiner Frau genau zugestoßen war. Er war nur sicher, dass sie tot war. Zwei Monate später, im Oktober, erhielt er ein Schreiben aus Rathen. Bei den Aufräumarbeiten an den Gleisen war damals bei der Toten eine Postausweiskarte mit Namen und Adresse gefunden worden. Die Ortsverwaltung von Rathen hatte eine Aktennotiz angefertigt und die Karte dazugeheftet. Im Zuge der Kriegsentwicklung und der russischen Besetzung war der Vorgang liegengeblieben und erst nach vielen Monaten weiterbearbeitet worden. Die Postausweiskarte war dem Schreiben an Friedrich nicht beigelegt worden, sie verblieb bei den Akten.

Wo Herta beigesetzt worden war, ließ sich nicht mehr ermitteln.

Christian, Ilse und Herta, sie wurden fortan aus der Familien-Wahrnehmung ausgeblendet, man sprach nicht über sie.

Luise erinnerte sich, dass sie als Halbwüchsige Magdalene befragt hatte nach ihrer Tante Ilse, nach der sie mit zweitem Namen hieß. Ilse war jung gestorben, aber warum? Und Christian? Sie hatte nichts Greifbares erfahren. Und die Oma Feldt war eben 1945 gestorben. Lange hatte Luise vermutet, dass sie bei der Vernichtung Dresdens umgekommen sein müsste.

Jetzt hatte sie unter den Teppich geblickt, der über alles gelegt worden war.

Der Sommer 1945 ließ kaum noch einen Zweifel zu, dass Herta tot war und keiner sie jemals wiedersehen würde, in diesem Sommer wurde auch Sabine geboren, einen Monat zu früh.

Am 12. Juli 1945, früh morgens um vier Uhr, erwachte Erika an einem sie durchzuckenden Schmerz. Sie weckte ihre Eltern und bat sie dringend, eine Hebamme zu rufen, denn die Anzeichen waren nicht anders zu deuten als Wehen, auch wenn die errechnete Zeit für die Geburt noch nicht erreicht war.

Es war aber keine Hebamme zu finden.

Erikas Mutter geriet in Panik, ihr Vater war ratlos. Den kühlen Kopf behielt Erika. Sie erinnerte sich, dass sie vom Mütterhilfswerk ein kleines Büchlein über Geburtshilfe erhalten hatte. Sie schlug das Buch auf und las ihrer Mutter die für die Geburtshilfe wichtigen Passagen vor. Mutter und Tochter gingen dann streng nach der Lektüre vor, und Sabine verhielt sich wie im Buch geschildert, als hätte sie mitgelesen. Nach eineinhalb Stunden, gegen sechs Uhr morgens, begrüßte Sabine ihre Mutter und ihre Oma mit einem gesunden Schrei. Der frischgebackene Opa eilte aus dem Nebenzimmer herbei, in das er sich geflüchtet hatte und füllte kochendes Wasser in eine Schüssel. Darin wurde erst einmal die Schere aus dem Nähkästchen eingetaucht, ehe sie die Nabelschnur durchschneiden durfte. Erikas Mutter band nach der Gebrauchsanweisung des Mütterbuchs einen Knoten aus dem Rest und badete dann das neue Menschlein im inzwischen angenehm warmen Wasser.

Sabine Schwalbing war auf der Welt. Wie sollte Georg davon erfahren? Briefe wurden noch keine zuverlässig befördert. Telefonieren war noch weniger möglich.

Erika kam auf eine abenteuerliche Idee. Sie würde Georg eine Geldüberweisung schicken. Dieser Dienst der Post funktionierte noch einigermaßen. So erblickte Georg auf seinem Kontoauszug den Zugang von einer Mark mit dem Verwendungstext „Sabina Konstanze geboren 12. Juli".

Nach zwei Wochen gab er diese Neuigkeit auch an Magdalene weiter, die sich mit der kleinen Luise tröstete, indem sie das kleine Bündel aus seinem Körbchen nahm und an sich drückte. Was für ein Glück, dass dieses Erika-Kind weit weg im fernen Berlin lebt, dachte Magdalene.

Der Sommer 1945 brachte neue Aufregungen.

Georg hatte Ende Juli auf Anordnung der britischen Besatzung für den eingerichteten Entnazifizierungsausschuss einen Fragebogen zu beantworteten, ein

„work sheet“. Er musste Auskunft geben über die von ihm ausgeübte Berufstätigkeit, seine politische Vergangenheit, seinen Bildungsstand und seine Vermögensverhältnisse. 1944, als er sich weigerte, dem Volkssturm beizutreten, hatte ihn die NSDAP zwar hinausgeworfen und seine Mitgliedschaft beendet. Das half ihm jedoch nicht viel, allein die Tatsache, dass er als Kriegsverwaltungsrat im Ausland eingesetzt war, wurde vom Ausschuss als schwerwiegend betrachtet.

Im August erhielt er die Mitteilung, dass er sich Anfang September abmarschbereit bei der britischen Militärverwaltung zu melden habe.

Zunächst wurde er nach Goslar und später nach Wolfenbüttel in ein Zwischenlager gebracht. Mit den anderen Festgesetzten sollte er eine Umschulung durchlaufen. Nach drei Wochen wurde er ins Milag nach Westertimke bei Bremervörde eingeliefert.

Mit Westertimke hatte sich Luise schon zu Beginn ihrer Nachforschungen beschäftigt, jetzt wurde sie wieder hineingezogen durch die Briefe ihrer Mutter aus dieser Zeit.

Magdalene berichtete Hartmut Ende September über die unglückliche Entwicklung und von ihrer großen Angst vor dem Winter. Das Haus Niedersachsen verfügte über eine Zentralheizung. Zusätzliche Öfen wurden für Wohnungen mit Zentralheizung nicht genehmigt, und außerdem gab es in Braunlage keine Öfen zu kaufen. Magdalene beschwor Hartmut, auch ohne vorliegende Genehmigung für sie einen elektrischen Ofen mit Heizplatte aufzutreiben. Mit dem geplanten Ofen würde sie unabhängig von den anderen Hausbewohnern für sich in ihrem Zimmer kochen können. Denn die Küche und der mit Holz zu befeuernde Herd befanden sich zwei Stockwerke tiefer und wurden von allen Hausbewohnern benützt.

Hartmut und Gerda waren durch Magdalenes Brief äußerst beunruhigt über Georgs Schicksal und fuhren nach Westertimke. Sie wollten sich selbst ein Bild von Georgs Lage machen.

„Hamburg, den 13. Oktober 1945

Liebe Magdalene!

Gestern sind wir nun von unserer dreitägigen Reise nach Westertimke zurückgekehrt. Wir konnten nicht viel erreichen und haben Georg nicht gesprochen. Wir wissen nicht einmal sicher, dass er dort ist. Wir haben allerdings einiges erfahren, aus dem wir entnehmen mussten, dass für irgendeine Beunruhigung gar kein Anlass vorliegt.

Es war eine schwierige Reise. Erst einmal mussten wir eine Reisegenehmigung erhalten, das dauerte vier Tage. Am 9. Oktober konnten wir schließlich starten, mit einem Zug, in dem fürchterliches Gedränge herrschte und wir stehen mussten.

Unsere Fahrkarte galt bis Zeven. Wir hatten eine Dreiviertelstunde Verspätung, so war der Anschlusszug nach Zeven in Tostedt schon weg. Da wir unsere Fahrräder mitgenommen hatten, fuhren wir auf diesen bis Zeven, wo wir abends ankamen. Dort fanden wir in einem Gasthof, der kurz zuvor von den Engländern geräumt worden war, auf einem Sofa in der Gaststube eine Unterkunft für die Nacht. Am nächsten Morgen legten wir die dreizehn Kilometer zum Lager nach Westertimke vollends zurück, wieder per Rad. Unterwegs ereilte Gerda noch ein Plattfuß am Hinterrad. Wir gelangten jedoch nicht einmal zum Lagereingang, der Weg dorthin war nicht passierbar. Wir versuchten unser Glück beim Intelligent Service, wo wir von einem fließend deutsch sprechenden Kanadier die freundliche, aber bestimmte Auskunft erhielten, dass es ganz ausgeschlossen sei, mit den Internierten in Verbindung zu treten. Man erklärte uns, die Lagerinsassen bekämen genügend zu essen und müssten auch nicht frieren, denn in den Stuben würde geheizt, und Wäsche, die wir für Georg dabei hatten, würde auch nicht gebraucht.

Wir versuchten dann anschließend, über den Bürgermeister des Dorfes etwas zu erreichen. Er hat uns zugesichert, dass er bei den Engländern anfragen will, ob Georg überhaupt dort ist, das könnte aber einige Tage dauern.

Das Wäschepaket will er versuchen, Georg zukommen zu lassen. Die ganze Stube des geplagten Mannes lag aber bereits voll mit unzustellbaren Paketen, die er durch die Zensur bringen soll. Dass es so schwierig ist, etwas ins Lager zu schaffen, liegt daran, dass die von den Engländern anfangs gewährten Erleichterungen von den lieben Deutschen missbraucht worden sind. Falls Du Georg über den Bürgermeister etwas zukommen lassen willst, musst Du sein Geburtsdatum und die Heimatanschrift mit angeben, denn unter den 3000 bis 4000 Insassen befinden sich welche mit gleichen Namen.

An die Internierten heranzukommen ist nicht möglich. Die meisten hier sind politische Häftlinge. Da Georg zu der Rubrik ‚Beamte und Beschäftige im Ausland' gehört, ist er nicht inhaftiert, sondern ‚in Gewahrsam genommen'. Doch auch das kann Monate dauern.

Wie wir gehört haben, befinden sich in einem Raum bis zu siebzehn Personen. Die Lagerinsassen schaffen sich selbst allerlei Zeitvertreib und organisieren Vorträge, Kurse und Aufführungen aller Art. Es gibt anscheinend auch eine Bibliothek. Auch die Verpflegung ist annehmbar, täglich ein warmes Essen, Brot mit Belag sowie Kaffee und Tee.

Sei froh, dass Du nicht selbst hierher gefahren bist, Du hättest die beschwerliche Reise mit Sicherheit umsonst gemacht.

Und nun zu Deiner Bitte mit dem Ofen. Ganz Hamburg kocht jetzt elektrisch, solange noch kein Gas da ist. Der Ofenbauer, der für Euch den Ofen herstellen soll, ist bis oben mit Reparaturarbeiten eingedeckt, er hat im Augenblick keine Zeit für neue Öfen, und zudem fehlt es an Material.

Herzlich grüßen Dich Hartmut und Gerda"

Magdalenes Eltern Lydia und Wilhelm Berger wohnten mit Gisela zwar wieder in ihrem Haus in Degerloch, doch es fehlten noch verschiedene Türen im unteren Stockwerk, und im ersten Stock waren die Fenster nur mangelhaft repariert. Der Wind zog durch viele Ritzen. Es gab weder Material noch Handwerker, vor dem Frühjahr würde nichts verbessert werden können. Im Oktober 1945 schrieb Lydia an Magdalene:

„Sehr froh müssen wir sein, dass wir überhaupt hier noch wohnen dürfen, viele müssen von einer Stunde auf die andere aus ihren Häusern heraus und wissen nicht, wohin sie gehen sollen. Die vielen Flüchtlinge müssen irgendwo wohnen und alles ist doch zerstört! In Stuttgart sind Zigtausende ohne Unterkunft. Doch wenn man das himmelschreiende Leid der Schlesier sieht, dünkt man sich fast im Paradies! Bettelarm, ohne jegliche Habe, kommen die Mütter mit Kindern, ohne Mann, hier an. Wenn Du an diese Menschen denkst, dann erscheint Dein eigenes Los nicht ganz so schwer. Gib die Hoffnung nicht auf, bald wird Georg wieder bei Euch sein. Und schon beim letzten Krieg mit Inflation und schlimmem Leid hat man sich wieder erholt.

Die Zimmer im Dachstock sind vom Wohnungsamt beschlagnahmt, doch bis jetzt kann da keiner wohnen. Inzwischen hat Wolfgang die Berechtigung zum Einzug dort erhalten. Die untere Wohnung kann er nicht bekommen, wir kriegen die Mieterin nicht hinaus. Wolfgang, Rosemarie und Axel geht es ganz gut, sie sind noch in Honau bei den Eltern von Franz Jäger, dem Kriegskameraden, mit dem Wolfgang damals geflohen ist.

Dein Bruder will noch abwarten, wie sich die Lage entwickelt. Bis jetzt darf niemand ein Geschäft anfangen, der Ami gibt keine Erlaubnis.

Wolfgang ist dauernd mit dem Lastwagen unterwegs. Er hat aus Mainhardt einige von Deinen Sachen abgeholt, die nicht gestohlen wurden, etwas Herrenwäsche und Tischtücher. Ich habe alles in einen Koffer gepackt. In Mainhardt haben sie wieder Vieh. In der Scheune, wo Eure Möbel abgestellt sind, liegt jetzt Heu und Stroh und stehen Kühe. Die Möbel haben sie in einer Ecke untergebracht, wir sollen sie schnellstmöglich abholen. Aber wohin?"

Am 20. November schrieb Regina an Georg:

„Liebster Papa!

Wie geht es Dir denn dort im Lager Du ärmster Papa? Uns geht es hier ganz gut. Luischen isst schon schön seine Möhrchen. Alle Einwohner des Bezirks

Braunschweig werden innerhalb von acht Tagen drei Mal gegen Typhus geimpft. Sogar drei Mark pro Person muss man noch dazu bezahlen. Wir haben einen neuen Lehrer bekommen, er heißt Herr Möller. Ich habe eine Eins im Diktat und im Aufsatz gekriegt. Lieber Papa, bald habe ich Geburtstag, ich bin sehr traurig, dass Du nicht da bist. Elf Jahre werde ich dann. Heute war Frost und Raureif. Die Sachen, die draußen hingen, waren steif wie Bretter. Morgen haben wir schulfrei, weil Buß- und Bettag ist.

Viele Grüße und Küsse, Deine Regina und Luise".

Regina schloss ihren Brief mit dem Text von Georgs geliebtem Lied, wie sie es in Erinnerung hatte:

„Zum Abschied reich ich dir die Hände und sag ganz leise auf Wiedersehn. Ein schönes Märchen ging zu Ende und war doch so schön. Drum will ich dich im Herzen tragen, du weißt ja nicht, wie gern ich bei dir blieb. Drum will ich dir zum Abschied sagen, ich hab dich so lieb."

Magdalene erhielt Mitte November zwei Päckchen von ihrer Mutter. Erfreut bedankte sie sich:

„Braunlage, den 29. November 1945

Liebe Mutter, lieber Vater, liebe Gisela!

Regina und ich haben uns ungeheuer gefreut über die Äpfel und das von Gisela genähte Entchen für Luise. Lasst Euch für alles herzlich danken.

Alle unsere Sachen, die wir in Dresden gelagert hatten, es waren mindestens vierzehn Koffer und Kisten, sind gestohlen worden. Auch das Silber aus dem Banksafe ist weg, ebenso unser Familienbuch und die Versicherungspolicen. Georgs Vater schrieb, dass teilweise bis zu fünfzehn Ostarbeiter in seinem Keller wühlten und alles mitnahmen oder zerschlugen. Auch Konrads einziger Koffer, den er noch dort hatte, ist gestohlen, auch Uhren und Schmuck. Überhaupt sind die Verhältnisse in Dresden trostlos. Die Menschen hungern in einem kaum vorstellbaren Maß. Sieben Wochen lang gab es so gut wie kein Fleisch, Gemüse, Fett oder Mehl, nur Kartoffeln und Brot. Gerade die alten Leute werden von Tag zu Tag schwächer.

So betrachtet ist es eine Gnade, dass unsere gute Oma Feldt dies nicht mehr mitmachen musste. Denn sie ist nicht mehr am Leben. Am 20. April hat sie das Haus zu einer Fahrt in die Nähe von Dresden verlassen und ist dort nie eingetroffen. Obwohl der Opa alles versuchte, über ihr Schicksal etwas zu erfahren, weiß man nur, dass sie tot ist.

Wie Recht hat sie doch gehabt mit ihren Ansichten, wie hat sie alles viel besser durchschaut als wir alle!

Von Georg habe ich über einen Entlassenen erfahren, dass im Lager das Essen inzwischen knapp ist und dass kaum geheizt wird. Die Inhaftierten werden auch nicht vernommen. Allmählich komme ich zu der Überzeugung, dass irgendeine Anzeige von einem lieben Deutschen hinter dem Ganzen steckt. Denn wenn alle verhaftet worden wären, die einmal eine wichtigere Stellung eingenommen hatten, dann müssten doch noch viele andere Leute auch festgesetzt worden sein. Ich will ein amtsärztliches Attest und ein Gesuch von mir an den Kommandanten weiterleiten. Wie es Georg geht, weiß ich nicht, er darf wohl bisher nicht schreiben. Ich schreibe ihm immer wieder, in der Hoffnung, dass er doch ab und zu eine Nachricht erhält.

Liebe Mutter, gern würde ich alle Verluste verschmerzen, wenn wir eine Möglichkeit sehen könnten, wieder von vorne anfangen zu können. Aber wer weiß, wie lange Georg noch festgehalten wird. Und wo lässt sich heute neue Arbeit finden? Wolfgang kann die Entwicklung viel ruhiger abwarten, hat er doch die Aussicht, Euer Geschäft wieder aufbauen zu können.

Für den Winter haben wir drei Raummeter Holz an Vorrat. Wir brauchen es zum Kochen auf dem Küchenherd.

Luischen ist immer zufrieden, kann jetzt schon sitzen. Bald wird das erste Zähnchen da sein.

Regina freut sich auf ihren Geburtstag. Ich habe ein blaues Wollkleid für sie, das ich noch in Berlin vor unserer Abreise hatte kaufen können.

Alles Liebe, schreibt bald wieder, Eure Magdalene“

Hartmuts berufliche Aussichten entwickelten sich erfreulich. Im Frühjahr 1946 sollten in Hamburg wieder eigene Zeitungen erscheinen dürfen. Den demokratischen Parteien wurde erlaubt, selbst ihr Blatt herausgeben zu dürfen. Hartmut war Mitglied der FDP geworden und rechnete damit, dass er in die Redaktion der demokratischen Partei-Zeitung aufgenommen würde.

Er schrieb an Magdalene am 16. Dezember 1945:

„Vor einigen Tagen hat ein guter Bekannter, der Sozialdemokrat ist und in seiner Partei Einfluss hat, mir angetragen, doch die Wirtschaftsredaktion bei der in Entstehung begriffenen sozialdemokratischen Zeitung zu übernehmen! Das habe ich zwar abgelehnt, aber Du siehst, als was für ein zuverlässiger Antinazi ich angesehen werde. Und das mit Recht, denn kaum einer hat unter diesem furchtbaren System, das an all unserem Unglück schuld ist, so gelitten wie ich. In dieser Hinsicht war ich ja auch mit der guten Mama einer Meinung. Auch Mama ist ein Opfer dieser Zeit geworden. Immer muss ich daran denken, wie maßlos traurig alles ist, was mit ihrem armen Schicksal zusammenhängt.

Ich wünsche Dir, Regina und dem Baby ein gutes Weihnachtsfest, an dem hoffentlich auch Georg wieder teilnehmen kann.

Euer Hartmut“

Am 18. Dezember erhielt Magdalene ein Telegramm: „Bin entlassen und hoffe spätestens am Sonntag bei Euch Lieben zu sein. Georg Feldt“

Weihnachten 1945 feierten alle zusammen im Haus Niedersachsen das erste Weihnachten im Frieden.

Schicksalsreisen

Im April 1946 brach Georg zu einer Reise nach Süddeutschland auf. Er musste sich nach möglichen beruflichen Perspektiven umsehen, seine Ersparnisse waren weitgehend aufgebraucht.

Den „Persilschein“, dass er erfolgreich entnazifiziert sei, hatte er im März endlich erhalten.

Deutschland war unter den Siegern verteilt, Braunlage gehörte zur englischen Zone. Ein Jahr zuvor war es zwar von amerikanischen Streitkräften eingenommen, dann aber den Engländern zugeschlagen worden, deren Zuständigkeitsgebiet neben einem Teil des Rheinlands das Ruhrgebiet und Norddeutschland bis zur russischen Zone im Osten umfasste. Hessen und Württemberg waren amerikanisch, das restliche Rheinland, Baden und der Südwesten Württembergs waren französisch besetzt.

Innerhalb der von den Westmächten kontrollierten Zonen war das Reisen vom Frühjahr 1946 an ohne komplizierte Grenzkontrollen möglich. Die Grenzgänger mussten sich allerdings durch Passierscheine ausweisen. Von Juli 1946 an wurden Interzonenpässe ausgestellt, die für dreißig Tage gültig waren. Beim Überschreiten einer Grenze ins russisch besetzte Gebiet oder zurück war ein solcher Interzonenpass zwingend vorzulegen.

Seine Reise führte Georg zuerst nach Stuttgart, wo er sich bei verschiedenen Verlagen vorstellte, bei Engelhorn, Rowohlt, bei Franckh-Kosmos, der Deutschen Verlagsanstalt, bei Cotta und Thienemann. Er dachte an eine Tätigkeit als Verfasser oder Lektor für wissenschaftliche Fachliteratur. Auch bei Kodak in Stuttgart-Wangen versuchte er sein Glück, schließlich war er Experte in Fotochemie.

Die nächste Station war Honau, wo Magdalenes Bruder mit Familie bei Wolfgangs Kriegskameraden Jäger untergekommen war. Wolfgang sprühte vor Tatkraft. Er würde erst das zerstörte Haus in der Haußmannstraße, die er immer noch Kanonenweg nannte, neu aufbauen, dort auch die Geschäftsräume wieder einrichten und „Berger, Kunsthandel und Rahmungen" in neuem Glanz auferstehen lassen. Auf seinen zahlreichen Fahrten mit dem Lastwagen hatte er schon eine ganze Reihe Bilder und Plastiken besorgt.

Dass Georg und Magdalene sich vielleicht auch im Kunsthandel nützlich machen könnten, wagte Georg vorzuschlagen. Schließlich kannte Magdalene das Metier, hatte sie doch jahrelang bei ihren Eltern mitgearbeitet. Wolfgang vertröstete Georg, wenn die Geschäfte gut liefen, könnte sich vielleicht später eine Möglichkeit zur Mitarbeit ergeben, doch zunächst würde er es mit Rosemarie allein versuchen.

Eine Nacht blieb Georg noch in Honau bei Wolfgang, Rosemarie und dem kleinen Axel. Drei Monate später würde sich noch Adelheid dazugesellen, bei Rosemarie schon deutlich sichtbar.

Weiter ging es nach München, wo er sich beim Perutz-Werk, der Südchemie und dem Piper-Verlag bewarb.

In Augsburg und Lauingen versprach er sich Arbeit bei chemischen Betrieben, die sich bereits wieder im Aufbau befanden. Das Chemiewerk in Lauingen stellte ihm zu einem späteren Zeitpunkt einen leitenden Posten in Aussicht, man würde sich bei ihm melden, wenn es soweit sei.

In Mainhardt suchte er Berta und Johann Berger auf. Sie hatten noch die Feldt'schen Möbel in der Scheune in Verwahrung und waren bereit, sie so lange zu lagern, bis sich für Magdalene und ihn wieder eine Wohnung gefunden hätte. Wo auch immer, vielleicht auch wieder in Berlin, in der Björnsonstraße. Trotz ihres Entgegenkommens trug Georg ihnen weiterhin nach, dass sie Magdalene damals 1944 vor die Tür gesetzt hatten.

Hoffnung setzte er im nächsten Schritt auf Ludwigshafen, wo die zur I.G. Farben gehörende BASF nach der Bombardierung langsam wieder in Gang kam. Georg rechnete damit, dass ein dort tätiger Studienkollege, Dr. Klein, ihm Rhodankalium, Kaliumthiocyanat, besorgen könnte, das nötig war zur Feinabstimmung der Kontraste in der Dunkelkammer. Für ein Fotolabor, das er auch als mögliche Verdienstquelle in Erwägung gezogen hatte, brauchte er diese Chemikalie. Dr. Klein sah sich jedoch außerstande, die gewünschte Menge an Kaliumthiocyanat aufzutreiben.

Auch beim I.G.-Werk in Hoechst konnte er kein Kaliumthiocyanat erhalten. In Frankfurt meldete er sich bei der Dechema, der Gesellschaft für Technische Chemie und Biotechnologie, bei der er Mitglied war. Er hinterließ seine Adresse für eventuelle Arbeitsangebote, speziell für sein Fachgebiet Fotochemie.

Über Wiesbaden fuhr er nach Bad Kreuznach zu Karl Henzler, der inzwischen geschieden war. Frau und Kinder waren weggezogen nach Bayern, zu einer Tante von Frau Henzler. Das Haus in Kreuznach war wieder bewohnbar, und Georg wurde freundlich aufgenommen. Aber Henzler hatte selbst keine Aussicht auf irgendeine Anstellung, er konnte Georg nicht weiterhelfen.

Übernachten konnte er auf der gesamten Reise ohne Schwierigkeiten bei Freunden, Bekannten und Verwandten. Man half sich in diesen Zeiten, so gut es ging. Gäste pflegten nicht anspruchsvoll zu sein und waren auch mit einem Matratzenlager hoch zufrieden.

Erschöpft, aber wohlbehalten kehrte er wieder nach Braunlage zurück.

Sechs Wochen war er unterwegs gewesen. Die anstrengende Reise hatte eigentlich kaum Ergebnisse gebracht. Greifbare Aussichten auf eine Anstellung bot nur das Lauinger Chemiewerk. Dass bei einer Zusage auch Erika Schwalbing als Sekretärin willkommen wäre, erfuhr Magdalene nicht.

Während Georgs Abwesenheit hatte Magdalene sich eines Abends die Briefe vorgenommen, die Erika an Georg nach Braunlage geschickt hatte. Nachdem der Postverkehr sich wieder normalisiert hatte, war jede Woche ein Brief von ihr eingetroffen. Einige wenige kannte sie schon, die Georg sie hatte lesen lassen.

Erika schilderte ihren Tageslauf und den Kampf ums tägliche Brot, später auch kleine Episoden von Sabinchen, ihrem ganzen Glück. Doch ihre ständigen Liebesbeteuerungen riefen in Magdalene Gefühle von Wut und Hilflosigkeit wach. Nur ein Gedanke beherrschte sie: Sie musste mit dieser Frau sprechen, die ihren Mann mit ihrer Liebe, auch aus der Ferne, weiter an sich zog.

Im Juli 1946 fuhr Magdalene, ausgestattet mit Interzonenpass, auf den sie drei Wochen hatte warten müssen, nach Berlin. Über ein Jahr lang war sie nicht mehr dort gewesen, und was war alles seither geschehen! Sie wollte zum einen sehen, was aus ihrer Berliner Wohnung geworden war und wie es den anderen Hausbewohnern ging, zum anderen Erika Schwalbing zu einer Aussprache treffen.

Magdalene trug ihr weniges Gepäck in einem Rucksack bei sich und ging zu Fuß zum Grenzposten, die Zonengrenze befand sich ja fast vor der Haustür. Man ließ sie passieren, nachdem sie ausgefragt worden war, was sie in Berlin zu tun gedenke. Sie schilderte glaubhaft, dass sie nach ihren Verwandten sehen wolle, eine Tante sei schwer krank und die Familie brauchte ihre Hilfe für ein paar Tage. Auch der Inhalt ihres Rucksacks, nur Dinge, die zum Übernachten gebraucht wurden, wurde nicht beanstandet.

In Nordhausen bestieg sie morgens den Zug. Sie musste mehrmals umsteigen und kam nach sechs Stunden am späten Nachmittag in Berlin an. Die U-Bahn fuhr nicht, erst gegen Abend erreichte sie Steglitz und die Björnsonstraße. Sie traf die Hausbewohner alle an, es gab ein rührseliges Wiedersehen. Die von Wehrlons fingen sofort wieder an von den lebenserhaltenden Vorräten zu sprechen, die sie in Feldts Keller vorgefunden hatten. Herr und Frau Wandel luden Magdalene zum Übernachten ein und Frau Bodemer kochte eine kräftige Bohnensuppe mit Speck zum Abendbrot.

Den ganzen Abend saß die Hausgemeinschaft bei Wandels zusammen und erzählte sich, was sich bei ihnen inzwischen ereignet hatte. Für Georg wünschten sich alle, dass er bald eine Stelle fände.

Am nächsten Tag machte sich Magdalene nachmittags auf zu Erika. Sie wohnte in Friedenau, in der Rubensstraße.

Magdalene ging durch die Straßen, vorbei an den wenigen noch bestehenden Häusern, die von unzähligen Lücken fehlender Häuser umgeben waren. Die Orientierung war erschwert, weil die Straßenecken ihren Charakter verloren hatten und durch den herumliegenden Schutt alle ähnlich aussahen. Straßenschilder waren nur wenige wieder aufgestellt. Die Rubensstraße lag im Malerviertel, die umliegenden Straßen waren auch nach Malern benannt.

Erika wohnte seit vier Jahren dort, in einer Wohnung mit drei kleinen Zimmern. Ihre Eltern waren in den letzten Kriegstagen auch bei ihr eingezogen und Sabine schon fast ein Jahr alt. Erikas Wohnung war von den gröbsten Fliegerschäden befreit, auch wenn noch ein Loch in der Hauswand klaffte.

„Schwalbing". Magdalene hatte das Haus erreicht und klingelte. Erika erwartete sie schon, denn Magdalene hatte ihren Besuch durch einen Brief angekündigt. Sie begrüßten sich kühl. Sabine hatte gerade geschlafen und brüllte empört, als Erika sie aus dem Bettchen herausnahm.

Sie hat Georgs Augen, erkannte Magdalene, als Sabine mit Schreien kurz innehielt und Magdalene anblickte. Sie hat kein Recht auf diese Augen, dachte Magdalene. Und Erika hat kein Recht auf Georg.

Sabine war erschöpft eingeschlafen, Erika legte sie in ihr Bettchen zurück. Die beiden Frauen setzten sich in die Küche, die gleichzeitig als Wohnzimmer dienen musste. Magdalene spürte die Gedanken von Erikas Mutter, die innerlich das Eindringen ihrer Tochter in eine fremde Ehe zu entschuldigen schien. Erikas Vater umgab sich mit einer abweisenden Distanz, er hatte sich damit abgefunden, dass seine Tochter ein Kind hatte, dessen Vater verheiratet war und zwei weitere Töchter hatte. Sabine gehörte nun zu seiner Familie, der Kindsvater war nicht willkommen, und dessen Frau auch nicht. Die Eltern zogen sich in ihren Schlafraum zurück, sie wollten das Gespräch nicht stören.

Erika bot Magdalene ein Stück Rührkuchen an und hatte für diese Begegnung eine Ration Kaffee aufgespart. Sie fing als erste an zu reden und versicherte Magdalene, dass sie ihre Zukunft ohne Georg plane. Sie fühle sich stark genug mit ihrem Kind und für ihr Kind. Georg solle mit seiner Familie glücklich werden, die Zeit mit ihm würde aber zu der schönsten ihres Lebens gehören.

Magdalene war überrascht, sie dachte an die Liebesschwüre, die in Georgs Nachttisch lagerten.

„Weiß Georg von deiner Entscheidung?"

„Ich habe mich bisher nicht getraut, aber jetzt werde ich ihm schreiben."

Ihr Gespräch zog sich noch eine Stunde hin, bestimmt von Sorgen um die Zukunft. Als Magdalene wieder auf der Straße stand, fühlte sie sich leer, ohne Regung. Glück, dass die Geliebte verzichten wollte, empfand sie nicht. Sie fürchtete sich vor dem, was kommen könnte.

Die ganze Heimreise über kreisten ihre Gedanken um das Erlebte. Noch vor Georg hatte sie sein Kind gesehen, denn er war nach Sabines Geburt nicht mehr in Berlin gewesen.

Georg würde sie ausfragen, was sie in Berlin erlebt hätte. Sie würde ihm alles erzählen müssen. Es war ihr in den ganzen Jahren ihres Zusammenseins nie gelungen, etwas zurückzuhalten. Oft genug hatte sie sich vorgenommen, Georg etwas nicht zu sagen. Doch ihre Vorsätze hielten der Wirklichkeit nicht stand, und so gab sie ihre Gedanken, auch wenn sie taktisch unklug waren, im Gespräch preis. Die Folgen waren nicht selten unerfreulich, denn Georg rächte sich mit stummem Schmollen über Tage. Oft war nur ein „Zu-Kreuze-Kriechen" in der Lage, den Haussegen wieder herzustellen.

Magdalene kehrte am späten Nachmittag unbehelligt nach Braunlage zurück.

Regina war froh, dass ihre Mutter wieder zu Hause war. Aufgeregt erzählte sie von ihrem kleinen Schwesterchen, dass es brav gegessen und nachts durchgeschlafen hätte, und dass sie alle drei mit dem Papa zusammen einen langen Waldspaziergang gemacht hätten.

„Mutti, denk nur, es gibt schon Heidelbeeren im Wald!"

Georg wartete bis zum Abend mit seinen Fragen.

„Ja, ich habe Erika aufgesucht. Sie ist jetzt nur Mutter und will ohne dich weiterleben."

Georg konnte nicht glauben, was Magdalene ihm da gesagt hatte. Er ging ins Schlafzimmer, zu seiner Briefschublade und vergrub sich in die liebevollen Briefe Erikas. Kein Hinweis fand sich, auch nicht die kleinste Andeutung, dass Erika sich von ihm lösen wollte. Ob Magdalene eine Intrige plante? Eigentlich war das nicht ihre Art, er kannte sie lange genug. Sie war immer ehrlich gewesen, überlegte er.

Sie gingen wortlos zu Bett, und die nächsten Tage verliefen nur wenig gesprächiger. Georg lief oft allein in den Wald und kehrte oft erst nach Stunden zurück.

Er schrieb an Erika, das aufdringliche Klappern seine Schreibmaschine gab Auskunft über den Umfang seiner mitgeteilten Gedanken. Eine Woche später kam ein Päckchen für Georg an. Er riss es ungeduldig auf und hielt Erikas Tagebuch für Sabine in der Hand, zusammen mit einem Abschiedsbrief Erikas. Was Magdalene berichtet hatte, war eingetreten.

Das Tagebuch. Was sie für ihr Kind aufgeschrieben hatte, sollte nun Georg auch zu lesen bekommen und über den Umweg „Sabine" die neue Wahrheit erfahren.

Er sollte das Tagebuch aber nicht nur lesen, sondern selbst eine Seite beschreiben für sein Töchterchen. In seiner niedergedrückten Stimmung malte er Zeile für Zeile mit seiner zierlichen Schrift, mit Pelikan-Tinte in Königsblau, aus ihm hervorquellende Worte an sein unbekanntes Kind in das Heft, klagte ihm das tiefe Leid, das seine Mutter ihm bereitet hatte.

Magdalene überraschte ihn beim Schreiben, konnte nicht begreifen, was sie beim Überfliegen seiner Sätze erkannt hatte: Georg hatte Erika angeboten, sie zu heiraten! Und mit ihr und Sabine zu leben!

Dass Erika seinen Wunsch abgelehnt hatte, machte die Sache auch nicht besser.

Georg brachte das Tagebuch zur Post. Einen Brief schickte er am nächsten Tag nach, gespickt mit Selbstmitleid, Vorwürfen und der nochmaligen Aufforderung, zu ihm zu kommen.

Zwei Wochen später traf Erikas Antwort ein. Sie hatte ihr Kind gewählt, nicht Georg.

In der zweiten Septemberwoche hielt er es nicht mehr aus, er musste nach Berlin, zu Erika, ein letztes, klärendes Gespräch mit ihr führen. Alles Flehen Magdalenes konnte ihn nicht davon abbringen.

Auf einen Interzonenpass wollte er nicht warten, so kam nur die grüne Grenze in Betracht, nachts durch den Wald nach Nordhausen ins russisch besetzte Gebiet, und von dort weiter nach Berlin.

Die russischen Grenzpatrouillen waren unberechenbar, durchstreiften den Wald auch mit Hunden.

Doch fast noch schlimmer und bedrohlicher war, dass sich im Harz, in der Gegend, die Georg durchqueren musste, ein Mörder herumtrieb, der die heimlichen Grenzgänger überfiel, sie ausraubte und erschlug oder mit dem Messer tötete. Der Unhold hatte es auch auf Frauen abgesehen, schon mehrere Frauenleichen, vergewaltigt und erwürgt oder erstochen, waren im Wald aufgefunden worden. Man munkelte auch, dass er sich als Führer für den illegalen Grenzübertritt seinen Opfern andiente. Gefasst war er noch nicht, und dass er Rudolf Pleil hieß, wusste noch niemand. Die Polizei selbst fürchtete sich vor ihm und ging, wenn überhaupt, nur in Gruppen von mehreren Polizisten auf Streife und war dadurch leicht zu umgehen. Zudem reichte ihre Zuständigkeit nur bis zur Zonengrenze.

Georg schlug sich allen Gefahren zum Trotz unbeschadet nach Berlin durch. Mehrmals hatte er sich im Wald flach hingelegt, aufgeschreckt durch ein Rascheln in der Nähe. Stets war es aber irgendein harmloses Tier gewesen.

In der Rubensstraße war er anderntags am frühen Abend bei Erika eingetroffen. Das Kind, Sabine, schlief bereits.

Erikas Eltern räumten das Feld und quartierten sich bei Verwandten in Charlottenburg ein. Sie kannten Erikas Entscheidung und hofften, dass sie stark bleiben würde.

Fast eine Woche versuchte er erfolglos, Erika umzustimmen. Sie hatte den Georg ihrer Liebe in ein Mausoleum eingeschlossen. Der Georg der Realität, schmal und blass, ohne Arbeit und Perspektive, verheiratet, zwei Kinder, passte nicht mehr.

Enttäuscht, gescheitert, begab er sich auf den Rückweg.

Magdalene plagte sich in Braunlage durch die Tage, zerrissen zwischen Bangen und wütender Verzweiflung. Wie hatte sie sich doch gewünscht, dass mit Luises Geburt das Schicksal die Weichen so gestellt hätte, dass Georgs Lebenszug unumkehrbar auf das Gleis gelenkt worden wäre, das zu ihr und ihren Kindern führte. Wie oft hatte er ihr versichert, dass sie, nur sie, Magdalene, seine Heimat sei, sein Hafen. Doch sein Schiff war wieder ausgelaufen, die Rückkehr ungewiss.

Erikas Entschluss, ihr Leben mit ihrem Kind, ohne Georg, weiterführen zu wollen, hatte kein Ende gebracht, sondern einen unheilvollen Beginn von nicht absehbaren neuen Verwicklungen.

Regina hatte am Abend nach Georgs Abreise gefragt, ob denn der Papa das Schwälbchen und Sabine aus Berlin mitbringen würde. Magdalene zwang sich, nicht zu erschrecken, und rang sich zu einer Bemerkung durch, mit der sie Regina von weiterem Fragen abhalten wollte: „Das wäre schön."

Georg war gegangen. Zu Erika und diesem Kind. Würde er wiederkommen? Er hatte es ihr versprochen.

In den Nächten lag sie oft bis zum Morgengrauen wach. Ihre Gedanken verirrten sich in Erinnerungen, versuchten, die sorgenreiche Gegenwart auszublenden.

Fast zwanzig Jahre waren sie nun schon zusammen. Magdalene dachte sich zurück in die Anfänge ihres Miteinanders.

1927 war Georg in ihr Leben getreten. Es war der 23. August. Ein Jahr zuvor war sie an diesem Tag aus Lausanne zurückgekommen. In Lausanne-Prilly hatte sie in einer Haushalts- und Handelsschule, der „Ecole ménagère La Semeuse",

Kochen, Nähen, Buchhaltung und Haushaltsführung, Tanzen, Französisch und gutes Benehmen gelernt, zusammen mit zehn anderen jungen Mädchen. Ein ganzes Jahr dauerte diese Schulung fürs Leben. Weg von daheim, weg von ihrem in seiner religiösen Welt versponnenen Vater, hatte sie sich richtig frei gefühlt. Manchmal dachte sie liebevoll an Marcel zurück, ihren Partner beim Tanzkurs, der ihr ein winziges silbernes Schächtelchen geschenkt hatte, am Boden eingraviert „Souvenir de Marcel 1926". Die winzige Schatulle verwahrte sie später im Arzneischränkchen, passend für eine oder zwei Aspirintabletten auf Reisen.

Nach ihrer Rückkehr aus Lausanne musste sie voll in den Betrieb der Eltern einsteigen. Die „Kunsthandlung Berger, Bilder und Einrahmungen aller Art" lebte vom tatkräftigen Zupacken und dem Organisationstalent von Lydia. Sie pflegte die Kontakte zu Kunden und Geschäftspartnern, kümmerte sich um Einkäufe und die Präsentation der Bilder und nahm die Aufträge für Rahmungen entgegen. Während des Krieges hatte sie notgedrungen die Firma ohne Wilhelm führen müssen, tüchtige Mitarbeiter eingestellt, die für den Kriegsdienst zu alt waren und gelernt, sich zu behaupten. So hatte sie auch 1916 ganz allein das Haus im Kanonenweg gekauft, das Geschäft dorthin verlegt und war mit Magdalene und Wolfgang dort eingezogen.

Als Wilhelm aus der Elsass-Hölle, den Schützengrabenkämpfen des ersten Weltkriegs, endlich heimkehrte, war er zwar heil an seinem Leib geblieben, doch in seinem Inneren spielte sich unaussprechlicher Jammer ab, der von ihm mit fanatischer Frömmigkeit täglich neu verjagt werden musste. Der Heiland hatte ihn errettet, und ihm hatte er versprochen, sein zukünftiges Leben zu weihen. Er wurde Mitglied bei den Salems-Brüdern, einer religiösen Gemeinschaft, die fortan im Haus ein- und ausgingen. Er überließ Lydia die Kundenpflege und das Ladengeschäft und vergrub sich in seiner Werkstatt, wo er unter einem Ölbild, das den Gekreuzigten zeigte, sich mit Restaurieren von Bildern und Einrahmungen nützlich machte.

Magdalene, die schon als Kind, während des Krieges, der Mutter zur Hand gegangen war, entwickelte sich in kurzer Zeit zu einer von den Kunden, und auch ihrer Mutter, anerkannten und geschätzten Mitarbeiterin. Das „Mädle" bei Bergers, hübsch mit flottem rötlichbraunem Pagenkopf, war allseits beliebt.

Fünf Jahre nach dem Kriegsende hatte Wilhelm in einer Aufwallung zur Fastnachtszeit Gisela auf den Weg gebracht. Er sah in ihr den wiedergeborenen Erzengel Gabriel. Zu Magdalenes großem Befremden überraschte sie ihren Vater zuweilen betend vor dem Kinderbettchen kniend. Gisela schien seinen Schützengrabenschaden mitbekommen zu haben, sie war von Anfang an, und ihr ganzes Leben lang, merkwürdig und eigenartig.

An dem besagtem Augusttag 1927, einem Montag, montags hatte Magdalene frei, hatte sie sich mit ihrer Freundin Leonore verabredet, sie wollten zusammen ins Kino gehen. Der Ufa-Film „Die schönsten Beine von Berlin" war in den Palast-Lichtspielen angelaufen. Es war ein Stummfilm mit Tanzmusik untermalt, Foxtrott und Charleston.

Magdalene wartete vor dem Kinoeingang, als ein junger Mann sie ansprach, ein Student, auf dem Kopf eine weiße Mütze mit blaugoldroten Streifen und über seinem Hemd ein Schärpenband mit gleichen Farben, darüber eine dunkelblaue Jacke. Seine graublauen Augen lächelten wie sein Mund, als er sie fragte, ob sie auf jemanden warten würde.

„Ja, ich warte auf meine Freundin, sie wird gleich kommen!"

„Erlauben Sie, dass ich mit Ihnen warte?"

Er sah gut aus. Magdalene errötete und blickte trotzdem gebannt in sein Gesicht, in seine hellen Augen.

„Von mir aus, wenn es Ihnen Spaß macht."

Leonore war nirgends zu sehen. Ob sie es vergessen hatte? Um drei Uhr würde die Vorstellung anfangen, es war halb drei Uhr nachmittags.

„Sie scheint nicht zu kommen. Darf ich statt ihrer mit Ihnen gehen?"

Er sprach nach der Schrift, nicht schwäbisch, vornehm.

„Ich kenne Sie doch gar nicht!"

„Noch nicht!"

Leonore kam nicht.

Im Kino waren nicht sehr viele Besucher, sie hatten eine ganze Sitzreihe für sich allein, eine kleine Insel. Eine prickelnde Spannung hatte Magdalene erfasst, das Geschehen auf der Leinwand lenkte sie etwas ab von der ungewohnten Empfindung.

Nach dem Film bot er ihr seine Begleitung an, und zufällig wohnte er ganz in der Nähe des Kanonenwegs, in der Gaisburgstraße bei Frau Schilling.

„Ihre Beine sind aber noch viel schöner, als die der beiden Tänzerinnen", verwirrte er Magdalene. Sie gingen über den Schlossplatz, an der Oper vorbei, über die Neckarstraße, zur Eugenstaffel und die unzähligen Stufen hoch, vorbei am Galateabrunnen zum Eugensplatz. Dort verabschiedeten sie sich, denn Magdalene wollte vermeiden, dass Lisbeth, das Hausmädchen, sie mit ihrem neuen Verehrer bemerken könnte. Die machte nämlich um diese Zeit oft einen Spaziergang mit Gisela.

„Da oben, in dem Eckhaus wohne ich, im Kanonenweg."

„Bitte kommen Sie heute Abend wieder hierher, ich warte um acht Uhr auf Sie."

Magdalene sagte zu, sie musste ihn einfach wiedersehen.

Von da an trafen sie sich fast täglich, als Treffpunkt vereinbarten sie die dritte Säule am Königsbau, vom Wilhelmsbau aus gesehen. Der Student der Chemie Georg Feldt, Fabrikantensohn aus Dresden, und Magdalene Berger, Kunsthändlerstochter aus Stuttgart, hatten sich ineinander verliebt. Stiftungsfeste bei den Ghibellinen, Offiziersball in der Liederhalle, Theater, Konzerte, Kino und Ausflüge mit dem Faltboot auf dem Neckar öffneten Magdalene die Tür zu einer neuen, aufregenden Welt.

Wilhelm und Lydia lernten Georg bald kennen, aber die Sympathie für den Herrn Studenten wollte sich nicht recht einstellen. Georg gab sich Mühe, war höflich und vergab Komplimente, lobte das schöne Haus mit seinem bunten Blumengarten und Lydias Backkünste, wenn er hin und wieder sonntags zum Nachmittagskaffee eingeladen war. Herr Feldt schien Magdalenes Eltern trotz aller Versuche Georgs, sich in ein günstiges Licht zu setzen, doch reichlich hochnäsig und eingebildet zu sein.

Und als Georg sich im Februar 1928 als Mitglied einer schlagenden Verbindung, den Ghibellinen, anlässlich seiner ersten Mensur auch noch das halbe Gesicht hatte zersäbeln lassen, verstärkte das die Abneigung bei Wilhelm und Lydia noch mehr. Vier Jahre Krieg hatte Wilhelm ohne nennenswerte Verwundung überstanden, und da ließ sich der Freund ihrer Tochter ohne Not für alle Zeiten zeichnen und schien auch noch stolz darauf zu sein. Denn ein Leben lang würde man ihn als Akademiker erkennen an seinem Ehrenmal, dem Schmiss in der linken Gesichtshälfte.

Wie hatte Magdalene Georg bedauert damals. Nach dem üblen Kampfesausgang hatte er sie durch einen Bundesbruder im Geschäft anrufen lassen, denn sie hätte umsonst an der Königsbau-Säule gewartet. Erst zehn Tage später sahen sie sich wieder, Georg noch mit dicker Backe. Bei den Eltern Berger tauchte er erst wieder nach Ostern auf, nachdem sein Gesicht einigermaßen zusammengewachsen war.

Über Ostern war er zu Hause in Dresden gewesen. Seine Mutter hatte ihn dringend gebeten, diesem grässlichen Stuttgart, das ihren Sohn verstümmelt hatte, den Rücken zu kehren und sein Studium in München fortzusetzen, sein Vater war der gleichen Meinung. Georg fügte sich, denn Friedrich drohte mit der Kürzung seiner monatlichen Unterstützung, sollte er weiterhin in Stuttgart bleiben.

Insgeheim hofften Friedrich und Herta auch, dass Georg, weit weg von diesem schwäbischen Mädchen, wieder ernsthaft nur sein Studium im Kopf hätte. Doch zwei Semester lang musste er noch in Stuttgart bleiben, da er erst nach dem Vordiplom wechseln konnte. Er brachte auch noch eine weitere Mensur hinter sich, diesmal ohne Backenschlitze.

Magdalene war siebzehn, als sie Georg kennenlernte, und mit achtzehn Jahren hatte sie schon einen Führerschein.

Bergers Nachbarn im Kanonenweg fuhren schon länger ein Auto, und die Rosenfelds in der Wagenburgstraße voll Stolz einen grauen Mercedes, für den sie sogar eine Garage hatten bauen lassen.

Lydia entschied, dass auch Wilhelm ein Auto haben müsste. Er ließ sich überreden, man bestellte einen Nash, wie die Nachbarn einen hatten. Doch selbst fahren wollte Wilhelm auf keinen Fall. Da Lydia sich das Autofahren auch nicht zutraute, wurde Magdalene zur Chauffeuse bestimmt. Der Nash stand schon vor dem Haus, bevor Magdalenes Führerschein abgeschlossen war. Das Auto hatte eine Karosserie mit ockerbraunen Seiten und schwarzem Dach, über den Rädern mit ockerfarbenen Radkappen wölbten sich schwarze Kotflügel, und die Lampen ragten wie zwei ein bisschen schielende Stielaugen rechts und links der Motorhaube neugierig nach vorne. Das Trittbrett ähnelte einer bequemen Treppenstufe.

Magdalenes Fahrlehrer war sehr zufrieden mit ihr und nach wenigen Wochen hatte sie das begehrte Dokument in der Tasche. Was Georg da für Augen gemacht hatte!

Das Autofahren war trotz aller damit verbundenen Aufregungen, angefangen beim nicht immer erfolgreichen Ankurbeln des Motors, eine gemütliche Sache. Es fuhren nur wenige andere Autos auf den Straßen, und die Geschwindigkeit reichte gerade, ein Pferdefahrzeug mit Schwung zu überholen. Am Lenkrad musste man auch beim strikten Geradeausfahren immer ein wenig den Kurs durch leichtes Wackeln korrigieren.

Magdalene kutschierte ihre Eltern zu den Verwandten nach Reutlingen, zum sonntäglichen Vesperschmaus abends ins Schweizerhaus nach Degerloch oder begleitete Lydia, wenn sie Kunstwerke besichtigen ging. „Guck' amol, a Mädle", riefen sich die Leute zu, wenn sie Magdalene am Steuer erblickten.

Dass Magdalene ein Auto steuern konnte, rief bei Georg große Bewunderung hervor und den Wunsch, selbst den Führerschein zu erwerben. In Untertürkheim begann er alsbald mit dem Autofahrerkurs, im Mercedes, beim gleichen Fahrlehrer namens Merz, bei dem auch Magdalene ihren Unterricht erhalten hatte.

An Wochenenden durfte Magdalene später den Nash manchmal ausführen und mit Georg Ausflüge in die schwäbische Umgebung machen, am liebsten fuhren sie nach Besigheim oder ins Remstal nach Endersbach.

1928 kaufte sich Georg ein eigenes Auto, einen Tatra 12. Damals war er ja noch wohlhabender Sohn eines Fabrikbesitzers. Mit dem Tatra unternahmen sie zahlreiche Ausflüge an den Bodensee oder nach Marbach zum Faltbootfahren auf dem Neckar. Nicht nur das Faltboot, auch ein Grammophon und Schallplatten fanden im Auto Platz. Nach der Flussfahrt mit dem Faltboot suchten sie sich ein ruhiges Plätzchen zur Erholung, stellten das Grammophon mit seinem Schalltrichter auf, drehten an der Aufziehkurbel und spielten eine Operettenplatte nach der anderen ab. Neumodische Unterhaltungsmusik wie Jazz oder gar Charlestonrhythmen trafen nicht Georgs Geschmack.

Im Sommersemester 1929 setzte Georg in München sein Studium fort, weg von Magdalene und weg von den Ghibellinen.

Er hielt es aber nur ein Semester lang dort aus. „Bayern sind keine Menschen", davon war er überzeugt. Eigentlich stellte er Schwaben in die gleiche Ecke, doch nachdem die NSDAP in Württemberg bei der Reichstagswahl am 20. Mai 1928 recht gut abgeschnitten hatte und seine Magdalene schließlich auch zu dieser Sorte Menschen zählte, hielt er sich mit abwertenden schwabenfeindlichen Äußerungen zurück.

Nach München schrieb sich Georg in Karlsruhe ein, wo er sich wieder den Ghibellinen anschloss. Mensuren musste er dort keine mehr fechten.

Das Getrenntsein wollten die beiden Verliebten mit Briefen überbrücken, ein Brief am Tag musste sein, auch wenn es oft gar nichts zu berichten gab.

Ständig hatte Georg in seinen Briefen neue Anreden für Magdalene erdacht: Meins, Meinste, Herzmeinste, Winzilein, Herzweiblein, Einziggeliebtes, Prachtfrauli, Geliebtestes, Kleinmeini oder Süßestes. Sie hatte „Seins" zu sein, ihre Briefe an ihn schlossen mit „Deins", seine mit „Deiner".

Fast sechzehn Jahre lang waren sie nun verheiratet. Sie war „Seins" geblieben. Doch er war „Deiner" nicht nur für sie, Magdalene. Was war mit ihrem Glück geschehen?

Eigentlich war ihre Hochzeit im August 1930 von viel Traurigem überschattet. Friedrich hatte seine Fabrik verloren, Christian hatte nicht mehr leben wollen, und Herta saß stumm vor sich hin starrend an der Festtafel im Hotel Viktoria. Friedrich hatte kaum mehr Haare und sah mit seiner Glatze und seiner zeitlebens beibehaltenen Leibesfülle einem Walross gleich, einem unfreundlichen zudem. Ilse übertraf sich an Schüchternheit in der schwäbischen Umgebung, und Bruno hatte zu Hause bleiben müssen. Von Magdalenes Familie waren ihre Eltern, Wolfgang und die sechsjährige Gisela vertreten. Neben den Brautleuten strahlte Gisela am meisten, weil sie ein rotes Kleid mit aufgenähten weißen Röschen tragen durfte, denn Gisela war schon eitel zur Welt gekommen.

Wilhelm und Lydia taten sich schwer mit der hochdeutschen neuen Familie, umgekehrt war es nicht besser. Und nachdem Georg nicht mehr von einem reichen Vater unterstützt wurde, sondern nur noch ein einfacher, fast mittelloser Student war, hatten sie nur zögerlich ihre Einwilligung zur Heirat gegeben. Ihr Vorschlag, mit der Hochzeit doch zu warten, bis Georg sein Studium beendet und eine Stellung gefunden hätte, stieß auf taube Ohren. Der Schwiegersohn hatte zwar inzwischen schon das Diplom als Chemiker, aber er musste ja unbedingt noch Doktor werden! So würde Georg weiter in Karlsruhe und Magdalene in Stuttgart wohnen und sie sich nur an den Wochenenden sehen.

Vor der Hochzeit hatte Friedrich die Frage auf den Tisch gebracht, wer denn im Fall einer Schwangerschaft für die Finanzierung solchen Nachwuchses aufkommen würde. Magdalenes Eltern hatten sich schließlich für diesen Ernstfall verpflichtet.

Die jungen Feldts gaben sich Mühe, die Kinderfrage durch Vermeidung förderlicher Bedingungen zu umschiffen. Auch kam Georg gewissenhaft seiner Aufgabe nach und besorgte die „Fromms“ bei seinem Frisör. Aber dennoch war „Es“ trotz der Pulsatilla-Tropfen aus der Apotheke immer wieder unpünktlich gewesen, hatte die Vierwochenfrist überzogen und für Angst gesorgt. Doch wenn nun ein Kind käme, wäre es wenigstens ein „ehrliches“, wie Magdalene es ausdrückte. Es kam aber keines.

Als mögliche Geldquelle hatte Georg in Karlsruhe einen Postkartenverlag gegründet. Georg fotografierte Stillleben, Ortsansichten und bildhauerische Kunstwerke mit großer künstlerischer Begabung, und es gelangen ihm Postkarten von zarter Poesie und weich gezeichneten Kontrasten. Magdalene klapperte in Stuttgart die Schreibwarengeschäfte ab mit einem dicken Album, aus dem die Geschäftsinhaber für sie infrage kommende Motive aussuchten und Bestellungen aufgaben. Ein besonders guter Abnehmer war Haufler am Marktplatz.

Unzählige Stunden hatten sie im verdunkelten Fotolabor zugebracht, das sich Georg im Keller seiner Zimmerwirtin hatte einrichten dürfen. Dabei war auch Zeit geblieben für nicht Fotografisches zwischen dem Entwickeln der Filme, dem Projizieren, Fixieren und Trocknen der Fotoabzüge.

Auch in Wernigerode hatten sie noch Postkarten hergestellt. Das Geld war eben immer zu knapp gewesen.

Das Kind Regina hatte gewartet, bis es sein Nest in Berlin beziehen konnte. Dann aber wurden die Finanzen noch klammer. Jahrelang unterstützte Lydia ihre Tochter mit monatlichen Geldbeträgen, sehr zum Ärger von Wilhelm.

Magdalene blickte auf die letzten Jahre zurück, Jahre voller Anspannung und wenig Freude.

Irgendwann hatte sie erkennen müssen, dass sie für ihren Mann nicht die einzige Frau zu sein schien. Durch Zufall hatte sie einmal einen Briefentwurf an Ottilie Fischer gefunden, der liebevollst mit „Geliebte Tilla" begonnen hatte. Ottilie war einst Georgs Tanzstundenpartnerin gewesen.

Und Weihnachten 1941 schien ihren Verdacht zu bestätigen.

Georg war zum Fest von Brüssel nach Hause gekommen. Und auch Erika war in Berlin.

„Wollen wir Frau Schwalbing nicht zu uns einladen, sie hat niemand, bei dem sie feiern kann!"

Georg hatte diese Frage zwei Tage vor dem Fest gestellt.

„Ach, ich wäre lieber nur mit dir und Regina allein, wir sind doch so selten zusammen!"

Magdalenes Bedenken fruchteten nicht, Erika Schwalbing würde ihr Gast sein. Lebensmittelmarken hatten sie glücklicherweise genug, dass sie das traditionelle Schweinefilet kaufen konnten, Zwiebeln und Kartoffeln waren noch im Haus. Gegen fünf Uhr nachmittags traf Erika am 24. Dezember ein. Sie hatte ein kleines, in buntes Papier eingewickeltes Päckchen für Regina mitgebracht.

Nachdem Georg die Kerzen am Baum angezündet hatte, durfte Regina endlich ins Weihnachtszimmer. Der Raum war feierlich nur von den Kerzen erhellt. Die kleine Gruppe begann zu singen: Alle Jahre wieder, Es ist ein Ros entsprungen, Süßer die Glocken nie klingen, Stille Nacht. Magdalene brummte schüchtern mit, Regina sang laut und falsch, Georg sang leise und richtig und Erika Schwalbing sehr schön.

Dann erst gab es Geschenke, nach der Pflicht die Kür. Regina zog vorsichtig das verhüllende Tuch vom Kaufladen herunter und jubelte. Der Kaufladen, noch aus Magdalenes Kinderzeit, gehörte untrennbar zu Weihnachten. Erikas Geschenk für Regina, die ja schon lesen konnte, war ein Buch, „Salar, der Lachs" von Henry Williamson.

Ein bisschen etwas Anspruchsvolleres hätte sie aussuchen können, dachte Magdalene. Sie selbst bekam von Georg ein seidenes Unterhemd, zartrosa mit weißer Spitze um den Ausschnitt. Georg erhielt eine Krawatte, die Magdalene aus einem bunten Brokatstoff selbst genäht hatte. Er legte die Krawatte ab, die er sich umgebunden hatte und tauschte sie lobend und dankend gegen die neue.

Frau Schwalbing hatte eine Flasche Weißwein und ein paar Fleischmarken mitgebracht und erhielt ein Tütchen mit selbstgebackenen Keksen.

Magdalene ging nach der Bescherung in die Küche und sah nach dem vor sich hin schmurgelnden Schweinefilet, das umrahmt von gebratenen Zwiebel- und Karottenstücken herrlich duftete. Sie nahm es aus dem Topf, schnitt es in Scheiben, gab etwas Wasser zu dem Schmorgemüse und legte die Fleischscheiben auf die so gefertigte Soße.

„Das Essen ist fertig, setzt euch doch bitte an den Tisch!"

Erika kniete auf dem Boden und spielte mit Regina am Kaufladen. Sie erhob sich, lächelte Georg zu. Magdalene fühlte sich hilflos, ausgegrenzt.

Der runde Tisch war prächtig gedeckt. Die weiße Damasttischdecke mit kunstvollen Hohlsaum-Verzierungen hatte Lydia zur Hochzeit geschenkt, sie wurde nur zu ganz besonderen Gelegenheiten aufgelegt. Die vier Teller, weiß, der Rand mit Kobaltblau und Gold geschmückt, waren eingerahmt vom Silberbesteck, das noch nicht ins Banksafe ausgelagert war. Drei schwere Bleikristallkelche mit eingeschliffenen Mustern und für Regina ein Glasbecher waren für die Getränke vorbereitet, und die zur Tischdecke passenden Damastservietten lagen kunstvoll gefaltet an den Plätzen. Georg öffnete die Weinflasche und goss Erikas Weißwein in die Gläser.

„Wir könnten uns doch jetzt alle duzen", schlug Georg vor.

Erika fand das wunderbar, und Magdalene bemühte sich um Fassung. Die Gläser klangen singend beim gegenseitigen Anstoßen.

Frau Schwalbing war nun Erika, und Frau Feldt Magdalene. Regina klinkte sich auch ein und alle stießen noch einmal an mit Reginas Apfelsaftglas.

„Du bist doch auch das Schwälbchen", sagte Regina treuherzig, und Magdalene fühlte sich nicht sehr wohl. Das sah man auch den Fotos an, die Georg von den beiden Frauen vor dem Weihnachtsbaum gemacht hatte, die gelöst lächelnde Erika und die um Fröhlichkeit ringende Magdalene.

Gegen Mitternacht brach Erika auf, Georg begleitete sie noch bis zur Haustür, während Magdalene schon in der Küche mit Abspülen begonnen hatte. Georg kam erst in die Wohnung zurück, als Magdalene Gläser und Geschirr schon in den Schrank einräumte. „Ich habe auf der Treppe gerade noch Herrn von Wehrlon getroffen und ihm ein frohes Fest gewünscht", erklärte er.

Das Jahr 1942 brachte den Abschied von Brüssel. Und Erika zog in die Rubensstraße.

War Braunlage jetzt die Endstation ihres Lebens?

Und was war schlimmer gewesen, der Krieg, das „Russland-Gespenst, die Angst um Regina oder die Nebenbuhlerin?

Nacht für Nacht kreisten Magdalenes Gedanken um die vergangenen Jahre, begleitet von der Furcht um Georg und das, was kommen würde. Schon fast eine ganze Woche war er fort.

„Mein Mann schaut in Berlin nach unserer Wohnung", hatte sie den Mitbewohnern im Haus Niedersachsen erzählt.

Georg kam zurück.

Zwei Tage vor seinem neununddreißigsten Geburtstag erreichte er am späten Abend Braunlage. Wieder war er beim Durchschleichen der grünen Grenze nicht entdeckt worden, nicht von Russen, von Wegelagerern oder von dem sein Unwesen treibenden Mörder. Er verdankte dieses nicht zuletzt dem scheußlichen Wetter, das sich eingestellt hatte. Ein Platzregen, der über Stunden anhielt, war einem starken Gewitter gefolgt. Kein Grenzer oder Mörder wagte sich aus dem Schutz trockener Unterkünfte.

Gegen elf Uhr nachts schleppte sich Georg ins Haus, völlig durchnässt und zitternd vor Schwäche.

Am 22. September, Georgs Geburtstag, kam Besuch, Hartmut und Gerda aus Hamburg. Georg hatte sich etwas erholt und ließ sich feiern. Politische Gegensätze mit unerfreulichen Diskussionen zwischen ihm und Hartmut waren Vergangenheit. Onkel und Tante aus Hamburg sahen zum ersten Mal das neue Kind, Luise.

Als Hartmut und Gerda am nächsten Tag wieder abgereist waren, schlug die Erkältung zu, die Georg nicht länger unterdrücken konnte. Mit hohem Fieber legte er sich zu Bett.

Schon als Kind hatte er unter häufigen, mit Fieber verbundenen Infekten gelitten. Die Übervorsicht seiner Mutter hielt ihn von allem fern, was einem Kind die Entwicklung einer funktionierenden Immunabwehr hätte vermitteln können. Nur bei schönem Wetter durfte er im Freien spielen und auch zu kurzen Hosen musste er lange Strümpfe tragen.

In seinen ersten Schuljahren fehlte Georg häufig krankheitshalber in der Schule. Im ersten Halbjahr der ersten Klasse nahm er 28 Tage nicht am Unterricht teil, im zweiten bereits 44. Im zweiten Schuljahr waren in seinen Zeugnissen des Jahres 1916 sogar 30 und 67 Schulversäumnistage eingetragen.

Irgendwann war dem Hausarzt die Idee gekommen, mit einem Tuberkulintest eine diagnostische Hypothese zu überprüfen. Die auf die Haut aufgebrachte Pirquet-Probe bewies, dass Georg eine ohne erkannte Symptome abgelaufene Tuberkulose überstanden haben musste, was seine Anfälligkeit erklären könnte. Über viele Wochen lang wurde er im Sommer 1916 im Lungensanatorium in Görbersdorf im Riesengebirge aufgepäppelt. Frischluftzwang, Kaltwasserkuren und trotz des Krieges gute Ernährung, sogar hin und wieder Schlagsahne, brachten sein Abwehrsystem wieder besser ins Lot. Die weiteren Schuljahre zeigten keine Auffälligkeiten mehr. Trotz der langen Fehlzeiten erreichte er stets mühelos das Klassenziel mit sehr guten Noten.

Die folgenden Jahre verbrachte er die Sommerferien an der Nordsee in Holland oder Dänemark, was seine Gesundheit weiter stabilisierte. Doch Mykobakterien einer durchgemachten Tuberkulose überleben abgekapselt im Körper und können bei einem geschwächten Organismus erneut aktiv werden.

Die Reise nach Berlin wurde zum Todesurteil. Georgs gekränkte Seele gab seinem Körper zu wenig Kraft, ein Wiedererwachen der Tuberkuloseerreger zu verhindern. Der ununterbrochen eisige Winter 1946/47 tat ein Übriges, dass sich die anfängliche Rippenfellentzündung nicht besiegen ließ, sondern von einer todbringenden Miliartuberkulose übertrumpft wurde.

Als er im März 1947 gestorben war, mussten Magdalena und Regina ihm nicht allein das letzte Geleit geben, Lydia und Wolfgang reisten aus Stuttgart an, Hartmut aus Hamburg. Friedrich kam aus der russischen Zone nicht heraus, er hätte sich aber auch zu schwach gefühlt.

Erst acht Jahre später würde Luise das Grab ihres Vaters sehen. Und fast sechzig Jahre später würde Georg Feldts Grabstein in Degerloch eintreffen.

Friedrich

Im August 1946 schrieb Alfredo Munk aus Caracas einen Sammelbrief an seine deutschen Verwandten. Alfredos Vater war der Bruder von Friedrich Feldts Mutter, Luisa del Carmen, geborene Munk. Alfredo hatte von 1900 bis 1905 während seiner Ausbildung zum Exportkaufmann in Dresden in Friedrichs Elternhaus gewohnt. Aus einer gewissen Dankbarkeit heraus für die damalige Gastfreundschaft wandte sich Alfredo insbesondere an seine Vettern Friedrich und Oskar und an seine Cousine Lotte:

„Ich möchte Euch darauf aufmerksam machen, dass diejenigen von Euch, die in Venezuela geboren sind und dies beglaubigen können, durch unsere Regierung nach hier befördert werden können. Von den Behörden in Ciudad Bolivar habe ich mir entsprechende Formulare geben lassen, die ich Euch durch einen beim Ministerium beschäftigten Bekannten überbringen lasse, Herrn Pascual Delgado Filardo. Er ist Venezolaner und hat Verwandte in Hamburg, die er demnächst besuchen wird. Er wird auch diesen Brief mit zahlreichen Durchschlägen bei sich führen und Dir, Hartmut, als erstem die Unterlagen aushändigen, mit der Bitte, meinen Brief an die anderen Familienmitglieder weiterzuschicken."

Friedrich fühlte sich mit seinen fast fünfundsiebzig Jahren alt und antriebslos, aber als er über Hartmut Alfredos Schreiben erhalten hatte, sah er neue Hoffnung aufkeimen. Er war schließlich 1872 in Ciudad Bolivar geboren. Friedrichs Vater Heinrich Feldt lebte damals dort und war Teilhaber und Geschäftsführer bei seinem Schwiegervater Theodor Munk, der in die Familie von Johann Gottlieb Benjamin Siegert, dem Erfinder des Angostura-Bitters, eingeheiratet hatte. Theodor Munks Frau Carlota war Siegerts Enkelin. Heinrich und Theodor betrieben erfolgreich einen Textilhandel in Ciudad Bolivar.

Kurz nach Friedrichs Geburt siedelte Heinrich mit seiner Familie vorübergehend nach Hamburg über, weil wieder einmal eine der vielen Revolutionen Venezuela erschütterte. Nachdem sich die Lage etwas beruhigt hatte, kehrten sie nach Venezuela zurück, um es sechs Jahre später endgültig zu verlassen und nach Dresden zu ziehen. Dort gründeten Heinrich und sein Bruder Arthur 1902 die Chlor-Silber-Cellodin-Papierfabrik, die später Friedrich mit seinem Kompagnon Collmann bis zum Konkurs 1930 weiterführte.

Friedrichs 1934 gegen den einstigen Konkurrenten Odenthal angestrengte Klage hatte zu keinem Erfolg geführt. Das patentierte Herstellungsverfahren der Photopapiere von Feldt & Collmann sei rechtmäßig an Odenthal verkauft worden, da sein ehemaliger, inzwischen verstorbener Partner Collmann auch ohne Friedrichs Zustimmung allein entscheidungs- und zeichnungsberechtigt gewesen sei. Mit diesem Bescheid musste sich Friedrich abfinden und auf alle Ansprüche verzichten.

Mollduro, das Nachahmerprodukt von Angostura, war auch nach Kriegsende Friedrichs wichtigstes wirtschaftliches Standbein geblieben. Er war Alfredo dankbar, der ihm damals nach vielem Bitten die Bestandteile von Angostura übermittelt hatte, unter der Bedingung, dass er die von ihm hergestellte Gewürzmischung nicht als „Bitters" bezeichnen würde, wie sich das Original von Angostura nannte.

Inzwischen waren Friedrichs Vorräte an Gewürzen dahingeschwunden, besonders Zimt fehlte ihm, so dass er die Produktion nicht würde fortsetzen können. Auch das Beschaffen des Alkohols gestaltete sich fast unüberwindlich schwierig. Zudem war ihm wegen seiner Mitgliedschaft in der NSDAP von den russischen Behörden jegliche Tätigkeit untersagt worden. Als er über einen Freund einige Liter reinen Alkohols aufgetrieben hatte, ging er trotz des Verbots ans Werk und stellte einen dem Chartreuse ähnelnden Kräuterlikör her, den er unter dem Namen „Krösus" verkaufte, für 80 Mark die Flasche. Das Geschäft fand jedoch ein rasches Ende. Die Polizei durchsuchte seine Wohnung und beschlagnahmte seine gesamte Likörproduktion, vierundzwanzig Flaschen, zudem sein vorhandenes Barvermögen und seinen Destillationsapparat.

Alfredos Angebot und damit die Aussicht, in Südamerika dem trostlosen, zertrümmerten Deutschland entrinnen zu können, verlieh Friedrich unerwartet neue Energie.

Die von Delgado Filardo überbrachten Formulare hatte Friedrich von Hartmut inzwischen erhalten. Er füllte sie sofort aus und schickte sie zusammen mit dem Faksimile seiner Geburtsurkunde an Hartmut nach Hamburg, der sie nach London an die venezolanische Botschaft weiterleiten sollte. Seinen Pass, der ihn als venezolanischen Staatsbürger auswies, besaß Friedrich nicht mehr, er war in den Kriegswirren verloren gegangen. Stattdessen packte er Hertas Pass dazu, aus dem hervorging, dass auch sie, als seine Ehefrau, die venezolanische Staatsangehörigkeit besessen hatte. Gleichzeitig beantragte er das Ausstellen eines neuen Passes. Als Venezolaner dachte er sich durch seine Geburtsurkunde ausreichend ausweisen zu können.

Hartmut leitete die Papiere nach London weiter. Doch Delgado Filardo, der dortige Botschaftsvertreter Venezuelas, konnte den Antrag Friedrichs nicht bearbeiten, da er bisher nicht nach London zurückgekehrt war und seinen Aufenthalt in Deutschland verlängert hatte.

Im Rahmen seiner journalistischen Tätigkeit gelang es Hartmut, Delgado Filardo bei einem offiziellen Besuch in Hamburg zu treffen. In dem Gespräch mit ihm erfuhr Hartmut, dass nicht nur die Staatsangehörigkeit, sondern auch das lebenslange Interesse an Venezuela für eine Einreise nachzuweisen waren. Doch Friedrichs Funktion als ehemaliger Konsul Venezuelas sei Beweis genug, dass er auch nach der Übersiedelung nach Deutschland zu dem südamerikanischen Land Kontakte gepflegt hatte.

Hartmut begrüßte die Idee, dass Friedrich seine letzten Lebensjahre in Venezuela verbringen könnte, zumal er bei einer Bewilligung des Einreisegesuchs auf Staatskosten dorthin gelangen würde. Friedrichs Einwanderung in Venezuela böte dann auch für seine Verwandten die Möglichkeit, als Angehörige selbst die venezolanische Staatsangehörigkeit zu erhalten und Deutschland verlassen zu können. Hartmut kümmerte sich bereits für sich um die erforderlichen Papiere und versuchte auch Georg dafür zu gewinnen.

Die Geschwister Friedrichs, sein jüngerer Bruder Oskar und die ältere Schwester Lotte, konnten sich zum Auswandern nicht entschließen. Oskar war als Architekt zwar aus allen seinen Ämtern entlassen, weil er wie Friedrich Parteigenosse gewesen war. Doch eine Übersiedelung nach Venezuela konnten er und seine Frau Melitta sich nicht vorstellen. Er wollte seine Entnazifizierung abwarten. Bis dahin war er beim „Schippen" eingesetzt, dem Beseitigen der Kriegstrümmer. Ihre einzige Tochter Isolde war Stabsführerin beim Reichsarbeitsdienst RAD gewesen und hatte noch keine Arbeit gefunden. Sie war gerade siebenundzwanzig Jahre alt geworden und fand den Gedanken, nach Venezuela auszuwandern, im Gegensatz zu ihren Eltern bestechend. Lotte war an einem bösartigen Tumor erkrankt, der ihr nicht mehr viel Lebenszeit lassen würde, und ihr Mann war schon sehr alt.

Hartmut hatte bereits eine Liste mit den Namen der für eine Auswanderung infrage kommenden Familienangehörigen an den venezolanischen Gesandten geschickt, darunter auch die Namen der Familie Feldt in Braunlage. Er hatte in Erfahrung gebracht, dass das Klima in dem fast 1000 Meter über dem Meer liegenden Caracas im Gegensatz zu den schwülheißen Küstengebieten Venezuelas für Europäer nach kurzem Eingewöhnen angenehm sein müsste.

Friedrich musste die Kopien seiner eingereichten Dokumente noch ein weiteres Mal und an Delgado Filardo nach Frankfurt schicken, der dort inzwischen im Headquarter der US Army als Political Adviser tätig war.

Alfredo nutzte seine guten Beziehungen zu wichtigen Beamten und brachte in Erfahrung, dass der Außenminister Venezuelas die Einwanderung Friedrichs befürworten würde.

Die Nahrungsmittelknappheit hatte Friedrich zwischenzeitlich zu neuem Erfindergeist angeregt. Mehl für Brot war nur schwer zu bekommen, er beschäftigte sich daher mit einem Verfahren, wie er Eicheln und Rosskastanien von ihren Bitterstoffen befreien und das Verbleibende zu einem genießbaren Mehl verarbeiten könnte. Die Kastanien und Eicheln mussten geschält werden, was sich besonders bei den Kastanien als sehr schwierig gestaltete. Mit Hilfe eines befreundeten Chemikers hatte er herausgefunden, dass man enthaltene Bitterstoffe mittels Kalk und Soda entfernen könne. Von diesen Substanzen konnte er jedoch nur kleine Mengen erhalten, und die wenigen Versuche, die er durchführte, waren nicht befriedigend.

Ein großes Paket von Alfredo Munk traf im Februar 1947 bei Hartmut in Hamburg ein, der es unter den einzelnen Familienmitgliedern verteilte: Dosen mit Schweinefleisch, Rindfleisch, Rinderzungen, Malzextrakt, Speck, Käse, Butter, Wurst und Milchpulver, insgesamt acht Kilogramm. Die von Hartmut nach Dresden in die russische Zone geschickten Dosen kamen nie an.

Alfredo wandte sich im März 1947 in einem langen Brief an Georg:

„Betreff Deines Wunsches, hierher zu kommen, habe ich bereits an Deinen Bruder Hartmut und an Deinen Vater geschrieben. Ich betrachte Deinen Wunsch als sehr vernünftig, wenn Du es ehrlich meinst und bereit bist, das Land, das Dir ein besseres Fortkommen ermöglicht, zu lieben und ihm redlich zu dienen. Venezuela ist momentan eines der reichsten Länder der Erde und steht bei der Produktion von Petroleum weltweit an zweiter Stelle. Die gewaltige Nachfrage nach Arbeitskräften hierzu hat es mit sich gebracht, dass keine Arbeiter in der Landwirtschaft zu haben sind. Gemüse und andere Lebensmittel kosten ein Heidengeld, aber es gibt Arbeit für alle, und man verdient genug, um die teuren Preise bezahlen zu können.

Was die Einreise Deines Vaters betrifft, gibt es trotz seiner Geburt in Venezuela Schwierigkeiten, weil er mit einundzwanzig Jahren in Deutschland seine Entscheidung für die venezolanische Nationalität nicht bestätigte und in Deutschland den Militärdienst geleistet hat. Ich habe mit dem Außenminister in Caracas gesprochen und mir eine zweite Geburtsurkunde geben lassen. Dein Vater soll ein Gesuch an die Behörden richten, dass er als Venezolaner repatriiert werden möchte. Wenn Dein Vater erst einmal hier ist, wird es für Dich und Deine Brüder leichter, eine Einreisegenehmigung zu erhalten. Vor allem fangt rasch an, spanisch zu lernen. Unsere Regierung steht bereit für Einwanderer, besonders Techniker und Arbeiter für die Landwirtschaft. Für Dich als Chemiker wird unsere Regierung sicher eine Zusage geben, da wir uns in einem industriellen Anfang befinden. Befasse Dich mit der Geschichte Venezuelas und Südamerikas. Diese Länder sind die Hoffnung der trostlosen übrigen Welt. Hier befinden wir uns in einer der interessantesten Epochen unserer Geschichte.

Die alten halb feudalen despotischen Regierungssysteme sind vorbei, dafür entstehen freie, demokratische, fortschrittliche, moderne. Wir brauchen nicht mehr unsere Kinder ins Ausland zu schicken, damit sie etwas lernen. Feine, unentgeltliche Schulen in den besten modernen Gebäuden sind in Caracas eingerichtet worden, und das Programm der Regierung sieht vor, dies über das ganze Land fortzuführen. Ein großes Stadtviertel, eine ehemalige Zuckerrohrplantage, wird in unsere ‚Ciudad Universitaria' verwandelt, also unsere neue Universitätsstadt.

Ganze Stadtteile sehen aus, als ob sie von Bomben zerstört worden wären, aber am Platz der alten Häuser werden herrliche neue Gebäude entstehen.

Wie es wohl Konrad geht? Wie froh wäre ich, wenn er hier wäre, und alles würde ich für ihn tun, er ist doch so ein feiner Kerl.

Ich begann diesen Brief am 8. März und beende ihn heute am 11.,

Dein Onkel Alfredo"

Am 6. März war Georg gestorben.

Friedrich, der nicht zur Beerdigung hatte kommen können, schrieb an Magdalene:

„Ich habe so viele Familienandenken im Leben angesammelt, die ich dachte nach meinem Tode an Georg, meinen Ältesten, zu vererben. Jetzt sind sie Hartmut und Konrad zugedacht.

Da fällt mir ein: Was machst Du mit der nachgelassenen Kleidung Georgs? Ich gehe teilweise in Lumpen hier, habe keinen Kragen, keinen anständigen Anzug, keine Hemden und Unterzeug. Ich möchte doch wenigstens auf der Straße gut gekleidet sein. Sieh doch zu, ob etwas wirklich gut Brauchbares für mich abgeteilt werden kann, auch ein Paar Stiefel. Das Geld dafür müsste ich Dir allerdings einstweilen noch schuldig bleiben.

Grüße mir die lieben Enkelinnen und sei herzlich gegrüßt von Deinem zweiten Vater"

Im April erreichte Magdalene ein weiterer Brief ihres Schwiegervaters:

„Ob aus meinem Venezuela-Projekt noch etwas werden kann, weiß ich heute immer noch nicht. Der Delegierte hat sich bisher ausgeschwiegen oder wartet selbst auf Bescheid aus Caracas. Diese Sache steht mir sehr bevor und ich habe selbst Angst vor meinem Mut dazu. Ich fühle mich gequält.

Meine ‚Erika' blockt mit dem Farbband ganz unausstehlich, entschuldige das Aussehen des Briefes. Leider sitze ich seit mehr als einer Woche ohne jede Hilfe hier, weil meine Aufwartung krank geworden ist. Du wirst Dir meine Lage vorstellen, sie ist geradezu scheußlich.

Was die Kiste anbelangt, die Du bei mir im Keller gelagert glaubst, muss ich Dir eine sehr unerfreuliche Mitteilung machen. Unter meinen Flaschenkisten fand ich eine leere Kiste mit kaputtem Deckel und der Aufschrift, Feldt Nr. 6'. Dort hatte ich bisher noch gar nicht gesucht. Wie Du Dich erinnerst, haben die Polen in meiner Wohnung und im Keller wiederholt geplündert, auch die Bücherkiste war aufgestemmt und durchwühlt. Damals büßte ich meinen wertvollen Luftschutzkoffer mit Inhalt, Mamas Luftschutzkoffer sowie die durch Mama sorgsamst verpackten Koffer und Kisten von Konrad und Hartmut restlos ein. Es waren teilweise zwölf Männer und Weiber im Keller! Sie müssen also die Kiste Nr. 6 dabei geleert haben und geraubt, was darin war.

Das ist eine üble Nachricht, die ich Dir leider geben muss, und ich bin selbst schmerzlichst berührt von diesem zu meldenden Missgeschick. Die Bücher haben die Polen natürlich nicht besonders interessiert, dafür meine und Hertas gesamte Garderobe, die vier Uhren und mein prachtvolles Radiogerät. Die Sachen hatte ich immer unter Verschluss, aber die Polen haben die Eisengitter der Kellerfenster aufgebrochen und sind von außen eingestiegen. Einmal wollte ich so eine Rotte mit meinem Polizeiknüppel aus dem Garten vertreiben. Das wäre mir fast schlecht bekommen, denn man winkte einen mit einem Karabiner bewaffneten Mann herbei, der mich erschießen sollte. Ich riss, als ich das bemerkte, noch rechtzeitig aus.

Wie gerne würde ich Dir helfen, aber eine Reise nach Braunlage kommt bei den Interzonalverhältnissen mit soviel Risiken, so hat doch Hartmut von Hamburg aus bis Braunlage vierundzwanzig Stunden gebraucht, nicht infrage.

Es ist ein Jammer ohnegleichen, dass Georg uns so früh verlassen musste. Weshalb, weshalb, diese Frage drängt sich mir immer wieder ins Gemüt. So ein guter Vater für seine Kinder, und so ein guter Mann für Dich. Er war ein edler Mensch, ein Mensch von wahrhaftem inneren Adel. Und deswegen war er wahrscheinlich zu gut für diese Welt von heute. Was war er doch für ein außergewöhnlicher, kluger, begabter und talentierter Mensch!

Ich leide sehr an meiner Einsamkeit und lebe gerade von dem Verkauf zweier

Maschinen, woran ich ein paar hundert Mark verdiente. Ich habe meine Tinkturenpresse und den Destillierapparat, den ich aus Polizeigewahrsam mit viel Geld hatte erlösen können, wieder versilbert. Vorläufig habe ich also Ruhe, in geldlicher Hinsicht.

Sei Du mit den Kindlein tausendmal gegrüßt und umarmt von

Deinem väterlichen Feldt"

Alfredo Munk war es im Juli 1947 gelungen, beim Auswärtigen Amt zu erreichen, dass Friedrich und seine Familie in Venezuela aufgenommen werden sollten. Die Originalschreiben des Ministers Carlos Morales sandte Alfredo an Hartmut in Hamburg und kündigte an, dass der Gesandte Venezuelas in Kürze nach Berlin reisen würde.

Zwei Wochen später erhielt Friedrich von Pascual Delgado Filardo ein Telegramm, in dem er zu einem Treffen in Berlin aufgefordert wurde.

Auf dem Hauptbahnhof Dresden bemühte er sich erfolgreich um eine Reisegenehmigung und die erforderliche Zulassungskarte.

Zwei Tage hielt er sich in Berlin auf. Von Delgado Filardo erfuhr er, dass sein Repatriierungsgesuch genehmigt worden sei. Er könnte schon Ende September über Sammellager in Berlin und in Diepholz nach Bremen gebracht und von dort nach Venezuela verschifft werden.

An Magdalene schrieb er am 15. August:

„Die Sache kommt nun langsam in Gang. Nun steht mir also eine wochenlange Arbeitsüberlastung und viel Unruhe bevor. Die Reise ab Berlin geht auf venezolanische Staatskosten. Ich hatte mir vorgestellt, meine Nichte Isolde als Reisebegleitung mitzunehmen, Delgado hatte mir empfohlen, sie als meine Tochter auszugeben, damit die Reise auch ihr bezahlt würde. Leider hat Isolde sich bisher nicht bei Delgado in Berlin gemeldet, wie ich ihr per Telegramm angetragen hatte. Anscheinend macht ihr die nahe gerückte Realisierung ihres Ausreisewunsches Kopfschmerzen. Ich glaube, dass Oskar und ihre Mutter, meine Schwägerin Melitta, sie beeinflusst haben. Nun, sie muss wissen, was sie tut. Aber ich glaube, dass die sowjetische Besatzungszone noch sehr traurigen Zeiten entgegengeht.

Auch Hartmut und Gerda erhalten wahrscheinlich die Möglichkeit, nach Venezuela zu kommen, ebenso Konrad, wenn er mit Gottes Hilfe heimkehrt.

Natürlich bin ich traurig, dass diese Reise überhaupt nötig ist in meinem Alter, und dass so eine große Erdenstrecke zwischen Dir und meinen Enkelchen, zwischen Hartmut und Gerda, zwischen Konrad und allem, was mir auf dieser Welt noch teuer ist, liegen wird. Aber hier ist das Leben nachgerade unerträglich, und meine Existenzbedingungen sind mehr oder weniger zusammengebrochen, als

Folge der jammerbaren Entwicklung dessen, was man früher Deutschland nannte. Ich hoffe, dass in der Westzone mit der Zeit die Lebensbedingungen besser werden, wenn auch große Geduld dafür nötig sein wird. Glücklich wird Deutschland nie mehr werden können, besonders die Städter nicht mit den ungeheuren Trümmerfeldern um sich herum, die niemals mehr durch einen Wiederaufbau verschwinden werden.

Die Aussichten für den Winter hier sind geradezu trostlos, und drohende Wolken ziehen sich zusammen für die gesamte Bevölkerung. Der Sensenmann schwingt seine Hungerpeitsche und lüstern wartet er die Katastrophe ab.

Ich verbleibe in stetigem Gedenken an Euch mit tausend Grüßen Dein alter einsamer Schwiegervater Feldt"

Friedrich wollte zwar seinen Haushalt auflösen und die verbliebenen Möbel verkaufen, aber seine Gerätschaften, die er für seine Tinkturen und Mixturen benötigte, wollte er nach Venezuela mitnehmen: einen Kupferperkolator, einen Motormixer, einen Flüssigkeitsheber, Mensuren aus Glas, eine Präzisionswaage, dazu Bücher, Nachschlagewerke und seine Adrema Adressiermaschine.

Seine Vorbereitungen musste er vor den Augen seiner Aufwartefrau und den übrigen Hausbewohnern verbergen, solange er nicht einen neuen Pass erhalten hatte und seine Ausreise gewiss war. Denn wenn sich herumsprach, dass eine Wohnung frei würde, drohte die sofortige Neubelegung durch das Wohnungsamt.

Da Isolde immer noch zögerte, einer Auswanderung nach Venezuela näherzutreten, würde sie als Begleitung für ihn auf seiner Reise wahrscheinlich wegfallen.

Delgado Filardo hatte seit dem Treffen mit Friedrich in Berlin nichts mehr von sich hören lassen. Friedrich hatte ihm bereits zwei Telegramme geschickt, doch keine Rückmeldung erhalten. Er war beunruhigt und die fehlende Gewissheit lähmte seine Vorbereitungen. Er setzte einen Brief in spanischer Sprache auf, in dem er Delgado darauf hinwies, dass er ohne im Besitz eines Passes zu sein, keine weiteren Maßnahmen für seine Ausreise treffen könnte. Auch für Isolde bat er um einen Pass, da er immer noch auf ihre Begleitung hoffte. Allein zu reisen fühlte er sich überfordert, und Isolde dachte er als willige Hilfskraft für sich zu gewinnen. Als weitere Ausreisewillige nannte er in diesem Brief auch Magdalene, als Witwe seines Sohnes und ihre beiden Töchter Regina und Luise. Auf eine baldige Antwort hoffend brachte er den Brief zur Post.

Hartmut hatte ihm geraten, trotz der fehlenden näheren offiziellen Angaben seine Habe auf dem Wasserweg über Elbe und Weser nach Bremen zu bringen. Doch Friedrich befürchtete, dass dieser Transportweg einige Wochen dauern und er dann das Schiff zu spät erreichen würde.

Für Magdalene gewann die Aussicht, in Venezuela ein neues Leben anzufangen und alles Beschwerende hinter sich zu lassen, zunehmend an Anziehungskraft. Friedrich riet ihr, sich bei Betrieben der chemischen Industrie als Auslandsvertretung anzubieten. Bis sie spanisch gelernt hätte, könnte sie sich auf seine und auf Alfredos Hilfe verlassen. Bisher hatte Friedrich nur Konrad, Hartmut, Gerda und Isolde offiziell angemeldet. Für Magdalene und ihre Töchter müssten noch Dokumente nachgeliefert werden: beglaubigte Abschriften der Sterbeurkunde Georgs, aller Geburtsurkunden und des Trauscheins. Am besten sollten sie sofort an Delgado Filardo geschickt werden:

„Diese Sendung muss nebst je zwei Passbildern von einem Brief begleitet sein, indem Du unter Bezugnahme auf die Erlaubnis für mich und meine Familie eine Petition einbringst, dass Du mir nachkommen kannst. Wobei ich fürchte, dass ich selbst schon nicht rechtzeitig den Dampfer in Bremen erreichen werde", ließ Friedrich seine Schwiegertochter wissen.

Magdalene würde aber in jedem Fall erst nach Stuttgart zu ihren Eltern fahren. Die Wohnung in Berlin hatte sie aufgelöst, dazu war sie im Juli nach Berlin gereist, auch um die noch bestehenden Bankkonten entsperren zu lassen. Während ihrer Abwesenheit war Gerda nach Braunlage gekommen und hatte sich um Regina und Luise gekümmert. Die verbliebenen Berliner Möbel hatte Magdalene erfolgreich mit einem Transport nach Stuttgart schicken können. Ihre körperliche und seelische Erschöpfung war durch die Erinnerungen, die sich ihr beim Besuch in der Björnsonstraße aufdrängten, noch schlimmer geworden. Die Strapazen schwächten sie in einem kaum zu überwindenden Maß. Zwei Wochen sollte sie in Berlin bleiben, bei Frau Bodemer hatte sie einen Schlafplatz erhalten.

Nach der ersten Woche fühlte sich Magdalene zu nichts mehr fähig. In größter Not griff sie zu dem winzigen Röhrchen mit entsprechend winzigen weißen Tabletten: Pervitin. Sie hatte es bei Georgs Sachen gefunden. Georg hatte die Tabletten in seiner Dienststelle einst erhalten, als Durchhaltemittel für den Ernstfall. Er musste es bei seiner unseligen Rückreise von Berlin über die grüne Grenze eingenommen haben, vermutete Magdalene, denn es fehlten drei Tabletten. Als sie das Röhrchen zuletzt gesehen hatte, kurz vor seinem Grenzgang, war es noch nicht angebrochen gewesen.

Mit Hilfe des Aufputschmittels gelangen ihre Vorhaben befriedigend. Wieder in Braunlage kämpfte sie tagelang mit der darauf einsetzenden lähmenden Schwäche. Alles hinter sich zu lassen, ein neues Leben in Südamerika zu beginnen, erschien ihr immer erstrebenswerter, doch erst würde sie mit den Kindern nach Stuttgart gehen.

Isolde war inzwischen bereit, ihren Onkel Friedrich nach Venezuela zu begleiten, auch wenn ihr der Abschied von ihren Eltern Kummer bereitete. Delgado Filardo hatte aber immer noch nicht auf die erneuten Telegramme reagiert. Es war schon Mitte September, und die Reise sollte im Oktober starten. Isolde nahm Unterricht in Spanisch bei einer Mexikanerin und frischte ihre bereits vorhandenen Schulkenntnisse auf.

Am 26. September war noch immer keine Nachricht von Delgado Filardo eingetroffen. Friedrich verkaufte nun doch sein Heimlabor und bepackte nur zwei Kisten, die er von einem Schreiner hatte anfertigen lassen, mit seinen Habseligkeiten. Er war inzwischen der Liberaldemokratischen Partei beigetreten, aus Gründen der Opportunität, denn damit hoffte er, seine Entnazifizierung endlich abschließen zu können. Falls das Venezuela-Projekt scheitern sollte, hätte er wenigstens die Aussicht, seinen Gewerbeschein wieder zu erlangen. Dresden würde er jedoch in jedem Fall verlassen und nach Hamburg umsiedeln.

Für seine Reise taten sich immer neue Schwierigkeiten auf. Er musste ein Exit Permit besorgen, für das die sowjetische Militäradministration ein politisches Unbedenklichkeitszeugnis und ein polizeiliches Führungszeugnis verlangte, außerdem eine Steuerbescheinigung, dass er keine Steuerschulden hätte und eine Bestätigung des Fürsorgeamts, dass keine Forderungen bestünden. Die Unterlagen zu beschaffen würde Wochen dauern und damit die geplante Reise immer unsicherer werden.

Hartmut teilte Friedrich eilig seine Bedenken mit, dessen Umzugspläne nach Hamburg betreffend: Friedrich würde keine Zuzugsgenehmigung erhalten und damit auch keine Lebensmittelmarken. Friedrich wurde das Gefühl nicht los, dass er in Hamburg nicht willkommen wäre, falls die Auswanderung scheitern würde.

Im November 1947 war Friedrich immer noch in Dresden. Seine Wohnung konnte er nur mangelhaft heizen, und die Vorräte an Kartoffeln im Keller gingen zur Neige. Schwarz über die Grenze zu gehen schien ihm zunehmend erstrebenswerter, als im Spannungszustand der Ungewissheit, hungrig und frierend, ein klägliches Dasein weiter zu fristen.

In Ellrich, hatte er gehört, gäbe es eine Möglichkeit, auch Gepäck schwarz über die Grenze zu bringen, sogar größere Stücke wie Möbel. Entsprechende Fuhrleute böten sich am Bahnhof dazu an, hieß es. Friedrich dachte an seine Bücher und vielleicht sein Bett, was von dort nach Hamburg oder Bremen transportiert werden könnte. Er überlegte, wie er seine Gepäckstücke an die Grenzstation bringen und wie er eine zuverlässige Person gewinnen könnte, die ihm bei einem solchen Vorhaben behilflich sei würde.

Magdalene erhielt Kenntnis von seinen Plänen und fühlte sich aufgerufen, ihrem Schwiegervater ihre Erfahrungen mit inoffiziellen Grenzübergängen mitzuteilen. Noch war sie mit Luise in Braunlage, während Regina seit September schon in Degerloch bei den Großeltern wohnte und in Stuttgart das Mörike-Gymnasium besuchte.

„Lieber Schwiegerpapa!

Ich kann verstehen, wie schwierig Deine Lage ist, aber Du darfst trotzdem nicht kopflos werden und irgendetwas Unüberlegtes tun, um von Dresden wegzukommen. Du musst weiterhin hartnäckig an der Beschaffung Deiner Unterlagen für Deine Ausreise arbeiten, denn Du kannst diese in der britischen Zone überhaupt nicht bekommen. Ich habe heute auf dem Ernährungsamt nachgefragt und erfahren, dass Dir auch keine Aufenthaltsgenehmigung erteilt oder Lebensmittelkarten an Dich ausgegeben würden. Ein schwarzer Grenzübertritt wäre nur sinnvoll, wenn Du Dein Exit Permit in Händen hast und weißt, dass Dein Schiff fahren wird. In diesem Fall würde ich diesen Schritt wagen, falls Du keine Ausreisegenehmigung erhältst. Mit Gepäck ist immer Ellrich der beste Punkt, denn von dort sind es nur etwa drei Kilometer zu Fuß bis Walkenried, dem britischen Grenzbahnhof. Von dort gibt es gute Verbindungen nach Northeim und weiter direkt nach Hamburg. Russen sind keine in Ellrich und in Walkenried auch keine Engländer. Nur die deutsche Polizei macht Streifendienst und beschlagnahmt Schmuggel- und Hamsterwaren. Du hättest also nichts zu befürchten. Ein anderer Grenzübertritt ist für Dich nicht ratsam, denn es sind oft längere Märsche durch Wald und Gebirge zu leisten.

Die Unterlagen für Venezuela habe ich noch nicht vollständig beisammen, vor allem die Fotos fehlen noch."

Das Jahr 1948 begann, und Friedrich wartete nach wie vor auf die Ausreisepapiere. Von Delgado Filardo hatte er keine weitere Nachricht erhalten und auch von Alfredo Munk nichts mehr gehört. Friedrich sehnte sich nach einer Erlösungsdosis Veronal, was er jedoch nicht besaß.

Hartmut fuhr nach Frankfurt, er wollte Delgado Filardo wegen der Ausreiseangelegenheit persönlich aufsuchen. Friedrich wartete voll Ungeduld auf Hartmuts Rückmeldung. Schwarz die Grenze zu überschreiten wurde immer schwieriger. Einen Gewerbeschein hatte er immer noch nicht erhalten und seine Entnazifizierung war entgegen seiner früheren Vermutung in Wirklichkeit noch nicht erfolgt. Sein Amt als „Blockleiter", das er bis 1940 wahrgenommen hatte, hing ihm nach.

Von Konrad hatte er endlich ein Lebenszeichen erhalten, eine Karte mit einer Adresse: Kgf. Konrad Feldt, SSSR, Lager 7531/3. Konrad war Kriegsgefangener in Russland. Aber sein Bruno lebte.

Friedrich schrieb an Konrad, dass er bisher vergeblich versucht habe, durch den venezolanischen Botschaftsangehörigen in Moskau, Esteban Rey, Konrad als Sohn eines Venezolaners aus der Gefangenschaft auszulösen. Er machte ihm Hoffnung auf eine spätere Zukunft in Südamerika.

Friedrichs Wohnung war inzwischen mangels Kohlen nicht mehr heizbar, glücklicherweise war der Winter nicht ganz so hart wie in den vergangenen Jahren. In der Küche erreichte er notdürftig mit dem Gasherd eine Temperatur von zwölf Grad und hielt sich tagsüber dort auf.

Hartmuts Gespräch mit Delgado Filardo war erfreulich verlaufen. Er hatte für Friedrich die ersehnte, einem Pass vergleichbare Einwanderungsurkunde erhalten, versehen mir dem venezolanischen Wappen und den verlangten Stempeln. Die sowjetische Zustimmung zu seiner Ausreise war aber noch nicht erfolgt, das Exit Permit noch nicht ausgestellt.

Im März erhielt er endlich das russische Ausreisevisum vom Sowjetkommandanten. Er fuhr nach Berlin, wo er mit den vorhandenen Dokumenten das begehrte Exit Permit zu erhalten dachte. Das englische Oberkommando wollte aber die Unterschrift des Dresdener Stadtkommandanten nicht anerkennen und forderte außerdem die Einwilligung des russischen Konsuls. Auf dem russischen Konsulat in Berlin musste Friedrich viele Stunden warten, bis er endlich vorgelassen wurde. Da Friedrich noch keinen gültigen Pass besaß, verweigerte der Konsul anfangs die Ausreiseerlaubnis. Erst nachdem Friedrich erklären konnte, dass er ohne das Exit Permit keinen offiziellen venezolanischen Pass erhielte, wurde er aufgefordert, ein Passbild abzugeben und nach acht Wochen, Anfang Mai, erneut vorzusprechen.

Isolde hatte ihre Auswanderungspläne wieder aufgegeben, sie hatte in Dresden eine Anstellung gefunden in einer Druckerei für Kunstbücher. Ihre von Mangelernährung geschwächten Eltern rechneten mit ihrer Hilfe, und sie fühlte sich ihnen verpflichtet.

Im Mai sprach Friedrich in Berlin wie verabredet beim russischen Konsul vor, erhielt aber keines der geforderten Papiere. Sein sich einstellender Zorn verlieh ihm neue Kraft. Er kehrte nach Dresden zurück, packte einen kleinen Koffer mit den wichtigsten Dingen und fuhr am Samstag vor Pfingsten über Dessau, Bitterfeld und Halle nach Nordhausen, von dort nach Ellrich, von wo aus er nach dem nicht zu vermeidenden Fußmarsch Walkenried und britisches Gebiet erreichte. Erfolgreich hatte er die „asiatische Hölle“, wie er den sowjetisch besetzten Teil Deutschland nannte, verlassen können.

In Hamburg traf er am Abend des Pfingstsonntags ein, wo er Hartmut und Gerda überraschte.

Mit Hartmuts Hilfe plante Friedrich endlich in Besitz des Exit Permits zu kommen. Unverhofft war bei Hartmut und Gerda ein Zimmer in ihrer Wohnung frei geworden, denn Gerdas Mutter war zwei Wochen vor Friedrichs Eintreffen gestorben. Trotz einer noch fehlenden Zuzugsgenehmigung wurde das Zimmer Friedrich vorübergehend behördlich zugesprochen.

Nachdem er die Beschaffung seiner Papiere in Hamburg neu in Gang gebracht hatte, kehrte Friedrich nochmals nach Dresden zurück und versuchte, seine Möbel zu verkaufen und seine Kisten mit für ihn als unersetzlich angesehenen Dingen zu packen.

Mitten in den Räumungsvorbereitungen traf Konrad ein, im August 1948, nach dreiwöchiger Reise aus Sibirien. Der Transport mit den Heimkehrern war auf dem Weg in die englische Zone. Konrad war es gelungen, in Leipzig den Zug zu verlassen und nach Dresden zu seinem Vater zu kommen. Mit vielen Gesprächen über das Erlebte verbrachten sie eine ganze Woche in Friedrichs Wohnung. Wegen seiner nicht genehmigten Entfernung aus dem Zug beschaffte ihm Friedrich ein ärztliches Attest, aus dem hervorging, dass Friedrich ihn in Leipzig abgewartet und bei der Begegnung mit ihm einen Schwächeanfall erlitten hätte, aufgrund dessen Konrad ihn nach Dresden hätte begleiten müssen.

Ein späterer Heimkehrerzug brachte Konrad nach Friedland, wohlbehalten aus dem sowjetischen Gebiet hinaus.

Für Friedrich gab es überraschend neue Nachrichten von Delgado. Er könnte sich auf seine baldige Ausreise vorbereiten. Friedrich verscherbelte darauf sein Wohnungsinventar zu Schleuderpreisen. Die Währungsreform, die auch in der Ostzone im Juni 1948 durchgeführt, und die von Friedrich als offizieller Geldraub bezeichnet wurde, tat ein Übriges, dass die erhofften Erlöse nicht zu erzielen waren.

Endlich mit seiner Ausreisegenehmigung versehen, gelang ihm der Transport seiner Kisten nach Hamburg, wohin er unverzüglich selbst aufbrach. Hartmut und Gerda brachten ihn bei sich unter mit der Gewissheit, dass Friedrichs Aufenthalt nicht lange dauern würde.

Alfredo Munk hatte sich eingeschaltet und auf eigene Kosten für 600 Dollar seinem Vetter einen Flug finanziert, nachdem die venezolanischen Behörden wieder davon abgerückt waren, die einwanderungswilligen Deutschlandflüchtlinge auf Staatskosten zu befördern.

Friedrich musste nach Frankfurt kommen, von dort ging es am 8. Dezember 1948 über Amsterdam, Glasgow, Gander, New York, Curaçao nach La Guaira, der Pforte Venezuelas. Vierundzwanzig Stunden dauerte der Flug, unterbrochen durch eine Übernachtung in Curaçao.

In Hamburg warteten alle ungeduldig auf ein Lebenszeichen Friedrichs, fast drei Wochen waren schon seit seiner Abreise vergangen. In Venezuela war gerade eine Militärdiktatur an die Macht gekommen, wieder einmal durch Revolution.

Caracas

Am 25. Dezember 1948 fasste Friedrich seine Eindrücke im neuen Land endlich in einem langen Brief zusammen.

Weihnachten hatte er mit vielen Verwandten gefeiert bei Alfredo und seiner Frau Fina, mit Thuja-Weihnachtsbaum, elektrischen Lämpchenkerzen und Krippe. Er schwärmte vom dazu gereichten Essen, Ayacas, in einem Maisteig, von Bananenblättern umhüllte Täschchen, gefüllt mit Hühnerfleisch, Oliven und Rosinen und lobte die Torte, die es am nächsten Tag bei Alfredos Schwester Carlota gab, mit sechzehn Eiern zubereitet.

„Das Essen ist hier wie folgt geregelt: Um halb acht Uhr morgens Desayuno, es gibt in Milch eingerührten Nährmittelbrei, dazu ein Stück Magerkäse, ultraweiße Semmelchen oder geschnittenes Weißbrot, Banane, eine Tasse Milch, wohinein täglich zubereiteter Kaffeeextrakt kommt. Um ein Uhr Almuerzo, bestehend aus Suppe mit verschiedenen Einlagen, Fleisch, Reis, verschiedene Gemüse, gebratene Bananen, auch manchmal Kartoffeln, anschließend wieder Milchkaffee. Abends um sieben Uhr Comida, in ähnlicher Form wie das Almuerzo, oft mit Nachtisch, Kompott oder Früchte. Getrunken wird filtriertes Eiswasser und hinterher wieder Milchkaffee. Ich schreibe Euch dieses natürlich nicht, um ein Quentchen Neid hervorzurufen, sondern um Euch einen Vergleich zu bieten mit den wehmütig schon jahrelang ertragenen deutschen Jammerverhältnissen.

Fina hat eine schon seit Jahren der Familie dienende Köchin, Marguerita. Eine anfänglich eingestellte jüngere Person verschwand nach wenigen Tagen. Die Dienstbotenverhältnisse sind denkbar schlecht. Das liegt zum einen am Arbeitermangel, dann aber auch an der Wandlung der Mentalität der früher sich sehr bescheiden benehmenden unteren Schicht. Durch das seit einiger Zeit an die Macht gekommene sehr links ausgerichtete Regime wurde sie völlig verdorben.

Allerdings hat am 24. November ein militärischer Putsch die gesamte kommunistisch angehauchte Regierung ohne Blutvergießen weggefegt. Aber dieses Militärkommando wird ja bald durch eine rechtmäßig gewählte Regierung abgelöst werden müssen, daher schwebt über der weiteren politischen Entwicklung noch erhebliches Dunkel. Es besteht hier eine sowjetische Gesandtschaft, die meines Erachtens unter der Decke ihren Verführungseinfluss ausübt, zum Schaden des Landes. In verschiedenen südamerikanischen Ländern sind ähnliche Probleme zu lösen, und in einigen wird noch gekämpft. Kolumbien hat durch den wenige Monate zurückliegenden Bürgerkrieg sehr gelitten, die russische Gesandtschaft haben sie dort ausgewiesen.

Die ganze Welt ist eben in Zerrüttung geraten, und wenn es nicht gelingt, die rote Flut gehörig einzudämmen, dann gnade Gott unserem irdischen Erdball. Mir scheint, dass die bessere Gesellschaft hier allzu sehr die Hände in den Schoß legt. Sie ist blind, weil es durch den Reichtum, der aus dem Petroleum entquillt, allen fast zu gut geht. Jeder denkt hier nur ans Geldraffen und Geldausgeben. Man watet hier förmlich in Luxus und Genuss.

Am ersten Januar werde ich Angestellter bei Vetter Alfredo werden. Einen Großteil meines Gehalts muss ich an Fina für Kost und Logis abgeben, so wird mir kein nennenswerter Betrag übrig bleiben. Am deutschen Importgeschäft werde ich beteiligt, davon hängt es ab, ob sich meine Lage allmählich bessert. Dazu muss ich aber in meinem Alter eine beträchtliche Umstellungs- und Anpassungsnotwendigkeit feststellen, auch die spanischen Sprachkenntnisse betreffend, was mir höchstes Kopfzerbrechen verursacht.

Caracas liegt in einem Hochtal eingebettet, bei einem paradiesischen Klima. Wie gerne möchte ich, dass auch Ihr alle in dieser wunderbaren Atmosphäre leben könnt!"

Friedrich hatte die Spanischkenntnisse aus seiner Jugend ziemlich vergessen, es machte ihm Mühe, seine Umgebung zu verstehen. Alle sprachen ihm viel zu schnell, dazu kam sein schlechter gewordenes Gehör. Er verbrachte Stunden neben seinem Radiogerät, denn im Radio wurde nicht so hastig geredet und außerdem mit klarer Aussprache.

„Ohne gutes Spanisch steht man im Geschäftsverkehr völlig wehrlos da, und auch die Position, die Dir Alfredo hier als sein Kompagnon anbieten könnte, steht und fällt mit der fließenden Beherrschung das Spanischen. Also lerne Spanisch, so schnell es geht", schrieb er mahnend an Konrad.

Friedrich sollte Geschäftsverbindungen zu deutschen Handelspartnern aufbauen, deren Waren Alfredo zu importieren dachte. Für die Vermittlung der Aufträge würde Friedrich Provision erhalten. Da er im Weinhandel schon geübt war, dachte Friedrich an eine Vertretung deutscher Weine in Venezuela, außerdem wollte er Fotoapparate importieren.

Er bewohnte inzwischen ein eigenes kleines Zimmer mit gutem Bett, einem Klosett und einer Dusche, leider jedoch nur mit kaltem Wasser.

An die Verwandten in Deutschland schickte er hin und wieder Kostbarkeiten wie Kaffee, Zucker und Kokosfett.

Da fast alle Lebensmittel und Dinge des täglichen Lebens in Venezuela eingeführt werden mussten, weil niemand in der Landwirtschaft mehr arbeiten wollte, waren die Preise entsprechend hoch. Dagegen bestanden gute Verdienstmöglichkeiten in der Ölindustrie, die Mittelschicht hatte genug Geld und konnte sich vieles leisten. Nicht dagegen Friedrich, der mit seinen knappen Mitteln haushalten musste.

Im März 1949 schrieb er an seine Familie:

„Nachdem ich nun ein Vierteljahr hier bin, kann ich alles wohl richtig beurteilen. Über mein körperliches Befinden kann ich nicht klagen und habe Grund zur Dankbarkeit, doch hat mein seelisches Empfinden manchmal nicht recht Ursache, restlos glücklich zu sein. Alfredo ist mir ein lieber Helfer, auch seine Frau ist freundlich zu mir, trotzdem kann ich das Gefühl nicht loswerden, dass man nicht überaus entzückt ist über meine Mitbewohnerschaft."

Friedrich litt unter Heimweh und freute sich auf die baldige Ankunft von Konrad, der sich erfolgreich um sein Exit Permit bemüht hatte.

Alfredo war von Friedrichs Arbeit enttäuscht, er hatte sich vorgestellt, dass Friedrich die Kontaktpflege zu seinen Kunden selbst übernehmen würde und sie persönlich aufsuchen würde. Doch dazu sah sich Friedrich nicht in der Lage. Das Klima war ihm zu warm, die Busse zu überfüllt, und er fühlte sich für alles zu müde. Er beschäftigte sich in Alfredos Kontor mit langwierigen Buchhaltungsarbeiten, die ihm für nichts anderes Zeit ließen.

Bruno war im Juli 1949 aus Hamburg abgeflogen ins gelobte Land Venezuela. Bei Hartmut war er viele Monate an Mietanteil schuldig geblieben, hatte Gas und Strom verbraucht und telefoniert, ohne sich Gedanken über die Bezahlung zu machen. Die Kosten für das Exit Permit, den Zahnarzt, eine Röntgenuntersuchung und ein zerbrochenes Waschbecken blieben an Hartmut hängen, der sich bitter bei Magdalene darüber beklagte.

Konrad hatte auch bei Alfredo Arbeit gefunden, er betreute mit Erfolg Alfredos Vertretung für sanitäre Anlagen und konnte sein Zimmer mit Frühstück, das er bei einer Bekannten Alfredos bewohnte, sogar bezahlen.

Friedrich dagegen beklagte sich in einem Brief an Hartmut über Alfredos lästige Stimmungsschwankungen und Wutausbrüche, wenn nicht alles nach Plan lief. Von Dezember an würde er nicht mehr bei Alfredo angestellt sein, sondern in eigener Regie seine Vertretungen betreuen. Er plante insbesondere, Waren aus Deutschland zu importieren und im Gegenzug Kaffee, Tee und Zucker nach Deutschland teuer verkaufen zu können.

In Alfredos Haus fühlte er sich immer stärker unwillkommen. In dem großen Haus wohnte auch die Familie von Alfredos Tochter.

Bei Hartmut beklagte er sich:

„Die Familienmitglieder stehen meiner Gegenwart innerlich ablehnend gegenüber und benehmen sich interesselos und völlig gleichgültig. Der Schwiegersohn hat von sich aus noch nie ein Wort an mich gerichtet, obwohl ich bei Tisch neben ihm sitze. Das Gleiche gilt für seine Frau Olga, Alfredos Tochter. Auch bei Fina habe ich das Gefühl, dass auch sie am liebsten hätte, dass ich anderswo untergebracht wäre."

Friedrich war in Ungnade gefallen. Er hatte Alfredo gegenüber seine Ansichten über die politische Lage nach dem Krieg ohne jede Hemmung hinausposaunt, auch dass er alle Amerikaner hasse und dafür die Argumente der Nazipropaganda verwendet. Es war ihm nicht gelungen, auch wenn ein Umdenken ihm verwehrt war, wenigstens den Mund zu halten.

Weihnachten 1949 feierte Friedrich wieder bei Alfredo, mit Thujabaum und Krippe, doch diesmal war auch Konrad dabei. Zum Trinken gab es Liebfrauenmilch und zum Essen die traditionellen Hallacas, wie die von Friedrich im Vorjahr beschriebenen Ayacas eigentlich hießen. Sein Entzücken über das Weihnachtsessen hatte sich verloren:

„Hallacas sind flache, mit Maismehl gebackene Speisen, in deren Teig Fleischbrei, Rosinen und etwas angesäuerte Ingredienzien eingewickelt sind, nach europäischen Maßstäben ein zweifelhafter Genuss, den wir bis nach Neujahr mehrmals serviert bekamen. Da lobe ich mir doch eine fette Weihnachtsgans, einen Karpfen oder einen Truthahn, und dazu Stollen und Baumkuchen."

An seinen Gastgebern ließ er kein gutes Wort:

„Alfredos Familienmitglieder sind wenig offene, unverlässliche Charaktere, hinter deren Gesinnung ich erst allmählich gekommen bin. Auch Fina lässt sich oft sehr gehen, und mein früherer Verdacht, dass sie mein Ausscheiden aus der Hausgemeinschaft bei Alfredo betreibt, ist zur Gewissheit geworden."

Friedrichs ungebeugte politische Überzeugung, dass ein aristokratisches System dem demokratischen vorzuziehen sei, auch wenn es einen starken autokratischen, sogar diktatorischen Einschlag habe, traf nicht auf Wohlwollen bei Alfredo und seiner Familie. Friedrichs außerdem geäußerte Meinung, dass auch Hitler das Beste für Deutschland gewollt hätte, fand kein Verständnis.

An Magdalene schrieb Friedrich im März 1950:

„Du solltest Dir einmal die hirnlos verwaschenen politischen Ergüsse Alfredos anhören mit seinen himmlischen Idealen, dass alle Menschen gänzlich gleich seien. Neger, Indios, oder irgendwer sonst wären also gleich veranlagt wie Deutsche, Engländer oder Franzosen! Ich kann nicht vergessen, was Alfredo neulich herausplatzte: ‚Mir ist ein schmutziger, elender Neger oder sonst ein Farbiger mit Sandflöhen lieber als ein deutscher Professor!'

Ich muss sagen, dass ich und Alfredo nicht mehr miteinander harmonieren.

Alfredo schlug mir vor, ich solle in die Wohnung eines seiner früheren Angestellten umziehen. Außerdem solle ich mir eine neue Arbeit suchen.

Du kannst Dir denken, wie sehr ich bei meiner verträglichen und wirklich nicht lästig fallenden Art seit langer Zeit gefühlsmäßig leide.

Konrad wird von Alfredo übelst ausgenutzt und kümmerlich für seinen Einsatz und seine gute Arbeit bezahlt."

Friedrich war jetzt neunundsiebzig Jahre alt.

Karina und ihre Mutter waren mit dem Schiff von Bremerhaven aus auf dem Weg nach Südamerika.

Es war September geworden.

Konrad hatte von Alfredo immer noch keinen konkreten Arbeitsvertrag erhalten. Seine Spanischkenntnisse, die er in Hamburg nur oberflächlich erworben hatte, verbesserten sich allmählich. Er gab sich Mühe, die an ihn gestellten Aufgaben gut auszuführen, denn Karina und ihre Mutter würden von ihm abhängig sein.

Alfredo hatte an Friedrich einst vor dessen Auswanderung geschrieben: „Solange Deine eigenen Einnahmen Dir ein eigenständiges Leben hier nicht gestatten, werde ich Dir Wohnung und Kost weiter leisten."

Der Wind hatte sich gedreht, Alfredo teilte Friedrich unmissverständlich mit, dass er ausziehen müsse. Seine damals ausgesprochene Zusage machte Alfredo wahr, indem er die Mietkosten für das zu beziehende Zimmer übernahm.

Im November trafen die Damen, wie Friedrich Karina und ihre Mutter nannte, in Caracas ein. Konrad war nach Curaçao geflogen und hatte sie dort in Empfang genommen. Er hatte mit Glück eine Wohnung gefunden, im ersten Stock eines eben fertiggestellten Hauses, der Villa Portofino im Stadtviertel „Los Palos Grandes". Für „Trockenbewohner", die ersten, die in einem neuen Gebäude mit noch leicht feuchten Wänden wohnten, lag die Miete etwas niedriger als üblich.

Karina und ihre Mutter erhielten ein gemeinsames Schlafzimmer, ein weiteres diente Konrad zum Schlafen. Karinas Mutter bewachte ihre Tochter fürsorglich.

Die Schiffspassage der beiden hatte Konrad bezahlt und bei Alfredo Schulden dafür aufgenommen, mit deren Rückzahlung er sich, seiner Art entsprechend, noch lange Zeit lassen würde. Es war zu befürchten, dass sein Schuldenkonto anwachsen würde, die Wohnung und die Versorgung seiner Lieben überforderten seine Verdienstmöglichkeiten. Durch Friedrichs Zerwürfnis mit Alfredo drohte ihm auch noch, für seinen Vater aufkommen zu müssen.

Auf Friedrichs Drängen hin hatte Konrad ihn in seiner Wohnung aufgenommen, Dankbarkeit dafür kam Friedrich nicht in den Sinn. Ausführlich schilderte er Magdalene, wie unzufrieden er mit seiner neuen Umgebung sei:

„Hinter dem Bad befindet sich mein Schlafraum. Er ist höchstens sieben Quadratmeter groß, ohne Fenster, ohne Schrank, ohne Stuhl und mit feuchter Wand, sodass ich stets bei weit offener Tür schlafe, um nicht Rheumatismus zu bekommen. Meine ziemlich vielen Umzugssachen liegen in heilloser Unordnung auf dem Fliesenboden. Wenn ich in die übrigen Räume gehen will, muss ich ein kleines, ungedecktes Wegstück passieren. Und wenn es regnet, gelangt der Regen durch die offene Tür in diesen herrlichen Raum hinein. Besonders vermisse ich eine Couch, wo ich mich ausruhen könnte.

Aber ich will nicht klagen, wir betrachten diese Unterkunft als eine Art Übergang für später, bis wir bei der unglaublichen Wohnungsnot in Caracas etwas Passenderes gefunden haben.

Alfredo hätte sich das Geld für meine bisherige Unterkunft wahrlich sparen können, das er widerwillig und unter Stöhnen bezahlt hat, wenn er mich als Hausgenossen belassen hätte. Aber seine Frau Fina wollte mich aus dem Haus geworfen sehen! Auch will er seine Verpflichtung, für mich aufzukommen, bis ich aus eigenen Einnahmen leben könnte, zum Jahresanfang beenden. Ich werde mich wehren müssen.

Und: Alfredo hat Konrad für seine Arbeit nicht in vereinbarter Höhe bezahlt, die letzten Monate sogar überhaupt nicht."

Dass Alfredo auf diese Weise sein geliehenes Geld allmählich zurückführte, kam Friedrich nicht in den Sinn.

Weihnachten 1950 feierten Friedrich, Konrad, Karina und die allgegenwärtige Mutter im neuen Heim ohne Hallacas, dafür mit Hühnersuppe und Reis.

Im Januar 1951 erhielt Magdalene wieder Post von ihrem Schwiegervater. Sie hatte ihn in ihrem Weihnachtsbrief um Kaffee gebeten, der in Deutschland immer noch schrecklich teuer war.

„So sehr gerne ich Dir auch eine Freude durch Stiftung von Kaffee machen möchte, so ist das doch leider eine noch aufzuschiebende Sache, denn meine Börse ist von konstantester Schlappheit, ohne Münzen, muss ich sagen. Das Kapitel Alfredo Munk ist ein so widerwärtiges. Auch Konrad steht unter dem Einfluss der Alfredoschen Herrschaft ohne Lichtblick da. Venezuelas Schattenseiten werden trotz aller Tropensonne nicht so erhellt, wie wir es verdienen. Und wie tun mir die beiden Brautleute Leid, denn so langes Verlobtsein unter einem Dach zerrüttet die Nerven."

In Friedrich reifte immer mehr der Gedanke an Flucht aus dem ihn ablehnenden Land, zurück nach Deutschland, nach Hamburg. Überall sah er sich Feindseligkeit gegenüber.

„Caracas, 28. Juni 1951

Meine liebe Magdalene!

Meinen Plan, mich allmählich hier materiell unabhängig zu machen, muss ich als gescheitert betrachten. Die paar Fabrikanten, die in Caracas einzuführen und zu vertreten ich mir weidlich Mühe gegeben habe, sind von meinen bisher gehabten Erfolgen nicht entzückt. Das ist nicht meine Schuld. Die Waren, die ich hier anzubieten habe, lassen keine namhaften Bestellungen erwarten. Es ist mir nicht gelungen, die Robot-Kamera hier zu platzieren bei den anderen Modellen wie Zeiß-Ikon, Voigtländer, Franke & Heidecke und den unendlich vielen anderen Kameras, die auf dem Markt sind, sogar eine japanische Imitation der Leica gibt es jetzt!

Da mir eigenes Kapital fehlt, müsste ich einen Kredit aufnehmen, damit ich auf eigene Rechnung neben der Robot auch andere Kameras importieren und verkaufen könnte. Das wird mir nicht gelingen.

Mein Wohnen bei Konrad in der Dienstbotenkammer mit Dienstbotenbett ist nicht erfreulich. Auch ist Karinas Mutter unausstehlich und von Anfang an gegen mich eingestellt gewesen. Sie hat einen abscheulichen Charakter und weigert sich, meine Wäsche mit zu waschen, obwohl sie einen elektrischen Waschapparat hat. Sie kommandiert hier in hässlicher Art herum und nimmt sich Ungezogenheiten heraus. Sie bedenkt gar nicht, dass man mir betagtem Mitbewohner eine gewisse Achtung entgegenzubringen hat, anstatt an mir dauernd allerhand auszusetzen. Karina selbst ist ein liebenswürdiges Menschenkind, das ich in mein Herz geschlossen habe."

Friedrichs Einkünfte blieben aus. Konrad sah für seinen Vater in Deutschland eine bessere Perspektive und riet ihm zur Rückreise. In Hamburg könnten doch Hartmut und Gerda für ihn sorgen und er, sein Bruno, würde auch sein Scherflein beisteuern.

Hartmut war keineswegs erfreut über die Aussicht, seinen Vater bei sich aufnehmen zu sollen. Er wies auf sein knappes Einkommen hin und dass seine Wohnung doch durch Zwangsbewirtschaftung belegt sei.

Alfredo hatte sich bereit erklärt, Friedrichs Schiffspassage zu finanzieren, was Friedrich als völlig selbstverständlich und als eine Art Sühne für das aus seiner Sicht unfreundliche Benehmen seines Vetters und dessen Familie betrachtete.

Im Spätherbst 1951 traf Friedrich in Hamburg ein. Hartmut hatte ihm einen Platz im Altenheim „Zum Heiligen Geist" besorgt und damit erfolgreich vermieden, dass er bei ihm und Gerda einzog.

Regina hat ihn dort einmal besucht und Luise später davon erzählt. Sie war auf dem Weg ins Schullandheim auf Amrum gewesen und hatte mit ihrer Klasse in Hamburg einen Tag Zwischenstation gemacht. In seinem Zimmer roch es sehr schlecht, behielt sie als Erinnerung. Man hatte ihm einen Harnkatheter gelegt, der dazu neigte, sich selbstständig zu machen und den Inhalt des Auffangbehälters weiträumig freizugeben.

Friedrich starb im August 1952, einsam, sich selbst und anderen fremd geworden. Seine Urne wurde im Dresdner Familiengrab auf dem Johannis-Friedhof beigesetzt. Konrad kam nicht zur Beerdigung. Er hatte Karina geheiratet und war mit ihr und der unvermeidlichen Schwiegermutter nach Maracaibo gezogen. Im Jahr darauf kam Marita zur Welt.

Isolde hatte alle Südamerika-Pläne aufgegeben. Sie blieb in Dresden und heiratete in reifen Jahren einen Pfarrer, mit dem sie und ihre Mutter 1974 in den Westen umsiedeln konnten.

Und Magdalene blieb in Stuttgart. Der Venezuela-Traum war nur für Konrad, wenn auch nur vorübergehend, wahr geworden.

Friedenskind

Luise war ein Friedenskind.

Denn als sie geboren wurde, war der Krieg gerade zu Ende gegangen, Hitler gab es auch keinen mehr. Vielleicht gab es noch viele kleine Hitlerchen, aber die hielten lieber den Mund.

In der Degerlocher Volksschule, der Filderschule, saßen die Schüler gesittet in hölzernen Tisch-Bank-Einheiten mit Tintenfassloch, die Schiefertafel im braunen Lederranzen, aus dem oben der Strick mit dem Wischtuch heraushing. Zappelphilippe wagten sich nicht aus der Deckung, denn Strafen aller Art waren bei Fehlverhalten zu erwarten. Tatzen, kurze Stöckchen-Schläge auf dazu ausgestreckte Hände, waren bei den Buben gebräuchlich. Mädchen und Jungen waren streng getrennt, es gab sogar zwei Pausenhöfe. Sich mündig der erwünschten schüchternen Zurückhaltung zu widersetzen, gelang nur den Wenigsten.

Die Lehrer an den Schulen kamen fast alle aus der Elterngeneration, hatten vieles hinter sich gebracht, über das sie nicht sprechen würden. Der Geschichtslehrer am Gymnasium, Dr. Keller, der auch Deutsch unterrichtete, flocht manchmal ein paar Bemerkungen über seine Erlebnisse am Feind ein, sprach von Panzern und Flakgeschützen. Seine Schülerinnen, denn auch im Gymnasium waren es nur Mädchen, waren froh, wenn er mit seinen Ausführungen aufhörte und wieder zum Schulstoff überging. Und Herr Becher, der schlanke grauhaarige Physiklehrer, erzählte, wie sie im Hoffeld, einer zu Degerloch gehörenden Siedlung, an den Funktürmen nach dem Krieg über einen Dipol Elektrizität abgegriffen hatten. Erdkunde war das von Luise am allerwenigsten geschätzte Fach. Als es um Afrika ging, sprach der Lehrer, es war sogar der Schuldirektor, von den dort lebenden Habenichtsen, im Gegensatz zu den Menschen in Europa. Luise und ihre Klasse mussten die ehemaligen deutschen Kolonien in Afrika auswendig lernen, das Einstige, das Ewiggestrige. Kolonien hatte Deutschland schon lange keine mehr, und die Edelmetallvorkommen oder andere Schätze der Habenichtse wurden inzwischen von anderen ausgebeutet.

Die Auseinandersetzung mit der Kollektivschuld wurde vertagt und irgendwann absichtlich vergessen.

Als Ablass-ähnliche Handlung gingen ganze Schulen geschlossen ins Zwangskino, gezeigt wurden Dokumentarfilme, die aus Konzentrationslagern befreite Gefangene zeigten, abgemagert mit großen Augen. Berge von nackten toten Körpern, Häufen von Brillengestellen, Barackenlager mit mehrstöckigen Holzpritschen, die Gasduschen, alles war ziemlich schrecklich anzusehen. Der Berichterstattung über die kurz zurückliegende Zeit war damit Genüge getan. Die Nachhaltigkeit der Bilder wirkte von sich aus, es bedurfte keiner weiteren Erklärungen, weil auch niemand nachfragte.

Die Lehrerinnen sahen manche aus wie Flintenweiber, oder wie Flintenweiber vielleicht aussehen. Irgendwann rückten junge Lehrerinnen nach, für Turnen und für Französisch, sie lockerten die Altlehrerriege etwas auf.

Die Deutschen strampelten sich aus dem Kriegssumpf heraus, arbeiteten und versuchten, neu Fuß zu fassen. Plötzlich gab es Neureiche, ein Schimpfwort, aus Neid geboren.

Magdalene wurde nicht neureich.

Sie wohnte seit November 1947 wieder in Degerloch bei ihren Eltern und Gisela im Dachgeschoss, zusammen mit Regina und Luise.

Ein Bundesbruder Georgs verschaffte ihr ein kleines Einkommen als reisende Vertreterin für seine von ihm hergestellten Haarwaschprodukte, flüssige Seife, die zäh fließend aus neuartigen, dunkelbraun schillernden Kunststoffhülsen aus dünnem Bakelit, mit Schraubverschluss, entnommen werden konnte. Magdalene lagerte die leeren Gefäße und die Flaschen mit der Seife im Keller. Bei Bedarf füllte sie die gelbliche Flüssigkeit in die braunen, eigenartig riechenden Behälter und bot sie bei Friseuren an. Ihr Auslieferungslager betrieb sie nur ein paar Monate. Denn bald hatte sie eine neue Idee.

Bei den Friseuren hatte sie kleine Täschchen gesehen, gedacht für Schminkutensilien. Sie fasste den Plan, selbst solche Täschchen herzustellen und zu verkaufen. Sie kaufte rollenweise Igelit, einen wachstuchähnlichen Stoff, praktisch und abwaschbar, mit verschiedenen Mustern. Mit ihren guten Nähkenntnissen fertigte sie „Schminktäschchen" die zur Aufnahme von Lippenstiften oder Kleinigkeiten wie Nagelfeilen oder Haarklammern dienten, nach eigenen Entwürfen, außen bunt und innen einfarbig gefüttert, mit zwei seitlichen Innenfächern. Sie ergänzte ihr Sortiment bald durch größere Taschen, Badetaschen genannt. Auch diese hatten kleine Seitenfächer. Sie besorgte sich eine Maschine, mit der sich farbige Druckknopfverschlüsse anbringen ließen, parallel dazu gab es die Taschen auch mit Reißverschluss. Besonders gut verkauften sich die von ihr entworfenen „Strumpftaschen", die mehrere Fächerabteile zur Aufbewahrung einzelner Nylonstrümpfe enthielten. Später folgten Kaffeewärmer, eine Art Wärmemäntel für Kaffeekannen, dick gefüttert mit Zellstoff.

Ihre Nähwerkstatt hatte Magdalene in einem Zimmer unterm Dach eingerichtet, neben den Schlafkammern.

Nach drei Monaten konnte Magdalene bereits zwei Näherinnen einstellen. Luise erinnerte sich, dass Lydia und Magdalene an den Abenden Zellstoffbahnen in die Kaffeewärmerhüllen stopften. Auch Gisela beteiligte sich manchmal daran.

Ihre Friseurkontakte waren Magdalene beim Vertrieb der Taschen nützlich, mit der Nachfrage war sie zufrieden. Ihre Produkte fertigte sie bald nicht nur aus Igelit, sondern auch aus gemustertem Chintz, die waren dann etwas teurer. Die Kaffeewärmer bot sie in Haushaltsgeschäften an.

Ihr Bruder Wolfgang hatte das Haus in der Haußmannstraße wieder nach den alten Plänen aufgebaut. Zwei Stockwerke hatte er vorgesehen als Ausstellungsräume, darüber wohnte er mit seiner Familie. Das Geschäft lief gut, Bilder und Plastiken konnten gar nicht genug beschafft werden. Es erhielt einen neuen Namen: Galerie Berger. Eine Haushaltshilfe, die auch gute Köchin sein musste, entlastete Rosemarie, die Wolfgang im Geschäft zur Seite stand.

Ölgemälde mit Heiler-Welt-Aussage, Kupferstiche und Holzstiche, die alten, unverletzten Städte Deutschlands zeigend, Harmonie und Heimatgefühl ausstrahlend, waren besonders begehrt. Auch Stahlstiche mit englischen Jagdszenen, mit Hundemeute, Reitern mit roten Jacken und braunen Pferden, standen hoch im Kurs. Wolfgang und Rosemarie brauchten weitere Mitarbeiter und dachten an Magdalene. Nach kurzem Nachdenken sagte sie zu und verkaufte nach fünf Jahren ihre Taschenherstellung samt allen Maschinen an eine Mitarbeiterin, und aus der Werkstatt wurde das neue Feldtsche Wohnzimmer.

Magdalene hatte die Stichabteilung, Holz- und Kupferstiche, unter sich und erhielt Prokura. Sie war glücklich, dass sie endlich eine Aufgabe erhalten hatte, in der sie sich ihren Fähigkeiten und Wünschen entsprechend einbringen konnte. Wie hatte sie doch damals gehofft, in Brüssel Georgs Schreibkraft zu sein. Und wie groß war ihre Enttäuschung gewesen, als ihr klar geworden war, dass Erika den von ihr begehrten Platz in vollem Umfang eingenommen hatte.

Aber jetzt war Georg tot und Erika Vergangenheit.

Magdalene brachte sich mit Freude ein in die Arbeit für die Galerie, genoss den Umgang mit den zahlreichen Kunden und die Anerkennung, die sie erhielt.

Regina besuchte die Oberschule und plagte ihre Mutter durch wechselnde Bekanntschaften mit jungen Männern, auch Amerikanern, denn sie war häufig Gast im Deutsch-amerikanischen Freundschaftsclub. Magdalene war richtig froh, als der langweilige Herbert in Reginas Leben trat. Mit ihm ließ sie Regina sogar ohne Widerstand nach München ziehen.

An den Sonntagen lief in Degerloch ein von Wilhelm gefordertes Pflichtprogramm ab. Nach dem Frühstück las er aus der Bibel vor, lobte und pries Gott und Jesus mit Gebeten, ließ Lieder singen. Lydia ging anschließend ins Waldkirchle, einem hölzernen Bau in der Nähe der Degerlocher Sportplätze. Zu diesem richtigen Sonntagsgottesdienst nahm sie auch oft Luise mit, die sich besonders auf das Rachengold-Bonbon freute, das die Oma ihr regelmäßig zusteckte. Die singende, laute Stimme des Dekans machte ihr dagegen etwas Angst.

Gisela, Magdalene und Regina hatten sonntags abwechselnd Koch- und Küchendienst und bereiteten den Braten. Luise musste anschließend das gespülte Geschirr abtrocknen. Gisela hatte die befremdliche Angewohnheit, in der Küche ununterbrochen vor sich hinzuflüstern und immer wieder die Handflächen aneinander zu reiben, vor und zurück, raschraschrasch, wenn sie gerade nicht spülte. Dazu zischelte sie Unverständliches, pspspsps. Man munkelte, dass der von ihr glühend verehrte Vetter Hans-Eugen der Grund für ihr merkwürdiges Benehmen war. Hans-Eugen war 1942 in Russland gefallen und mit ihm für Gisela das Glück für alle Zeiten gestorben.

Gisela hatte während des Krieges und noch ein Jahr danach an der Kunstakademie studiert, in der Batikklasse. Irgendwann glaubte sie sich genügend gebildet und kochte ihre Töpfchen mit Wachs in der heimischen Küche. Das Wachs brachte sie mit feinen oder dicken Pinseln auf Stoffe aller Art, Seide, Leinen oder Baumwolle auf. In vielen Arbeitsschritten kamen Farben auf die Stoffe. Das Wachs wurde dafür immer wieder weggebügelt und an anderen Stellen als Sperre für die Folgefarbe erneut aufgebracht. Sie fertigte Schals, Kleiderstoffe oder Wandbehänge. Ihre Entwürfe verdienten das Attribut „brav", sie konnte ihre aufwändig hergestellten Produkte nicht zu den von ihr festgesetzten Preisen verkaufen.

Enttäuscht über ihre fehlgeschlagene Künstlerkarriere besuchte sie eine Handelsschule und erlernte Buchführung und Schreibmaschinenschreiben. Entgegen ihrer Hoffnung hatte Wolfgang aber keine Verwendung für sie in seiner Galerie, und das nicht nur, weil Magdalene bereits dort arbeitete. Die gegenseitige Abneigung der beiden Schwestern, wurzelnd in der Kindheit, verstärkte sich dadurch und blieb lebenslang bestehen. Gisela fand bei der Stadt eine Stelle als Sachbearbeiterin, die sie bis zur Rente behielt.

Für Luise gab es dann ziemlich bald Bernhard, das verklärte Vorbild ihrer Eltern zielstrebig vor Augen.

Georg

Was für ein Mensch war ihr Vater gewesen? Was hatte ihre Suche in den Bergen beschriebenen Papiers ergeben? Luise kam immer mehr zu dem Schluss, dass nur eine Person, eine Frau, Georg wirklich gekannt zu haben schien.

Nicht seine Mutter, auch wenn sie die Strahlen erwähnt hatte, mit denen ihr Sohn die Welt wahrnahm, Störendes ausblendend. Auch nicht Magdalene, die er aus ihrer bürgerlichen Spießigkeit befreit hatte und die sich ihm, dem klugen Akademiker, folgsam unterordnete.

Es war Erika, Sabines Mutter. Wie sie ihn in Sabines Tagebuch beschrieben hatte, genau so war Georg für Luise lebendig geworden. Er gehörte zu der Art von Menschen, die ihren eigenen Verstand lieben, sich in ihm sonnen und sich durch ihn befähigt und berechtigt sehen, über andere Menschen zu urteilen oder sich über sie erhaben zu fühlen.

Die Unfähigkeit seiner Eltern zum liebevollen Miteinander und die vom Vater ausgehende Härte, mit der Georg und seine vier Geschwister erzogen wurden, schienen zu verhindern, dass eigene, echte Gefühle in ihm wachsen konnten.

Luise schien es, als habe Georg Vorbilder für sein Empfindungsspektrum in Büchern, Filmen oder Theaterstücken gefunden und als eigene Gefühle sich aufgepfropft, wie ein Gärtner eine edle Rose auf einen Wildling. Eine solche Veredelungsstelle bleibt lebenslang empfindlich, erfriert sie im Winter, stirbt die Rose, im Gegensatz zum robusten Wildling.

Georgs Gefühle in seinen Liebesbriefen wurden von ihm in immer gleiche Wortbausteine verpackt, als wären sie Teil eines Gedichts, das er auswendig gelernt hatte. Magdalene, Erika und auch die unbekannte Tilla, sie erhielten Briefe voll schwärmerisch duftender Koseworte, gepaart mit selbstverständlichem Besitzanspruch, „Meinste“, „Meine“, „Meins“.

Erikas Widerruf, nicht mehr „Seins“ bleiben zu wollen, brachte der edlen Rose den tödlichen Frost.

Wenn es sie, Luise, nicht gäbe, wäre vielleicht alles ganz anders gekommen? Für welche Familie hätte sich Georg entschieden? Zwei Frauen, je eine Tochter?

„Alle Tage ist kein Sonntag,
alle Tage gibt's kein' Wein.
Aber du sollst alle Tage
recht lieb zu mir sein.
Und wenn ich einst tot bin,
sollst du denken an mich.
Auch am Abend, eh' du einschläfst,
aber weinen sollst du nicht.“

Das sei eines von Georgs Lieblingsliedern gewesen, hatte Magdalene bemerkt, wenn es an Sonntagen im Radio gespielt wurde, beim Mittagessen in Degerloch, ohne Tischgespräche.

Magdalene hat an Georg gedacht. Sie hat nicht geweint und hat ihn, solange sie lebte, nicht verraten.

Luise war froh, erst nach so vielen Jahrzehnten von der anderen Wirklichkeit erfahren zu haben. Und sie war dankbar, dass sie nach dem ersten Erschrecken die Menschen, von deren Tragödien sie bisher nichts geahnt hatte, aus ihren Briefen lebendig werden sah. Ihrer Mutter war sie dabei sehr nahe gekommen, hatte ihr Leid mitgetragen, fast einen Auftrag dazu verspürt. Die Geschichte ihrer Familie war jetzt neu geschrieben, aber sie war in der erforschten Ausführlichkeit in eine Vergangenheit eingebettet, die Luises Gegenwart nicht mehr beschwerte.

Sie würde Sabine ins Theater bitten, ihr das Stück vorspielen, das in den vergangenen Jahren entstanden war, und ihr die unbekannten Schauspieler vorstellen.

Vielleicht würde eine Brücke an Gemeinsamkeiten entstehen, die ihre Leben verbinden würde.

Vielleicht.